i

imaginist

想象另一种可能

理
想
国
imaginist

KARL OVE
KNAUSGÅRD

晨星　　Morgenstjernen

［挪威］卡尔·奥韦·克瑙斯高 著　　李澍波 译

上海三联书店

著作权合同登记图字：09-2024-0352号

图书在版编目（CIP）数据

晨星 /（挪威）卡尔·奥韦·克瑙斯高著；李澍波译 . -- 上海：上海三联书店 ,2024.7. -- ISBN 978-7-5426-8586-5

Ⅰ . I533.45

中国国家版本馆 CIP 数据核字第 2024L4G941 号

晨星

[挪威] 卡尔·奥韦·克瑙斯高 著　李澍波 译

责任编辑 / 苗苏以
特约策划 / 李恒嘉
特约编辑 / 闫柳君
装帧设计 / József Pintér　马志方
内文制作 / 陈基胜
责任校对 / 王凌霄
责任印制 / 姚　军

出版发行 / 上海三联书店
　　　　　（ 200041 ）中国上海市静安区威海路755号30楼
邮　　箱 / sdxsanlian@sina.com
联系电话 / 编辑部：021-22895517
　　　　　发行部：021-22895559
印　　刷 / 山东临沂新华印刷物流集团有限责任公司
版　　次 / 2024 年 7 月第 1 版
印　　次 / 2024 年 7 月第 1 次印刷
开　　本 / 880mm×1230mm　1/32
字　　数 / 561千字
印　　张 / 22.375
书　　号 / ISBN 978-7-5426-8586-5/I·1892
定　　价 / 88.00元

如发现印装质量问题，影响阅读，请与印刷厂联系：0539-2925659

献给米哈尔

在那些日子，人要求死，决不得死；

愿意死，死却远避他们。

目 录

第一天

第二天

第 一 天

阿尔内

那突然冒出来的念头，想到夜幕从海上落下时男孩们正安睡于我身后的房子里，它如此温存安详，以至于我在它到来后并未任其消逝，而是试着紧握它，捉摸着其中蕴含的美好。

我们几小时前刚把网下到海里，所以他们手上一定还有盐味，我想。我并没有叮嘱过他们，所以他们绝对不会去洗手。他们恨不得一头睡过去，从醒着到睡下之间的过渡越短越好；顶多就是把衣服从身上扯下，躺进被子里然后合上眼，假使我不插手，不要求他们一定要刷牙，洗脸，把脱下来的衣服放在凳子上的话，他们肯定连灯都懒得关。

今天晚上我什么也没说，而他们也就这样钻上床，有如某种长手长脚、皮毛光滑的动物。

但这并不是让那个念头特别美好的点。

那个点应该是完全不理会他们而自顾自落下的夜幕。是他们睡下了，而日光在他们房间外的树丛和树林地面上逐渐消失，还有那么一刹那它在天际微微一闪才黑下来，而天地间唯一的光是月亮散布出来的，被这港湾水面映照着，如幽灵般。

是了，就是它。

从没有什么东西为谁停下，一切都延绵继续，日转成夜，夜转为日，夏转为秋，秋转为冬，一年接着一年，而他们就在这其中，就在此时，他们躺着，在床上睡得香甜。就好像世界是他们前来造访的一个空间。

树丛另一边，桅杆顶端的数盏红色信号灯在黑暗里眨着眼。在那之下是那些度假屋亮着的灯。我喝了一口酒，微微摇着酒瓶，四下太黑，看不见瓶子里还剩多少。应该不到半瓶了。

我小时候最喜欢七月。这并不奇怪，这是最孩子气也是最单纯的月份，日头很长，满满的阳光和热力。到我十几岁时秋天就为我所喜，这阴晦和多雨，也许因为它给生活披上了一层我以为颇浪漫且能让我感到升华的肃穆。童年是能追逐嬉戏、天然在此的一段时光，青年则是对死亡那神秘沼泽的发现。

现在我最爱八月。这完全没什么出奇的：我已置身人生中期，此处诸事圆满，在这缓缓上升的充盈停滞里，距开始亏缺只隔须臾，随后即将融入一段同样缓慢的下坡路程。

哦，八月，你的晦暗，你的炽热，你的甜李子，你烤得枯焦的草坪！哦，八月，你那已被死神打上了标记的蝴蝶们和那些饮蜜如醉如狂的黄蜂！

风从山坡上吹来，越拂越高，我听见了风，感觉到它吹着我的皮肤，随后我头顶的树冠的叶子沙沙作响了一会儿，才又安静下来。有点像一个睡着的人在安静地躺了许久后忽地翻了一下身，你可以这么想。随即又安静下来。

下方的羊背石上出现了一个身影。虽然在眼下境况不可能从模糊的轮廓分辨出那人是谁，但我知道那是托芙。她朝着那滑溜溜、有着缓坡的山边走去，走上码头，然后沿小径走上山坡。没过一会儿，我就能听见她的脚步声穿过花园下方那青草蔓生的山坡而来。

我坐着，一动不动。如果她还警醒的话，就能看到我，但她已经好些天都不是如此了。

"阿尔内？"她说完就停了下来，"是你在这儿吗？"

"我在这儿，"我说，"坐在桌子旁。"

"你就这么黑乎乎地坐着？你不能点个灯吗？"

"行，太可以了。"我说，用打火机点亮了面前桌上的油灯。灯芯燃起了一种深沉而清澈的火焰，它发出的光芒强烈得出乎意外，在这半晦暗中升起了一个光之穹顶。

"我在这儿坐一会儿。"她说。

"你随意，"我说，"你想来点酒吗？"

"有我的杯子吗？"

"这儿没有。"

"那么反正都一样了。"她说完就坐到桌子另一边的藤椅上。她穿着一条短裤和一件短上衣，脚上蹬着的橡胶雨靴长度直到她膝盖。

她的脸一直有些圆乎乎，现在因为服药的缘故浮肿了。

"但无论如何，我再来点儿。"我说，把酒斟入玻璃杯中。"刚才出去走走还不错吧？"

"不错。我边走边有了个新想法。所以我急着回去。"

她站了起来。

"我现在就动手。"

"动手干什么？"

"一组画。"

"但已经快十一点了，"我说，"你总得睡一会儿吧。"

"我死后尽可以长眠，"她说，"这个很重要。你明天可以带男孩子们，反正你也是在放假。你们可以去钓鱼之类。"

你到底什么时候才能开始关心除了自己以外的任何人？我想，看向那外面闪着灯的桅杆。

"我们可以去。"我说。

"真好。"她说。

我目送她穿过花园朝另一端的白色客房走去。开了里面的灯，暗夜里外面树木和灌木丛形成的一大块浓黑中，那几扇窗户黄灿灿地亮起来了。

一转眼她又出来了。短裤和大雨靴里的光腿让她看起来像个小女孩，我想，和那紧裹着硕大身躯的上衣，以及迷离而疲惫的眼神形成的强烈对比，让我内心突然充满怜悯。

"我在森林里看到了三只螃蟹，"她说，在桌前站住，"我刚才回来时忘记告诉你了。"

"肯定是海鸥们把它们扔到那儿的。"我说。

"但那些是活螃蟹，"她说，"它们在树林地上走着呢。"

"你确定吗？我是说肯定是螃蟹吗？也许是别的小动物呢？"

"我当然能确定，"她说，"我想也许你会想知道这个。"

她转身走回去了，在她身后关上了门。随即里面就响起了音乐。

我把剩下的酒斟入杯中，想着是现在去上床还是再坐一会儿。不管怎么样我得去拿件毛衣过来，我想。

这几天来她一直都处于亢奋状态。画的那些画还是老样子。她开始又发邮件又打电话，在脸书上写长长的小作文，还想一下把所有事都解决，其实并没有什么事，至少不是什么实事，把家里打理得整整齐齐，或者做某个长期项目那种实事。另一个迹象是她开始不再有什么顾忌。她上厕所也不关门，把收音机音量调到极高，根本不考虑别人，如果她做晚饭，之后厨房就像是被轰炸过一样。

这让我十分恼火，每件事。当她终于有些力气了，为什么不能用在一些对大家都有好处的事上？同时她也让我痛心，她就像一个迷失在这世间里的小女孩，不断对自己说一切进展得多么好啊。

可是森林里的螃蟹？那能是什么呢？什么生物居然能让她觉得是螃蟹？还是她看到的是幻觉？

我站起身时微笑了。站着把剩下的酒喝完，绵长的一大口，收起酒瓶和杯子，走进屋里。那些房间里依然残留着白天的温热，感觉就好似我泡澡时温热的空气包裹着我的脸颊和胳膊上赤裸的皮肤那样。那种所有情绪都被点亮了、加强了的感觉，我忽然置身于另一种气候元素中。

我把空瓶放进柜子底部和其他空酒瓶放在一起，想了一秒钟要不要把它们放进一个口袋拿到车上去以便哪一天送去垃圾回收站，因为我忽然从别人的眼光里看到了瓶子的数量，但是就算这样也无须马上转移它们，已经晚上十一点了，明天也可以的，我想，在水龙头下冲杯子，用手指抹擦杯底和杯缘，用厨房手巾擦干，放回洗碗机上的搁板架子上。

就这样。

一只极小的蜘蛛正要顺着架子底部的一根丝往下。它没比一粒面包屑大多少，但是看起来对它要干的事胸有成竹。它在距离料理台面还有二十厘米时停了下来，吊在空中晃悠着。

就在这时房子里的某扇窗发出砰砰声，一次又一次。听起来应该是在浴室，我走了过去。没错，那扇窗是打开的，跟随那渐起的风拍击着，现在它闷声撞向外墙，而窗帘在那开口处扑打着。我把窗帘拉进来，关上了窗户，随后站在镜前开始刷牙。我没过脑子就拉起 T 恤看着肚子，我已经没法把它和自己联系在一起了；它不属于我自我感觉里的那个人。我不具备要摆脱它所需的东西，因为即使我每天把这事儿想好几遍，在想我得开始节食、跑步和游泳，可我从未行动。所以现在问题是，能不能把这个变成某种好事？

　　人能犯的最大的傻，就是试图遮掩肥胖，穿上大衬衫和肥裤子，以为只要衣服不被绷开，就不会引人注意。而这时人们看到的，是一个以自身为耻的胖子。这比一个单纯的胖子更糟，因为这就让人靠近某些让人不自在的个人的、私密的东西。

　　我把牙膏吐到水槽里，就着水龙头里的水漱了漱口，把牙刷放回到架子上的玻璃杯里。

　　难道大个子不是更有男人味吗？有点分量不是更具雄风吗？

　　花园里的枝枝叶叶在咆哮，老房子墙壁不时噼啪作响，那是狂风在吹打着它们。马上要下雨了，我想，然后走进客厅关掉灯，上楼，往男孩们的房间里看了一眼。室内还暖烘烘的，因为整个下午都艳阳高照，他们都躺在被子上，阿斯勒双手双腿蜷着，沐浴在顶灯洒下的光里。

　　他们睡觉时就更相像了，因为他们之间存在的许多差异是他们自己所形成的维护的，他们做各种事的方式，梗着脖子，拧头的样子，打的手势，皱眉的样子，或者他们说话的方式，声音的微妙差别，提出问题时的语调升降。现在他们就只有身体和面孔，在这两方面他们简直一模一样。

　　我仍然还没习惯这个场面，因为虽然对这相似性的留意自然地消失在日常生活里，它总在眼下这样的情境下突然冒出来，我在这一刻忽然看到了他们，不是两个个体，而是这一具身躯的两个版本。

　　我把灯关了，走进房子另一头的卧室，脱了衣服上床看书。但我喝得有点多了，所以看了几行后我就合上书关了灯。不是因为我醉了，书上的句子和意思并没有飘来飘去，而更多是因为酒精软化了意志，削弱了它，让它几乎无法调动阅读小说所需的那一点点心力。

闭上眼躺着就好多了，就让思绪滑入它想去的地方，在柔软和黑暗里。

白天的时候我的内心笼罩着某种坚硬的、棱角分明的东西，它是干涩的、贫瘠的，是一种"否定"的王国，很多事都是关于退却。这酒灌满了它；那坚硬和棱角并没有消失，但它不再是全部了。就像海水退下时的羊背石，海藻躺在那儿，被太阳晒干，而水又涨起来时那海藻的感觉！当它注意到那咸的寒冷的将它托起，当它在这美妙的、赋予生命之物中来回摆动，每一处表面重新柔软湿润起来……

当我刚好到达意识外的那个地带时，就是在睡眠最终站住了脚跟之前人们会滑进滑出的那个地带时，我想我听到了雨滴打在窗子和屋顶上的声音，就好像是花园里树木和灌木持续不断的沙沙响声的背景音，远处下方港湾里海浪在咆哮。

我被托芙的喊声叫醒。

"阿尔内！"她喊道。"阿尔内，你快来啊！"

我坐了起来。她站在下面玄关里，我的第一反应是希望她别叫那么高声，男孩们可能会醒来。

"出事了，"她喊道，"快来！"

"我来了。"我说，穿上衬衫走下楼梯。

她穿着短裤和雨靴站在门口。她哭了。

"怎么了？"我说。

她张了张嘴，想要说什么，却发不出声音。

"托芙，"我说，"出什么事了？"

她示意我跟她走。我们走到客房那边，穿过走廊进入客厅。

小猫们中的一只躺在那里的地板上，毛茸茸的很漂亮。但它一动不动地躺着，当我走近它时，我看到它躺在一小滩血泊中。

它还活着，我意识到，因为它的一个脚掌还在动弹。

另一只小猫站在一边，看着它。

"我没看到它，"托芙说，"我踩到它了。我真是太伤心了。"

我看着她，然后在小猫前面蹲下。血从它的嘴部和耳朵里流出来，它闭眼躺着，而那脚掌还在刮着地板。

"你能做点什么吗？"她说，"明天一早我们能带它去看兽医吗？"

"我们必须结束它的生命，"我说着站了起来，"我去拿个锤子之类的。"

"别用锤子，好吗。"她说。

"没有别的选择。"我说完就去了另一栋房子的厨房。我之前没杀过任何动物，事实上我甚至无法杀死一条鱼，当我打开一个抽屉拿出锤子时，我感到恶心。

回到客房，小猫的头微微转了个角度，眼睛依旧闭着。小小的身躯发出某种抽搐。我蹲在它面前，紧紧握住锤子的橡胶手柄。我敲下去时头骨会如何碎裂的画面充满了我的脑海。

托芙站在房间深处隔开了一点距离看着。

小猫现在完全不动了。

我用食指在毛茸茸的额头上轻轻抚摸。它没有回应。

"它死了吗？"托芙说。

"我想是的。"我说。

"我们现在要怎么办？"她说，"我们该怎么告诉男孩们？"

"我去把它埋在花园里什么地方，"我说，"然后我们就说它不见了。"

我站起身来，意识到我只穿着内裤。

"我刚才没看到它，"她说，"它突然就在我脚底下了。"

"没事，"我说，"这不是你的错。"

我朝门口走去。

"你去哪儿？"她说。

"去找件衣服穿上，然后我去把它埋了。"

"好吧。"她说。

"拜托你去躺下睡吧，行吗？"我说。

"我现在睡不着了。"

"你不能试试吗？"

她摇摇头。

"没有用的。"

"那么，你再吃一片药呢？"

"没用的。"

"行吧。"我说完就出去走进了雨里，穿过两个屋子之间的草坪，在卧室里穿上了裤子上楼，在那工具房似的扩建部分的挂钩上找到了雨衣，那里还有一把铁锹，又回到了客房。

托芙在桌边坐着，剪着一张红纸。在她身边放着一张厚卡纸，她在上面粘了几个红色的图形。

我让她自己清静待着，把铁锹放在地板上，小心翼翼地把死去的小猫举到锹上，就这样把它抬了出去，它如休憩般躺在我面前的铁锹上。

树丛的枝干在这黑暗中像桅杆一样晃着。空气中充满雨点，被风吹打过来。我在花园一角的浆果灌木丛边停了下来，把小猫放在地上，将铁锹插进那一层树皮屑和泥土。当几分钟后坑挖好时，我的头发湿透了，手也冰凉。

小猫还是暖和的，我放下它的时候感到这一点。

这怎么可能？

我开始铲土盖在上面。当土抛到它的身体上，它身上闪过一阵抽搐。

它还活着吗？

这一定是尸体痉挛，我想，接着铲土直到它完全被土盖住。然后我把顶上那层土拍了拍，又撒了一些树皮上去，这样就算男孩们早上起来经过这里也不会引发好奇心。

我把那件水汪汪亮晶晶的雨衣挂在挂钩上，洗手的时候看着那被泥土染了色的水在几秒钟内就流向水池的下水口，我走上卧室，脱掉衣服，再次睡下。

铲土盖在小猫上时它应该还活着的念头一直挥之不去。我告诉自己那只是尸体痉挛反应也无济于事，我几乎能看到它睁着眼躺在土下，却无法动弹。

我应该出去把它挖出来吗？

它也是这世上的一个生命。

它在这里得到的是怎样的一辈子啊？

在一间铺着木地板的房里待了几个星期，然后就进了那黑暗而寒冷的土地里，它在那儿动弹不得，只能躺在那里，直到死去，彻底孤零零地。

它这一生的意义在哪儿呢？

但去他的吧，那只是一只猫而已。就算我埋它时它还没死，现在它无论如何已经死了。

次日早上我在楼下电视的声音中醒来。我看到已经八点过了几分，就坐了起来。外面全然寂静。窗外天空是灰的，因潮湿而沉重，乌云低悬在海湾另一边的树上。

一层薄薄的汗水覆着我全身。但我没心思去洗澡，而且度假的乐趣之一就是不用整天想着保持干净。

我穿好衣服下楼去厨房，站在料理台前喝了两玻璃杯水。外面花园里树木纹丝不动地矗立。那密不透风的绿叶在这铺天盖地的灰里闪耀着浓烈的绿色。

"你们俩饿不饿？"我喊道。没有回答，我走进去。他们裹在各自的毯子里躺在宽大的转角沙发上。阿斯勒双腿抵着墙，上半身扭成一个奇怪的姿势，这样他就可以看电视了，而海明则趴在沙发靠背上。

"你们生病了吗？"我说。

他们掀开羊毛毯子，也不看我。他们很清楚我不喜欢他们大白天的裹着毯子或被子躺着，他们听到楼梯上我脚步声时还没从毯子里出来，已经让我有点吃惊了。

"你俩饿吗？"

"不是特别饿。"阿斯勒说。

"有点儿。"海明说。

"你们得往肚子里填点吃的，"我说，"我们马上出门，把网拉起来"

"我们一定要去吗？"阿斯勒说。

"行了，"我说，"我们是一道去下网的呀，你们肯定也能把它们拉起来！你们得看看都打上来什么吧！"

"水里太冷了。"阿斯勒说。

"我们今天就不能放松一下吗？"海明说。

"水里冷？"我说，"我们又不是下去游泳！"

他们什么也没说，只是看着电视。

"听好了，"我说。"我煎些蛋和培根，然后做热可可，好吗？然后我们开车出去把网拉起来，今天剩下的时间你们就可以想干什么干什么。就这么一言为定？"

"好吧。"阿斯勒说。

"海明？"

"行吧，行吧。"

当我回到厨房时，头天晚上发生的事显得奇异的遥远，就好像它们属于另一个迥异于我当下所处的现实。黑暗、风、雨、托芙的痛苦、死去的小猫、地板上的血、铁锹、泥土、那个可能活埋了小猫的坟墓。

再说，她现在在哪儿呢？

一股焦虑闪过我全身。我有种想跑去找她的冲动，冲过所有这些房间，可当我走到玄关，穿上鞋子准备去客房那边时，我把脚步放得很慢，我不想男孩们留意到出了什么事。

怪得很，外面和昨天一样暖和，尽管没有阳光。

客房的门半开着。通常她会特别仔细地把能关的能锁的都关起来锁起来，她这基本上是一种恐惧症了，安全第一，但她处在当时那种情境下，一切都反过来了。

那里的客厅空荡荡的。我打开卧室的门，里面也没人。然后我上了阁楼，她一动不动躺在斜屋顶下几张床中的一张上。

"托芙？"我说。

她没回答。

我的心跳得有如站在危崖前。

我慢慢地朝她走去。

"托芙？"

"嗯？"她说，深深睡梦中浮起的回答。

所以平安无事！

"接着睡吧，你。"我说，拉起一件羊毛毯给她盖上，然后又走下楼梯。桌上摆满了粘着红色图形的白纸。我停下来仔细端详着它们。

有些看起来像岩画，原始的小船和阴茎勃起的男人，其中有几个像马蒂斯的舞者之环，不过他们长着动物的腿。他们中有一个是把人画成马，被呈现为一种独特的生物，另一张全是狐狸，第三张乍看都是红点，我把它拿起来时才意识到这些是瓢虫。

这些画底下的台面上放着一张纸，上面写着"我想操埃吉尔"，一遍接一遍写了三行。

哦，该死的，我想，但没理会它，把那张有瓢虫的卡纸盖在上面，以防孩子们进来，然后抬头看看阁楼上，她会不会无意中看到了我。

也许那也是作品的一部分？她是这么想的吗？她打开了潜意识里的所有那些水龙头？

但是埃吉尔，呵呵。

"哦，撒旦，"我对自己说，"为什么你是这么个讨厌的白痴呢，托芙？"

猫血还在地板上。最好在孩子们看到之前把它弄干净。但不是现在。现在是鸡蛋和培根、烤吐司和热可可时间。

草坪湿漉漉地闪着光，就像一块平铺在树木和花圃之间的地板。

我从冰箱里拿出做早餐需要的材料，发现鸡蛋盒里只剩下一个蛋了。

我想守住给男孩子的承诺，决定骑车去商店。我本可以就让他们这么出门，但他们可能会说他们不想出门，而我要由着他们就会显得自己很软弱，或者可能——如果我不由着他们——为了不丢脸我就必须强迫他们，这样就会产生一种局面，而这局面会持续影响情绪达几小时，也许一整天。而这不值得。尤其在我们之后还要去钓鱼的情况下。

我进去找他们。

"我下去商店一趟。"我说。

"妈妈在哪儿？"阿斯勒说。

"她还在睡，"我说，"商店里有什么你想要的吗？除了冰淇淋以外？"

"对，冰淇淋！"海明说。

"那绝不可能，"我说，"橙汁怎么样？"

他们没吱声。

"行吧。我马上就回来。"我说着走到玄关，穿上鞋子和外套，从储物间里拿出自行车推了出去。

我们的房子在一条砾石路的尽头。也就是说，这条路继续往林子里去，但在林子里的部分更接近于一条小径，车基本不能通行。那里面深处的是克里斯滕的房子，一个上了年纪的性情中人，他一直是一个人住，把孤独变成了一种艺术：他房子里的一切都是他亲手造的，甚至包括那条他用来钓鱼的船。

沿着路另一边有几栋我们这一类房子，其中大部分只在夏天以及假期有人住。住那里的人大多数我都认识，但我已经很久没有和他们中的任何一位打过交道了。根据他们屋子外空荡荡的车位可知，现在他们大多都已返家了。

路上诸多坑洞和凹陷里灌满了雨水，小小的黄色小泥洼让我想起八十年代，那时这些小水洼在春秋两季随处可见，现在则基本绝迹了。砾石，潮湿又看着柔软，有些地方像银子一样闪闪发光，在道路蜿蜒而过的泛红山岩和绿色针叶树之间。

我希望当她醒来时一切都过去了，那驱使着她的东西。

还是这一切本来是我造成的？

再这样下去，她很快就会完全失控，最终不得不入院。

在它之上有些确定的东西，一些能着手的、具体的东西。这就很好。因为这个问题往往是关于边界。她的，我的，孩子们的边界。总是无法判断发病是从何时开始，因为它潜来时那么慢，从喜悦和欣快状态里就滑入某种把她从我们身边带离得越来越远的东西，而我们也一道被带走了，不知不觉就接受了那些在外界看来不可接受的东西，因为我们不在外界，而是在内部，在这里边界被改变得如此之慢以至于我们压根没留意到。

这也因为我为她打着掩护，屏蔽了孩子们，也屏蔽了外面的世界。

而她入院时，人们就忽然能看到她有多疯，我要独自承担的事有那么多。

我骑车经过两块紧贴道路两边拔地而起的山岩，小时候这里总让我觉得自己是在两个岛屿之间航行的船，而当我成了一个牛哄哄的新晋大学生时，这两块石头被我赐名斯库拉和卡律布狄斯 [1]。这条路待会儿会拐个弯，陡然下坡，直通商店和游客码头。有次我在那个坡上从单车上摔下来，撞破了头——那时没人戴头盔，我也还没真正学会骑车——但我对此的记忆可能是错误的，是基于别人的告知，而不是我自己的经历。不可能有什么确定的答案。

下坡时我轻轻捏住后刹车，回想着其他孩子高高站在上面弯腰看我，救护车已经到了，就在我此刻站着的地方，就在四十年前。

那时候这家商店已经从一家乡下杂货铺变身为一家小超市然

---

[1] 典出《奥德修斯》。斯库拉（Scylla）是希腊神话里会诱惑人的海妖，卡律布狄斯（Charybdis）则是斯库拉对面形同漩涡的怪物，会吞噬一切经过之物。奥德修斯必须在会诱惑船员的斯库拉和可能吞没整艘船的卡律布狄斯之间做选择，所以"在斯库拉和卡律布狄斯之间"意味着要在两种危险中选择较轻的一种。

后变成现在的规模，有点像个小院，有超市、快餐店、咖啡馆和纪念品售卖部。在后面是一个汽油加油泵和一个柴油加油泵，旁边是个有淋浴间和厕所的小侧屋，供开船客人使用，唤作黑礁岛船坞。

我把单车在外面停好，走了进去。我拿起一个红色购物篮，放进新鲜小餐包，还有黄油和牛奶，以及本是此行目的的鸡蛋。

我去付钱时，一个穿短裤T恤、戴棒球帽的男人站在柜台前放下要买的东西。我站在他身后，他微微地转了转身，从裤子口袋里拿出一张信用卡，插入读卡器，然后又转了过来。

"阿尔内？"他说。

我不认识他。

"是我，你是？"我说。

"真他妈的太久没见了。"他笑着说。

我看着他，没说话。

他的眼睛里有点什么。

"你认不出我了吗？"

"呃……"我说。

"特隆·欧勒。"他说。

"哦！"我说，"真看不出来！你在这里干吗？"

"我们在那里面买了个房。我们在这里过的第一个夏天。"

他转回身去，输入密码，又等了几秒直到交易确认，走到柜台的尽头，开始把买的东西装进袋子里，而我的东西还在传送带上。

"那你在忙什么呢？"我说。

"你是说我的工作？"他头也不抬地说。

"是啊。"我说。

"我在休带薪病假，"他说，"你呢？"

"我在大学。"

“教授？”他说，看着我。

我的脸热了起来。

“还真的是。”

他笑了。

“我和你一起来过这里，记得吗？”

我开始装袋，他手里提着一个满满当当的口袋站在我旁边。

“当然，”我说，“我们那时十岁，是吧？”

“差不多吧。”

我们走了出去，他按了一下钥匙，停车场里一辆车闪了两下。

“你的假还剩下很久吗？”他说。

“这是最后一周了。”我说。

“那么找天晚上出来吧。”他说。

“也许可以，”我说，“肯定会很开心的。”

我们握手告别，他走到车边，我打开自行车锁，把购物袋挂在车把上，开始走上那座陡坡。

“阿尔内？”他在我身后喊。

我转身看见他快步走了过来。

“你得记下我的电话号码。或者我要你的。”

“这倒是的，”我说，“也许我要你的？”

这样更好，我就不用给他打电话了。

他报数字，我把它们输入手机。

“得嘞，”我说，“我们再约！”

“你现在给我打个电话，我就有你的号码了。”他说。

“好主意。”我说，然后拨了他的电话。

我回家时男孩们看电视看得失魂落魄。托芙则不见人影。我把自行车放进储物间，穿过处处湿光闪烁的花园，在煎锅边上磕了个鸡蛋，看着它慢慢摊开，然后在热量的催动下凝结成一个圆，我把牛奶倒进一个炖锅里，切了几片面包放进吐司机。

在暑假到来前的一个周末，特隆·欧勒和我们一起来过这儿，那一年我们还是朋友，我一直热切期待着向他展示这里的一切。

我们偷了一点爸爸的烈酒，带着它跑进树林，心还怦怦跳着就在那儿灌了几口酒，然后醉醺醺地四处晃悠。

那时我们有没有十岁？

更像是快十二岁了，我想着，把煎铲插入煎蛋下面，举到盘子上方，它僵硬地躺在那块金属片上。

蛋黄在中心，蛋白在外圈，它像一颗有白色光环的行星。

整个过程都让人提心吊胆。我们胆战心惊地把酒倒进周六糖果袋的黄色塑料香蕉瓶里，胆战心惊地站在林子里喝下去；那天晚上余下的全部时间里我们都悬着心，唯恐留下什么痕迹。

但不管爸爸还是妈妈都没说什么，而我们周一就能在学校就这事儿吹牛了。

面包片咔嗒一声弹出来，锅里的牛奶开始起泡，满是小孔眼。我把它挪到一边，在一个玻璃杯里倒入一点可可粉和白糖，用水搅匀，将这杯浓缩物倒入那乳白色的液体中，片刻后它扩散开来，棕红色逐渐在牛奶中稀释开来，直到它们融为一体。

有人在房间里。

我赶紧转身。

是海明。他光脚站着，两臂像猿猴一样垂在身体两侧，看着我。

"是你吗？"我说。

"马上开饭了吗？"他说。

"是的。你饿了吗？"

他点了点头。

"那你能不能把桌子摆好？"

"妈妈在哪儿？"

"她在睡。"

"她没有，"他说，"我看见她了。她在窗外走过去了。"

"这么说来，她应该是在早餐前出去散散步，"我说，"快点，去摆桌子吧，赶紧的！"

"那阿斯勒也要一样干活。"

"当然。"我一边说着，一边从吐司机里捏起面包片，从柜子顶部拿下面包篮，把吐司放进去，同时在窗外找寻她的身影。"你去叫他干活。"

男孩们摆放餐具时，我煎了培根，把可可奶倒进几个马克杯里，拿出黄油、黄奶酪和火腿，把所有这些都放在餐桌上。

"我们不要等妈妈吗？"海明边坐下边说道。他猛地一晃头，连着打了三个哈欠。

我缓缓吸了一口气，忍住了纠正他的冲动。

"我们得趁热吃。"我说。

"她要去哪儿呢？"阿斯勒说，他在椅子上半起身去够面包篮。

"她就是出去走走。"我说。

"她会一块儿去起网吗？"海明说。

"我不知道。"我说。

我想象这个客厅在四十年前那个夏天的样子。阴郁，墙壁暗沉，地板上铺着黯淡的地毯。角柜里放着各种瓶子。我们小心翼翼地把它打开和关上，但我们是在柜子里把烈酒倒入那些小小的塑料容器里的，几乎不可能一点儿都不洒出来。

当你还是个小孩，你以为自己有秘密，没人知道你干了什么。

我微笑起来。

"你在笑什么，爸爸？"阿斯勒说。

"我只是想到了一点东西。"我说。

"你在想什么？"海明边说边往面包片上抹黄油，面包片随着黄油刀的动作微微裂开。

"我想到了你们的祖父。"我说。

窗外托芙穿过花园走进了客房。她还穿着昨晚的衣服。幸好两个男孩都背对着她。

我一定要抢在他们进房间前把猫血清理干净。

"你想到爷爷什么好玩的事了？"海明说。

"没什么特别的，"我说，"我只是想起了他。他在当年可是做了很多傻事！"

"比如什么？"阿斯勒说着把面包片举到嘴边。

"我以前讲过不少了，"我说，"比如他搞混了盐和糖，在鳕鱼里加了糖。还有那一次他砍院子里的大树，树倒在屋顶上，把屋顶砸坏了。"

"当时屋里有人吗？"阿斯勒说，他嘴唇上黄黄的是蛋黄。

我摇了摇头。

"万幸！"

"你亲眼看到的吗？"

"我回家时看到的。那时树已经不在那儿了。看上去好像一个巨人曾经一屁股坐在屋顶上。"

"你也一样做了很多傻事。"海明说，用漆黑的眸子看着我。

"肯定，"我说，"你想起什么具体例子了吗？"

"那次你忘记系好我们的浮动码头，它带着所有系在上面的小船漂走了。"

"我没忘，"我说，"我只是没系牢而已。"

"还有次车没油了，所以引擎坏了，我们不得不买一辆新车。"

"那次是油表坏了！"我说，"你们明明知道的！不管怎么说汽车本来应该在没油时发出信号的。"

"那只是借口。"海明说。

他们互相对视，笑了起来。

这让我感到开心。

过了一会儿，确定男孩子们已经安心玩起了各自的电子设备之后，我打开客房的门走了进去，托芙不在里面。桌子上多了几张卡纸，红色的纸上贴着黑色的剪纸。如果她不能让自己平复下来，很快她连这些事也无法集中精力来做了。

血已经凝固了，我用抹石灰的刮刀把它刮掉，然后把残迹浸湿，用刷子擦干净。

另一只小猫躺在角落的地板上，盯着我看。

我在她工作室的水槽里漂洗抹布，把碎屑冲走，水槽里堆满了溅满油漆的玻璃罐、画笔、棉球和空管子，散发着浓烈的松节油味。然后我走到花园那一角，看看是否有昨晚挖坑留下的痕迹。我心里七上八下，期待着小猫已经挣扎出来，余下一个空坑，但是当然一切还是原来那样，也根本看不出来那层树皮下的泥土刚被挖过。

空中洒下一片细雨。不是那种清新的，你在北欧夏季所期待的那种雨天，而是温吞的，热乎乎的。几乎像是热带。周围的一切都是潮湿的，从灰黑色的树干到红醋栗和黑醋栗灌木丛绿油油的叶子，雨水在那上面已聚成极小的凝然不动的水滴。

一辆大型车辆在远处缓慢加速的轰隆声掠过大地。

我走进厨房，收拾早餐碗碟。公共汽车驶近时，外面升起一波音浪。在这条狭窄的小路上，它是一个庞大的怪物，我这样想着，它从窗外驶过，在某个瞬间它黄色的侧身填满了整个窗口。

我把一片洗碗剂放入清洁槽中，关上它，打开洗碗机。公共汽车在调头空地上调转车头，驶过第二条路。我又看到了那只小蜘蛛，它正在天花板和墙壁之间的那个角落里建造着什么。爸爸总说蜘蛛是一种吉兆，这意味着房子很干燥，我几乎每次看到蜘蛛都会想起这话。

英韦尔沿着外面走廊走了过来，她低头盯着眼前的地面，肩上挎着包。

我走到玄关时她刚好进门。

"你还好吗？"我说。

"非常好。"她笑着说，然后弯腰脱鞋。

"你要吃点早餐吗？"我说。

"我在祖母家吃过了。"她说着，朝她的房间走去。

"哦，这样啊。"我说。

我一动不动地在厨房站了一会儿，环顾四周，然后从抽屉里找出几个袋子，把所有空瓶子都装进去，拎到车子旁边，打开后备厢把它们放进去。等下一次到垃圾场附近就把它们处理掉，现在我们管垃圾场叫回收站了。然后我回到房子的客厅，男孩们还在那里。

"我们得走了。"我说。

"我们一定要去吗？"海明说。

他把头往后一仰，嘴巴快速地反复一开一合。

"你为什么老是这样？"我生气地说。

"什么？"他说。

我模仿他的抽动，只是更剧烈。

"你的头总是这么动，"我说，"这不雅观。"

他严肃地点点头。

"我会试着不这样。"他说。

"好的！"我说。

然后他又做了一次。

"得了，现在我们该走了。"我说。

我拿着红色的汽油罐，跟在孩子们后面走下陡峭的草坡，来到突堤上。水面在低沉的云层下铺展开来，几乎完全静止。突堤上的木板因为潮湿而打滑，在银光闪烁的水面和几近于全黑的岩石的映衬下闪着金光。

我登上船，接好油箱的软管，而海明松开系泊缆绳，阿斯勒举起桨，准备将我们的船向深水处反向推出几米。

海湾内部的尽头是一小片鹅卵石海滩，上面全是螃蟹。不只有小沙蟹，还有大海蟹。看上去有数百只，叠在彼此身上攀爬着。

我从来没有见过这等情形。

这就像个蛇窝。

我转开视线，免得男孩们注意到那里，阿斯勒把我们的船推开之后，我发动了引擎，我们出发了，他们什么也没看见。

两个红色浮球漂在海湾另一边离岸不远的位置，就在突出的岬角之侧。杉树几乎一直生长到水边，像一堵绿色的墙。阿斯勒蹲下身子，用鱼叉钩住第一个浮球，把它拉到船边。我关掉引擎。男孩们开始抓着绳子往上拉，但拉不动，他俩都看着我。

"它太沉了。"阿斯勒说。

"可不是吗？"我接过来，"也许我们打到了一群鲭鱼之类的。"

感觉就像在拉一条巨大的、湿透了的毯子。很快我们就看到了水面下的网，网中鱼的身体就像昏暗中浅绿色的灯笼。

兜着第一批鱼的网被拉上船来。"是青鳕。"我说。

"哇，这么多！"海明说。

"你们俩能不能把鱼从网里拿出来？"我说，"扔进桶里就好。"

网里密密地塞满了青鳕鱼，简直没完没了。等我们终于可以返程时，不仅桶里装满了鱼，甲板上也全是鱼。滑溜溜的，闪闪发亮，时不时还会猛然跃起。

这让我恶心。不是因为这些鱼本身，单独一条鱼看起来不过是和任何其他生物一样的生物，而是因为数量。所有这些一模一样的眼睛，一模一样的大张的嘴，一模一样的鳍和排泄孔。

"你要把它们都劏了吗？"阿斯勒说。

"不劏不行，"我说，"可这么多鱼我们也吃不完。"

"不能把它们冻起来吗？"

"对，只能冻起来。但是我们过两天就回家了。所以明年夏天这些冻了一年的鱼也没那么好吃了。"

"鱼味冰淇淋！"阿斯勒说。

"嗯，好吃！"海明说。

"你们数了有多少条吗？"我说。

"一百一十八条。"阿斯勒说。

我们从另一边靠近海湾，一个身影从堤岸顶端的花园里走出来，开始沿着通往突堤的小路往下走。

那是埃吉尔。

他穿着黄色雨衣，没扣扣子，手里拎着一个白色购物袋。

我关掉引擎，让船滑过最后几米。幸运的是海湾里那些螃蟹不见了。男孩们爬上突堤，我把油箱和鱼桶都递给他们，系好船，然后也爬了上去。

"大丰收啊，我看见了。"埃吉尔说，这时他也走上了突堤。

"是的，没办法。你要一点吗？"

他摇了摇头，淡淡一笑。

"你现在是刚到家还是怎么着？"我说。

"昨晚到的。给你带了这个来。谢谢你帮忙。"

他笨手笨脚地把袋子递给我。我不用打开就知道是什么；不管从重量还是大小来判断都是一瓶酒，而且他自己很爱威士忌，很可能还指望我会在他送出这份礼物之后，主动给他倒上一杯，所以疑问只剩下那是什么牌子。

"太棒了！"我说，"谢谢你！"

"爸爸，我们可以走了吗？"阿斯勒说。

我点点头，他们小跑着上了斜坡。

"你想来点咖啡吗？"我说。

"好啊，"他说，"你要把它搬上去吗？"

他低头看着装鱼的桶。

"恐怕是的，"我说，"船上还有。"

"我可以帮你。"他说。

我们把桶置于两人中间，合力把它运上坡。以这样的方式合作，有种令人不太舒服的亲密感，就像我们被锁在了一起，我找不到说辞来缓解这种不适，而埃吉尔什么也不会说。

他也有同样的感觉吗？

难说，埃吉尔这人我从来没弄懂过。

我们把桶卸在地下室的地板上，我坚持要自己去拿剩下那些鱼，并建议他可以在我的书房里歇一会儿。

他以前来这儿时，她有没有注视过他，想过他，幻想着他？抑或那只是她饱受折磨的灵魂深处的一种冲动？

我从船屋里拿出一个鱼箱，那种老式的泡沫塑料鱼箱，开始把鱼装进去。

她写的关于埃吉尔的那些东西，以一种奇怪的方式来看也能说得通。他是一个停滞在生活中的人，哪里也不去，只是站在原地。他会的东西不少，但他没能把这些知识利用起来，它们无所事事地闲置在那里，就像一块抛荒的地。她的父亲也是完全如此。无所顾忌也无所事事。什么都知道，什么都不做。我俩刚在一起时，我想我正是这一切的反面，健康的，天真的，雄心勃勃的。她想完全抛却她的来处，想要某种新鲜的、正常的、相当平凡的东西。她也得到了：先是英韦尔出世，然后是双胞胎，而有了孩子的头几年再普通、再正常不过了。

否则她为什么会选择我，一个普通的文学系学生？她想要谁都能到手的。

还是她其实一直都想要其他的东西？

或者她只是一直在假装，欺骗自己同时也欺骗我？

我把鱼箱放在昏暗的地下室的砖地上。这些鱼应该尽快被开膛破肚清理掉。但等上几个小时也无妨。

先是埃吉尔，然后晚餐。剖鱼，然后是一杯红酒一本书的夜晚。

像以前一样。

最好不要再想了。

我在热水里洗了洗又冷又湿的手，拿了两个杯子走进书房，埃吉尔站在书架前，手里拿着一本书。

"你找到了什么？"我说。

他把书冲着我举起来。这本书叫《死亡啊！你的毒刺在哪里？》，三十年代出版的。曾经是白色的封面已经泛黄。

"哦，那本，是的，"我说，"你想来一杯吗？"

他点点头，我给两个人倒上酒，我们坐了下来。他刚喝下第一口，就发出一声愉悦的喟叹。

"那本书不是我自己买的，"我说，"那是爸爸很多年前从一个乡下的拍卖会上弄来的，某个人遗产里的一箱书。你知道那件事吗？科伯案？"

"知道。但我从来没有读过他的书。"

"挺有意思的。它们充满了乐观进步主义思想，把死后的生命，或者说和死者的接触，变成某种理性的科学的东西。"

"他的儿子们都死了？"

"是。然后他通过那个当灵媒的女儿再次见到了他们。"

"嗯。"他一边说一边转动着手中的玻璃杯。

"那里对死后的生命有一些非常可爱的描述，"我说，"冥界就像一九二〇年代的腓特烈斯塔[1]。"

"也许那是真的。"他微笑着说。

静了一会儿。外面的灌木丛沿着墙壁贪婪地生长，几乎完全覆盖了窗户，从那些小小的空隙里可以看到后面的道路和石南丛。

"我去过一次印度，"他说，没有对上我的视线，"在我去过的一个城市里，三千年来他们一直在同一个柴堆上焚烧尸体。至少他们是这么说的。那是一个以庙宇为中心的小城。我想那一定是世界上和这里最不像的地方了。"

他用手臂往外一挥，表示这是他指的是这些房子和这片风景。他偶尔会做这种张扬的手势，每次都显得很奇异，因为他其余时候总是小心翼翼。

"所以我不信那里的冥界会像腓特烈斯塔。"

---

[1] 挪威东部港口城市，建于 1567 年。

他微笑起来。

"我从来没动过去印度的念头，"我说，"中国，可以。日本，可以。但是印度？母牛和腹泻？"

"那儿有很多人，"他说，"到处都是人，还有猴子和母牛。有些地方就像《银翼杀手》里的街道。动物、人、高科技，混杂在一起。"

"你知道印度的人口数量马上就要超过中国了吗？"我说，"而且它俩在世界最大经济体名单上的排名一直在上升。每个人都在谈论中国，但是印度才是大势所在。或者说印度也是。"

"或许吧，"他说，"但在那里触目惊心的是贫困。目睹那么多的苦难，在那儿待着是很难受的。那是一种属灵的文化，一切都被人间以外的力量所掌握着，所以他们以一种完全不同的方式接受贫困。"

又沉寂了一会儿。他是一个孔武有力的男人，但几乎没有任何气场，和他交谈十分自在，他善于倾听，从不强势，回避一切困难的话题。

软蛋，许多人可能会说。

有点太好人了，我现在想。但我喜欢他。几乎我提到的任何书或电影，他都读过或看过。

他自顾自地微笑，饮尽了杯中酒。

"那你的书写怎么样了？"他说，仍然不看我。

"在进展中。"我说着往前倾身，拿起瓶子先给他的杯子倒上，而他也几乎同时把杯子递了过来，然后给我自己的杯子也倒上。

我之前为什么要和他说这本书的事呢？这非常，非常不应该。但那时我喝醉了，感觉书马上就要完成而且绝对精彩。

"你想抽烟就抽好了，"我说，"我可以去拿个烟灰缸。"

我起身去了厨房。托芙在那里。她站着，双手撑在料理台上，凝视着窗外。

"你还好吗？"我说。

"是埃吉尔吗？"她头也不回地说。

"是啊。"我说。

"你为什么不叫我过来？他也是我的朋友。"

"我不知道你在哪里，"我说，"而且我以为你正忙着。"

她转过身，面无表情地看着我，然后走出了房间。没过多久书房里就传出了她的声音。

远处的海上已经放晴，那儿的天空是蓝色的，点缀着轻盈的白色云朵，不像这里，如此灰而沉重。我想他们应该有几分钟相处的时间，就站在那儿看外面。一只喜鹊从苹果树上飞下来，落在草地上，走了几步，就像一个人背着手走路，像是看到了什么，弯下腰想看个究竟。

海鸥在海湾低鸣。屋后传来低低的、沉闷的、不规则的重复声音。一定是男孩子们在踢足球。

我走进空无一人的客厅，看着窗外。没错，他们站在草地上，把球在他们之间踢来踢去。

一种满足感涌上我的心头，随后又消失了。

我穿过房子，敲了敲另一端英韦尔房间的门。

"嗯。"她在房间里说，声音无精打采。我打开门走了进去。她趴在床上，笔记本电脑合上放在她面前。

"你在干什么？"我说。

"没什么。"她说。

我本来可以问她为什么我一进来她就合上了电脑，但她可能会觉得那是一种指责，而我还想和她聊会儿，所以我对此没说什么。

"奶奶那边还好吗。"我说。

"很好，我想，"她说着坐了起来，"她有点犯糊涂，但她这样子已经很久了。"

"那她这次都干了什么？"

"有次忘记了烤箱里的小面包，还有她常把同样的话说上好几遍。但她的头脑特敏锐，真的。"

我在沙发上坐下。

"你能去看望她，这就很好。"我说。

"是啊。"她说。

"你还好吗？"

她无可奈何地看着我。显然我经常这样问她。

"好！"她说，对上我的目光，然后又低下了头。

"好吧，"我说，"有没有什么你正在考虑的事？"

她微笑着摇了摇头。

"李子熟了吗？"我问。

"嗯。"她说。

"那些黄李子？"

"嗯。"

"那是世界上最好的李子，"我说，"是正宗的老品种，你知道吗？"

"你说过好几次了，是啊。"她说。

我起身。

"埃吉尔来了，"我说，"我只是过来问问你怎么样了。"

"我很好。"她说。

"很棒！"我说，"晚餐我们吃鱼，行吗？"

"当然行。"她说。

我回到书房时，托芙正坐在我的椅子上，埃吉尔和刚才一样，手里还夹着一根香烟。他从那些脏咖啡杯里拿了一个当烟灰缸使。

我把烟灰缸放在旁边，把书桌前那把温莎椅挪过来坐下。

托芙在讲她的一件小趣事。她的脸从内到外放着光，棕色眼睛亮闪闪的，边说边乐。

埃吉尔微笑着看着她。

我喝了一口威士忌，看向书架上的书。她在讲她和几个艺术家参加一场晚宴，其中最大牌的一位艺术家的对头突然出现了，餐桌上一切都安静下来。主人也没辙，只能给那人找了把椅子。而正当他在那位艺术家对面坐下时，椅子塌了，那个对头栽倒在地。

托芙模仿着那个艺术家的声音。

"刚才是我干的，"她用深沉的声音说，"我会魔法。"

她大笑，眼泪都出来了。

"我可以蹭根烟吗？"我说着，看向埃吉尔。

"当然。"他说着把整包烟推给我。

托芙还在笑。

埃吉尔也笑了一下。

我点了根烟，六年来的第一支，小心翼翼地吸了一口。

托芙试图平复下来，她深呼吸了几次，但随后又大笑起来，没完没了。

埃吉尔有些担忧地看着我。

托芙起身出去了。我们还能听见她的笑声从走廊里传来，然后浴室的门关上了。笑声从那里面传来，闷闷的，但依然清晰，一波又一波，间以寂静。

"她现在情绪挺好。"我说。

埃吉尔没说话，只是谨慎地微笑。

托芙回来坐下。她又笑了起来，而且开始无法控制地打嗝。

我往杯子里又倒了些威士忌。她平静了下来，但只持续了几秒钟，她又爆发出笑声。

"哈哈哈哈！哈哈哈哈！"

她站了起来。

"我得走了，"她在打嗝的间隙说道，"再见，埃吉尔。哈哈哈哈！"

这次她走出了屋子，应该是去了客房。

"也许是时候回家了。"埃吉尔说。

"不用急，"我说，"来，再喝点儿。"

我向他举起酒瓶。

"那么，再来一点儿。"他说。

"太好了！"我给他倒酒，"这酒相当不错。"

"不错吧？"他说，"天堂般的酒。"

埃吉尔一个人住在几公里外一栋度假屋里。他出生在一个船东家族，在英国长大，直到父母离婚，他随母亲来了挪威，在这儿上的中学。他去哥本哈根读了电影学院，但没毕业。他充满冒险精神，有很多钱，但缺乏动力——这是我对他的评价。他在国外生活了几年，三十多岁时搬回南挪威，成立了自己的制片公司，开始拍摄纪录片，其中大部分都比较冷门——反正他有钱维持这些。他很关注亚文化，还有在各种社会环境里滋生的类似飞地的小团体。他有一部片子是关于挪威的一个小型基督教群体，被称作史密斯之友，还有一部是关于一群共居在一处的唐氏综合征患者，第三部是关于一个激进的小型右翼青年团体。后来他对此感到厌倦，把公司关了，那时他刚花了一年多的时间追踪卑尔根的一个极端死亡金属乐队，据他所说，尽管素材很有趣，但他一直没能腾出时间把片子剪完。我永远搞不懂他为什么要放弃，因为他工作时是倾尽全力的，显然这对他来说很有意义。作为辩解，他曾说纪录片是一个谎言。并不是因为记录总是主观的，从客观意义上来说这个词绝不属实，正如我在谈到真实性问题时所想的那样——不，他的论点关于存在本身，它是存在主义的，并假设所有事件不只是时间的一部分，而且时间性是它们的本质。万物出现又消失，永不重现，没有任何事物会再次发生或者捕捉——一旦被捕捉，它就变成了另一种事物。

但那又怎么样呢？我当时如是说。即使是另一种事物又如何？发生的已经发生了，不管它是否被胶片或照片捕捉到。人类总是通过讲述或书写来捕捉那些发生过的事。是的，记住一件事本身就是一种捕捉。

这并不是他所在意的，他当时说。他又不是哲学家，这无关理论，这关乎他想如何生活，以及他的信仰。

"所有的图像和影片都在污染那存在事物本身 ，"他应该是这么说的，"我们对事件和人物的囤积，已经挤压掉了我们生活在其间的时间。"

"嗯哼。"我当时说。我毫不怀疑他真的这么认为，但有什么告诉我他真正在意的完全是另一个问题，是更加切实存在的：他不相信任何东西，也不爱任何人。他所有的电影，也许除了关于唐氏征患者的那部之外，都是关于那些有着炽热信仰的人，或者说是与其他人截然不同的信仰，令他们选择遗世独居。他是被自己缺乏的东西所吸引。

由此可推，这也是他开始对神学感兴趣的原因。

现在他坐着，一条腿架在另一条腿上，手里拿着一杯威士忌，低头看着面前的地板。我绞尽脑汁想说些什么来掩饰或解释托芙的举止，但有点漫不经心，因为酒精已经让我热了起来，也缓和了我对托芙的行为以及他可能的看法的不安。

如果我继续喝下去，这烈酒的清澈光芒很快就会亮起了。

是我想要的。但我不想一个人，我希望他能留下和我一起喝。

我想我可以说外面天晴了，但我又想到这会把他的注意力转向室外，也许会让他想去做点什么，这样他就会起身离开。

"今年秋天我要讲史诗课，你知道，"我改口说，"从《伊利亚特》开始，到《神曲》结束。然后我会给中级学生开一门关于文学中的冥界的课程，作为延伸。"

"哦？"埃吉尔说。

"我突然想到你读的那本书，《死亡啊！你的毒刺在哪里？》也可以加进去。那会很有意思。因为它对冥界的描述与《梦之诗》[1]差不多。"

"听起来很有意思。"埃吉尔说。

"是的。"我说。

"但你自己怎么看？"他说。

"关于什么？"

"关于死后的生命。"

我耸了耸肩。

"我完全没有想法，差不多？"

"你相信死后有生命还是没有？"

这么较真都不像他了，我看着他。他微笑地坐在那儿。我有一种感觉，好像他知道一些关于我的事情，是我自己所不知道的。我和埃吉尔交谈时常有这种感觉。

"不，我不相信死后有生命。"

---

[1] *Draumkvedet*，挪威中世纪最著名的叙事诗之一，最早的文字版本出现在 1840 年代。

"那你为什么对它这么感兴趣？它代表着什么呢？"

我又耸了耸肩。

"我正在讲授一种文学体裁，冥界恰好在其中占了一个突出的位置。就是如此。"

"但你不用特意把冥界单独拉出来讨论。你可以聊身体或暴力或神性。神性在古代史诗中也有显著地位吧？尤其是但丁。"

我迎上他的目光，笑了笑。这个肯定是他很感兴趣的话题。于是我倾身向前，抓起桌上的酒瓶，先给他的杯子斟上，再给我自己倒上，然后靠在椅子上，喝了一口，再次对上他的视线，浓烈的、几乎是灼烧着的烟熏味充满了我的口腔。

"我也不信神性，"我说，"但我对现实与对现实的想象之间的关系很感兴趣。"

"也就是说一旦你相信冥界，它就成为现实的了？"

"不，不完全是。但世界和现实不完全是一回事——世界是我们生活的物理现实，而现实则是我们所知、所想和所感到的一切。关键是这两个层面是完全无法区分开的。冥界曾经属于现实层面，但它从来就不是世界的一部分。"

"恶心，"埃吉尔说，"所有这些相对主义多么无聊啊。"

"那你信什么？"

"我？我信神性。"

"你信上帝吗？"

他点了点头。

"是的。"

"为什么？"我说。

"什么意思？"

"我只是不理解一个理性的人会信上帝。"

阿尔内

"我在你心里的地位一落千丈了吗？"他说。

"不，不，别犯傻，我只是吃了一惊而已。"

外面的水洼里阳光在闪烁。我看到那些砾石已经泛出较浅的颜色，因为热度释放了其中的潮气并以看不见的手将其提到空中。公路对面的树叶在风中微微摇动。

"史密斯之友相信耶稣出生时本是个凡人。"埃吉尔说。

"也就是说，他有与生俱来的意志，那和神的意志是相逆的。但他总是选择神的意志，最后，通过如此作为，他成了上帝本性的一部分。"

"你信这个吗？"我说。

"我信神性是某种我们能亲近也能疏远的东西，而良善的一生就是试图尽可能去亲近它的一生。"

"这是什么意思呢？"

"在印度，人们喝水前必须先过滤，因为他们不想杀生，"他说，"也就是水里的微生物。"

"这是良善的一生吗？"

"洞察到所有生命都不可侵犯，这是个开始。"

"然后你就变得具有神性了？"

"耶稣就是这样。"

"你不会信这个吧！"

与此同时，外面大门被打开，紧接着有奔跑的脚步声穿过玄关。门开了，阿斯勒和海明冲了进来。

"爸爸，有一只小猫不见了！"阿斯勒说。

"彻底不见了，"海明说，"我们四处都找过了。"

"也许当时门敞着，它就溜出去了，"我说，"你们最后一次看到它是什么时候？"

"昨天。但是我们也在外面找过了。"

"它可能被狐狸或什么猛禽抓走了，"我说，"有时也会发生这种事。"

"也许它只是迷路了，"海明说，"你能和我们一起去找吗？"

"我们有客人，"我说，"不过你们不要急，再找找看。"

"拜托了，爸爸。"阿斯勒说。

"我可以和你们一起去找，"埃吉尔说，"我们可以把花园仔细搜索一遍，我相信我们会找到它的。小猫总是会待在妈妈附近的。"

"好吧。"我说着叹了口气起身。这烈酒喝得我脑袋轻飘飘，身体发沉，在玄关弯下腰穿鞋时失去了平衡，摔在了墙上，幸好我就挨着墙，所以没完全倒下。

"哎呀呀！"我说。

男孩们站在那里看着我系鞋带。埃吉尔穿着雨靴，打开门，走进花园里。这会儿太阳无遮拦地照着。海上吹来一阵微风，树枝随风摇曳。

"好了，"我说着站了起来，"如果你们在屋里找，我和埃吉尔可以去花园看看。好吗？"

"它不在屋里。"阿斯勒说。

"屋里每个地方我们都找过了。"

"好吧，"我说，"那我们一起行动吧。"

"嘘！嘘！嘘！"男孩们走在我俩中间，经过草坪时他们呼唤着，"出来吧，小猫！喵喵喵！"

埃吉尔掀开灌木丛，蹲下身子凝望着我们经过的花圃。我几乎要以为我们会发现它在灌木丛下蜷成一团，被吓坏了。

"我觉得它不在这里，"当我们走到另一端的墙壁时我说，"我们回去看看，如果找不到也没办法，只能希望它自己出来了。"

阿尔内

"它就在这儿，爸爸，我知道，"阿斯勒说，"它可会藏猫猫了。"

"啊，是的。"我说。

结束搜寻之后，埃吉尔抵住了再喝一杯的诱惑。他说他还有事要做，骑自行车回家了。

我给自己又满上一杯，在他刚坐过的椅子上坐下。幸运的是，我还有足够的清明请他留下几根烟。

我点了一根，把一条腿架在另一条腿上，往后一靠，向天花板吐了一口烟。

男孩们又在踢足球了，英韦尔在她房间里和什么人讲电话，托芙在客房里忙着，因此我可以心安理得地坐在这里。

再来一杯。然后我就去劏那些鱼。

我起身走到老旧的立体声音响柜前，打开它，按下功放开关，翻着里面少得可怜的唱片收藏，它们打着我父母无知品味的烙印，十几岁时我曾经高高在上地蔑视着它们。戴安娜·罗斯旁边是史蒂夫·哈克尼，然后是平克·弗洛伊德，再然后是利勒比约恩·尼尔森。

他们曾让我觉得丢人。电工爸爸，小学老师妈妈。这并不是我想要的出身。

无论如何我随着年齿增长变聪明一些了。

《迷墙》！

它现在听起来怎么样？

我将唱针放到转动的唱片上，当第一个手风琴音符在房间里响起来时，我站到了地板中央。

然后突然：嘟！嘟嘟！嘟嘟嘟嘟嘟嘟嘟嘟嘟！

我开始跟着唱，因为每个音符都来自童年，当时我躺在房间里，听着爸爸妈妈坐在这里放这张唱片。

啦啦啦啦啦啦啦啦。

啦啦啦啦啦啦啦啦。

我走过去拿起杯子，一口气干掉，又重新斟满。我用想象中的鼓槌敲打着空气，随着歌曲进入华彩部分，凝实的直升机引擎的声浪不断爬升，我闭上眼睛，双手在面前抖动着，越来越快，直到那声浪突然中止，迎来一声婴儿的啼哭，然后我站着不动了，因为那婴儿的哭声一直触及我心底，我的眼睛里充满了泪水。

妈妈爱她的孩子
而爸爸也爱你

我坐下来点了根烟，多年来从未如此快乐过。想要这种欣悦继续下去的冲动很强烈，但有一些障碍。首先我得做晚饭，但现在吸引我的是更为广大而模糊的东西，为这种琐细而精确的事务奔忙对我来说毫无吸引力。我甚至也没什么兴趣和孩子们坐下来一起吃饭。不是说我做不到，只要稍微集中一点精神就能糊弄过去，他们什么都不会留意到，但要说服自己打起精神处理琐事，需要强大的意志力——我就不能不管不顾哪怕一次吗？

我可以开车去找埃吉尔。

或者该死的，特隆·奥勒！

是的，那是他的主意。

他那里肯定没问题。

但我还有事情得先处理。

一些重要的事。

我起身走到唱机前，提起唱针，关上功放。

我该干什么来着？

外面客房的门开了，托芙走了出来。尽管阳光明媚，她还是穿着长度及膝的雨衣，刚好接上橡胶雨靴的靴口。

她要去哪儿？

我走了出去。当我打开大门时，她正穿过草坪。

"托芙！"我喊道。

她转身。

"你去哪儿？"我说。

"出去走走。"她说。

"你能做晚饭吗？"我说。

她摇摇头。

"你做吧。"她说。

她转身继续前行，朝着通往大海的小路走去。

我回到房间。快乐已经离我而去，但它没走远，我仍能感觉得到。

只是我还有什么事要做。

是什么？

剖鱼。哦是的。

当我意识到就是这件事时，失望的感觉瞬间袭来。

但还是必须去做。

不过我可以先补充点弹药了。

补给。不是弹药。补给才是正确用词。

我把杯子斟满，端着它走了出去。我在木阶前驻足喝了一口，同时望向大海。太阳正在落下，它无形的光线像一颗颗小小的光石子，在光滑的水面上弹跳折射。

左边传来一声响亮的抓挠声。我转过身去。一只松鼠正在翻过房子的墙壁。看起来它好像免于重力的束缚，因为墙是垂直的，而它跑在上面毫不费力。

它停下来了。尾巴倏地动了动。向下，向外，向上。向下，弹开，向上。

它在看着我吗？

"你好啊，小松鼠，"我说，"你在看什么呢？"

它发出低沉的嘶嘶声，然后朝着屋顶斜攀上去，越过排水沟，跑上屋脊，脚爪拍打着屋顶，随后消失在屋脊的另一边。

我又喝了一口。

也许我应该把一整瓶都拿上？这样我就不用一直跑上跑下了。

我回到屋里。走廊里英韦尔房间的门开了，我抢在她出现之前进了浴室，锁上门，坐在浴缸边上。

该死的白痴。坐在这儿躲着自己的孩子。

"爸爸？"她说。

"我在上厕所。"我说。

"我就问下什么时候吃晚饭。"

"马上。"我说。

"我们吃什么？"

"我的天，孩子，我上厕所呢！"我说。

"好吧，好吧，对不起啦。"她说。

她房间的门又关上了。我从卫生纸卷上扯了些纸，扔进马桶里，冲水，在水龙头下装样子冲了冲手，又回房间取了酒瓶，拿着它下到地窖，把它放在工作台上，站着看了一会儿那几箱鱼，然后弯下腰抓起其中的一条。我拿起放在台子上的刀，我切下鱼头，并非毫无乐趣，因为刀丝滑地游走过干掉的鱼皮，湿润的鱼肉和坚硬的脊骨。然后我把鱼纵向切开，展开两侧，掏出肠子和内脏，冲洗干净，放在一边，拿起玻璃杯喝了一口，鱼鳞立刻粘在杯壁上，然后开始下一条。

阿尔内

清理完五条鱼后，我在小窗下的旧凳子上坐下歇口气。

我打开烟盒，里面只剩下一根烟了。

我点燃它，把头靠在墙上，闭上了眼。

我咳嗽着醒来，一开始不太知道自己在哪儿。四下漆黑一片。然后地窖和鱼的味道袭来，于是我又想起来了。这就好像住在一个气球上，我想，它趁我睡着的时候慢慢地在空中下降，落向下方的生活。我得在为时已晚之前重新上升。

烟都抽完了，但酒还有，我把杯子里剩的酒一口气喝光。

"噗！"我摇摇头，又倒了一杯。

我不能在这里待下去了。

我拿出手机，找到了特隆·奥勒的号码。

如果我给他发短信，他可能会说很忙。还是直接打过去更好。

我一只手在倒酒，另一只手翻到英韦尔的号码。

"我得出一趟门，"我写道，"冰箱里有比萨。你可以热一下给你和弟弟们吃吗？很快就好。"

我起身拎着瓶子走出去，关上身后的门，朝汽车走去，然后想起来车钥匙在挂在走廊上的外套口袋里。

"见鬼了，真是。"我说着，沿着房子往回走，尽可能小声地打开门溜进去。客厅里传来电视的声音，男孩们可能正坐在那里。而英韦尔舒服地待在自己的房间里，她出远门回来，需要稍微休息一下。

我把钥匙从口袋里勾出来，又蹑手蹑脚地出去。就在我按下开锁，汽车前灯在昏暗暮色中亮起时，手机响了。

我坐进车里启动引擎，然后看手机。

是英韦尔。

"好吧。"她写道。

"太棒了!"我写道,在后面加了三颗心。然后我把车挂上挡,转上了公路。码头的小卖部应该还开着,我想。对于自己喝了多少我只有模糊的概念,为了安全起见我开得很慢。可能也没喝得太多,毕竟我还在考虑要安全驾驶。

安全驾驶,开向突堤的路上我一直牢牢记着这个想法。拐弯后是一段笔直行驶的路,我扭开瓶盖喝了一口。在我把瓶盖盖回去之前,下一个拐弯到了,我只好一手拿着瓶子,一手打方向盘。

小卖部前的停车场空无一人,但窗里有灯光,我能看到里面有一个身影的轮廓。我停下车,打开车门,手里还抓着瓶子,我站起来时失去了平衡,踉跄着向前走了几步。

拿着酒瓶也许不太好,我想,于是我把瓶盖拧紧,放在副驾驶座位前面的地板上,同时向小卖部望去,看看他/她有没有看到什么。

并没有。他/她低着头坐在那里,当我走近时,我看到下方的微弱灯光照着这张脸。

我用指关节敲了敲窗户。

他——我可以看到是他了——一个大概十七岁的壮实的他,吓了一跳。

我用一只手的食指和中指在嘴唇前来回移动着,全世界通用的吸烟手势。

他打开窗口。

"两包二十支装的万宝路。"我说。

"好的。"他说。

我把银行卡插入他举在我面前的读卡器,然后输入密码,拿着烟回到车上。

我坐进车里,拆开一包烟,在杂物箱里找出一个打火机,点上一支香烟，边眺望码头，边吸了几口。如果不是因为酒瓶几乎就要空了，我满可以把特隆·奥勒抛在一边，在这儿坐着就好，我想。

旁边座位上的手机亮了。

我抓起它。是英韦尔发了条短信。

"妈妈在哪儿？"

该死的。就不能让我清静一会儿吗？

"我真不知道。"我回复。

然后我发动引擎，掉头开上马路，手里还夹着香烟。周围没有其他车辆，警察也绝对不会在这个时候巡查，所以没什么可担心的，我这样想着，踩下油门。

手机又亮了。我的眼睛盯着路，伸手摸索着，感觉到坚硬的边缘抵在我的手上，然后将屏幕举到面前。

"她不在这里。"

"好的。"我输入，然后放下手机。这条路穿过一片森林，两边都是黑压压的树木。白天的时候有些地方可以在树干间瞥见大海，很难分辨听到的哗哗声是来自树木，还是远处拍打着海岸的波浪。

我降下车窗，扔掉烟蒂，然后又点了一根，灌了一大口酒。我把瓶子放进杯架，简直不敢相信以前我从没这么做过。它稳稳当当地立在那里，没有瓶塞也没关系。

又来了一条新消息。这次我没管它。

路转了一个弯，然后我就到了一片绵长的、高山般的平原上。

轮胎下突然传来嘎吱嘎吱的声音，听起来像是一连串小爆炸。

我猛踩刹车。

是轮胎穿孔了吗？

不是。

是路上有什么东西。

整条路上都是。

看起来像石头，但是它们在动。

我打开车门，小心地走出去。

最近的那些大概离我十米远。我走过去，发现是螃蟹。上百只螃蟹。

它们发出一种类似嘀嗒嘀嗒的声音。

哦，真该死。

这究竟是怎么回事啊？

我回到车里，关上车门。

新的螃蟹源源不绝地从草地上冒出来，爬到路上。

我喝光了剩下的威士忌，点了一支烟。

它们仿佛被一种力量召唤着。就像被一道光吸引过去一样。

但是在陆地上？

恶心。它们受本能支配，为什么在其他一切都崩溃时，本能不会崩溃？

我坐了很久，踌躇良久才发动引擎，因为要穿越这片平原就必须从它们身上碾过去。当我镇定下来，给汽车挂上挡，慢慢向前驶去时，平原尽头山丘上方的天空忽然大亮。

看起来就像是森林着火了。

但我明白过来那是一个天体，因为那光上升到空中，倾刻就和山脊分开了。

那是一颗星星。

那是一颗多么惊人的星星啊。

我熄火下车，靠在引擎盖上，抬头看着它。在我身后，副驾驶座上，手机再次亮了起来。

卡特琳

我，总是早到的人，任何事情都没有迟到过——我是说，从不——八月的一个周日晚上，我穿过站台，匆忙走向通往加勒穆恩机场出发大厅的电梯，距航班起飞只有半小时。拉杆箱拖在身后，包挂在肩上，心在胸口狂跳。如果没赶上，也不至于大祸临头——大不了在机场酒店住一晚，搭次日早上的第一班航班，在九点钟之前坐进办公室——但我就是无法忍受这个想法。在这逐渐松脱之物里有一种黑暗，以及邪恶。当然，这是不理性的，但知道这一点也无济于事。唯一有用的是及时赶到。

当我停在电梯门前，电梯已经在上行了。

总是如此。

为什么我刚才不去乘自动扶梯呢？

我按下按钮，身体前倾，透过玻璃门看到电梯的底部悬在上方一动不动。我查了一下手机上的消息。有一条是高特发来的，问飞机什么时候落地，一条来自卡米拉，感谢我周末的陪伴，还有一条来自北欧航空，昨天收到的，一直未读。

电梯是永远不来了吗？

我又按了一次按钮。

"按再多次也没用，你知道的。"一个声音从我身边传来。

我吓了一跳，转身看到一个六十多岁的男人站在那里，一张圆脸，柔和得出奇。

我怎么没注意到他过来呢？

"我知道，"我说，"但我还是会按的。"

"啊，这么做也没问题。"他微笑着说。

他显然属于那种爱开玩笑的人，那些需要保持好兴致，并会为此利用他人的人。

电梯滑了下来。

"你看，"我说，"还是有用的。"

我拖着行李箱进去，站在电梯另一端的门前。

"你要去卑尔根吗？"那男人在我身后说。

他怎么知道的？

"不是，"我说，"为什么这么想？"

"你看上去不像出远门的样子，"他说，"去卑尔根的航班是最后起飞的国内航班之一。"

"啊哈。"我说，希望他不会问我到底要去哪儿。

偌大的机场大厅几乎空无一人，我匆匆穿过大厅，办理了值机手续，安检处只有我一人，可能是最后一个，出发航班信息板上的"登机"字样亮了，我开始沿着那宽阔得望不到头的通道奔跑。我不喜欢这样，这让我觉得很狼狈，大衣翻飞，袋子咣荡着，手臂来回摆动，但反正不太可能有任何我认识的人看到我这么不体面的样子，对其他人来说我只是一个可能要赶不上飞机的女人。

除了站在登机柜台后面的两名工作人员外，登机口已经没人了。

"最后一刻，当然。"一个留着黑色短连鬓胡子的年轻人说。

我气喘吁吁地把机票递给他，他扫了一下，当我沿着通道向飞机走去时，我听到他在我身后说"登机结束"。

我依然气喘吁吁，为了平复气息还停下了一会儿。我感到有点不舒服。

我身体这么差了吗？

我走进机舱，在商务舱的一个座位上看到了电梯里的那个男人。我立刻看向另一边，但是已经来不及了。

"所以你改主意了？"他笑着说。

"我只是想保护自己的隐私。"我说，给了他一个微笑，然后把手提箱放在行李架上，在他身后第二排的座位上坐下。

我往后一靠，闭上了眼睛，心率此时慢慢降了下来。但恶心的感觉还没有消失，它像一种柔软的压痛伏在我的胸口和胃部。我知道我应该给高特回消息，但我现在完全不想去做这件事。

我睁开眼睛。

他怎么会在我之前到的？

他在电梯里一直在我身后。我紧赶慢赶，甚至用跑的，也没有需要排队的地方。

也许还有另一条路。也许他是某个航空公司的员工，有专属的快速通道。

窗外，一架大型客机正被牵引着后移。处处灯光闪烁，黄色、橙色、红色。两个穿着工装裤、戴着防护耳罩的男人站在一旁无所事事地看着。他们看起来小得惊人。机场上呼啸而过的车辆也是如此。仿佛它们属于一个微型世界，相比飞机的高大宏伟渺小了太多。

彼得明天有体育课，我得记得提醒他。昨天训练结束后高特肯定会忘记洗他的运动服，但应该还有些干净衣服。玛丽该带上她之前借的书去图书馆了。

我和他们说话时，他们看上去真的很高兴。高特带他们去诺德勒斯海滨浴场游泳，他们也都很欢喜。水对他们总是有益的；当他们跳进游泳池或在某个海滩畅游时，所有冲突都消失了。

　　一名空乘在扬声器里对所有乘客致以欢迎。我从包里拿出手机，点开高特发来的短信。

　　你什么时候落地？牛排和红酒在这里等着你！他写道。

　　十一点左右到家，我写道。很期待和你一起宵夜！

　　然后我又删掉了这句话，飞机开始移动，我放下手机。在我们身后越来越远的那栋建筑上方的光穹布满了雨水的痕迹。我想起了我在市中心站台上看到的几乎全黑的乌云。

　　我希望我能就这样坐在这个座位上，再也不用起来。就坐在这儿，滑行，起飞，飞越地球。是的，我会站起来，走出去，但是在一个陌生的国家，一座陌生的城市。

　　不要回家。

　　只要不回家。

　　一种突如其来的悲伤充满了我。

　　一切原来是这样吗？

　　这个想法让我痛苦。

　　但这是真的。我不想回家。

　　我不想回家。

　　上周四，我坐在去弗莱斯兰机场的大巴上，享受着旅行的感觉，尽管窗外的一切都很熟悉，而此行的目的是工作。我真心期待某事的情形越来越稀少。但我对这次旅行已经期待很久了。几年来我一直参与《圣经》新版本的翻译工作，现在这项工作即将结束，所有参与者将在奥斯陆圣经公会的办公楼里举行为期三天的集中工作研讨会，从外地过来的人也会住在那里。这里面大多数人我以前就认识——挪威的神学界并不大——我所期待的是和他们相聚。或者说是和其中的几个人相聚，也就是卡米拉、赫勒和西比约恩，我们是大学同学，还有图伦，我们成为朋友的时间稍微晚一些，她是一名研究员。我一直怀念我们的讨论，以及对世界和人生的开放态度。也许很天真，但足够真实。那时我以为人生就会如此展开。我们挥霍时间和思绪，可只有当这一切过去，我才明白它独一无二，永不重来。生活就是这样，不是吗——年轻时我们认为还有更丰盛的将要到来，认为这只是一个开始，而实际上这已是一切，而我们不假思索就拥有的那些，很快就会成为我们唯一拥有过的东西。没有什么不胜枚举的新朋友，只有卡米拉、赫勒和西比约恩，也没有什么纷至沓来的新观点，我们当时的想法至今依然是最重要的。

我的生活在某种程度上比那时更真实，因为它所扎根的现实更绝对。我生了两个孩子，对他们的爱也许是我唯一无条件的爱，唯一我从不质疑或怀疑的爱。从另一方面来说，当大巴驶过在雨中闪闪发光的丹麦广场，我抬头望向索雷海姆坡，我在想，更绝对的生活并不仅仅意味着它更真实，也意味着更加无法摆脱。再没有什么是如我们二十出头时那样，开放而充满可能的了。

但谁说生活一定要开放？

大学时期指导我的那位牧师曾说过，只要往旁边走一步，一切就会不同。他一直谈到我作为牧师的灵魂抚慰者的角色。我不知道为什么我会记得这么清楚，因为他，那个牧师，说了很多，但可能因为他说的是真的，因为我需要这种解释。人们消失在自己的生活和冲突中，失去了视角，不知道自己身在何处，也迷失了自己的身份，包括当下、过去与未来的身份。

但往旁边移一步几乎也是不可能的。

光是这个念头已经让我感到内疚。我有彼得，我有玛丽，我还会缺什么呢？我要那开放性有什么用？

我已经开始想他们了，尽管那天早上我刚见过他们，而且三天后就会再见到。

大巴在拉古恩购物中心外停下接载乘客，大雨如注。人们挤在伞下面无表情地匆匆走过，手里提着购物袋，推着婴儿车。车尾灯闪着红光，后备厢打开又关上，公共汽车呼啸而去。

那个牧师当时还说了些别的，已经烙入了我的记忆。关于保持凝视。

"你看过那部电影《富贵逼人来》[1] 吗？"卡米拉在我告诉她牧师的智慧话语时这么说。

"你是说它们是陈词滥调吗？"

"是的，甚至可以说太陈词滥调了！你自己能听出来，对吧？'往旁边一步'，'保持凝视'！"

我对此说了什么？

我不记得了。但肯定说了些最简单的往往是最真实的之类。

《富贵逼人来》里的园丁可能也会说这些，我想到这里，笑了起来，看向窗外的田野，它们在雨中泛着绿色的光泽，在工业建筑和建筑工地之间古意相当盎然。

几只羊低着头站在几百米外的一处峭壁边吃草。

多么不可思议，会有人在那里设一个祭祀的场地，选出一只动物来割断它的喉咙，按照仪规把血洒在周围，然后把它放在篝火上炙烤，以此向上帝致敬。

我们的时代是多么不同啊。

---

[1] *Being There*，1979 年的美国讽刺喜剧电影。

但绵羊是一样的。这些青草、石头、云朵、雨水，都是一样的。

与此同时我收到了来自高特的消息。当我打开它时，里面全是心形、笑脸、汽车和飞机。他在下面写着，玛丽想对你说这些。

我回了一颗心。

已经能看见远处的平原上的机场指挥塔了。

如果我从自己的生活中走开一步，我想，也不会缺失什么。如果我保持凝视，只会看到孩子们，此外什么都没有。

我决定永远关上那扇门。

飞到奥斯陆，全情投入地参加研讨会，周日晚上回家，享受我在那里拥有的全部。

这个决定的效力持续了很久，我非常享受飞行旅程，享受乘坐去中心车站的火车和出租车的感觉，我喜欢夜间到达时圣经公会大楼里的氛围，以及分配给我的简朴的小房间。那里厕所的马桶里漂浮着一些白色的东西，看起来像精液，看到的时候我乐了，有那么一瞬间在想我要不要找一下谁在我之前住过这间房，但我当然没有，我出去在附近一家中餐馆吃晚饭，晚上睡得像个婴儿，次日做了我的报告，参加了一个一直持续到午餐时间的讨论，晚上我和图伦碰头。接下来的两天都以同样的方式度过：我们小组的工作会议，在大厅的报告，随后的受益良多的讨论。整体水平很高，作为听众非常愉悦，尤其因为它们让我想起了大学年代——其中很多做报告的人也是当年给我们讲课的人。

但现在它已经不起作用了。

我不想回家。

这是一个如此糟糕的认知。

但这是真的。

当飞机朝着跑道滑行，大雨在舷窗外倾泻如注时，我盯着手中的电话,试图尽可能清晰地思考,而机组人员在过道上进行安全告知。

我飞速给高特写了一条消息并在我改变主意之前发送了它。

没赶上航班,必须在加勒穆恩过夜了。明天坐第一班飞机,直接去办公室。我为此感到抱歉。但也许我们明天晚上可以吃牛排就红酒?

消息下方立即出现三个点,我眼前浮现出他一个人站在客厅里低着头打字回复的样子。空姐正站在两排座位之前穿上救生衣,用幅度很大的手势展示如何使用它,精确地配合着扬声器系统里放出的声音,那声音讲的也是相同的内容。

太不像你了。出什么事了吗?

研讨会结束后与卡米拉和赫勒一起出去了,出租车没来,然后火车停到好像永远不开了,我回答,我前方的那位空姐开始沿着过道走过来,她的头微微转动,看着两排座位,在我的回复下方的新的三个点开始动起来了。

我把手机放在膝盖上,屏幕朝下,但她肯定看到我在打字了,因为她停在了我旁边。

"您的手机打开飞行模式了吗?"她说。

我点点头,给了她一个微笑。

"现在是了。"我说。

她继续往前走。

我得再回他一句,否则他会起疑心,因为假如像我写的那样我在酒店里,这沉默就无法解释。我又不能说手机没电,因为我可以在酒店充电。如果我说忘了带充电器,他会觉得不太可能——两桩小概率事件会让他产生怀疑,先是错过航班,然后手机又没电——我大可以从前台借一个。

我把手机翻过来,读了他的新信息。

祸不单行！家里一切都好，孩子们睡了，我在工作。想你。

我也想你，我写道。晚安。

我关掉手机，放进包里，然后坐着看窗外。我看到雨水打湿了下方的水泥地，地面的颜色变深，那些导引灯在近处看上去似乎是随意布置的，但从远处看形成了一条清晰笔直的跑道。

飞机停下来，引擎开始轰鸣。随着一阵颠簸，被压抑的力量释放出来，飞机开始冲过跑道。

我突然不知道我为什么要对高特撒谎，今晚住酒店到底有什么好处。我几乎从不冲动行事，总是把事情想清楚了再做。

但既然今晚我已经不可能回家，至少不撒谎就回不了，那不妨享受一下这偷来的几小时。

自由的感觉压倒了一切。

就这样吧。

但我也没做什么错事。这可能挺傻的，但不是错事。

不需要再发生什么了。今晚我可以住酒店，跟往常一样去上班，下午回家，吃晚饭，陪孩子。读书给他们听，哄他们睡觉，也许再工作一个小时……

生活本身从来不是问题，你看待它的方式才是。当然，前提是没有饥饿、艰辛或暴力的生活。

高特是个好父亲、好男人，体贴又不自我。我无法要求更多。我们在一起的生活很美好，只要我让那美好闪光就好了。

我到底在做什么？

窗外黑暗的深处，道路上灯光闪烁，像一条在看不见的障碍物之间穿行的蛇。稍远处是一个小镇，灯火通明，像一盏枝形吊灯。更远的地方则再次陷入黑暗。

机舱内响起了一阵轻柔的叮叮声，"系好安全带"的指示灯熄灭了。机组人员站起来开始准备服务。飞行时间只有半小时左右，所以他们可能也没有多少时间提供服务，我想着，向前躬身从包里拿出一本书，卡米拉这么多年一直把它挂在嘴边，这次见面她送给了我，托尔斯泰的《天国在你们心中》。我把它放在旁边的座位上，伸手摸索我的眼镜，但没找到，于是我把包拿起来放在膝头想好好看看。我应该不会把它忘在餐厅里了吧？

看菜单时我戴了眼镜。

我把它放回去了吗？

完全没有印象了。

我把包放回去时，新的一轮恶心袭来，贯穿了我的全身。我向后靠去，试图稳住呼吸，我觉得自己随时都会呕吐。

以防万一，我从前方座椅靠背的口袋里拿出一个白色纸袋，小心翼翼地拿在手上，挨着大腿侧面。

我的额头上全是汗水，湿湿的。

哦啊。

我一动不动地坐在那里，试图控制住那不断上升的恶心浪潮，让我的思绪随它游走，驯服它，驱散它。还真的管用，恶心感慢慢地消退了，我把纸袋放回原处，重新开始正常呼吸。

装着小吃和饮料的手推车靠近了，我掏出钱包。我想要一瓶可乐和一包饼干，如果他们有的话——我小时候犯恶心时爸爸就给我吃这些，从那时起它们就一直是我处理这种情况的良方。

一定是因为我吃坏了什么。我们都点了薯条和贻贝，那些贻贝肯定不新鲜了。只要有一个是变质的就够了。

一定要记得提醒高特在修车账单被转到催债公司之前付掉它。然后把从暑假前一直放在学校的那两个桶拿回来。

也许两件事要分开说。我提醒他时他总是很不高兴。但这都怪他自己，总是把所有事一拖再拖。

还得为星期二的那场葬礼做准备。

我感觉我有点害怕。死者没有家属，也没有什么朋友登记要出席。在空无一人的教堂里送别死者，其糟糕程度仅次于孩子的葬礼。

空姐推着手推车走过。我试着引起她的注意，但她忙着招呼坐在另一边的旅客。

"劳驾？"我说。

她没有任何看到或听到我的表示。

"劳驾！"我说，这次提高了音量。

可能太高了，当她转向我时，目光有点愤愤然。

"怎么了？"她冷冷地说。

"我能要听可乐吗？"

她没回答，只是拉开那些抽屉中的一个，拿出一听可乐，一言不发地把它连同一个塑料杯递给我。

"有饼干吗？"我说。

"我们没有饼干。"

"薄脆饼呢？"

她叹了口气，拉出另一个抽屉，递给我一个薄薄的绿白相间的小包装，里面是瓦萨牌脆饼。

我拿出银行卡。

"你在她那儿付。"她说着朝另一位空姐点了点头，然后微笑着转向下一排的乘客。

我搞不懂她的不友好。不会是因为我刚才用手机的时间太长了吧？但她们应该已经见惯了才对。

反正没什么好担心的。

我打开那包薄脆饼，咬了几口，就着可乐咽了下去。随后我拿出手机翻看最近拍的那些照片，其中大部分是几周前我们在克里特岛度假的照片。玛丽在那儿学会了游泳，很突然。我反应迅速地给她拍了下来，不是她第一次游起来的时候，而是几分钟后的第二次。我们一直在一个小海湾里，旁边是一条交通繁忙的公路，附近还有一些工业厂房，但视频里看不到这些，只能看到小玛丽，她的头向后仰着远离水面，胳膊和腿在水下顽强地努力。在她身后，蔚蓝的大海一直延伸到海湾另一侧蓝绿色的岩壁，陡峭的岩壁上点缀着沙色的斑点和裂缝，耸立在明亮的天空之下。她整张脸上都洋溢着专注和喜悦。

"哇，玛丽！"视频里能听到高特的喊声。

我拍视频时他一直站在我旁边，用胳膊搂着我。

如果我说我想离开他，他会怎么说？

但我不会的。

我反正不会这么做。

我把手机放回包里。引擎的轰鸣声变了音调，我们肯定开始下降了。

他不会明白的。他会认为我外面有人了，那是他唯一能理解的解释。

是我做错了什么吗？他会这么问。有什么是我能改的吗？

那我该说什么呢？

我外面没人，他也没做错什么，也没有什么能让他做出改变，让一切变好。

但那到底因为什么呢？

除了孩子们，我们已经不再有任何共同语言了，你没留意到这个吗？

没有。难道我们不是一切都相通吗。毕竟我们共同生活。

我很难受，高特。但我过不下去了。

他会痛哭流涕吗？他会大怒吗？他会从此彻底拒绝我和关于我的一切吗？

下方的城市灯光映入眼帘。这不是我通常看到它的角度，因为我坐的那些航班通常从南边飞来，掠过那饱经风霜的群山和小岛，但现在我能清楚地看到整个城市：那是桑德维肯，那是诺德勒斯岬角，那是布吕根码头，那是修道院，那是悉纳斯豪根。

天空晴朗，沃根港口楼宇的灯光在黑色的海面上闪烁。

在加勒穆恩机场那些漫长的走道和长途跋涉后，进入一个小型机场建筑令人感到舒心，步行几米即可抵达通往行李传送带及出口的楼梯。

我在楼梯底部停下，放下箱子，拉起提手，这时一个声音从我身后响起。

"牧师不应该说谎，不是吗？"他说。

是电梯里的那个人。他微笑着。

我走开了。

"我无意冒犯，"他说着走到了我身边，"但你说得很明白你不去卑尔根。那你现在在哪儿？"

"我认识你吗？"我没看他，加快了脚步。

"我想我们不认识。"他说。

我知道我根本就不该和他说话，不该再说的，但他身上的某些东西也让我感到好奇。

"你怎么知道我是牧师？"我说。

"我有时去教堂，"他说，"我留意到你了。你是一个称职的牧师。你有很多有趣的想法。不是所有的牧师都有的。"

我什么也没说，继续穿过出口的门，当我在外面停下来查看出租车站的位置时，他已经走了。

我走向酒店，托加曼尼根广场几乎空无一人，只有几个零星的夜行者。酒店在广场旁边的一条小巷里，我在出租车上订了房间。在这种情况下来到城里感觉很奇异。我每周都要穿过托加曼尼根广场好几次，几乎一辈子都是如此——这是我的城市，我在这里长大，在这里度过了我整个职业生涯——但所有的熟悉感、所有的归属感突然消散了。我真的不应该在这里，我想，这一定就是造成距离感的原因。

就好像我把自己的整个生活放在了一边。

也就是我有一晚时间可以当另一个人。

一个二十多岁的女孩站在前台柜台后，我进门时她向我投来一瞥，随即继续低头盯着她面前的屏幕。我听到键盘敲击声。她穿着蓝色正装外套和裙子配白衬衫，脸色苍白，面庞丰满，和她纤细的身体不太相称。她的嘴唇太红了，但头发浓密而美丽，让我想成为她。她看上去没什么问题，即使有，我也能解决。

"卡特琳·莱因哈森，"我说，"我刚刚打电话订了一间房，明天退房。"

她抬头微笑。

"你好，欢迎，"她说，"我已经准备好了房卡。你可以在那儿签个名吗？"

她把一张纸和笔放在柜台上，我签了字，她把房卡递给我。

"您的房间在四楼。电梯在那边。早餐是七点到十点。还有什么我能帮您的？"

"谢谢。"我说。

"不客气，"她说，"晚安！"

"晚安。"我说着，拉着行李箱走进电梯。电梯四壁满覆着镜子，上行时我低头看着地板。

我穿过铺着地毯的走廊，四处寂然无声。我在走廊尽头打开门进了房间，这房间比我产生这个疯狂念头时脑子里想象的要小得多。

现在我只觉得自己傻。

我把行李箱留在地板上，没有打开，直接躺在床上，没脱大衣也没脱鞋子。

现在他们在家里应该也睡下了，我的家人们。

而我躺在这里。

我现在该干什么？

去酒吧？

那只会让事情变得更糟。

但也许出去溜达一下？

我站起身来，把房卡放进外套的贴身内袋里，又出去了。先去游轮候船处，然后向诺德勒斯那边走过去，经过那里的老城门，然后上到老修道院，它在灯光照耀下呈黄色。空气中弥漫着凉爽的气息，在过了一个漫长而炎热的夏天后，这让人心情大好。我一路走到外面的公园，坐在岬角旁的长椅上，望着峡湾对岸的灯火。

多么美好的夜晚啊，我想。然后我想到了孩子们，嚎啕大哭起来。

哭完之后，我环顾四周，突然感到无比脆弱。

要能和谁说说话该有多好。

我和卡米拉无话不谈。但我现在没法给她打电话，已经很晚了。而且我也不知道该说什么。本来就没什么事。

西格丽德，我们从小就认识，我和她也无话不谈。除了高特以及我们的夫妻关系。她的丈夫马丁和高特已经成了好朋友，我并不完全信任她，不确定她会不会把我跟她说的话传出去。或者说，我信任她，但人们对配偶的忠诚往往大于对朋友的忠诚。

这也是应该的。

但我上一次告诉高特别人不知道的事情，是什么时候？

我甚至对他隐瞒了我的巨大危机。

有人从我身后那条路走来。我转身望去，没什么危险，只是一对老夫妻和一条狗。

我拿出手机，翻了翻通讯录。

在妈妈的号码那里停了下来。

再晚我也能给她打电话。

但是我想打吗？

我把手插进外套口袋里，双臂紧紧夹着身体。

四周高大的树木耸立在黑色的天空之下，几乎与浓密的黑暗融为一体。

小时候我认识住宅小区里的每一棵树。在我的意识里它们都是独特的个体，每一棵都有自己的特点，但我对此并没有形成清晰的观念。只是作为一种感觉潜入我的脑海。桦木、橡木、云杉、松木、白桦、水曲柳。

爸爸曾经就像一棵树，当我高高地坐在他的肩膀上，双手放在他的头上时，我不也是这么想的吗？

我记得他的手，它们那么大。我还记得他的胡子。他的眼睛里闪烁着光芒。但如果我直接去想他，这些为数不多的画面就消失了，只剩下一些模糊的印象。

他现在只存在于我思绪的边缘地带，所有的模糊之物都生长在那里。突然，我在长凳上被那些巨大而强悍的生物包围了。它们深不可测而沉默，既不敌对也不友好，对我们这些总是以它们既不理解也不关心的速度来回奔波的小人族毫无看法。毕竟，它们曾经是活生生的存在，不只是事物，而人总是很容易和事物建立联系。

十几岁时我在里尔克的《时间之书》[1]中读到一首诗，完全震撼了我。我的上帝是黑暗的，那首诗这样写道，像一张蛛网：一百个树根饮着寂静。这就是我生长的根基。更多的我不知道，因为我的树枝在深深的寂静中休息，只被风吹动。

这是关于上帝的观念第一次离开我和我的世界。

树木是活物，上帝是它们的创造者。

黑暗、泥土、湿气，它是树木的上帝。

我的上帝是什么？

我的根基是什么？

在成为基督徒之前，我已经有很长一段时间都自称是基督徒。班上有人参加了基督青年合唱团（Ten-Sing），有天晚上他说服了我一起去。我知道这会让妈妈强烈反感，可能这也是我会去的部分原因所在，因为我被禁止做这件事，但它实际上并不违法。我十三岁了，我有权掌控自己的生活。这差不多就是我当时的感受。十六岁时，我离开青年合唱团加入了教堂唱诗班，一年后我们去了在波兰克拉科夫举行的唱诗班音乐节。我们在一座宏伟而古老的教堂里唱歌，当我们的歌声充满教堂空间时，我仿佛融入了这声音里，同时我又从外部感受到它，我的灵魂充满了强烈的欢喜和欣悦，比我以前的任何感受都更强烈、更纯粹，它从内而外，又以同一方式从外而内。我想就是活着的感觉，所谓的存在感，以及成为某种更广大的联结的一部分的感觉，也就是归属感，所有的意义都归于这广

---

[1] *Das Stunden-Buch*，奥地利诗人里尔克在1899—1903年间完成的诗集，首次出版于1905年。

大的联结之中。

那是我十六岁时的感受。但二十多年过去了，无论我增长了多少经验和知识，这种感受依然鲜活。意义不在我，意义不在他人，意义在我们之间产生。赞美诗是它最单纯的体现。耶稣的教导是关于它的实践。人人平等，人人都是这伟大的一部分，上帝就在这伟大之中。没有比这更激进的想法了。但要真正理解它，就必须剥离两千多年的神学历史，看看耶稣的真实言行。他尽力去接触边缘人群，那些无法自己发声的人，那些被压迫的人。《圣经》里女人有机会发言的次数寥寥，其中一处是玛利亚的《尊主颂》，她提到上帝时说，她叫有权柄的失位，叫卑贱的升高，他叫饥饿的饱餐美食，叫富足的空手回去。她所尊崇的这个上帝，是颠覆性的。玛利亚生下的那个孩子，耶稣，行走于被抛弃和厌恶的人、病人和穷人、麻风病人和妓女之间。他传递的讯息，是我们在上帝面前都平等，不能依照理论生活，因为理论会把大多数人排除在外，这也正是为什么耶稣选择和被剥夺了权利的人为伍，而没有成为一个文士，或者说理论家，我倾向于这样称呼他们。理论家们和普通人之间有鸿沟，而普通人和社会底层之间也有鸿沟。耶稣的教导是实用的：他不写他们，也不为他们写下什么，而是去到他们中间。与他们交谈，倾听他们，接纳他们。众生平等，所有人都是这伟大的一部分，上帝就在这伟大之中。而上帝那里有恩典，有宽恕，有丰盛。

这就是我的根基。

可是，当我甚至无法维系生命中最亲密的人的关系，这些又有什么价值呢？

我想象自己回到家里，亲吻高特，弯腰拥抱彼得和玛丽，找出给他们的礼物，看着他们拆开包裹，在他们头顶上方遇见高特带着微笑的眼神，我自己也微笑了。

那是做戏。

那不是我。

那么我又是谁？

如果一切都能如我所愿，我想要什么呢？

离婚住进一间小公寓里，每两周带一次孩子？

我把手机转向自己，屏幕亮了，刚过十二点。我滑到妈妈的号码，按下它。

响了很久。

"出什么事了？"她终于接了电话，"孩子们都好吗？"

"嗨，妈妈，"我说，"没出什么事。很抱歉这么晚打电话。你睡下了吗？"

"是的，我睡了。几点了？现在是半夜，不是吗？"

"是。"我说，已经后悔打了这个电话。我不知道该说什么，也不知道到底有什么可说。

"那么是什么事呢？"

"没什么特别的，"我说，"还有——"

"还有什么？"

我吸了一口气。

"我今晚没有回家。我住酒店了。"

"为什么？"她说。她的声音如此理智清醒，以至于我不得不努力克服那种被拒绝的感觉。她就是这样的人。这与我无关。

"我不知道，"我说，"老实说我真不知道。"

"你在哭吗？"她说。

我没回答。

"你和高特之间遇到什么难题了吗？"

我用大衣袖子擦了擦眼泪。

"某种程度上是吧。"我说。

"你想离婚？"

我没回答。

两边都安静了。

"我不知道，妈妈，"我说，"我想。或不想。我其实也做不出来。"
我开始打起嗝来。

"你现在到底在哪儿？"她说。

"在诺德勒斯。"

"不然我们明天见面好好谈谈？"她说。

"可以。"我说。

"我们可以午餐时碰头？十二点半奥斯卡咖啡馆？"

"好的。"我说。

"回去睡会儿吧，"她说，"明天你醒来后可能对一切的看法又
不一样了。明天见。"

"谢谢你。"我说。

"没事，"她说，"晚安。"

"晚安。"我说，话音未落她已经挂了电话。

在睡梦里，恶心的感觉越来越强。我在梦里感觉到了，它很快
就掌控了我的梦境，而我却没有醒来。有很长的时间，这种恶心感
就像某个我想要逃离的地方，但却不断被拉回去。它没有名字，也
没有什么具体细节，只是我想摆脱的东西。慢慢地，一些念头开始
掺杂进来，我很恶心，我为什么会恶心，我在这些念头里滑进又滑
出，这些念头既说不上是我的，也不能说不是我的，直到我突然确
定它们是我的，然后睁开了眼睛。

感觉最轻微的动作也会让我呕吐。

我一动不动地躺了一会儿，等它平复下去。但最后还是无法忍受，我飞快起身冲进浴室，跪在马桶前，让所有东西涌出来。

之后我刷了牙，洗了个时间很长的澡，然后穿好衣服，坐在床边给高特发短信说一切都好，并提醒他孩子们应该带什么，以及他必须记得支付的账单。

妈妈是对的：现在一切看起来都不一样了。

我给她发短信说冲突已经缓解了，为昨天这么晚打电话向她道歉，也不需要见面吃午饭了。

你说的我一点也不信，她回道，不过，就当我想见你如何？十二点半见。

她真烦人，我想，尤其是当她以为自己看穿了什么的时候，她通常的确是对的。我以前总是跟她作对。即使明知是幻觉，也要坚持抱着不放，只因为她戳破了那些幻觉。

如你所愿，我回答道。能见到你挺好！

我删掉了感叹号，它让这条消息过分欢快了。删掉显得有分寸一些，几乎是威胁性的，更接近我的真实感受。

如你所愿，很高兴能见到你。

她没再回复，我打电话给卡琳，说我病了，今天不去办公室，但我会尽量在家工作。这不是撒谎，毕竟我刚吐过。接下来两个小时我坐在小桌前回复电子邮件，把次日的葬礼事宜过了一遍，继续与埃兰德讨论《利未记》的翻译，与哈拉尔讨论《以西结书》，某几个问题上我们分歧很大，几乎接近冲突的地步。

十二点我退了房，拉着箱子走上街。天空多云但很亮，云层像牛奶一样白，空气温暖而闷热。那些在雨中显得灰暗单调的砖砌建筑，此时每一处细微的差异都格外醒目。我抬头仰望天空。两只鸟在高处盘旋，它们的翅膀展开，一动不动。是猛禽，但我分不清是哪一种。也许是鹰。但鹰不会飞到城市的上空吧？

我来到人山人海的托加曼尼根广场，向拐角处的书店走去。我不想坐着等她，宁愿迟到几分钟。

在书店外面，几个工人站在一个封住的洞口周围抽烟。他们的橙色工作服以一种奇异的方式反射着光线，看起来像是飘浮在空中，仿佛穿着它们的人只是附属品。

进了店里，我先看了一下新书书架，然后走到小小的哲学区。虽然不常见，但这里有时候会有些有意思的书。

我抽出一本书，书名很吸引人。约翰·杜威的《经验与自然》[1]，我听说过但没读过。

我随手翻到一页。

我们用复杂性代替了迷信。书上写道，但是，这种复杂性往往是非理性的，并且与它所取代的迷信一样都为语言所左右。

我把书翻过来，看了下封底的简介。它写于1925年。也可以说，写于我们这一代的世界开始之前。

他说的复杂性是什么意思？

我拿着书到收银台刷卡付了钱，把书放进包里就出去了。还有十分钟，走到咖啡厅要五分钟，但一定要晚到一点这事已经不再重要了。这只是我十几岁时残留的愚蠢的条件反射。

我刚在咖啡馆外的一张桌子旁坐下，妈妈就在小广场的尽头出现了。我可以在任何人群里、隔着任意距离认出她。她很瘦，身姿挺拔，显得比实际上更高，但最有特点的是她的头部姿态，总是微

---

[1] *Experience and Nature*，美国哲学家约翰·杜威（John Dewey，1859—1952）的代表作之一。

微向后仰着，给人一种优越或傲慢之感，让人隐隐联想到某些鸟类。她的头发是红色的，皮肤苍白，长着雀斑，小时候我以为那些长着红头发和雀斑的人属于一个单独的种族，而我无比希望自己也属于这个种族，因为这样就意味着我和她也是一起的，而不只是她和埃里克。

她走近来，穿着浅棕色灯芯绒长裤、白色衬衣和墨绿色外套，这些是她最喜欢的颜色。

"嗨，妈妈，"我给了她一个拥抱，"你看起来好极了。"

"谢谢，"她说，"我们坐外面吗？"

"可以吗？至少现在还挺暖和的。"

她点点头坐下来。

我们座位旁边的树下有黄色的落叶，我抬头看了看。这是一棵栗树，看起来不太健康，枝叶稀疏，叶片细小干枯。所以并不是秋天来了，只是这棵树病了。

妈妈挥手召唤侍者，他正在收拾一张靠墙的桌子。

"这一向还好吗？"我问。

她看着我。

"我想该由我来问你这个问题，"她说，"不过都还挺好的。大家度完假都回来上班了。米卡尔还在度假屋没回来。"

在她背后，侍者端着一个放满瓷杯和玻璃杯的托盘走进咖啡馆。

"他现在在那儿干吗？"我问。

"钓鱼，然后阅读。"

"他喜欢退休生活？"

"他讨厌退休。所以他现在还在度假屋，我想，这样他就能假装还在度假。不过他喜欢读书。现在他有时间了。"

她转身。

"他去哪儿了，那边那个人？"

"他拿着一个托盘进去了。肯定马上就出来了。"

妈妈看向外面的广场，它已经缩窄成一条两边都是商店的街道。然后她看向砖砌教堂，它在所有白色木质建筑之中显得如此沉重和坚固。那些灰色砖墙有一丝发绿。就好像它矗立在森林里一样，我想，想象着它坐落在高耸入云的云杉树和倒塌的树干之间，旁边是杂草丛生的巨石和长满苔藓的岩坡，远处还有几座山丘。

基督在森林中漫步。

妈妈把她一直放在膝上的包放在旁边的椅子上。

"所以，卡特琳，"她看着我说道，"昨天你很崩溃。"

"昨天是的，"我说，"但现在完全没事了。很抱歉给你打了电话。其实本来不用的。"

"你在自己的城市住酒店？"

"是的。"

"为什么？"

我不知道该说什么，低下了头。我并不想对她明说些什么，同时我也想让她知情。

我看向她笑了笑。

"我根本不知道，"我说，"完全是冲动行为。"

侍者在门口出现了，他在围裙上擦了擦双手，从一张空桌上取了两份菜单，在我们面前停下。

"今天例汤是什么？"妈妈问。

"法式洋葱汤。"他说。

"我上次来这里也是这个汤。"她说。

"那么，您喜欢它吗？"他说。

"是的，"她说，"但这不是重点。如果你们每天的汤都是一样的，那就不能叫今日例汤。今日表示是当天的一道新菜。"

侍者微笑着，没说什么。

"我要一份希腊乳酪派。"我说。

"那我要份恺撒沙拉。"妈妈说。

侍者离开了，我们静静地坐着。远处有张桌子上的食物还没有清理，两只小麻雀落在上面。一双细脚跳来跳去，啄食着吃了一半的面包片。

"高特出轨了？"妈妈说。

"天啊，没有！"我说。

"那么你呢？"

"妈妈。你了解我啊，不至于说这个话。"

"我了解你什么？"她说，"你半夜哭着打电话，说不知道要不要离婚。第二天你说没事了，一切都很好。你要我怎么想？"

"我不知道，"我说。

"你和高特之间情况不太好。"她说。

"其实也不是太差，"我说，"其实也没什么。就是没有张力，没有好奇，我们几乎完全是两种不同的人。我们唯一能聊的就是孩子们。昨天我第一次明白我不想要这样的生活。我在飞机上突然意识到我不想回家。"

"经过二十年还保持张力的婚姻并不多。"

"我知道，"我说。"我应该能扛下去。"

我们头顶上有什么东西呼啸而过。我抬头看到它来势汹汹，越来越近，越来越大。那是一只很大的猛禽。它俯冲到隔壁的桌子上掳走了一只小鸟，翅膀拍了几下，然后升到屋顶上方消失了。

"你看见了吗？"我说，"就在市中心？"

妈妈点点头。

"这还真是有点看头。"她说。

"那是什么？海鹰？"

"我不知道。最有可能是鹰。米卡尔可懂这些了。"

"我完全懵了，"我说，"它就那样把它抓走了。"

妈妈点燃了一支香烟，跟往常一样用另一只手托着肘部。

"你找个情人如何？"她说。

我看着她。

"这是个玩笑吗？"

"完全不是。这是一个针对具体问题的实际解决方案。你缺少张力，也找不到人分享共同的兴趣，同时你又想保住家庭。那就只有一条路了。"

"我简直不敢相信你会这么建议。"我说。

"你可以相信我真是这么想的。但这是你的生活。"

"我是个牧师。"

"这种事肯定要保密，是不是牧师都一样。"她说。

"不，你不明白。这并不是别人能不能发现的问题，问题在于这件事本身不道德，在于这种做法本身是错的。"

妈妈点点头。

"我听到你说的话了。"她说着，把手覆在我的手上，一小会儿。

我的眼泪突然涌了出来，扭过头去。幸运的是，侍者就在这时端着满满的托盘出现了，接下来的几秒钟，一切只关于他放在我们面前桌上的食物了。

她显然看到了。但她假装没有，这让我很高兴。

我回家时屋里一个人都没有。我等他们回家时收拾好了行李箱，把脏碗碟放进洗碗机，洗完后把干净餐具放回去。彼得和玛丽上同一家学校，就在一公里外，他们上学放学都是自己来回。

把这些活干完后，我端着一杯咖啡在沙发上坐下，看着窗外支离破碎的城郊风光。

妈妈会说，道德是一种相对的事物，而非绝对的，它受社会和历史条件的影响。对她来说没有什么是绝对的，也许除了对理性的信仰。

她身上透着一股凛冽之气。

总是这样。

有多少次我想知道做一个像她这样的人是什么感觉，她心里是怎么想的？

有多少次我想知道她对我的看法。

我起身进了书房，站在窗前望望有没有孩子们的身影。

没看到孩子们，倒是看到高特开着他那红色的大众波罗车上了坡。我后退了几步，放下杯子，走进浴室，开始给浴缸放水。我不想在没有孩子在场的情况下单独和他相处。

我站在地板上，正要把上衣脱过头顶时，我改了主意。为什么我要避开他？我没什么需要隐瞒的。我没做错任何事。

我关掉水龙头，用发刷把头发梳通梳顺，然后下楼去见他。

他提着他那个棕色的包从走廊进来。

"嗨，"我说，"你想喝咖啡吗？我刚煮了一壶。"

"你这就回家了吗？"他说，"我以为你还在上班？"

"我想你们了。"我说。

他走过来在我的脸颊上轻轻地吻了一下。

"那么来杯咖啡？"我说。

"好的，谢谢。"他说，但还站在原地。我正要转身的时候他说："我能问你一件事吗？"

"当然。"我说。

"你有没有出轨？"

我的脸烧了起来。但我接住了他的视线。

"我不敢相信你会这样问，"我说，"你不再信任我了？"

"有没有？"他说。

"我不想回答这个问题。"我说。

他叹了口气。

"所以你出轨了。"他说。

我什么也没说，走到厨房料理台边，从橱柜里拿出两个杯子，倒上咖啡。他在沙发上坐下，向后倒在靠背上，眼睛盯着天花板。

"你为什么不信我？"我说，将杯子放在了他面前的桌子上。

他没有看我。

"你刚刚承认你出轨了。"他说。

"我没有，"我说，"我只是说我不想回答这个问题。"

"你为什么不想回答？好，让我来告诉你。因为你不想说谎。"

"我希望你相信我，"我说，"你把我想得很不堪。你可以这么想。但别指望我去确认或否定你那些疑神疑鬼。"

"我问你时你脸红了。"

"我生气了。"

"那你为什么不能直接说你没出轨？"

"这个问题不值得回答，高特。"

"是吗？"

"是的。"

"你住哪家酒店？"

"这有什么关系吗？"

"你连这个也不想说吗？"

"不想，你要这么问我就不想回答了。"

玄关处大门打开了，接着就是脚步声和一阵窸窸窣窣。

"我就说，"我听到玛丽说，"妈妈在家里呢。"

我走过去打开了门。

"妈妈！"玛丽叫起来，抱住了我的腰。

"你好，我的小姑娘，"我吻了吻她的头，"嗨，彼得，我能也抱抱你吗？"

"可以。"他说。玛丽松了手，我用双臂搂住他。

"你们都还好吗？"我说。

"是的。"玛丽说，她已经走去客厅了。

"你呢，彼得？"

"还行。"他说。

高特做晚饭，彼得坐在厨房料理台边做作业，我则去给玛丽洗澡。克里特岛之行后，她每天都唠叨着要去游泳馆，假使我们去不了，洗澡就成为满足她想要被水包围的渴望的次选。她脱下衣服，在水流还没盖过浴缸底之前就已经爬了进去。我坐在浴缸边上，递给她不同的道具和玩具，她一个个尝试着。她脸冲下戴着潜水面具躺在水底，通气管里传来空洞而奇异的呼吸声，然后她又坐了起来，玩她的塑料小狗，或是戴上护目镜，试图在几乎和她身高一样长的浴缸里游泳。

和她在一起很好玩，我完全没想过和高特的争执。

洗完擦干，她披着一条大毛巾大步走进自己的房间，很快就挑出衣服穿好了，我只帮了一点点。

楼下弥漫着洋葱和煎猪排的味道。要是平日里的话我会问高特，我们能不能就吃煎好的猪排，而不是像他习惯的那样，把它们再浸在棕色酱汁里，那是他小时候他妈妈的做法。但只要看一眼他站在炉子前搅打酱汁的样子，就足以知道他正把自己关闭在自己的世界里，而当他处于这个状态时，最无伤大雅的问题也是一种挑衅。

我不必为此担心，他想怎么样就怎么样吧。

彼得坐着看书，一只手拿着笔，另一只手支着头，胳膊肘搁在书边的桌面上。高特去橱柜里拿东西，回去的时候揉了揉他的头发。他抬起头对他父亲微笑。

"你在读什么？"我问，在他旁边坐下。

"自然科学。"他说。

"关于什么？"

"我们要收集关于一种已灭绝动物的信息，然后写下它是怎么生活的。"

"听起来很有意思！"我说，"你选了哪种动物？"

"我还不知道。所以我在读这本书。"

"恐龙？"

他叹了口气。

"妈妈，这有点太明显了，不是吗。"他说。

"我的聪明宝贝。"我说着站了起来，然后走向高特。

"什么时候吃晚饭？"

"十分钟后。"他说。

"那我来摆餐具。"我说。

"去摆吧。"他说。

我们围在桌边吃饭时高特什么也没说。我试着缓和气氛，跟彼得问东问西，他都是低着头简短作答。只有玛丽喜欢聊天。

"我可以吃这个白的吗？"她说，用刀指着猪排外沿厚厚的肥肉。

"可以，"我说，"但我想你不会觉得好吃的。你想尝尝吗？"

她摇摇头，"你能把它切下来吗？"

我靠过去切掉那条肥肉。

"我不想让它待在我的盘子里，"她说，"它看起来像个动物。"

"那就是一个动物。"彼得说。

"放在盘子边上吧。"我说。

"不！"她说。

"那是你那份里的，"我说，"我不会吃的。"

"给我吧。"高特说着把肥肉条放到自己的盘子里。

我看着他，但他没有回应我的目光。

行吧，我想。那我就懒得再试了。

晚餐剩下的时间在沉默中度过。之后彼得和玛丽进了各自的房间，我洗碗，高特坐在沙发上看报纸。等洗碗机启动，炖锅煎锅都擦洗干净放好后，我给自己做了杯咖啡，然后走进了书房。

我顺手翻着刚买的那本书，但既没法集中注意力，也没法对书的内容产生兴趣。

在我们结婚之后，高特曾经爱上过别人。他从没有说起过这件事，但我了解他，我能察觉到变化。他的班里曾经有个师范学生来实习过几周。开始几天他聊起过她，关于她是什么样的人，她擅长和不擅长做的事情，她做了什么东西。之后他就不再提起她。他开始在回家后把手机关机，身上好似有什么在发光。这光芒如此强烈，他几乎无法将其隐藏，即使是跟我和孩子们在一起的时候，他也会突然间兴奋不已。

我什么都没说。如果他想为了一个二十五岁的人放弃我们共同拥有的一切，那他也不值得我与之共度一生，就这么简单。

这一切来得快去得也快。当初他身上的光芒和现在他身上的痛苦同样明显，也一样无法对我隐藏。

但是他不知道我知道，他以为这是他自己的小秘密。

客厅里的电视被打开了。

我从包里拿出苹果电脑，放在桌子上，插上插头。

我注意到埃兰德昨天晚上发来一份新样稿，从《利未记》的开头开始。尽管我知道里面不可能有什么东西吸引我，我还是打开了文件，看看他做了什么。

我没法忍受坐在这里装模作样了。

就像我是自己家里的一个囚犯。

我站起身来走了出去。当我经过沙发，玛丽坐在高特怀里看电视，我说我出去走走。

"这都几点了？"高特说。"你要去哪儿？"

"我不知道，"我说，"只是想出去。"

"在孩子们上床睡觉之前回家就好。"他说。

"你在家，不是吗？"我说。

他没回答，我关上身后玄关的门，穿上鞋子，套了一件薄外套，坐进车里，发动引擎，穿过这个小区，驶上主干道。我不知道要去哪儿。我随机右转，朝市区开去，在索雷海姆湾左转，驶向拉克瑟港。到了隧道和大桥之间的环岛，我选择了隧道，在隧道的另一边，我决定开车出海。

路越来越窄，植被越来越低矮，在远处的丘陵地带上就只剩下青草和苔藓，直到大海出现在我的眼前，漆黑无垠。

我把车停在码头上，关掉引擎，留下亮着的车灯。两道光柱在黑暗中各自开辟出一条隧道，而雨水又在其中打出数百条裂缝。拍打在沙滩上的海浪并不急促，只是轰鸣不绝，仿佛有什么东西正在分崩离析。

我双手合十，低下了头。

"上帝，我需要您，"我说，"帮我。现在就帮帮我。"

当我回家时，高特已经睡了，也可能是装的。我尽可能安静地脱下衣服，躬身遮住手机，免得设闹钟时屏幕的亮光把他惊醒。

我得五点起床。

闹钟仿佛下一刻就响了。我忍住按下闹钟的诱惑，起身把衣服拿到外面，以免穿衣服时吵醒他。我其实更乐意直接去办公室开始一天的工作，但我不能再把孩子们留给高特一个人照顾，所以我下楼去厨房，打开了咖啡机。

天空湛蓝，没有一丝云彩，阳光洒在厨房的地板上。鸟儿在窗外鸣叫，我打开窗户。羽毛球网旁边的草地上倒着一只靴子，旁边有一个塑料碗，应该是我妈妈和哥哥一家人上个周末来做客，我们坐在外面吃冰淇淋和蛋糕时忘在那儿的。

我想，并不是光线充满了花园，而是恰恰相反，它清空了花园中的黑暗，同时也清除掉了意义。

这世间的空虚。

但我知道我这种看法是错误的。意义是来自我们自身的东西。意义是我们赋予世界，而不是我们从世界中获取的东西。我把水槽里的盘子放进洗碗机，擦干台面，把抹布搭在水龙头上。然后我倒了一杯咖啡，拿着杯子进了书房，坐下来再次打开埃兰德寄来的文档。

我尽可能慢地读完了这段文字。

> 如果他的供物是一只山羊，要把它带到主的面前，在会幕门口将其宰杀。亚伦的子孙要把血洒在坛的四周。从祭物中，他要把那覆盖内脏的脂油和内脏所有的脂油，并两个肾连同肾上的脂油，和肝的附属物一同取出，献在耶和华面前为祭。亚

伦的子孙要把这些在坛上烧化成烟，这是献给耶和华为馨香的火祭。这是献给耶和华的火祭中，羊的供物。脂油都是耶和华的。这是你们世世代代永远的定例，凡住在你们中间的人，都不可吃脂油和血。

我喝了一口咖啡，又读了一遍，还是以那样极慢的速度。

我不喜欢"主的面前"这个说法，但我们得到指示必须这么用，这属于现代的用法畴，所以也没办法。但是之前的译法"为主所睹"更好，"主的面前"过于接近"人"了。从另一个角度来说，"为主所睹"是对希伯来语 lifney 一词的合理解释，严格来说这个词的意思是"在……之前"，并且与"脸（face）"一词来自同一词根（panav），而除了喜爱燔祭的气味，余下的文本中必然也有许多耶和华人性化的细节。有个判断规则是，主的形象越人性化，经文就越古老。所以在某种意义上，"面前"比"所睹"更好，因为它更人性化；但从另一方面来说"所睹"更好，因为它更古老。

但是馨香？

是不是有点太典雅、太文绉绉了？

校正文字并非我分内的事，但语言和神学几乎无法拆开，所以我也一直在做。

这是一份奉献，其香味使主惬意。我写道，想看看这个表达如何。

也没好多少，但我还是写了一张便签提醒埃兰德。必须要不断提醒他，这些经文的语言是单纯而具体的，几乎不包含任何抽象的东西，只有身体和动作，即使在《利未记》记录的法律和禁令里也是如此。内脏、肾脏、臀部肌肉、脂肪和血：这就是规律。

难怪诺斯底（灵智）教派会认为这些经文中的主实际上是魔，世界是魔创造的，我们敬拜上帝，实际上是在敬拜魔。

想象一下如果我在布道时提到这个。

我微笑起来。

就算在今时今日这也会成为头条新闻。

当然，其他我无法提及或讨论的有趣的事情还有许多。教会和会众不是尝试各种想法和观点的地方，也不是通过质疑来改变现有观念、使之焕发新生的地方。信仰的本质在于它是真实的，而真实的本质在于它排除了所有其他的可能性。真实是绝对的。我曾经认为，它必如此，它必如生命一样脆弱。同时《圣经》是如此复杂，它包含如此多相互冲突的声音和理解模式，以至于神学最重要的任务是让它们联合起来表达一种同一性，而要实现这一点，只能缄口不提，按下不表，若无其事。《旧约》中最著名的经文之一是亚伯拉罕被要求将他的儿子以撒献给上帝的故事，亚伯拉罕不加质疑地照做，而如果上帝没有干预并阻止，他肯定会完成这一献祭，最后他代之以一只羔羊作为牺牲。《旧约》中还有一个不太为人所知的故事，就是关于耶弗他的叙述。他向耶和华许下誓言：如果能在战斗中击败亚扪族，他将献上回家后他所遇到的第一个人。他成功地打败了亚扪族，征服了二十座城市，当他回家时，他所遇到的第一个人竟是他自己的女儿。她出来迎接他，为他庆祝。她是他唯一的孩子。耶弗他在绝望中撕裂了自己的衣服，告诉她自己已经向主许下了无法收回的承诺。她说，你已经对主许下诺言，就照你的诺言处置我吧。但求你允许我两个月的自由，与同伴到山上为我的童贞哭泣。两个月之后，耶弗他将她献给耶和华，耶和华并未像他阻止亚伯拉罕牺牲自己的儿子那样去阻止他。

在牧师的工作中，没有任何场合能够讲述这个故事。如果我是学院里的神学家，或许可以就它写些什么，在我的授课里提起它，但我不是。没人愿意要一个宣讲宗教中女性牺牲的牧师。我自己也不愿意成为这样的牧师。如果存在所谓的女性主义神学，它就应该在实践中而不是在理论上展开。去与人们接触。不是作为布道，不是作为观念，而是慈悲。倾听，询问，共情，包容。就是在那儿，在我们之间的空间里，存在着上帝。这才是耶稣传达的讯息。在上帝眼中我们都是平等的。

有很多事我是不相信的。但我相信这一点。

这是那个核心。

或者，不是核心，我一边想，一边抿了一口咖啡，它已经变得微温了。核心是坚定的、不可动摇的。

而这是一种可动的、不断变化的东西。

或者确切地说，不是一直在变化。因为它还是它，只是不断以新的形式出现在新的人群中。

我已经向窗外眺望良久，而茫然如无所见。现在我的眼中好像突然一切有了模样。干枯的草坪，白色的木栅栏，果树，房屋的墙壁，一切都饱浸在阳光里。

色彩本身并不单独存在，只是大脑构建出来的东西，这是真的吗？

一只猫出现在栅栏旁边，它慢悠悠走到草坪上，躺下晒太阳。

二楼的淋浴花洒被打开了。

已经过了这么多个小时了？

我将电子邮件发送给埃兰德，又新建了一个文档，开始写葬礼要用的发言稿。过了一会儿，楼梯上传来高特的脚步声。我知道他会坐在厨房中岛边的吧台凳上一边吃全麦麦片，一边用手机看新闻，然后喝上一杯咖啡。接下来的半个小时，他会在客厅的写字台前为一天的工作做准备，然后孩子们就会醒来，接下来的一小时都将被他们占用。

我不能一辈子都躲着他，也不能再消失一晚，所以到孩子们上床睡觉时，不论清算还是和解，总要有一个结果。

八点钟我上楼去叫孩子们起床。玛丽高高兴兴地醒来，飞快穿好衣服，彼得则很抵触，叫他起床真难。

他注意到我们之间的别扭气氛了吗？

他当然注意到了。

但对他影响这么大吗？

"彼得，我的小伙子，时间不早了。"我回到他的房间时他还没坐起来。"你还有时间吃早饭，但你现在必须起床了。"

他闭眼躺着。

"他还睡着呢，"我假装自言自语，"我怎么才能让他起床呢？也许他睡着也能走？"

"嗯。"他说。

我拉着他的手慢慢地把他拉起来。

"太神奇了。"我说。

他站在地上，眼睛还是闭着，往前伸出双手。

"你还睡着吗，彼得？"我说。

"嗯。"他说。

"我想知道他能不能边睡边穿好衣服？"

五分钟后他和他妹妹一起坐在桌旁吃玉米脆片。也许我对他的情绪过于敏感了，我一边想着，一边在他上方弯下身子，脸颊贴上他的脸。

"早上好，小伙子，"我说，"你现在醒了吗？"

"嗯。"他点点头。

"我也想要抱抱！"玛丽说。

我抱了她一下，然后在桌子另一端坐下。

"为什么爸爸不在这儿？"玛丽说。

"他有些工作要做。"我说。

"他工作前要先工作一下。"彼得说。

玛丽笑起来。

谢天谢地,他们都很好,两个小家伙,当他们出去的时候我想。他们背着书包走上车道,我站在门口对他们挥手。

至于高特,那天早上我只见到了他的背影,他很快就出门了。我们一句话也没有交换,但至少他出门前说了再见。

这天我唯一要守的约是葬礼,葬礼从十一点开始,尽管我这边都已就绪,但高特一走我还是开车去了教堂。我喜欢待在那里,无论是在教堂本身,还是毗邻建筑中我的小办公室里。

下车的时候我想,今天看来是个好天气。四下全然寂静,空气如此之热,以至于在某些地方它几乎是可见的,就像在碎石上颤动的小圆柱。

但即使在阳光下,教堂厚重的白色墙壁也显得格外凉爽。

我从教堂旁边走进办公楼,敲了敲卡琳的门,我开门时她抬头微笑看着我。她问起研讨会的情况,我刚开了个头,一辆汽车开过来停在小礼拜堂后面。一定是殡仪馆的人,我边看表边想。十点刚过几分钟。

"我去和他们聊聊,"我说,"看来这将是一场没有亲友的葬礼。"

"太可怕了,"卡琳说,"男的还是女的?"

"一个男人。"

"那么年纪很大了?"

"六十多岁。"我说。

"啊,"她说,"真不知道你是怎么忍受置身于那么多悲伤中的。"

"就算在那儿也总是有光亮。"我笑了笑说,然后出去了。

通向侧间的门敞开着。两名殡仪馆的员工弓着腰站在敞开的棺木旁边。我以前见过他们俩好几次，但我想不起来他们叫什么。

"你好。"我说。

他们直起身子对我点点头。

其中一位很年轻，刚刚三十出头。他留着络腮胡子，头发扎成一个马尾，但白衬衫和黑西装又把这种外表上的随意感抵消了一部分。另一位年近六十，脑袋很大，面色沉重。论年龄他们可能是父子，但他们体格差异太大，不太有这种可能。

"关于他的信息你还能找到更多吗？"年长的人问。

"很不幸，"我说，"只有出生地和日期，还有住址。你们呢？"

"没有，"年轻人说，"什么都找不到。没有亲戚，没有朋友。"

"同事呢？"

"也没有。他自己开了间公司，但他到底在经营什么，也不得而知。"

"这是最凄凉的事了，"我说着走进了房间，"我是说，下葬时孤零零的。那你们都会在吧？"

他们点点头，我低头看向棺材。

好像大脑里的血液瞬间全部消失了。

我认得那张脸。

是电梯里的那个男人。那个在到达大厅里纠缠我的人。

但这不可能啊。

这不可能。

死亡是十天前登记的。葬礼是一周前预约的。

"你还好吗？"年轻的殡葬人员问道。

"你认识他吗？"年长的说。

"不，"我说，"我不认识。"

埃米尔

下班前最后一小时总是最好的。最小的孩子们刚刚结束午休，睡眼惺忪，提不起精神，只想坐在你的腿上，而那些大孩子们在折腾了一整天后已经筋疲力尽，也准备安静下来。通常我会把大家都带到铺满软垫的房间里，放音乐给他们听，然后再读一两个故事。他们真的很喜欢《美国志》[1]，今天下午我给他们放了迷雾圣父[2]。他们也很喜欢早期的平克·弗洛伊德——《回音》(*Echoes*)尤其合他们口味——以及发电站乐队[3]。

即使是相当前卫的音乐也能融入他们的内心，在这里工作了一年，我会对这一点感到惊讶，这和故事截然相反，得要非常简单的故事才能让他们跟着听下去。他们喜欢听那些能够从中认出自己的故事，所以总在讲普特和杜特去上幼儿园，或者他们吃早餐，或者去祖父母家做客的故事，要么就是小猪佩奇跳进水坑，还有那只善

---

[1] *Americana*，美国朋克乐队 The Offspring 的第五张创作专辑，1998 年发行。

[2] Father John Misty，原名 Joshua Michael Tillman，美国歌手兼制作人，2012 年起以"迷雾圣父"之名发表唱片作品。

[3] Kraftwerk，德国知名电音乐队。

良的鳄鱼。

这不是很奇怪吗？他们真的会欣赏巴赫的一首小提琴协奏曲，坐在那里完全被魔法笼罩般出神地聆听，而生活中的其他一切都比最简单的更简单？

我关掉风扇，打开音乐，靠墙坐下，阿克塞尔坐在我腿上，利亚姆和弗里达一边一个挨着我。其他人仰面躺着，一边听一边看着天花板。

幸好他们听不懂歌词！

> 磨刀是谁的好主意？
> 船要翻了，还有二十分钟
> 如果你想要答案，谁猜都可以
> 我踩着水流血而死

外面，赛义达正在穿过院子，肯定是去她常去的那条街上抽烟。我还知道梅赛德丝和冈恩坐在角落的遮阳伞下，尽管我看不见他们。之前大孩子们在洒水器下面玩水，现在水已经全部干了，水管也挂回原处。所有的玩具和自行车也都收起来了。

还有五十分钟。

我关掉音乐，找出我们要读的书。孩子们围着我坐成一圈，彼此靠得很近，有些孩子甚至叠在了一起。最小的那些孩子还没学会自己的和别人的身体的区别。这有点像动物，不是吗？他们整个群体大致也是如此。他们的蠕动和爬行，没有字句的发声，如谜一般的眼睛。

"你们还记得我们昨天讲到哪里了吗？"我说。

"米娅在浴缸里游泳。"凯文说。

"没错，"我说，"今天我们来讲她暑假做了什么。"

"我们也放过暑假。"凯文说。

"是的，"我说，"我也是。有谁知道夏天后那个季节叫什么？"

"秋天，嗯。"约说。

"秋天，"我说，"说得对。但在这本书里，夏天以后还是夏天！"

他们中有人身上冒出一股臭味。一定是利亚姆，他坐在那里，看起来脸越来越红。

我感觉可以再等几分钟，于是开始讲故事。每当翻过一页，我都会把书转过去给他们看上面的插图。没过几分钟那些大孩子们就已经坐不住了，开始做小动作，或是四处张望房间里让他们感兴趣的东西。但那些小一些的孩子们一直在专心地听。

我刚讲完故事，门就开了，赛义达探头进来。

"你这边还好吗？"她说。

"还好。但也许你可以带他们出去走走，然后我给利亚姆换纸尿布，"我转身看着他说，"对不对，利亚姆？"

他默默地点了点头，温柔的棕色眼睛看着我。

大孩子们在院子里撒欢，我把利亚姆放在浴室换尿布的小桌子上。

"一，二，三！"我一边说，一边把他的袜子脱下来。

我原以为他会像平时那样微笑，但他却开始尖叫，踢腿，越来越狂野。

"别紧张。"我说，一只手按住他的腿，同时试着用另一只手拉下他的短裤。"你是为了什么这么不高兴呢？阳光这么好，妈妈很快就来接你了！"

一个孩子走进来，坐到一个开放式隔间的马桶上。那是莉莲。她晃着双腿，茫然地看着我，而利亚姆则尖叫起来。

"他为什么生气？"她说。

"我不知道。"我说，移开了固定住他腿的手臂。反正这会儿没法给他换尿布。

莉莲撕下一张卫生纸，把自己擦干净，拉起内裤就想出去。

"你得洗手。"我说。

"哦，是的。"她说，走到水槽旁边，站在塑料小凳子上去够水龙头。

利亚姆还在尖叫乱踢。莉莲出去了，我在想，是用力按住他给他换纸尿片，还是抱着他四处转转，等他平静下来再换？

我环顾四周想找点东西分散他的注意力。

上面的架子上有一只布偶兔子，我拿下来递给他。他一下把它打掉了。

他是真的很不满呢。

"不管怎样都得给你换尿布了，"我说，"一会儿就好了，不是吗？"

我一只手抓住他的脚踝，另一只手解开尿布上的胶带。又软又黄的便便沾满了他的大腿和屁股。我抬起他的腿，把尿布拉出来，卷起来扔进垃圾桶。这时我才发现湿巾在房间另一端的架子上。

他悬在我手上尖叫着，屁股上全是便便。

"赛义达？"我喊道。"你能帮我一下吗？"

但是没有回音。

我可以把他放在台子上然后冲过去拿——只要一眨眼的工夫，即使他自己躺在尿布台上，应该也来不及在我回来之前从边缘掉下去——或者我可以抱着他过去。但那样一来我的衣服肯定会沾上便便，我这样想着，松开了他。毕竟要我选的话，还是让便便沾在尿布台上吧。

"我只是去拿湿纸巾，"我说，"你只要安静躺一会儿就好，好吗？"

奇迹般地，他不踢了。

我伸出左手，准备在他万一掉下来时接住他，然后转身几个箭步跑到房间的尽头，抓起那包湿巾。

但它是空的。

谁把用完的空包装放在那儿？我边想边打开橱柜，拿出一包新湿巾，转身的时候正好看到利亚姆在尿布台的边缘扭来扭去。我冲向他，但已经晚了，他掉下来了。

他的脑袋先撞在了地上。

当我俯身看向他时，他的眼睛睁着，但它们是全然空洞的。

他死了，这想法狂暴地冲过我全身。

哦，不，不。

然后，他身上是他自己的那部分好像又回来了，他抬头凝视着我。

一动也不动。

我把他抱起来，抱得紧紧的。

"你怎么样？"我说，"有没有受伤？"

他没哭，甚至没有呜咽。

地上铺的是地板革，我想，它很柔软。尿布台也很低。

没事的。

他的头上连个印子都没有，反正我看不出来。也许待会儿会起一个包。

我小心翼翼地把他放下，开始给他擦洗。

但他身上有些东西不一样了。

肯定是被吓着了，我一边想，一边用湿巾擦了擦我的 T 恤，然后给他换上新尿布，又重新穿上短裤。

也许他有点轻微的脑震荡。

很有可能。

所以他有点不一样了。

埃米尔

我把湿巾扔进垃圾桶，抱起他走到院子里，其他人都在这里。没人看到发生了什么，也没有必要告诉他们。无事发生，一切顺利。

我把他放在沙坑里，然后走向其他人那里。

利亚姆就坐在他被放下来的地方，凝视着前方。

他肯定现在还是懵的。

"你想走的话现在就可以先走了，埃米尔，"梅赛德丝说，"今天真是不可思议的好天气！"

"你真是太贴心了。"我说。

"我们都很喜欢你，你知道的。"她笑着说。

弗里达的妈妈来了，她走进大门，把墨镜推上额头，朝我们挥手，她身后是约的妈妈，推着一辆单车。

我站起来，最好在利亚姆的父母到来之前离开。如果到那时他还这么安静的话，他们可能会开始打听发生了什么事，而我不想撒谎。

"嗨，埃米尔，"弗里达的妈妈说，"你今晚出去玩吗？"

"可能出门溜达一下，也许吧，"我说，"你们呢，有什么计划吗？"

她笑着耸了耸肩。

"我们得想出点什么活动来。"弗里达正朝她跑来，她蹲下身来。

"大伙儿再见了。"我大声说，挥了挥手，出了大门，朝锁在栏杆上的自行车走去，开锁之后推着走了几步，然后骑上去开始蹬车，同时我从口袋里掏出手机，拨通了玛蒂尔德的电话。

"嗨！"她说。

"你在家吗？"我说。

"不在，我在公园里。这种天气可不能待家里。你下班了吗？"

"是的。"

"那你要不要过来？"

"我要去排练。"我说。

"反正要七点才开始，"她说，"过来转一下呗，一下就好。我想你。"

"好吧。"我说着转向一边停了下来；前面这条街是个陡坡，而且路面铺了棋盘石。"还有谁一起？"

"约伦和图娃。"她说。

"好吧，"我又说了一遍，"大概十分钟后到。"

"好极了！"她说。

我挂了电话，把今天收到的所有短信过了一遍。特隆和弗罗德都问排练后我们要不要出去消遣，爸爸想邀请我们去船上度周末，而弗雷德里克想借钱。他没有直说，但我知道他就是这么想的。

我给他打电话。

"那你什么时候能还？"我说。

"你他妈在说什么？"他说。

"你不是想借钱吗？"

"现在不用了，"他说，"你什么时候变这么聪明了。"

"反正你可以借，"我说，"但你一定要还。你想要多少？"

"差不多五百？"

"没问题，你一会过来吗？"

"你不进城吗？"他说。

"现在就在城里。"

"我是说一会儿以后。"

"你在家吗？"我说。

"在。"

"妈妈在那儿吗？"

"为什么她要在这儿？现在才四点钟。"

"就是想到了问一下。她还好吗？"

"很好，我觉得。你其实可以打电话过来啊。"

"说的也是，"我说，"不过没事，再聊。"

"那钱呢？"

"哦对，"我说，"我七点到船厂[1]，在那里至少待到九点。"

"完美，"他说，"回头见！"

我挂断电话回短信，把耳机塞进耳朵里，放起奥伊亚[2]，继续下坡。所经之处都是人，缀满每条人行道，占满每一个广场，挤满了所有餐厅的户外座位。

奥伊亚将我的情绪压制下来，令它保持平衡。奥伊亚的世界里一切都黑暗而压抑，当它被光线完全包围时它会以一种特殊的方式美起来。又丑又美。

直到沃根港沿岸的那条路，我才重新想起利亚姆。

一种可怕的感觉充满了我。

他可能伤得很严重。也许他已经开始呕吐。而大人们不明白是怎么回事。

也许还有血从他的耳朵里流出来。

头部受伤是很危险的事情。

我应该知会他们的。我也无须说他从尿布台上摔了下来，我可以说他是在走路时摔倒了，撞到了什么坚硬的东西，坚硬的表面。这样他们也能了解，如果有必要的话就可以带他去做检查。

现在已经太迟了。我不能现在打电话过去说，听着，你儿子今天在幼儿园摔倒了，我忘记告诉你们了。

---

[1] Verftet，卑尔根诺德勒斯岬角的格奥格纳船厂旧址，现在是卑尔根最重要的文化艺术中心之一。

[2] Ohia 是美国音乐家 Jason Molina 的一个音乐项目，这个词包含了夏威夷的特有树种 'Ōhi'a lehua，以及 Jason Molina 的家乡俄亥俄州（Ohio）。

这本来也不是我的错。

我错在没有告知他们。

但很有可能他现在还好好的。我没有什么好不安的。

我跳下自行车，推上坡，往悉纳斯豪根的方向骑过去，然后穿过公园，下坡时就看见他们了。他们坐在下面的草地上，玛蒂尔德穿着白色比基尼，一眼就能认出来。

我停了下来。和她在一起的不只有她说的约伦和图娃，另外还有三个人。我认出来他们是图娃的同学。

为什么她没提这个呢？

三个穿比基尼的女孩和身边三个衣着整齐的男孩，看起来几乎有点色情。

我此刻只想转身骑车回家，然后打电话说我改主意了。

但他们很可能已经看到我了。那样的话就会很蠢。

我骑完最后一段路，朝他们那边拐去。

"嘿，你！"玛蒂尔德说着，抬头看着我，但没有摘墨镜。

"你们就坐在这里消磨了一天。"我说着，把自行车靠在树上，然后向前倾身吻了她。

"我马上就要去上班了，"她说，"所以这说的不是我。"

"最近怎么样？"一名大学生问道。

"很好。"我说。

"你在幼儿园工作吗？"

"是的。"我说，在玛蒂尔德旁边坐下。她像美人鱼一样屈腿坐着。防晒霜、碎花裙、白色上衣和凉鞋在她身后堆成一小堆。

"你想喝点葡萄酒吗？"另一个人说。

"不，谢谢，我骑自行车来的。"我说。

我的来到败了他们的兴致，我心里清楚。他们不能再盯着她打情骂俏了。

"我今天又见到了那个牧师。"玛蒂尔德说。

"哪个牧师？"我说，"哦那个，给你行坚信礼的那个！"

这个夏天玛蒂尔德在一家酒店做前台。昨天上午她回家后告诉我，她坚信礼上那个牧师打电话来订房间，半小时后就到了酒店。牧师没认出玛蒂尔德，玛蒂尔德也没有表现出自己认识她的意思，她不想让牧师发觉自己被发现了。肯定是什么婚姻问题，她说，否则她为什么要在自己的城市里住酒店呢？也许他们正在装修之类的，我说。她看着我的眼神好像我脑子不太好使似的，凌晨一点半？我宁愿把人往好里想，我说。

"她进了购物中心的药房，我当时也在那儿，"她现在说，"你知道她买了什么吗？"

我摇摇头。

"一个验孕棒！所以她的生活中肯定发生了什么事情。"

"牧师也可以有小孩。"我说。

"但这有点奇怪，你必须承认这一点吧？她半夜一个人入住酒店，然后第二天就去买验孕棒？"

我不喜欢八卦，我以为她也不喜欢。

见鬼。现在我又开始变得消极了。

这是美妙的一天，每个人都在户外享受阳光，而我和玛蒂尔德在一起，她美得像个梦，又酷又聪明，满足我对女朋友的所有幻想。马上我就要去跟我们的乐队一起排练，乐队正初见起色。

而我坐在这里，内心嘀咕着发牢骚。

我抬起头望向我们头顶的树冠，树干和树枝组成一张复杂的网，托起绿色的火炬，然后我看着她，她苍白的皮肤永远晒不黑，总是那么凉爽，她对我微笑。

"一会儿你和我们一起出去玩吗,埃米尔?"约伦说。

"应该不行,"我说,"我们要去排练,然后我得早起。但还是谢谢你想到我!"

我渴望和她单独在一起,我怀恋那种感觉,期待着那一刻。只有我们两人在一起的时候是我最开心的时候,没有什么能够超越我们单独出去喝酒时的快乐。但我也知道,我们不能一辈子生活在泡泡里。

有一件事我已经暗自做了决定,如果哪天她开始提起小孩,我会毫不迟疑地说好。我不会主动提起。我不想吓跑她,孩子是件大事,我们又那么年轻。而且我害怕她和我在一起并没有什么长远打算,我怕在她眼里我只是青春的一时放纵。如果我试图束缚她,她可能会抛弃我。

但我们在同居,之前我们甚至都没有讨论过这事,只是一有机会就搬到一起了。

"有谁想玩法式滚球吗?"一个大学生问道。他又高又瘦,刘海像窗帘一样遮在眼前。有时为了不遮蔽视线就蠢蠢地往头上一甩。我记得他叫阿特勒。

"好主意。"他的朋友安纳斯说。

"那我们就勉为其难去吧,如何?"玛蒂尔德说。

"来吧。"图娃说着站起来,弯下腰,抓过裙子穿上。

我也站了起来。

"我想我就算了,"我说,"得回家吃点东西。"

玛蒂尔德用双臂搂住我,抬起头看着我。

"那我们就明天一早见了。"她说。

我吻了她。我在马路上转过头,看到他们正朝着砾石场走去,所有人。

一个半小时后我坐在公共汽车最尾部的座位上，身边放着吉他，听着费拉·库蒂[1]。我看向窗外，试着将所有房屋和街道推到背景，把所有树木和植物拉到前景，想象如果一切以它们为中心，而不是以我们为中心，世界会是什么样子。

　　这是我上高中的时候，每天坐公共汽车上学时开始形成的习惯。当时我是"自然与青年"协会的副主席，对环保充满激情。我想这习惯应该来自我的美术老师，他鼓励我们在绘画时尝试捕捉那些中间关系，比如花瓶里花朵和叶子之间的空间，或者房间里家具之间的空间。观看这些树木时也产生了同样的变化，它们突然凸显出来，成为可见的，即使它们一直在那儿。

　　我在修道院那站下车，沿着左边的一条小巷走到通往船厂的路上，峡湾蓝得炫目，遍洒着如硬币一般亮晶晶的光斑。

　　在坡底我看到了特隆，他一如既往地穿了一身黑，手里提了一个塑料袋，这也是他的固定装备之一。我知道里面是他的鼓槌，还有胶带、调音螺丝和手套，当然还有可乐。去年圣诞节我买了一个背包送给他，但显然他没理解这其中的暗示。

　　下个圣诞节该送他一条短裤，我想，喊了一声他的名字。

　　他转过来等着我。

　　"哈罗。"他说。

　　"有什么新鲜事吗？"我说，和他握了握手。

　　他摇摇头。

　　他的脸很宽，长着雀斑，嘴唇宽阔，鼻子宽阔，双眼尽管是蓝色的，依然显得深邃暗沉。身材短小结实。

---

[1]　Fela Kuti（1938—1997），尼日利亚音乐家，非洲节拍（Afrobeat）的开创者。

我们从幼儿园起就是朋友了，除了我哥哥，特隆是我在世界上最熟的人了。

"真见鬼，你都不和我们一起出去玩。"我们往前走时他说道。

"得上班。"我说。

有什么黑暗的东西冲进了脑海。

利亚姆。

愿他一切都好。

"我也得工作啊，"他说，"我四点就得起床。"

我耸耸肩。

"我不是你。我睡那么点时间是不够的。"

"一年里能有几个这样的夜晚呢。"他说。

"无论如何，本市没有！"我说，"那我们看看吧，一两杯啤酒应该是可以的。"

"你越来越不摇滚了，你自己知道吗？"他说，"突然有了同居女友，还在幼儿园上班。"

"你居然说这话？你这个还住在爸妈家的甜点师？"

"至少我不会九点半就上床睡觉。"

"对，你只是六点就开始打哈欠了，"我说，"你记得我们在电影俱乐部看那部关于基吉星团 [1] 的电影吗？哦不，你可能不记得，因为整部该死的电影你都睡过去了。"

那家老沙丁鱼工厂出现在我们的下方。

"顺便说一下，我可能要有一首新歌了。"我说。

"真的吗？"特隆说，"好消息。"

---

[1] Ziggy Stardust，英国音乐家大卫·鲍伊创作的音乐角色，此处提到的电影应为1979年的纪录片《基吉星团与火星蜘蛛》（*Ziggy Stardust and the Spiders from Mars*）。

"还不知道它怎么样呢。实际上我只有歌词，还有它应该怎么展开的一些粗略的想法。"

"很好。"他说。

"可能实际上也不怎么样，"我说，"我都不敢说出歌名，太蠢了。"

"它叫什么？"

"我们四处看看他们是否在这里好吗？"我说着，朝后面的露天咖啡座那边看过去。

"别兜圈子，"他说，"它叫什么？"

我看着他，笑而不语。他回以微笑。

弗罗德和肯内特坐在一张桌子旁边，每人面前摆着一瓶啤酒，吉他盒放在脚边的地板上。他们向我们挥手，我们走过去。

"埃米尔有首新歌，"特隆说，"但他甚至不敢说它的名字。"

"《心中的风暴》。"我说。

"和玛蒂尔德吹了，是不是？"弗罗德笑着说。

"我心里有风暴，还是一场风暴在我心间，哪个听起来更好？"

"两个听起来都不错。"特隆说。

"感觉这两个听起来都挺蠢的。"弗罗德说。

那你就想点更好的东西出来啊，我想，但什么也没说。弗罗德有时可能很混蛋，但他是我合作过的吉他手里最好的一个。他从来不过分，他所做的总是对的。

"歌词我们随时都可以改，"我说，"你们拿到钥匙了吗？"

肯内特点了点头，他很少开口，除非有人跟他说话。

他们把剩下的酒喝完，我们走进旧厂房，来到排练室。刚把设备装好，调好了音，手机在我口袋里震动起来。是玛蒂尔德。

你在公园里为什么不高兴了？我爱你，你知道的，她写道。

没生气！我写道。只是上了一天班累了。你是我想要的一切！

我正要把手机放回去，她又发来一条消息。

之后来我上班的地方找我吧？

求之不得！我写道，注意到其他人正一动不动地站着等我。我把手机放进口袋。

"对不起，"我说，"我们要先把整套曲子过一遍吗？"

我们花了一个小时唱完所有歌曲，休息了一会儿。弗罗德和肯内特出去抽烟了，特隆和我留在室内。

我把新歌的歌词又读了一遍，群发给了所有人，虽然我心里最想的还是自己留着它。

先是完全安静
然后风来了
哦，然后风来了
然后雨来了
哦，然后下雨了
然后风暴肆虐
一场地狱般的暴雨

我心里有一场风暴
雨和风
在受伤的灵魂里
你的心里有一场风暴
雨和风
在受伤的灵魂里

心之街道空无一人

你的话语如匕首扎入

心之树木沙沙作响

心之大海涌起波浪

心之天空漆黑

心之雨点坚硬

我心里有一场风暴

雨和风

在受伤的灵魂里

你的心里有一场风暴

雨和风

在受伤的灵魂里

先是完全安静

然后风来了

哦，然后风来了

然后雨来了

哦，然后下雨了

然后风暴肆虐

一场地狱般的暴雨

特隆的手机在我身后叮了一下。

"很好，埃米尔。"他过了一会儿说。

"你真这么认为吗？"我说着，朝着他转过身去。他向前倾着身子，胳膊肘撑着大腿，手里握着手机。

"是，这太棒了。"他说。

"谢谢。"我说。

有人敲门，我去开门。

"这颗心肯定放屁了！"弗罗德说。

"你真幽默。"我说。

"你已经和玛蒂尔德吵过架了。"他笑着说，嘴巴咧到最大。

"我们能不能用它？"我说着走过去坐下，拿起了吉他。

"可以用，"他说，"但响和浪那个押韵可能不那么有原创性。"

"这点你说得很对，"我说，"但我在那个部分就是哼唱一下，不会有人听到的。像迈克尔·斯蒂普[1]那样。"

"或者我们直接删掉，"他说，"差别也不会很大。"

"'心之树木翻倒'怎么样，"我说。"然后什么和'倒'押韵？"

"哼！"弗罗德说，"'心之巨熊咆哮'。"

泪水突然涌上来，我转身就走。现在我受够了，我想，面朝墙壁眨了几下眼睛，关掉了扩音器，取下背带，把吉他放进琴盒里。

"你干吗呢？"弗罗德说，"我开个玩笑而已！我不是故意的！"

我拿起吉他盒，朝门口走去。我知道这时我什么话都不该说，只要离开就好，让他们自己去想吧。

"我受够你了，"我直视着弗罗德，"我真的把我的灵魂倾注到那首歌词里了。"

他伸开双臂。

"但是老天爷，朋友，我只是开玩笑！你到底多把自己当回事？"

我把门在身后摔上，慢慢走过空荡荡的走廊。在外面停车场停下脚步，让他们有机会追上我。

---

[1] Michael Stipe，美国音乐人，R.E.M 乐队主唱。

没人追过来。

他们可能坐在那里嘲笑我。

但这是我的乐队。那些是我的歌。

我开始往坡上走。

我如此丢脸，表现出如此匪夷所思的软弱。

但我不能回去，那会显得更软弱。

电话响了。

是弗罗德。

我站在那里，看着他的名字在屏幕上闪烁。如果我不接这个电话，乐队就会散伙，那就全是我的错。

这是我想看到的吗？

我想象着我早早出现时玛蒂尔德眼中的惊讶，想象着我的解释在她耳中听起来的感觉。"弗罗德欺负我，所以我就走人了。"

与其在她面前丢人，不如在他们面前丢人，我这样想着，接起电话。

"对不起，埃米尔，"弗罗德说，"我不是有意要伤害你的。"

"我没受伤，"我说，"不过还是谢谢。"

"那你回来吗？"

"对。"我说，挂了电话，转身回去。

峡湾的远处停着一艘船，看起来好像在撒尿，一道水柱从船尾喷射而出。水在阳光下闪耀，空气时不时抖出彩虹的颜色。我好像在做梦一样，那屈辱感仍然如此强烈，以至于我似乎是被包裹在那感觉中望出去，而我自己本身微不足道。

我把外面餐厅那阵喧闹关在门后，穿过空荡荡的走廊走向排练室，尽量让自己麻木起来。

我进去时其他人假装什么事都没发生，我很感激他们。如果我刚才没那么过分还能装作若无其事，现在肯定不行了。

"很抱歉我刚才走掉了，"我说，"我不知道我怎么了。"

"别想这事了，"弗罗德说，"写东西是敏感的活计。"

"其实不是那样。"我说。

"不，不是那样，"他说，"但我想我们可以假装是这样，为了让气氛好起来"

"我们能他妈的赶紧弹起来吗？"特隆说。

彩排结束后，我们在露台咖啡馆拥挤的吧台前喝了几杯啤酒。我们聊的都是那些老话题，乐队和歌曲，还有要如何录制我们的素材。弗雷德里克来了，穿着海军蓝短裤、白衬衫和船鞋，装模作样地和我们混了一会儿——毕竟这次他要借相当一笔钱——但也就是浮皮潦草地待了一会儿，一有机会就走开了。一个胳肢窝底下两大圈汗渍的胖子挤到我们中间向酒保伸出两根手指，弗雷德里克被迫向旁边退了几步，迎上了我的目光。

"我想我该走了，"他说，"但我们周末见。"

"你来吗？太好了！"我说。

"很难相信你俩是兄弟。"弗罗德低声说，看着他离开。

"还有，是他得问你借钱，而不是相反。"特隆说。

腋下两圈汗的家伙高举着两杯啤酒，从我们身边挤过去。

"你知道那是谁吗？"弗罗德看着他轻声说道。

我摇了摇头。

"林德兰。就是那次采访巫师的人。"

"是吗？"

"是的。然后他就降级成了文化记者。"

"在我的圈子里他这是升职。"我说。

"他这人有些荒唐。"

"巫师也是。"我说。

弗罗德吹了口气。

"真找不到词来描述他是什么样的人。"

"我和他一起上过幼儿园。"肯内特说。

所有人都看着他。

"和巫师？"弗罗德说。

肯内特平静地点点头，喝了一口啤酒。

"为什么你从来没说过这事？"肯内特耸耸肩。

"没人问过我啊。"

"我们肯定不会问你啊！"弗罗德说，"我们怎么可能知道会有什么需要问呢？"

"他那时什么样？"我说。

肯内特又耸了耸肩。

"特别普通。有点苍白，可能。"

这让我们大笑起来，然后干杯。半个小时后我离开的时候，心中十分舒畅。特隆和我一起，他准备坐公共汽车去凡托夫特教堂。谢天谢地我回去了。因为一些鸡毛蒜皮的计较就放弃整个乐队，那是有多蠢啊！

我进门时玛蒂尔德在前台抬起头来，她对我露出笑容，没人能模仿她的微笑。

我看到那微笑时就高兴起来，俯身从柜台上方亲吻了她，尽管她无数次要求我别在她工作时亲她。

"你穿这身制服看起来非常性感。"我轻声说着吻了吻她的脖子。她微笑着推开我，就像推开一只过度欣快的狗。

"排练怎么样？"她说。

"特别好。"我说。

"真棒！"她说。

"你怎么样？"我说。

她没回答，而是朝外面街道点了点头，此刻那里有两辆大巴次第停了下来。

"接下来这里要忙翻天了，"她说，"对不起。我也没想到。"

"没关系，"我说，"反正我现在也累得很。"

"你睡前能不能给我打个电话？"

"当然。"我说着又吻了她一下。

"我已经开始想你了。"当第一批游客进来时我说，她的微笑投向了他们而不再是我了。

"再会，埃米利奥。[1]"她说着，朝我眨眨眼。

外面的街道上，黑暗已经蔓延开来，空气像南方一样温暖。我戴上耳机，浏览我下载的那些唱片。我讨厌播放歌单——除了我发给玛蒂尔德的那些。我选定了比尔·卡拉汉[2]的《启示录》（*Apocalypse*）。我给孩子们也放过这首歌，他们的反应是："他的声音好低！"确实如此。

利亚姆，小利亚姆，你千万别出什么事啊。

当我赶到时，公共汽车正准备驶离购物中心站。我换上了一张大卫·克罗斯比[3]的专辑《假如我能记住我的名字》（*If I Could Only Remember My Name*），一路听到医院。我喜欢七十年代音乐作

---

[1] 此处原文为意大利语，埃米尔的爱称。

[2] Bill Callahan，美国音乐人，其音乐涵盖另类摇滚、民谣和乡村多种风格。

[3] David Crosby，美国音乐人，活跃于二十世纪六七十年代，鸟人乐队和 CSNY 乐队成员。

埃米尔

品中的温暖感，以及演奏的轻快感，他们反复演奏那些过门和连复段，没有人绷紧神经，就像只是在一个下午顺便经过录音室，随意弹奏了些东西，然后继续去海滩，抽点大麻，游个夜泳，或者搞点他们当时在搞的其他活动，再回来录制一些片段。他们能玩起来。这音乐是有生机的。就像人类有生机一样。

但最主要的还是那声音里的温暖。

在医院外的公交车站我回了几条短信，然后去了纳维森便利店，买了一袋品客薯片、一瓶七喜和一些糖果。如果让特隆看到这些他一定会抓狂，我微笑起来。不是海洛因，而是可乐奶嘴糖和甘草糖块。

我拍了张照片发给他，并写道，这就是我们出名后我想放进演出曲目里的东西。

不管怎样，总比胡萝卜好，他回道。

牙齿上有洞总比灵魂上有洞好，我回道。

当我走到外面马路上时，收到了他的回复。

你错了。你听过几首关于牙痛的好歌？

我想了半天，想明白了，我回道，开始往山上走，手机捏在手里，以防他再发短信过来。他没有，过了一会儿我把手机放回口袋里。头顶的天空是蓝黑色的，四面都是煤黑色的山脉，我好像身在井底里，看着天上群星。

我把吉他盒换到另一只手上，后悔没有再等一下，那样我就能搭一辆可以直接到的公共汽车了，这时鸟儿突然在我身边开始歌唱。

我停下了。群山之上，天色渐亮。

这不可能啊！

我转过身。在山的另一边，一道光升入天空。

那不是太阳。那不是月亮。那是一颗星星。

但如此之大!

我放下吉他盒,拿起电话打给玛蒂尔德。

鸟儿们在山腰疯狂鸣叫。一道微弱的、幽灵般的光向上滑动。

"嗨!"她说。"你要睡了吗?"

"不,我还没到家,"我说,"天上有什么东西,你看到了吗?"

"没呢?"她说。

"一颗大得出奇的星星或者诸如此类的。真吓人。那些鸟儿已经开始叫起来了。我就在房子下面那条路上。"

"哦?"她说。

"你有机会一定要出去看看,"我说。"太惊人了。"

"我会的。"她说。

"好吧,"我说,"一会儿打给你。"

我挂了电话走上最后一段路,不断转身看着那颗星星或之类的东西在天空以惊人的速度升起。

我们从一个独居老太太那里租了整个二楼加两个阁楼间,价格低到几乎可以忽略不计。我打开大门进去,看到客厅里电视的灯光在闪烁。有那么一会儿我在琢磨要不要去按门铃叫她出来看看,但那可能会吓得她心脏病发作,我想,于是我没去,继续沿着那条用鹅卵石铺的小路走到我们在上方的门口。

就在我把钥匙插进锁孔时,上方距房子只有几米远的树林里传来一阵迅疾的沙沙声。

也许是一只鹿,我想。

有什么东西冲了下来。

我转身看到一个人影跑到了篱笆那边的草坪上。是个男人,他在苹果树旁停了下来,弯下腰,气喘吁吁地回头看。

"哈罗?"我说,"你在干吗?"

他看着我。即使隔着这段距离我也能看出他很害怕。眼睛睁得大大的。

他一言不发地穿过花园跑到马路上。

我纹丝不动地站着，直到他的脚步声消失。

然后我打开房门进去，从琴盒里拿出吉他放在客厅的架子上，开了七喜，然后打电话给玛蒂尔德，同时盯着山谷另一边天空中那颗亮晶晶的小圆球。

艾斯林

　　那位老太太手臂上挂着购物袋，穿过糖果甜食和巧克力货架朝我走过来。她穿着一件米黄色的外套，尽管外面气温超过了三十度。

　　"嗨。"她停在收银台前，打开装着货品的购物袋，我跟她打招呼。

　　她个子很小，极瘦，下巴上生着几根硬硬的白毛。这真恶心，我不懂她为什么不弄掉它们，就算年纪大了也没有理由忽视自己的外表吧。

　　"嗨，嗨。"她说，把买的东西一一放在传送带上。

　　"今天热得难以置信。"我一边扫码一边抬头看向她。

　　她什么也没说，忙着掏钱包。

　　她的眼睛在某种程度上来说是混浊的，或者说雾蒙蒙的。脖子上的皮肤像块破布。那些做过医美手术的人的年龄就是从脖子和双手看出来的。当然我的意思不是怀疑她做过医美！

　　她的动作并不迟缓，我现在看出来了，为什么之前我会觉得她迟缓呢？她的手指灵活地在钱包里拨弄着，取出一张卡。

　　"176 克朗。"我说。

她没看我，也没说话，拿着卡划过读卡器。

虽然我们一周可能见三次面，但她对我的存在无知无觉。老人们说自己从公众视野里消失了，人们对他们视而不见，可悲可叹，但他们自己也没好到哪里去。人们很容易认为老人是善良的好人，但他们坏起来也跟其他人其实没有分别，至少年轻时就很讨厌的人，老了也还是一样讨厌。

她把卡放进钱包里，再把钱包放进包里，走到收银台的尽头，把买好的东西放进购物袋。做完这些之后她朝我转过身来。

"还有，再来一包淡一点的香烟。"她说。

我没想到会有这一出。这老太太开始抽烟了吗？

"那你得先去那边机器上拿张单子，"我说，"再过来这边付款，然后才能在入口那里的机器上取烟。"

"为什么要这样？"她说，"为什么这么麻烦？"

"现在就是这样。"我说，心里暗自嘲笑。

她站在机器那里研究用法，我看着我的指甲。如果需要帮助，她可以开口问我。我刚去做过指甲，修指甲的女技师建议我用一种淡粉色，我还挺喜欢的，现在它让我的肚子里冒出了一个欢喜的小泡又炸开。我以前都涂大红指甲，这让我的手指看起来又小又圆乎。虽然它们本来就长这样，但红色更容易吸引人们的注意力。大红色口红也是如此，它让我的嘴显得更小，而脸则显大显圆。

"过来帮我一下。"她看着我。

"好吧，"我走到她身边，"你想要哪个牌子的烟？"

"口味淡的。"她说。

"有很多淡烟，"我说，"王子，万宝路，彼得罗斯，威豪，骆驼。几乎所有牌子都有淡烟。"

三个女孩在一阵笑声里走进门，卷起一阵香风。

"王子牌。"她说。我按下王子烟的标志，下一个选项。

"一包？"

"是的。"

单子出来了，我拿着它到收银台扫描。她付了钱，我跟着她走到香烟售卖机前，再扫一次单子，然后把掉进抽屉里的小盒子递给她。

"谢谢。"她简短地说，把那包烟放进购物袋里就出去了，就在这时一个五十多岁的高个子男人进来了，我感到一阵恐慌，迅速转过身去，差一点他就看到我了。

见鬼了，这真是。

他在这儿干吗？

再过一会儿他就会站在收银台前，把他买的东西放上传送带，能招呼他的人只有我，海伦妮去休息了，达格芬在里面他的办公室里，特鲁德在仓库和店面之间来回穿梭。

我确定那是奥蒙森，虽然毕业已经三年，我还是一眼就认出了他。

这是这世上我最不想去进行的对话了。

在底价超市的结账处。

是你吗，艾斯林？你在这里工作？

我会点头微笑，在椅子上扭过身体，低头看向面前。

兼职赚点钱也不错！他可能会说。但是学业方面怎么样了？

挺好的，我就不得不这么说。

你后来选了哪个专业？心理学？

我会点点头。

见到你真高兴！你离开学校后我经常想起你。并不是所有学生都会让我这样的，可以这么说。

他可能甚至会邀请我喝杯咖啡。

那三个女孩在收银台前停了下来。三罐红牛能量饮料和三包烟。她们最多十四五岁，但我没要求她们出示身份证明，我只想让她们尽快离开。她们扭怩地站了一会儿，当她们明白过来我不打算查她们时，几乎忍不住咯咯笑了起来。

奥蒙森现在肯定在超市的另一头。我起身以最快的速度沿着过道朝仓库门走去，人们现在突然涌了进来，收银台不能无人值守。

他从拐角处走过来，我尽量深深低着头，从他身边走过，紧贴着墙根。

这无济于事。

"艾斯林？"他说。

我假装没听见，好像我根本不是艾斯林一样，只是快步往前，穿过仓库的门从后面出去，海伦妮靠墙坐着，闭着眼睛晒太阳。

"你能在收银台顶两分钟吗？我得去厕所。"我说。

她睁开眼睛，转向我。

"你不能他妈的再坚持十分钟吗？这是我的休息时间。"

"待会你可以用一半我的休息时间，帮帮忙。"

她叹了口气，站了起来。

"那你两分钟后就进来。"她说，脸上的痘印近距离下清晰可见。如往常一样，她在我身后时对我总是一种抚慰，因为她看起来这么糟糕。

我穿过仓库，走进那个逼仄的、臭烘烘的厕所，锁上身后的门，在马桶盖上坐下，开始数到一百二十，同时尽量用嘴呼吸。

然后头痛卷土重来。好似一根金属线穿过我的大脑。在那几秒内我无法思考，无法做任何事情，唯一存在的只有那灼热的疼痛。

然后疼痛过去了，就像来时一样突然。我拉了下抽水绳，以防外面有人等着，洗了手，扯了几张卫生纸擦干，扔进马桶，等水箱满了之后又冲了一次水。

现在他应该已经走了。

但是刚打开进超市的门，他已经在外面等着了。

"艾斯林，"他说，"见到你太开心了！"

晒成棕色的皮肤，白得发光的牙齿，石灰白的衬衫。

"嗨，"我说，"是你啊。"

"是啊，我和一个同事来这里度周末。我们昨天去看了《俄耳甫斯》。"

"真不错。"我说。

"你还好吗？你在这里工作，我这么理解对吗？我看见了你，然后我问了收银台那位女士是不是真是你。"

"是的。"我说。

他仔细打量我。

"我挺好的，"我说，"一切都好，基本上。"

"你快大学毕业了吧？"

"还差一点儿吧，"我说，"不过，我得去干活了。"

"我明白，"他说，"那你今晚什么时候下班？我们可以见面喝一杯吗？会不会太唐突了？"

"不，不会。"我说。

他看着我。

"太好了！也许我们可以在歌剧院咖啡馆见？"

"可以啊，"我边说边转身走开，"那到时见了！"

他提着购物袋跟在后面。

"你还没说你几点下班？"

"八点。"我说。

"那我们也许可以八点半见？"

我点点头。

"别误会，我并不经常和教过的学生一起喝酒，"他说，"但很高兴能和你聊聊。"

"我也一样。"我说。

海伦妮恶狠狠地盯着我。

"回头见！"我对奥蒙森说，他挥挥手出门去了，我回到收银台替下了海伦妮。

"得用你整个休息时间来换了，孩子。"她说。

"好吧。"我说。

我很想哭。他那么善良，他那么相信我。

但我并不准备去歌剧院咖啡馆见他。

我一整天都没吃东西，等到关门之后，我拿着一包花生和一罐健怡可乐，在后院的几个木头卸货底架上坐下来。T恤下我的皮肤黏答答的，让人恶心。太阳要落山了，但柏油马路上方依然热气蒸腾。远处的大垃圾箱散发出水果腐烂的味道。我将耳机插入手机，找出阿里安娜·格兰德[1]自己制作的那个老视频，她播放一个声音，同时自己唱第二个声音，然后她唱第三个声音时播放前两个声音，以此类推，声音彼此叠加，和弦互相交织，直到房间里仿佛出现了一整个该死的合唱团。这是一个绝对精彩的视频。她无疑是个天才。人们不知道这有多难，也不知道她做了什么。事实上，这是个不可能的任务。

我经常在休息时看它，或任何出自比莉·艾利什[2]的作品，这是我给自己的奖励。

---

[1] Ariana Grande，美国歌手、创作人和演员。

[2] Billie Eilish，美国歌手、创作人。

我斜倚在墙上，点开艾利什的《坏家伙》(*Bad Guy*)。音乐酷得不可思议，让我想夺门而出，喝酒跳舞，让一切都去他妈的。

海伦妮靠着大门在抽烟。她看见我在看她，张了张嘴假装说了什么。

哈哈，我学着她的样子回应。

然后她真的说了什么。

我拿掉一只耳机，疑惑地看着她。

"找你的那个男人是谁？"她说。

"不是什么特别的人。"我把耳机塞了回去。

她又说了一句什么。

"什么？"我说。

"在我看来可不是，"她说，"他是谁？"

"一个以前的老师。"

"你和他睡过吗？"

"天哪。"我说，把耳机塞回去，调高音量，将袋子里最后一点花生全部倒出来，塞进嘴里。

她在这里真碍事。如果我要出去，我就得化妆，但我不想当着她的面化妆。而厕所又太恶心了。

我关掉音乐，给约纳斯打电话，但响了一声后我又改了主意，挂了电话，写了一条短信。

你今晚有什么安排吗？

然后我起身，拿起我的包，走进厕所。

已经在外面了，你呢？他回答。

如果他想见面，他会直接说他在哪儿。所以我只是回复说我下班很晚，本来打算在回家路上顺便去找他，但我们也可以在本周晚些时候再见。

我在眼皮上刷上金色眼影，抹了一点闪粉，刷了黑睫毛，又在眼角描出一根几厘米长的眼线。这样我的脸上就会浮现出一种我喜欢的东方味道，某种强烈的、热情的感觉。然后涂上比平时浅一点的唇膏，在脸颊打上一层阴影，让它看上去窄一些。

我很清楚他不想让我和他还有他的朋友混在一起。虽然我并不会以任何方式让他丢人，但让姐姐陪在身边，这本身就挺尴尬的。

但我还是很难受。

我记得他婴儿时的样子。

也许只涂眼影就够了，我想了想，擦掉了那条黑色眼线。不想看起来像一声尖叫。

好了。

我收拾好化妆品，换了件宽松的黑 T 恤，背上背包就出门了。

幸运的是，海伦妮已经走了。

外面街上挤满了人。肯定有一艘巨型游轮又停靠在这儿了。穿着短裤和衬衫的老男人，以及穿着夏日盛装的女士们，和城里的本地人混在一起。炎热的夏日空气里充满了谈笑声和叫喊声，从一间咖啡馆里传来加勒比音乐。

我边走边用手掌擦了擦额头上的汗水。

今天真是太热了。

空气几乎烧红了。

我更喜欢下雨和起风的天气。那我就可以躺在自己房间里，问心无愧地看电影、阅读或睡觉。 太阳总带着诸多要求而来。你理应出门，理应和朋友们在一起，理应要快乐。假使我宅在房间里，那就全错了，而且我就成了个失败者，尽管我做的是完全一样的事，也即我决定自己的日子要怎么过。

我做我想做的事情。所以如果我不想坐在露天咖啡馆喝个烂醉,那心虚的感觉从何而来呢?

去他的。去他的一切。

我停下来戴上耳机,把歌单切到《心痛》(*Sheer Heart Attack*)[1],然后继续沿着小巷朝沃根港那边走去,轻轻扯着我的 T 恤,免得它粘在身上。

我还是很饿。几百米开外就有一家汉堡王。不管怎么说它很便宜。而我要自己决定自己的生活。

在我头顶上,所有的窗户都敞着,所有后院设有露天座位的小餐馆都坐满了。

但那是什么?

一只动物顺着墙根跑了过去。走在我前面的人停了下来。那是一只老鼠!它在人群间拐来拐去地穿过小巷,消失在另一边的大门里。

一位女士抱怨起来。人们面面相觑。四周传来了一些激动的声音,几秒钟后大家又动了起来,一切又恢复了正常。

我记得有种说法是当你看到一只老鼠时,周围至少还有六只老鼠,我边走边环顾四周。我在城里见过很多次老鼠,尤其是在商店的后院,但只在傍晚和晚上看到过。白天倒从来没有。

我一直想不通为什么老鼠如此令人厌恶。老实说,它们不是特别好看,不像猞猁或猫头鹰,但它们也不是很丑。毛又短又密,尾巴像一根小鞭子,前爪抓东西的时候像有手指的小手。

在那些岛上,太阳正在下山,所以我从小巷出来时不得不眯着眼睛看东西。码头上和鱼市场沿线都是黑色的。路这边也是密密麻麻。我在他们之间穿梭,音乐让我置身于另一个世界,周围所有的面孔看起来都与我无关,陌生而疏远,这让我觉得很高兴。

---

[1] 皇后乐队(Queen)的第三张专辑,1974 年发布。

人们是如此相似。他们看见老鼠就大惊小怪地尖叫，太阳出来就进城，结婚生子搞事业，然后就死了。这一切的意义是什么呢？升任部门主管或者律师事务所合伙人之类的？这就是他们努力工作的目标？

然后他们都会躺在地下深处。

那时谁还关心他们那些重要工作？

我去了托加曼尼根广场的另一边，走进海滨街，然后到了汉堡王，很幸运那里几乎没人，空气舒适冰凉。

我打算在培根王和双层牛排汉堡之间二选一。我一整天都没吃什么东西，最后决定选双层牛排汉堡，加大薯条和大杯可乐。

当我端着托盘走到最里面的一张桌子坐下时，嘴里已经满是口水。

我把嘴巴张到最大，但还是没有办法一口咬住整个汉堡，肉汁充满我的口腔，一点面包摩擦着我的上唇，所有的东西都混合在一起，培根、牛肉、汉堡包、洋葱、西红柿、生菜、番茄酱。

我总是把薯条留到最后，这两种食物差异很大，我不喜欢把它们混在一起。一种是多汁的、敞开的，另一种则外表酥脆干硬，里面封存着嫩软。汉堡我很快就吃完了，薯条吃的时间长一些，因为我蘸上番茄酱一根一根吃。

就这样，我也很快就吃完了。

我用餐巾纸擦了擦嘴，不知道现在该干点什么。一个男人坐在墙边。他的穿着看起来像是在大学里工作的，蓝色牛仔裤，白衬衫，棕色西装外套，棕色皮鞋。他的嘴唇有点歪斜，看上去很迷人，脸像一个十八岁的少年，身体的其余部分看上去像是有三十多岁，甚至四十多岁了。

他坐在那里若有所思地看着窗外，没有注意到我。

我确实饱了，但我还想吃点什么。很自然的选择是再要个奶昔当甜点，大家都这么做。但是那个卡路里太多，我还不如再吃个汉堡包，比如我一直惦记着的培根王。

我真的还想再吃点什么吗？

是的。

那我为什么不去做呢？假使我想？是谁或者是我内心的什么在阻拦我？

理性。觉得不该。

应该显示自己的强大，去吧。

这恰恰就是在这种情况里最重要的。

我拿出手机在谷歌上搜索"俄耳甫斯"。维基百科上一篇关于这位希腊神祇的文章出现在眼前，它应该是某出戏或歌剧的名字。如果我没记错的话，那是一部歌剧。我搜索了"俄耳甫斯歌剧"。

格鲁克的《俄耳甫斯和欧律狄刻》，肯定就是它了。

想都没想，也没看价格，我订了一张周三的票。然后我把托盘拿到分拣台，倒空剩下的可乐，把杯子塞进洞里，扔掉剩下的包装，去柜台点了一份培根王和一杯可乐。

当我把托盘放在桌子上坐下时，那个男人看着我。

"你吃得太多了。"他说。

我简直不敢相信自己的耳朵。

他居然这么说？

我脸热起来，迅速看他一眼。

他只是微笑。

我现在应该怎么做？

我肯定得说点什么。不能只坐在那里。

我因为羞耻感而浑身烧了起来。

我抓起汉堡包送到嘴边，我又改了主意，放下了它。

"这和你有个屁关系。"我说。但我的声音发虚,我不敢看着他的眼睛。

他微笑了。

"我是上帝。"他说。

哦,原来是个疯子,我想,所有的羞耻感都烟消云散了。

"别打扰我,否则我就去找工作人员。"我说。

他起身朝我走来,用手抚过我的头发然后出去了。

我张着嘴一动不动地坐在那儿,看着他消失在外面的街道上。

刚刚发生了什么?

那个抚摸感觉也太好了。

那也太好了。

有什么柔软而温暖的东西传遍全身。就好像身体里被灌满了油。

我本该被气坏的,我本该去报警,他是个疯子,他无权碰我。

老天爷啊,我真是个大傻瓜。

几个月来都没有人触碰过我。手指穿过头发轻抚的感觉当然会很好。

"你吃太多了,你啊。"

我不再想吃了,但把这些都倒掉感觉也不好,所以我吃了一半汉堡包和一些薯条,然后把剩下的扔掉了。

我在街上站了一会儿,思量着该去哪儿。我在医院下方的一栋房子里租了一个小阁楼间,它有个斜屋顶,以前这家女佣住的。今天这样阳光明媚的夏日,那里热得不堪忍受,开窗也无济于事,下午时分屋顶几乎热到发红,所以回家并不特别吸引人。但我也无法想象再出去消遣。

我开始朝托加曼尼根广场走去。一个人在城里漫步挺好的,没有任何不对,现在想来,对我来说其实和其他人一道走反而更不寻常。问题在于城市里要在哪儿坐下。各种椅子和长凳，它们都有四条腿、一个底座和一个靠背。不管我在哪儿一坐下来，就觉得自己变得显眼起来。也许除了我不会有别人有这个念头。但这感觉如此强烈，就好像它在我身上发着光，而我所做的一切都在那光的照耀中发生。读一本书，喝一口啤酒或葡萄酒，环顾四周，所有这些都在一种额外的注视中发生，就好像我同时从外部和内部看着自己。我一个人坐在这里，她一个人坐在那里。几乎就在转瞬间我的思绪就翻腾成黑色，这实在不堪忍受，而如果我要留下，我就必须与之抗争，不断地与之抗争——那从我身上发出的光芒，那个在我内部多出来的人格，它紧密关注着我所做的一切。

当我回到房间坐在床上，当然就不再如此了。但那时还会有别的考量，就是我本该出去而不是待在家里，不管宅在家里是多么放松和美好，可以一边看网飞的新片，一边喝茶和吃巧克力。

只要我一停止走动，似乎就有一股茫然和无助的洪流涌过全身。所以我不能停，也不能坐，只能一直走着，或者待在自己房间里。

在大学里这让我什么事都做不了。我坐在阅览室内心如焚，我坐在餐厅里内心如焚，我坐在课堂上内心如焚。

要多谢有了这份工作，我得说。我可以在那儿坐着被看见却没有什么感觉。没人在意我是谁，我只要做好分内工作就好。

市中心湖水边的草地上挤满了人。大部分是一群一群地坐在一起喝酒，至少看起来如此。群山那边的天空戏剧性地红了，那是太阳正在落入另一边的海中。水平如镜。空气炙热凝滞。

我在厕所间里化妆时在想什么呢？

在想金色眼影让我看起来很有异国风味。一千零一夜那种。激情，强悍。

去赴一个约会的路上。

女商人。

黎巴嫩。贝鲁特。约旦。

自信。性感。神秘。度过漫长的一天之后，在宾馆大堂里喝上一杯放松。

所有我身边这些苍白的西方人，他们过着肤浅的商业化生活。女人像男人而男人像女人。

我要去见的那个人，已然迷失。他在源头上尝过一口，现在他愿意付出一切来换取更多。

如果我愿意，我可以让他们疯狂。

他们忘了一切，除了我和我给他们的东西。

命运把我带到了一个奇异的国度。山那么高那么绿，人们那么冷淡。

我路过一家有户外座位的咖啡馆。有一对情侣正好起身，我不急不慌地走过去，问他们是否准备离开了，那个男人点点头，于是我坐了下来。

天上的火正在熄灭。

我向侍应生挥了挥手。

他过来了。

"你们有黎巴嫩葡萄酒吗？"我问。

"不，这个我们没有，"他说，"我们有澳大利亚酒、智利酒和加州酒。当然，还有法国酒、西班牙酒和意大利酒。还有德国白葡萄酒。有没有哪个葡萄品种是你特别感兴趣的？"

我挥了挥胳膊，做出一种半是无奈、半是随便的姿态。

"请给我一杯你们的餐酒，红的，"我说，"一份橄榄，如果你们有的话。"

"就这些吗？"他说。

"是的，谢谢你。"我说。

他走了。人们沿着湖边从容漫步。我看到三个年轻男孩，可能还是大学生，三人都背着背包，其中一个推着自行车。他们清瘦、恣意的身体在夏天晒得黝黑，毫不在意别人的目光。我看到一个爸爸和一个妈妈推着一辆空婴儿车，小女儿还走不好路，在前面蹒跚学步。

一股渴望涌上心头。

希望有谁来触碰我。

我只要稍晚些去一家酒店的酒吧。总会有不怎么挑剔的人走近，给我买一杯饮料，最后请我去他的房间里。或者在夜总会都关门后去"桨帆船"，坐在那儿等着就行，那儿的人更年轻，但也更沉迷酒精，如果我喝得不够醉，就会很恶心。

侍应生端来了酒和橄榄。我啜了一小口，试图回到脑海中刚刚想过的那些念头上。

就在这时疼痛又一次出现了。那条金属线像切蛋器那样丝滑地分开大脑。我闭上眼睛，黑暗中满是光点。

啊啊啊，我咬着牙小声说。啊啊啊。

然后疼痛过去了。

世上再没有比疼痛消失感觉更好的事了。一切又重归美好。

有一次它持续了差不多一小时。幸运的是当时我在家，因为我吐了。但一般它只需几秒钟就过去了。

我又喝了一口酒。一个流浪汉沿着街道慢吞吞走过，推着一辆装满购物袋和成捆破布的超市购物车。两个窈窕女孩从他身边走过，一个穿着白色的夏日短裙，另一个穿着蓝色的花裙子。

黎巴嫩。

感性、强悍、神秘。

开了一天的会，现在该心安理得享用一杯酒了。

好希望有人能触摸我。

那个人是谁？他为什么要那么做？

我是主。好吧，你说了算。

但他看起来可不像个疯子。

谁知道人们的心念因何而转动。

反正我不知道。

搞定奥蒙森。

有那么几个月我真的以为他对我感兴趣。现在想起来都觉得尴尬。好像他居然会对一个胖乎乎的十六岁孩子产生什么感觉似的。他只是经常在课堂上用温暖的眼神看着我。而且他帮了我很多。

第一次我记得很清楚。一堂课后，他下来找我，我正坐着收拾东西。

"嗨，艾斯林。"他当时这么说。

"嗨。"我没有看他。

"你现在缺课很多。"

"我知道，"我说，"小病小痛不断。对不起。"

"我想你现在可能有些难处。是不是？"

"没有啦，"我说，"都挺好的。"

他笑了。

"为什么你觉得有必要这么说？"

我耸了耸肩。

"因为事情就是如此？"我说着站了起来，"但缺课这事我会注意的。"

我没说再见就离开了，走到学校对面的公共汽车站。我很生气，也很难过。他凭什么来过问我的事？

同时我也喜欢他对我的关心。

没有别人如此关心过我。妈妈每周都要去奥斯陆进修，爸爸已经搬出去，有了新家庭，约纳斯那一年住到祖母那儿去了。

我十六岁，已经可以自己照顾自己了。这不仅仅是我妈妈说的话，我自己也这么说。老实说能躲开妈妈真的挺惬意的。

所以问题不在于我一周有五天都是一个人住。问题在于我在这个新班级没交到任何朋友。大多数女孩都是这所学校一同升上来的，以前就很熟。她们的小团体没有对我开放，从某种程度来说那些小团体已经定型了。而且和班上同学一起混一点也不酷。每个人在班级外面都有自己的小群体。

还有两个女孩子也格格不入，不过她们似乎对此并不介意。坐在窗台边的阿格涅特总在编织，对周围发生的一切报以淡淡微笑，而莎拉属于某个基督教教派，总穿着裙子，长发编成一根辫子。她很漂亮，但太与众不同，以至于没人对她感兴趣，她对别人也不太感兴趣。她用心学习各门功课，成绩都很不错，但毫无疑问她正在浪费她的生命。如果我能像她一样漂亮苗条，我会毫不犹豫地纵身投入到生活中去。

星期一最为糟糕，上第一堂课之前大家都互相问周末都干了什么。不是在这里聚会就是在那里聚会，以及小团体的电影之夜。有时候也会有人问我，尤其是雅各布，他总是很注意要让所有人都有归属感。他是学生会的人，投过红党的票，总在勉力实践他的理想主义。乱蓬蓬的头发和粉刺，也许不是一目了然的英俊，但充满活力，总在高声大笑。我不讨厌他，事实上我很喜欢他，但不是他想让我参与某些事情的时候。他不明白这样只会起反效果。被他问到什么事的感觉就像在额头上盖章。

"周末你都干什么了，艾斯林？"他坐在第一排的座位，对我说。

我坐在最后一排，意识到所有人都听见了他的大嗓门，我耸了耸肩，眼角微微扫过他，手上做着别的事。

"没什么特别的。"我说。

但这话我只能说上几次，再说就奇怪了，于是我开始撒谎，说我和那帮人一起去过派对或帕帕斯比萨店，如果他问更多关于派对的事情，到底是在哪儿，之类的，我就说一个以前班上同学的名字。反正没人会去核实。

爸爸曾经说过，所有的问题都是可以解决的。如果解决不了，是啊，那它就不是什么问题。

我的问题是什么？

我在学校没交到朋友。

我没有被邀请参加派对。

有一种简单的方法可以解决这两个问题。我可以邀请班上的女生到我家聚会。但这并非没有风险，如果她们拒绝怎么办？那只会让问题变得更严重。

我希望我能用我们过去常用的那种半开玩笑、半认真的方式和爸爸谈谈这件事。他说我可以搬过去和他们一起住，但我不想那样。有了新妻子和新孩子以后，他变了。他过去经常走进我的房间和我聊天，我们这么多年以来一直都这样，但当他搬到她家里去时，他再也没有"时间"做这些了。他凡事都由她做主，他完全照她的意愿去做，然后就没有给我的空间了。

他还是那么有爱，我知道他很关心我，但在他们邀我共进晚餐的时候，我从他身上看出他总是要确保不是总围着我转，而是要把同等关注，或者更多关注给她以及他们的孩子。

"全班聚会"，那是初中生才搞的活动。所以我不能写邀请函然后分发。我也不能只问她们中的几个人是否想在周五来找我玩，因为她们为什么要来呢？我和她们毕竟也不熟。

但如果我有个现成的派对，只是顺便邀请她们，那就似乎并不奇怪。而她们是否拒绝也就没关系了。

所以我就这么做了。

一开始妈妈周五下午从奥斯陆往回开，晚上很晚才回家，但后来她就开始周六一早出发，这很好，因为那样我就可以在周五开派对，她周六下午到家前我还有时间打扫卫生。

我来自一个小村子，男孩们开着车到处逛，他们的女友坐在副驾，女友的闺蜜坐在后座，而且村子那么小，谁都知道谁是谁。我告诉以前班上的一些女生，我要办一个派对，她们想邀谁来都可以，但不要邀太多。然后我跟新班的女生说我要办一个聚会，如果她们想来那么非常欢迎。

第一辆汽车于六点开上山到了我家。那是西格纳和她男朋友，以及他的三个朋友。男友叫阿里尔，个子很小，留着稀疏的小胡子，腰带环上挂着一串钥匙。他总是吹牛假装他谁都认识。但他十八岁，有辆车，这就是她和他在一起的原因。我不认识他的朋友们，但我知道他们都在足球队踢球。

"嗨，艾斯林。"西格纳甜蜜地说，然后给了我一个拥抱。

"你来了真好！"我也同样恭维地说。

阿里尔打开后备厢，然后他们拿出了两箱啤酒。

我吓坏了，但我现在没法说什么。

"我们能把它们放在哪儿？"他说。

"放厨房？"我说。

下一辆车开了过来，这次是艾达和玛雅和她们的男友们。他们带来了两瓶绝对伏特加和橙汁。形势就这样发展下去。八点钟，房子外的小院里停满了车，从车道上一直停到马路边。可能有五十个人。每个人都自行其是。客厅里的音响开到了最大，有些人的车里的音响也开了。到处都是人，每个房间里都有人，而且越来越多。而其中至少一半我都不认识。

一开始我还试图什么都照顾到。把客厅里那些易碎的东西挪到柜子里，这活可不少，因为妈妈喜欢装饰。把坐在约纳斯房间地板上抽大麻的两个人弄出来，然后锁上门。试图把我房间里那些过于隐私的物品收起来，但没成功，我进房间时三个陌生男孩在我床上坐成一排喝酒，还有一个坐我的椅子上摇晃，另一个坐在我的写字台上。之后我就放弃了，就让一切随它去吧。

这一切太可怕了，以至于我完全忘记了我现在班上的那些女孩。她们四个突然就站在了客厅里，四处张望。是莱亚、汉娜、塞尔玛和阿斯特丽德。

"你们来了！"我说，赶紧朝她们走过去。

"你朋友真多啊，艾斯林！"塞尔玛说。

其他三人咯咯笑了起来。

她们看起来像是来自另一个世界的生物，从上到下都整洁精致无可挑剔，汉娜穿着及膝白色棉质连衣裙和浅蓝色牛仔夹克，阿斯特丽德穿着浅蓝牛仔裤和蓝底白花的上衣，外罩一件白色针织薄外套，莱亚则穿了一件齐柏林飞艇乐团的大号黑色 T 恤、黑短裙以及一件相当考究的皮夹克。

"你们坐公共汽车来的，是吗？"我说。

莱亚点点头。

"我们该干点什么呢，说真的？"塞尔玛说，"大家在这里的派对上做什么呢？"

"我们不该喝个烂醉然后制造些噪音吗？"阿斯特丽德说。

她们笑了。我也笑了一下。

塞尔玛把手放在我肩上。

"很高兴见到你，艾斯林。"她说。

"彼此彼此。"我说。

"你家房子真好看。"莱亚说。

"谢谢。"我说。

"可以给我们几个酒杯吗？"阿斯特丽德说。

"当然，"我说，"稍等一下，我去拿。"

"再拿个开瓶器，如果你有的话。"塞尔玛跟着我说。

"如果你有。"我想，她这话什么意思？谁家会没有开瓶器？厨房里挤满了人，空气中弥漫着浓厚烟雾。一个我从未见过的男孩，晃晃悠悠地站着，边抽烟，边往一片面包上抹肝酱，另一个男孩坐着拿一把刀敲着桌边给音乐打拍子。不是黄油刀，是一把锋利的切割刀。每一下肯定都留下一道痕迹。我把手轻轻放在他上臂。

"别这样，拜托了，桌子上会留印子的。"我说。

他眼神呆滞地看着我良久，同时继续用刀敲着桌子。

两个男孩坐在他旁边，腿上各坐着一个女孩。这些人我以前也没见过。

"你听到了吗，泰雅尔，桌子上会留印子的！"他们中的一个说。

他们笑了起来，但幸好他起身离开了，刀就留在了桌上。我拿起它放回抽屉里。然后我从橱柜里拿下四个葡萄酒杯，回到姑娘们身边。就好像她们站在一个将她们与周围的所有人隔开的小泡泡里。

"回去的车都是几点？"阿斯特丽德说。

"可你们才来啊。"我说，话出口的同时就后悔了。听起来像是我在求她们留下来。

"没有啦，我只是觉得这么多人可能不合适。"她说。

塞尔玛把开瓶器的尖口扎进她之前放在小帆布背包里的那瓶

酒的软木塞里拧着，然后啵的一声把它拉开了。其他人举起杯子，她给大家斟酒。

"你想要吗，艾斯林？"塞尔玛说。

"不，谢谢。"我说，尽管我很想要。她们站了一会儿，一言不发地喝着酒，紧紧靠在一起，以免被其他人冲散。正是因为她们我才搞这个聚会的，但现在我希望她们没有来。她们很不舒服，我对此无能为力。我还该带她们去看我的房间吗？

西格纳跌跌撞撞地走过来了。

"这个派对酷得匪夷所思！"她喊道。

这美好的四个人交换了一个眼神，微微一笑。

"她们是谁？"她说，吊在我的脖子上。

"我们班上的同学。"我说。

"艾斯林太聪明了！"她对她们喊道。

然后她对她们戏剧性地大笑，踉踉跄跄走远了。

"她是我以前班上的，"我说，"那个班上基本是农民子弟。"

"了解，"阿斯特丽德说，"这就是一个乡间聚会，不是吗"

我转身想找个地方让她们坐下，但是到处都有人。

"真不错，那件皮夹克。"我对莱亚说。

"谢谢，"她说着低头看着它。

"哪儿来的？"我说。

"我在伦敦买的。"她说。

"哦，这样啊，"我说，"是什么牌子的？"

"APC，"她说，"一个法国牌子。"

"我知道。"我说。

"你想试一下吗？"

"我想也许对我来说有点太小了。"我说。

莱亚的脸通红起来。

"我倒没想到这个，"她说，"对不起。"

我们之间陷入了沉默。她们开始不安地四处张望。吵吵嚷嚷的烂醉男孩，尖叫着的女孩，喊声和笑声。没有人跳舞，没有人干坐着聊天。

"十二点前整点过十分有公共汽车。"我说。

"那我们还能赶上十点十分那班，"阿斯特丽德说，"但那样我们现在就得走了。"

"到城里差不多要一个小时，"塞尔玛说，"那么我们十一点就到了。而且我现在挺累了。"

"我也是。"汉娜说。

"你们能来真是太好了，"我说，"谢谢你们，而且过来这边实在是很远。"

"谢谢你。"塞尔玛说。

"是的，谢谢。"汉娜说。

"很高兴你邀请了我们。"阿斯特丽德说。

塞尔玛将软木塞拧入瓶口，然后把酒瓶放进背包里。

"我们要把这些杯子放回厨房吗？要不要？"她说。

"把它们放在窗台上就好，"我说，"回家一路顺风！"

"周一见，艾斯林。"汉娜说。

她们依次给了我一个拥抱，然后就走了。我走进浴室小便，顺便稳定自己的情绪。有人把洗手池下那几个抽屉里和橱柜里的所有东西都翻了出来，撒得一地都是。卫生巾和卫生棉条、过期的虱子药水瓶、妈妈的避孕药、一堆堆整板的止疼药片、剃须刀、止汗剂。这太糟了，但最糟的是妈妈的抗抑郁药盒——她已经很久不服用这个了——也空空如也地躺在那儿。

我拉下裤子，坐在马桶上。完事后又坐了很久，双手捂着脸。

我搞砸了一切。我在这个高中已经没有任何未来可言。

妈妈该多生气啊。会气到我无法想象的程度。

有人开始敲门，踢门。

"里面的人他妈的有完没完！"

我擦干净，穿上裤子，冲水。

"就差一点儿！"我出来时阿维德哼唧了一声，"我真他妈的要尿了！"

阿达坐在走廊里的地板上哭泣，玛雅轻抚着她的后背，我经过时她对我翻了个白眼。爸爸还住这儿的时候，在谷仓下面布置了一个小套间，有一个客厅，一个卧室和一个卫生间，我想去那儿坐一会儿。院子里也挤满了人。一个家伙站在一辆车顶上狂吼乱蹦。另一个正对着外墙撒尿。几对情侣正在极力缠绵。没人注意到我，我从那块石板下面拿出钥匙，开门进去了。

我知道，我完全没办法让他们离开。我现在唯一能做的就是等他们自行离开。

我从里面锁上门，这样就没人能进来了，然后我一张张翻看爸爸收藏的唱片，找我想听的。欢乐周一[1]、黑葡萄[2]和石头玫瑰[3]是他年轻时最喜欢的乐队，我挑出了一张《药丸、狂喜和腹痛》[4]。

我想象我坐在自己的公寓里，邻居的派对把我吵醒了。我二十四岁，和男朋友一起躺在卧室的床上。他每天晚上都睡得像块石头一样死沉。我把腿放在沙发上，用手掌抚摸着沙发的扶手。但

---

[1]　Happy Mondays，英国乐队。

[2]　Black Grapes，英国乐队。

[3]　Stone Roses，英国乐队。

[4]　*Pills 'n' Thrills and Bellyaches*，欢乐周一乐队的第三张录音室专辑。

是没有什么能抹掉我开启的这桩可怕的事情。

我真是个白痴。

我该给妈妈发条短信让她做好准备吗？

妈妈？我搞了个"独自在家"的派对，不幸的是现在已经失控了。请不要生气！

她会气到脑中风的。

而我也不能给爸爸打电话，他应该早就和他们的小宝宝一起睡了，小宝宝五点就会醒。

我换了唱片，开始放艾瑞莎·富兰克林，但几分钟后我又按了停止，走了出去。我穿过院子，进入走廊。有人靠在墙上睡着了，好像是马丁，身上盖着妈妈的浅蓝色外套。

我弯下腰摇了摇他。

"你他妈的不能睡在这里！"我喊道。

他迷迷糊糊地睁开眼睛。

"你起来！"我喊道。

然后我走进厨房，打开顶灯。

"所有人都给我出去！"我喊道，"出去！"

我走进客厅，关掉了音响。

"嘿，我不管！"有人在喊。

"所有人都出去！"我喊道，"就是他妈的现在！出去！出去！出去！"

然后我打开了顶灯。

在二楼的所有房间我又来了一遍。开灯，大喊他们他妈的该回家了。

还真的有用，也许是灯光的作用，我后来睡觉前如是想。酒精让他们变成了畏光的夜行动物，所以他们就逃走了。

半小时后屋子就空了。我以前班上的几个女孩帮忙把最后一批不愿走的男孩们赶了出去。

但是天啊，屋里看起来多么可怕。到处都是酒瓶和玻璃杯，妈妈的卧室里也是如此，东西扔得到处都是，好像有人放出了一只野兽，我知道厨房那张桌子上肯定有凹痕，但最糟的是有人把楼上浴室的门踢出了一个洞，还有人尿在沙发上。起初我以为是啤酒，但闻起来像尿，那肯定就是了。外面的院子看起来也糟透了，到处都是酒瓶，草坪上已经有几处翻了起来。

就算我一直收拾到圣诞节，她也肯定会注意到这些。

她很爱这所房子，为了打理它花了许多心思，比花在我身上的还多。

我先把自己的房间收拾了出来，连地板都清洗了一遍，因为里面一团糟，我没法睡觉。我只要像这样一个个房间打扫干净就好了，我想，让它们恢复如初，然后就万事大吉了。唯一的问题是桌子上的凹痕和门上的洞。还有草坪上留下的车辙。

睡着之前我最后想到的是，我还可以说我一回家就这样了，我根本不知道发生了什么。也许是什么入室盗窃之类的？

为了赶在妈妈回来前收拾完，我一大早就起来了。房子在这大白天里看起来更糟糕，不仅仅因为脏乱变得更加明显，更因为与夜晚的所有联系都断了。很多人来参加我的派对，做了他们做的事，这在当时还算合乎逻辑的，现在看来无比荒谬。为什么浴室柜子里的东西被扔了一地？为什么浴缸里有空啤酒瓶？花盆、窗台和地板上的烟头，到处乱放的玻璃杯，地毯上的泥渍，妈妈床上那个用过的避孕套，一切都显出了彻头彻尾的荒唐。整个上午我打扫清洗时肚子一直在疼。就算这场派对曾经可能有什么结果，我想，现在也不会有了。实际的结果恰恰相反，我现在永远不会和她们交上朋友了。而我所做的一切如此一目了然。她们会说，那个艾斯林，为了交朋友什么都肯。可怜的姑娘。

我扛着一个塞得满满的黑色垃圾袋，走到路边的垃圾箱那里，从他人角度来看我自己和我所做的一切，我羞愧得内心如焚。周围处处都是秋天的颜色，草地上的草是黄色的，充盈的河水流过田野的最低处。我心里充满对童年的强烈渴望。那时爸爸还跟我们生活在一起，我只是一个普通女孩，跳芭蕾，喜欢马和狗，喜欢画画，期待上学。

我把垃圾袋甩进垃圾箱，里面的酒瓶叮铃咣啷撞在一起。大门外还有两个垃圾袋。等把它们都扔掉，剩下的事就不多了。

我在客厅的桌子旁坐下，开始做作业。星期三我要做一个关于勃朗特三姐妹的英语演讲，周五要交一篇关于冷战的小论文。在客厅里我可以留意下面路上驶过的车辆，这样妈妈回来时就不会吓我一跳了。

下午一点钟她到了。我飞快收拾好东西，上楼去了卧室。我听到她停好车，进了大门。

"艾斯林？"她喊道，"草坪上的那些印迹怎么回事？"

来了。我对自己说，叹了口气。

"有些我没邀请的人来了。"我走出房间时喊道。

"什么意思？"她说，在我走下楼梯时抬头看着我。

"我只请了班上的一些朋友，"我说，"然后来了很多我不认识的人，开车来的。"

她把头发剪短了。肩膀上挎着包，手上拿着车钥匙，一双蓝眼睛直视着我。

"你搞了个聚会？"

我点点头头。

"哦，但是艾斯林，你不能这么蠢啊。我很信任你的。"

"我知道，"我说，"我很抱歉。"

"情况很糟？"她说。

"之前很糟，"我说，"但我已经收拾过，现在一切都好了。"

她既没放下包，也没放下车钥匙，开始在房子里四下走动。她发出几声深深的叹息和低低的绝望呻吟。"上帝啊，"我听到她说，"天哪，不会吧……"

妈妈总是明察秋毫，什么都瞒不过她。假使有什么碎了，或者哪里留下一块污渍，她进房间第一眼就会看到。

她走上楼梯，没有看我。

"艾斯林！"她马上喊道，"过来！马上！"

她肯定看到了浴室的门，我想到了这点，慢吞吞上去。

没错。

一开始她什么也没说，只是指了指那扇门。

"我今天不想再见到你，"她说，"你就待在自己的房间里吧。"

"什么？"我说。

"你听到我说的了。我不想看见你，也不想听你的借口。"

"但是妈妈，我已经十六岁了。"

"你的行为可真的不像。走吧。"

我恨她，我这样想着，走进卧室，听到她开始打电话，和什么人说起发生的这些事。

我在床上坐下。

如果一定要这样的话，我想了一会儿，起身往包里塞了几件衣服，收拾好我的学习用品，然后出门走到马路上。

妈妈一定听到门响的动静了，她出来在我身后喊我。

"艾斯林！你要去哪里？回来！"

如果她真想让我回去，她就会自己追上来，或者开车追上来。但她永远不会那样做。我走了她只会高兴。

我在公共汽车站打电话给爸爸。

"嗨，艾斯林！"他说，"真高兴接到你的电话！"

"今晚我可以在你们家过夜吗？"我说。

他沉默了几秒。

"我们以前讨论过这个，艾斯林，"他说，"你什么时候想来都可以，但是你得提前打招呼。你知道不是什么时候都方便的。你不能说来就马上要来。"

"我已经在路上了，"我说，"我坐在公共汽车上。"

他叹了口气。

"这次应该没事吧。就是我得和乌尔丽卡确认一下。"

"如果你不愿意我来，我就不来了。"我说。

"我当然愿意！"他说，"我等会儿给你打回去。"

他们住在城市另一头的一片住宅区，所以我必须在市中心的公交站转车。因为没吃早饭，我在纳维森便利店买了一包薯片和一瓶可乐。我不喜欢在公共汽车上被别人看着吃东西，他们并不知道我没吃早餐，只会以为我整天没事就在嚼薯片吃零食。不过车上只有一个老太太和一个带着两个孩子的妈妈，所以这次没什么问题。

爸爸没有打电话，而是发了一条短信给我。

过来吧！短信写道。

这么说来乌尔丽卡现在肯定心情不错，我想。

我到的时候他们正坐在阳台上。爸爸站起来，俯身趴在木头扶手上。

"门开着，"他说，"把你的东西放在房间里就行了。你乐意的话等下可以来这儿坐坐，跟埃米尔打个招呼。"

我按他说的做了，把我的背包和书包放在客房里，那里堆满了他们不经常用的东西，然后踩着宽宽的楼梯上去，穿过客厅尽头的门来到阳台上。

"嘿，艾斯林，很高兴见到你！"乌尔丽卡说着摘下墨镜，"你还好吗？"

"挺好的，"我说，"你还好吗？"

"特别棒，真的。"她说。

"这是你的小弟弟。"爸爸说着把埃米尔举了起来。他踢蹬着腿，想挣脱爸爸的掌握。

"嗨，小可爱。"我说。

他看着我笑起来。

"他喜欢你！"乌尔丽卡说，她又把墨镜戴上了。

"很明显他喜欢他的姐姐！"爸爸说，"你想抱他吗？"

我耸了耸肩。

"想啊。"我说。

"你可以坐在那边的椅子上，让他坐在你的膝盖上。"乌尔丽卡说。

我全身汗津津的，并不真想抱他，但爸爸把小婴儿递了过来，我把他放在膝盖上，用胳膊搂住他的肚子，免得他摔倒。他把头向后仰得低低的，上下打量着我。

"嗯嗯。"他挥了挥一只手臂。

"也许你可以给他一块苹果？"爸爸说着，抓起桌上的一个塑料盒。

"他刚吃了一块。"乌尔丽卡说。

"可那不是艾斯林给的。"爸爸说着放下盒子，拿起桌上的一副太阳镜戴上。

"那么他可以再来一块。"乌尔丽卡说。

爸爸俯身打开盒子，给了我一块苹果。我把它举到婴儿面前。他接过去扔在了地板上。乌尔丽卡叹了口气，抢在爸爸之前从地上捡了起来。

"高中生活怎么样？"她坐回椅子上问道。

"不错。"我说。

埃米尔弯下腰，想要下去。

"来，我来抱他吧。"爸爸说着他举起来，又放在地板上。"他特别好动，"他说，"停不下来。"

爸爸看着我笑了笑。

"你在他这个年纪也是这样！"

我回以微笑。我渴了，但我不想开口要喝的。

"你最喜欢哪一门课？让我猜猜。挪威语？"

"也许吧，"我说，"我不知道。"

我把脸颊旁边的头发拨开，看向马路对面邻居家的房子。在余光里我看到乌尔丽卡和爸爸交换了一个眼神。

"我可以洗个澡吗？"我问。

"当然，"爸爸说，"橱柜里有干净毛巾。"

我冲了个澡，把浴室里的一切都仔细擦干，把毛巾端端正正挂在墙上，然后回到客房，在床上躺下。我应该过去和他们说一声我要在房间里待一会儿，因为每次我来这里，他们总是想知道我在干吗，人在哪儿，可能因为我不是真正和他们住在一起，但我现在实在打不起精神。反正这屋里我也没有几个地方可以待着。

爸爸出现在门口时，我正在手机上看《摩登家庭》（*Modern Family*）。我摘下耳机，坐了起来。

"你在看什么？"他说。

"一部电视剧。"我说。

他直接进来了，在床上坐下。

"乌尔丽卡呢？"我说。

"她在哄埃米尔上床睡觉，"他说，"不过你还好吗？说真的。不要只说'不错'。"

"你为什么要问这个？"我说。

他耸了耸肩。他和我一点都不像，他的脸又长又窄，不像我是个圆脸，他的嘴唇宽而厚，不像我的那么薄。

"你是我女儿，"他说，"而且你不在这儿住，所以感觉我越来越不了解你过得怎么样了。"

他揉了揉我的头发。

"真的都挺好。"我说。

"是吗？你在高中交了新朋友吗？"

我点了头。

"那么是谁？"

"你不会想知道是谁的。"我说。

"那么，名字，谢谢。"他笑着说。

"阿斯特丽德，阿达，塞尔玛和汉娜，"我说，"她们是我班上的。"

"她们平时都干些什么呢？"

"什么都有，"我说，"就是些很平常的事。"

"她们昨天也来派对了吗？"他以一贯的淡然态度说了这句话，说话时并没看着我。

我脸上所有血色都消失了。

"是啊，她们来了。"我说，然后将耳机塞回耳朵里，按下播放。

"我们可以聊聊吗？"他说，尽管我低头看着屏幕，但我能感

142

觉到他在看我。

我摇了摇头。

"你搞派对这件事很好，"他说，"但是你得先征求许可。你明白这点吗？尤其是你一周有五天是自己住。"

"爸爸，我脑子没那么蠢。"我说。

"我也不觉得你蠢，"他说着站了起来，"我们一小时后吃饭，好吗？"

我点点头，他又走回乌尔丽卡身边。

星期一我去上学，当然每个人都知道聚会的事了。我走进教室时颇有几个人看着我。我假装什么都没发生。我无法改变他们和我的关系，所以我就必须改变我和他们的关系。他们对我毫无意义，我就这么决定了。这挺有用的。当我不再关心他们时，他们的影响就波及不到我。学校也是同一回事。我没必要每天坐公共汽车去上学，有时我可以躺床上犯懒，自己做点好吃的，坐在我的房间里唱歌并录下来。这其实比数学和地理更重要。我唱的大部分是流行歌曲，但我也录了一些自己写的歌。

没人知道这件事。

有时候我会在午休时间进城，有时我会待在那儿，坐在咖啡馆里听音乐或看视频。

就这样过了两个月之后，奥蒙森来找我了，问我是不是有什么难处。但我没什么难处，事实上当我不再在乎其他人的想法和看法之后，我的感觉很好，我已经很长时间没有这种感觉了。

奥蒙森教我们挪威语、社会课和历史课。我也选修他的音乐课。在不久后的一节音乐课上，他告诉我学校要排练音乐剧《猫》，这是音乐课和戏剧课之间的一项合作。他要我们所有人在班上一个接一个地唱歌，好让他对怎么分配角色有个大致的了解，这样也让我们习惯于在别人面前唱歌。

"艾斯林？"轮到我时他说。

"我不想唱。"我说。

"你的声音很好听，我知道！"他坐在钢琴后面说，微笑着望着我们这一小班同学。

"我现在不想唱歌，也不想参加什么音乐剧演出。"

"但是亲爱的，"他说。"这里只有你的同学们啊！"

"我说了我不愿意！"我说。

忽然之间我受不了了，坐在那儿眼含泪水低头看桌面，而大伙都盯着我。我站起来抓起书包，走出了教室。我先去了图书馆，但在那儿我也待不下去，所以我走出教学楼，走出了校园，来到了城里。那是十一月，寒冷的阴天，街道上覆着脏兮兮的雪。我有点后悔当初选了音乐课，因为唱歌和上学，这两者本不必有什么交集，我现在明白这一点了。也许奥蒙森也懂了。无论如何，他在课间休息时发了封电子邮件给我，还道歉了。他建议我可以只唱给他听。我当时坐在一家甜点店里，回信说那样我也不愿意。他马上回复说他尊重我的选择。但是我必须回去上下一节课。我照做了，尽管我随意旷课后就已经成了班上的贱民。

"我可以和你谈谈吗，艾斯林？"当下课铃响起，我们收拾书包时，奥蒙森对我说

我点点头。

"很抱歉给你压力了，"他说，"我不该那么做。"

"没关系。"我说，没看他。

"但我必须给你们打分，你知道的。其中一个考核部分是你们必须要独唱。你可以录一些东西发给我，或者我们现在就唱。这样

你就完成了这件事。"

"现在这个现在？"我说。

他微笑点头。

"好吧。"我说。

于是在空荡荡的音乐教室里，我站着，奥蒙森坐在钢琴前。

"你想唱什么？"他说。

"你会弹《乐园》吗？"我说。

"酷玩乐队吗？我想应该可以。"他一边说，一边把伴奏曲谱下载到手机上。"这首歌很棒。你喜欢它吗？"

"嗯。"我说。

"你准备好了吗？"

"嗯。"

他弹了一小段前奏，点头示意我该开始唱了。

当她还是个女孩的时候，她期待着这个世界
但它飞去她够不着的地方，子弹卡在她的齿间
生活还要继续，它变得如此沉重
轮子碾碎了蝴蝶，每滴泪水都是瀑布
在暴风雨之夜她会闭上眼睛
在暴风雨之夜她会飞翔

以及梦想着乐—乐—乐园

乐—乐—乐—乐园
乐—乐—乐—乐园
啦—啦—啦—啦—啦

啦—啦—啦—啦—啦—啦—啦—啦—啦

　　当我唱完，最后一个和弦消散，我发现他的眼里含着泪水。我转身走到自己的课桌边，抓起我的包。

　　"艾斯林。"他说着站了起来。

　　"怎么？"我说。

　　"这真是太了不起了。你唱得是不得了的好，你有极美妙的音色。不要把自己藏起来！"

　　这是他当时的原话，一字不差。我当时非常开心。

　　这些话在当年对我很有用。可四年后的现在，除了提醒我当时所期望的一切都落空了，它们不再有意义。假使奥蒙森想了解这些，那绝对不行。

　　我抬头眺望群山。太阳已经落山了，天空正在变暗。我啜了一口酒，查看手机，想看看约纳斯是否给我发过信息而我没看到，他没有。当我再次抬起头，我撞上了我旁边一桌一位女士的目光。她立即垂下眼睛，好像被当场抓获似的。

　　她为什么看我？

　　一种身为怪物的自觉在我心中升起。

　　我的身体好似烧了起来。

　　还有其他的人在看我吗？

　　我环视了一圈，好像在找什么认识的人或东西似的。

　　大家都在忙着自己的事情。

　　也许刚才看着我的是圣母吗？

　　既然刚才在汉堡王遇到了我们的主？

　　我眼前似乎出现了一种灰黄色的雾气。从小时候起，我一想到上帝就会这样。它完全是自动发生的。一直到我十几岁时，我才意识到这种想象来自两个单词之间的相似性。黄（gul）与上帝（Gud）。但就算知道这一点，我依然会看到那黄色的雾气。

那时我从不向上帝祈祷，只对耶稣祈祷。你没法对着一团雾祈祷。

我记得，我坚信礼仪式上的教会牧师是个大舌头。

耶图基突，他当时这么说。

那时我很为他觉得难过。所有人都在取笑他，模仿他。

孩子们可以如此残忍。

我又查了下手机。什么都没有。

我可以不用去找约纳斯和他们一起闲逛，也可以不用坐在酒吧里等待一个猥琐男来心不在焉地勾搭我。

我自己一个人就挺好。穿过城市散步回家，洗个澡，躺在床上看部电影，对自己好一点。

有什么东西在我左边的地面上移动，我低头看去。

三只老鼠沿着绿植箱的边缘跑开，然后又是三只。

恐惧从我的身体战栗到指尖。

但它们不是什么危险动物。

天气对它们来说可能太热了。肯定是因为这个它们才跑出来了。

好像除了我没别人看见它们，至少我周围没有什么突然的动静或者尖叫。

我喝完剩下的酒，放下酒杯。

那么说周围就有三十六只老鼠。

汗珠从我腋窝里涌出，我伸手把 T 恤按紧吸收汗水。然后尽可能假装随意地低头凑向肩膀闻了闻。

汗味与止汗剂和香水混在一起，在四下花香里变得更加让人窒息。

我想要一个男人在我体内。我想躺下张开双腿，让他压在我身上，让他进入我的身体。我想让他疯狂干我，很久很久。

你太销魂了，没法想象的美味，他会说，然后他会呻吟，不，叫喊，当他射出来的时候。

事后他躺下来，头靠着我的胸口，闭着眼睛终于喘过气来，然后亲我，抱我，说我太美好了。

我又仔细地看了一圈四周。

没人在看我。

只有侍应生与我对视了一眼。

他过来了。

"再来一杯？"他说。

我夹着两臂，尽量少冒汗味，然后摇了摇头。

"不用了谢谢，"我说，"现在可以买单吗？"

"当然可以。"他说着就去取账单了。

没人知道我在想什么。

也许这儿也有其他人有着同样的想法。

比如说，那个留着卷发和小胡子的小个子男人。或许他现在就在幻想中操着桌边几位女士中的一位。

或者我。

突然，我头上某处传来玻璃打碎的声音。我抬头看去。火焰从顶楼的一扇窗户里喷射出来。几秒钟工夫它就膨成极壮观的一团。空气噼啪作响。

没人注意到这个。

大火在屋顶蔓延开来。它摇曳着向着暗沉的天空升去，好似戴着越来越长的帽子。响起了一种微弱的嗡嗡声。很快整个屋顶就烧透了。

每个人都若无其事地坐着。

"起火了！"我喊道。

所有人都看向我。我站起来指向上方。

"上面！起火了！"

他们抬头望去，但仍然坐着。

到底怎么了？真的起火了！

"起火了！"我喊道，"快给消防队打电话！"

侍应生几乎是朝我跑过来的。

"你，现在放松一点。"他说。

"放松？你怎么回事？"我说，"那里着火了！"

"这里没有任何东西着火。"他说。

"上面！"我指着屋顶喊道。

可是没有火。

一切如常。

窗户完好，墙壁完好。

没有火。

他看着我。

"可是，"我说，"刚才不是起火了吗？"

"并没有。"他说。

"可是我亲眼看到了！"我说。

他把手放在我的肩膀上。

"没有什么火灾，你明白吗？你还好吗？你不是服用了什么吧？需要我给谁打电话吗？"

我把他的手拿开，摇了摇头。

所有坐在那里的人都在看着我。

发生了什么事？

我做了什么？

我从裤兜里掏出一张一百放在桌上，背上包走到街上，羞愧在我的脸颊上燃烧。

尴尬得不得了。

但是我真的看到了！

我在池塘边上站住，用食指擦了擦眼泪。我的妆可能已经花了。但现在这根本不算是问题了。

就好像他们身处另一个世界。就好像我和他们不在同一个世界，而是在另一个世界里。

就在他们坐那儿看着我的时候。

我在公共汽车站那儿过了马路，走进吕德·萨根街。虽然那也有很多人。

这就像我不属于这里。

简直就好像我是死人而他们是活人那样。或者说他们死了而我还活着。

太尴尬了。哦，太尴尬了。

我在他们面前大喊大叫。结果什么事都没有。

但那到底是怎么回事？

我确实看到了。

我左转，像往常一样穿过尼高斯街。空气还是像中午一样热烘烘的。我的 T 恤湿乎乎的，腋下已经完全湿透了。所有公寓楼的窗户都大开着，很多地方都传出了音乐，到处都能听到人们聚会的声音。在我周围的街道上，暗夜在升起。

那是个幻觉。

但我没服用任何东西。

我也没疯。

我必须和谁聊聊这个，否则我会疯的，这是肯定的。

明天可以打电话给约纳斯。

也许可以去他那里？

每次喝多了后的次日，和他待在一起总是很愉快。

加油站还开着，我进去买了一个热狗和一瓶可乐，站在门外一边大咧咧地吃着，一边努力克制逃离这一切的念头。一对和我年龄相仿的情侣手牵手进来了，但只是末段指节互相钩着，好像他们只是松散地连接在一起。也许他们就是如此，我想。她穿着碎花紧身裤、白短衫和凉鞋；他留着长发，穿着军绿色短裤和一双破旧的匡威鞋，看上去好像曾经是黄色的。

之前到底发生了什么？

我用餐巾纸擦了擦嘴，舔掉手指上的番茄酱和芥末酱，然后也擦了一下，把餐巾纸扔进加油泵边的垃圾桶，喝了一大口可乐，然后拿着瓶子继续往前走。

但是一想到那滚烫的小阁楼间，我就满心抵触。

也许奥蒙森还坐在歌剧院咖啡馆。

和他聊聊就很好。

我不会袒露心声，因为那些和他根本没关系。

可以聊聊他自己，换换心情。

我可以约他出去。

我转身开始朝市中心走去。假使他不在那儿，就这么溜达一下也挺好的。

很快我周围就又都是人了。思绪之网再度收紧。我怎么会这么快就忘了呢？

我浑身臭汗，让人恶心。

但我已经到了洗衣河路了，现在回头太蠢了。

尽管只有几分钟的路程，我还是戴上耳机，放了约尔亚·史密斯[1]的《蓝光》。它让我周围的一切都变了。突然间每个人都成了我生活中的次要人物。

我经过一条小巷，有一个女孩头抵着墙站在那里。还有三个女孩站在几米开外，穿着高跟鞋和短裙，看着另一侧。

我以前没进去过"歌剧院"，只是曾经路过。门口没有人排队，我猜人们并不想在这样一个夜晚坐在室内，我在外面停了下来，摘下耳机，把线绕在那小小的扬声器上，以鼓起勇气。

也许我真有什么严重的问题。我看到了火。不是幻想或做梦。但那意味着什么？谁会在没吸毒也没喝醉的清醒状态下产生幻觉？

我进去了。一楼没有看到奥蒙森，我上了二楼。

我立刻看到了他。他坐在靠窗的椅子上，和一位女士一起，他们坐得很近，他握着她的手。

是埃米莉，我的英语老师。

但是她已经结婚有孩子了。他也是。

他们在搞婚外情吗？

与此同时，奥蒙森看到了我，站了起来。

"艾斯林！"他大声说，"你还是来了。真让人高兴！"

我走到他们面前，别无选择。

"是的，你们彼此认识。"他说。

"那当然，"埃米莉说，"很高兴见到你，艾斯林！"

"彼此彼此。"我说。

"我可以请你喝一杯吗？"奥蒙森说，"你不再是我们的学生了。而且你也过了二十岁！"

"谢谢。"我说。

---

[1] Jorja Smith，英国女歌手、创作人。

"你想喝点什么？"

"一杯健怡可乐就好。"我说。

"马上就来，"他说着看着埃米莉，"我们再来一瓶酒好吗？"

"好的！"她说，他们俩都笑了起来。

奥蒙森走去吧台，能看到他的脸晒成了棕色，刮得很干净，脸上洋溢着幸福。

她的脸也焕发着光彩，只是更温和一些。

"马丁告诉我你很有才华。"她说，微笑着热切地看着我。

"不好意思，才华这东西我一点都没有。"我说。

"马丁说你有！你还唱歌吗？"我摇了摇头。

"你是他最喜欢的学生。你知道吗？"我再次摇头。

她连连点了几次头，就好像我刚说了什么有意义的话。

"你们在一起了吗？"我说。

她笑了。"是的，我们是。"

"所以你离婚了，他也离婚了？"

"是的，就是这样。"她说。

奥蒙森回转来，把一杯健怡可乐和一瓶白葡萄酒放在桌子上。

"好了！"他说着坐了下来，"现在，艾斯林，你过得怎么样？"

"不错。"我说。

"你喜欢你的专业吗？"

"是的。"

"你学的是心理学吗？"埃米莉说。

"嗯。"我说。奥蒙森把手放在她大腿上靠近膝盖的地方，同时喜气洋洋地看着我。他看起来像是心里满满当当的，但是什么都没说出来，只有那洋溢着欢喜的目光。

"你打算选哪个方向？"埃米莉说。

"我还不知道呢。"我说。

"唱歌那方面怎么样了？"奥蒙森说，"我经常想起这个。"

"也都挺好。"我说。

"你在什么地方唱歌吗？合唱团？乐队？"

我摇了摇头。

然后我站了起来。

"不好意思我得走了。"我说。

"但你才来啊！"奥蒙森说，"再坐会儿，和我们聊聊。不管怎样，把可乐喝了再走！"

"我来是为了感谢你的，"我说，"因为当时你帮了我。我一直没有机会对你说谢谢。但那时候你对我的信心对我来说非常重要。"

"别放在心上，"他说，"我仍然对你有信心，你知道的！"

我说了再见，他们也说了再见，我走下楼梯，走进炎热的夏日傍晚，生自己的气，因为我居然蠢到会过来。但无论如何我终于有机会道谢了，我想，我戴上耳机，听着约尔亚·史密斯穿过市中心，继续往前走。我又走过那家加油站，那个白色疗养院，又走过高科技中心，从大桥下面的小桥里钻出来。

峡湾里的水静止无波，一片漆黑，像油一样闪闪发亮。

然后火又烧起来了。

在山上。

我停下脚步。

不，不是火。是有什么东西升入了天空。

一颗星。

一颗巨星。

它是真的吗？真实的吗？还是我的想象？

它升得越来越高，光芒在天空弥漫开来，水面也随之璀璨闪耀。

从另一边走来一对情侣，他们也看到了。他们手挽着手站在那里，抬头张大嘴巴盯着它。

有几辆车在我上方的桥上停下，人们打开车门下车。

这是我见过最美的东西。

一颗巨星。

而它真的存在。

我继续往坡上走。丹麦广场上那家老电影院外的公交车站里，人们站着凝视着天空。远处餐厅外也站着一些人，他们都高高仰起头，眼睛盯着那颗星星。

我听着《心痛》，沿着易卜生街走上去。我经过的那些房子上挂着一个个充当阳台的小盒子，有人站在那儿看着天空聊天。声音听起来有点不同寻常的紧张，几乎是恐惧的。

反正我才不怕呢。如果世界末日来了，我只会觉得高兴。

我停下来，再次抬头看着那颗星星。我很难把目光从它身上移开。它是如此之大，照亮了所有的黑暗。它在我周围的树冠、屋顶和草坪上发出微弱的光芒。

Instagram 上已经传遍了。埃菲尔铁塔上空的星星照片，伊兹拉岛上空的星星照片。人们也开始问它是什么。

明天一大早肯定就有科学解释出来了。

只有一颗子弹，所以不要耽搁，我一边继续向上走，一边对自己唱着。我是在那部皇后乐队的电影后发现这张专辑的。它并不是我的音乐类型，但我很爱它。它就好像自成一体那样。而他们唱得真他妈好听。

我从医院抄近路下来，下楼拐进房子所在的那条窄路时，发现楼梯间的灯忘记关了；三扇窗都在八月的黑暗中发着光，一个陡峭的斜坡旁边生长着几棵枝叶茂密的大落叶树，那儿的黑暗格外浓郁。

房东安娜和延斯三周前去了莫桑比克，他们在那儿为挪威发展署的一个项目工作。他们并没把整栋房子租出去，有几次我屈服于在他们客厅看电视和用微波炉做饭的诱惑。但不是今晚。

　　我开门进去上到三楼，进了我的房间。这里热得像桑拿房。我打开窗户，脱掉衣服，走到楼梯平台对面的浴室洗澡。之后我穿上T恤和柔软的短裤，躺在床上，拿着iPad看《芝加哥急救》[1]。

　　只过了几分钟，皮肤上又湿乎乎的全是汗，第一批汗水开始顺着脸颊、脖子、胳膊流下来。

　　我不记得经历过这么热的夜晚，就是在南欧也没有过。

　　我拿了一条毛巾擦额头。

　　剧情开始不连贯起来，缺口越来越大，直到一切完全消失。

　　我在激烈的敲门声中醒来，从床上猛地坐起来。iPad在我身边的黑暗中闪耀。"让我进去！"有人在外面的街道上大喊大叫。

　　让我进去！我走到窗前往下看。一个男人站在那儿用拳头敲着前门。

　　让我进去！他又喊道。

　　那是谁？他想干什么？

　　他彻底绝望了。

　　我后退了一步，以防他会往上看。

　　"妈妈！"他喊道，"妈妈，让我进去！"

　　那是他们的儿子。

　　我该开门吗？

　　应该给他开吧？

---

[1] *Chicago Med*，《芝加哥警署》(*Chicago P.D.*)和《芝加哥烈焰》(*Chicago Fire*)的衍生剧，2015年开播。三部剧集均已拍摄了十几季，至今仍在播出。

我把身子探出窗外。

"谁啊？"我说。

他抬头望上来。眼睛睁得极大，眼神疯狂。他肯定是嗑了什么，看上去毫无理智。

"让我进去！"他喊道，"我一定要进去！"

佐尔法伊

"是你吗？"当我走进房间时，这位新病人说。他脊背笔直地坐在床上，穿着医院发的蓝色病号服。

我向他投去疑惑的眼神。

他的脸被太阳晒成棕色，有一双温暖的眼睛，目光明亮而警醒。

"我们是小学同班同学。你不记得我了吗？"

我迟疑地点点头。

他笑了。

"你不记得我了，"他说，"但也不奇怪。四年级时我们搬家了。"

"听起来有点耳熟，"我说，"但还是不太能记起来！"

他散发着淡淡的须后水味，脸颊非常光滑，所以他一定在我来之前刮过胡子，我想。出于某种原因这让我有些感动。

"那毕竟是三十五年前的事了。"他说。

"你那时候并不特别引人注意，对不对？"我说，因为这时记忆里模糊浮现出一个安静的金发男孩，可能就是他。

"大概是，我大部分时间都坐那儿画画。至少我记得是这样。"

"那么，你几时搬回来的？"我说。

"两年前。"

"我也是。"我说。

"你是为什么？"他凝视着我，就好像他真的很想知道。

"我妈妈得了帕金森，又是一个人住，"我说，"她的情况恶化得很快。"他点了点头。

"我也考虑了很久。"他说。

当我们的目光相遇时，我感到自己脸红了。

我走到窗边，拉起百叶窗。

太阳高悬在城市上空燃烧着。车顶和引擎盖在停车场闪闪发光。远处的河流清澈而平静地流入峡湾。

我再次转向他。他双手交叉抱在胸前。

"奇怪的是我没觉得自己病了，"他说，"一点都没有。我试图说服他们让我自己走过来，但是不行，我必须躺在床上，被推来推去。"

"我很抱歉，"我笑着说，"但他们有些必须遵守的规则。"

得空时我又仔细地看了一遍他的病历。英格，是他的名字，我一看到这个名字就想起来了。他脑袋里长了个瘤，而且发现得很晚。他以为他几年前开始的头痛是偏头痛，他的医生也这么认为。甚至当他开始看到一些不存在的东西、不可能发生的事，他也没怀疑过可能有什么严重的问题，所以他没跟任何人提起。但在今年春天，他突发癫痫，接受扫描后发现了肿瘤，位于视觉中枢，因此他会出现幻觉。

我很好奇那是什么样的幻觉，他看到了什么。

顺利的话，也许我明天可以问问他，我一边想着，一边抬头看门上方开始闪烁的灯板。二号房，拉姆斯维克的房间。我起身准备过去看一下，口袋里的手机就在这时震动起来。是利内。

她从没在这个点打过电话，所以虽然很忙，我也接了起来。

"嗨，利内！"我说。

在我前面，埃伦走到咖啡壶旁，将一个杯子放在泵嘴下面。

"嗨，妈妈。"利内说。

一阵咕噜咕噜声响起，几乎什么都没出来。埃伦把她年轻、红润、胖乎乎的脸转向我。

"一切都还好吗？"我说，同时指指角落里的咖啡机。

埃伦对我浅浅地一笑，去把煮好的咖啡倒进了暖壶里。

"是的。"利内说。

"真的？"

"是的。但我一会儿想过来一趟，如果可以的话？"

"当然可以！什么时候？"

"晚上？"

"晚上？你是说今天晚上？"

"是啊？"

"好，当然！"

"其实我已经坐上公共汽车了。所以我六点钟到。"

"我估计也是！现在我很开心。"我说，边冲埃伦摇了摇头，她正拿着一个纸杯询问地看着我。

"好的，"利内说，"你肯定在忙。那我们到时候见。"

"一会儿见。先拜拜了！"

我把手机放进衣袋。

"这里没有饼干吗？"埃伦说。

"我想饼干今天一大早就没了。"我说完就走进了走廊里。

阳光透过尽头的窗户照进来，地板上的油毡闪闪发亮，看起来几乎像是漂浮在光线里。

是什么让利内这么急着过来？这特别不像她。

我该做什么饭呢？

我该买瓶葡萄酒吗？

不行，酒类专卖店那时已经关门了。最好是别太夸张。如果安排得太隆重，她就会发现我有多想她，我边想着这些边敲了敲拉姆斯维克房间的门，或者是"领事"，这是我私下里对他的称呼。

当我走进房间时，他正仰面躺在床上，头偏向一侧，直勾勾盯着我。

"嗨，"我说，"感觉怎么样？"

他看着我，头一动不动。

"挺好……"他犹豫地说，尾音拉得很长，就好像话一出口，他就知道说错了，但也没法改口了。

"你觉得哪儿疼吗？"

"是啊，"他说，"疼。"

"脑袋里？"

"脑袋里。"

"你想加大止痛药剂量吗？"

"要的，要。"

说这话时，他的目光里有一丝自弃的意味。

"还是你其实是不想要？"我说。

"对。"他说。

拉姆斯维克是个政客，他入院时我就知道此人是谁了，他经常出现在地方报纸上，偶尔也出现在地区报纸上。他有分量也有权威，他气场很强，也习惯了人们服从他。他或许粗鲁，但总能随时回到那种眼里有光的状态。大家都很喜欢他。他留着连鬓胡子，着装考究，颇有十九世纪的味道，只差一副夹鼻眼镜就可以在谢兰[1]的小说里扮演一个杂货商或领事官了。

现在他身上那种大人物感已经消失了，像水一样流尽了。剩下的只有这身躯，依然庞大，却很虚弱。他在家吃早餐时突发中风。警醒的妻子立即安排他送院治疗。手术很成功，损害也比之前评估时所担心的要小。现在他半身瘫痪，说话很困难。比起差点没命，这个代价算很轻了，但带来的惊骇都是一样的。

有次我去他的病房，刚好他的孩子们来看他，一个十岁的男孩和一个大约十二岁的女孩。他们仿佛远在另一个世界，他无法触碰他们，无法拥抱他们，也无法和他们交谈。所有的沟通都取决于两个孩子。他们曾害怕过，但这恐惧会消失。他们之间的这种距离感，其实我觉得之前就已经存在了。几乎没有什么比失去交流能力更具毁灭性，但有时它也会带来一些好处。如果他能采取正确的方式，不会因为他必须事事都要小步走以及被迫依赖他人而感到生气和沮丧，而是设法将其转换成一种积极的东西。一种新的亲密感。

"丽芙和孩子们明天会来接你，是吗？"我说。

"是。"他说。

"我今天和舜诺斯医院[2]沟通过了，"我说，"你的房间已经准备好了。"

"谢谢，"他说。

"如果你需要什么，告诉我就好，"我说，"然后一会儿有人过来给你送止痛药。不管怎样我们明天见，在你出院前。"

---

[1] Alexander Kielland（1849—1906），挪威小说家，被称为十九世纪挪威文学四巨子之一。

[2] Sunnaas Sykehus，挪威最大的理疗康复医院，位于东挪威。

我转身离开时，他的目光立即从我身上移开，凝望着空荡荡的房间。

我吃完午饭回来时，有人告诉我，英格的妻子正在病房里等我，于是我去和她聊聊。

我一露面她就站起身来。她叫温妮，和我年龄相仿，金发碧眼，身材苗条，五官漂亮而柔和，脸有点圆乎乎的。

"哦，就是你和英格同班啊！"我自我介绍后她说。

"对，"我说，"都三十多年了。"

"太有意思了。"她微笑着说。

我回以微笑。

"他们给你拿过什么吃的或喝的吗？"我说。

她摇了摇头，抬手阻止我去给她拿东西。

"还有多久能结束？"她说。

"多长时间不好说，"我说，"但我想还要两三个小时吧。"

"我什么时候能和他说话？"

"手术一结束麻醉师就会叫醒他，如果一切顺利的话，我想你那会儿就能见到他。应该没有问题。只是他会非常虚弱。"

我说什么她都点头。

"我们有三个女儿，"她说，"她们今天放学后过来探视一下应该没问题吧？"

"没问题，当然，她们过来就好，"我说，"探视时间八点才结束。"

我看着她。

"她们都多大了？"

"十三、十五和十七。"她说。

与此同时，我对上了埃伦的目光，她刚从一间病房里出来，示意我过去。我道了失陪，走到她身边。

"我能和你谈谈吗？"她说。

"可以，当然。"我说。

我们进了值班室。原来她担心的是一位当天早上入院的女病人，或者更准确地说，是这个女人的孩子，一个十一岁的女孩，现在正在学校里，但等她回家就会发现家里没人了。

"她说没事，她女儿已经习惯了放学回家后自己照顾自己。但她……嗯，穿得有点差。"

"那边没有其他人吗？"

"她说她姐姐明天会来。"

"你认为怎么办好？"我说。

她朝这个方向思考着。

"我可以给儿童保护机构打电话，问他们能不能提供帮助。"她说。

"我觉得这主意不错。"我说。

"这会不会有点夸张？"她说。

"不会，"我说。"这只是为了确保她能获得必要的支持。进去再和她聊聊，说你会帮忙照顾她的女儿。然后你可以打电话给儿童保护机构，告诉他们情况，他们就会接手。"

我回到走廊里，温妮正坐着在手机上打字。她知道手术应该会很顺利，医生们肯定会把肿瘤切除得很干净。但她肯定也知道它会复发。几乎总是如此，或迟或早，它又长出来，那时就会要命了。

可能在十个月内发生，也可能在十年内发生。

然后每一天都是礼物，我想着，看向走廊尽头的窗外，又垂眼看着那些散落在河流两岸的鲜亮房屋，郁郁葱葱的绿色山坡陡峭地耸立在它们身后，山脚下的阴影几乎是黑色的，阳光沿着山脊倾泻而下，山顶金碧辉煌。

差不多过了三个小时，英格的手术才结束，护工们推着他的床从电梯里出来。我透过办公室窗户看到他们，就起身走到走廊里，跟着他们进了病房。

"好了。"一个护工说，然后他们就走了。

他的脸因麻醉变得沉重，看不出丝毫情绪。缠在他头上的绷带改变了他的脸，让其更加赤裸，这张脸仿佛穿透包围着他的那些电线和机器凸显了出来。

我会帮助他，帮助他的妻子，帮助他们的三个女儿。

我用手小心翼翼抚过他的脸颊，然后出去通知麻醉师可以叫醒他了，顺便告诉温妮手术已经做完了。

太阳在天空中燃烧了一整天。四周看不到一丝云彩，只有一片深蓝色的空间和一个燃烧的球体缓缓滑过。

尽管如此，我还是觉得冷。空调开到了最高，阳光所及的那些窗户的百叶窗都放了下来。

英格和温妮的三个女儿从电梯里出来，我一眼就认出了她们。她们个子很高，三个人都是，同样的脸型一看就是亲姐妹。

她们安静而羞涩，紧挨着彼此，沿着走廊走进他的病房。

这感觉就像涉入了某种与我无关的私密之事。但我已经习惯了——在医院里，私人和公共之间的界限一直在变化，这是医院本质的一部分，在那里工作的每个人都已经适应它了——我迅速驱散了这种感觉。

下班前我又去看了他一眼。

他坐在床上，半耷拉着眼皮望着房间里。

"觉得怎么样？"我说。

"头有点疼。"他说着，露出虚弱的微笑。

"这不奇怪，"我说着，也冲他微笑，"会给你加一点吗啡。其他方面还好吗？"

"挺好的。"

"那么，你渴不渴？"

"嗯，好像有点。"

我倒了一杯水，递到他面前。他慢慢伸手接过去，就好像他已经很久没做过这样的事情，以至于现在都忘记该怎么做了，他用手指握住玻璃杯，把它举到唇边。

几滴水顺着他的下巴流了下来。

他试着放下杯子，我帮他拿过来放在桌子上。

"谢谢你，"他说，"你是个天使。"

他把头靠在枕头上，脸色苍白无神。绷带边缘有血迹。

"你现在需要的是休息，"我说着站了起来，"已经给你加了吗啡，应该很快就不疼了。"

"是的，我想我会睡一觉。"他说。

那天下午出城的路上，两个环岛都在堵车排队，但我一进入山谷，车流就畅通了，我也可以加快速度。海蓝色的天空下的大地呈现出穷尽你想象的各种绿调子色彩。一群群的牛躺在树丛下打瞌睡。孩子们在河里游泳，树干间不时能看到自行车的闪光；岩石上搭着小堆衣服也在闪耀；河水缓缓流淌，人们的头、肩膀和手臂在闪闪发亮的水面上到处可见。

我唱起了歌。

在靠近峡湾的拐弯处，道路进入了两侧高大落叶树的阴影中。车子驶入时我打了个寒战，这是从明亮到晦暗突如其来的变化引起的反射。

还真的有荫凉。

然后我想到了英格。他有一种无忧无虑的气质，一种漫不经心的开心的感觉。

他真的是那个我几乎忘在脑后的安静内向的男孩吗？

是生活让他变成现在这样的吗？

如果是这样，他的人生还挺幸运的，我想。

我抓起电话拨通了玛丽安的号码。铃声充斥了车厢，我把它调低了一点。

"嗨，佐尔法伊！"她说，"你今天走不了吗？"

"见鬼了，你怎么知道的？"

"不然你不会现在打电话过来。如果是有别的事，你完全可以在我们出游的路上告诉我。"

"你说得对，福尔摩斯，"我笑着说，"利内今晚过来，所以我们能不能明天出发？"

"我们当然可以啦，"她说，"那么，利内要来真是太好了！"

"是的，太好了。"

"我上次见她是在……那是什么时候来着？两年前？三年？"

"她可能会在这儿待一段时间，"我说。"你会看到她的。"

我们又聊了几分钟才挂断电话，然后我从杂物箱里掏出一张旧CD放进播放机里，也没看是哪一张。我喜欢抽到什么就是什么，至少小事上如此，这经常给我带来快乐。

哦，这张很熟悉。

但它是什么来着？

到达山谷底部，开始上山的路时，我调高了音量。

阿尔比诺尼 [1]。慢板。

我沿着峡湾驶向山的另一边，瀑布是万绿中一道白，过了垭口，然后开始另一个陡峭狭窄的陡坡。

我感到如此幸福，几乎不知道该怎么办。我想哭但是同样地想笑。我随着音乐唱起来，乐声起起伏伏，就像我四周的大地。但是这音乐不是由大地而来，而是由天空而来。又或者来自内心。

某人的内心。

每个人的内心。

我的内心。

我开车经过一片农场屋舍，看到有人坐在外面，然后道路再次开始下行。在绕过巨石的地方，我放慢了速度，以防有车从下面开过来。

在石头的另一边，一只鹿站在森林的边缘。

我在这里见过鹿很多次，但从来没有这么近。

我在路旁停车，关掉音乐，打开车窗。

它一动不动地站着，头转向我。

它是那么修长优雅。

它看了我很久，然后它走动起来，离开了，从容不迫地消失在树林中。

远处瀑布的轰鸣声消失在风中，而风在山谷中席卷而过，每棵树都沙沙作响。我继续往下，开进山谷，直到最后能够看到远处峡湾的蓝色光芒，以及陡峭的岩壁，从我这里看过去，就像一匹休憩

---

[1] Tomaso Albinoni（1671—1751），意大利作曲家，曾对巴赫产生重要影响。因作品手稿曾毁于二战，《G 小调慢板》（*Adagio in G minor*）疑为后人假托阿尔比诺尼之名发表的作品。

中的马。

回到家里，我把车钥匙放在走廊的旧电话桌上，打开客厅的门。

妈妈坐在窗下的椅子上。她消瘦的老脸半偏着，嘴巴张开，呼吸轻柔无声。

在她身后，窗户的另一边，那棵大白桦树的枝条在这海岸落日时的微风里静静挥动。

她睡着的时候占用的空间小得让人心中生起奇异之感，我想着，小心地关上了门，走进了厨房。鹿的景象仍然在我心中回荡，一种隐约闪耀的喜悦。我把购物袋放在柜台上，把东西放进橱柜和冰箱，把空袋子放在最下面的抽屉里。

厨房料理台旁地板上的布条织毯突然看起来很脏，所以我把它拿到浴室，放进洗衣机，再从脏衣篓里拿出几条毛巾放进去，按下开关。

当我回来时，我听到客厅里传来低沉的嗡嗡声。那是她的椅子，她可以用遥控器操纵它升起，这样她可以更容易地站起来。

"嗨，妈妈。"我在门口说。

她望向我的眼睛里充满了愤怒。

我几乎被吓得僵住了，仿佛一只手抓住了我的心，然后捏紧。

但她够不着我，我告诉自己。她够不着我。

"有什么问题吗？"我说着缓缓走到她身边。我的两腿发软，身体发虚。

她想说什么，但太激动了，发出的只是一声嘶嘶。

她的愤怒有种和她的身体大不一样的速度，仿佛没有像身体那样老去。

"我该更早点回来吗？"我说着抓住了她的胳膊，拉着她往前倾一点，这样她就可以抓住助步椅，自己站起来。"但我不能早回，"我说，"我的工作很重要，你知道的。"

她拖着脚往前走，脚几乎都没从地板上抬起来。她把所有力气都倾注在这一件事上，穿过房间，走到靠墙的抽屉柜前。

又是在找手表吗？

她试图打开抽屉。

我帮了她。

"你在找什么，妈妈？"我问，"你为了什么这么不安呢？"

她开始在抽屉里乱翻。

然后她停下来低声说了些什么。

我向她倾身过去。

胸针，她听起来像是在说。

"胸针？"我说。

"是的。"她低声说。

"它不在这儿吗？"

我把抽屉里的所有东西都放在柜面上。

胸针不在那里，她是对的。

它属于她的曾祖母，我的高祖母。妈妈结婚时得到了它，我结婚时她又给了我。

"它可能在别的地方，"我说，"我们肯定会找到它的。"

她看着我。我们都清楚自从我搬回家后就没有戴过它，唯一可能存放的地方就是这个柜子的抽屉里。

一定是有人拿走了。

不可能是阿妮塔，我拒绝相信这一点。但也没有别人在这里逗留过。

她会不会自己把它放在别的地方，然后就忘了？

"我们会找到的，妈妈，"我说，"我敢肯定。我稍后再看。但是现在我得做晚饭了。今晚利内要来。"

"利内？"她喃喃说。

"是的，"我说，"她今天早些时候打电话说她要来。一个小时后我会去沃根港接她。来，我帮你换。"

我扶着她的胳膊慢慢走进浴室，我帮她拉下内裤，提起裙子，扶她坐到马桶座上。

她的双腿又细又白，颤抖着，因为现在她的体重不再将它们压在地板上。

我在外面等了几分钟再进去，帮她擦干、换内裤，帮她洗手。

她现在平静下来了，当我问她想不想在阳光下坐一会儿时，她点了点头。

我搬了把椅子，拿来一条毯子盖在她的腿上，她坐在那里，俯瞰着她在其中活了一辈子的、她所爱的这世界。农场、峡湾、山脉。

太阳高挂在西边的海口之上，水面亮晶晶的，光芒闪烁。

当公共汽车停在合作社外面时，我下了车，站在它旁边。利内是最后一个下车的乘客。她穿着一件绿色的军装夹克，背上背着一个黄色的大背包。

这肯定意味着她准备多待几天吧？我向她招手，一股暖流涌过我的全身。

她也朝我挥手，在过马路之前向两边看了看。

"嗨，嗨。"她说。

"嗨，美人儿。"我紧紧地抱住她。

"这就有点过了，"她说着卸下她的帆布背包，"能把这个放在后备厢里吗？"

"当然，"我说，"哦，这么沉！你都带了些什么？"

"书。"她一边说一边钻进车里。

我关上后备厢，坐到她旁边的驾驶座上。

"商店里还有什么想买的吗？我们要回去了。"我说。

她摇摇头。

她没化妆，头发扎成一个简单的马尾辫。连同超大号夹克，这让我觉得她想躲起来，或者至少不想炫耀自己。

这个想法不太好。

但不管怎样她脸上还有血色，我想着，然后开车上路，而利内从夹克口袋里拿出一副太阳镜戴上。

"烤箱里正做着烤肉酱千层面，"我说，"我们到家时应该就好了。"

"听起来很不错。"她说。

"你晒得真黑，"我说，"这个夏天你常出去吗？"

"我刚在湖边的小木屋度的周末。"

"和谁一起？"

她看了我一眼。然后她拉下了她那边的遮阳板。

"几个朋友。"她说。

我们朝着低垂的太阳驶去，它的光线铺满整个车窗，没法透过它看到任何东西，我放慢了速度。这里车辆稀少，但道路狭窄，拖拉机不时出现，每年这个时候尤其如此。

"那你带了什么书来？"我问。

"哲学考试的书，"她说，"我想我可以在这里安安静静读几天书。"

"下一次考试是什么时候？"我笑着说，很高兴那心气又回到了她身上。

"三个月后。"她说。

我们驶过那座小桥，穿过那里橡树的树荫，我瞥了一眼河床。

里面几乎没有水了，只有几个水坑。

也许外表的随意给了她一种焚膏继晷的刻苦感？

至少对我来说是这样。到处都是书籍和报纸，满满的烟灰缸，凌乱的头发，舒适的衣服。

我突然想到，她无法想象我曾经——也是不久之前——当过大学生，住在宿舍里，过着她现在的生活。

"外婆真的很期待你的到来。"我说。

"嗯。"利内说，她在遮阳板内侧的小镜子里看着自己，角度像是对着她的嘴唇，我以为一个人只有在独自一人时才会这么做。

利内在她房间里收拾东西，我在摆桌之前迅速将花园里的桌子擦干净。桌子立在苹果树之间，西边的天空中太阳的光芒照耀在树冠上。

鹰高悬在农场上方的空中。它张开的双翼岿然不动，就像飘浮在空中，样子很像一个风筝。

当我在厨房和花园之间来回走动时，妈妈坐在那里看着我。今年我们还没有在户外吃过饭，只有我们两个人的时候这么折腾多少有点太奢侈了。

一切就绪后，我喊了利内一声，帮妈妈挪到餐桌旁。

她的身体还算好，我只要把她的食物切成小块，她就能自己进食。这对她来说很难，而且吃得很慢，但当利内在场时她能够自行进食就非常重要。无助感让她格外痛苦，我知道，她不想让孙辈们记住一个这样的她。

利内吃饭时目光朝下盯着桌子，沉浸在自己的世界里，而妈妈则一直看着她，俯身在盘子上，颤抖的手在嘴边移来移去。

她低声说了什么，我凑过去想听听是什么。

托马斯，她低声说。

"托马斯，"我重复了一遍，"你是在问利内他过得怎么样吗？"

"是的。"她低声说。

"他很好，外婆，"利内大声说，"他在考虑上学的事。"

"他有说是什么学校吗？"我说。

"警察学院，"她说，"但人家那儿也是有录取标准的。"

周围的树枝在峡湾吹来的微风中悠然晃动，树叶窸窣作响。有时，当风大了一点，树木似乎会紧张起来，踮起脚尖，然后又放松下来，一起下沉。

"你有没有告诉外婆你要学什么？"我说。

"没有，"利内说，"但你肯定已经说了。"

她抬头看着我，好像在确认我的反应，然后又低头看向自己的食物。

我把一杯水递到妈妈的唇边，她好不容易咽了几口，有些顺着她的下巴流了下来，我撕下一张纸巾给她擦干，就好像是顺手一晃那么快。

"心理学。"妈妈低声说。

"外婆说心理学，"我说，"所以我们肯定聊过这个！你期待开学吗？"

利内热情地点点头并对她微笑。我看得出那种热情是假的，但不管她有什么烦恼，她至少在努力取悦外婆，这是件好事。

饭后，利内消失在她的房间里，我跟着妈妈走进客厅，为她打开电视，然后端着咖啡坐下来，享受最后一缕阳光。

头顶上有几只乌鸦从峡湾飞来。后面跟着更多，很快天空就布满了鸟儿。它就像一幅由血肉之躯构成的帷幕，我想，有着不断变化的美丽的黑色和蓝色图案。过了一会儿，乌鸦开始在道路两侧落下，这条路通往稍远一点的教堂墓地，乌鸦们的巢在那儿。

二楼一扇窗户打开了。利内的声音听起来柔和而流畅，与小巷那边乌鸦刺耳的叫声形成鲜明对比。

她在跟谁说话？

应该不是托马斯，因为尽管他们对彼此的生活有着手足之间的了解，但他们几乎没有共同点。我想象不出来她会为了聊天给他打电话。

那么，应该是个朋友。

或者是一个她没有说起过的男朋友？

她半靠在窗外，一只胳膊支在窗框上，另一只手拿着电话。我对上她的目光，笑了。她勉强回我一个笑，转头看向外面。

我希望她认为这里很美。这险峻的山峦，这平静的水面，这缓缓暗下的天空，还有另一边，被最后一缕阳光照得泛红的树梢。

厨房里，洗碗机突然不工作了，它运转得很艰难，像是卡住了，我把它打开时里面全是水。排水软管一定是堵了，也许是钙化的水垢，我想。明天得给人打电话来修了。

我把里面所有东西都拿出来，开始手动洗。

玻璃杯或盘子碰到水槽底部时发出一种微微的撞击声，低沉而圆润；温热的水包裹着我的双手，拿起盘子在水槽里冲洗的时候，细小的泡沫顺着盘子的表面滑落下来；我的内心充满安宁。

从小时候起，我就给水下那微弱的咕噜声赋予某种形象。一种大却短的蠕虫，灰色，没有眼睛。

这是我永远不会对任何人说起的事情之一，我想着，微笑起来。

奇怪的是，当我这么想的时候，我脑海里浮现的是英格的脸。

他给我留下了如此深刻的印象吗？

我只是太兴奋了，我想，抬头看了看。峡湾对岸山丘上方的天空依旧蔚蓝，而远处绵延数公里的陡峭山坡，在升起的暮色中正在变得模糊。

我试着想象看到不存在的东西会是什么感觉。得有信念感。假设峡湾另一边的那山并不真正存在，它只存在于我的脑海中。比如一个男人突然就站在这厨房里看着我。

如果我现在转身，他就站在那里。

我又微笑起来，在料理台上放了一条手巾，把干净的碗碟放在上面，而不是放在已经装满的架子上。

楼上的地板在吱吱作响。

她在为什么而困扰呢？

楼梯上响起了她的脚步声，然后她站在了门口。

"我出去走走。"她说。

"去吧，"我说，"你想去哪儿？"

"也许走到瀑布那儿。"

不一会儿，她从窗外经过，边走边把外套穿上。在昏暗的背景下，她的一切都出奇地清晰。

她有高高的颧骨，眼睛略长，很漂亮。

但也是消极的。一个接受、索取而不给予的人。

一个消极的人。

怎么会变成这样呢？

不，以前她不是这样的。她是现在才这样的。她还年轻，她对世界采取防御姿态，但总有一天她会敞开心扉接受世界，也就是说，给予。

我心里好像听到了她的声音。"妈妈，你太天真了，"她说，"妈，你不会真这么想吧，是不是？"

我从抽屉里拿出一条干净的厨房巾擦干手，把它挂在烤箱把手上，然后去看妈妈。她睡着了，但睡得并不沉；当我在她面前的软垫上坐下时，她睁开了眼睛。

"要我给你稍微按摩一下脚吗？"我说。

"好。"她低声说。

我把她的腿放在我的膝头，开始慢慢地让它们屈起又伸展开。她的肌肉总是非常僵硬，每天抽筋好几次，有时疼极了。按摩有些帮助，走路也有帮助。

我揉着她的小腿。

我忙活这些的时候她手臂肘部僵硬地弯曲着，不停地上下颤抖。她的头也在晃，下巴在颤抖。

看到她这样让人难受。

但她的眼睛是清澈的。

她低声说了些什么。

"你说什么？"我说着，凑近了她。

"利内。"她低声说。

"你是在问利内还好吗？"我说。

"是。"她低声说。

"我不知道，"我说，"似乎有什么事情困扰着她。但她什么也没说。"

"问？"她低声说。

"我可以问，"我说，"但我更希望她主动说出来。这一定是她来的原因，你不觉得吗？"

"是的。"她低声说。

我双手捧起她的脚，开始按压揉捏。

"你还记得我在她这么大的时候回家吗？"我说。

"是。"她低声说。

"我什么都和你说，记得吗？"

"是。"

"但你从来没和我说过任何你自己的事呢？"

"没。"她说。

她的眼睛在微笑。

我轻轻地把她的一只脚弯成弓形。

她试着说出了一个更长的句子。

"我听到了你，听到了也，我听到了自己，我还听到了不。"

"你想说我也没有和利内说过自己的事？"我说。

她点点头。

"你这么说也没错，"我说，"但那是因为她不感兴趣。"

我换了一只脚，开始慢慢地摇着它转。

"我想我那时也是这样，现在回想起来，"我说，"那时候，我觉得你和爸爸都是理所当然的事。"

但那些夜晚是明亮的开阔的，是我分享外面世界的经历的好地方。

我小心翼翼地把她的脚放回地板上。

"要帮你冲个澡吗？"我说。

她点点头。

"头发。"她低声说。

我帮她冲了个澡，给她穿上尿布和睡衣，刚开始给她吹头发，利内就回来了。

"妈妈！"她在走廊里就喊道。

我关掉了吹风机。

"我们在这里面。"我高声说。

她走进来，她的脸因为出了趟门有点红扑扑的，房间很小，显得她尤其高大。

"你看到大门顶上的雏鸟了吗？"她说。

我点头。

"是不是特别可爱？"我说。

"是的。但你怎么没告诉我？"

"没有机会说。"我说。

"是什么鸟？我只看到了雏鸟。"

"那是一对林鸽。"我说。

她张了张嘴，正要说什么，被我打断了。

"你饿了吗，我们吃点宵夜再睡好吗？"

她明白我不想说起那些雏鸟，因为她眼里闪过一丝迷惑，幸好她没有追问下去，只是摇了摇头。

"我们这边快弄完了。"我说，然后重新打开吹风机。

这对鸽子每年春天都会回到这里，它们每次都在同一个地方筑巢，生蛋，蛋孵出来了，小鸽子长大——但往往就在它们羽翼丰满、可以飞翔之前，往往就差几天工夫，就会有苍鹰过来，往往就是那同一只鹰，吃掉那些雏鸟。

已经是连续第四年发生这样的事了。而且我什么都做不了，它们不会让我移动它们的窝，所以每一次都只能等待和希冀。

我不可能告诉利内这些。如果她发现苍鹰的行为，或者更糟的是，如果她眼睁睁看着事情发生，她会心碎的。她一直对各种动物都怀有博大的爱意——在她还小的时候，她的口袋里装满了蚯蚓、蜘蛛和各色爬虫，都是她想带回家养着的，直到高中她都一心想当兽医。

这是她成长期间特别喜欢这里的原因之一。那时农场里还有动物——不多，只有两头母牛，经常还有头小牛、一匹马和一些母鸡——但对她来说，这是一笔不可思议的财富。

对我来说也是如此。我记得当时我想过，至少她的童年里还有过这些，在这里度过的那些夏天，即使其他很多事情都不好过。

我跟着妈妈进了客厅，和她一起看了一小时电视，然后她就在里面的房间里睡了，这个房间以前是餐厅，现在是卧室。

我关上身后的推拉门，走到利内的房间敲了敲门。

"怎么了？"她在里面说。

我打开门时，她坐在黑暗中的窗台上看着我。

箱子打开放在地板上，衣服溢出来了，被子没整理。

"不凉吗？"我说，坐在床沿上。

她摇摇头。

"你到底过得怎么样？"我说。

"好。"她说。

"你确定吗？"

"是啊，怎么啦？"

"你看起来有点沉默。"

"这也没犯什么天条？"她说。

我叹了口气。

"我们可以聊聊，"我说，"认真的。"

"那你想聊什么？"

"聊你，怎么样？"

"但我不想聊这个。"

停顿了一下。

"这当然完全没关系。"过了一会儿，我说着站了起来。

"好的。"她说。

"阿妮塔，就是那个家政帮工，明天一早会过来，你知道的，"我说，"她会待到午餐时间。如果你更愿意和外婆相处，照顾她一会儿，你就说一声。我来告诉阿妮塔。"

"我来这里是读书的，"她说，"不是来照顾外婆的。"

"行吧，"我说，"那我知道了。晚安！"

我没有上床睡觉，而是穿上外套出门了。天空仍然明亮，但朦朦胧胧的，仿佛失去了色彩，就像这里的夏夜一样。

一切都很安静。峡湾静静地躺在洼地里，山在另一边静静地耸立着，而在我身后，北面的山上，树木一动不动地矗立着。几乎只有我在柔软的草地上的脚步声响起。时而从森林中传来微弱的嘶嘶声，仿佛是一口憋了很久才缓缓吐出的气。

我走到农场另一侧森林边缘的空地，在那儿仅剩的地基残垣上坐下，回头看向我刚离开的房子。

我一直很喜欢坐在这里。从远处看房子会让心胸为之开阔，它使其中的人变得渺小。我十几岁的时候就有这个想法。爸爸妈妈都在那室内活动，他们在那里当家作主，但仅限于那里，他们外部的世界那么广阔。谁会在意那小房子里的小房间里都发生了什么？

现在我成了住在这所房子里的人，但这个想法依然成立，要修改的部分是现在是我在做这些事，现在是我的生活如果从外部看来会显得渺小。它并非全部。

我头顶的天空中勉强透出几颗星光。就好像它们宁可不被人见到，但又不得不被人看到，所以在害羞地尽可能少地表现自己。和利内没什么不同，我想着笑了笑，她曾经在学校暑期末参演一出戏剧，低头看着地板，低声咕哝着台词，声音那么低，以至于没人听得到。

然后我感觉到眼角的余光里似乎有什么变化，我转过头去。

西边山上的树梢上方突然亮起一道光。看起来像是树木着火了。

我坐在那里良久，盯着它看。

那光升了起来，越来越大，直到几秒钟后离开了山脊。它看起来像一颗星星，但要明亮得多。它必然是一颗行星。但是什么样的行星呢？它是在每年的这个时节经过这里吗？

我以前从未见过像它这样的事物。

会有一个完全合理的解释，我告诉自己。不管怎样，这是一幅壮丽的景象，在黑暗的覆盖着树木的山丘上方，苍白的天空中光芒盛放。

我站起来沿着森林周围低矮的围墙走去。很快我就可以看到这个村庄，仿佛蜷缩在峡湾的入口处，在遮住了远处大海的群山之下。

现在星星升得更高了。

它升得那么快！

我继续走，经过那个池塘，它贴着森林边缘，池水黝黑，然后是我祖父建造和经营了好些年的那个旧貂舍，没人费心去拆掉它，反正是在农场最边上，也派不上别的用场。

也许英格知道这颗星叫什么，以及它们离我们有多远？

为什么他就该知道呢？我想，对自己愚蠢的想法嗤之以鼻。但我仍然想象着他站在医院窗前，抬头凝视着我现在正在注视的那颗星星。

别想这些没用的了。

我穿过农场，朝谷仓走去，同时继续仰视着那星星。

会不会是颗超新星？一颗在燃烧时膨胀开来的恒星？

它有点不真实。或者说它让其他一切变得有些不真实。

我在牛棚门口停了下来。我清楚地记得小时候这里的温暖以及那些母牛醇厚而鲜明的气味，现在这里已经变得空荡荡，只有残余的牛粪和干草，一片寒寂，干枯而毫无生气，墙壁几近颓败。尽管如此，我还是解开那个老挂钩，推门进去，门荡了一下，刮擦在砖地面上。我进去按下了电灯开关，房间立即沐浴在明亮的光线中。

最里面的隔间里有什么动静。

我站定不动。

一只动物出现了，它朝粪窖开口处的地板走过去，看了我一眼。

那是只狐狸。

眼睛是黄色的，看起来像在打量我。

它毫不畏惧地站在那里。然后，过了一会儿，它低下头，转身从谷仓下面的小口钻了进去。

水正慢慢注满浴缸，我脱下衣服，叠好放在洗衣篮上。我光着身子站在地板上，看着镜中的自己。其他时候我基本不这样，但现在我想看看在别人眼里我会是什么模样。

大腿白且圆，臀部很宽。肚皮很软，如果我往前俯身，它就会折成偌大的几叠。

我将双手顺着髋部两侧往下抚去，看起来挺别扭的，就像我忽然又对自己感到了不自在。

我花了从二十岁到四十岁的所有时光来接受我的身体。那时我所接受的一切现在都已经改变了，所以我想我又得重新开始。

唉。

不为哪个男人去刻意改变自己要好太多了。那样所有这些想法就都消失了。

佐尔法伊

我关掉水龙头，踩进浴缸里。水很烫，但我坚持着轻轻地放低身体，直到坐了下来。

有那么几秒钟，我被烫得要用尽所有的意志来让自己待在原地。然后就好了。

我向后靠去，热水烫痛了我的上半身，但随后又舒服起来，我闭上了眼睛。

没有了水龙头里涌出的水流声，房间彻底安静了下来。我只能听到客厅里电视的声音和山谷中瀑布的微弱奔流声。

水龙头在滴水，水珠凝聚然后滴落，一滴又一滴。

我用手抚过额头，抚过湿漉漉的头发，正要拿起肥皂时，手机响了。

那声音炼狱般切入这寂静，我靠在浴缸边上，把裤子拉过来，掏出手机，是医院打来的。

是英格，我想，他哪儿又出血了。

但不是英格，原来是拉姆斯维克，他现在处于濒死状态，一个器官移植小组正从奥斯陆赶来。

我赶紧擦干身体，穿上备好的干净衣服，进了客厅。

当我在床前停下时，妈妈睁开了眼睛。

"你没睡？"我说，"有什么事吗？"

"没。"她低声说。

"好的，"我说，"坏消息是我得回去上班了。没问题吧？"

"没。"她低声说。

"你想吃几片面包吗？"

"不，"她低声说，"利内……"

"我去和她说，"我说，"她自己能应付。有事就找她帮忙，别犹豫！"

我关上身后的门，走到车边，一切都很安静。峡湾轻盈闪亮，山峦沉重而寂静，天空清澈。

谢天谢地，不是英格！

我整天都不时闪过这个念头，他会突然躺在那里，瞳孔又大又黑，死气沉沉，满脑子都是血。

这事有时也会发生的。

我把车子倒回到砾石路上，系好安全带，挂上挡，开下去，速度比以前快。

大门前的道路中间站着一只动物。一开始我以为是狗，近了才发现是狐狸。可能就是刚才那只，我想。我没有减速，我以为它会跑到一边。但它没有。

我在它前面放慢了速度。

它看着我。

我按喇叭，发动引擎，它还是静静地站着。

直到我打开车门，正要出去的时候，它才动了起来，溜进了农庄里，很快就消失在草丛中。

这里一定有人在喂它，我边开车边想。它几乎完全就是被驯养的了。这真太差劲了，这些人在想什么呢？野生动物必须保持野生状态。

外面几乎没有车，我在狭窄的道路上开到我敢开的最高速度。在山的另一边，进城的道路向西拐弯时，地貌变得平坦，我又看到了那颗星，它低低地照在山顶上。这感觉仿佛我已经习惯了它的出现，周围的一切令人心旷神怡。宁静的、蓝调的夜晚，星星在空旷的天际闪耀，如此明亮，如此生动。

在奥斯陆的时候，我曾在国家医院做手术室护士。我喜欢这份工作，但我那时候已经决定要搬回来，它的紧张程度和带来的压力，与这里的生活并不适配，所以我申请了一份科室主管的工作。但有大手术的时候，他们也会请我去帮忙。我对此没有意见，报酬很不错，而且有时我感觉我的日常工作里行政事务有点太多了。

手术室里的一切都关乎生死。每一个在那里工作过的人都想回去。

我一边开车穿过夜色宁静的山谷，一边想着，即使是今夜也是关乎生死的。病人死了，但他的器官还活着，而且会在另一个病人身上继续活下去。

为了屏蔽掉下一个念头——这不仅仅是一个病人，而是拉姆斯维克——我从车载 CD 中弹出碟片，插入了一张新的。

舞韵合唱团[1]，《又下起雨》。

我曾经那么喜欢过的一首歌。

我突然想到，到了之后我可以去英格的房间探望，这并不会显得突兀，他是我病区的病人。如果运气好的话，他也会醒着。

又下起雨，我唱道。

> 像记忆一样落在我的头上
> 像一种新的情感一样落在我的头上。
> 我想走在开阔的风中
> 我想像恋人一样倾诉
> 我想潜入你的海洋
> 这是否是和你一起下雨

在我周围，独栋住宅毫不引人注目地取代了那些农场，它们越来越密，直到逐渐形成我下方那片灯光闪烁的城市。过河后，

---

[1] Eurytmics，英国二人摇滚组合。

我在穿越平原的路上看到一架直升机低低飞来。这一定是奥斯陆来的那个小组，我想，在医院门口停好车，与此同时，直升机也降落在另一面的降落平台上。当我匆匆穿过停车场，进入大楼，来到地下室时，之前在意识中一直以阴影形式存在的关于拉姆斯维克的念头，在瞬间奋然全力击中了我。那两个孩子今晚失去了她们的父亲。

我做了几次深呼吸。死亡属于生命。死亡是自然的。它不停地收割人类。这次轮到了拉姆斯维克。这是完全自然的。还有，孩子们失去父亲，这也是完全自然的。

让这些念头充满我的脑子——每当死亡临近时我都会对自己重复这些想法——我飞快换好衣服，搭电梯去了手术室。

拉姆斯维克躺在灯火通明的房间中央，连着呼吸机，身上吊着各种线和管子，被数台监视器围绕着。房间里有五个医生。本院的亨里克森站在手术台旁边，和他说话的，想来是器官移植小组的负责人。

进来的时候卡米拉已经简要跟我说明了情况。那天晚上，拉姆斯维克又经历了一次大出血，因为失血过多，已经无计可施，脑损伤也很严重。他立即被连上了呼吸机，维持住生命以免器官受损。

无法想象他已经死了。他的胸腔在起伏，心脏在跳动。他看上去和其他处于麻醉状态的病人一样。

我喜欢他。他是一个不寻常的人。

"见到你很高兴，佐尔法伊，"亨里克森说，"你还好吗？"

他的眼睛在口罩上方微笑。

"嗯。"我说。

"我想我们开始吧。"我说。

佐尔法伊

"好。"我说。

流程是亨里克森主导手术，直到呼吸机断开，心脏停搏，之后由奥斯陆来的医生们接手移除心脏。心脏取出后，亨里克森的团队将再次接手，取出腹部脏器。

正常情况下，他现在该放音乐了。他的歌单是二十世纪五十年代的歌，猫王、杰瑞·李·刘易斯、博·迪德利，但也有弗兰克·辛纳屈和其他情歌歌手。在我看来有点愚蠢，但我还是很喜欢猫王的。尤其是那首《蓝月亮》。

然而，出于对这位死者的尊重，今晚一切都将在沉默中进行。

我朝拉姆斯维克走去。他的脸色比那天早些时候我见到他时还要鲜润些。我开始准备，摆好开胸时要用的皮下注射剂，以及钳子、手术刀、导管、锯子，而卡米拉则准备好体外血液循环的机器。那些陌生的医生站在我们身后，双臂抱在胸前聊着天。

我把视线转向监视器。所有功能都在正常运行。心脏平稳而坚定地跳动着。

亨里克森在拉姆斯维克上方俯下身子，抬头看了一眼西维克，他关掉了药液输送。亨里克森抓住拉姆斯维克的食指，用力捏了捏指甲。我看着拉姆斯维克的脸，它完全没有任何波动。他没有上麻醉，但大脑已经无法感知疼痛，它已毫无生命迹象。

"小心永远无大错！"亨里克森说着笑了笑，直起身子，"好了！现在我们关掉呼吸机！"

他亲自关掉了呼吸机，同时我把管子从他嘴里拔了出来。

所有人都把视线移向监视器。在一些罕见的情况下可能需要好几个小时，呼吸才会停止，心脏才会停跳。但是如果超过九十分钟，器官就不能用了。但这种案例很少见。

这次也没有出现意外。血压稳步下降，同时呼吸越来越微弱。

大概一分钟后它就完全停止了。

随着心脏停止跳动，监视器上的曲线慢慢变平，直到变成完全平直的一条线。一个警示音响起。

在超声图像上，心脏完全静止了。

"五分钟，"亨里克森说，"从现在开始。"

他走出房间。一名助理医生跟在他身后。

我看着那具没有生机的尸体，就在几秒钟前它还活着。突然间，《蓝月亮》前奏的轻柔吉他和弦在我心中响起。就好像它真的在我心里演奏，而非来自记忆。

我看着房间里的其他人，百感交集，涌上心头。

> 蓝月亮
> 你看到我独自站立
> 心里没有梦
> 对自己没有爱
> 蓝月亮

我眨掉眼泪，和器官移植护士一起开始为手术最后一个环节做准备，小心翼翼地不与任何人对视。那是一个相当繁复的手术。要开胸，要摘取各种器官，是一项细致又费时的工作，不能有任何差错，一切都必须进行得又快又准。

> 蓝月亮
> 你知道我为何来到那里
> 你听到我在为何祈祷
> 一个我能真正关心的人

佐尔法伊

然后突然出现在我面前

　　蓝月亮

　　"你以前做过这个吗？"护士之一说，那是一个三十出头的男子。他看起来不太健康，眼睛下面有眼袋，但我想每个人在强光下都是这样。

　　"几年前我在国家医院工作过。"我说。

　　"手术室护士？"

　　"是的。"

　　"最后你在这里落脚？"

　　"我就是本地人，"我说，"我想回老家。"

　　"你认识他吗？"他朝拉姆斯维克点了点头。

　　"他是我的病人。"

　　他同情地摇了摇头。在我们身后，亨里克森回来了。

　　"五分钟了，"他说，"还有任何生命迹象吗？"

　　"没有。"

　　"那我们就开始了，"他说，"动手吧。"

　　我对胸部、腹部和腹股沟进行了消毒。西维克给死者注射了抗凝血剂，然后亨里克森将心肺机管插入腹股沟。在其中一根管子里他放进一个气球，这个气球会在大脑下方充气膨胀起来，阻断大脑所有可能余下的血液供应。随后亨里克森连上了机器，这机器会保持血液循环，并向其中泵入氧气。

　　我一直觉得这很吓人，因为现在下半身是活的，而上半身是死的。心脏上方的头部、颈部和胸部变冷，最后呈蓝色，而下半身则是鲜活温暖的。

　　周遭一片忙碌。我把装有解剖刀、手术刀和钳具的托盘拉过来，在医生开始之前最后一次整理它们。拉姆斯维克庞大的身躯纹丝不动地躺在我们面前的手术台上。脸色惨白，血色全无，泛着淡淡的青色。

整个身体除了头部、胸部和腹部以外的部分都被盖住了。我把手术刀递给医生，他从喉咙到耻骨划开一个长长的切口。鲜红的血汩汩流出。这一刀切完，我把手术刀接回来放到支架上，然后把锯子递给他。他开始动手时我瞟了眼拉姆斯维克的头。

它圆睁着两眼躺着。

"病人醒了！"我喊道。

"别扯了，"器官移植医生说着关掉了锯子，"这不可能。"

但他也看到那双眼睛是睁开的。

"从来没见过这种，"他说，"但有一次我见过有个病人死后喊叫起来，那可真吓人！"

他又启动了锯子。

但那并不是一双死不瞑目的眼睛。它们是有生命的，我看到了。那就好像他正在从很远很远的地方遥望着这个世界。

但是心脏并没有跳动。而且大脑也已经很久没有血液供应了。

这都不重要。那双眼睛里有生命。

"确定他已经死了吗？"我说，"有没有可能是那个气球出了什么问题？"

奥斯陆来的医生和亨里克森都恼火地看着我。

"这只是一种反射，"奥斯陆医生说，"他已经脑死亡了。心脏也很久没有跳动了。他不可能有任何生命迹象。"

"看 X 光片，佐尔法伊，"亨里克森说，"还有血压。气球运作正常。"

"他死得透透的，像咸鱼一样，"奥斯陆医生说，"现在我们继续。"

他向前弯下身子，把滋滋尖叫着的电锯抵在胸骨上，摁着它穿透骨头，一股细微的粉尘弥漫在空中，刀片慢慢往下，鲜红的血液汩汩涌出。

拉姆斯维克张开了嘴。

"停！"我喊道。

那个医生又一次关掉了锯子。

"啊啊啊啊啊啊啊——"手术台上的身躯发出低不可闻的一声。

"这他妈的到底是怎么回事？"医生说道，"这不应该！这不可能！"

我看向监视器。心脏又开始跳动了。那条曲线很低，但它的确是一条曲线。

"心脏在跳！"我说。

他还活着。

一种惊恐在房间内蔓延开来。口罩上的每一双眼睛里都有惧意，四处张望着，好像想找到某种能抓得住的东西。

"死亡的定义是它不可逆转，"亨里克森说，"死而复生是绝对不可能的。所以他现在没有死，之前也没有死。"

"天哪。"器官移植组的护士叫道。

"我们现在怎么办？"移植医生说。

"缝合，然后扫描他的大脑。"亨里克森说、

"也就是说，今晚没有什么器官了。"移植医生说。

"没有了。"亨里克森说。

"怎么会这样呢？"移植医生摇着头说，"大脑已经半个小时没有血液循环了。心脏停搏了。气球运作很正常，不是吗？"

"看起来如此，"亨里克森说，"但事实就是他还活着。"

"那他现在会怎样？"我说。

"我们不会给他做任何治疗，"亨里克森说，"也不提供营养剂。所以他会平静祥和地死去。这对每个人来说都是最好的。"

他提高了声音。

"这个房间里发生的事一个字都不能传出去，明白吗？包括这里和奥斯陆。"

我脱下手术帽、口罩和手术袍，把它们扔进篮子里，给自己倒了杯咖啡。正在洗手的亨里克森把头转向我。

"脑死亡患者的心脏有时候可能要一天之后才会停止跳动。"他说

"但他的心跳几秒钟就停止了。"我说。

"是啊是啊，是啊，"他说，"这事以前发生过。几年前在瑞典有一次也发生过类似的事情。病人已经宣布脑死亡，人们正在摘除他的器官，这时他突然睁开了眼睛。"

"我听说过这事，"我说，"但他们肯定搞错了。那个病人肯定没有脑死亡。"

"是的，没有。"亨里克森说。

"但拉姆斯维克死了，"我说，"我们都看到了。"

"从逻辑上讲，他不可能已经死了，"亨里克森说，"肯定是气球出了什么问题。它可能没有正常运作。这种事也是会发生的，你知道的。没有什么是绝不出错的。"

他微笑起来。

"时间还不太晚。我们要去喝一杯。你来不来？"

他对我眨了眨眼。

"不了，谢谢。"我说。

"好吧，"他说，"下次吧。"

他拿出一小瓶喷剂，张嘴喷了三下，擦了擦嘴唇，把喷剂放回

口袋里。

"尼古丁，"他说，"回头再聊，佐尔法伊！"

我又等了几分钟才乘电梯下到病房。当我走出电梯时，约伦从值班室出来了，她一定是听到电梯停下来的声音。

"嗨，约伦，"我说，"都还好吗？我来拿点东西。"

"器官手术你也去了？"她说。

"是啊。"我说。

"可怜的家伙。"她说。

"我也觉得。"我说着走进办公室，拿出一个没用过的活页夹放在塑料袋里，然后去了英格的房间。

我小心地敲了敲门，然后打开。

他坐在床上，靠着枕头，当我走进去时他转过头来看我。脸色煞白，眼底有黑眼圈，两鬓和下巴上隐约有一层须影。他的眼睛闪着光。

"你还在上班？"他说。声音很低，但并不虚弱。

我点点头。

"我去上了一台手术。不过我现在要回家了。"

"还算幸运。"他说。

"你怎么样？"我说。

"还活着，"他说，"这才是最重要的。反正对我来说是这样！"

"那你的头还疼吗？"

他有些犹豫地点点头。

"也不奇怪。他们在我脑子里翻找了好几个小时。"

我笑了。

他也笑了。

"如果太痛就按铃叫人。"我说。

"我会的。"他说。

我们沉默了一会儿。

然后我们同时开口了。

"你觉得你可以……"他说。

"你有没有见过……"我说。

我们又笑了。

"你要说什么？"我说。

"你先。"他说。

"不，你说。"我说。

"没什么特别的，"他说，"但我只是想知道你能不能帮我把百叶窗拉起来。我睡不着，躺在这里看看外面挺好的。"

"当然。"我说着走到窗边。

那颗新星高悬于城市的上空，闪烁着光芒。

"你觉得它是什么？"我说。

"那颗新星？"他说。

"是啊。"我说，并抬头仰视着它。

"那是颗新星。"他说。

"那颗新的星星是颗新星？"我说。

"这种事应该也会发生吧，"他说，"宇宙中总会形成新的星星。"

"是啊。"我说。

"你刚才想说什么？"他说。

"没什么，"我说，"你得睡一会儿，至少要休息一下。我不打扰你了。我只是想看看你这边怎么样了。"

"我挺好的，"他说，"你明天上班吗？"

只剩下我一个人。我在更衣室里飞快地冲了个澡，穿好衣服，出门走进那暖烘烘的夜晚空气中。四下闷热黏稠，我想一场雷阵雨很快要来了。

我在开心之余也有些不安。发动车子时音乐自动响起，音量很高，属于另一种心境，于是我关掉了它，摇下车窗，驶上马路，开过了河。路口是个红灯，我低头看着河边那个军营模样、名字叫"河岸"的俱乐部。那外面的停车场里大概有二十来个年轻人，有些坐在汽车引擎盖上，大多数人手里拿着酒瓶或酒杯。每每当班期间有紧张的事情发生时，我都会惊讶于外面的世界是多么的不同。那下方的年轻人们里没有一个会去想医院里日日夜夜都在发生什么事情。当然，他们凭什么去想这些呢？死亡总是在别处。直到它一如既往地来到他们身边，在一段时间内接管所有的生活，让他们曾有过的日子变得遥远。

灯变绿了，我拐上空荡的主干道，出了城，开进山谷，那颗新星一直在我身后。几年前为了肉食供应进口的那一大群母牛躺在草地上，在夏末夜晚灰色的光线里看起来像一些巨石。它们一年到头都在外面，我每天都能看到它们。去年冬天的一个清晨我看到它们中的一头横尸在田野，下午开车回家时它已经被弄走了，在春天里我看到了初生小牛犊第一次站起来的那个瞬间，那颤巍巍的腿，母牛低下头去舔舐那小小的身躯。

它们是美丽的生物，即使在冬天里它们弯脖顶风冒雪站着的时候，看起来也过着一种和谐的生活。

我眼前浮现起拉姆斯维克睁着眼睛躺在手术台上的情形。那从他身体里发出的低沉、痛苦的一声。

幸好我不是那个要写手术报告的人。

手术报告里会写到什么呢？

当他和呼吸机的连接断开时，他的心脏已经停止跳动。大脑里的血液循环已经终止。所以他肯定已经死了。心脏短时间的停搏倒不是决定性的，很多人在相对较长时间的心脏骤停后还能恢复意识。起决定作用的是大脑活动。

亨里克森刚才说什么？死亡是不可逆的。起死回生绝无可能。拉姆斯维克又活过来，仅仅意味着他之前并没有死。

那些散落在我周围大地上的白色农舍，在浅灰色的天光下闪烁着暗哑却沉郁的光。大部分窗户都是黑着的。我看了看仪表盘上的时间：快两点了。

我回家时一楼所有的灯都亮着。我暗自叹了口气。利内从来不会为别人着想，从不为任何事情负责。

但现在再教育她也晚了。

我已经差不多累瘫了。尽管如此，我还是给自己泡了杯茶，抹了片面包，站在窗前吃完，然后进去看看妈妈是不是还好。

她睡得很熟，我把所有灯都关掉，在茶里多加了些牛奶，这样我就可以大口喝完这一杯，然后上楼去卧室，脱掉衣服叠好，拉开被子躺上床，侧卧下来，手掌垫在脸颊下，就像小时候那样。

我清醒地躺了很久，亢奋得睡不着。

我的卧室在妈妈卧室的正上方，她搬到楼下时，我本以为这会是个优势，就是一有什么事我就能听到，但实际上它变成了一个不安之源，因为下面根本没发出过半点声音，这经常让我觉得她已经没有呼吸，躺在床上死去了。

同样的不安在利内出生后我也有过。

就好像呼吸是非自然的，对于婴儿和老人来说，自然状态不是呼吸，而是不呼吸，那种不呼吸的状态是他们自然而然达成的一种动态平衡。

佐尔法伊

197

我加入的一个妈妈群里，有个母亲就经历过这样的事情。她一直在电梯里，孩子躺在婴儿车里停止了呼吸。还好她发现了不对劲，她说她想也没想，就抓住婴儿的脚举到空中摇了摇。

婴儿又开始呼吸了。

她讲的时候我们都笑了，她描述得很滑稽，但我们也都感受到了恐惧。

这是多久以前的事了。

二十一年。

现在说到利内，我最不怕的就是她停止呼吸。她已经在呼吸王国的中心。

妈妈则相反，她已经远远地到了那里的边界。

我抬起头，拉开窗帘，低头看向邻近的农场，黄色的灯光在阳台上方的阁楼里闪烁。我顺着下方的道路望去，它一直通往尽头的森林，消失在高耸于夜色中一动不动的云杉林里。我听到瀑布的奔流声，又重新躺下来，闭上了眼睛。我记得的最后一件事是一只猫头鹰在远处叫了三声。但那也可能是一个梦。

卡特琳

　　也许我在机场遇到的是他的孪生兄弟，我一边想着，一边走出教堂，穿过广场，回到我的办公室里。他去卑尔根正是为了参加葬礼。这不太可能，但完全是可能的。

　　他看起来一模一样。

　　但我对这张脸记得有多清楚呢？

　　很可能是人有相似，就那么简单。

　　肯定是这样。

　　我对卡琳笑笑，关上身后的门，坐在书桌前开始回复已经迅速累积起来的电子邮件。但我无法集中注意力，于是我出去倒了杯水，从会议室的果盘里拿了一个苹果，坐下看着窗外吃起来。外面的草坪是黄色的，与停车场的砾石交汇处几乎完全是白色的。在教堂墓地的墙后，我看到水珠在空中喷洒，能听到洒水器有节奏的滴答声，但非常微弱，以至于我也可以认为这是我的幻觉。

　　我看了看高特和孩子们的照片，那是去年夏天照的，他们坐在一块岩石上看着镜头，玛丽坐在高特的膝盖上，彼得在旁边。

　　他们都是我这边的人。

我想，也许我该给彼得买一部手机。这样我们可以在白天互相发短信。那会给他额外的安全感。

他很特别，彼得和其他所有男孩都不一样，班上其他孩子已经开始排斥他了。他不明白为什么，并试图以他力所能及的方式来维护自己。他认为如果表明他比他们懂的都多，会对他的处境有帮助。就好像如果他们明白他有多聪明，他懂的东西有多么多，他们就会想和他一起玩。

春季的某一天，他的老师给我打电话。彼得和一个口吃的学生发生了摩擦。彼得在其他人面前模仿他说话，还试图让他说出一个困难的词。我回到家后没跟他提起这事，我希望他能自己对我说。他没这么做，所以我在他睡前去了他的房间。我进去时，他脸颊垫在枕头上，疑惑地看着我。他刚刚洗完澡，又干净又漂亮。他看着我的眼神很无辜，但突然间充满了恐惧：他知道了。

我在床边坐下。

"你的老师今天打电话给我。"我说。

他什么也没说，只是注视着前方，目光突然变得空洞。

"他说你欺负了一个口吃的男孩，是吗？"

"我不是故意的。"他轻声说。

"你当时干了什么？"我说。

他没有回答。

"彼得，你做了什么？"

"又不是我一个人干的，"他说，"其他人也干了。"

"这不是理由，"我说，"你霸凌了他。你有想过他的感受吗？你有吗？"

他的眼里充满了泪水。

"我不知道这是错的。"他低声说。

"你当然知道。"我说。

"我不知道！"他几乎是喊的，然后开始大哭。

就好像有什么东西附在了他身上。他的身体在被子下扭成一团，他大声抽噎，眼泪哗哗地流。

"彼得。"我说。

"我—当时—不知道！"他打着嗝。

"你得自己去改正，"我说，"你必须向他道歉，然后以后再也不这么做。"

"我—当时—不知道！"他说着，蜷了起来，眼里是疯狂的绝望。

"彼得，放松点。"我说着抚摸着他的头发。

他发出一种凄厉的声音。身体猛烈地抽搐着。

他歇斯底里了。

"彼得！"我说，想抱住他，"够了。"

"啊啊啊啊啊啊啊啊，"他嚎叫着，"啊啊啊啊啊啊啊啊。"

"够了，彼得，"我又说了一遍，然后站了起来，"明天上学时你要向他道歉，然后这件事情就过去了。"

我把手放在他的肩膀上，俯身看着他。

"晚安。"我说。

他抬头看着我。

我关掉灯，关上身后的门，下楼进了客厅，电视还开着，画面定格在像是英国乡村的某个地方，一个男人正从车里下来。

"高特？"我说。

"我在这儿。"他在厨房里说。他坐在厨房岛旁边的高脚凳上吃晚餐的剩菜，手机放在面前亮着。他坐在半明半暗中，只有炉子上方还亮着灯。

"怎么样？"他说。

"挺顺利的。"我从橱柜里拿出一个玻璃杯，倒满水，一只手撑着台面，靠在那里喝了下去。

"我听到他哭了？"

"是的，他很后悔。"

"那他现在怎么样了？"

"他还在哭，我想。"

"你就这么走开了？"

他看着我。

"他得学会控制自己的情绪，"我说，"而且他得自己学会这个。"

高特和我对视了一秒，然后移开了目光。

这意味着他不喜欢我说的话。

这意味着分歧。

"别去找他，行吗？"我说。

"反正他可能一会儿就睡着了。"他说着飞快瞟了我一眼，然后又垂下视线。

他盘子里那些羊排几个小时前还软嫩多汁，现在上面的羊油已经凝结变硬发白了。他用手指拈着吃。

"你在看什么呢？"我说着，把杯子放到他身边的洗碗机里。

"《摩斯探长》[1]，"他说，"或许现在该叫刘易斯了，他的副手上位了？"

"是吧，"我说，"《刘易斯探长》吗？"

我转身看着窗外。缓坡下房屋的灯光是柔和的，至少与道路两旁灯火通明的工业建筑相比是这样。另一边是一排排新房子，再过去就是灰黑色的天幕下，被树木覆盖的深色的群山。

---

[1] *Inspector Morse*，1987 年—2000 年制作播出的英国侦探电视剧。

"我们一起看完这一集吧？"我说。

"可以啊，"他说，"但我已经看到一半了。"

"反正我也不太喜欢侦探片。"我说。

他笑了笑，打开冰箱门，把没吃完的羊排倒进装着其他剩菜的那个塑料饭盒。

"我们真的会吃这个吗？"我说，"我一直在扔冰箱里的剩菜。"

"我们可以用羊肉代替肉末做意大利肉酱，"他说，"那其实挺好吃的，真的。"

"好吧。"我说完就走进了客厅。在沙发前我停下来听了下。楼上完全安静下来了。厨房里的水龙头开着，一定是高特在洗手。

我坐下来，拿出手机，查看本地的报纸，浏览上面的头条新闻。他会上楼去看他的，我就知道。

"你想看就先看，"他在我身后说，"我去一下洗手间就好。"

"我等你。"

听着他的脚步声在楼梯上响起，我猜他会先去看彼得。他会坐在床边，安抚他一会儿，然后走进浴室，拉马桶水箱的绳子，这样我就会听到，并以为他一直都在厕所里，现在才完事。

他想借此削弱我刚才说的话。这并不是世界末日，但最糟糕之处在于他是秘密地去做这件事的。他连跟我发生一点小冲突的勇气都没有。他偷偷上楼和彼得一起度过的几分钟并不是为了彼得，尽管他自己可能这么想，而是为了他自己。他不知道如何对待自己的情绪。他从来没有学会过。

我突然意识到，我日益增长的气恼正在越来越频繁地表现出来，我不能总是控制住自己，有时它会演变成愤怒，这在某种程度上也是为自己讨回公道。

我内心的某种东西在责怪他，这样我就能否认内心的另外一些东西。

他没做错任何事。他也没有变。

楼上响起了冲水声。

我深吸了一口气。

想要独处的需求如此强烈，几乎令我感到惊恐。

但我控制住了，我用遥控器打开电视，在他走下楼梯时转身对他微笑。

"你已经开始了。"他说。

"五秒钟前。"我说。

他在我旁边坐下。

"你想喝点什么吗？"他说，"咖啡或是茶？"

"有点太晚了，我想。"我说。

"那么来杯酒？"他说。

"不，谢谢。"我说。他把腿放在桌子上，手臂搭在我身后的沙发靠背上。

"你想喝的话可以来一杯。"我说。

"我不用。"他说。

我们在沉默中看完了这一集。结束后，我关上电视，起身走进厨房，把洗碗机里洗好的餐具取出放好。他随后也进来了。

"出什么事了吗？"他说。

我摇了摇头，把玻璃杯和茶杯两两放在柜子里。

"行吧，"他说，"那我去睡了。你来不来？"

"马上，"我笑着说，"看点东西就过来。"

"好吧。"他说。

我走进书房开始工作。楼上响起了打开淋浴的声音，我叹了口气：高特只有在晚上想要做爱的时候才会在睡前冲澡。

也难怪他认为我不忠，我想道，手里捏着苹果核，心不在焉地看着窗外。虽然我们刚开始上床时关系相当融洽，但我对性的反感却与日俱增，就好像有一段隔阂必须要被弥合，而且这段距离还在不断增长。一旦跨越了这段距离，就会有其他东西成为新的主题，我的抗拒和怀疑有时会完全消失，所以不是性的问题。成为阻碍的是别的东西。

对我来说这不是什么大事，重要的是我对他感到内疚。但我也不能因为内疚就和他上床，那是一种卖淫。

他肯定也想知道，而且意识到了有哪里出了问题。所以他把我昨晚没回家和这件事联系在一起了。

我明白这个逻辑。

但我不明白他怎么会把我想得这么不堪。

他对我的了解就仅限于此吗？

我起身把苹果核扔进废纸篓。距离葬礼开始只有十五分钟了。我去厕所小便，回到办公室后我坐下来闭上眼睛，在脑海中回顾了整个仪式的过程，把注意力集中在将要发生的事情上，尽可能不让我自己的生活造成干扰。

几分钟后，我穿过那个露天小广场来到小教堂。阳光如此强烈，我的脸上有种灼烧感。气温一定超过了三十度。一丝风也没有。头顶树上的叶子完全静止不动。

但在教堂古老厚实的砖墙之内，空气十分凉爽。

当第一声钟声响起时，我穿上牧师的法衣，走进教堂的房间。管风琴手埃里克开始演奏序曲。那两个送葬人并肩坐在第一张长凳上，低着头。棺材是如今不太常见的黑色，不知道他们为什么会在没有特别要求的情况下选择黑色。

我开始吟唱。两个送葬人抬起头，熟稔而无畏地一起吟唱。

傍晚的太阳微笑着
照耀着下面的家园，
大地和天空
在圣洁的和平中安息。

陡峭的山上
只有溪流在奔腾。
听，在寂静的傍晚，
它的水流声多么强烈！

没有黄昏可以
让小溪平静安宁，
没有时钟
可以让它休息。
所以我的心
在我的怀里跳动，
直到我终于
在上帝慈父般的怀抱中休憩。

　　和他们合唱感觉很奇怪，很明显这一切都是一出戏，与眼下的情形和死者完全无关，但同时又令人感到美好而庄严，就好像因为在场向他告别的都是陌生人，让这首赞美诗产生了特殊的意义。

　　"愿恩典与你们同在，愿从我们的父神和主耶稣基督而来的平安与你们同在，"我对着空荡荡的长椅说，"我们聚集在此是为了向克里斯蒂安·哈德兰道别。我们将一起把他交在上帝的手中，并跟随他到他最后的安息之地。神如此爱世人，甚至将祂的独生子赐给他们，叫一切信他的，不至灭亡，反得永生。"

我低头看着棺材。上面放着一个花圈，其上写着"安息"，署名是"朋友"，这是无人送葬的惯例。

我见过的那个应该不可能是他的孪生兄弟了，我想。否则他就会在场。死者有一个双胞胎兄弟，却没来参加他的葬礼，这本身就很奇怪，更奇怪的是他会在机场和我——那个将要主持他兄弟葬礼的牧师——搭话。

这样的巧合并未发生。

但如果不是他的孪生兄弟，那又是谁呢？

会不会是我搞错了呢？

我稍微抬起手臂，掌心朝外。

"耶稣说：到我这里来，所有挣扎和背负重担的人。我会让你们安息。"

两个送葬人直视着前方。他们的脸上没有流露任何情绪；这是他们的工作。

"让我们祈祷吧。"我说。

我双手合十，低下了头。

"主啊，你世世代代作我们的居所。诸山未曾生出，地与世界你未曾造成，从亘古到永远，你是神。你使人归于尘土，说，你们世人要归回。在你看来，千年如已过的昨日，又如夜间的一更。求你指教我们怎样数算自己的日子，好叫我们得着智慧的心。"

我又抬头看了看。外面明亮的光线让彩色玻璃窗闪耀着红色、绿色和蓝色的光，教堂里原本昏暗的墙壁也隐约闪烁着微光。一切都突出了空虚。当我走近讲道坛时，我眼前浮现了他的圆脸。他的视线开始是全然友好的，带着一点略带侵扰的方式，但后来变得有些戏弄。就好像他了解我的一些情况，我想。就好像他知道我是谁一样。

如果是他，那就太讽刺了，因为我将要主持他的葬礼，而我对他一无所知。

但那不可能是他。

我必须停止这些思绪。

我看了一眼埃里克。他笑着竖起大拇指，这个白痴。在这个空间里，尊严就是一切，无论你一天中来过这里多少次。

我吸了一口气。

"克里斯蒂安·哈德兰于一九五六年六月六日出生在本市的豪克兰医院，"我说，"他于八月二十三日死于这个城市，享年六十七岁。我们现在聚集在这里向克里斯蒂安告别，并记住他。通常，近亲会和我谈论死者的生活，关于学业、工作和家庭，关于生活中大大小小的事件。要么他们说出来，要么我代表他们发言。很不幸，今天，在克里斯蒂安·哈德兰的棺材旁，情况并非如此。在场无人能记得他。克里斯蒂安，我们对你的了解只是你在地球上生活了六十七年。你曾是个新生儿，天真无邪，被爱着，然后你是一个孩子，在这世界上成长。你看到太阳和月亮，你看到树木和花朵，你看到房屋和汽车，你看到大海和天空。你是一个青年人，充满情感和生命力，然后你变成一个成熟的男人，走上自己生命的轨迹，不论你现在认为这是出于自己的意愿还是别人的安排。现在这一切都在你身后了，现在你在地球上的日子已经屈指可数了。现在你在上帝的手中。无论好坏，你都是一个人，我们今天在这里记得了你。生命是神圣的，是死亡令它如此，而生命的意义就是上帝。"

两个送葬人里较为年轻的那个，在此之前他一直顺从地跟随着整个仪式的步骤，就像一阵风拂过而毫无抵抗，此刻突然抬起头来

208

看着我，眼神里有种类似惊奇的掂量。但当我向埃里克点点头，他开始演奏《美妙是大地》[1] 的第一个音符时，他们都跟着唱了起来。

美妙是大地
荣耀是上帝的天堂，
灵魂的朝圣之路是美丽的。
穿越大地的美好国度，
我们带着歌声走向天堂。

时光将来临，
时代将流转，
一代将接着一代的脚步。
天堂之音从未停息，
在灵魂欢愉的朝圣之歌中。

天使曾歌唱它，
首先是为了田野的牧者；
从一个灵魂到另一个灵魂，
它的旋律依然悠扬。
所有人都安宁而喜悦，
因我们找到了永恒的救主。

音乐淡出。我甚至不知道他是不是基督徒，信不信上帝。应该不信，几乎没有人再信上帝了。

---

[1] *Dejlig er jorden*，北欧宗教赞美诗。

我呢？

不要在这里冒出这样的想法。永远别在这里想这个。

"听听神关于生死的话语、最后的审判以及我们对耶稣基督的期望。"我说。

我打开面前的《圣经》读了起来。

"我又看见一个新天新地，因为先前的天地已经过去了，海也不再有了。我又看见圣城新耶路撒冷由神那里从天而降，预备好了，就如新妇妆饰整齐等候丈夫。我听见有大声音从宝座出来说，看哪，神的帐幕在人间！他要与人同住，他们要作他的子民。神要亲自与他们同在，作他们的神。神要擦去他们一切的眼泪，不再有死亡，也不再有悲哀、哭号、疼痛，因为以前的事都过去了。坐宝座的说，看哪，我将一切都更新了！"

主的话语便是如此。

我合上了书。

"这段来自《启示录》的经文，是葬礼上最常读到的经文之一，"我说，"因为它激发希望，因为它关乎希望，关乎从生活中所有的伤害中解放出来，尤其是关乎我们亲近的人死去时的伤害。不再有悲哀，不再有哭泣，不再有痛苦，也不再有死亡——'因为以前的事都过去了'。很容易把它看作一个受折磨的人的一厢情愿的梦想，一个新的世界将会到来，这个世界的一切错误都将不复存在。但如果我们认为约翰的启示所描述的，是上帝的国度，如果我们接着思考上帝是什么，它就有意义了。上帝不是悲伤和痛苦，上帝就是喜乐。上帝没有死，上帝就是生命。尤其重要的是：上帝是永恒的。而这一切都存在于现世，就在我们的此时此地。喜悦、生命和永恒都存在。我们是这喜悦的一部分，我们是这生命的一部分，我们是这永恒的一部分。但我们不是快乐，我们不是生命，我们不是永恒。

这是上帝所是。在某种程度上，我们也是上帝的一部分，就像分钟是永恒的一部分，即使这是有限的，即使我们被悲伤、损失或痛苦摧毁，我们也是如此。我们永远是上帝的一部分。圣子向我们表明，神是我们的一部分。'看哪，上帝的居所在人间'，《启示录》如此写道。这意味着我们永远不会孤单。我们有时会感到孤独，这是另一回事。也许是因为我们把上帝拒之门外，用悲伤和痛苦把自己关在里面。是的，我们可以想象这种闭锁于黑暗中的生活，而外面却有光明。那么生活的真相是什么？它本身是黑暗的吗？或者它已经远离了光？如果我们通过作为光的耶稣基督向上帝敞开心扉，我们就会向喜乐、生命和永恒敞开心扉。就算在黑暗中，就算在孤独中，就算在痛苦中。"

我们从不孤单。

是的，我们从不孤单。

我走到棺材前，低下头，双手合十。

"让我们祈祷。"

"永恒的上帝，天上的父啊，你通过你的儿子耶稣基督，使我们战胜死亡。我们祈求你，以你的圣灵引导我们，使我们永远不会对你失去希望，怀着对圣子的信仰生活，并有朝一日借着我们的主耶稣基督进入你的国，享受永生。阿门。"

"我主上帝，我将我的灵魂交托在你手中。"

"你救赎我，主，你是信实的神主。"

"我将我的灵魂交托在你手中。"

"荣耀归于圣父、圣子和圣灵。"

"我主上帝，我将我的灵魂交托在你手中。"

我向埃里克点点头，他开始演奏尾曲，同时两个送葬人站起来，抓住灵柩台沿着过道推向门口。我走在棺材后面，就像以前多次做过的那样。但是这一次我几乎要流泪了。这种情况很少发生。也许是因为通常我的注意力会投向死者的遗属和他们的悲痛，这种悲痛往往比死者更具存在感，充满整座教堂，几乎从来没有像这一次一样只有死者。他周围的一切都如此空虚，没有悲伤的面孔聚集在一起吸收这种空虚，仪式的力量在这种情况下格外凸显出来。因为这不仅仅与他们有关——当他们痛哭时很容易想到这一点——而且与所有人都有关。

当我们走到明媚的阳光下，我眯起了眼睛。真是太热了。

而且寂静。

他们怎么能做到在这样的天气里还穿着整套黑色礼服的？

法衣也好不了多少，当我想到自己时又这么觉得。

他们拖着棺材朝一条碎石路走去，经过沿途散落的墓碑，枯黄的草地在远处洒下荫凉的高大落叶树下变得翠绿。

新墓位于墓地一角的墙边。棕色的墙壁和泥土看起来就像那片绿色里的一个伤口。木板和起重机让那里看起来像个建筑工地。我从未关注过权宜行事的这一面，它让入葬变得如此平淡和机械。与此同时，世界就是如此，未完成且不断变化。对此闭目塞听同样是错误的。

两名送葬人将棺材转移到起重机的斗上。它很重，与其说是举起来，不如说是推过去。它砰的一声落在上面。

"现在我们唱 570 号圣歌。"我说。

> 深邃、宁静、有力、温和，
> 来自天堂港口的神圣之言
> 呼唤、祷告、引导灵魂
> 走向慈爱的牧者怀抱，

见证我们所赐予的：
耶稣是我们通往生命的道路。

亲爱的救主，感谢你
对我们的大地的恩典！
时光流逝，世界消逝，
然而你的话却永远存在。
在你的话语中，恩典延绵，
是我们抵御一切危险的庇护。

带领许多惶恐的灵魂
通过你的圣灵归向你！
在你强大的救世主之手下，
死亡在各处都臣服。
引导我们走向生命之路，
引领我们进入生命的所有权！

当我们站在那里唱歌时，我好像如局外人那样看到了我们三个人。在草地和树木的簇拥下，在墓地一角打开的坟前唱歌，外面的路上有汽车驶过，飞机在蓝天上滑过。我们的声音升起又消散，那么脆弱。还有坟墓上放着尸体的棺材，黑色的清漆在阳光下闪闪发光。

我打开《圣经》，查找我要读的经文。阳光几乎在那白纸上反光。

我怀孕了。

这就是我恶心的原因。

我要有个孩子了。

噢，别这样。

但这就是原因。

不能要它。

至少不是和高特。

我抬头看向两个送葬人，他们背着双手站在坟墓旁等待着。

"耶稣基督说，不要惧怕，"我念道，"我是首先的，我是末后的，又是那存活的。我曾死过，现在又活了，直活到永永远远，并且拿着死亡和阴间的钥匙。"

"让我们祈祷。"

"主耶稣基督，让克里斯蒂安·哈德兰在十字架的标志下安息，直到复活的早晨。帮助我们在生与死中将希望寄托在你身上。"

那个年轻的送葬人发动了引擎，另一个则低着头站在他身边，双手背在身后。棺材慢慢地落入坟墓里，墓顶的泥土干燥，阳光普照，底部却是潮湿的、黑色的，闪着微光。

我弯下腰，抓起他们摆好的铲子。

"以圣父、圣子和圣灵的名义。"我说，把铁锹插进那一小堆泥土，然后把泥土抛进坟墓里。泥土落到棺材上，发出一种短促、细碎、略带刺耳的声音。

"你来自尘土。"我说。

再抛一次土。

"你将归于尘土。"

再来一次

"你将从泥土中重生。"

我弯腰放下铲子，又直起身子。

"我们的主耶稣基督说：复活在我，生命也在我。信我的人，虽然死了，也必复活。凡活着信我的人，必永远不死。"

我转向两位送葬人。

"接受祝福吧。"我说。

"愿主保佑你。"

主让他的脸光耀着你，施恩给你。

愿主垂顾你，赐你平安。

然后我走过去和他们握手，就像他们真的很悲伤一样。仪式到此结束。当我们走回墓地时，他们的肢体语言肉眼可见地改变了，走路姿势突然就不一样了，更自在放松，年轻的那个轻声哼着一首歌，几秒钟后我听出是《奇迹墙》[1]，另一个脱下了西装外套搭在肩上，食指勾着领子上的挂衣系带。

"我可以抽烟吗？"年轻的那个说。

"当然，"我说，"你根本不必问我的！"

"出于礼貌嘛。"他说着从内兜里掏出一包万宝路，从裤兜里掏出一个打火机点上一根烟，塞进嘴里。

"这次布道真好，"他说，"说真的。"

"谢谢。"我说。

"但你所说的死亡让生命神圣，这话是从哪儿来的？它没有什么经文上的出处吧，是不是？"

"很奇怪你刚好提到这点，"我说。"因为我也不知道。反正我就是那么说了。我没有怎么想那话就自己冒到了嘴边。"

"幸好当时没有其他人在场，也许？"他说。

"什么意思？"我说。

"这本身大概就违背了仪式以及关于它的一切吧？死亡是要被超越的，而不是什么让生命神圣起来的东西，对吧？你说的话绝对

---

[1] *Wonderwall*，英国摇滚乐队 Oasis 的歌曲。

没错，我坚决这么认为，但不太符合神学或仪式本身。它差不多该算是异端了吧？"

当我们停在他们的车前时，我看着他。他微笑着，张开双臂。

"你是学过神学之类的吗？"我说。

"不，从来没有，"他说，"但我学过哲学。许多年以前。"

"所以换句话说，你并不知道你在说什么。"我说，同时注意到自己提高了音量。

他犹豫地笑了笑。

"但你还是指责我发表了异端言论。我是挪威国家教会的牧师。我刚刚主持了一个人的葬礼。你觉得这样合适吗？你有什么资格批评我？"

"放松点，"他低声说，"我不是这个意思。"

"我很清楚你的意思。"我说完转身走进教堂。

很快我就听到他们的车开走了。

他真的越界了，我想，当我开始在后面的房间换衣服时，仍然很生气。

我把那件白袍挂进衣橱，穿上裙子和衬衫，扣好扣子，坐到椅子上系好凉鞋的带子。

我感到空虚。

葬礼后我总会有这样的感觉，这没什么不寻常的。

而且我完全有权生气。那个批评既不恰当也很愚蠢。且麻木不仁。他认为牧师完全不受自己所参与的事情的影响吗？

我起身在镜子前理了理头发，在颈后盘起一个发髻，抹上一点儿口红。

眼睛周围的黑眼圈一直都在，现在更深了一些。

那件白色衬衫并没有让我好看一些。

我办公室的橱柜里还挂了些什么呢？大部分是冬天的衣服。

我已经很久没给自己添置什么新东西了。也许今天可以去。

应该会很好，我想，把口红放进我留在这里的化妆包里，向镜中的自己投去最后一瞥。

我把双手放在肚子上。

我真的怀孕了吗？

约斯泰因

　　我工位的那扇窗外阳光明媚，天际万里无云，一片湛蓝。我猜所有的露天餐饮位置都已经开始陆续坐满了人，所以我在三点前提交了我一直在写的那篇报道，尽管再花点时间它肯定会更好。反正也没人在乎，至少我一点不在乎。那是对一位女艺术家的采访，她今晚要在阿比索画廊那儿举办她的首次个展。今天一早她带我去看了展览。当我和摄影师到达时，她脸色苍白，头发乌黑，穿着一件大毛衣和一条充满手工气质的肥大的口袋裤，站在外面等着我们。看到她这么期待上报纸，我感到有点悲哀。我想快点完事，就立即提议我们一起进去看画。所有的画呈现的都是云，蓝色背景上的白。我问为什么只画云。她回答说，我不知道。她双手总是插在裤兜里，耸着肩，大部分时间都低头盯着自己前方，偶尔与我对视。她说，也许是因为云总是在改变形状，同时它们在本质上又是不变的。这对艺术家来说是一个挑战。我说，为什么？她说，当一种总在持续变化中的东西，被——嗯，被锁定在一个固定的形式中，会发生什么？她说。我看着她什么也没说。是啊，然后会发生什么？我最后还是说。良久她都没有回答，我们在沉默中慢步走过几张画。

然后她想到了什么。与时间有关。时间，她说，在绘画中停止了。但在绘画外的时间并未停止。是的，它没有停止，我说，但这和云有什么关系呢？她说，太有关了，它与云的一切都有关。好吧，我说，然后试图从另一个角度切入。你会说你的画提供了一个对云的新的观照吗？她笑了，说这并非她的初衷。但也许，假使这不是过度的野心，那么她希望这些绘画可能会为人提供一个观看绘画的新视角。那是怎样的视角呢？我说。你什么意思？她说。嗯，你说你希望你的这些画能给人们一种新的绘画观。那么这种新视角是什么呢？我刚才这么说是开玩笑呢，她说。好吧，我说，在卑尔根的这个展览对你的艺术生涯意味着什么？

我对艺术家本身没有任何抵触，我只是不喜欢那些以艺术家自居的人，那些无止境的自我中心、自命不凡的小人，他们老以为他们知道一些我们不知道的事情，他们看到了我们看不到的东西，而且他们必得把这些东西教给我们。事实是他们所知更少，见识更短，而让我冒火的是他们本该向我们学习的。但我还是把该干的活干了，我对她提的问题够得体尊重了。尽管如此，在我们的谈话中，我一定暴露了我对她和她的艺术的看法，因为几小时后画廊主打来电话，向文化编辑埃林森表达了不满。他走到我的工位前，转述了画廊主的话。我说他可以自己看看这篇报道，看他能不能看出里面有什么不恭或藐视之处。他没看出来，所以没事了。我知道他其实想说的是，让我收敛一点，但我也明白他不敢这么说。

白痴。

下午下班前，我查了下电子邮件，发现摄影师埃伦已经把照片发过来了。我回信说它们看起来挺好的，然后穿上外套，把可怕的办公室场景甩在身后，不幸的是，不是永远，只是今天。我离开时没人抬头，每个人都坐着，低头曲颈紧盯屏幕。那些没有在写东西的人大概在查他们报道的点击数。这是他们所知的最宝贵的东西。

其实我想去小便，但现在我更想先离开报社。不管怎样我不喜欢站在这些新同事身边撒尿。我当然可以占一个马桶隔间，但那样大家只会认为我不能和别人一起撒尿。别人爱怎么说我，大部分我都不介意，但这顶神经质的帽子我可不想戴。

在外面的人行道上，我停下来点了一根烟。阳光在我身后的玻璃幕墙上闪闪发光。空气温暖，街上车水马龙，几乎是南方的气候。但毫无疑问，这是我的城市：我的上方是耸立着圣约翰教堂的悉纳斯豪根，下方是延伸开去的托加曼尼根广场，再过去是弗略恩山，还有那不在眼中，但在心中的乌尔里肯山。

我该去哪儿呢？

日落时坐在船厂的滋味真不错，但那儿太他妈远了。周一晚上去韦塞尔厅餐馆也就够了。

在去那里的路上，我打电话给蒂丽德。

"嗯？"她说。

"说嗨不行吗？"我说。

"嗨，"她说，"又怎么了？"

"没怎么，"我说，"你在家吗？"

"在。"

"我今天干完活了。去韦塞尔喝杯啤酒。大概七点到家。"

"行。"她说。

"你累了吗？"我说。

"没有，不是很累。怎么了？"

"你听起来有点疲惫。你几点去上班？"

"八点。"

"那我们至少能一起待一小时。你做晚饭了吗？"

"烤箱里呢。"

"欧勒在家吗？"

"瞧你这突如其来的一问！"

"我毕竟是干记者的嘛。"我说。

她笑了。

"在他房间里呢。"她说。

"他今晚出去玩吗？"

"我不知道。我想应该不出去。你自己打电话问吧。"

"他什么都不对我说。"

"你别放弃嘛。"

"唉，我到地方了，回头见。"

我挂了电话，转过拐角，沿着山坡朝挪威酒店的方向走去。一个矮小的黑发东欧人手里拿着一顶帽子蹲在人行道上。他在那儿不可能有什么斩获的，我想，那只是大家匆匆路过的地方，假使你要乞讨，你得选个人们会自然而然停下来的地方，或者一个他们会花钱并感到良心不安的地方。超市外是最好的，人们推着装满了食物的手推车走过来，看到他们认为正在挨饿的可怜人，肯定会施舍的。

我走过时他斜眼往上瞟着我。我看不到他的眼睛，只看到两道皱巴巴的、狭窄的皮肤褶皱。

他的确没有做出俯首贴地的动作。

那种姿态在这座城市已经绝迹一百年了，我敢肯定。

我对这种与时俱进感到厌倦，把目光移开。

为什么他们刚来时就能摆出那么谦卑的姿态呢？

我相信世界可分为两个集团，一个资本高于一切，一个由国家统治一切，然后是处于边缘地带的贫穷国家群落，这里才是斗争真正展开的地方，但不管怎么说总很稳定。

我还记得那时候的示威活动，托加曼尼根广场上的人群，到处是旗帜和横幅。反对美国，反对越南战争，反对北约，反对核武器。他们在示威反对自己，尽管我那时才十二三岁，但我已经明白了这一点。

但现在也没有人示威了，我想着，望向人流熙攘的广场。一群年轻人坐在蓝石上，下面的台阶上人更多，处处人来人往。

啊，顺便再说一句，他们为气候和世界末日而示威。但这就像是为了生命而反对死亡。

伤逝曼尼根广场，我曾在一篇文章中这样称呼它。

那篇文章得到了很多点赞和留言反馈。

我走了几米到户外用餐区，目光扫过里面桌子上那些亮闪闪的半升啤酒杯，看那里是否有熟悉的人。并没有。

我可以一个人坐，但似乎没有空桌子。

见鬼了，真他妈热！

谢天谢地，外套还穿在身上。胳肢窝下的大圈汗渍会让我看起来很不健康。而我又不能去广而告之其实我身体好得很。

也许去欧勒·布尔酒吧？

我抬头看去。没错，上面人少一些。

就在这时四个人从他们坐着的桌边站了起来。有两个一直站在吧台的女孩正朝这边走来，我当机立断挤过去，把手放在一张椅子的靠背上说，我能坐这儿吗？就在两个女孩到达前几秒钟。

"可以，"那一桌里有人说，"随便坐。"

"谢谢。"我说着，在坐下之前抱歉地向女孩们拍了拍手。

"我们可以和你拼台吗？"其中一个女孩说。

我摇了摇头。

"待会还有人会过来，"我说，"对不起。"

她们转身回到吧台前。肯定是大学生，从衣着来判断，大概是人文学科的。

　　两个人都个高又顺溜。

　　也许我应该同意拼台？我边想边点了根烟，看着她们回到原先的位置上，一只手拿着一杯白酒，另一只手的手肘搁在吧台上，耳环叮当作响，眼睛注视着外面。

　　如果我说我是文化版记者，她们肯定会很好奇，保证一定想和我聊。

　　但首先，我必须先说一大堆废话才能接近她们，其次，她们才二十出头，我要想操她们其中的一个就得真的卖了老命去给她们留下深刻印象。

　　所以我还是老实点吧。

　　我低头把额头靠在手臂上，用外套袖子擦去汗水。当我再次把烟放进嘴里时，我对上了一位女士的目光，她微微点头，半心半意地微笑着，向我简约到极致地一挥手。她深色卷发，五十来岁，胸前横挎着一个包。这人我认识，但记不起来是谁了，还是向她回了个颔首致意，然后就想起来，那是蒂丽德的一位前同事。

　　我意识到，那整张桌边坐的都是蒂丽德的前同事。

　　如果我不过去和他们打个招呼，就会显得很奇怪。

　　但那样我就得脱掉外套占住这个座儿。

　　就在这时，一位服务员停在了我的桌前。他一身侍应生打扮，白衬衫黑裤子，脸上却没有一丝威信。一个眼神空洞的十几岁少年，一对显然合不拢的阔嘴唇。

　　"一杯生啤。"我说。

　　"汉莎扎啤？"他说。

　　"肯定啦，"我说，"你想什么呢？"

我笑了。他没有回以微笑。

等啤酒时，我拿出手机看了看报纸上都发生了什么。头条新闻是阿尔纳区的一起爆炸事故，一死一伤。这甚至不值一提，但它刚刚发生，所以冲到了页面顶端。接下来是市议员拉斐尔森承认他做了旅行开支的假账。

谁没有呢？

第三条新闻是一起失踪事件，"搜索升级寻找四名年轻人"，也就是说没有任何新进展。

我不得不承认，这起事件让我有点蠢蠢欲动。那不是四个"年轻人"，而是一个死亡金属乐队的四名成员。他们拿着万字符摆姿势，宣称这是一个古老的印度符号，在音乐会上使用猪血，崇拜魔鬼，但他们脑袋进水到同时还去崇拜奥丁和北欧的一切。

事实是他们只是一群瘦筋筋、满脸痘的男孩，恐惧社交，恐惧女性，但他们搞的那一套胡言乱语的暗黑弥撒、死亡符号和暴力暗示，还真起作用了。人们认为他们是强悍而邪恶的硬汉。

他们已经失踪四天了。我猜他们已经集体自杀了，躺在某地的一处森林里。报纸采访了他们父母中的几位，奥萨讷区最普通的中产阶级，当然，他们已经绝望得失去了理智，但我看到采访时忍不住笑了，因为假使这四人还活着，他们的父母和这篇报道就摧毁了他们所建立的全部。回家了，黑尔格！

一杯半升啤酒放在我面前的桌子上，流光溢彩的美妙。

"你要现在付账吗？"这毛孩子说，把空托盘收回身侧夹在上臂下，张着嘴巴。

"我可能还得再来两杯，"我说着把手机放回口袋里，"不过，你，我能问你一件事吗？"

"什么事？"他说。

"你是本地城里人，是吗？"

"是的，我家在罗德峡湾。"

"你认识白基督那几个男孩子吗？"

"那几个失踪的？"

"对，就是他们。"

他摇摇头。

"我知道他们是谁。但我不认识他们。"

"那么你认识什么认识他们的人吗？"

"你问这个干吗？"

"我是个记者。"我说。

"哦，"他说，"我认识一个人，他认识他们其中一个人的兄弟。"

"他们中的哪一个？"

"耶斯佩尔。鼓手。"

"你能搞到他的电话号码吗？"

他摇了摇头，有些不自在地环顾四周。

"我觉得搞不到。"他说。

"是你觉得你做不到，还是因为你不信任我才这么说呢？"

"这事和我没有任何关系，"他说，"我都不知道你为什么要问我这个。"

他转身走回酒吧。我喝了一大口，揩去嘴唇上的泡沫，点了根烟。

喝啤酒感觉好吗，抑或不好？

我能感觉到这将是个美好的夜晚。空气中有着那么多的期待，人们在我周围的桌边谈笑风生，不停有人在街上走过。就像全城的人都出来了。

太阳仍然高悬在天空中。

我身后有人把手放在我的肩膀上。我转过身，抬头看到盖尔·雅各布森的笑脸。

"真是你这家伙。"他说，滑进了旁边的椅子上。

"好久不见，"我说，"真的，你都在哪儿呢？"

"我还在老地方，"他说，"应该说失踪的那个人是你吧。你现在搞文化工作是吗？反正我是这么听说的。"

"恐怕就是这样。"我说着摁熄了烟，又喝了一口啤酒。"你想来半升啤酒吗？反正我现在也要再来一杯。"

"不了，还是多谢，"他说，"我正要去上班。走在街上看到你，就想过来打个招呼。"

他站了起来。

"你电话号码没变吧？"

"没呢。"我说。

"那我哪天给你电话。我们再约着喝啤酒。"

"好吧，"我说，"见到你真好。"

"我们再聊。"他说着从桌子之间的缝隙挤出去到了马路上。

我看向一个女侍应生，在她收到我的目光时举起一根食指。她短促地一点头，马上又端来了半升啤酒。我饮尽了面前这杯，把杯子递给她。

和盖尔的这次短暂会面让我想找人一起，于是我打电话给约翰，看看单位里还有没有人想出来喝一杯。他不确定，他说。他自己正要回家，但好像还有一伙人想待会再聚，但他不知道他们会在哪儿。

"要我帮你问一下吗？"他说。

"不，不，不用了，"我说，"我只是刚好想到。"

我挂了。

要是没打这个电话就好了。

"要我帮你问一下吗？"

他想什么呢？他以为我才十五岁吗？

我朝吧台那边瞟过去。那两个女孩已经不在那儿了。我环顾四周，看她们到底有没有弄到一张桌子。

她们肯定是走了。

所以明天我那篇关于一个画云的女人的稿子就会见报了。

像盖尔这样的人会怎么看？假使他读文化版的话。

他并不蠢，和他那些同事可不一样，所以他可能只会从络腮胡子里对这事的白痴程度发出一声嗤笑，同时对我的境况有多磨人也就了然了。

不，现在我得去撒泡尿了。不能像个傻小子一样枯坐在这儿。

我站了起来，把外套挂在椅背上。腋下的汗渍大得像游泳圈，我从桌子之间穿过走向厕所时很难避免这个念头，同时我越靠近厕所，要尿尿的冲动就越发迫切，很快就要按捺不住了。我一进门就加快脚步，却发现小便池前已经排起了队，我前面还有三个人，隔间门前排队的人就更多了。

有一滴尿没憋住，但那只是很小的一滴，被内裤吸收了。我倒不在意这个。但接下来就不会是一滴，而是一股。

我将重心从一只脚转移到另一只脚。

我前面还有两个人。

不行。

小便池前有一个男人甩着他的家伙，拉起裤链转身正要离开，我挤过本来排到他的那个人，抢先站在了白色的半圆便池前。

"你他妈干吗呢？"他说，"这里大家都在排队！"

释放的感觉好到我想高声唱歌。

我把头转向他，此刻尿正噼啪打在瓷便器上。他胡须稀疏，戴着眼镜，看起来像什么小公司里管电脑的人。

"谢谢你刚才借过啊。"我说。

"借过？你刚才是插队！"

"没错，没错，"我说，转回身去，完事大吉，"好了！现在轮到你了。"

他摇摇头，好像在说我是个多么大的傻子，但那也是出于无奈，所以我根本不用在意。

回去的路上我走近蒂丽德前同事们那张桌子。如果我不和他们打个招呼会很奇怪，而蒂丽德肯定会为此不高兴。

"你们好啊。"我说。

转向我的那些面孔醺然发着傻乎乎的光。

"你好啊，嗯。"那个一头卷毛的女人说，那一瞬间我记起来她叫约伦。"你进城来玩吗？"

"不是，就是下班后来杯啤酒，"我说，"不过你们看起来好像准备玩到很晚！"

"这里就缺蒂丽德了。"她说。

"她肯定也惦记着你们。"我说。

"坐下来和我们一起喝一杯呗。"一个男人说，他叫弗兰克，小个子，很结实，留着一撇我从来不怎么待见的小胡子。"反正我们也看到你在那边是一个人！"

"谢了，但不用了，"我说，"我在等人，大部队还没到。你们一会儿去哪儿？"

"扎琛[1]，也许，"约伦说，"待会儿再看。"

"好吧，"我说，"我们再聊！"

---

[1] Zachen，卑尔根扎查利亚啤酒坊（Zachariasbryggen）的绰号。

"问蒂丽德好！"

"我会的。"我说。

我给自己挖了个小坑，我边想边在我的桌子旁再度落座。因为如果他们不是马上就走，就会看到没有人来，并认为"大部队"纯属我编造出来的。我为什么要编那样的东西？好吧，他们会想，他不想让别人看出来他独自坐那儿喝酒。那么为什么呢？蒂丽德的丈夫是不是很孤独呢？

我认识这个该死城市的所有人。三教九流，从所罗门王到帽匠约尔根。

现在我只是想在下班后喝上一两杯啤酒。他们对此有什么想法或没有什么想法，我真是有个屁兴趣。

但无论如何换个牧场吃草也没错。可能还是去船厂那边。海边的日落还不错。当太阳落山时醉意升起，真是太棒了。

听起来像一本诗集。

太阳落山，醉意升起。诗，约斯泰因·林德兰。

还是不如那个老标题。

昼与母猪—夜晚（Dager og so-netter）[1]。诗，约斯泰因·林德兰。

没有连字符的话，人们能理解吗？

昼与十四行诗。

这个更干净利索。更好。

海明威的书名一直起得很好。太阳照常升起。丧钟为谁而鸣。老人与海。

我喝了一大口啤酒，点了根烟。现在在座的已经没有四十岁以

---

[1] 这是约斯泰因玩的文字游戏，把 sonetter（十四行诗）拆成 so（母猪）和 netter（夜晚）。

下的女士了。她们像母鸡似的,坐那儿用尖锐的声音咯咯哒咯咯哒。而男人们像公鸡,他们挺起胸脯子,试图震住她们。

就像蒂丽德单位的那个小矮子。他健身的力量训练做得太多,以至于走路时双臂向两边叉出,就好像那是两根树枝而不是手臂。但是谁会在意一个侏儒肿胀的胸脯和二头肌呢?

不,我必须离开这里。

我拿出手机,贴在耳边。

"哦?"我说,等了一会儿,"我现在就过来。"然后我把手机放回内侧口袋,抓起那包香烟站了起来,举手对着蒂丽德同事那桌微笑致意,然后去吧台结账。

外面街道上的树木在广场上投下长长的影子。对面公寓楼的窗户在阳光下闪闪发亮。我想,要是我再无知一点,我会以为自己在巴黎呢。宽阔的林荫大道,成排的落叶乔木,街边的饭馆,到处都是人。而且就算玛丽教堂不完全等于巴黎圣母院,那也是同时期建筑,不是吗?

得找个时间查一下,我想,然后转身经过拐角处的音像店,走到马路对面的剧院那边。

两个流浪汉各躺在一个睡袋里,靠在草坪另一边的墙上。一个身边放着一辆装满东西的推车,另一个身边是一辆挂着各种口袋的自行车。其中一个露出了一小部分脸,像坚果一样黝黑,皱巴巴的像个阴囊。

夏天对他们来说一定也是好时节吧。

至少肯定不是最糟的时候?万事都可以不管,不用对任何事情负责,绝对自由。需要什么就去讨去偷。如果你已经自暴自弃了,这些就都不奇怪了。无论什么时候,只要想喝酒就喝个烂醉,也许干脆没有不想喝的时候。

那么冬天就冷了。

睡在外面可不舒服。

但至少有一些新款睡袋在零下二十度的天气也能保暖。偷个这样的。还有保暖裤和保暖夹克，以及又大又暖和的冬靴。

是毒品毁了他们，没有别的。

在通往诺斯特的缓坡底部，我朝老游泳馆望去，我一直喜欢从它旁边走过，因为那里的通风系统散发出氯气的气味。现在氯气味已经没有了，它变成了一个文化中心。花了差不多十亿克朗。谁会在那儿待着呢？

市里的实验剧团。

哦，该死的，真垃圾。

很多年前我有次犯蠢买了他们某个戏剧节里某场演出的票。一个法国剧团在默伦普里斯的旧电车大厅里演出《浮士德》。我就没见过比那更蹩脚的东西。我这辈子也算见过不少垃圾了。四五个人穿着黑色斗篷，鼻子的位置装上长长的鸟嘴，在舞台上边打转边低声嘟囔了整整四个小时。这就是他们所奉上的全部。他们从法国一路来到卑尔根就为了向我们展示这个。

那时天气也很冷。

但最糟的是没人说出来。之后人们只是点头微笑，说它"有力"或"浓烈"或"存在主义使人不安"，这里只列出我听到的评论中的几条。说话的人根本不是这么想的。但出于某种原因人们学会了必须喜欢他们不喜欢的东西，因为它本是好的，他们通过这种方式将垃圾合法化，使其变得更垃圾，而不是一劳永逸地解决垃圾。

十亿！一群笨蛋，他们咕哝着尖叫着，认为他们给了我们一些有价值的东西，而他们真正在做的是索取。他们拿走了我们的钱，拿走了我们的时间，其实也拿走了我们的自尊，因为当我们一再地说那些不好的东西已经足够好的时候，我们就失去了自尊。

他们给我们的只有垃圾。

相比之下，那些云不算什么，纯粹的米开朗基罗。

浮士德你大爷，就是这样。

是的是的。

靠近港口的空气里满是尾气和海水的味道，也不坏。确实。

我停下来点了一根烟，继续沿着砖房公地[1]进入苏格兰街。真是难以置信，但才五点钟。

要不要给蒂丽德打电话说我会迟一点回家呢？

因为我的确要迟些回家。并非自欺欺人。

她会在八点差一刻开车离开，而那之前她至少要花一刻钟做准备。为了那半小时赶回家确实没有意义。

可以在七点前给她发个短信，说我会晚一点。晚多久取决于我，到时反正她也不在。

欧勒不会在意的。

还是他会在意？天知道他对我怎么看。现在真的该给他打电话了，假如我今晚真的会酩酊大醉的话。

我松手让香烟落在人行道上，踩上去，从口袋里拿出手机。

在拐角处的那座房子里，二楼，我交往过的第一个女孩曾经住在那里。昂内斯。她和一个朋友合租了这套公寓。那个朋友叫什么名字来着？玛丽？不。玛丽特？不，玛吉特。

来自桑德内斯的昂内斯和玛吉特。

我翻出他的号码，按下去。

当电话拨出去时，我抬头看向二楼的窗户，试着回忆上面是什

---

[1] Murallmenningen，位于卑尔根市中心，在 1561 年后建的砖房（Muren）附近的广场。

么模样，她们曾有什么样的家具。

我记得，是浅灰色的满铺地毯。

松木桌子？

一把红色的扶手椅。

哦，我曾经在那张椅子上上过她。她赤身裸体地坐着，两腿大开，我俯身插进她湿润的身体。

电话响了四声，然后被挂断了。欧勒拒接电话。也许这也不错，因为想到那张椅子上的昂内斯，我已经硬起来了。

我把双手插进裤兜，继续往前走。我边走边用一只手在那坨肉上揉捏。用力攥了两次。哦，啊。我一会儿到了后就得去厕所，把这事儿办完，先憋着，坚持一下就到了。

她可能不是世上最漂亮的，昂内斯，但那时候她的身子可太棒了，那对乳房又大又坚实，世上没有什么比站在她身后掌握着它们更让我欢喜的了。她灵活又柔软。

我现在无法理解我当年居然会对她感到厌倦，结束了这段关系。

现在只要能敲开那扇门，我有什么不愿意付出呢？

我朝山下望去，峡湾的蓝色水面在屋顶上方清晰可见，我想象着她的身影走下楼梯，我如何跟着她上楼，进入房间，上床……

当老沙丁鱼工厂出现在下面时，我已经软下来了，虽然我在那处连揉带挤的，但当我绕过建筑物的一侧抵达户外餐厅时，那坚挺已经完全不知所终了。

在厕所里再努力一把就好，我想，但是再次从头开始，这真的值得吗？不值，所以我走到桌子之间，在最远处的一张空桌子旁坐下。

峡湾另一边的阿斯克岛上的山丘闪着绿色的光，峡湾空白寂静，比天空的蓝色略深。不知为何，远处一片朦胧，一层光雾模糊了那里的颜色。

约斯泰因

峡湾中央有什么东西，像是救援船只，因为一股巨大的水柱从它的上方升起，在空中划出一道巨大的弧线，又落入海中。另一艘船出现在第一艘船的后面，所以那里有不少动作。

反正买了两瓶啤酒，不用多跑一趟了。

欧勒。

我现在该想着他吗？

我拿起啤酒杯喝了一口，点了根烟，靠回椅背，摆弄着面前桌子上的啤酒托盘，看向海面。

没有什么可想的，因为没有什么可做的。

不久前蒂丽德还建议我带他去旅行，就我们两个，那种父子俩一起做的事，她一定是从什么电影里得到的灵感。

"那你觉得我们该去哪儿？"我当时说。

她耸了耸肩，两手一摊，这是她把事情扔给我时的一贯动作。

"去哪儿都行？"

"北欧国家还是欧洲？还是其他洲？你觉得带他去非洲怎么样？"

"你不用这么阴阳怪气，"她说。"哥本哈根？斯德哥尔摩？"

"反正我他妈绝不会和他一起去斯德哥尔摩。"我说。

"那就哥本哈根好了。"

"我们去那儿干吗呢，按照你的意思？"

她又耸了耸肩。

"找点乐子呗。"

"他对游戏以外任何事都不感兴趣。我都能想象到会是怎样。我们会在一个接一个餐厅里坐下，两人之间无话可说。你知道那有多折磨人吗？"

"也不一定就会那样，"她说，"你们两个人单独相处，而且不在家里这个环境，也许光是这两点就会有所帮助。"

我想不到她何以认为这样能有所帮助。母爱吧，也许。母爱使人盲目。当时我不想向她透露真相，我把真相留给了自己。但真相就是我们的儿子是个失败者。

这让我也成了一个失败者。

一年前，我们翻山越岭，开车送他去奥斯陆，他要去奥斯陆大学读书。读生物，这是他当时的选择。一个这辈子几乎没有进过森林的人。他坐在后座上看窗外时，我时不时瞟一眼后视镜里的他。阴沉自闭，脸上始终没有一丝微笑。

"后面的，振作一些！"我说，"你终于自由了！"

他只是从后视镜里呆呆地看着我。

他申请的学生公寓就在松恩湖那边。我们把他随身仅有的几件东西搬了进去，然后蒂丽德和我去住酒店，他度过了在学生公寓的第一晚。次日我带他去了宜家。蒂丽德打算去尼特达尔探望她的妹妹及其家人，尽管和欧勒一起逛宜家并不是什么美梦成真，但我还是很高兴不用去走亲戚。

"你得有个煎锅。你想要这个吗？"

"不知道。"

"那我们就买这个吧。"

"行。"

就这样一直继续，推车里装满了玻璃杯和盘子、厨房用具、地毯和绿植。我不允许自己崩溃，之后还试图在咖啡馆里和他交流。他坐那儿埋头戳着自己的食物，间或嘟囔一句是或不是。

他一般都是自己动手理发，用电推剪，他的头发看起来像一种一厘米厚的垫子。他从不正眼看人，所以根本不可能捕获他的视线，只有逃避和闪躲。

但是要躲开什么呢？

我不喜欢和蒂丽德讨论他，我也不喜欢当某人没走在生活常轨上，大家就跑过来输出一通心理学说教——给某样事情起个名有什么用呢？但是一年前那个星期天回程的山路上，我破例了。

"你觉得那孩子抑郁了吗？"我说。我盯着我们面前的道路，它像一条绳索一样笔直地在苔藓和高山石岗之间延伸开去，余光瞥见蒂丽德正看着我。

安静了一会儿。

"为什么这么问？"她说。

"他从不笑。从不聊天。几乎不吃东西。他身上一点能量都没有。没有力气。"

我飞快朝她瞥了一眼，然后提挡加速，超过一辆房车，那辆车刚从我们前方一个休息区拐出来。

"他一直很安静。"她说。

"是啊。"我说，从后视镜里看到房车已经被我们远远抛在后面。

又沉寂下来。

但假使我再等会儿，就会有更多东西冒出来。

"他吃得一直也不多。"过了一会儿她说。

"是，他不怎么吃。"我说。

"你为什么会认为他抑郁呢？"她说。

"我并没有说他抑郁，"我说，"我只是这么一问。"

我们就这样一言不发地开了好几公里。一汪湖水出现继而消失，强劲的风吹皱了水面，我们超过了两个骑自行车的人，远远看去像两个红色的球，一定是风吹胀了他们的衣裳。

我伸手去够收音机，拧开了它。

"你觉得他自己一个人能行吗？"蒂丽德说。

"他必须行。"我说。

但他当然不是这样,当然。他说一切顺利,他说他去听课,他说他交了朋友,但这些都不是真的。蒂丽德感觉到不是所有事都按照预期进展,所以她不打招呼就去找他。虽然我说她没必要亲自去看,说这绝对是我们能做的最蠢的事情,但她还是把他带回了家。

所以到现在为止他还在家里。

我一想到这个就生气。

因此我尽量不去想这件事。至少现在毫无理由开始这么做,我想,在这最后一个夏日,我坐在船厂靠码头边缘最里面的桌旁,一边眺望阿斯克岛,一边享受着西沉的太阳投下的温暖,同时沉醉于两升啤酒带来的微醺感。

我周围的几张桌子现在几乎都坐满了。大伙儿兴致都很高,声音响亮又热切,笑声无拘无束。

大学生,文艺工作者,大学教职员,记者,偶尔还有演员。护工和长途车司机在这里少之又少。

我起身去小便,把外套挂在椅子上。汗渍这件事忽然变得无限遥远。

穿过咖啡馆时我看到了编辑部那帮人从窗外走过。还好我没坐在原地,我一边想一边穿过走廊。那样的话他们就会看到我一个人坐在那里喝酒,然后面临一个选择,要么在我那张空荡荡的桌前落座,要么不理我。两者都挺不舒服的。此刻我愿意走到他们的桌前,就像是从什么地方突然冒出来似的,聊上两句坐下,然后今晚剩下的时光我就有伴儿了。

不知从何处来的男人。小说,约斯泰因·林德兰。

我坐在马桶上先查了一下电子邮件,然后给蒂丽德发了条短信。

得耽搁一会儿了,和一帮同事出去坐会儿,我写道。

行吧，她下一秒就回复了，就像早有准备一样。

然后她又发了一条。

记得明天还要上班。

说的没错，小唠叨。我边写短信边努力排出一个小硬块，我起身擦屁股，看了一眼马桶，那团东西黑得像煤块。

洗手池边上的手机亮起来。我松手扔掉卫生纸，按下冲水按钮，看着一切都被卷入地下世界，然后才去看她写了什么。

我们两个最后一次出去是什么时候？

天哪，我应该感到良心不安吗？

你上夜班啊，我写道。

也不是每天都上。

周六去修道院吃晚饭好吗？我写道。

：）她回道。

并不完全是我想要的回复，但至少能让我得到暂时的安宁。

我把手机放回口袋里，然后回到户外用餐区。编辑部的一伙人围坐在码头边的两张桌子旁。他们已经点好了，桌子上放满了啤酒杯。

"林德兰。"我在他们面前停步时，居纳尔说道。

"是你这家伙吗。"埃兰德说。

"这里有空位吗？"我说。

"如果你能弄把椅子过来的话。"居纳尔说。

"以及一两杯啤酒。"我说着去了吧台，加入排队行列。我点了根烟，拿出手机，查了查邮箱。没什么新鲜事。我打开埃兰德发来的电子邮件，这样我就可以在必要的时候聊聊他的照片。

那个女艺术家站在清水泥墙房间正当中，背景中的画看不太清，只能看到一些白色和蓝色。她双手插在口袋里，头似垂非垂地盯着镜头，这样她看起来就像是在用内心向外看。

他们知道怎么摆姿势，很多所谓的艺术家和作家都如此。

我放大了她的脸。

当我不用听她说话时她看起来还不算太糟。

漂亮的眼睛。

嘴唇有点窄，可能。

不过面部骨相不错。

眼睛如此浅蓝，看起来像是人造的。就像上了颜色的玻璃珠。

我采访她时倒没注意到这一点。毕竟她大部分时间都在低头看地板。

我放大了胸部。

这件毛衣太宽大了，不管下面是什么都藏得住。

也可能她并不像我之前以为的那么骨瘦如柴，我想。也可能那些肥大衣服下藏着一个柔软的、美妙的她。

我深深吸了口香烟，抖掉烟灰。抓住了酒保的视线，把两根手指举在空中。

他点点头，开始拧开龙头接酒。

我回到桌旁，放下两杯半升啤酒，从邻桌搬了一把椅子，在居纳尔和斯韦勒之间坐下。他们两人之间其实没地方了，所以我坐得离桌子稍远。这感觉不太对劲，我是他们当中资历最老的，曾经有人称我为刑事案件报道的大腕，但也没有办法，因为我是最后一个来的。

"有什么新鲜事吗？"我说，向后靠去，一只胳膊搭在椅子扶手上，这样我就不会像其他几个人那样像小姐似的双膝并拢坐着。

"没有，能有什么呢？"奥拉夫说。

"我不知道，"我说，"但希望能快点找到那些男孩们。这是个好故事。"

"他们肯定只是去度假屋玩了，"斯韦勒说，"或者跑到了奥斯陆，打算用刀捅死谁。"

他对上我的目光，笑了。其他人都笑了。

"要我说，他们已经死在了什么地方的森林里。"我以一种超然的语调说道。"自杀契约。他们是能做出这种事的。"

我的电话响了。我没设置静音真是太蠢了。

是欧勒打来的。

我按掉电话，关上声音。在这里没法和他说话。我也不想站起来匆匆从这些桌子之间走过，电话贴着耳朵，这表明我有一些不愿意让他们看到的私人情绪。

所以我让手机滑入内侧衣袋，话题从那些失踪的男孩们转移到斯韦勒今年夏天雇用的几个搬运工。他们早上到老房子那里时还是清醒的，他讲道，但是一天下来表现越来越奇怪，直到他意识到他们在喝酒，到傍晚时已经酩酊大醉了。

"我第二天打开那些纸箱，找不到那瓶干邑了，肯定是被他们喝光了。"

"那你怎么处理的？"奥拉夫问。

"我能怎么办，我也没有任何证据啊。"

"我曾经雇过几个建筑工，他们把浴室搞得一团糟，"居纳尔说，"整个马桶到处都是屎。一点办法都没有。"

"他们是哪里人？"我说。

"这有关系吗？"居纳尔说。

我耸耸肩笑了笑。

"波兰？"我说。

"这不重要，"居纳尔说，"关键是我对此毫无办法，他们是哪里人并不重要。"

"所以他们就是从波兰来的。"我说。

他没有回答，我笑了笑，然后喝了一口啤酒，又点了一支烟。

居纳尔身上有种沉郁气息，我一直这么认为。这不是因为他不和人聊天，因为他会，也不是因为不会微笑或大笑，因为他也会。但那是努着劲的结果，他的自然状态就是沉郁的。沉郁地穿过走廊，沉郁地坐在办公桌的电脑屏幕前。

他来自欣萨维克[1]，但没人相信，他的头发黑得像个西班牙人，胡须浓密到早上刮了脸，午餐时脸颊和脖子已经开始变色发黑。

他在评论部工作，他的评论阅读量是最高的，所以他的犀利是足够的。

但我受不了它们。它们活像话语正确的晴雨表。

他是那种上班前将手指伸到空中去品品今天风往哪边吹的人。

"波兰现在也要万劫不复了，"奥拉夫说，"那里和匈牙利情况一样糟。真是太奇怪了。继纳粹之后，他们在各种道路里选了民族主义。"

"倒也并不奇怪，"我说，"他们一直被夹在超级大国之间，当然一有机会就想拥有自己的东西。这就是波兰。波兰民族。"

"他们通过了一项法律，将提及波兰与纳粹集中营有关的行为定为刑事犯罪。"斯韦勒说。

"审查历史是构建国家的一部分，"我说，"然后，严格来说，集中营是德国的，即使它们位于波兰。"

"你在为它辩护吗？"居纳尔说。

"没有，"我说，"我只是在解释。"

沉默了几秒钟。大伙或垂首或远眺，仿佛忽然被灰色的峡湾所

---

[1] Kinsarvik，挪威西部哈当厄尔峡湾地区的一个聚居地。

吸引。我喝干了一杯啤酒，展臂把空杯放在桌上，拿起另一杯又喝了一口。

"去年冬天我在华沙，"斯韦勒开口了，这人会被有些人称为和事佬，被另一些人称为回避冲突，但不管怎样他谁都认识，而且大多数人都喜欢他。"我当时在老城区，那是圣诞节前夕，所以到处都是气氛很好的圣诞摊位。一切看起来就是你能想象的中世纪模样。但是有什么不对，感觉就是不对，那里没有灵韵。后来我回酒店查了一下，发现整个老城已经在战争中夷为平地，他们照原样重建了一个。我之前不知道，但还是被我发现了。"

"德累斯顿也一样，"居纳尔说，"你去过那儿吗？"

斯韦勒摇了摇头。

真是一群笨蛋，我一边想一边望向阿斯克岛，太阳现在几乎已经消失在群山之后。

峡湾两岸的山峦之间，黑暗在不知不觉中升起。

我感觉很好，醉意益然。这是毫无疑问的。

我看着埃兰德。

"你今天拍的照片不错，埃兰德。"视线相交时我说道。

"谢谢，"他说，"报道也写得挺好的。"

"登出来了吗？"

"是啊，是的，但是。'卑尔根真的需要更多的云吗？'"

他笑起来。

我有点想去查一下，但置身他们中间我不能这么做。

"你喜欢那些图吗？"埃兰德说。

"那些画？"

"对。"

我咧开嘴微笑，靠在椅子上。

"不错的回答。"他说。

与此同时，我看到本市一位作家过来了，身后跟着一小队年轻人。肯定是写作学校的学生吧，我想。

经过我们这桌时，他用食指抵着额头来了个敬礼。

"林德兰。"他说。

他让我的名字听起来像在骂人，我面无表情地看着他。

他们在稍远一些的几张桌子旁边坐下。

"好了，"斯韦勒喝光杯子里的酒，站了起来，"明天还有明天的事。"

顿时所有人都站了起来。

我如坠冰窖。

现在该怎么办？

"我要去一下厕所，"居纳尔说，"有人等我一会儿一起打车吗？"

"我也去，"奥拉夫说，"但你要去弗林谷那边吧？"

"是的，不好意思。"居纳尔说。

"你说不好意思是因为你住那儿，还是因为我不能和你拼车？"

"都有。"居纳尔说。

奥拉夫看着我。

"你住在奥萨纳那边，对吧？"

"对，布莱斯坦，"我说，"但我现在还不回家。我约了人在牛眼酒吧。"

奥拉夫对我眨了眨眼。

"那我搭公共汽车吧。"他说着开始穿过那些桌子，居纳尔和斯韦勒跟在他后面。

"你有什么计划？"我对一直坐着的埃伦说道。

"把这杯喝完就走了，"他说，"我就住这边。"

"在哪里？"我说。

"龙山下面。"

"诺斯特？"

"算是吧。赫格巷。"

"没听说过。"我说着拿起奥拉夫没喝完的半杯啤酒，然后看向峡湾对面，太阳已经完全落山了，阴影淹没了所有的山丘。

"那是什么？"埃伦说。

"什么什么？"我说。

他指向拉克瑟港一侧。一道光出现在山顶上，像一轮满月那样苍白而璀璨。

但是月亮苍白地挂在更东边的天空中。

我的天啊。

那道光越来越亮，片刻之后，一颗巨大的星星出现在树木上方的天空里。

"这他妈到底是什么？"埃伦说。

"不知道。"我说。

我们周围完全安静下来。所有人都抬头看着那光。有人站了起来。然后，好似一声令下，所有的声音又回来了。周围爆发出各种杂音，有理论，有猜想，有恐惧，有兴奋。

"只是世界末日而已，"我笑着说，"迟早要来的。"

"别开玩笑了，"埃伦说，"这是我见过最奇怪的东西。是某种彗星吗？"

他毫无表情地看着我，眼睛里充满恐惧。

"可能吧。无论如何，都会有一个自然的解释。"

"它就在我们头顶，该死！"埃伦说。

我为他感到难受。

"只是看上去如此，"我说，"先欣赏这景象吧。"

美丽这个词不常出现在我的念头里，但现在它出现了。美丽而惊悚。

为什么是惊悚的呢？

因为它全然寂静。它全然寂静地悬在空中。

但那该死的太阳和月亮也是一样啊。

"我们一起走吧？"埃伦漫不经心地说。

我微笑了。

"你害怕一个人走吗？"

"哈哈。"他说。

"你多大了？"我说。

"只是觉得该走了，"他说，"不过都行。"

我大笑起来。

"你也开始胡说了！得了，只是开个玩笑。我们走吧。"

在我们周围还有人坐着，凝视着星星，但是已经没人在站着看了。埃伦背上他的包，我点了一支烟，想着我得记得在 7-11 便利店再买一包，然后跟在他身后走出服务区，沿着沙丁鱼工厂外的马路前行。

"过去他们会把人吊在那里。"我说着指着左边。

"这可能就是它被称为绞架坡的原因，你觉得呢？"他说。

他走得很快，我开始有点气喘，但又不能叫他慢点。

他时不时地仰头看那颗星星，它现在位于极高处，占据了整片天空。我能看得出来这让他感到困扰；有一次，他抬头看完后自己摇了摇头。

最初出现在普德峡湾上方的光柱现在消失了。取而代之的是整个水面反射出的淡淡的、幽灵般的光芒。

假使他不想说话，对我来说完全不算什么，我想。但他为什么要走这么快？他认为他的公寓会保护他免受世界末日的伤害吗？

我们在诺斯特街的十字路口道别，我独自继续向市中心走去。要回家当然也行，那可能是最明智的，会让明天一天好过些，也不用面对谁的脸色。

但也可以在牛眼酒吧独自消磨一会儿，好好喝到他们关门。然后打车回家，在舒畅和醺然中滑过夜晚安静的街道——很少有什么感觉能胜过这个。

回家的出租车上。诗，约斯泰因·林德兰。

但这也可以发生在白天。黑暗中的行驶才有感觉。

夜间回家的出租车上。诗，约斯泰因·林德兰。

不行，太累赘了。

出租车之夜？

不算太坏。

出租车之夜。诗，约斯泰因·林德兰。

等一下。

等一下，就是现在。

新星。诗，约斯泰因·林德兰。

该死的天才。

我经过国家剧院，顺着市场路走到托加曼尼根广场，在那儿买了香烟，然后继续前往挪威酒店。到处都是人，我注意到许多人时不时地抬头仰望天空，好像要确认那颗巨大的星星是否真在那儿，而不是他们梦到的东西。

我停下来点了一根烟，自己也抬头看了看。

奇怪的举动。

与此同时，手机在胸口震动了一下。

是蒂丽德。

"嗨，怎么？"我说。

"你在哪儿？"她说。

"你问这个干吗？"我说。

"欧勒不接电话。"

我叹了口气。

"我刚才试过给他打电话，"我说，"他照例没接。他只是不愿意和我们通话而已。"

"所以你不在家。"

"正要去坐公共汽车，真的。你看到那颗新星了吗？"

"你在说什么？"

"天上刚冒出来一颗大星星。"

"没，我没看到。"

"你一定要去看。"

"你到家了给我打电话，"她说，"我有点担心。"

"别紧张，没有什么可担心的。他要么在打游戏，要么在睡觉。"

"希望你是对的。再见。"

她应该是生气了，我想，然后把手机揣回兜里。待会儿她还会更生气呢！

我到酒吧时里面几乎没有顾客。天气也太好了。但这极其合我心意。我买了一杯伏特加兑红牛、一杯野格酒和一杯啤酒，在一个卡座里坐下，一口饮尽烈酒，然后慢悠悠地享受起了啤酒。

酒吧各个角落都黑乎乎的，本来就该这样，有那么多丑人坐这儿喝酒，这晦暗的灯光朦胧了他们的脸，让他们看起来就算称不上美，至少也达到了一般水准。再喝上几杯，他们就可以像俊男美女那样互相勾搭了。

晦暗纯粹是对生意有好处。

客人们倒不一定想过这些，但他们的潜意识里应该很明白这点，所以他们懵懵懂懂地就找来了这里。

无论如何，吸引人的不是啤酒价格。

新星。

诗的第一句该如何开始呢？

　　八月的一天？
　　峡湾里八月的一天？
　　峡湾，八月？

不行。

应该是八月的一个晚上。

这不错。

　　八月的一个晚上
　　日头落山
　　酒意上升
　　我看到了那新星

有了！第一句有了！

我把它写在短信里发给自己。然后我又去买了一轮酒。伏特加兑红牛，两杯野格酒和一杯啤酒。一杯接一杯地干完，然后出门去抽了根烟。

出去的路上，有几秒钟一切都黑了下来。

突然间我什么都看不见了。

哦天哪，我瞎了吗？我这样想着，停下脚步，一动不动地站着，心在胸口狂跳。

然后它过去了。它持续了五秒，也许十秒。

应该是血压。低血压。

还有酒精。

我继续向门口走去，同时谨慎四顾，看看有没有人盯着我看。

天哪，刚才可是太难受了，我想，点上烟，望向小隆尔庄园池塘的方向。

但现在感觉都正常了。

喝了甲醇的人会失明。

但肯定不会有白痴在伏特加里掺甲醇吧？

挪威酒店这里肯定不会。

我站的地方看不到那颗星星，但是水面上的潋滟微光告诉我它还在天上。

妈妈晕倒过几次，也是因为低血压，她站起身来，然后就软下来了。如果站了太久，也会发生这样的情况。

这身老骨头啊。

肯定是因为低血压。

还有酒精。

还有我站起来改变了体位。

但现在没事了。所以无须惊慌。

我把烟在门外的烟灰缸里摁熄，然后又回到了里面。喝了几口啤酒，拿出手机看看他们又在上面搞些什么。

天气，当然。

盛夏已至！这是那些傻鸟能想出的标题。

约斯泰因

下一篇报道是关于一名警察给一个年轻女孩发了一些被他们称为"性短信"的信息。

他本不该这么做的。

那会是谁呢?

还有他在短信里写了什么?

下次遇到盖尔时一定要记得问问他。

我向下滚动到底部。

我的文章还没有上线。

但埃兰德不是说已经登出来了吗?

他们一定把它放到文化版去了。从首页也没有提示链接过去。

倒也不能为此怪他们,毕竟她也不是什么大人物。

但署的是我的名字。

对那些舔腚族来说那就不算回事了?

我已经失去了读那篇报道的欲望。我宁愿去放大那个画家的照片,看看我之前是不是看走了眼。

没有,呵呵。

她看起来绝对挺棒的。

而且她还在城里。

现在到底几点了?

我顺手一滑关掉了报纸页面。现在才九点过几分。

这怎么可能?

才九点?

但开幕式应该还没结束!

啊哈,我可以去那儿。我已经给这个画展写了报道,现在没人能拒绝我进去。

再来几杯烈酒,就几杯,然后:砰!林德兰来了。像格列佛在小人国那样。

让所有那些文化废话随风飘散，把所有那些忍过去，然后把她搞上床。

把她那些艺术操出来。

我小心翼翼地起身，免得又暂时失明，然后又买了三杯野格，一杯啤酒，亢奋地一饮而尽。突然间就有了很多让人起劲的事。那个标题，第一句诗，像一颗子弹，然后想到她宽松毛衣下面的风景。我的身体开始从内部发热，甚至感到脖子一紧。

二十分钟后我已经再次上路朝恩根区走去。很久没有这么好的状态了，这就好像我看到的一切都从我身上一闪而过，然后消失了。

不可一世，以前的我又回来了。

画廊在一个突堤上，一栋高大的灰突突的砖砌建筑。外面燃着油灯，那些文化人手里端着酒杯，抽着烟，三两成群站在外面，个个盛装打扮，一致得好像一个人似的。

里面满满的都是人。没有人再看那些画了，现在是狂欢。或者聚会，因为它以文雅的方式在进行。到处充斥着吹嘘和笑声。

主角在哪里？

我四周张望。

她站在那儿。

穿着那种裤装，或不管叫什么，看起来像条裙子，但实际上是裤子，只有女士们喜欢这个。

我走到角落里一个无人值守的柜台前，上面摆满了酒，我拿起一杯白葡萄酒，但没喝，斯文地捏着杯脚，开始从一幅画慢慢踱到另一幅画，假装在仔细端详它们。

她我是肯定不会看的。顶多就是朝她那个方向随意抛去一瞥。

当我走到最后一面墙时，她过来了。

约斯泰因

"你在这干吗？"她说。

她表达的并不是一种愉悦的惊讶，老实说。更多的是倾向于厌恶。但毕竟她走过来了。

"我想我该更仔细看看你的画，"我说，"之前看得有些仓促了。"

"别告诉我你对艺术感兴趣，"她说。"那个采访是我做过的最糟糕的。这很说明问题。"

我什么也没说，只是盯着在我们面前墙上的画看。

"你知道这里的人叫你什么吗？"

"不知道，"我说，"这里的人叫我什么？"

"地方报纸里那个白痴男。当我告诉大家是你采访我时，他们就是这么说的。要采访你的就是地方报纸那个白痴男吗？"

"更难听的外号我也有过，"我说，"你知道白痴这个词来自希腊语，实际上是'一个普通公民'的意思吗？也即一个普通男人。我很高兴做一个这样的人。"

她看了我几秒钟，然后转身向场地深处走去。

我完成了这一回合，饮尽杯中酒，又拿了一杯，然后出去抽烟。

白痴这事让我想起了初中时候。我们的历史老师，一个老男人，总是昏昏欲睡，他每听到这个词时都要教导我们。次数也绝对不少，因为我们总叫他白痴。

我在外面抽烟的人群里认出了一个国家电台（NRK）的小哥，我经常会撞见他，因为我们总是去同一个新闻发布会，但一般也就是聊上两三句。

通常我会躲开，但如果她看到我和她尊敬的人在一起也不是坏事，而且我猜那天更早时候他以亲切宜人的文化记者的方式采访了她，所以我朝他走去。

"那么，你怎么看？"我说。

"关于什么？"他说。他留着胡子，戴着眼镜，穿一件棕色灯芯绒夹克，看起来活像七十年代的人，虽然他不可能是那个时候出生的。

"这些画。"我说。

"挺美的，它们，"他说，"但是与那个相比，它们就显得苍白了。该死的，真的。"

他抬头看着城市上空那颗闪亮的星星。

"没错，没错，"我说，"但任何事物跟那颗星星相比都会失色。"

"不过今晚不一样，不是吗，"他说，"这简直疯了。"

"是啊，真的是疯了。"我说着拿出那包香烟递给他。他摇了摇头。

"那你怎么看？"他停顿了一下后说。

"关于那些画？"

"对。"

"我喜欢它们。"我说。

又是一阵停顿。他看向四周。我想我应该练习一下，抢在他说要走之前继续说下去。

"我喜欢那些画对待时间的方式。这些云和我们分享了时间，不是吗？它们在我们头顶不断变化。就好像它们在测量每个瞬间。而当它们被画出来，时间就止住了。对不对？完全静止。但是那些画在那里面，"我说着指了指我们身后的门，"所以它们也和我们分享着时间。而它们不会再改变了，如果她走运的话，那个女艺术家，在我们死后它们还会继续存在。所以它们具有另一种时间性。你懂吗？"

"当然，"他说，"但我真得去撒尿了。"

他走了，我看了看站在附近的其他人。一个穿红裙子黑外套的文化官员，她叫什么来着？延森。和那个溜冰运动员同名。埃娃·延森。

她在安宁湖[1]赢的是金牌还是铜牌？

铜牌？

那是比约格·埃娃·延森。

这里的她就叫埃娃。

她能发出一种可怕的笑声，在她不是真笑时就是这种笑，像一种咕噜咕噜的漱口声；在她觉得什么有趣时也这样，从体内发出那种拉长的、鸟儿般的声音，开始的音调极高，然后逐渐下降。

当政客一定很糟糕。他们永远不能喝醉，至少不能在公共场合喝醉，而且他们不得不始终顾及自己的谈吐和外表。

为什么她会当政客？

也许她懂得比别人多？也许她会的比别人多？

才不是。

她有人脉，这才是重点。开始是劳动党青年组织[2]，各种课程、培训和营地活动，和很多人脉。二十多出头已经进了市议会。

哪儿都能看到她。只要能去的活动她全都参加。

我应该能做到边喝酒边当政客。人们永远看不出我有多醉。

这一定是我最有用的技能之一。

当她经过我身边走向入口时，我的视线尾随着她。在门口她停下来，给要出去的人腾出位置。

里面除了艺术家本人还有谁？

她和另外两个人一起走过来，一个穿西装的男的，一个穿西装的女的。他们绕过拐角，站在突堤边缘。

所以她是抽烟的。这很好。这样我们就有共同点了。

---

[1] 指的是 1980 年于纽约州安宁湖（Lake Placid）举办的冬奥会。

[2] AUF，Arbeidernes Ungdomsfylking，挪威劳动党的青年组织，是挪威最大的青年组织之一。

没必要把甜点留到最后，我想，然后朝他们走过去。

她恼火地看着我。

"你想干什么？"她说。

"我只是想说你的画真的很棒。"我说。

"你想什么有人在意吗？"她说。

"我知道这个采访有点糙，"我说，"我是做新闻的。可能我带出了一些那些方面的影响。但没关系，看在上帝的份上，我们都是成年人了。你的画在我心里逐渐高大起来了。我就想说这个。"

我转身离开了。

没有理由再待在这里了，她满心恼怒，但也没有理由让那些免费酒水白白放在那里，所以我回到画廊，拿起一杯，靠着墙站在那儿喝，然后再喝一杯。

就这样吧。

毕竟明天也有一天的事。

我把酒杯放在吧台上，往出口走过去时一切突然变黑了。就像一波黑暗的大浪冲刷过我的大脑，我最后能感觉到的，是我的腿突然软得支撑不住身体。

然后我发现自己在一片黑暗里，在这世间以外的地方。我在其中发疯似的想记起来我是谁，我在那里干吗。

在那儿，在这世间以外的黑暗里，我突然看到了一个空间。

我不在那个空间里，我在外面，但我还是从下方看到了它。

一张张脸盯着我看，嘴巴张张合合，在说话。

我是谁？

我在哪儿？

这些人是谁？

他们是什么时候来的？

好像所有时间和所有空间都同时敞开了。

但这正是我来的地方。

"他醒了。"有人说。

我是约斯泰因。

我躺在地板上。

我试图站起来，但又跌下去了。

开幕式。艺术家。

站在这儿的是她吗？跪着？

"看这儿。喝。"

一个玻璃杯抵在了我嘴唇上。我喝了。

"发生了什么？"我说。

"你还好吗？"她说。

"挺好，现在，挺好，"我说，"我刚才看不见了。现在我又能看到了。"

"你晕倒了。你喝得太多了。"

我坐了起来。有人过来抓住我的手臂，帮助我站了起来。

"你还好吗？"扶我起来那个男人说。

"还好。"我说。

"你喝得有点多，"他说，"现在该回家了。"

"我现在就叫出租车。"艺术家说。

"外面就有一辆，"那男人说，"他可以坐那一辆。是不是？"

"行，"我说，"我没事。什么都不用担心。我自己能走。"

我的确能走。

天啊，真够好瞧的。我穿过画廊，出门走到外面广场上，人们都盯着我看。

我打开出租车的门，上了车。

"是你订的车吗？"司机头也不回地问。

"有人订了。"我说。

"去桑德维肯？"

"不，去布莱斯坦。"我说。

"这车是去桑德维肯的。"他说

"哦，见鬼，算了。"我说着下了车。

那个订了出租的人肯定是跟着我出来的，因为开门时他就站在外面，向前俯着身子。

"是我订的这部去桑德维肯的车，"他说，"但是计划又变了。"

"好吧。"司机说，我关上门，坐回座位上。

"那么，布莱斯坦吧。"

仪表盘上的时间是十点半。

那不可能是真的。

感觉好像我已经在外面溜达了很多年。

十点半？

这么说还有公交车。我甚至都不用搭夜班车。

"我改主意了，"我说，"你可以把我在托加曼尼根广场放下。"

"你认真的吗？"司机说。

"是的。"我说。

他有资格生点气的，当我们在一个公共汽车站停下，他把刷卡器递给我时，我这么想。但是我也没为这几百米的路程给小费。

到底发生了什么？

我应该找个地方坐下来整理一下思绪，我想。但不是在牛眼酒吧，我早就过了那个阶段。

怪得很，但我感觉轻盈而美好，仿佛那黑暗净化了我。

那黑暗。

那不是普通的昏厥。

尽管我以前从没晕倒过，我也知道那不是晕倒。

我在纳维森便利店和狄更斯餐馆之间停了下来。

歌剧院咖啡馆？

亨里克酒廊？

不，那儿肯定挤满了人。我现在受不了人多的地方。

要么还是挪威酒店的酒吧？

在那儿可以安安静静坐着。

想到就去做。我先去了下厕所，用冷水冲了冲脸，抽了几张纸巾抹干，然后去吧台买了一瓶啤酒，在一张贴墙矮桌旁坐下。场子里半满，但还是很安静；许多人独自坐着，有些人面前还放着笔记本电脑。

这啤酒喝起来真爽。

完全就是我眼下需要的。

刚才发生的事不太妙。那里太多人认识我了。林德兰喝大了晕倒了，你知道的。但这根本不是喝大了。这是家族遗传。妈妈以前就老晕倒。

她从来没跟我说起这个。也许因为本来没什么好说的。

我很确定，她从来没有像我刚才那样，在人世之外的黑暗中醒来，睁眼就是一个明亮的空间，里面塞满了不知来自哪里的面孔和声音。

到底发生了什么？

这一切都还留在我的脑海里。

只是感觉有点怪异。

我喝完了啤酒，又去买了一瓶。我把它放在桌上，刚要坐下，看到前台有一个熟悉的身影。是那个艺术家。

她住这儿吗？

看起来是。

可她怎么住得起这里呢？

好吧他们有吸管直插国库，不过艺术项目拨款搞到的也不是什么惊人的数目，这点我相当清楚。

她对前台接待员说了几句话，接待员点点头，在电脑上输入了些什么。

然后她转身向酒吧走来。

我现在该干点什么？

她对我充满了仇恨和愤怒，我也懒得再试一次。

但我也不想躲起来。

她看到我，差点停下来，但还是镇定下来继续往前走，就像什么都没有发生过一样。她头也不回地在吧台点了杯酒，拿着那杯像金汤力的饮料走到另一头的一张桌子上，背对着我坐下来。

就好像这能让我怎么样似的。

她冷淡、瘦削，这么装腔作势的还很少见呢。

我拿出手机在谷歌上搜索"画作里的云"。

4200万个结果。所以根本没有原创性可谈。

我打开了几个页面。约翰·康斯特布尔[1]似乎是一个有分量的名字。

一个小时，这是他画一幅云的时间。

比她的好多了。

它们有生命。就像抬头看到天上的云彩。灰色的，脏兮兮的。

她在我眼角的余光里站起来。我抬起头，同时把手机揣进了内

---

[1] John Constable（1776—1837），英国风景画画家。

袋。她朝我走过来在三米之外停下。

"我只是想说我认为你现在该回家，"她说，"在场每个人都为你担心。实际上你该去看急诊。"

我露出一个最灿烂、最高尚的微笑。

还是看不出她的胸，衣服太宽大了。

也许她没有胸？

"谢谢关心，"我说，"但你不是我妈。你也不是我太太。所以你怎么想压根儿不重要。"

"谢天谢地我不是，"她说，"但话我也说完了，随便你吧。"

她回到她的座位上。

但是她的屁股就没话说了。它在那柔软黑色布料下鼓鼓地隆起。

我又勃起了。

把一条腿架在另一条腿上，往后一靠，喝了口啤酒。

为什么她一个人坐在这里喝酒？

她是个酒鬼吗？

看起来不像。

但也不好判断。

我应该走开去自慰吗？

或者再试一次。

为什么不呢？

也没有什么损失。

我走到吧台点了两杯金汤力。站在那里喝了一杯，把另一杯拿到她那张桌前。

她抬头看着我，什么也没说。与其说是恼火，不如说是已经放弃了。

"我只是想为我刚才说的话求得原谅。然后谢谢你今晚早些时候帮了我。我的问题在于这不是什么让我自豪的事，所以干脆对一切都表示拒绝就更容易些。"

"好吧，"她说，"没事了。"

她转回身去，直视前方，就好像我已经离开了似的。

"还有件事，"我说，"你的画真的很打动我。你知道这点对我来说很重要，在这次采访之后。"

她迅速抬头看了我一眼。

"那你怎么没写这个？"

"在今晚之前我还真没好好地看这些画，"我说，"采访的时候，我的注意力都在你身上。"

"你的意思是说，你的注意力都在如何批评我。"她说。

"我的工作就是要保持批评态度，"我说，"这在跑文化线的记者里并不常见，大多数人都拍马逢迎，但我认为那样不对。没有理由要戴上丝绸手套去接触艺术家或作家。"

"我不喜欢你。"她说。

"不喜欢就不喜欢吧，"我说，"很公平。但为什么把这话说出来对你很重要呢？"

"因为这个晚上我总是碰见你。你说我的画打动了你，这也挺有趣的。像你这样的白痴能从画里看出什么？"

"就当我没法用语言表达我的感受吧，"我说，"白痴也经常词穷。"

"伤到你了吗？"她笑着说，"别说你受伤了！"

"但我可以试试。"我说着在她旁边的椅子上坐下。

"你干吗呢？"她说。

"我只是想告诉你我在你的画里看到了什么，"我说，"然后我就走。无论如何该回家了。"

约斯泰因

她什么也没说，手里转着玻璃杯。

"你大概不会赞同，但我在你的画里感到了空。"

"嗯哼。"她说。

"如果你看过约翰·康斯特布尔画的云，它们充满了生命力，不是吗？你懂我意思吗？他的云经常是脏兮兮的。但是你的云干净而空洞。还有一种存在主义的空虚。"

"你到底想说什么？"她看着我说。

"没什么。"我说。

"你是说存在即虚无吗？"她说。

"是。"我说。

"那为什么它会打动你呢？"

"因为我将死去。"

"你在说什么？"

"不，不，不是那个意思，"我说，"总有一天我会死去，我说的是这个意思。你也一样。也许这就是你画它们的原因？"

她点了几次头，没说话。

我喝光了酒，站了起来。

"那么，平安到家。"她说。

"我想先抽支烟。"我说。

她什么也没说，也没有跟上的意思，又沉入她自己的世界，所以我一个人出去，站在窗边点了根烟。

当我回来时，她抬头看着我。

"你不是走了吗？"她说。

"是的，"我说，"先结账。"

在吧台那儿，我再次朝她转过身去。她背对着我。我走了过去。

"你想再来一杯吗？"我说，"在我结账之前？"

"你现在是在勾搭我吗？"她说。

"如果我说是呢？"我说。

"那你可以去死了。"

"那我就不勾搭了。那么我就以友谊之名请你喝一杯，行吗？"
她点了点头。

她怎么回事？我去点酒时想道。她身上那个腼腆的、低头看着地板、不知道该说什么的艺术家的成分已经所剩无几了。

"你喝的是金汤力吗？"我说着，将酒杯放在她面前的桌子上。

"是这个，"她说，"谢谢。"

她喝了一大口。

"我错看你了，"她说，"你不是白痴。你只是一个让人很难忍受的家伙。"

她有点自顾自地笑起来。

她会不会精神不稳定？

肯定是。她是个艺术家嘛。

"我知道你就是想操我，"她说，"我们不用假装不是这么回事。"
我什么都没说。

"但按照我的口味，你有点太肥了。"

"行吧。"我说。

她笑了。

"你真该看到你现在什么表情。没有啦，你挺好的，你。我们走吧？"

"去哪儿？"我说着喉咙一紧。

她讽刺地挑了挑眉毛，站起身来。

我也站起来。

我不喜欢这种情形。她精神不太稳定。

我跟她一起走向观光电梯。门关上，她按下了三楼的按钮。

"我有个原则，"她在我们上行时说，"不接吻。"

"妓女们都这么说。"我说。

"没错。"她笑着说。

我走过去紧贴着她，把一只手放在她两腿之间。她把我推开。

"你老婆对此会怎么说？"她说。

"她不会知道。"我说着又把身体压在她身上。

"耐心点。"她说。

电梯停了下来，她走了出去。我跟着她穿过走廊。

不，我有点不喜欢这样。

但我硬得也很厉害。

她停下来，拿出门卡，碰了一下读卡门锁，开门走了进去。我还没来得及做什么，门就在我鼻子前重重关上了。

该死的婊子，原来是这样。

她哄骗了我。

或者这是她玩的什么把戏？

我用尽全力敲门。

没有任何反应。

她一直都想羞辱我。

但她绝办不到。

该死的。

她什么都不是，根本算不上艺术家。

我又敲起门。

没有反应。

好吧。

如果非要用这种方式，我也可以。

我转身正要沿着走廊走开，有什么情况发生了。突然间我感到血液在我体内涌流，每条静脉都感受到轻微的压力，新的感觉让我的头感到刺痛。与此同时，之前那黑色大浪又一次袭来，它迅速涨起，淹没了我的意识。

我不知道我昏迷了多久。但当我清醒过来时，感觉自己浮在一片黑暗里。我脚下的走廊区域闪闪发亮，比一张明信片大不了多少。那具躺在地板上的身体似乎和我没任何关系，尽管我知道那是我的来处。我无法理清自己的思绪，它们四处散落开去，我看到的一切都没有任何意义。

然后，毫无警示地，我回到了那个闪亮的空间，那道布满了一扇扇门，延伸开去的走廊。

女艺术家又一次在我身边蹲下。

我肚子向下趴着，脸颊贴着走廊上的地毯。

"你能听到我说话吗？"她说。

"离我远点。"我说，慢慢地坐了起来。

"你必须去医院，"她说，"我陪你去。"

"我很好。滚。"

我站起来，开始沿着走廊走开。

我感觉到她跟在我身后。

和上次一样，我感到大脑得到了净化。周围一切在我眼里越来越清楚，越来越清晰。但双腿还是发软，微微颤抖，且每走一步都抖得更厉害。离电梯还有一半路程时我感觉自己好像要瘫倒了，靠在墙上。

"你需要帮忙吗？"她说，站在几米开外。

"不要，该死的。"我说。

"但你是去医院吧？"

"不是。"

"你一定要去。这很严重。也许你刚才小中风了。"

"你是说，一次短暂性脑缺血。"我说。

"是的。"

"听着，"我说着又走了起来，"我只是晕倒了。这是家族遗传。现在我要回家睡觉了。你给我滚远点。"

她什么也没说。

我伸手去够电梯，按下到一楼的按钮。当我转身时，她站在走廊中间，双臂垂在身体两侧。

"说真的，我挺担心你的，"她说，"你这种状态不能一个人出去。"

我直盯着锃亮的金属门，听着电梯井里越来越近的嘶嘶声。我太累了，不知道该干吗。

我当时在想什么？

我得把眼下这种情况利用起来。

"好吧。"我说。

电梯门滑开。里面站着一个老者。他长着一张非同寻常的脸。柔软圆润如青年，同时又满是皱纹褶子，如七十老人。

他礼貌地冲我微笑，正要出去，突然停了下来。

"这不是前台吗？"他说。

"不是。"我说。

"你要下去吗？"他说。

"不。我改主意了。"我说。

电梯门关上。艺术家看着我笑出声来。

该死，这种情形对我来说太不稳定了。

"对不起，"她说，"我只是想报复。"

她又笑了。

"没有什么只是。"我说。

"没有。"她说着慢慢走到我身边。

为什么我的双腿这么软？

我刚才是短暂性脑缺血吗？

闻到她的香水味，我又硬了。

她在开门，我等在一边。我把手插进口袋，小心地抚着那坚硬的肉柱。她笑了笑，目光落在地板上。

现在又矜持起来了。

"这次你可以进来了。"她说。

"因为我晕倒了？"我说。

"是，"她说，"还能有什么别的理由吗？"

"没有，"我说完就进去了，"我想不到别的理由。"

"当然有很多，"她说，"你觉得假如我不想干，我会让你进来吗？"

什么？

我看着她。她走进另一个房间，我猜是浴室。

她要准备一下。

如果她没有再骗我，那应该成了。

房间很小。一把扶手椅，一张矮得难以置信的桌子，一个衣橱和一个小冰箱。

她的行李箱在地板上敞着，那些衣服看起来像是被大力甩出来的，摊得到处都是。

但是床倒挺大。

我不喜欢女人说干。她们应该说做爱，或者至少也该说睡。

我现在该不该离开？

她很麻烦。

但我不能逃跑。酒店房间里一个心甘情愿的女人。这应该已经上轨道。

至少她并不危险。

我打开小冰箱，拿出威士忌和伏特加。这些瓶子小得可笑。

"你想喝点什么吗？"我大声说，在椅子上坐下。

"马上就好！"她在里面喊道。

我一口就喝光了那瓶威士忌。

我想象着裙子的面料从她标致的屁股上滑下的画面。想象她俯身弯腰，我跪在她身后。

门开了，她走了出来。衣服还是穿得好好的。

她在里面干了些什么？

"你今晚摔倒了两次，"她说，"应该很不好受吧。"

"我感觉挺好的，"我说，"你想要点什么？"

"还有红酒吗？"她在床的另一侧坐下。现在她又变得安静谨慎了。

她是在扮演什么吗？

我对她一无所知，但假装若无其事，转身抓起椅子背后架子上的那瓶红酒，扔到她旁边的床上。

她拿起来，拧开盖子，环顾四周。

我抓起一个刚才放在瓶子旁边的玻璃杯，用同样的方式扔了过去。

"谢谢。"她微笑着说。

我看着她把酒倒进杯中。

她半个身子背对着我坐着，啜饮着酒。很长时间里我们谁都不说话。

"我们现在该干吗？"我说。

她转过头，从肩膀上看着我。

"也许该睡觉了。"她说。

"就这？"我说。

"或者你想让我像个妓女一样？"

"我没想过付钱给你。"我说。

她笑了。

我站起身来。

她迎上了我的目光。

我走到她身边，欺身上去搂着她，双手抓住她的两瓣屁股。

"哦，"她低语道，"你一直在想着我吗？"

"是的。"我说。

我试图吻她，但她转过脸去。

我拉开她衣服背后的拉链，从她的肩膀顺着身体脱下来，同时她解开了我的腰带。

她穿着内裤和胸罩躺在床上，抬头看我，我站在地板上，飞快扯下裤子。

我太重了，不能就这么压在她身上。我换成在她身边躺下，试图拉下她的内裤。

"把你的衬衫脱了。"她说。

"不用。"我说，不得不用了些力气要把内裤拉过她的膝盖，不知为何她的膝盖紧紧并在一起。"不这样也能行。"

"我想看你。"她说。

"不需要这样。"我低声咕哝，紧紧贴住她。

"别紧张。我不讨厌胖男人。"她说。

我们不能就这么开干吗？

"好吧。"我解开衬衫，把它扯下来。

她一手抚摸着我的肚子，另一只手抓住我的鸡巴。

"你想要我怎么样？"她说。

多么美妙的问题。

"四肢着地。"我说。

"好吧。"她翻过身来。我在她身后就位，看到我们在床上方
镜墙上的倒影。天哪，那是我吗？我想着，膝盖稍微向前挪了一下，
好找一个正确的位置将小钢人儿插进她身体里。我试着不去看镜
子，但我的视线在我操进操进出时不断回到镜面上。我鼓鼓的肚子
和耷拉的脸颊让我看起来像某种动物，而她撑着四肢，低着头，头
发垂下来，也像一只动物，想到镜子里的男女也可能是另一对情侣，
我内心深处的感觉真是好极了。

"你真销魂，"我呻吟道，"你这么好。"

再来几下，然后就大圆满。

"你太销魂了，"我又说了一遍，"你太销魂了。"

哦啊啊。

我在她体内极深处射了，然后翻下来躺在一边。

她仰卧着，脸颊贴着枕头，闭着眼。

"好吗？"她说，"刚才好吗？"

"爽得上天了。"

一阵沉默。

"我看还不至于，"过了一会儿她说，"你不会对其他人说这
事吧？"

"什么？"我说。

"你不会把这事告诉别人吧？"

"你想什么呢？"我说，"我会告诉谁？"

她半坐起来，从椅子上拿过一条毛巾，裹住了身体。

"你的同事之类？"她一边说一边走进浴室。我听到她在里面打开花洒。我穿上内裤，扣上衬衫，这时她从门里探出了头。

"你不是要走吧？你可不能这样！"

"还没到一点呢，"我说，"还是能在拂晓前赶回家的。"

"我现在不能自己一个人待着，"她说，"你不能这样对我。"

唉，天哪，现在事情复杂了。

从另一方面来说，假如我留下来，我就能在早晨上班前再干她一次。假如我回家就没有这个可能了。

"我也没想到你想让我留下，"我说，"我当然可以留下。"

"谢谢。"她说。她关上门，我坐在椅子上查看手机。没有短信，没有邮件。所有报纸网站的头条新闻都是那颗新星或是其他的什么。

事情一桩接一桩，搞得我完全忘了它。

我找出我发给自己的那条短信。

　　新星

　　八月的一个晚上
　　日头落山
　　酒意上升
　　我看到了那新星

看起来依然是可以的。

很好。

这事永远说不准。有时候某一刻的灵感回头看来就是瞎扯。

我把手机放在床头较低的那一层搁板上，脱下衬衫，钻进被子。

约斯泰因

应该冲个澡的，我也该冲一下。我的鸡巴现在肯定臭烘烘的，但是这么躺着也太舒服了，所有的倦意从四面八方同时袭来，有如一股越来越汹涌的泥石流，越来越浓稠，最后把我冲入黑暗。

当我醒来时，室内一片漆黑。手机在我头顶的搁板上震动。我摸索着去够它。

"什么？"艺术家说，她肯定没叫我就睡下了。

"电话响。"我摸到了手机。

是盖尔。

凌晨三点半？

"喂？"我说。

"我有个新闻要给你，"盖尔说，"快来黑沼湖，马上。"

"什么？什么情况？"

"我们找到了乐队那几个男孩。"

"哦？"

"准确地说，是找到了其中三个。"

"他们死了？"

"可以这么说吧。谋杀。最残忍的方式。这是我见过最操蛋的事了。看起来很像某种仪式。他们是被屠宰的牺牲。"

"仪式？什么意思？"我边说边用另一只手摸索着，在地板上摸到了我的衬衫。

"他们被剥皮了。"

"所以卑尔根出现了一个连环杀手？"

"没错。马上开车过来。"

"我没车。"

"那打个车。反正后面有段路车也开不进来。在水厂那儿下车，沿着湖的右侧往里走。很容易就找到了。行吗？"

"你为什么要为我做这些？"

"有点可怜你，赶紧来。"

他挂了电话。我起身，艺术家看着我穿上衬衫和裤子。

"现在怎么回事？"她说。"你要去哪儿？"

"工作上的事。很紧急。"

"你不是文化记者吗？"

"现在不是了。"我弯腰穿上鞋子，抓起外套就出了门。

蒂丽德

七点一刻，约斯泰因当然还没回来，我得去上班了。这是他的问题，不是我的，我想，但我还是等到最后一刻才关掉烤箱，走进卧室，准备出门。即使窗户大开，屋里还是热得像地狱一样。外面的花园里一片寂静。我站那儿看了一会儿。斜坡上的草都焦黄了，尽管整个夏天我都尽量多浇水。看到篱笆旁的树桩我依然会心疼，那曾是一棵栗子树，春天开满白花，枝叶茂密，那时多美啊。但这就是生命的进程。树也会生病死亡。不管怎样，还是有很多其他美好的事情，我想，俯身向前，去看那棵藤本月季，它几周前开出了一簇簇白花。

我在想，既然我要出门，要不要关上窗户，但欧勒还在家，约斯泰因也很快就要回家了，他也不喜欢卧室热得滚烫。

房间里充满了我的呼吸声，然后是双脚滑动穿过牛仔裤裤筒的声音。隔壁欧勒的房间里传来手指不停敲击键盘的声音。我换了一个白色胸罩，穿上一件白色T恤。在衣柜门前站了几秒，想着要不要带件薄外套，晚上会冷的，但我还是放下了，反正我都是在室内。

我查了一下手机，看他有没有发来新的借口。没有。我把手机、太阳镜和一个喷雾器一起放进包里。然后我敲了敲欧勒的门。

他坐在那儿，背抵着那张巨大的人体工学办公椅，身上的灰色短裤和黑色 T 恤已经穿了一周了。

"你还好吗，小欧勒？"我说。

他把椅子转了半圈，看着我。

他变了，我一眼就看出来了。几乎是容光焕发。

"是的，"他笑着说，"现在一切都很好。"

是发生了什么事吗？发生了什么事呢？

"太好了。"我说。不知道还能说什么。通常他会叹口气说"是的，妈妈"，或者恼火地问我为什么要问，甚至懒得转过身来，他对这个问题已经厌烦了。

"是啊，"他说，"都挺好的。"

他是遇到什么人了吗？

怎么可能，他一直宅在家里。

哪有女孩会对一个整天穿着疲沓短裤的人感兴趣？还有他油腻腻的头发。

"好吧，欧勒，"我说，"我现在得走了。但爸爸很快会回家。"

"好，"他说，"工作顺利。"

"谢谢，"我说，"有事就打电话。"

"好。"

下楼之后，我不得不停下来喘口气。现在情况越来越糟糕了，以前只有上楼的时候我的喉咙才会这样收紧。

就像在用一根吸管呼吸一样。

这也影响了我的头脑，我现在只会想到那些我做不到的事情。仿佛我所有的力量都从指间溜走了。

并不是说我曾经多么有力量。但是所有这些我从前都能够做到。

我来到外面，空气在柏油路的上方颤抖。两只麻雀各自啄食着苹果树上的一个苹果，根本不在乎我挂在树枝上那些闪亮的、反射着阳光的驱鸟条。我挥动手臂，它们飞了起来。我知道这没用，车一开走它们就会回来，但这还是给了我一点满足感。

我停在车前，在包里摸索着钥匙。

但是在哪里？

我双手在袋子里翻找。眼镜盒、眼镜、围巾、房门钥匙、扑热息痛药盒、口香糖、喷雾剂补充装和喷雾器，林林总总，就是没有车钥匙。

我把它放在哪里了？

我又回屋上楼，有点走太快了，不得不在楼梯顶端停下来喘口气。然后我检查了客厅的桌子，厨房的桌子，卧室的床头柜。任何地方都看不到钥匙。

已经七点半了。如果我能在几分钟内出发，就还来得及。

"欧勒？"我喊道。

"怎么？"他在自己的房间里回答道。

"过来一下。"

我听到他打开了门。

"你在哪儿？"他说。

"在这儿，"我说，"你能帮我一下吗？我找不到车钥匙了。"

他出现在门口。我在椅子上坐下。

"妈妈有点喘不上气来。"我说。

"妈妈找不到车钥匙吗？"他说，"妈妈很无助吗？"

"别说了，"我说，"我都不知道我为什么这么说。"

"什么？"

"像这样一口一个'妈妈'。"我说。

"嗯，这有点奇怪，"他说，"但我可以找找。你坐一会儿。"

他找的地方和我找过的一样，但是我也没说什么，我有可能看漏了，而且这么坐一会儿真是太好了。

"没有。"他说。

他怎么突然变得这么耀眼而轻盈？

"发生什么事了吗？"我说。

他停下来看着我。

"没有，"他说，"能发生什么呢？"

"我不知道，"我说，"就是，你看起来不一样了。"

"更快乐了？"

"是的。"

他看向花园。

"我快乐了一点，你会担心吗？"他说。

"别说这种傻话。当然不会。"

他和他父亲差别那么大，真是怪事。那么敏感，那么细腻。

他的五官也不一样，整个体态也不一样。

约斯泰因曾是个英俊男子。现在我仍然能从他脸上看到这一点，那双璀璨的蓝眼睛。他曾经结实有力的身躯已经发福了，但他并不松弛，不像欧勒那样肩膀佝偻，脸也肉肉的。

在他还是婴儿时，他是让人无法抗拒的。

儿童时期则是害羞的，肢体笨拙。

只要他能开始出去走走，晒晒太阳，交几个能让他振作精神的朋友，做做健身训练，穿着得体一点，他身上那种小狗般的气息就会褪去……

态度真是太重要了。

"找到了！"他从浴室里喊道。

我站了起来。

"太好了，"我说，"谢谢。可以在走之前给我一个拥抱吗？"

"妈妈想要一个拥抱吗？"他说着朝我走来。

我微笑了。

"我不知道我为什么这么说，"我说，"你小的时候我们才会这样说话，你知道。"

他把钥匙递给我。

"谢谢你。"我说。

他一言不发地搂着我。我把脸颊贴在他胸前。

"好了，妈妈，"他说着退开，"现在你该走了。"

"上床睡觉时给我发个短信，"我说，"那样我就能和你道晚安了。"

"我会的。"他说着朝房间走去。我出门去开车，那天下午从商店回来时，我就机智地把车停在了樱桃树荫里，所以车里的温度不会那么难以忍受。

空气里有淡淡的烤肉味。我越过树篱朝隔壁瞥了一眼，延森正背对着我站在露台上，双手戴着烧烤手套忙活着。只有他一个人。我的视线扫过花园，看到了他的太太，她穿着一条红色短裤，蹲在一个花坛前，手里拿着一把修枝剪。

够田园诗的。

我坐进车里，发动引擎，开上了马路，经过一排排房屋和花园，开上主干道。现在已经七点四十了，所以我会迟到两分钟。没有人会说什么。

除了贝丽特。

她会指责我两句。她专找别人的错处。尤其对我虎视眈眈。

指责就是把自己置于其他人之上，告诉他们自己比对方更强。

没有别的理解方式。

她作为部门主管有权这么做。但这和我们的工作环境并不完全契合。再说我资历比她老得多。

不管怎么说,并不一定要当上脑外科医生才能照顾心智障碍人士。

我无意识地叹了口气,听到自己近乎呻吟的声音,才发现我叹了口气。

当我在家时,我能摒除所有和工作有关的念头,就算不是百分之百,至少也有百分之八十,但我一坐进去上班的车里,它们就劈头盖脸地倾泻下来。

每一天我都很纠结。我以前不是这样的,但现在是了。

还有欧勒。

想到欧勒我的思绪就停不下来。

他的目光里到底有什么?

我从他的眼里看到了什么?

也许他已经拿定了主意?一旦他拿定主意,一切会不会很快好起来呢?我说过很多次,他不必把去奥斯陆读书当作生死攸关的大事。在本市上大学也许更明智。他愿意的话可以住家里。

但这就是问题所在。他就没有自己的生活。靠自己的双脚站立会让我们得到磨砺,变得敏锐,发展出对外的界面,而不仅仅只有内心。

我眼前浮现出他的脸。他甜蜜的眼神。

他没有任何问题。他自始至终都很好。

为什么这还不够?

壳牌加油站出现在我的前方。我的目光自动瞟向燃油表。油箱里的油还有四分之三。

然后我想到了香烟。

晚上坐在阳台上抽根烟该多美妙。

就一根。

但然后就完了。我知道。一根烟就足以让我的健康前功尽弃。

无论如何我已经开过了加油站，转上了老国道，不可思议的是那里还有几个养着牛羊的小农场，新的开发计划要在这里建一座没有钟塔的新教堂，所有人都讨厌它，除了拍板认可方案的那些人，他们认为这太棒了，非常现代。

假使他们问我意见的话，我会说它冷得像个冰箱。

而且上帝也不现代。

是那些疯狂的撒旦信徒把旧教堂烧成了废墟。这事一发生，大家就都知道了。消息像湖中涟漪一样传开。教堂烧起来了，教堂烧起来了。直到那时我才发现大家其实很关心这个教堂。我自己也是。它不仅仅是一座建筑。

约斯泰因设法采访到幕后的策划者之一，一个诨名叫巫师的年轻人。不久之后他被警察带走关进了监狱。约斯泰因一直说他和此事无关。但是风言风语不断，没过多久他就被调到了文化版。他们给出的理由是重组。

随便人们怎么说约斯泰因，但他是一个优秀的刑侦记者，最优秀的刑侦记者之一。他们剥夺了他发挥的空间。

而他则紧紧抓住他拥有的。

老实说，他并没有我所想的那么骄傲。

现在他以其他方式寻求刺激。

他就像个孩子，一心想要冒险。

但不是和我一起冒险。

我穿过弯道，大地突然向峡湾那边倾斜下去，那栋高高的长方形建筑的屋顶矗立在这片区域的外缘，看上去格外醒目。

我胸口一紧。

我缓缓地吸了一口气，想象一阵微风拂过一片宽阔的草地。空气宽阔地涌入喉咙，流进肺里。

宽阔地，宽阔地。

然后再呼出去，同样宽阔而缓慢。

我在公交车站后拐入那条狭窄的车道，蜿蜒穿过医院的树林。两个我不认识的护理人员走过来，每人推着一名坐在轮椅上的院友。他们身后还有另外两名院友。他们一看到车就停了下来，这是他们从小就学会的东西，就像打在他们身上的烙印一样。

我和他们打招呼，他们张着嘴盯着我。

远处的树林沐浴在阳光里。开车经过的时候，一排排窗户上也闪烁着阳光。现在这里只剩下四个病区，几乎所有的建筑都空无一人。

行政大楼入口上方的钟刚好走到八点整。

我把车停在 A2 楼外，关掉引擎，远远听到楼里传来的叫喊，简直像公牛在吼。我抓起包，打开车门。就在这时，手机叮咚一响。我的脚踩着地面，坐在驾驶座上，拿出手机。是约斯泰因。

得耽搁一会儿了，和一帮同事出去坐会儿。

"你别和我说这个，"我对着空气说，"真是个惊喜。"

行吧，我打字回复。

他肯定已经喝得离烂醉不远了。而现在才八点。

记得明天还要上班。我写道。

一发出去我就后悔了，我又不是他妈。

挺对的。

说的没错，小唠叨，他回答说。

我抬头看着二楼的窗户。每扇都大开着。值班室的阳台门也是。今天那里面一定热翻了。

一个人影都看不到。

我想和他谈谈。他从早上起一直心情很好,我想谈谈欧勒。但是两分钟很快就会变成十分钟。如果他现在和同事在一起,那他无论如何都不会愿意聊的,尤其是当他开始喝高的时候。他会开始胡扯。或者沉默。反正不会聊天。

当我独自和他一起时,他就不一样了。

至少偶尔如此。

我们两个最后一次出去是什么时候?我写道。

你上夜班啊,回复马上就来了。

也不是每天都上,我写道。

安静了一会儿。

周六去修道院吃晚饭好吗?他这么写道。

我发了个笑脸,把手机放回包里,慢慢向入口处走去。尽管如此,我的胸口还是绷紧了。就像有道屏障挡住了空气。那么心脏就要卖力工作了,于是整个身体会急切渴求供氧,而一切会抽紧成一团。可是我无法深呼吸,无法让空气涌入我的肺部,给它们渴求的东西。我只能短促而快速地呼吸,但这无济于事,我全身都会发出疼痛的尖叫,直到脉搏放慢,对更多空气的强烈而荒谬的需求消失。

所以还是要慢慢来,还是要放松。

我摘下墨镜,一动不动地站了一会儿,然后输入密码,在蜂鸣声中推开了门。

走廊空旷而安静。他们一定都出去了,我这样想着走到值班室。门是锁着的,我打开了锁。当我放下包时,两只苍蝇从沙发上飞了起来,在房间里嗡嗡地飞来飞去。我从咖啡机里倒了一杯咖啡。没有冒热气,我尝了一口,又温又苦。但这也能凑合。我在沙发上坐下,视线跟着盘旋着的苍蝇转了一会儿,然后透过敞开的门望向运动场另一边的大楼，以及大楼后面的森林。

走廊里响起了脚步声。

贝丽特走进值班室，看也没看我一眼，走到角落桌旁拿起了那本绿色的记录簿。

"嗨。"我说。

"哦，嗨，"她说，"你来了啊？"

她又出去了。

这个臭女人

这该死的臭女人。

我啜了口咖啡，放下杯子，站了起来。但这会显得我好像在做干活的样子给她看，于是我又坐下了。

她对我视而不见，我也可以对她视而不见。

她才三十出头。但她行事就像个老太婆。又小又瘦又灰，尖尖的门牙让她看起来像只老鼠。

啃噬着所有东西和所有人。

就像多么有效率似的。忙翻了。

但她在这里上班不是吗。所以也能干不到哪里去。别无选择的家伙才在这里上班。

两只苍蝇中的一只落在我膝头。我纹丝不动，看着它四处溜达。它停下来把前腿举到头上时，有点像猫在洗脸，我小心地抬起手，尽可能慢地靠近它。这是小时候父亲教我的。只要动作够慢，苍蝇就察觉不到。我的手移到它上方约二十厘米处，静止了几秒钟，然后尽全力一拍。

苍蝇被拍得稀烂，渗出一些黄色的东西，我拈着它的一条细腿把它拿起来扔进垃圾桶。

爸爸还说过苍蝇就是那些逝者。这就是为什么它们老有那么多，为什么总是出现在房子里我们的周围。它们是死去的灵魂。我不知道他说真的还是开玩笑。但自从他第一次这么说过之后，我每看见一只苍蝇都会想起这些话。

不。

得开始干点活了。

我去了病房。走廊和房间里一片安静。在办公室的玻璃墙后，贝丽特正站在那儿给他们配药。

感谢上帝，她马上就下班了。

只要她这次别锁门，也许？

她为什么要这么做呢，我走进厨房时想。她以前从来没有这样过。

几只苍蝇在厨房里嗡嗡作响，我至少看到五只，里面肯定还有更多，它们经常聚在暗处的表面，很难看到。

因为这栋建筑就在森林边上，所以才会有这么多。

我转过身。贝丽特从用餐区另一边她的办公室里看着我。

我不想给这个八婆指责我的乐趣，便弯下腰开始清空洗碗机，晚饭后洗碗机已经装满了。

"也许在开始清洗碗机前先去看看院友们？"贝丽特说，她已经从办公室里出来了，站在用餐区那里盯着我。

我叹了口气，关上了洗碗机的门。

"按规定，晚餐后所有东西都该在上夜班的人来之前清理干净吧？"我说。

"没有这方面的规定。"她说，然后回到了办公室。

我正要说我以为所有人都出门了，就记起了之前听到的那声嘶吼。是的，格奥格还在。

我敲了敲他的门，走了进去。

他躺在床上，眼睛盯着天花板，发出一些轻微声响。口水从他的嘴角淌下来。他转过头来看我，露出一个微笑。

这里的气味真可怕。人粪，用北方人的说法，在一个被阳光炙烤的房间里。

"嘎嘎！"他说。

"嗨，格奥格，"我走过去，揉了揉他的头发，"给你换尿不湿好吗？"

"嘎嘎，嘎嘎，嘎嘎。"

我先打开窗户。外面的空气也是一样热。我从柜子里拿出一张尿片，一包湿纸巾，还有一条毛巾。

在这样的好天气把他一个人留在房间里，真是太不像话了。他的确只会在这里待几个星期，然后就会转到他家乡的行政区，他们在那里为他准备了一套公寓。但这还是太过分了。他们本可以给他找一个有更多和他同类情况院友的机构，这样他就不会因为在这里工作的值班人员懒得带上他而被孤零零扔在这儿。

我把被子掀到一边，开始用嘴呼吸。他穿着绿色短裤和白色背心。他的腿又圆又软，白得几乎和床单同色。它们完全没有知觉，我把他的短裤脱下来时，它们像沉重的原木一样放在那里。

他的一条大腿上有一块很大的疤。那次是有人把他放得靠炉子太近了，这是我听说的。他就躺在那里被灼烧着，一动不动，没有发出任何声响。

我解开尿片上的胶带，打开它。他毛茸茸的屁股上沾满了糊状的排泄物。我咽了咽口水，开始擦拭。他的阴囊和大腿内侧也都是。

我把用完的湿纸巾扔到脏尿片上。

"你真的该洗个澡了，"我说，"但只能等到明天了，好吗？"

我把前臂塞进他的大腿下面，然后把它们稍微抬起一点儿，好把干净的尿片换上去。

蒂丽德   285

他的性器官像个已死的小动物那样躺在他双腿之间。

"清洗干净是件好事，我觉得，"我说，"你怎么想，格奥格？"

整个过程里，他只是躺在那里盯着天花板。

我把他的短裤提上去，包好那块脏尿片，把它拿到厕所扔进垃圾桶，然后仔细地洗了手。

我把头探进他敞开的房门，说宵夜马上就来。然后我回到厨房，开始把洗碗机里的餐具都拿出来。

我正在忙这些的时候，一辆白色的小巴从外面那条路上开过来。它拐进角落里停下。外面传来兴致高昂的人声，车门滑开时短促的嘶嘶声，那伙人出来，又砰的一声关上门。

安静了一会儿，然后动静不小的这群人进到了大厅。

我关上厨房的门，继续干活。院友们被护送进了他们的房间，噪音逐渐平息下来。

我站着一手拿着枝枝杈杈的餐具，把它们一件一件放回抽屉，听到了图尔盖尔穿过走廊时拖拽的脚步声。他的腿已经废了，膝盖以下的部分瘦弱干枯，脚尖朝后，所以在室内的时候用双臂撑着身体在地板上晃着移动，有点像猴子。

嗖，嗖，嗖。

他在门外停下，抬头看着我。

"嗨，图尔盖尔。"我说。

他的脸很普通，任何一个四十多岁的男人都可能有这么一张脸。他的额头和鼻子被太阳晒得有些泛红，虽然早上刚刮过胡子，但现在脸颊上已经冒出了须影。

但这皮相真骗人。他不会说话，心智也很低幼。

我很不喜欢他。

他也不喜欢我。

"你今天过得好吗？"我说。

他看着我，呼哧呼哧地喘着气。

也许是因为他感觉到我的关心不是发自内心的。

他恨我吗？

看起来是的。

他的目光凝在我身上。

"你想喝咖啡吗？"我说。

他的呼吸停顿了。

我从柜子里拿出一个杯子，从刚煮好的咖啡壶斟了半杯咖啡。

他又开始呼吸了。

我拿出一盒牛奶，把杯子倒满。

"这里，朋友。"我从门上面把杯子递给他。他伸出一只手抓住，惬意地闭上眼睛。

他的脑子里似乎从未有过一个以上的想法。

假设那是想法，而不只是冲动的话。

他一口气把杯子喝干了。

然后又恳求地把它举到我面前。

另一边的贝丽特从椅子上起身，锁上了药柜。

我先拿走了他的杯子再说不，这样他就不能把杯子往墙上扔了。

"只能给你这么多，"我说，"你懂的。否则你就睡不着了。"

贝丽特在她身后关上了办公室的门。我抬头看了看墙上的挂钟。再过半小时，她就该离开了。

图尔盖尔坐在那里看我把洗碗机里最后那些餐具放好。一只苍蝇落在他的头上，大摇大摆地走来走去，而他对此也毫无觉察。它沿着太阳穴向下溜达到他的脸颊上。客厅里的电视亮了，图尔盖尔忽地一转，朝那边行进而去。

我给自己倒了一杯咖啡。我最喜欢待在厨房里，在那道门后面，至少在他们醒着的时候如此。所以我在厨房里总是慢吞吞的。

我找出几个用来装餐食的大托盘，开始准备面包配菜。切成薄片的黄色芝士，红肠，肝酱，萨拉米香肠，还有奶酪培根。我总会把黄瓜和西红柿切成薄片，为他们弄得讲究些，但他们从来不吃。星期六晚上他们吃比萨，星期天早上我会煮鸡蛋。

有三个人是无法自己给面包抹黄油放配菜做成开放三明治的，所以我得给他们做好。这三人是图尔盖尔、奥拉夫和肯内特。他们几个都有暴力倾向。

我刚开始在这个病房工作时，奥拉夫咬了我，他坐在浴缸里，我在给他刮胡子，有什么地方没做对，他就嚎叫起来，抓住我的手臂一口咬上去，牙齿陷了进去，血流出来。一位男看护跑过来制服了他。

他们并不是真正的看护，其中大多数人还兼任门卫，这些人在这里工作是因为他们高大强壮，能处理暴力行为。

我必须打一针破伤风疫苗。然后我申请当晚回家。我没说我害怕了，但我猜他们都明白。

门卫们倒不害怕。他们经常开这些人的玩笑，给他们大大的拥抱，在必要的时候很严厉，经常开怀大笑。院友们喜欢他们，他们很安心，感觉自己被照顾着。

甚至肯内特也如此。他脑子里空空如也。他在病区里转来转去，遇到什么都往嘴里放。就连地板上的灰尘也会放进嘴里，以前有头发时。他会揪下自己的一撮撮头发吃掉。现在他剃着光头。我见过他像吃苹果一样吃生洋葱，那次我忘记关厨房的门，他就站在冰箱前，边啃洋葱边眼泪奔涌。他身材细长，体格健壮，看起来像个运动员。有一次他被遗忘在某个加油站，后来人们在几公里外的地方找到了他，他正在厚厚的雪里穿过田野，朝森林走去。我刚来这上班时，他们告诉我他会一直走到轰然倒下为止。不是因为他想离开，而是因为只要他开始走，就会一直走下去。

他不高兴时会拿头撞墙。有一次他在有人赶到前弄裂了自己的头骨。假使他的暴脾气发作，必须要三个成年男子才能制服他。

最奇怪的是，他长得那么英俊。

他从没留意过我的存在，但我还是怕他。

不过我最怕的还是奥拉夫。他会掂量每个人的分量。有时候他看到我，会把牙齿咬得咯吱响。

夜里还好，他们会吃安眠药，直到早上上白班的人到岗才会醒来。这样来看这份工作也没什么问题。

我先烧上热水，再把盘子、杯子和餐具拿到餐桌上。它们都是塑料的，用得太久了，颜色暗淡，表面粗糙。我打开冰箱取出牛奶和果汁时，卡尔·弗罗德从他屋里走了出来。他看起来很疲惫，那头卷发乱糟糟的，毛衣上满是污渍，袜子疲沓地晃荡着。

"晚上好，蒂丽德。"他机械地说，就好像在念一个以前学过的公式。他从不看与他交谈的人，包括我。

"晚上好，卡尔·弗罗德，"我说，"你饿了吗？"

"是的，我饿了。"他说着拉出椅子坐下。

我把一盒盒饮料放在桌子中间。

"你今天做了什么有趣的事吗？"我说。

"是的。"他说。

"那么，是什么事呢？"我说完又走进厨房去拿装着面包配菜的托盘。

"别唠叨了。"他说。

"不会了，"我说，拿着托盘过来，"我保证不唠叨。"

"今天天气不错。"他说。

"是的，今天天气真的很好，"我说，"你出去了吗？"

他的手掌重重地拍在桌面上。

"你不该再唠叨了！"他说，声音突然变得尖锐起来。

"我不会再打扰了，"我说，"你希望我们保持安静吗？"

"是的。"他说。

"好吧。"我说，打开一个抽屉，所有那些非塑料材质的刀具都在这里。我切了一整条面包，然后将面包片放进一个大面包篮中。

"黄油。"当我把篮子放上桌时他说。

"你说得对，我忘了黄油，"我说，"谢谢你，卡尔·弗罗德。"

他笑着低头看着桌子。

"黄油！"他说，"黄油！黄油！"

"黄油马上来。"我说。

他也很危险，发火时会把家具四处乱扔，砸碎一切他够得着的东西。但他很少这样。无论如何，我在的时候他没这么做过。在某种程度上，他可以沟通，这也让他不那么具有威胁性。

今年夏天早些时候在这里工作过几周的一个大学生说，卡尔·弗罗德很像哲学家维特根斯坦。他给我看了他手机里的一张照片，真的一模一样。同样的卷发，同样总瞪着人的圆眼睛，同样的长脸和总耷拉着的嘴角。卡尔·弗罗德的脸更松垮，但除此之外，他们就像同卵双胞胎。

他几乎在这儿住了一辈子。在那个他们睡觉要系上束缚带的时代，他养成了要用其中一根带子固定住裤子的习惯，系得越紧越好。另一件扭曲的事情是手淫。他必须要站在大楼外的灌木丛中，抬头看着窗户，才能完成这一行为。而窗户上必须映着云影。护理人员偶尔会在各种条件都具备时带他出去，在角落那儿等着，背对着他，抽上一根烟，而他就站在远一点的地方，裤子褪到膝头，然后手淫。这件事是无害的，但仍然没人会提起。

我把人造黄油放在他面前。

"哈哈。哈哈。"他说。

"怎么了？"我说。

"这不是黄油，是人造黄油。"他说。

"的确，你说得对，"我说，"但这两样东西都叫黄油，不是吗？"

他一动不动地坐着，低头看着面前的桌子。一只苍蝇停在人造黄油的边缘，另一只在芝士上爬，在黄色的衬托下清晰可见。

我挥手把它们赶开。卡尔·弗罗德没有注意到这个动静，只是目视前方。心情好的时候，他常常往后一靠，一只脚搭在另一只脚上，有说有笑，有时兴奋得口齿不清，开始结巴，唾星四溅。

我走进客厅，说宵夜已经好了。肯内特坐在一位看护的膝上，像婴儿一样用头蹭着他的胸膛。奥拉夫几乎躺在椅子上，双手垂在扶手外。另一位看护，居纳尔，坐在一边的椅子上看着手机。

他们站起来，我继续朝值班室走去。图尔盖尔坐在走廊里，就在那敞开的门外，盯着里面看，像一只等待投喂的狗。

"宵夜时间到了。"我对贝丽特说，她坐在沙发上，膝上放着记录簿，在写什么。

"我注意到你今天又迟到了十五分钟。"她说着抬头看着我。

"嗯，我知道。"我说。

十匹野马都不能拉着我去向她道歉。

她站了起来。

"我到的时候反正大家都出去了。"我说。

"但你事先并不知道。"她说着从我身边走过。

"你能过来帮我照顾下格奥格吗？"居纳尔对我说。我帮手把他弄上轮椅，由居纳尔推着，坐到桌子的尽头。他开心地咧着嘴，我在他脖子下系上一个围嘴。

幸好贝丽特值下午班时从不和我们一起吃夜宵。给他们吃完了药以后，她从办公室拿了包，跟围坐在桌旁的院友们和看护们打了声招呼，就快步走过了走廊。没一会儿，外面她的车就发动了。几秒钟后，那轰鸣声也消失了。

院友们狼吞虎咽地吃着三明治，大口喝着果汁或牛奶。我喂格奥格，居纳尔和汉斯则懒洋洋地看顾着其他人。

他们把我当成这里理所当然的一部分。我和一把椅子或一挂窗帘没有区别。

"你们今天下午去哪儿了？"我说。

"黑勒草甸，"汉斯说，"他们在那儿吃了热狗和冰淇淋。正经的国庆日。对不对，肯内特？"

他用健硕的手臂搂住肯内特，晃了他几下。肯内特伸手又拿了一片面包塞进嘴里。就好像他和我们不在同一个空间里似的。

"听起来很开心呢。"我说。

"茶。"卡尔·弗罗德说。

"你说得对，"我说，"我都忘了。"

我走进厨房，把水壶烧上。

外面太阳快落山了。荒地上的树映着微红的光。一棵松树孤零零地矗立在小山丘上，看起来就像着了火。天空仍然湛蓝，但是在地面上，在草丛里，在林间，颜色正在褪去。

从敞开的窗子里吹进来的风温暖而干燥。

我转过身来，卡尔·弗罗德坐在那里盯着我看。

"外面有妖怪。"他说。

居纳尔和汉斯乐了。

"你和你的妖怪。"居纳尔说。他没有看着他们，他在看我。

"妖怪现在就在外面。"他指着窗户说。

我取出四个塑料杯，每个杯子里都放进一个茶包。当我开始注入开水时，他站了起来。

"关上窗！"他喊道，"关窗！"

"放松，卡尔·弗罗德。"居纳尔说。

"关窗，快点，女人！"他几乎在尖叫，手臂张开，向我走过来。

我的心在胸膛里砰砰乱跳。

我突然喘不过气来。

居纳尔站了起来。

"停，卡尔·弗罗德。"他说。

见卡尔·弗罗德没有停下，他快走几步抓住他，双臂紧紧把他扣住。

"放松，放松，"他说，"放松，卡尔·弗罗德。放松，放松。"

"妖怪来了！"卡尔·弗罗德喊道，扭动着要挣开。

我用双手抓住料理台的边缘，我的喉咙嘶鸣着想吸入空气。

在他们身后，图尔盖尔把盘子扔在地上，然后是杯子。汉斯站了起来。图尔盖尔跳到了地板上，抓着椅子腿掀翻椅子，然后两手着地全速荡过房间，朝客厅奔去。汉斯追了上去。肯内特开始干嚎。奥拉夫直勾勾地盯着我，咧嘴一笑，露出牙齿。

"妖怪在那儿！"卡尔·弗罗德喊道，边吐口水，边磨牙，边试图挣脱控制。

"你能关窗吗，"居纳尔对我说，"快关窗。"

我转过身。窗户显得无比遥远。一切都好似雾蒙蒙的。

"马上！"居纳尔说。

我向前迈了几步，手伸得太急，差点摔倒。但我还是关上了。

蒂丽德

然后深深吸了一口气：什么都没有，没有阻碍，没有绳索把我的肺部绑成一团。

"你看，卡尔·弗罗德，"居纳尔说，"现在窗子关上了。现在妖怪进不来了。"

卡尔·弗罗德马上平静了下来。

居纳尔看着奥拉夫和肯内特。

"现在你们安静地坐一会儿好吗，孩子们？"然后他牵着卡尔·弗罗德的手将他领进了房间。

奥拉夫仍然盯着我看。我走过去关上了门。客厅里传来汉斯高亢的声音。

多么可怕的地方。

我看了看挂钟。汉斯和居纳尔还有四十分钟下班，到时另一个晚班同事也该到了。但是他们今晚太闹腾了。如果继续这样下去，我们是应付不了的。

我应该要求他们谁留下，直到院友们睡着吗？

或者也许可以临时找一名额外的值班人员？

肯内特发出低沉而单调的嚎叫，这是他表达不满的方式。

谢天谢地，居纳尔回来了。

"也许可以给他们喝点茶。"他说。

我从茶杯里拿出茶包扔进垃圾桶，又倒上牛奶加满，把两杯茶端到桌上。然后我坐下来继续喂格奥格，他完全没注意到周围的情况。

我完全放松下来，呼吸轻松而愉快。唯独腿还是软的。

"你说呢，奥拉夫，喝点茶好不好？"居纳尔说，"放松一下？"

奥拉夫一口就喝掉了温热的奶茶。肯内特盯着他的杯子，然后用手把它打翻，茶水洒了一桌。

"好吧，肯内特，"居纳尔说，"如果你不想喝，就不用去动它。"

我拿了一卷厨房用纸来擦桌子，居纳尔带着奥拉夫和肯内特进了客厅，汉斯推着格奥格回去他的房间。我开始收拾，把食物放回冰箱，杯子和盘子放进洗碗机。等我走进洗衣房时，我看到居纳尔和肯内特一起走进了他的房间。

这意味着每个人都平静下来了。

危险信号解除。

我穿过走廊往回走，在贝丽特的办公室前停下，我谨慎地确认了没有人看到我，然后打开门进去。药柜是锁着的，她一般把钥匙保管在写字台最上层的抽屉里，抽屉钥匙，或者说抽屉的备用钥匙，就放在书架最上一层，放公文夹的那一层。

我打开抽屉。

钥匙不在那儿。

什么？

这怎么可能？

为了不留任何痕迹，我小心翼翼地把里面的每样东西都拿起来看了看，以防钥匙被什么东西盖住了。

但没有。

见鬼，见鬼，见鬼。

我飞快查看了其他抽屉。

什么都没有。

我能感觉到血管在突突地跳，就好像喉咙里有根食指似的。

我不能在这待太久。

我锁上抽屉，把钥匙放回架子上，溜出去，进到走廊里，刚好碰上居纳尔从肯内特房间里出来。

"你看到记录簿了吗？"以防他问我在这里干吗，我先发制人。

但他似乎没有多想。

"可能在值班室。"他说。

"希望如此。"我说着从他身边走过。

"把其他窗子都关上也许是个好主意？"他在我身后说，"趁我们的朋友们还没发现。"

为什么你不去关呢？我心想，但什么也没说。我回到洗衣房，把烘干机里的衣服拿出来放进篮子里，然后把洗衣机里的湿衣服放进烘干机，按下开关，再把脏衣服放进洗衣机，又放进一包新出的软绵绵塑料材质包着的皂液，然后启动。

我透过狭窄的窗户向外看去。山丘上方的天空呈火红色和黄色。树木一片漆黑。

肯定有人在他小的时候用魔鬼之类的故事吓唬过他。

或者妖怪的故事。

她把钥匙放哪儿了呢？

她是不是起了疑心？所以把钥匙带回家了？

不，如果那样的话她会上报，我就会被叫去上司那里。

我走进值班室，在沙发上坐下，从包里拿出手机。欧勒没有发来任何消息。约斯泰因也没有。

我给欧勒发短信。

嗨，我的孩子！我写道，希望家里一切都好。睡前发条短信或打电话。我时刻惦记着你。妈妈。

眼下看起来我是弄不到那些药片了，我的焦虑好像更严重了。我坐在那里，完全没法想别的事情。

走廊尽头的门开了。应该是瑟尔韦。

我看了看时间。

又早到了十分钟，一如既往。

也许她没有锁药柜！

我不知道。

想想也许真的是这样！就在瑟尔韦进门时我这么想。

"嗨。"他说，微微低头，拿下斜挎在胸前的包。

"嗨。"我说。

他把包放在沙发上，坐下来解开护膝，放进包里，长长地叹了一口气。

"有什么新鲜事吗？"他说，进来之后第一次正眼看着我。

"吃宵夜时有点骚动。"

"哦？"

"卡尔·弗罗德认为森林里有魔鬼。"

"你是说妖怪。这没什么新鲜的。他们现在平静下来了吗？"

"应该是吧。"我说。

瑟尔韦三十出头，有一头黑发和一双棕色的眼睛，窄窄的脸上留着乱糟糟的胡子。如果他不总是那么紧张兮兮又爱抱怨的话，应该是个很有魅力的人。我们第一次一起轮班时，他就跟我说起他和他妻子的私事，而我并不想知道。还有他曾共事过的那些人的事情。看起来每个人都让他不好受。

他之所以向我倾诉，肯定是因为他觉得我人畜无害。我讨厌这个，讨厌他的抱怨，这让我有种生理上的恶心感。而他可能以为这种信赖是他给我的礼物。

"我去散个步。"我说着站了起来。

"去吧，"他说，"顺便说一句，你的肌肉结节好些了吗？"

我背对着他，假装没听见他的话。

她忘记锁柜子的可能性微乎其微，但只要有可能，我就必须去试一下。

想到这里，我的胸口滚烫起来。

当两位看护都离开我视线时，我打开办公室的门走进去。

柜子是锁着的。它当然锁着。

她可能只是想都没想，就把它随手放在某个地方。我站在地板中央一动不动地环顾四周。

什么都没找到。

也许它被放在信封上，或她随手扔掉的什么东西上，我想着，迅速翻了一下垃圾篓。

但没有。

那个混蛋把钥匙带回家了。

窗外出现了瑟尔韦的身影。他进了厨房，没看见我。我走出办公室，关上身后的门，就好像这是最平常不过的事。

"保温壶里有刚做好的咖啡。"我说。

"哦，谢谢你。"他说。在值班室内，居纳尔俯身在记事簿上写着什么，汉斯背对着我站在阳台上向外张望。林中白桦树的白树皮在暮色中闪着微光。

"好了，"居纳尔说着站了起来，"当班顺利。"

"谢谢。"我说。

他穿上皮夹克，抓起放在角桌上的头盔。

"你在那外面看到妖怪了吗？"他说。

汉斯转过身。

"没呢，"他笑着说，"但卡尔·弗罗德说的时候它肯定在这儿！"

他俩一起走出去。过了一会儿，我能听到居纳尔发动他那辆摩托车的声音。夜晚很安静，轰鸣声直到车走到主干道上的某处才消失。

我又看了看手机。欧勒一个字都没发。

我给他打电话。

他为什么不接呢？

我想，也许他已经上床睡了。或者手机没电了。

我把手机放回包里，然后走进病区。每个院友都在自己的房间里。如果我去看他们有没有睡着，可能会把他们吵醒，所以我一般就随他们去。

瑟尔韦坐在客厅里看电视，扶手上颤巍巍地放着一个杯子。

我喉咙发干，走进厨房，站在窗前喝了一杯水。

上臂的皮肤粘在腋下，我抬起手肘通风。

额头也黏黏的。

外面的太阳已经彻底落山。那棵不久前还像着了火一样的松树已经消失在黑暗中。

我拧开水龙头打湿双手抹了把脸，然后用纸巾擦干。

天上有只猫头鹰叫了一声。

那该死的钥匙放在哪儿呢？

我所求的只是一颗奥沙西泮 [1]。

我又走进办公室。还有一点点可能是药柜没锁，只是卡住了，我把食指指甲伸进门和柜子之间的缝隙里，想把它撬开。

当这样也不管用时，我就在更荒谬的地方找钥匙。活页夹里，纸堆下面。

我简直要哭出来了。

我所求的那么微小。那么微不足道。

在回值班室的路上，我突然想到一楼也有一个药柜。天知道他们是什么规矩，我想。就我所知，那个药柜一直没有上锁，就算锁上了，钥匙也可能就在抽屉里。

首先得找个事由。

---

[1]　一种抗抑郁药。

不必是什么大事。洗衣机用的洗衣粉，牛奶，咖啡。

突然间，一切都豁然开朗了。

瑟尔韦仍然坐在椅子上，杯子放在扶手上。

他睡着了吗？

是的话，我就不叫醒他。

我关掉值班室的灯，走到阳台上，在两把椅子的其中一把上坐下。

浓稠的黑暗降临在树林之中。但在树梢上方，有一道微弱的光芒划过天际。

一定是月亮在另一边升起来了。

外面很安静。

如果我去问当值夜班的人要洗衣凝珠，他会直接去拿来给我。所以我必须悄悄走进去，希望他们没有看到我。假如他们看到我，我就得告诉他们我去那儿干吗。不打招呼就直接过去虽然有点奇怪，但也不至于可疑吧？

我深深地、缓缓地吸了一口气。

天空中有什么动静，我转过头。

一只巨鸟滑翔着飞进森林。它在黑夜里几乎是隐形的。

那是什么鸟？

苍鹭之类的？

它消失在树林上方的黑暗中。

另一只也鼓动翅膀飞来。这只飞得更近一些。它拍打着翅膀，我都能听到那振翅声，嘎吱作响，有种皮革感。当它飞进这昏暗之光时，它拧了下头。

惧意划过我的身体。

这是一个小小人类。

一张孩子的脸看着我。

然后，当它像另一只鸟那样滑入黑暗，消失其中时，我反应过来，那只是光影带来的错觉。

但是，呃，它看起来真瘆人！

头看起来像人，但它有翅膀和羽毛，还有又长又细的腿。

苍鹭到底能长到多长？或者那是鹳？

它们是大鸟。

我抬头看着天空，没有其他东西出现。

那个刚刚吸过烟的人，我想。

然后我想到了欧勒。

也许他已经回复了？

我起身去拿手机。

什么都没有。

我坐回原位，拨通了他的号码。

快接电话，我的孩子。

我让它响着，直到语音信箱留言开启。我又打了一次，然后又一次。

我坐了一会儿，望着外面的黑暗。

出事了。我知道。我是他的妈妈。

他的手机从来不会没电。至少在家里不会。

好像也从来没有关机？

或许。

但为什么？

我拨通了约斯泰因的电话。

"哈罗，怎么了？"他说。

他喝醉了。

"你在哪儿？"我说。

"你问这个干吗？"他说。

我犹豫了几秒。我知道他会敷衍了事。

"欧勒不接电话。"我说。

他叹了口气。

"我刚才试过给他打电话，"他说，"他照例没接。他只是不愿意和我们通话而已。"

"所以你不在家。"我说。

"正要去坐公共汽车，真的。你看到那颗新星了吗？"

"你在说什么？"

"天上刚冒出来一颗大星星。"

"没，我没看到。"

"你一定要去看。"

"你到家了给我打电话，"我说，"我有点担心。"

"别紧张，没有什么可担心的。他要么在打游戏，要么在睡觉。"

"希望你是对的，"我说，"再见。"

我起身，把手机放进口袋，走进了病区。我现在必须去弄药。

但首先要确认他们是否睡着了。

我小心翼翼地打开奥拉夫房间的门。他仰面躺在床上，像每一个中年男人那样张着嘴睡觉。墙上挂着一张他小时候和父母在一起的照片。我知道他已经二十年没见过他们了。

肯内特侧身睡着，脸颊贴着手臂，头上的伤疤在白色的被褥上清晰可见。

卡尔·弗罗德也睡得很熟，他仰面躺着，自在地打着鼾，脸颊耷拉下来。

当我关上他房间的门时，瑟尔韦从客厅里走了出来。

"一切都还好吗？"他说。

我点点头。

"就是检查一下。"我说。

"我马上开始做清洁，"他说，"得先喝点咖啡。你要吗？"

"不用了，谢谢。"我说，然后从他身边走过，走向走廊尽头的房间，图尔盖尔住在那里。他那屋子里什么都没有，没有家具，没有照片，没有装饰品，只有地板上的一张蓝色床垫。他甚至没有床上用品，而是穿着衣服睡在床垫上，身上盖一条毯子。

因为他会把一切都砸碎，撕碎。

他的房间也没有门，因为他不会开门，所以他们造了一堵用以屏蔽的半墙，好给他一点个人隐私。

我听到房间里他粗重的呼吸声。他经常呼吸急促，但睡觉时不会这样。

"图尔盖尔？"我说。

"你睡了吗？"我进来时他蹲在角落里自慰。他光着身子。硕大的性器官斜斜立在两腿之间，那只手上上下下。

他用邪恶的眼神看着我，龇着牙，喘着粗气。

我迅速转过身。

"你现在得睡了，图尔盖尔。"我边往外走边说。

瑟尔韦从值班室门口看着我。

"他还没睡吗？"他说。

我摇摇头。

"他正忙着呢。"我说。

"啊哈。"瑟尔韦微笑起来。

我没有回以微笑。我拿出手机，按下欧勒的号码，把它举到耳边，同时往洗手间走去。

他没有接。

他肯定是睡了。

欧勒睡觉跟其他人不同，他会时不时地睡上几个小时。

应该就是这个原因。他只是忘了他曾经答应过给我发短信。

图尔盖尔那一幕让我内心震动，我把剩下的洗衣凝珠都装进一个袋子里，扎好口子扔进垃圾桶，眼前一直浮现出他的样子，尽管我根本不想这样。那双错位的脚，那两条细腿间竖着的硕大性器，孔武有力的上半身。还有龇牙咧嘴的笑容。

他到底在想什么？

天啊，打起精神来吧，女孩。

我把干衣物从烘干机里拿出来，把湿衣物放进去，把脏衣物重新装进洗衣机，但让洗衣机门开着。然后我把干净的衣服拎进客厅，叠好，在客厅的桌子上一堆堆放好。

做完这些，我走进值班室，瑟尔韦闲坐在沙发上。

"我现在就开始干活。"他说。

"洗衣凝珠用完了，"我说，"我去B区借一些。"

"我去吧，"他说着站了起来，"今晚到现在我还没干什么事呢。"

"不用了，"我说，"你坐着吧，我认识那里值班的人，顺便去和她打个招呼。"

"好吧。"他说。

森林里传来一声悠长的尖叫。听起来像是介于鸟类和爬行动物之间的什么东西。

我僵住了。

瑟尔韦转头看向敞开的门外的黑暗。

"你听到了吗？"他说，"那是什么？"

"不知道，"我说，"会不会是只苍鹭？"

"既然你这么说，"他说，"那就应该是了。你以前听过苍鹭叫吗？"

我点点头。

"听起来很像史前生物。"他说。

他站起来走到阳台上。我又看了一下手机。什么都没有。尽管如此，我内心还是涌动起某种类似喜悦的情绪。过了几秒钟我才明白那是什么。一楼的药柜。

我沿着走廊下去，血液敲击着我的太阳穴。如果被发现了，我的工作就没了。毫无疑问。

但我不会被发现的。

而且反正这也是一份狗屎工作。

我打开尽头的门，走下楼梯，走向那黑暗的大厅。这让我的呼吸有点急促，我在楼梯下停下来降低心率，让眼睛适应黑暗。

如果像做一件世界上最自然不过的事一样走进去，就没人会怀疑什么。

楼梯上传来响动，我抬头看去。

只是门突然关上的声音。

出口处的门也得用钥匙从里面打开，我一边慢悠悠地在地板上走过去，一边掏出那串钥匙，门的钥匙是唯一一把有橡胶套的，经过一番摸索，我终于把它插进去拧动。

外面的空气像南欧一样温暖。

我身后的黑暗里突然有人跑过来。我在转身之际被推到了一边，一个人影从我身边冲了出去。

借着停车场的灯光，我看到那是肯内特。

他跑过拐角就消失了。

他全身赤裸。

哦，但见鬼去吧。

就好像是我安排了这一切一样。

我赶紧跟在他后面，以最快的速度绕到大楼的另一边。

他不在那儿。

他跑进了森林里。

胸口很痛，我靠在墙上试图让自己平静下来，再次呼吸。

我应该怎么办？

我必须拉响警报。院友逃跑是一件大事。他全身赤裸跑进了森林里。他们会通知警方。会有人力搜寻。也许还有直升机。

都是因为我。

哦，不。

我想象着贝丽特的反应。

她会让我被解雇的。

毫无疑问。

但没有人知道他是什么时候不见的。

我一个人去找他怎么样？也许他正坐在林间的一个树桩上。

如果找不到他，我可以说他就这么不见了。

如果我能一个人找到他就好了！我也可以有一点运气，对吧？

我正要喊他的名字，突然想起上面阳台的门是开着的。瑟尔韦肯定坐在那儿。

我无声无息地穿过那条狭窄的草坪，走进森林里。窗户发出的苍白光线在几米后就消失了，黑暗笼罩着我。

阿尔内

我在剧烈的疼痛中醒来，有好几秒钟不知道自己在哪里，也不知道发生了什么。只有脸上的灼痛和头部的剧烈抽痛。

我把手举到眼前。指尖被鲜血浸湿，额头传来剧烈的刺痛。

我当时在车里，我撞车了。

车灯还亮着，直直地照在几棵树干上。

我用舌头舔了舔血淋淋的上唇。那带着金属感的咸味几乎让我呕吐。

我打开门出去。

车抵在距离公路几米远的森林边缘的一棵树上。它右侧撞到了树。车灯碎了，车头凹陷下去。

周围一片寂静。甚至连大海的低语声都没有。

没有行人和车辆。谢天谢地，没人会报警。

附近也没有房子。

我完全不记得所发生的一切。但速度肯定不会非常快。

我酒驾了。

那是有多愚蠢？

我再次伸手去摸鼻子，不知道为什么想要隐痛爆发出来，不管有多痛。

这太他妈见鬼了！嗷！嗷！嗷！

慢慢地感觉好了一些，只剩下持续的突突跳痛。

我肯定还有点醉意，因为当我想走到马路上辨别方位时，脚步踉跄，几乎失去平衡，不得不靠在一棵树上。而且我和我所看到的东西之间好像隔着一层膜。

我在马路中间停下。现在跟中午一样热。空气极其干燥，皮肤好像有种隐隐的灼烧感。

真诡异。

透过另一边的树林，我能看到月亮倒映在下方的海面上，再往右一点，有一圈星星点点的灯光，那只能是对面沃格岛的房屋。

也就是说我离家至少有十二公里。

我该如何摆脱这个困境？

也许先熄火是个明智的动作，亮着车灯停在路边毫无意义。

我打开车门，坐进去转动钥匙。

我可以把车牌摘掉，把车留在这里吗？然后走回家？

但警察很快就会介入的。

托芙？

太远了，她帮不上忙。

等一下，我不是有一包香烟吗？

我探身到副驾驶座上，随着压力增加，一阵疼痛再次袭向头部。

找到了，在车厢地板上。一包闪亮的红白包装的万宝路香烟。旁边还有我的手机。

我点了一根烟。

一丝血顺着嘴唇流下来。我舔掉了它。这次没有想吐的冲动。

我打开杂物箱找到一包纸巾撕开，将柔软的纸轻轻按在脸上。

然后我给埃吉尔打了个电话。

他立即接了起来。

"阿尔内？"

"嗨，埃吉尔，"我说，"你还好吗？"

"都挺好，"他说，"你怎么样？这么晚给我打电话不像是你。"

"出事了，"我说，"我现在的情况比较棘手。"

"哦？"

"是的。我开车撞到树上了。"

"真的？"

"你能来一趟吗？我有点喝多了。"

"明白了，"他说，"你在哪儿？"

"在刚进沃格岛的路上。经过商店后再开差不多四公里，就能看见我了。"

"你的车还能开吗？"

"我不知道。我觉得应该可以吧。"

"好的。"

"那你能来吗？"

"来。我开船过来，然后我可以开你的车送你回家。"

"好极了。"

"别这么肯定。说不定有一天要你帮我的忙。"

"我很乐意。"我说。

"我是说，可能是你不想做的事，"他说，"一会儿见。"

他挂了。

我把还燃着的烟头扔到路上，又点了一根烟。然后我注意到那瓶酒还是完好的，它还牢牢地杵在饮料槽里。

如果有人来了看到我坐在车里喝酒似乎不太好，所以我拿上酒瓶，走进马路另一边的森林。

到这个时候我才想起那颗奇异的星星。还有那些在马路上爬行的螃蟹。

所以刚才不是月光，我想，抬头望向我背后的天空。

它在那里明亮地闪耀着。

看上去变小了一点，也更远了。

也可能是我刚才醉得厉害，所以它在我眼里显得更大也更近一些。

热量也是从那里传来的吗？

别傻了。

星星们总在无尽的冰冷黑暗之外。这一颗也不例外，尽管它看起来很近。

森林的地面光秃秃的，很干燥，铺满金黄色的松针。树木高挑笔直，树枝向上伸展出大概五米那么高，越往里走，它们就越发低矮虬曲，因为那儿的海风更强劲，正如我不得不越来越频繁地绕路，直到抵达那处遍布圆石的海滩。

一根圆木搁浅在最后一排树下方几米处的岩石上，看起来像是在海里泡了很久，摸起来完全是光滑的，也没有腐烂的迹象。我坐下来，点燃一支烟，眺望着大海。海面风平浪静，绵延到几公里外，尽头是一道黑幕升起并包拢过来，像一口黑暗之钟那样笼罩整个世界。一种布满细小孔洞的黑暗，光线透过这些孔洞照射进来。至少，那个瑞典疯子斯特林堡是这么解释的，我这样想着，喝了一大口威士忌。

我还没有看我收到的那些短信。很可能是英韦尔发来的。但不管发生了什么事，我现在都爱莫能助，而且我觉得她自己也能应对。她很可靠，跟她妈妈完全不一样。

她也太惨了。

妈妈狂躁。爸爸酗酒。汽车撞毁了。

我怎么会落到这步田地的？

我怎么能把这么大的责任放在英韦尔的肩上呢？

她才十五岁。

我又喝了一口。

啊。

烈酒灼烧着我的喉咙，让我的注意力不再集中在脸上的抽痛上，也让我的脑子清醒起来。我几乎能想象酒精是如何随着血液扩散到我的大脑里，带走所有的渣滓。是的，聚会结束了，宴会厅被打扫干净了，脏盘子和玻璃杯被收走，铺上了新桌布，清洗了地板，换上新蜡烛。它很快就恢复到初时干净崭新的样子，一切就绪，闪闪发光。

然后我就可以跳舞了。

我又喝了一口。

黑色的大海岿然不动地躺在我面前。除了水与卵石相遇时发出的那小心翼翼、几不可闻的拍击声，这里万籁俱寂。

这是怎样的一个夜晚啊。

我想下去碰一碰水。现在这么热，水温至少也有二十度。

一想到要蹲下来，把水泼到脸上，我的心里突然充满了渴望。那会很舒服的！

我站起来，意识到手机还握在手里，于是我把它插进裤兜，贴着我的大腿。

知道家里的情形也没有什么用。回到家之前我什么都做不了。

我踩到的几块圆石碰撞在一起，发出空洞又尖锐的声音。感觉好像几百米外都能听到。

我停下来倾听黑暗中的声音。他应该很快就会到这儿。

什么都没有。

我走向稍远处的三块灰色巨石，我对它们记忆犹新。小时候和爸爸妈妈来海边时，我经常爬到那上面。其中一块像一位穿着黑袍、肚子鼓鼓的牧师，或许主要是因为它在顶端收窄的区域有一圈灰白色，就像牧师的领圈。

我至少应该看一下那条消息。也许她只是告诉我一切顺利？

我把双手抵在那块巨石上。很温暖，比我的皮肤还要温暖。

但这不可能是真的。

我弯下腰，摸到脚边一颗较小的石头。

也是热乎乎的。

是地下某种形式的火山活动让石头变热了吗？

在这里是不可能的。在冰岛还差不多，但冰岛离这里有几百英里。

好吧。我决定先洗把脸，然后回到那根圆木那里，坐下来点一根烟，再看她的短信。

这个计划不错。

黑色的物体不仅吸收热量，也会储存热量，所以岩石的温度当然会升高。

想到这个解释后我松了口气，继续往下走完最后几米来到岸边，蹲下身子，双手窝成碗状，掬起水，低头向前凑过去。

水温热而舒缓，我洗了好几遍，但我忽略了水里的盐分，脸上的伤口开始刺痛。

但这感觉也很好，我内心有某种东西在撕裂和挣扎。

我眺望大海。

就在这时远处传来马达的轰鸣声，像一根听觉的拉链，撕开了寂静。

我走回之前坐着的地方，喝掉了剩下的威士忌，然后点了一支烟。他离我还有一段距离，我应该按刚才的决定，察看一下短信。

但只要我还在这儿，我知道或不知道也没有什么用。

而且他们现在可能已经睡着了。

东北方面的海面上出现了一道白色条纹，同时马达的嘟嘟声也慢慢强劲起来。

我拿出手机，点开了英韦尔发来的消息。

爸爸我很害怕你什么时候回来。

不，别这样。

发生了什么事？

我站了起来。

也许是身边没有大人，那颗新星吓到她了。

但托芙应该在的。

我应该给她打电话吗？

以她现在的状态来说毫无意义。

我又开始朝岸边走下去。现在船体已经清晰可见了，它划出一道宽阔的弧线驶近岸边。

我忽然想到他还不知道我的确切位置。

船放慢了速度，发动机的嘟嘟声也忽然降下来了。

几秒钟后电话响了。

"你在哪儿？"他说。

"我看到你了，"我说，"我站在海滩上。"

"好吧，"他说，"那我就停泊在外面入口处，你在海滩上哪里？"

"中间。你知道那块看起来像牧师的石头吗？"

"知道。"

"我们可以在那儿碰头。"

阿尔内

"好。"他说，然后我们就挂了电话。

我点了一根烟。

如果我打电话给英韦尔，可能会吵醒她，而我又不在她身边，事情可能会变得更糟。

我该发条短信吗？

假如是出了什么大事，她就该打电话过来了。

不是吗？

小船滑进海湾，在树丛后面消失了。

我拨通了她的号码，把手机放在耳边同时仰天看着头顶黑暗中的星星。

亲爱的上帝。别出什么大事。让一切都好好的。

"爸爸，你到底在哪儿？"英韦尔说。

"我在埃吉尔家，"我说，"现在正在回家的路上。发生什么事了吗？"

"是妈妈，"她说，"她一直在房子里进进出出，在花园里转来转去。也没法跟她说话。不管我说什么，她只会说'你确定吗？''对不起''我不知道'。双胞胎吓坏了。"

"他们现在睡了吗？"

"是啊。我陪他们坐了一会儿，他们刚刚睡着。但是一楼还有人。"

"什么？"

"楼下有动静。我不敢下去。你一定要回来，拜托了。"

"我在路上了，"我说，"别担心妈妈，她现在只是把世界屏蔽在外了。她休息一下就好了。"

"你说休息一下，是要去医院吗？"英韦尔说。

"是啊，"我说，"她在那里就能休息了。"

"真是太糟糕了，"英韦尔说，"她就像看不到我们一样！她直愣愣地看着我，但是看不到我！然后她就走啊走啊。海明还问你为什么不能回家抱抱她。"

"我现在就过来，英韦尔。妈妈现在在哪里？"

"我不知道。在外面什么地方吧。"

"好的。别担心好吗？"

"但那些声音又是怎么回事？我不敢下楼去看。听起来像有人在那儿。"

左边有一个人影从森林里走出来，上了圆石滩。

"肯定什么都没有。也许是那只猫。"

"那不是猫，爸爸。是人。"

"我觉得不是，我的姑娘。不要怕。我们现在动身了，大概一刻钟后到家，最多半小时，好吗？"

"好的。但快点。"

"我爱你，英韦尔。你今晚一直很坚强很勇敢。"

她叹了口气，挂了电话。

我内心充满了沉甸甸的绝望，转身向那个身影走去，朝他挥手。但他并没看到我，倒是朝着那三块巨石走去。

"埃吉尔！"我喊道，"上面这儿！"

一切都是那么让人绝望。

他困惑地环顾四周，几秒钟后看到了我。

"还以为你说像牧师的那块！"他喊道。

我看着他摇摇晃晃走上来，又点了一根烟。

他喘着粗气在我面前停了下来。

"看看你这副样子。"他说。

我反射性地把手举到鼻子上方，差一点就碰到它的时候停下了动作。

"你的鼻子歪了,"他说,"是骨折了吗?"

"我不知道,"我说,"但很痛。"

"我觉得是,"他说,"车在哪儿?"

我指了指上面。

"我们得快一点,"我说,"托芙状态不好,孩子们单独和她在一起。"

"而且你还酒驾出车祸了。"

"你别雪上加霜了,"我说,然后开始往上走,"而且情况很严重。听起来她好像要精神崩溃了。"

"她今天看起来的确不太好。"

"也许之前就不好,"我说,"只是很难判断情况是往哪个方向发展。"

"你总这么说。"他说。

他气喘吁吁地陪我走上斜坡。身材高大笔挺,肚子微凸,头发有点凌乱。

"那你想怎么办?"他说。

我闪过一根低矮的松枝,鼻梁处传来一阵疼痛。等脑袋过去后,我直起身子,但起身早了,树枝狠狠地刮在我的脖子上。

"见鬼了,真的,"我说,"我讨厌这该死的森林。"

埃吉尔绕了条路,消失在枝叶后面。

"那你准备怎么办?"我们再次汇合时他说道。

"我不知道,"我说,"你说托芙吗?"

"是的。"

"我得先看看她情况怎么样。"我说。

"精神崩溃,这是你刚才说的吗?"

"也许吧。我不知道。我得送她去医院。"

过马路时，埃吉尔抬头看着那颗新星，但什么都没说。

"我把车停在那里。"我说。

"它看起来还不太糟，"他说，"有钥匙的话，我试一下把车倒出来。"

"钥匙插在车里。"我说。

他打开门坐了进去。不一会儿车就发动了，剩下的那个车灯亮了。他给引擎加速了几次，像个该死的赛车手似的，然后挂挡，穿过石南和灌木丛，稳定而缓慢地倒车出来。

车回到了马路上，我走过去坐进车里。

"还算顺利。"他说。

"谢谢你，埃吉尔。"我说。

"没事。"他说，在前方拐到了路边，边倒车边打方向盘，然后又往前画了个弧线，开上了正确的车道。

"那孩子们怎么样了？"

"英韦尔吓坏了，"我说，"双胞胎睡着了。"

"好吧。"他说。

一阵沉默。

"我不是很会带孩子，"他说，"但如果你要送她去医院，我至少可以留下陪着他们。"

他看着我。

然后他笑了。

"你这个样子也不能送她去医院，"他说，"他们会把你也收进去！"

"你没听到我说英韦尔吓坏了吗？精神崩溃不是闹着玩的。"

"你今晚做了这样的蠢事，让我说几句也是应该的。我可以开车送她去，你在家照顾孩子们。"

我没有回答。

他为什么要现在来搞道德说教呢？

他以为他是谁？五十岁的无业男子，一个人住在度假屋里。不是什么值得吹嘘的人生吧，说实在的。

我们驶出森林，进入高山区平原地带，就是那些螃蟹过马路的地方。现在那里除了散落四处的被压碎的壳，什么都没有。

我向埃吉尔投去一瞥。

他直视前方，换挡加速，驶上另一边的弯道。

我没心情和他说螃蟹的事。

我把头向后靠，闭上了眼睛。

"谢谢你过来。"我说。

"没事。"他说。

"我打电话时你已经睡下了吗？"

他没有回答，但我感觉到他在摇头。

"我在读书。"他说。

"你在读什么？"我说。

"一本关于狮人的书。"

他的语调像是在期待我问狮人是谁。我不会问的，无论如何。

"哦，这样。"我说道，然后睁开了眼睛。车子经过那条通向码头的路。我对英韦尔说的话是真的，托芙的情况并不是很严重。但这很吓人。看着一个人消失在自己的内心世界里，变得不可触及，这本身就很吓人。何况那还是他们的妈妈。

道路转向北方，那颗星星就挂在我们上方的天空里。

它真美。

像死亡也很美一样。

"我们还没有聊过这颗新星呢，"我说，"这有点奇怪。"

"也许吧，"他说，"但你还有很多其他事情要考虑。"

"是啊。"我说。

又一阵沉默。我们开上了土路，埃吉尔放慢了速度。汽车几乎像一艘船一样在那些空房子之间航行。

"那你觉得它是什么？"我问，"一颗彗星？超新星？还是新星？"

他耸耸肩。

"我不知道。很可能是一颗新星吧，历史上也发生过这样的事。"

"有吗？"

"是啊，很多次了。"

他看着我。

"你听过《奥格斯堡奇迹之书》吗？"

"没有。"我说。

"一本十六世纪的德国插图手稿，几年前才被发现的。现在我们到了，"他说，在房子旁边的车道上停下来，"我们可以以后再聊。"

"是的。"我说。

埃吉尔关掉引擎，然后拉起手刹。

"你去看下孩子们，需要我在这里等吗？"

我解开安全带。

"如果你愿意的话，"我说，"待会儿你能开车送她去医院吗？"

"可以。"

"好。那你稍等一下。"

我打开车门下了车。

暖风吹拂。室外所有的灯都亮着，托芙的工作室里所有的灯也都亮着，花园就像黑暗中一座被照亮的岛屿。

我沿着房子前面铺好的那条小路走过去，房间看上去是空的。花园里也没有人。

前门大开着。

我想起英韦尔说的一楼有人的事。

我在门口停下来，朝里面看去。

一切看起来都很正常。

我打开厨房的门。

那里也一切正常。

"是你吗，爸爸？"英韦尔的声音从二楼传来。

"是的。"我说完走上楼去。

她站在上面，身体前倾，一只手放在栏杆上。我们的视线相遇，她张大了嘴巴。

"发生了什么事？你做了什么？你受伤了吗？"

起初我不明白她在说什么。然后我想起来了。

"没什么，"我说，"只是撞到了鼻子。不疼的，别担心。家里怎么样？你还好吗？"

我在她面前停下来，朝她张开双臂。

但她反而双臂抱住自己的身体，然后低下头。

"你酒驾了。"她说。

"不是你想的那样，"我说，"现在我们来说说家里发生的事。要抱一下吗？"

她点点头，但仍保持原样站着，像是要缩成一团。我用双臂搂住她。

"我的女儿，"我说，"一切都会好起来的，你会看到的。一切都会好的。"

"爸爸，你酒驾了。"她又说了一次，然后缩了回去。

然后她突然看向我。

"你还醉着吗？"

"现在我们先坐下来，然后你告诉我都发生了些什么，不要着急，"我说，"然后我们就在这儿解决。双胞胎还在睡着吗？"

她点点头。

我越过她身边，走进了他们的房间。两个孩子都侧躺着，脸颊贴在手臂上。他们的一切都是封闭的，不仅是嘴巴和眼睛，在某种程度上，他们的身体也是，生命是在我们内心进行的事情，我脑海里闪过这样的念头。

我转向英韦尔，她站在那里看着我。

"你也得睡了，"我说，"来吧，我们去你的房间。"

"你不能先找到妈妈然后照顾一下她吗？现在？"

"照顾好你更重要。"

"什么意思？"她用一种类似怀疑的眼神看着我。

"妈妈不会记得这些事的，"我说，"她现在好像做梦一样。但你会记得。这就是为什么照顾好你更重要。还有阿斯勒和海明。"

"现在就去找她。"她说。

她现在占住了道德制高点，因为我酒驾而且没有照顾他们。但我也不能被她牵着鼻子走。

楼下突然传来一声巨响，然后是什么东西碎了的声音。

英韦尔跳起来。

"你听到了吗？"她说，"楼下有人。"

"听起来像只猫，英韦尔，"我说，"没什么大事。我下去把它放出去。"

我走下楼梯，她站在那里看着我。

会是什么呢？

阿尔内

猫肯定弄不出这样的动静。

我在门前停下向外投去一瞥，看看托芙是不是在那儿，但花园里还是一个人影都没有。然后我小心翼翼地打开餐厅的门，往里面看去。

什么都没有。

我轻手轻脚穿过房间来到另一扇门前，把耳朵贴上去。

里面有动静。

会是一条狗吗？

我很想就此作罢。反正门是锁上的，不管里面是什么，反正它也出不来。

假如那不是一个人的话。

听起来不像。

我小心地按下把手，把门推开。

里面一片漆黑。声音停了下来。

我摸索着找到墙上的开关。灯亮了，光充满了从墙壁到天花板的整个房间，一只獾站在地板中央盯着我。

它朝我低吼。

我很快又关上了门。

"那是什么，爸爸？"英韦尔在走廊里说道，"爸爸？那是什么？"

"那里有只该死的獾！"我说。

"什么？"

她进了房间。

"它怎么进来的？"

"不知道，"我说，"我们暂时先不用理会它，我去找妈妈，然后再把它撵出去。"

"就让它在那儿吗？獾不危险吗？"

"它们并不危险，不，"我说，"而且反正它也去不了别的地方。"

我轻抚她的头。

"现在去睡吧，我的姑娘，"

她开始无声地哭泣。

我用双臂搂住她。

"你要送她去医院吗？"过了一会儿她说。

"是啊。"

"我们自己待在这儿吗？我不想自己待着。"

"埃吉尔开车送妈妈，我就留在这里陪你们，好吗？"

她点点头。

"去睡一会儿吧。"我说。

她又点点头。

我从厨房的抽屉里拿出门钥匙，把门锁上。然后我出去见埃吉尔，他在黑暗中一动不动地坐在车里，车门开着。

"孩子们没事，"我说，"托芙不在屋里，我得出去找她。"

"要我帮忙吗？"

"当然可以，"我说，"顺便说一句，客厅里有只獾。门已经锁上了。"

"真的吗？"他说，"我都不知道这一带有獾。"

"显然，"我说，"你来吗？"

他起身从车里出来。

"她一般会沿着海滩散步，"我说，"所以也许她就在那里。当然，除非她刚刚走开。"

"你去她的工作室看了吗？"埃吉尔说。

"只从外面看了一眼。看上去没人。"

"也许应该先去那儿仔细看看，再去别的地方。"他说。

"你说得对，"我说，"那你在这里等会儿。"

我走到那扇门边，打开门。

托芙就在窗户下方的沙发上睡着。嘴巴张开，打着呼噜。她仰面躺着，一只手放在胸前，脚底板顶着沙发，膝盖冲上，向两侧张开。

那就没事了，我想。至少这次没事了。

我拿起扶手上搭着的一条毯子，正要盖在她身上，却看到她一只手上沾满了血。猩红厚重，就好像在一桶血里浸过一样。

这他妈怎么回事？

我小心翼翼地抬起她的手臂，仔细打量那只手。看上去没有任何像是伤口的东西。

我一动不动地站着，环顾四周。

哪里来的血？

我走进工作室的另一个房间。在那里，在她平时工作的那张大桌子上放着一只猫的头。是从身体上撕下来的；血淋淋的脖子上挂着丝丝缕缕的筋肉。

头上是一双圆睁着的眼睛，在黑色皮毛的衬托下呈闪亮的黄色，仿佛还活着。

旁边是一摞纸，上面画着这个头。

该死。

你到底在搞什么，托芙？

我关了灯，回到沙发边上看她是不是还在睡，然后我把那里的灯也关掉了，出去找到埃吉尔，他双手插袋里站着，凝视着闪烁的桅杆的方向。

"她在那里。"我说。

"嗯，"他说，"她睡着了吗？"

"是的。"

"那你现在什么打算？"

"我肯定不能叫醒她。她已经好几天没睡了。也许等她醒来就好了。无论如何，只能走一步看一步了。"

"也就是说，你就不需要我帮忙了？"

"不，还是要的。或者请你稍等下，如果不太麻烦的话。还有那只獾。"

他点了点头。

"它在客厅里。"我一边说一边走进屋里，埃吉尔走在我后面。我在房间门口停下来，打开门。

"我们怎么抓它？"我说。

"就这样把门打开，"他说，"然后我们走开？我想它自己会找到路出去的。"

"如果它跑到孩子们那儿去怎么办？"

他笑了。

"我不认为獾会爬楼梯，你觉得呢？"

"不知道，"我说，"但无论如何我得确保他们房间的门都关好了。稍等一下。"

我能看到英韦尔的门关着。还有二楼男孩们的房间。

"好吧，"我对埃吉尔说，"我们开门吧？"

獾一定知道我们来了，因为当门打开时它一动不动地站在那里盯着我们。

它发出低吼，亮出牙齿。

"哦咦，哦咦，"埃吉尔说，"它情绪不太好。让我们给它点时间。"

我们走到门厅里。

"我会待在这儿直到它出来，没关系，"埃吉尔说，"或者你能

阿尔内

请我喝杯啤酒吗？我们可以坐在花园里盯着这边。"

"好主意，"我拿出两瓶啤酒，放到外面桌上，我们坐在椅子上，那儿能看见门口。

是她杀了那只猫吗？还撕下了它的头？

我拒绝相信这一点。

但那颗头就在那儿。

"那么，干杯。"埃吉尔说，并向我举起瓶子。

"干杯，"我说，"再次谢谢你。"

我们沉默地坐了一会儿。在灯光的光圈外，八月的黑暗笼罩着大地，万籁俱寂。

我的鼻子传来一阵抽痛，我突然意识到那里肯定一直在痛，但直到坐下来我才注意到它。

那颗新星在我们头顶高高地闪耀。

我坐在那里看着这一切，埃吉尔则轻声哼着什么端详着自己的指甲，这是他的习惯。

"这啤酒不错，"过了一会儿他说，"什么牌子的？"

"诺恩啤酒，"我说，"味道很好，但是贵得要死。"

他点了点头。

在视野的底部我瞥见了有什么在动，我向门口看去，那只獾的鼻子探出门来。

"它出来了。"埃吉尔说。

"嘘。"我说。

它向右看看，向左看看，然后又向右看，就像个要过马路的小学生。然后它就沿着墙根溜了出来，离我们只有几米远。因为重心很低，看上去像一辆缓慢前行的手推车。

"一种美丽的动物。"埃吉尔说。

"是啊，"我说，"它会出现在这里还挺奇怪的。"

"怎么说？"

"它看起来就像来自童话世界，或者是遥远的异国。它竟然属于这里，真是很难理解。"

"那你觉得什么动物属于这里呢？"

"狗和猫。牛和羊。"

他微笑着看着我。以前也常常这样，就好像他知道一些关于我的事情，而我自己却毫不知情。

我一口气喝干了剩下的酒，然后把瓶子放在桌子上。

"你还想再来一瓶吗？"我说。

"也不坏。"他说。

"有可能我话说太满了，"我说，"说实话，我不确定还有没有啤酒了。"

我起身走进去，先走向英韦尔的房间，想看看她是不是睡着了，但我又改了主意，因为如果她还醒着，肯定会责备我又喝起来了。虽然啤酒的酒精含量只有百分之三点五，她也不会为此放过我的。所以我改了主意，走进浴室小便。

天啊。

我的模样。

鼻子歪斜肿胀，结了血痂。眼睛泛红，头发凌乱。

我用温水打湿一块毛巾，然后轻轻地擦拭，血已经凝固了。

擦完我就小便，尿液落到便池里是深黄色的，非常接近棕色。我想，一定是因为天气太热了。身体里所有水分都化成汗水排出去了。

冰箱里只剩下一瓶啤酒，但在最里面那两盒果汁后面还有一罐汉莎啤酒。

"谢谢。"我把瓶子递给埃吉尔时他说。

"都安静下来了？"我说完就坐下了。

他点了点头。

"喝完这瓶我就回家了。真是漫长的一天。你们什么时候回去？"

"计划是后天。但现在要看托芙的情况。"

"学校什么时候开学？"

"周三。"

他又点点头，就好像我的孩子们的上学时间对他来说有什么重大意义似的。

精神崩溃能让她做出这样的事吗？

无论如何，我必须记得在孩子们醒来之前把那个猫头弄走。

我们坐了一会儿，什么都没说。在室外昏暗的灯光下，他的脸因为汗水微微反光。我的皮肤也汗津津的，薄薄的衬衫粘在我的胸口和上臂。我猛地挣了一下，它才堪堪松开。

"你说的那本书叫什么名字？杜伊斯堡什么的？"

"是奥格斯堡。Das Wunderzeichenbuch。奇迹之书。"

"哦？"

"那是一本带插图的目录，收录了自《旧约》时代到这本书出版的 1552 年为止世上出现的所有奇迹征兆。"

"你有这本书吗？"

他笑了。

"我还没那么有钱。它是孤本。所以没有。不过几年前塔森出版社出了一个影印版。"

"然后？"

"那本书里说，1103 年，四旬期的第一个星期五，天空中出现了一颗新星。人们连续二十五天都在同一时间段里看见它。1173 年天空中也出现了一颗新星。那是在日食期间，所以它之前可能也在，只是到那时才能看到。另一方面，它又比其他恒星大得多。1545 年 12 月，天空中出现了两颗新星，比其他恒星看上去大得多。"

"你对细节的记忆力真不错。"我说。

"完全不行，"他说，"但我之所以记得那些细节，是因为它们很有意思。书里还提到许多其他征兆。血雨、彗星、天上掉下来的死鸟、地震、日食、天国之剑，各式各样。人面鱼，还有一只四足鸡。"

"啊哈，"我说，"有那么一瞬间我以为我们在讨论天体现象的某种科学记录。但这只是无稽之谈和迷信。"

"现在天上那颗星星也是无稽之谈吗？"

"不是，"我说，"但也不是什么来自上帝的奇迹。"

他笑了。

"你什么时候成了上帝问题的权威？"

"得了吧，"我说，"现在你还相信奇迹吗？"

"我不需要相信。"他说，抬头看着那颗星星。"看看就够了。"

"所以那是一个征兆？"

"万物皆征兆。那边的树。叶子。所有都是。"

"什么的征兆？"

"我不知道。"

"那么征兆来自何处呢？是谁在和我们沟通？"

"世界在和我们沟通。这是来自世界的征兆。从那此在而来。"

"现在我都有点快要生气了。"我边说边在裤兜里摸索着香烟。

"在桌上。"他说。

我拿过烟盒，抖出一根烟点上。

"我们就对它存而不论吧。"我说。

"我没问题，"他说，"我该回去了。"

"你走回去要多久？"

阿尔内

他站起来，喝完瓶子里剩下的啤酒。

"大概半小时。"他说，然后把瓶子放在桌子上。

就在这时，不知从什么地方传来一声长长的嗥叫。

"什么声音？"我边说边环顾四周。

那叫声再次响起。

"听起来像是从花床那边传来的。"埃吉尔说，冲着沿屋子外墙铺设的花圃点了头，在上面射灯的照耀下，绿色植物葳蕤茂盛。

我起身跟他一起走过去。

他用手把灌木丛拨开。

"见鬼。"他说。

"什么？"

"一只死猫。还有你在找的小猫。"

他双手在灌木丛下摸索了一阵。转身站起来，手里拿着一只小猫。它发出尖锐的吱吱声。

我向前弯腰看去，看到那只猫的尸体躺在那里，浑身是血，头不见了。

"肯定是那只獾干的。"他说。

"你觉得是吗，"我说着又站了起来，"它们会这样折磨猫吗？"

"会的。看这儿，你得照顾这个可怜的小家伙。"

他把小猫递给我，小猫在他手里扭动着。

温暖，柔软，惊惧。

它挣扎着要跑，我用双手将它抱在胸前。

"好吧，朋友，"埃吉尔说，"我们下次有缘再见。"

"再见，再次多谢。"我说。

我站在原地，看着他向车道走去。

他转过身来。

"顺便问一下，你明天怎么安排？"他说，"如果你必须开车送托芙去医院的话，谁来看孩子？"

"如果这样的话我就打电话给我妈妈，"我说，"你已经帮了我很多了！"

他朝我挥挥手，消失在拐角处。

"现在，还有你，小东西。"我用手抚摸小猫单薄的脊背。一开始我想可以把它放在英韦尔的房间，她喜欢猫，但随后我意识到这还涉及一些问题，比如不该在半夜叫醒她只是为了去给她一只猫。而且今天对她来说已经够戏剧化的了。

"所以你只能跟我在一起了。"我一边说着，一边摇摇晃晃地回到屋子里，踢掉鞋子，上楼走进卧室，小猫靠在我的胸前。

我关上身后的门，把它放在地板上，这样我就可以腾出双手脱衣服。它立刻就箭一般冲到了床底下。

我只穿着一条内裤，跪下来想抓住它，但它远远躲着我的手，于是我只能放弃，选择上床睡觉。我原本打算把它放在床上，这样它就可以睡在我旁边，我可以给它做个伴。现在它只能独自躺在我下方的地板上，心脏怦怦跳动，眼睛闪闪发光，我这样想着，或者更确切地说，这是我脑海里浮现的画面，因为思想会以图像和文字的形式出现，就好像光是同时以波段和粒子的形式出现，可以这样想象，而我已经这样想过很多次了。

卡特琳

　　空气在人行道的柏油层上颤抖，整条街道似乎都在炎热中微微摇晃，建筑物砖墙投下的阴影呈现出一种梦幻般的倾斜，映衬着蔚蓝的天空，阳光所及之处，一切都闪闪发光。小隆尔庄园湖周围的草地上挤满了人。购物中心里十分凉爽，但几乎一个人也没有。我沿着药店的货架慢慢走过去，拿了各种需要的东西，儿童牙膏、给彼得和玛丽买的带海盗图案的新牙刷、两包他们喜欢的无糖口香糖、棉球、棉签、止汗剂和一包扑热息痛片，我觉得这样我要买的验孕棒夹杂在其中就没有那么显眼。尽管如此，当我把它从架子上拿下来时，我还是环顾了一下四周，把它们放在店员面前的柜台上时，我又看了一圈。

　　她抬头看了我一眼，然后开始一件件扫描。

　　那是一种试探的眼神吗？

　　她知道我是谁吗？

　　还是她觉得我已经老了，不能怀孕了？

　　拿钱包时放在包里的手机亮了，会议结束后它还在静音状态。我拿起手机，是高特打来的电话。我犹豫了几秒，按了拒接，把手机放回包里。

我必须先振作起来。

"需要口袋吗？"店员问道。

我摇摇头。

"那么，四百二十块，谢谢。"她看也不看我地说。

她身材娇小，圆润白净，戴着一副厚厚的黑框眼镜，药店的准医疗制服把硕大的胸部绷得紧紧的。她看起来就很好生养。但这只是一种偏见，我边想边把银行卡推向读卡器，难道圆润的女性就一定比苗条的女性好生养吗？

我把这些东西装进包里，回到购物中心大厅，乘自动扶梯到了顶楼的咖啡馆，里面空无一人，只有一个老人坐在窗边，颤抖的手里拿着一个蛋黄椰丝面包在吃，嘴唇上粘着椰丝，一对拐杖靠在旁边的椅子上。

我走进厕所，给高特发短信说我一会儿再打电话，然后打开验孕棒的包装，掀起裙子，脱下内裤，坐在马桶座圈上。

这事本身真的很蠢，简直歇斯底里。我这是怎么了？我已经四十二岁了，一直在用避孕药。我肯定不会怀孕。恶心的症状可以有其他一千种解释。这一定是某种潜意识的自我暗示。

但为什么我的潜意识会认为自己怀孕了呢？

厕所门打开了，有人从外面走了进来。

门把手上下转动了几次，但她肯定能看出来里面有人。

我起身拉起内裤，放下裙子，把还没用的验孕棒放回包里，拉了一下冲水绳就出去了。一个二十岁出头的女孩站在那儿，眼睛盯着地板。她的脸让我觉得眼熟，但我又想不起来。她也没有要打招呼的意思，径直走进了隔间，所以可能只是我的想象，我一边洗手一边想道。

我在咖啡馆里买了一瓶健怡可乐，坐在离老人最远的窗边桌子上，几乎一口气喝掉了一整瓶，我比自己想象的还要渴。然后我就坐在那儿俯视远远下方的众生，到处都是人和鸟。

　　也许那是一个让我留下的征兆？我的潜意识认为和高特以及孩子们在一起的生活是美好的，然后它想方设法试图阻止我离开这种生活？

　　用另一个孩子把我锚定在这儿。

　　我原本确实会高兴的。多一个孩子会多么开心。

　　只要不是和高特的孩子。

　　我还能扭转局面吗？

　　往旁边迈出一步，然后一切就都好了。

　　亲爱的上帝，让我迈这一步。让我与高特一起的日子再次充满喜悦。

　　外面的影子开始变长。窗外隐约传来海鸥的叫声，如此忧郁地坠向空虚。

　　昨天那只猛禽很奇怪。我从来没有听说过类似的事情。

　　为什么想起这件事就会感到不安呢？

　　那不是事情本来的样子。那是原本一成不变的事物里的一个变数。

　　厕所门打开，女孩走了出来。她在乘自动扶梯下去之前看了我一眼。现在我想起来了，她是酒店前台的那个女孩。

　　所以我还没有完全老糊涂。

　　我拿出手机给高特打电话。

　　"嗨，"我说，"你刚才给我打电话了？我那时在开会。"

　　"是啊，"他说，"我只是想求得你的原谅。"

　　"为了什么？"

　　"为了我昨天的指控。我简直失心疯了。非常抱歉。"

"我明白的。"我说。

"明白我很抱歉？"

"不是，是明白你为什么起疑心。我已经有一段时间不太对劲了。但现在好多了。"

"是吗？"

"是的。"

"那是什么问题呢？"

"我不太想在电话里谈论这件事。也许今天晚上聊？我可以买点酒和好吃的？"

"烧烤吧，"他说，"毕竟天气好得不可思议。"

"好主意，"我说，"也许我们也可以邀请别的什么人？"

"难道不是我们两个单独聊吗？"

"我们可以之后再聊。要不我问一下西格丽德和马丁？"

挂断电话后，我给西格丽德发了短信，问他们愿不愿意过来吃晚饭。我从中学时代起就认识她了，即使住在不同的地方，我们也一直保持联系，虽然不是特别频繁。几年前她搬回卑尔根，我们又开始定期见面。她是一个理想主义者，第一份工作就是在《阶级斗争报》[1]，这真是太典型了，然后她在莫桑比克的一个援助组织工作了五年，随后又在伦敦的一个基金会工作，她最终搬回挪威，开始为地区报纸撰稿，有了海伦妮和提奥两个孩子。她也很愤世嫉俗，我喜欢这种组合，喜欢她不抱幻想地为幻想工作。有时我会想象我也这么做，但这只是一种幻觉，因为我的工作是关于感情和关系的，关于去接近一些没有人确切知晓的东西，但每个人或者至少很

---

[1] Klassekampen，挪威发行量第三的左翼日报。

多人都经历过。神学不是关于上帝的学问，而是关于我们如何谈论上帝的学问，向神圣开放怀抱，而神圣本身必须流动。西格丽德明白，她的愤世嫉俗所指向的是人们谈论上帝的方式，尤其是牧师们的，她称这些是小人之妄。"不该由这些人来谈论上帝，"她曾经说过，"所以人们不再信教也就不足为奇了。一个想当神父的人本来就不太正常，但又只有他们才会成为神父。""那么该由谁来谈上帝呢？"我说。"最优秀的头脑，嗯，"她说，"一代人里最才华横溢的。"然后她笑着看着我，说刚才这些批评对我不适用。

我也喜欢马丁，和她结婚的那个家伙，尽管我并不确定对她来说他究竟有多合适。他们相恋于学生时代，而马丁到现在还是学生。他拿了一个哲学博士学位之后换了方向，成为一名放射科技师，在医院工作了几年，然后他又开始读一个我不太了解的计算机硕士。之后他又开始读另一个博士学位，这次是生物学。我们已经不再就此开玩笑了；它似乎已经从一件有点古怪的事情变成了一种宿命。

西格丽德立即回复了，他们愿意过来，我喝完最后一口可乐，乘自动扶梯下去。走到街上，热浪扑面而来，天气太热了，吃肉有点吃不消，虾应该更合适，如果有螃蟹也不错。还有冰过的白葡萄酒。

我去了鱼市，在人群中排着队。遮阳篷下的光线是一种淡红色调，就像闭着眼睛看太阳一样，似乎每个表面都在闪烁。我盯着一个水箱看了很久，里面有几条大鱼在游动。碧绿清凉的水波对眼睛是一种抚慰。在陆地上，在所有穿着短裤的游客、房屋和汽车中间，鱼的动作和样子看起来很奇怪。

"我要三点五公斤吧。"轮到我的时候我说，冲着虾点点头。

招呼我的男人身材高大，秃头，穿着红色T恤，外面系着白色围裙，他把虾舀进袋子里。

"这不是鲜虾吧？"我说，"那么也许能给我打个折？"

很多虾的虾须都断了，很明显是解了冻的冻虾。我知道这个是因为十几岁时我认识的一个女孩在那儿工作，她告诉我，鲜虾快卖完的时候，他们经常会去超市买冻虾回来卖。

"是鲜虾，"他把袋子放在秤上，没有看我，"所以刚好六百克朗。"

"好吧，"我说，"反正也没太大差别。"

他飞快地看了我一眼，然后把两个纸袋放进一个更大的塑料袋里，给提手打了个结。几滴汗珠顺着他的脖子滚下来。

"我还要买点螃蟹，"我说，"四个。"

他点点头，弯下腰，从碎冰床上拿起四只螃蟹。

"这些是挪威产的吗？"我说。

"虾是鲜虾，螃蟹是挪威的，"他说，"一共九百。"

我拿出银行卡，他把读卡器递给我。就在这时，我的手机响了。我快速输完密码，把手伸进包里，拿出手机。

是妈妈。

"嗨，卡特琳，"她说，"你还好吗？"

"还不错。"我边说边用脸颊将手机夹在肩上，一手取回卡，另一只手接过那袋虾蟹。"昨天和你聊天挺有帮助的。"

她干笑一声。

"大概也不会太有帮助。但你听起来感觉好多了。你和高特谈过了吗？"

我把卡放进钱包，又把钱包放进包里，开始往外走。

"还没呢，"我说，"但反正我不会再说什么了。"

"为什么不？"

"没什么可说的。"

"听起来就是这样，"她说，"一段关系总会有起伏。但是一定要学会别在谷底时采取行动。"

"咬牙苦忍吗？"

"不。我们讨论的不是折磨，而是耐心。"

一阵停顿。她以前经常突然挂电话，但这次并没有。

"你怎么样？"我说，"你还在上班吗？"

"是的。但结束之后我要去度假屋。"

"听起来不错。"我说。

"不是因为我想去，"她说，"但我联系不上米卡尔。他不接电话。我得开车去看看他是不是在这种大热天里心脏病发作了。"

"你真的很担心吗？"我说，"每次打电话他都会接吗？"

"米卡尔？不是。需要联系的时候他是出了名的不可靠。我只是突然想到会不会出了什么事。"

"肯定不会的。"我在十字路口红灯处停了下来。

"是啊，多半不会，"她说，"他肯定是在钓鱼时丢了手机。所以它正躺在海底，时不时地响起。"

"多么美好的画面。"我说。

"什么？"

"我不知道，"我说，"但是，妈妈，我现在得走了。你到了的话告诉我一声，好吗？"

"好的，"她说，"再见。"

一辆又小又脏、车身上还有些凹痕的汽车挡住了超市门口停车场的入口，车里坐着一个头发花白稀疏的老太太，她不安地瞟了我好几眼，一个跟她年龄相仿的老男人正在从另一边朝车子走来。我想，他们不仅上了年纪，而且还很疲惫不堪，像酗酒者或吸毒者的那种疲惫不堪。我可以倒车然后绕一圈，但我也不赶时间，而且我想他们应该很快就会把路让开。但也许我真的该那么做，因为那个老太太显然非常内疚，她向走过来那个老男人气势汹汹地挥手，然后用畏惧的眼神又看了我一眼。

她探身为他打开车门。他个子很高，脑门窄窄的像个树桩，头发灰白，在一侧压得扁平，晒成棕色的皮肤上满是深深的皱纹。他把什么东西放进车里，然后试着坐进去。但他太僵硬了，几乎没法挤进那狭窄的空间坐到座位上，看上去像是卡住了没法动弹。老太太冲他大喊，我从她嘴巴的动作可以看出来。

她又瞥了我一眼，然后抓住男人的 T 恤，拼尽全力把他拉进去。我身后的汽车按了喇叭，她伸手越过已经坐好的他砰地关上了车门。

很奇怪她对他人的需求如此敏感，然而同时又活成现在的样子，他们开车离开了，我这样想着，把车停在离超市最近的一排车位里。

我没有太多东西要买。几瓶啤酒，一些柠檬，一些蛋黄酱，一些优质的白面包，给孩子们的汽水。当然还有冰淇淋。

还有黄油。可不能忘了黄油。

我在入口处拿了一个红色购物篮，走进闪亮的凉爽的大厅，它看起来不像一个大厅，因为所有那些货架似乎都在吸引人们的目光。所有那些不同的颜色，不同的标志，这所有表面上的缭乱一团，是的，这场由各自具有独立意义的符号组成的视觉风暴，不知为何吸引了我的注意力。

只有刚主持完葬礼的时候，我才会想到这样的问题。

那广大的外部。

我在一些布道中谈到过，关于抬起视线，关于看到那广大的联结，但是光说是没有用的，这些务必要切身体会。由内在而发。

但在那坟墓的边缘，每个人都能看到那广大的外部，我想着，驻足在水果区，视线滑过那些亮晶晶的苹果、橙子、橘子、香蕉，搜索着柠檬，它们在最顶端，绿色毛毡垫上明亮的黄色。

我撕下一个塑料袋，放了六个柠檬进去，然后走到烘焙区，拿了两条白面包和两条长棍面包。

它真的还叫白面包[1]吗？

店里顾客很少。现在还太早，下班后来购物的人流还没来。而且今天天气太好了，最后的夏日，然后就是风雨和黑暗。

我在啤酒货架前站了一会儿，先选了一个牌子，然后又想了想我到底需要多少。每人三罐？那就是十二罐。但如果他们多坐一会儿的话，每人三罐也没多少，尤其是天气还这么热。每人四罐就是十六罐。这样的话买一箱也没什么问题，我们还能剩下几罐。

但牧师提着一箱啤酒横穿超市，这看起来不太好。

女牧师也一样，妈妈有时会这样叫我。

横竖差不多。

我把购物篮放在一箱啤酒上，弯腰抱起箱子，朝收银台走去。

付完钱，把买好的东西装袋的时候，我感觉有人在看我。我转过身，迎上了机场里那个男人的目光。他就在小卖部旁边盯着我。

我想都没想就朝他走去。

他转身快步朝出口走去。

"嘿，你，"我喊道，"我得跟你谈谈。"

他溜出了门。我开始跑起来。

当我跑到停车场时，他大约在二十米远开外。那辆破旧的汽车

---

[1] Loff，精面粉白面包，源自英语 Loaf，因为现在面包花样和名称太多，所以卡特琳也不确定了。

开到了他身边。他转向我，朝我挥手致意。看上去像是在微笑。然后他打开车门，坐了进去，汽车猛地加速，开到马路上消失了。

半小时后，我把车停在屋外的石板道上，打开后备厢，取出购物袋。我没拿那箱啤酒，想着高特可以把它搬进去。

厨房的窗户开着，楼上传来音乐声。即使是在大白桦树的树荫里，空气也近乎灼热。

我踏上楼梯时高特已经打开了大门。

"嗨！"他说，用双臂搂住我，"看到你真高兴！"

他亲了我的嘴唇，我两手各拎一个购物袋站在那里，这个吻就像一种攻击。

"我也是，"我拿着东西走进了厨房，"今天工作还顺利吗？"

音乐是收音机里传来的，调到了一个青少年频道。至少是1995年，我想，因为我听出那是一首我们学生时代的歌。我正在把我的问题积累到一头牛那么大，他们唱道，一头牛那么大。

"和平时一样，"他说，"只是孩子们有点暴躁。都是这天气搞的。"

"是啊。"我说，把螃蟹和虾放进冰箱。"第一股热浪袭来时总会有更多的人死去。第一次寒流也是。"

我从橱柜里拿出一个碗，把柠檬放进去。高特走过来从后面抱住了我。我直起身子，转头看向他，他吻了我的脸颊。

"抱歉。"他轻声说道。

我感觉到他硬了。

"你不用抱歉，"我挣脱出来，从购物袋里拿出面包，放在料理台上。"还是吃虾吧，"我说，"这么热的天气，烤肉还是有点腻。"

"有什么不对吗？"他说，双手垂在身侧，看着我。

在室内明亮的光线下，他眼角细密的皱纹清晰可见，而我突然看清了他的模样，就在此刻——嘴角开始撇向下方，额头上有一条深刻的、已经成为永久性的沟壑。他有一头卷曲的、浅红色的头发，发量一直很多，让他看起来更年轻，而他的热情曾经让那张脸很生动。但现在不是了。

我可怜的丈夫，我边想边对他微笑。

"没有，"我说，"只是我今天上班很累。我在空无一人的教堂里主持了一个人的葬礼。这件事影响了我。我也不知道为什么。"

"很显然你走心了，"他说，"我不知道你怎么能每天承受这么多悲伤。"

"这其实不是我的悲伤。"我说。

"是的，但你看到了它。你和那些悲伤的人交谈。"

"你啊，"我说，"后备厢里有一箱啤酒，你能去把它拿进来吗？"

"当然，"他说，"你买了一整箱吗？"

"留点备用的也好，"我说，"尤其天气这么热。"

"我不反对。"他说完就出去了。

我关掉收音机，走进客厅，打开尽头的窗户，坐在旁边的椅子上。然后我又站起来，胳膊肘支在窗台上向外看去。超市里的那件事仍然让我感到不安。显然我看到的不可能是克里斯蒂安·哈德兰，尽管在那疯狂的几分钟里我这么想过。他已经死去而且下葬了。但就算不是他，我心里也很不舒服，这个男人为什么又一次突然出现在我身边？他和那对倦怠的老夫妻又有什么关系？

她看我的眼神充满了恐惧。

我当时以为是因为她挡住了我的停车位，觉得很不自在，但不一定是这个原因。还可能是别的原因，可能与机场的那个男人有关。

她惊恐地看着我，没过多久，他也看了我一眼，然后就和他们一起离开了。几乎像是在逃跑。

为什么他一见我就跑？

我听见高特走上楼梯，于是转过身来。

"把它们放在地下室不是最好吗？"当他抱着啤酒箱出现在我的视野里时我说。

"是的，"他说，"先放几罐进冰箱吧。"

"彼得和玛丽什么时候回来？"我说。

他停在房间中间。

"七点。但也许他们可以在那儿过夜，马丁和西格丽德来的时候我们就不用担心孩子们了？"

"可是他们会带自己的孩子过来。"我说。

"好吧。"他说完就走进了厨房。

这只是一系列巧合，我想。确实不值得为此花费时间和精力。我碰巧遇到一个男人，看起来像是我埋葬的死者，然后不久我碰巧又撞见他。仅此而已。

西格丽德和马丁的红色帕萨特在七点半时准时驶入车道。当她从车里走出来时，我看到她穿着短短的白衬衫，在腰间打了个结，一条长长的碎花棉布裙，头发扎了个马尾，戴着墨镜。她晒黑了，举手投足满是自信。

她看起来永远这么精神，这姑娘。

"嗨。"她抬头时我跟她打招呼。

"嗨！"她说，"能来做客真是太好了！"

马丁打开后车门让孩子们出来。他穿着橄榄绿的短裤和黑色 T 恤，有点太紧了，让他原本瘦削的身材上凸起的小腹有点显眼。他的皮肤是灰白色的，加上深色的头发和略显尴尬的举止，与他的配偶形成鲜明对比。

"我们是去后院还是上来？"西格丽德说，车钥匙还在手里。

"到后面去，你们，"我说，"高特和孩子们已经在那里了。"

太阳已经西斜，地平线上出现了一道橙红光带。透过开着的窗户可以听到邻居家花园里传来的声音，兴致盎然且充满期待，我想，仿佛他们正在准备一场盛大活动。

我稍微低下头，能隐约看到五六个人手里拿着酒杯站着，稍微过去一点是弗罗尔森，高特学校的校长，他正在往烤架里倒木炭。我也隐约听到花园里传来声音，是孩子们的笑声和叫喊声。

我从橱柜里找出两个大盘子，然后从冰箱里拿出三袋虾，倒进盘子里，它们互相刮擦着，呈现着从鲜红到粉红之间的各个色调。

我把两个盘子端到屋后，大人们围着露台桌子坐着，孩子们在高特父亲为他们做的小木屋里玩耍。

"吃虾真是个好主意，"西格丽德说着站了起来，"还是我们今年夏天的第一次。"

她给了我一个拥抱。马丁等在她身后。

"嗨。"他将一只手放在我的背上，脸颊贴近我的脸，但没有完成这个动作，所以我们的脸颊没有接触。

他也很小心地避免与我视线相交。我时不时地想象他被我吸引了，而他如此有意回避是因为他不想引人怀疑。

"嗨，马丁，你怎么样？"我说。

"很好，"他说，然后又坐下来，看着西格丽德，"可能我看起来不太好？"

"没有啦，你很好。"西格丽德说。

"有什么新鲜事吗？"高特说，他靠在椅背上，两条光溜无毛的腿跷着二郎腿，头有点高傲地微微后仰。

"我不会把新鲜事和马丁联系在一起。"西格丽德笑着说。

他们来之前吵架了吗？他们肯定吵架了。

"卡特琳，葡萄酒还是啤酒？"高特说。

"啤酒吧。"我一边说一边坐下。

桌上看起来不错，摆满了贝壳类海鲜、柠檬、面包、黄油，还有蓝色玻璃盘子和细长的绿色葡萄酒瓶，下面衬着白色桌布。

"孩子们，来吃饭了！"高特说。

孩子们从木屋里爬出来，在我们大桌旁边的小桌坐下，开始吃热狗肠和面包。

"你知道我今天看到了什么吗？"西格丽德对他们说。

他们摇摇头，盯着她。

他们觉得她漂亮吗？

不，他们现在还不会有这种念头。

也许彼得会有？

"我坐在花园里。然后我听到栅栏后有动静。一只狐狸突然跳了上来。"

"一只狐狸！"玛丽说。

"是啊！"西格丽德说，"它就站在那里看着我。看了很久。然后它跳下去，跑回树林里去了。"

"狐狸危险吗？"玛丽说。

"不，你疯了吗。"彼得说。

"太奇怪了。"高特说。

马丁什么也没说，尽管他可能对此有一些想法。他弓着背，视线朝下盯着桌子，从蟹壳里撬出一些蟹膏，把它涂在一片面包上。

"自上次见面以来你们都做了些什么？"西格丽德说。

"卡特琳上周末参加了一个研讨会，我在家带孩子们，"高特说。

"我们去了诺德勒斯岬角游泳，很棒。"

"在海里吗？"

"不，不，在那儿的游泳池里。然后整个星期都在工作。其他就没什么好玩的事了。你们呢？"

"工作上没什么事，"西格丽德说，"夏天假期后世界还没有开始运作起来。"

"还是发生了一些事，不是吗？"高特说，"例如那四个失踪的年轻人？"

"这不完全是我部门的事，"西格丽德说，"关于马丁的工作，他刚刚做了一个有趣的选择。不是吗，马丁？"

马丁看着她，眼中流露出类似愤怒的东西。

"也许吧，"他说，"但肯定还有比这更有意思的话题，我很确定。"

"别啊，说吧，"高特说，"你都做了什么？"

"他放弃了博士项目，打算重新开始另一个项目。"西格丽德说。

"你不是快要毕业了吗？"高特说。

"也不完全是，"马丁说，"我应该至少还剩半年的工作要做。"

"那么发生了什么？"我说。

他耸了耸肩。

"他想写树木的思考。"西格丽德笑着说。

别取笑他，我默默地想。

他看着她。然后他把餐巾放在桌上，有那么一瞬间我以为他会起身离开。

"听起来很有意思！"我说。

"并不是，"西格丽德说，"如果你问我的话,这听起来相当愚蠢。"

"让我们听听这个人自己怎么说，"高特说，"你是想写什么呢？"

马丁叹了口气。

"我其实还没有决定呢。"他说。

"不，你决定了。"西格丽德说。

如果他们来之前没有吵架，他们离开后就会吵了，我想。

"树会思考吗？"高特说。

他这么说的时候我心里有什么感觉沉下去了。有时他就是如此……是啊，愚钝。

与此同时，他又让局面回到了正轨，因为马丁一口接住了这个问题。

"不，它们不能思考，准确地说，"他说，"但如果我要解释这事，我们不能从这里开始。每个人都知道想法是什么。但实际上我们不知道它们是什么。"

"不是大脑里的化学信号和电子信号吗？"高特说。

"是的，但从生物过程到真正进行思考，这之间存在一个飞跃。想法是什么？"

"这就是你想知道的！"西格丽德笑着说。

幸好马丁微笑了。

"意识是现存最大的谜团。没有人知道它是什么。没有人。也不知道它是怎么来的。尼采相信假如没有它，我们所有人都会过得很好。"

"永恒轮回。"高特说。马丁瞥了他一眼，然后继续。

"意识就像是一个地方，在这里我们终于能看见自己。但我们为什么这么做呢？这有什么用？当我们看见自己时，我们是从外部看自己——也就是说，正如别人如何看我们。这就是尼采的理解，意识是为这个共同体而存在的。它的存在是因为人们之间的关系。所以有人认为这里还存在其他形式的意识。其他形式的智能。比如说森林。关键在于这种意识或智能对我们来说是如此陌生，以至于我们甚至看不到它的存在。"

"非常有意思。"我说。

"但本来半年后他就可以毕业找一份工作了。"西格丽德说。

"所以一棵树不能思考，"马丁说，"但树林可以。一个作为整体的生态系统可以。我们现在讨论这个想法可能和人们在试图创造人工智能有关。我们也不知道它会是什么样子。"

"什么什么样子？"高特说。

"人工智能，"我说，"但这并不是什么全新的想法，马丁。"

"怎么说？"

"很久以前人们相信万物皆有生机，相信森林有灵，甚至认为森林是一种生物。"

"那是迷信，"马丁说，"而这是科学。"

马丁小小的演讲后出现了短暂的沉默，然后谈话又开始了，我们坐在那里吃吃喝喝，什么都聊。太阳消失在树梢后面，天空的蓝色变暗，慢慢变成黑色。奇怪的是，太阳下山后，空气并没有变得凉爽，反而依然闷热，几乎要燃烧起来。

过了一会儿，高特和马丁把孩子们抱进屋里，让他们上床睡觉。他们一走出我们的视线，西格丽德就点了一根烟，往后倒在椅子上。

我从棚子里取出煤油灯，点燃灯芯，把它放在桌子上。

"再来点酒吗？"我说。

"是的，谢谢。"西格丽德说。

我先给她倒上，然后又给自己倒了酒。

"那么，干杯。"我说。

"干杯，"她说，"为会思考的树林干杯！"

"我想这也没那么严重，"我说，"我是说，只要你们经济上还过得去。"

"倒不是经济的事。只是我实在是太他妈的糟心了。就是永远不会有什么结果，永远不会成什么事。你明白吗？没有结果，没有任何实在的东西，甚至毕业论文也写不完。永远都在原地打转。他本来应该给孩子们做个榜样，不是吗，他们应该在他身上看到一个男人应有的样子。结果他的表率就是这样。"

"那的确是有意思的。"我说。

她摆出一个白痴式的表情看着我。然后她吸了一口烟，又喝了一口酒。

山谷另一边的山上，天色刚刚开始暗下来。一定是月亮升起来了，我想，然后转过身，这样我就可以看到孩子们的房间和那里两扇透着光的窗户。

"毕竟你是个牧师，"西格丽德说，"所以当谈到关于无形力量的神奇理论时，你得回避一下。"

"有很多事是我们不知道的。"我说。

"这话说得不对。恰恰相反。有很多事是我们知道的。"

那是什么东西？

"看那儿！"我说。

西格丽德转过身来。

"天啊。"她说。

一颗巨大的星辰升入群山之上的天空。

"嗨！"高特在阳台上喊道，"你们看到了吗？"

它让周围的一切变得荒凉。

"看到了，很难看不到它。"西格丽德喊。

就好像它看到了我们似的，我想。

卡特琳

高特和马丁走过草坪，高特走得慌慌张张的。

"你觉得那是什么？"他说道，目光停驻在天空，"UFO？哈哈哈！"

"这是一颗超新星，"马丁说，"正在银河系某处熊熊燃烧的一颗星星，在它完全烧掉之前的样子。"

"但它这么近。"西格丽德说。

"不是啦，它在很远很远的地方，"马丁说，"所以我们现在看到的，实际上发生在几百年前。"

"你的看法呢，卡特琳？"高特说。

"我不知道，"我说，"但你说的听起来很有说服力，马丁。"

有那么一会儿我们都抬头看着它。这景象让我充满恐惧，我试图用各种想法与之斗争，我告诉自己这是一种自然现象，而不是一种征兆，星星看不到我们，不会思及我们，也无法审判我们。

过了几分钟后，感觉就好像不能再看它了，好像我们已经看到了所有可看的东西。高特把酒杯斟满然后坐下，西格丽德又点了一支烟，我开始想要不要去拿甜点，还是只喝咖啡就行了。但好像它并没有从意识中消失，每个人都会时不时地抬头看看天空，我也是，而当我没抬头时，我仍然意识到它的存在。

其他人害怕吗？

看起来没有。

"他们在上面睡着了吗？"西格丽德说。

"还没有呢，"高特说，"但也不是什么大事，毕竟明天不上学。他们在一起玩得很开心。"

"他们一直都是这样。"西格丽德说，"毕竟，彼得是提奥的偶像。"

"现在还是吗？"高特说。

"是啊。他一说到他就停不下来。"

"那他们现在在做什么？"我说。

"他们在排一出戏，"马丁说，"彼得和海伦妮负责剧本、导演和主演，提奥和玛丽亚跑龙套。"

"他们不玩那些电子设备真是太好了，"我说着站了起来，"谁要咖啡？"

上楼的时候我突然想到妈妈说过等她到地方了会给我打电话。我把盘子放在料理台上，然后查了一下手机。什么都没有。我身后跟着马丁和高特，他们端着桌上剩下的东西。她一定是忘了，我想，但这不像她。

"我该把这些东西放哪儿？"马丁说。

"就在那边台子上，"我说，"谢谢。"

我把那些壳倒进袋子里，系紧之后扔进水槽下方的垃圾桶。高特开始把盘子和玻璃杯放进洗碗机时，我走进我的书房，关上门，然后给妈妈打电话，同时抬头看着那颗星星。现在它在天空悬得更高了，不再那么令人不安。

她没有接。

我又打了一次。身后的门开了。我转过身。是高特。看到我正在打电话，他又关上了门。

要么出了什么事，要么她忘记充电了。

一切还好吗？我发了短信，然后回到厨房。高特已经打开了咖啡机，把莓果倒在盘子里，还拿出了瓷杯和玻璃杯。

"我能帮手做点什么吗？"我说。

"如果你已经打完电话，也许可以去照顾一下我们的客人。"他说，也不看我。

"就这么几分钟，没有我他们也能照顾好自己，"我说，"有什么问题吗？"

"没有。"他打开冰箱门，拉出冷冻室的抽屉。

"好吧，"我说，"我把我能端的东西端出去。"

我从他身边走过，他直起身子，手里拿着一盒冰块，然后抓起嵌在墙壁和微波炉之间的大托盘，开始在上面放杯子、碟子和玻璃杯。

"你刚才给谁打电话？"高特说。

"妈妈。"我说。

"这个时候？"

"是的，她说她到度假屋后会打电话过来，但是她没打，我就想确认一下。"

"好吧。"他说，仍然不看我。

楼上突然传来孩子们喧闹的说话声和笑声。声音穿过大厅，来到楼梯。

"我们可以给你们演我们排的戏吗？"这小小的一群跌跌撞撞地走进厨房，彼得说，"可以吗？"

"你们还没睡觉吗？"我说，"时间已经不早了！"

"当然可以，"高特说，"我们迫不及待想看下你们的成果！"

十分钟后，我们坐下来观看孩子们的戏剧首演。彼得是个雪人，他在身上裹了一条白床单，还借了我的白帽子。

"我在这异国他乡走啊走啊，"他边说边在我们面前的草坪上来回走着，"哦，这里多热啊！哦不，我要融化了！我死了！"

他瘫软下来跪在地上。

然后海伦妮上场了，她头上戴着玛丽的皇冠，背上背着翅膀，手里拿着一根魔法棒。提奥和玛丽走在她身后，肚子上各用带子系着一个枕头，头上戴着尖顶帽，不太看得出他们在扮演什么。

"我在异国他乡走啊走啊。"海伦妮说着来回走着，两个小家伙跟在她后面嬉戏。突然，她看到了雪人。

"你是谁？你在这里做什么？"她说。

"我是雪人山姆，"彼得说，"救救我，救救我，我快融化了！"

"我无能为力，我的法力对天气和风也没办法。但我知道有人可以，"海伦妮说，"再坚持一下！"

"快点，快点！"彼得说道。当其他三个人又开始来回踱步，他的身子又垮下了一点。然后彼得站了起来，脱下床单和帽子，表情严峻地盯着天空。

"巫师，巫师，"海伦妮说，然后走到他身边，"你能控制天气和风吗？"

"我可以，"彼得说，"你想要冷一点还是热一点？"

"请冷一点吧。沙漠里站着一个雪人，现在他正在融化。"

"噢，北风！噢，雪和霜！"彼得说，把双臂伸向空中，"快来吧，让天气变冷一些！"

"谢谢你，亲爱的巫师。"海伦妮说，和两个小家伙一起走到边上，然后彼得把床单和帽子都披挂起来。这次他躺下了。

"我快死了，"他说，"可是等等！天越来越冷了！奇迹出现了！"他慢慢地站了起来。其余三人也向他这边走去。

"谢谢你，我的好仙女，你救了我！"他说，"你愿意嫁给我吗？"

"是的，我愿意。"海伦妮说，握住了他的手。

我们鼓掌。高特大声喊"太精彩了"。彼得看上去有点害羞。

"非常好，所有人都很棒！"我说，"但现在该睡觉了。"

我站起来带他们进屋。彼得走到我身边。

"妈妈，你喜欢吗？"他说。

"喜欢，我肯定喜欢。"我边说边揉着他的头发。

"我在想气候。"他说。

"我看出来了，"我说，"不过下次可以让其他人多点戏份吗？"

他抬头看着我。

"这是我想出来的，"他说，"其他人什么想法都没有。"

"所以才更要让他们多参与一点呀，你知道的，"我说，"来，你该去睡了。"

他突然加快了脚步，跑上楼梯进了走廊。当我走进房间时，他正躺在床上，脸冲着墙。其他人躺在自己的床垫上。

我坐在他的床边。

"怎么啦，彼得？"我边说边抚着他的头发。

他没回答，只是僵硬地躺着，一动不动。

"你特别聪明，"我说，"这是一部非常好的作品。"

他没有回答。

我起身。

"睡个好觉，"我说，"爸爸妈妈很快就会来接你们两个了。"

"晚安，妈妈。"玛丽亚说。

我关掉灯出去了。

我在门廊上停下来，抬头看着星星。仿佛它重新定义了天空。现在只有这一点是最重要的。

有什么可怕的事即将发生。

它表达的就是这个意思。

有什么可怕的事要发生了。

午夜之后好一会儿，西格丽德和马丁每人抱着一个熟睡的孩子上了车。他们道谢后就开车上路了，高特和我走进厨房，开始打扫和清洗。招待过客人之后我们一直都是这样；不管直接上床睡觉多么诱人，都比不上晚睡次日醒来后看到厨房干净整洁的感觉。通常我们会聊客人和谈话的内容，但今晚我们一个字也没交流。当我清空洗碗机时，高特默默地冲洗盘子和玻璃杯，当我又开始装满洗碗机时，他什么也没说就出去了，大概是去把桌子上剩下的东西都拿进来。

我又累又疲倦又焦躁不安，因为还是联系不上妈妈，而我也完全没心情强迫自己去缓和气氛。再说了，这只会给他开始一次争吵的机会。

我把一块洗碗剂放入洗碗机的小门中，关上门并启动。我没等高特就上楼去卧室了，卸妆，洗脸，刷牙，换衣服。当我走到床边时，我看到装有验孕棒的小包就放在我的床头柜上。

我把它放在那里了吗？

我对此没有任何记忆。

但肯定是我放的，我想。

我把它拿出来，插在床腿和床头之间，然后把被子拉到一边，在床上躺了下来。尽管盖着被子的确很热，但没有它我也不行，睡觉不盖东西对我来说非常不自然。南欧盖的那种床单我完全接受不了，每次我们去那里度假时，我都会翻箱倒柜找真正的被子。这是为了它带来的分量感和安全感，也是一种习惯。

解决办法就是侧躺着，一条腿在被子上，一条腿在下面。

今天是怎样的一天啊。

而且彼得也太敏感了。

这让他有时几乎有点表现失常了。他一定要学会变得更糙些，承受力更强些。

为什么妈妈不打电话呢？

卡特琳

我该再试一次吗？

我半坐起来，然后又躺了回去。

实在不愿意。

幸运的是恶心的感觉已经消失了。

它不一定意味着什么。可能就是那个早上的各种因素造成的。

我当然没怀孕。

所有这些幻想是从哪儿来的？

双生子。怀孕感。

都是幻想。

我太老了。染色体缺陷的风险逐年增加。

我不愿意接受它吗？

来自上帝的礼物？

一个孩子？

我必须接受。

上帝知道我所有的想法吗？

别傻了。神无所不知，神无所不在，但并不针对个人。

所以我是绝对安全的。

但这是多么可怕的想法啊，有人对你有过的任何想法都了如指掌。然后，在生命抵达终点时，和你当面对质。

那么多愚蠢的念头。那么多丑陋和邪恶。然后都要讨个公平。

高特怎么了？

他变成这样让我很讨厌。所有空间都是这种感觉，无处可逃。

应该一笑置之。

他总不能反对笑声吧。

但我做不到。

永恒轮回是多么可怕的想法啊。

但更糟糕的是有人知道你的每一个想法。

为什么？

因为本来就是这样的吗？

永恒轮回的概念意味着人们必须尽可能好地去行事。你所做的一切，都得无止境地重来一次又一次。而假如有人知道你的一切想法，你就得尽可能去想好的念头。这令人难以忍受。

哦，太热了。

我翻了个身，朝另一侧躺着，被子凉爽了片刻，贴在我的皮肤上。

高特走上楼梯，脚步沉重。

我睁开眼睛，看到他站在门口。

"谁让你怀孕了？"他说。

我坐了起来。

"你在说什么？"

"我的意思是，我有权知道。"

"但是高特，"我说，"亲爱的善良的你。你真是这么想的吗？"

"为什么你的包里有验孕棒？还有你为什么把它藏起来了？"

"你翻了我的包？"

"这是次要的。回答我的话。"

"我已经恶心好几天了，然后我忽然想到也许我怀孕了。"

"和谁？"

"没有人。我没怀孕。但假如我怀孕了，那当然肯定是和你。"

"我们已经很久没睡过了。"他说。

"也没有很久，"我说，"但这很荒谬。如果你要这么想我没法和你讨论。"

"你躲在书房里给谁打电话？"

"够了，"我说，"我说过我在给妈妈打电话。"

卡特琳

"那给我看下你的手机。"

"这辈子都不可能。现在你太过分了，高特。我简直不敢相信你会不信任我，你真的认为我在撒谎吗？"

"是的。"

他转身走下楼梯。

我躺在床上，看着天花板，感觉自己快要窒息了。

不能再这样下去了。

我不能再过这样的生活。

我侧躺着，把头枕在手臂上，闭上眼睛。

黑色的血液在我的血管中涌动。

多么糟糕的一天。

他多么狭隘。

一个小男人。他就是这样。

我又睁开了眼睛。一道我之前没注意到的微弱光芒照在地板上。我刚才浑然无觉，以为那是月光。但这是那颗新星。

楼下传来音乐声。

肯定是迪伦 [1] 七十年代的某张唱片。

我起身走到敞开的窗户前，抬头看去，那颗星星高悬在寒冷黑暗的夜色之中，闪闪发光。

为什么它不能是什么好事的征兆呢？

一个新的创造，一个新的人生？

身后的床头柜上，手机亮了。

一定是妈妈。

我打开了消息。

---

[1]　Bob Dylan，美国著名民谣歌手。

嗨，小卡特，很抱歉我没有早点联系你。我和米卡尔在医院，他有轻微的脑出血。但他意识清醒，完全康复的几率很高。我现在和他在病房里，不能说话。我明天早上给你电话。拥抱你，妈妈。

艾斯林

我走下楼梯时敲门声仍在继续，还有他的喊声。我很害怕，他肯定已经完全失控了，但他看到了我，而且在某种意义上这也是他的房子，所以我逼着自己一路走到前门。

门在他的捶打下颤抖。

"让我进去，该死的！"他喊道。

我抓住了门闩，但我没法说服自己开门。相反，我转过身去准备回到楼上，尽量不弄出一点声音。假如他没钥匙，这也不是我的房子，我不能放他进来。

我只是一个租客。而他是个失去了理智的瘾君子。

他可能很危险。

我停下了。

那有什么关系呢？

有什么失控的、不可预知的事情发生了。

我又下去了，这次没有特意放轻脚步。

我在门前停下，他还在砸门。

我拉开门闩。

但他没有注意到，只一味地继续砸门，于是我小心地打开了门。

他一看到门开了，就大力往里一推，然后几乎是冲进了房间，我被推到了墙上。

"锁上它！锁上它！"他边跑上楼梯边喊。

楼上某个房间的门被砰地关上了。

我锁上前门，然后回到我在顶楼的小套间，把房间的门也锁上，躺回床上。我关掉 iPad，用毛巾擦了擦脸和脖子，闭上眼睛。

楼下传来一声响亮的、刺耳的尖叫。

"啊啊啊啊啊啊啊！"他尖叫。"啊啊啊啊啊啊啊！"

我惊得坐了起来。

我从来没有听过如此可怕的尖叫声。

"啊啊啊啊啊啊啊！"他又尖叫起来。"啊啊啊啊啊啊啊！"

他肯定是服了某种极其强效的东西。氯胺酮，会让人产生幻觉，或者 LSD。

可怜的混蛋。

我应该帮帮他吗？

他可能很危险。他可能会以为我在追杀他，杀了我。只要他手里有一把刀，我就完了。

但他也可能会伤害自己。

他完全失控了。

我起身站在那里，不知道该怎么办。然后他又尖叫起来，我下定了决心。为了以防万一，我从厨房角落的抽屉里拿出一把刀，慢慢走下楼梯。通往房子里其他地方的门开着。

"不！不！不！"他在里面喊着。

我走进门厅。不知道他在哪里，我停下来，等着他的下一声尖叫。但现在突然完全安静下来了。

艾斯林

不知道为什么，我突然意识到是远处的那扇门。那是他以前的房间。

我小心翼翼地打开门。

他双手交叉跪在地板中央。屋里没开灯，但外面很亮，我能看到他闭着眼睛。

"嗨。"我低声说。

他突然睁开眼睛，半站起来，差点儿向后撞到墙上。

"不！"他喊道，"不！不！"

他把身体靠在墙上，用惊恐的眼神看着我。

天知道他看到了什么。

"是我，"我说，把背后的刀握得更紧，"你们的租客。没什么好害怕的，一切都很好。"

他呼吸急促，像一只受到威胁的动物那样一样抵着墙。我没有动，他看起来似乎平静了一些。

"你背后是什么？"他说。

"没什么，"我说，"我背后什么也没有。"

"把你的手伸出来。"他说。

我试着尽量友善地微笑。

"我手上什么也没有。"我说。

"把你的手伸出来！"他大喊，突然朝我走过来。我后退了几步，转身跑出房间，跑上楼梯。到了顶楼我往后看去,他没有追上来。我把门在身后锁好，躺在床上，心脏在胸腔里狂跳，喘不过气来。

该死。

他彻底疯了，而他还在这屋子里。

我该怎么办？

我屏住呼吸，凝神听了几秒钟。

下面现在彻底安静下来了。

我拿出手机，打开通讯录。

等到呼吸平复下来，我立刻给房东打电话。他们两人的电话号码我都有，但我选择了她，安妮。

她马上接了。

"艾斯林，"她说，"有什么事吗？"

"嗨，"我说，"刚刚有人上门了。我想是你们的儿子。"

"耶斯佩尔？他在你那里？"

"是的。但他已经失控了。他又嚷又叫。我试过和他说话，但他追着我跑。我想他肯定是磕了什么东西，看上去好像出现了幻觉。我不知道该怎么办。你在那边也做不了什么。但我想可能你可以告诉我该给谁打电话。"

"你没听说吗？"她说，"耶斯佩尔失踪了。我们现在在阿姆斯特丹，正在回家寻找他的路上。结果他就在家里！你确定是他吗？"

"我想是的。他敲门时高喊着妈妈。你觉得我该怎么做？我其实很害怕。"

"他在做什么？"

"他在尖叫，就像是被什么附体了似的。没法和他交流。"

"太糟了，"她说，"可是我们至少明天中午才能到家。但听着，几分钟后我打给你，好吗？"

"好。"我说。

我拿着手机起身走到窗前，探身出去。炎热的空气像堵墙一样矗立在外面。

下方又传来一声惨叫。它穿透了我的骨髓和骨头。

他看着我的时候几乎就像看到了什么别的东西。他仿佛完全置身于另一个世界，那里的一切都有不同的意义。

电话响了。

"艾斯林？"她说，"你还在吗？"

"在。"我说。

"我们已经报警了。他们应该很快就到了。现在怎么样了？"

"我不知道。我在楼上小套间里，他在下面尖叫。"

"谢谢你，艾斯林，"她又说了一次，"非常抱歉让你承受这些。但很快就会结束了。"

挂断电话的时候房子里彻底安静了。我又躺回床上。腋下的汗水顺着身体两侧流下来。我挠了挠痒，用毛巾擦擦额头。

现在让我害怕的是沉默。

他已经自杀了吗？

他的状态很有可能。

但他很可能只是睡着了。

我又站起来，走到窗边。这栋房子旁边是一条死路，警察只能从一个方向过来。

什么都没有。

我知道我应该等到他们过来，给他们开门，解释现在什么情况。但我一直无法摆脱那种他躺在那里死了或受伤了的念头。

我用钥匙打开门，轻手轻脚地走下楼梯，在门厅停下来仔细倾听。

没有声音。

一辆汽车沿着外面的道路驶来，我转头看向窗外。是警察来了。蓝色的警灯闪烁着，但没有鸣笛。两个男人和一个女人从车里下来。他们站在一起说了几句话，抬头打量着这栋房子。

屋里依然一片死寂。

然后有人敲响了门，感觉就像你正在看电影，里面一个演员突然敲响了你的房门。

我尽可能安静地走下最后几级台阶，打开门。

"嗨，"女警察说，"你是艾斯林吗？"

我点点头。

"他在上面吗？"

"是的。但现在完全安静下来了。他可能睡着了。刚才他完全疯了，真的。"

"他对你做了什么吗？"

我摇摇头。

"他只是像疯了一样一直尖叫，然后朝我冲过来；但我跑了，他没有追上来。"

"你租的是阁楼的房间，是吗？"

"是。"

"你可以带我们看看他在的那间屋子吗？然后你就可以回自己的房间了。下面的事我们来接手。"

他们跟着我上了楼梯。

"他在这里。"我说，然后他们在门前停下敲了敲门，我继续走回我的房间。我让门敞着，一动不动地站在地板中央，想听听下面发生了什么。

他们无声无息地把他带走了，我想。

没有尖叫，没有撞击，没有暴力。

过了一会儿，楼梯上传来脚步声。我连忙把门合起来，但没有关紧，然后躺上床。

有人敲门。

是那个女警察。

"我们找不到他，"她说，"好像他根本不在这里。"

"什么？"我说，"这不可能啊。这里很安静。如果他出去的话我肯定会听到的。"

"他会不会在一楼？那里的门锁上了。你没有那里的钥匙吧？"

我摇摇头。

"好吧，"她说，"那我们就无能为力了。如果他回来，你可以打这个号码。我现在联系他妈妈。"

她递给我一张卡片，我把它放在桌子上。

"谢谢你的帮助。"她说完又下楼了。几分钟后他们发动了汽车，沿着道路缓缓离开，这次没有开启警灯。

我关上门，上了床，闭上眼睛。我确信他就在房子里的某个地方。如果他出去的话我会听到的。

除非这一切只是我的想象。

我坐起来。

就像那场大火一样？

这不可能。不。

一切都那么真实。他敲门喊叫，我下来开门，他把我推到墙上然后跑上来，我去了他的房间，他自己撞到墙上，很害怕我。

这不可能都是我的大脑编造出来的。

那他现在去哪儿了呢？

我走到窗前，把手放在窗台上，探身出去。群山之上的天空变亮了，星星也黯淡得几乎看不见了，只有那颗新星仍然明亮而清晰地闪烁着。

约斯泰因

当我关上身后的门，匆匆穿过走廊跑向电梯时，差不多可以算是世界上最幸福的人了。三重谋杀，这种事并不常见。既然盖尔说这是他见过的最可怖的事，那它一定很糟糕。一个逍遥法外的连环杀手，不能更棒了。然后我突然也有了给蒂丽德的不在场证据，她不知道我是什么时候被叫出来的。据我所知，房间里的艺术家小妞可能会再待一天。写完这篇报道后我可以再晃过来看看。

来到前台时，不知为何我总觉得现在是冬天，建筑物上堆起积雪，黑色的天空飘扬着雪花。但并不是。现在是夏天。外面的空气像一堵墙似的杵在门外，热得让人以为是正午。

坡底的出租车站一辆车也没有。我点了一根烟，在打车 APP 上输入地址。在目的地那栏我先写了黑沼湖，然后又删掉了，没人愿意半夜开车去那儿。我转而在谷歌地图上查了通向那里的路。黑沼路和施泰门路的交叉口看起来不错。

车还有六分钟到。

我站在那里看着那黑色小点在地图上转向，朝中心行去。

面前的托加曼尼根广场空荡而荒凉。顶层的一间公寓里突然传来音乐声。我抬头看见三个人走到阳台上，每人手里都拿着一个酒瓶。

屠宰，他说。

凶器是什么？剔骨刀？还是一把锋利的老式斧头？

还剥了皮？

这太极端了。

他为什么这么做？

也许是他们。那个乐队一共有四个年轻人。那么凶手很可能不是一个人。但他不是说只有三个人被杀吗？那么第四个在哪儿呢？

第四个人杀死了其他三人，而且他还没有被抓住，仍在逍遥法外。也许在我站在这儿的当口他就在城里。

出租车进了隧道，我弹掉烟头，朝马路走过去，车马上就会在那里出现了。

鸟儿已经开始在头顶的树上鸣叫。叽啾啾叽喳喳，你就是个小人渣。叽啾啾叽喳喳，你我们可放不下，它们像平日一样唱着。

这时我才看到街对面有一个人靠在墙上盯着我看。也可能是在看别的什么东西？很可能只是个喝醉了的男人站在那里发呆，试图积攒力气好踏上回家的最后一段路。

我抬头看了看出租车应该出现的方向，那里空空荡荡，我打开地图再次查看。地图显示那辆车停在了挪威酒店外面。

我环顾四周。

地图的定位并不总是那么精确。

哪里都没有出租车。

现在可以直接打电话联系他们，不是吗？

至少上面有一个电话的图标。我按下它，举起手机放在耳边，不耐烦地来回踱步。他们现在就在那边和尸体在一起，过不了多久其他记者就会收到风声。

电话响了又响。

最后我放弃了，回到了酒店。前台没人，我用手大力拍了一下铃。

一个瘦高个儿从后面房间里走出来，穿着松松垮垮的黑色西装，傲慢地看着我，他有一口长得像马齿似的牙，脸颊上全是痘印。

"需要帮忙吗，先生？"他说。

"你能帮我叫一辆出租车吗？"我说，"我刚试过，但没叫到。"

"你是酒店的客人吗，先生？"

你只要按下那个按钮就好了，丑陋的混蛋。

我摇摇头。

"但我刚刚拜访的人住在这里。"我说。

你是说，操了我们的一位客人，他肯定这么想。但我可不在乎。他点了点头，按下按钮，然后递给我一张写有订单号的纸条。

希望那辆出租车能快点来。当你知道外面有事在发生时在这儿干等是很磨人的。

我又点了根烟。

只要我抢到这个头条就再没人能压我一头。

森林里的三具尸体，屠杀，剥皮，以及一个记者。

快来吧，现在！

"你得耐心点。"我身后一个声音说。

什么？

我猛地转过身去。是刚才那个盯着我的家伙。我刚才以为他二十多岁，但现在我看到他即使没有五十岁，至少也四十多岁了。

"你是在跟我讲话吗？"我说。

他只是微笑。他看上去并没有喝醉。那他想干什么？还是说，他是个同性恋？

"是啊，"他说，"这里没有其他人了。"

"你也可能是自说自话的傻瓜，"我说，"老实说，你看起来也像。"

他把手放在我肩膀上。

"你他妈的干吗呢，伙计？"我说，拧身摆脱了他。就在这时一辆出租车开进了广场，我果断朝出租车走去，打开车门坐进后座，在心里摇着头。

"是你订的车吗？"司机头也不回地说。

"是的。"我朝他挥挥那张纸条。

"黑沼路？"

"是的。而且急得要死。你能开快点吗？我可以加钱。"

那个同性恋还站在那儿面带微笑看着我。当司机调头开到路上时，他举起手打招呼，好像我们是朋友一样。

白痴。

我想给他比个中指，但然后我想到这在同性恋世界中或许有完全不同的意思，所以我还是移开了视线。

"你住在那外面吗？"司机看着镜中的我说道。他声音尖锐嘶哑，和他苍老的面容不太相称。额头皱纹密布，眼镜后有一双忧伤的眼睛。

"怎么？"我用尽可能冷淡的语气说道，扫视着窗外掠过的建筑物和树木。

他肯定是看到那家伙碰我，产生了各种联想。

一股奇异的平静缓慢地游遍我的全身，有种飘浮的感觉。我很生气，我一点都不想要这样的感觉，但意志并不能阻止它。

如果继续下去，我很快就会哭出来，感觉就像是这样。

"晚上那边有一场重大事件。"司机说。

"哦？"我说，"火灾？"

"不，我想是警方行动。但你真不住那儿吗？"

我没有回答。

他肯定是常常独自待着，抽烟喝酒，拐过奥斯卡国王街时我这么想。街上连个鬼影都没有。我很少看到这个时间的城市。要么喝得太醉，什么都注意不到，要么就是睡着了。

我上一次哭是什么时候呢？

还是小男孩的时候。

我拿出口袋里的小刀，展开其中一把刀片，将刀尖刺向指尖，慢慢按下去，直到见血，这针刺般的疼痛在意识中孤独地停留了几秒。

"但你是从城里来的，这我能听出来。"司机说。

"你这就过分了，"我一边说，一边舔掉那一小滴血，"别管闲事，开快一点，谢谢，反正路上一个人都没有。"

"噢，噢。"他说。

我们加速穿过了卡尔法瑞区。黑沼湖距市中心的确只有几分钟路程，居然那么荒凉，这真他妈的让人想不通。但这对崇拜魔鬼的人来说挺好的，他们可以在那儿不受干扰地做自己的事情。

他是怎么杀掉那三个人的？也许趁他们睡着的时候？

但为什么呢？

大概是磕了药，失去了理智。

又或者魔鬼崇拜已经冲昏他的头脑，让他觉得他们的所作所为是真实的，而不仅仅是为了扮酷。

这种对邪恶的崇拜也太弱智了。这就像崇拜太阳一样。无须崇拜，它也会每天升起。邪恶也是一样。邪恶已经在这儿了，而且它自己发展良好。

内袋里的手机开始震动。

是蒂丽德。

她还在上班，所以我猜她只是想看看我是不是还在外面。

我拒接了这个电话，并将手机彻底关机了。

司机从卡尔法瑞路下来然后开上左边一条更窄的路。片刻后我们过了一个十字路口，他靠边停了下来。

"到了。"他说。

我拿出银行卡，插进他递给我的读卡器，输入密码。他太爱管闲事了，所以我没有给小费。

他很恼火，我下车时甚至没和我说"再见"。

就好像小费是他们天经地义应得的一样。

我把钱包放进后兜，开始往里走，经过那些寂静的房屋，朝远处灰色的大坝走去。

希望那边的乐子还没有结束，我边想边看手表。不过事实上离盖尔打来电话才过了不到三十分钟。

这点时间他们肯定还没干多少活。

他说是在水厂的右边？

没错，他是这么说的。

我拐上下方一条通向大坝的小路，先经过一个小足球场，然后是一个小篮球场，哗哗的水声越来越大。

我停下脚步。河对岸的森林边上停着大概七辆警车，三名身穿制服、全副武装的年轻警察站在那儿聊天，其中一人坐在引擎盖上。

他们似乎没看到我，我向后退了几步，躲到了水厂大楼的后面。

我该干什么？

我点燃一支烟，抬头看着大坝庞大的墙体。我当然可以直接走到他们面前实话实说，说我是一名记者，刚收到了爆料，所以现在正往犯罪现场赶。他们不会对我开枪，但一定会嘲笑我。他们现在绝不会让记者进去的。

但正如我们小时候所说的那样，空气对所有人来说都是免费的。

而且这是个住宅区，他们阻止不了我过桥，然后沿着另一边的路走下去，我可以从那里爬上山腰，在森林里绕过他们。

也许有点麻烦，但这是值得的。

我扔掉烟，开始往下走。当我过小桥时三个警察都看着我，我好奇地回头看了看，我认为任何一个正常的路人都会这么做。

我能感觉到他们的目光注视着我，尽量做出正常走路的样子，等我转过弯消失在他们视线之外，我又放松下来，左右张望着寻找合适的地方爬上山腰。

一路上都是房子，所以我可能得穿过其中一家的花园。无论如何，几乎没人这么早起床，我想，然后打开了离我最近的一个栅栏门，沿着台阶走进花园，花园坡度陡峭，通往一座漆成红色的房子。所有窗户都黑着，一切都很安静，我以最快的速度向上爬，甚至还没走过房子就已经喘上粗气了，但我继续前进，穿过花园的另一侧，然后走入树丛中间，在那里我停了下来，双手抵着膝盖，呼出一口气。

天还很黑，地势崎岖，树木茂密，显然不会有什么趣味。但如果我走运的话，那些尸体应该就在附近。那些撒旦信徒们其实挺懒的，很可能不会走太远。

我开始前进。透过树林可以看到下面几栋房子的灯光，然后是水厂那里的灯光。最好的办法应该是一直保持一定的高度，警察们很有可能在汽车和犯罪现场之间来回穿梭。我不得不一直低着头避开树枝，如果树木太密，就再往高处爬一点，如果地面太陡，就再往下走一点，荆棘丛挠着我的腿，还有些锁上的围栏需要爬过去，几棵冷杉密密地长在一起，我没绕开，而是直接从其间挤了过去，一边脸颊都擦伤了。

我讨厌森林。

为什么他们不能在公寓里互相残杀？

十分钟后我又停了下来，双腿委顿，气喘吁吁，走不动了。汗水顺着额头流进眼睛里，盐分把眼睛蜇得生疼。

至少我现在已经到池塘边了，透过树林，我能看到下面漆黑的池水。

远方某处响起直升机的轰鸣声。

大概是去医院吧，离水厂只有不到一公里。

我用一只袖子擦去额头上的汗，用另一只袖子揉了揉眼睛，然后继续前行。

我想，也许应该靠近池塘一点。根据我所知的，我可能已经走过了案发地点。

我开始往下走。双腿软得像花茎，感觉随时都会失去平衡。

直升机飞得更近了。我想，它可能不是去医院的，应该是属于警方的。

它飞过山腰，我停下来抬头看。很快我就看见它掠过去了，在灰黑色天空的映衬下显得黝黑而坚硬。

我继续往下走。地势崎岖，到处都是凸出地表的山体岩石。

我听到直升机从山谷底部掉头折返的声音。它低低地飞过山腰。

他们在干吗？

我用一只手抓住一根树枝，抬起头来。

现在它飞得更慢了。

它刚从我头顶经过，就又回来了。这一次它停在我正上方，高悬在那儿。

他们看不到我在这里吧？

为了以防万一，我蹲在一棵枞树下。

我再没看到那架直升机，但螺旋桨的声音持续了大约半分钟，然后声音突然变了，它向远方飞去，速度越来越快。

我从藏身之处出来，继续下山。直到这时我才意识到凶手可能还在这里。他会躲在树林里，等到事态平静下来。

不，不可能，他们会带着狗搜寻和追捕。他可能早就进城了。如果他有驾照，甚至也许已经到了这个国家的另一边。撒旦的信徒会开车吗？他不可能嗑药磕迷糊了去坐飞机或火车吧？

我走到一块相对平坦的地面上，感觉我现在离池塘不远了。天空仍然很暗，我仍然看不清周围灌木丛是什么颜色，但至少能看见落脚的地方。

"警察！卧倒！现在！你！卧倒！否则我们就开枪了！"

我尽可能快地跪了下来，将双臂高举过头顶。

"记者！"我喊道，"别开枪！"

"完全卧倒！趴下！现在！"

我向前扑下去把脸贴在地上。几秒钟后我周围的灌木丛哗啦啦响起来了。

"我是记者。"我趴在地上喊道。但那些白痴根本不以为意。他们从四面八方冲来。一只膝盖压在了我背上，一只手按着我的头，同时我的双臂被拢起来摁在背后。

"嗷，该死！"我说，"你弄疼我了！我是记者,我已经说过了！"

一副手铐铐了上来，然后我一瘸一拐地站了起来。

此时我才看到他们。三个全副武装的特遣部队的年轻人。

"你在这儿干什么？"其中一人说道，试图单靠眼神就把我震趴下。他留着野人般的胡须，大概是为了让自己显得老成一点。

"我已经说过三遍了。我是记者。我正在给我们报纸做一个报道。请你把手铐摘下来好吗？太荒谬了。"

"姓名？"

"约斯泰因·林德兰。你可以在谷歌上搜我的名字。"

约斯泰因

他还在盯着我。我不想跟他玩这种游戏，抬头往上看着山坡。

他点点头同时抬起眉毛，另外两个人每人一边抓住我的胳膊，开始带着我往下走。

他们显然已经决定这样处理了，所以我什么也没说。

接近池塘边时，出现了一条小路，我们沿着这条路向里走。过了一会儿，前方山坡的一个缺口下方出现了一片空地，我终于看到了凶杀案发生的地点。一小片草地，大小不超过十米乘十米，强光照得雪亮，站满了警察。我一眼就看到了盖尔，他站在一个搭在远处的白色帐篷外面，正在和一个小个子男人说话，那肯定就是耶尔森了。我们到的时候，两人都抬起头来，盖尔立刻朝我们走来。

那里散发着一种淡淡的焦味，就像一周前的火灾现场一样。还有另一种奇怪的气味。哦，那是什么？它就在我嘴边呼之欲出。

"林德兰，"盖尔在我们面前停下来，"你在这里做什么？"

"我的工作，"我说，"然后我在林子里被制服了。"

他笑了。

"他们也是工作。"

他看着那个留着野人胡须的男孩。

"现在可以给他解开那个了。"

男孩点点头，打开了我的手铐。

我先揉揉一只手腕，然后是另一只，然后尽力吸收身边的一切，同时尽量不让自己显得太好奇。

会不会是枪火药，那个味道？那种老式火药？

耶尔森一直在手机上写着什么，他看向我们，把手机放进口袋，走了过来。

"我以为你现在是文化记者了。"他说。

"那个我也干，"我边说边掸掉裤子上的一些细嫩针叶，"我写过一个乐队。白基督。听说他们都在这儿？"

盖尔和耶尔森都微笑了。

"你怎么知道的？"耶尔森说。

"我有我的消息来源。"我说。

"你知道多少？"

我耸了耸肩。

一名一身白的技术人员从帐篷里走了出来。另外两个人慢慢地并肩沿着森林边缘走下去，低着头，视线落在地面上。稍远处是一堆篝火的残骸，上面的木头已经烧了一半。篝火周围摆满了石头，似乎形成了一个更大的图案。很难看清楚，可能是一个五边形。

"你不能待在这儿，"耶尔森说，"我派人送你回去。"

他向帐篷外的那个技术人员走去。

我看着盖尔。

"他们还在这儿吗？"我说。

"谁们？"

"那些尸体。"

"嗯。"他说。

"我能看看吗？"

"你疯了？当然不行。你在这儿出现就已经够糟的了。"

"你有照片吗？"

"你现在知道的足够写一篇稿子了。"他说。

我内心如焚地想亲眼看看那些东西。恶魔崇拜者，仪式感的三尸案，还有他见过最惊悚的场面。

在森林边上，一个技术人员弯腰拿起一个物品。它看起来像本黑色的书，或者是烧成了黑色。

另一个递给他一个透明的塑料袋，他把它放进去。

约斯泰因

"不在这里的是那个鼓手吗？"我说。

盖尔瞥了我一眼，然后才掩饰住他的惊讶。

"无可奉告。"他说。

"谢谢。"我说。

"我什么都没说。"

"好的，"我说，"但如果是他的话，我认识一个很了解他的人，我们昨天还在一起聊天。当然，是在这件事之前。"

"我们也有人脉，林德兰。"盖尔说。

"但你不知道我说的是谁。而且他知道的东西不少。我很怀疑今天之后他还愿不愿意和你聊。"

"这个你也不知道。"他说。

"你会发现我比你先找到他！"我笑着说。

盖尔从后裤兜里掏出一支黑色电子烟塞进嘴里。一小团烟雾遮住了他的脸。

他把它放回去。

"你只想看一下，是吗？"他说，"你不会把你看到的写进文章里吧？那样的话，你就再也别想从我这里拿到任何消息了。"

"当然。"我说着，心里涌起一阵喜悦。

我跟着盖尔来到帐篷，在耶尔森面前停了下来。

"让林德兰也一起吧。"他说。

"得了吧，盖尔，"耶尔森说，"这不行。他们会把你钉在十字架上的。"

"也许他能帮到我们。他不会把看到的东西写出来的。"

"我们能相信你吗？"耶尔森看着我的脑门说。

"我以我的名誉向你保证。"我说。

"它值几个钱？"

他说什么？

这个蠢货。

我想发表一些关于细小阴茎的评论，但我得靠他们的仁慈才能留在这里，所以我没有置评，而是友善地微笑。

"我对你从来没有说话不算话过，"我说，"而且多亏我你们才抓到了'巫师'。我为此丢了工作，你还记得吗？你当然可以相信我。"

"好吧，好吧，"耶尔森说，"但出事了你负责，盖尔。"

仿佛是为了强调这一点，他从我们身边走开去。

"准备好再进来，"盖尔说，"太触目惊心了。别呕吐或者诸如此类的，好吗？"

"是的，我准备好了。"我说。

"你看到的一个字都别提，不管是在报纸上还是其他地方。"

"好的好的好的，"我说，"我们能进去了吗？"

盖尔把帐篷拉开，我跟着他走进去。里面的光线很刺眼，几乎是白色的，它给草地添加了一种奇异的人工色彩。帐篷中央应该就是那些尸体，上面盖着防水布，也是白色的。一名技术员正在勘察场地，我们进去时他跪在地上没抬头。另一个人坐在折叠凳上，大概是法医，正在手机上写着什么，周围有许多袋子和盒子。

"准备好了吗？"盖尔说道，他蹲在防水布旁边，抬头看着我。

我点点头，他掀起防水布，同时站了起来。

哦我的天啊。

哦这地狱。

三个男孩趴在地上，头被拧到背后，所以他们的脸扭在脊背上方，就好像目光朝下越过鼻子，看着自己的屁股。尸体上的皮肤全部被剥下来了，只剩下一堆堆血淋淋的筋肉血管。但脖子以上的皮肤都保存完好，看起来像戴着面具一样。原本是喉咙的地方被割开了。只剩下肌肉纤维的手指末端还留着指甲。头盖骨也被掀开了。

他们看起来已经不像人类了。

简直像是有人在试图造人但没有成功。

"看够了吗？"盖尔说。

我点点头，他又把尸体盖上了。

"现在你明白了吗？"我们出去后他说。

"谁会做出这样的事呢？"我说，"我的意思是，他是怎么做到的？这肯定得花好几天！而且他一定很强壮。"

盖尔又把他的电子烟拿出来了。

"我不太明白你怎么能这么冷静，"我说，"你遇到了一桩三尸案，丧心病狂的凶手还在逍遥法外。就在这里，这座城市里。"

"丧心病狂，没错。"他说。

"我只能祝你好运，"我说，"谢谢让我看了这一眼。"

"你怎么看？"盖尔说。

我耸耸肩。

"很幸运这不是我的工作，"我说，"不管是什么人，他一定磕了药，彻底失去了理智，而且还获得了超人般的力量。"

"你是说把头拧到背后的手法？"

"是的。"

"两个人就能办到，"他说，"但就目前发现的来看，只有一个人。"

"也许你应该调查一下本市的流亡印第安人社区，"我说，"他们也被这样剥过头皮！"

"有种你把这句话写下来。"他说。

驻扎在水厂那边的三个年轻警察肯定已经知道我过来了，因为我从树林里出来经过他们的时候，他们只是向我点点头。

我在水厂那栋巨大的行政楼后停下来，点了一根烟，打开手机想叫一辆出租车。

蒂丽德打了四十七次电话。

四十七次！

肯定发生了什么事情。

也许她忘了带钥匙，进不了门，而欧勒睡着了？

反正我帮不上她的忙，至少现在不行，现在我必须回报社，死命赶完这篇报道。

我实在受不了那个 APP 了，还是用过去的老方法，打电话给出租车公司叫了一辆出租车，然后我把手机关机了。

一刻钟后我坐在一辆出租车的后座上，望着外面向后退去的房屋，许多房子的窗户都亮着灯，因为这一天已经开始了。街上的人也越来越多，不再是在回家的路上，而是在上班的路上，骑自行车的人戴着头盔，车灯歇斯底里地闪着，公交车上塞满了上班族。天空是深蓝色，非常晴朗，太阳正在法纳山上方升起，而在另一边，在阿斯克岛上方，新星仍然高悬在那里。

一切进展得多么顺利。

我抓住了一个多么惊人的新闻。

一群撒旦信徒以最残忍的方式被屠杀。凶手正逍遥法外。

而且没有任何人知道这件事！

我真想敲开她宾馆房间的门，花半个小时快速来一炮，但现在时间是我唯一挥霍不起的东西。

出租车停在报社外面时，我给了司机小费。这一路他什么也没说，而今天，今天是我的好日子。

它终于来了。

约斯泰因

蒂丽德

在黑暗的森林里，一开始我什么也看不见。我静静地站了一会儿，让眼睛适应，同时倾听着肯内特的声音。

周围一片安静。

他一定已经跑到很前面去了。

他怎么跑到这里来了？

我愿意倾尽全力去追他，冲过树林付出一切，一切，去抓住他，把他带回来。

但我只能慢慢走。即便如此，我的胸口还是发紧。

冷静点，蒂丽德·涂瑟拉德。

冷静一下。

放轻松。

一切都很好。

他死不了的，你能找到他，他会好好的。

放松地呼吸。

放松地思考。

森林的地面非常干燥，每走一步脚下都喀吱作响。我几乎看不清树干之间的空隙，只能伸出手去摸索着慢慢前行，以免在黑暗中撞到那些突然旁生出来的树枝。

大约二十米后，地势开始变得陡峭，我停了下来。

这是没有希望的。他现在肯定在我前面几百米了。而且我根本搞不清楚他走了哪条路。

但我不能弄丢病人。

他们会展开大规模的搜寻。都是我犯蠢的缘故。

什么难听的话贝丽特说不出来呢？

他也可能停下了，坐在某个地方。

就像耳朵必须适应寂静一样，眼睛也必须习惯黑暗，我想，因为现在我忽然能够听到周围所有细微的沙沙声。

"肯内特！"我屏住呼吸，对着黑暗大声喊道。

什么都没有。

我决定继续往前走一段。至少尽我所能。

"肯内特！"我喊道。

什么都没有。

但他从来没有听过谁的话，他太愚钝了，根本做不到，比一条狗还要愚钝说的就是他了，所以现在他也没有道理会回应。

又走了几米，我看到一条小路，它向左斜插上去，然后向右迂回，然后又向左。苍白的月光洒在地面上，这里的地面比较开阔，走起来很轻松，虽然每隔一段距离都会出现粗壮的树根。它们在月光下看起来像群蛇。

我大概每隔二十米就暂停一下。偶尔靠在一根树干上侧耳细听。森林深处传来窸窸窣窣的声音，但没有脚步声，没有奔跑的失智病人，也没有嚎叫。

最后我来到一片没有树木的小高地上，我转过身来，看着下面灯火通明的建筑物，还有它们之间的小路。森林在黑暗中向前延伸，直到大约一公里外的监狱，它就像黑暗中的一座光之岛。

我当然可以辞职，我想道。毕竟我每天都为上班而感到恐惧，没有理由一定要留在这里。尤其在今晚之后。

当我回头时，我看到树木的上方闪耀的不是月亮，而是一颗行星。

小时候我以为那是伯利恒之星。大家都这么以为。

上帝，如果时光能够倒流就好了。和爸爸妈妈还有小托雷在一起。

当我弯腰做鬼脸时，客厅地毯上那个婴儿的笑容。

他那双聪慧的眼睛。

那柔软的皮肤！

我继续前行，我不知道我是在想象中看见了那皮肤，还是感觉到了它，但小婴儿在我脑海里贴近我的那几秒钟，让我全身充满了一种无限美好的感觉。

约斯泰因曾经说过，这就是海洛因带来的效果，那种小时候被保护被照看的感觉。

妈妈和爸爸。被子裹在身上，高大的成年人站起来微笑着说晚安，然后关灯。舒服暖和又安心。

我再次抬头看了看伯利恒之星，然后停了下来。

"亲爱的上帝，在天堂的你，"我说，"让一切顺利吧。让我找到肯内特。让欧勒安妥吧。"

最后五分钟，我告诉自己。然后我就回去通知大家。

瑟尔韦一定已经开始嘀咕我到底去了哪儿。

如果他没睡着的话。

"肯内特！肯内特！回来吧！"我边走边喊。

这么做可能主要是为了我自己。这样我可以说自己已经尽了全力。

高地的另一边，高耸的树木像一堵墙，但就在那后方地势陡然斜降，树木之间的距离拉开，地上长满了石南。已经没有路了，但还是很好走。

然后我看到了光。就在树丛之间，大约一百米开外。

似乎来自一堆篝火。

肯内特肯定会被它吸引。如果他看到了，他一定会去那里。

但是谁会在森林里点篝火呢？

也许是一群出来喝酒的家伙。

他们才不会管什么禁止明火的规定呢。

我斜着走下这个缓坡，石南丛在脚边窸窣作响。最下面有两棵大树被连根拔起，在它们后面，树林又变得茂密起来。

那篝火看起来还是那么远。也许是因为我现在不是俯视它了，我想。可是随后发生的事恰恰相反：在这些高大黑沉的冷杉树之间绕了几步之后，火光突然比我预想的变近了许多。

它在一小块清理出来的空地上，也可能是一个小沼泽。

我只能看到那里的火光，但没有任何声音。

肯定没有人会在森林里留下一堆燃着的篝火吧？

也许他们睡着了。

是的，肯定是这样。

而肯内特当然也不在那里。他为什么要去那儿呢？

刚才那几分钟里我好像已经忘记了我来这儿是干吗的。现在的情形多么让人绝望。

而我已经走了这么远！

我看了看表。

我离开还不到二十分钟。

不妨走过去看看。

我继续沿着一条几乎完全干涸的小溪前进，有些地方完全隐藏在两侧生长着的冷杉树枝下。

附近某处传来声音。我站住了，然后那个声音也停了下来。

听起来像是脚步声。

"你好？"我轻声说道，"有人在那儿吗？"

一阵诡异的咔嗒声突然在森林中响起。

同样的咔嗒声从另一端传来，像是一个回应。

我吓坏了，一动都不敢动。

然后，就在我的头顶，同样突然地传来一声像是鸟类的尖叫，像人的哭声一样响亮。

库啊啊啊！

我的心在胸腔里剧烈跳动。我仰头望去，一道巨大的影子从树上滑出来，穿过峡谷上空，然后消失在另一头的黑暗中。

咔嗒声再次响起，这一次听上去近在咫尺。

我想尖叫。

但如果我叫出声，它们就会过来。

我一动不动，全身都在颤抖，我站在那里，凝视着发出声音的那片黑暗。

那只鸟，那只大鸟，它长着鳞片。

我什么也没看见。

前面的空地上什么也没有。

一切又恢复了平静。

没有声音，没有动静。

就像一股巨浪突然向我袭来，然后又像来时一样迅速地退去。

我必须离开这儿。

但我不敢动。

我小心翼翼地转过头，再次看向那片林间空地。

火已经越来越小了。火光逐渐减弱,它投射的光环也次第缩小。

肯内特从森林里走出来。

他慢慢地走着, 就像在睡梦中。

火在他面前熄灭了。

咔嗒声又从几个方向同时传来, 但比第一次要低。

咔哩咔哩咔哩咔。

他停了下来, 赤裸的身体在天光下微微闪烁。

然后他跪下了。

咔哩咔哩咔哩咔。

我身边的灌木丛里传来沙沙声响。一个身影一闪而过。几秒钟后, 它踏入了空地。那是一个男人。他动作很快, 还有点踉跄, 既流畅又有点奇怪的僵硬。他的头硕大沉重, 像是公牛的头颅。三条长长的辫子垂在他裸露的背上。一只手的粗大手指举向空中, 另一只手拿着一个容器。

咔哩咔哩咔哩咔。

他在肯内特面前停下来。

肯内特抬起头看向天空。

那个男人向前俯身, 伸手在那个容器里蘸了下, 然后放在肯内特的额头上, 肯内特的身体一阵颤抖, 向后倒在了地上。

然后那个男人转过身来看着我。

他的眼睛是金色的, 这根本不是人。这根本不是人。

第 二 天

埃吉尔

　　早上开始得并不顺利。快四点的时候我总算能上床了，但躺下时忘了拉下百叶窗，所以六点半第一缕阳光照进房间时我就被弄醒了。我知道我再也睡不着了，但我还是试了试，没有什么比早上头几个小时里的无精打采更糟糕了，因为没有睡够所以无法集中精力做任何事——但再也睡不着了，我也不能再喝上一两杯来开始新的一天。

　　或者我实际上是可以的，当我在这大热天躺在床上辗转反侧时，我想。这个禁令由我自己施加，所以也可以由我自己解除。

　　为什么有两个我？一个说不，一个在诱惑，一个想要，一个不想要？如果一切都以内心的意愿作为我们的行动准则，生活会变得多么轻松啊。

　　然后那天傍晚和夜里发生过的一切向我涌来。

　　那颗新星。

　　它还在那儿吗？

　　我起身走到外面的阳台上。

　　它依然在北方闪烁。就算现在是早晨，太阳已然升起。

那么它肯定亮度极高。或者离得很近。

一颗晨星。

我是那明亮的晨星，耶稣如是说。

但对于以赛亚来说，晨星就是魔鬼。

是这样吗？

我得去查一下。

我双手撑在栏杆上，眺望深蓝色的大海。海面如此平静，看上去几乎完全没有流动的感觉，像是由某种固体物质构成。一种蓝色玻璃，在阳光下闪闪发光。

几只海鸥在我头顶的空中飞过。我能看出来它们在享受这温暖和宁静。

这里难得如此安静。

我用手理了一下头发，发现它十分油腻。

可是又不想冲澡，现在冲澡太热了。但也许可以去游泳？

我回到房间里，从卧室衣柜拿出一条毛巾，穿上泳裤和衬衫，套了一双凉鞋，然后走出去，在放着打字机的书桌前停下，抽出阿尔内打电话过来时我正在打字的那张纸，放在旁边的纸堆上，没再去看我当时在写什么。

那颗星星显然是一个征兆。

但是什么事情的征兆呢？

很快就会揭晓的。

但是在哪儿，是谁？

我沿着露台下方的小路一直走到那块巨石所在之处。我从小就一直在这里游泳，那是一片黑色的坡度柔和的岩坡，位于一座陡峭悬崖的背风处，底部有一个充满海水的壶穴。这个空间就像这座度假屋的专属，每当有其他人出现在那里我总会感觉很恼火，当然我从来也没有说过什么，这片羊背石毕竟不归我所有。

现在只有我一个人。

水闪闪发亮，深蓝色的表面看起来很诱人，但我已经不再是十二岁了，我也知道，不管天气多热，最初几秒钟几乎总会被寒冷一激，所以我脱掉了衬衫和凉鞋，先坐下来晒晒太阳，积攒勇气。

昨天晚上发生的事情如同噩梦一般，我边想边望着远处朦胧的地平线。海滩上阿尔内血淋淋的脸，撞到树上的汽车，天空中的巨大星星。黑暗中的炎热，房子里的獾，头被扯掉的猫。还有狂躁不安的托芙。

这一切与我身边此刻的安宁相去甚远。

这都是他们自己造成的，但他们却表现得好像这些事情只是发生在他们身上，好像每个人都会遇到。

有那么一瞬间我想过要不要晚点儿去看看他们，但又立即打消了这个念头。我确实很喜欢和阿尔内聊天，但现在我付不起这个代价。每次去那里都会不可避免地被打上某种印记，就好像我每次拜访，都会把他们的日常混乱扯走一小块，然后又不得不努力摆脱这种混乱。他们是个需索不断的家庭，但他们并没有意识到这一点。

对那些啤酒说"好吧"是个失误。

必须彻底远离。

虽然只是几杯啤酒，而且我根本没有喝醉，但重要的是由此产生的某种接触。它总是离我很近。

为什么坚持自己的决定如此困难？

我站起来，爬上了那块岩石，双臂举过头顶，然后跳了下去。冰冷的盐水拍打着我温暖的皮肤。我睁开眼睛，在下方几米处看到一个由小气泡组成的漩涡，底部有绿色闪烁。我往下划了几下，然后转身往上吐着水划开水面。

这就够了，这样。

我爬上那块羊背石，用毛巾擦干身子，扣好衬衫，穿上凉鞋，又回到那间度假屋。

到提出遗产分配问题那天，我会告诉父亲我只想要这间度假屋，其他什么都不要。假使我拿不到，那就这样吧，别的我什么都不想要。

事情一直也是如此。除了每个月都会有一笔丰裕的资金打进我的账户之外。我没有要求过这个，但我也没拒绝。

拿人手短。我想他也会鄙视我缺乏自尊心，我一只手拒绝他的赠予，却又用另一只手接过来。但他从来没有就此说过一个字。

而我确实也需要钱。

我绕过度假屋的一侧，走到露台朝着西边那里，看看那天早上蜘蛛网捕获了什么猎物。我给那只蜘蛛起名叫"国王"，它个头很大，似乎已经在这里待了好些年。它按照我无法理解的逻辑四处移动结网，有时在这里，有时在那里。现在它已经在房子的这一侧安顿下来几个月了。

一只大黄蜂悬挂在网中。它看起来已经死了，但很难确定。我探头向前，从梁下往上看，那是国王通常待的地方。

是的，他就在那儿。

他坐在黑暗里，腿收拢在身子底下围成一个圈，下方是他搭建的繁复架构。

进化不可能是盲目的。无论几百万年，如此复杂而又单纯的事物都不可能是偶然出现的。

我伸出手指，轻轻地碰了碰大黄蜂的身体，它来回晃动了几下。

蜘蛛到底是怎么吃掉它的呢？

我回到露台上，拉开推拉门，从冰箱里拿出一罐百事可乐，拿上正在读的小说、香烟和烟灰缸，坐到露台的椅子上。

天空中仍然没有一丝云彩，如果不是岩石和小岛在阳光下几乎呈白色，从我坐的地方看去，整个世界完全是蓝色的。

我打开易拉罐喝了一口，点燃一根烟，试着读一点书。我在读海明威的《岛在湾流中》[1]，但我此刻身处日光醺然的北欧海岸，完全无法感受故事背景里的那个加勒比海世界。我的眼前是冷杉林、度假屋和遍布圆石的海滩，而非棕榈树和殖民地风格的砖砌建筑。我也有点太累了，几乎集中不了注意力。炎热的天气令人心烦。

还有点爱意之日（Smeigedag）[2]的感觉，我想，把书放在旁边的桌子上。不过，爱意之日这个词可能不太合适。这原本是一桩无条件的好事，在漫长的冬季过去之后，美妙的夏日奇迹般地敞开了怀抱，可这种炎热却让人感到恶心，很难去享受。

尽管如此，从已经开始在外面水面上漂起来的有帆或没帆的塑料船体的数量来看，很多人已经在享受了。

卧室里的手机响了。我灭掉烟走进去，房间里亮堂堂的，我弯下腰，想看清屏幕上的号码。

是卡米拉。

她想干什么？

我一直等到铃声停下，然后我把手机调到静音模式，放进衬衫口袋里，穿上一条短裤，戴上草帽和墨镜，出门去了对岸，骑上自行车沿着那条狭窄的碎石路一路蹬过去，经过海湾里的浮动码头上了主路——它只比碎石路宽一点儿，但铺了柏油。

热气在林间涌动，森林的气味在我骑车经过时阵阵飘来，那是

---

[1] Islands in the Stream，海明威遗作之一，1970 年出版。

[2] Smeigedag 在南部方言里指阳光充裕、宁静、温暖的天气，Smeike 也有爱抚的意思。

埃吉尔

针叶、枯叶和日光烘烤过的泥土的味道。

沟渠里和面水的斜坡上都生着柳兰，护栏旁有覆盆子丛。

她前一天晚上打过电话。我当时接了。失误。她说她要去罗马，让我照顾维克托一个礼拜。仅仅提前一天告知！

我说我不行，时间太仓促了。

我一直保持着友好和理性。她生气了。是的，愤怒。

就算用最客气的说法，她也很不讲道理。

我说，你为什么不早告诉我？那就不成问题了。

我也是今天才知道的，我刚说过了！她喊道。你从来没带过他！而且这对我来说是个很重要的机会，我没法拒绝！

别这么大声，我说，你的父母呢？

他们在他妈的泰国！

那么你弟弟呢？

可你是他的父亲啊。该死的，埃吉尔！

你不能带上他一起吗？我说。

她挂了。

我的确牵挂那孩子，不是她说的那样。但他不能说来就来。我必须好好准备。因为一旦他来了，就没有别的事情了。他会占据所有的空间。

通往树林的上坡路开始了，我在自行车上站了起来。

林间的地面铺满了越橘、石南花和苔藓。深处的白桦树都闪烁着白色的光芒，那里是沼泽的起点。

为什么那还不够好？为什么这本身还不够？

树林里好像更热了，当我再次坐到车座上，朝着马路蹬过去时，我能感觉到汗水沿着我的脖子和脊椎流下来。

我就在此时，此地。

这就够了。

没有智能手机，只有一个小小的诺基亚，没有 GPS，没有引擎，只有踏板、车轮、吹在身上的暖风、树林。

最后几公里很轻松，不是平地就是平缓的下坡，十五分钟后我到了阿尔内前一天晚上撞车的地方。我推着自行车沿着小路走向圆石滩，拖着它翻过岩石，进入另一边的海湾，也就是我泊船的地方。这是一场搏斗，那里长着高大的黑刺李丛和带刺的野玫瑰丛，我得把自行车举起来搬过去，而低矮的被风吹过的云杉树更接近灌木丛，就算没有自行车也很难挤过去。这一切都是因为阿尔内那个白痴，我一边想一边把自行车放下，短暂休息一会儿。

他似乎以一种奇怪的方式沐浴在托芙的疯狂之光芒中。这让他变得重要起来，或者说至少他自己是这么认为的。

但焦虑就是地狱。抑郁，地狱。精神病，地狱。

我现在站着的小路是干燥的泥土，铺满了细枝和黄色的针叶，边缘是岩石和灌木丛。阳光直射下来，给一切都镀上一层金色的光芒，好像每个微小事物都有自己的小小光环。我点起一支烟，看到稍远处有一个大蚁丘，位于几棵低矮虬曲的松树之间的一小块空地上。

我把那些树枝拨到一边走过去，挟着烟蹲下来。蚁丘上满是蚂蚁，整个表面都在动，就好像它是什么活体，某个动物身上的一部分。过了一会儿第一只蚂蚁爬到了我的脚上。棕色和黑色，完美的小球形脑袋，无所畏惧地爬过我的凉鞋的带子。更多的蚂蚁跟着过来了。我想知道它们要做什么。要咬我把我赶走吗？还是说它们把我当成了一棵可以攀爬的树？

我小心翼翼地把它们拂开，站起身来后退了几步。

有什么奇怪的东西在阳光下闪烁，就在我身边一根树干的旁边。起初我以为那是一件半腐朽的不成形的夹克，但当我弯腰看去时，我发现那应该是某种脱落下来的皮。它是干燥的、半透明的，就像人们春天在树林里发现的蛇蜕一样，但它不是蛇皮，它太大了。

我小心翼翼地用拇指和食指捏住它，然后把它拉出来。

耶稣基督啊。

它大约有一个小孩那么长。

会是什么动物的皮呢？

它又薄又干，而且有鳞片感。

我直起身子，环顾四周。

四周一片寂静，连大海都噤声不语。

还是有的，一艘船的马达开到了最高挡，悠悠驶向西边的海口。

这种时候智能手机还是有用的，我边想边走回自行车旁边。那样我就能拍一张这张皮的照片——如果那是一张皮的话，也许还能用谷歌搜索一下。还有那颗晨星，《圣经》里对撒旦与耶稣神秘的双重指涉。我得坐下来好好翻一翻书才行。

不过这并不是什么特别的牺牲，确切地说。事实上这样更好。这样在问题和答案之间就有了一段时间或空间：一段必须跨越的距离，一项必须完成的工作。

知识的获取也是一样的性质，是奋力寻求提升了它的价值。

不是吗？

或者这只是一种八十年代的观点？那时冲突还是品质的象征？是音乐中的噪音，是文学中晦涩的部分？

我抬起自行车，把车架扛在肩上，穿过树林里最后一段路，来到船的位置，船还在原地，舷外和其他一切都跟我离开时一模一样。我解开系泊绳，把船拖到岸边，把自行车放到甲板上，蹚着水推着它往外走了一段，然后我爬上甲板，捞起锚，启动发动机，慢慢驶出去。

还是炙烤般的炎热，但在空旷的水面上，感觉要清新一些。

我转过身，看到海浪在我身后呈 V 字形展开，大地看上去似乎要迎向大海，陆上的风景在水面沉下去，植被越来越低矮，直到滑向远方，彻底消失。

我拿出手机看看卡米拉是否如我所预想的发短信来骂我。光线太强烈了，我不得不弯下腰，用手遮出足够的阴影来查看。

是的，她发了消息。

我点开。

维克多正在乘公共汽车去你那里。你十一点四十到车站接他。卡米拉。

这他妈的怎么回事？

她失心疯了吗？

她不能这么做。

我们没有说好！

如果我生着病怎么办？

我已经告诉过她我不能！

我不能！

那么谁能照看他呢？

难道她就不为他的利益着想吗？

我真想把手机扔进海里，但我控制住了自己，把它放在我旁边的横板上，踩下油门提速，直到心情稍作恢复。

来自地狱的婆娘。

十一点半？

差不多就是现在了！

我再次抓起手机，给她写了一条消息，同时时不时地抬头看看是否有船只进入我的航线。

我没法去接他。他只能在车站一个人待着了。埃吉尔。

不是只有她一个人会玩这种把戏，我想着，将手机握在手里，方便及时看到她的回复。

我避开了沃格岛，向东划了一个长弧线。以这个速度，只要几分钟就到了。

当我再次放慢速度，船头放下，慢慢地滑向码头时，她仍然没有回复。我系好船，把自行车搬到陆地上，带上汽油罐，走向度假屋。

已经快十点了。

我只能去接他，没有别的选择。然后我会把他送上下一班回去的巴士。

我把汽油罐放进棚子里，点了一根烟，从冰箱里拿了一瓶啤酒，撑开露台上的遮阳伞坐下来，双腿搭在栏杆上。

我长长地喝了一口。然后拨了她的电话。

她没有接。

她肯定有一个备用计划，万一我没有出现。冒这么大的风险非常不符合她的性格。

但我无法确定这一点。

如果没有人去接他的话会怎样？

儿童福利机构。

这事只会是她的责任，不是我的。她才是监护人。

但如果她失去了监护权，也许它会归我？

我不能全天候照顾他。这是完全不现实的。

她已经有备用计划了吗？

我又给她打了一次电话。

没人接听。

我喝完啤酒，走进厨房把瓶子放进冰箱旁边的箱子里，站在那里盯着客厅的方向，但实际上我什么也没看。

手机上收到了一条新短信。

我不会接电话的。你可以稍微体会一下这是什么感觉。现在登机了。和维克托好好玩！

这胜利的语气让我充满了厌恶。我想象着她自以为是地微笑着的样子。她的眼神既冰冷又戏谑。

谢天谢地，至少我们已经不再在一起了。

不巧的是我没法去接他，我写道。替你希望有人去接吧。你才是监护人。

至少这能让她有点东西去思考。

我又从棚子里取出汽油罐，下到船上。

她知道我最后还是会去接他。她知道我有多软弱。我们吵架时她见过我流泪。她也见过有什么意想不到的好事发生时，我眼里的泪水。

一点突如其来的美好就能让我的眼睛泛起水光，这超出了她的理解范围。

我没法继续和她在一起。

我把汽油罐在码头上放下，它在一片蓝色的映衬下红得十分鲜艳，然后把船拉过来，爬上去松开系泊绳，接上汽油罐，小心地走了一条弧线退开几米，然后启动马达，挂挡驶了出去。

如果我要写一首情诗，那必定是写给这礁石群岛的。给这海上的日子，水为道，船为代步工具。我从来没能成功地把这感觉表达给任何人，当我看到人们在城里停泊船只的码头、在岛屿之间穿梭的渡轮，看到海水拍打着路边的银行大楼、酒店和仓库，看到鱼类加工厂里那些鲭鱼躺在泡沫塑料箱里的冰块上，看到在海滨日落的微风里飘扬的旗帜，旗绳拍打着旗杆噼啪作响，我内心深处的那种

埃吉尔

振奋。那些大岛上的树林，那些小岛上的长了草的洼地，海口的灯塔，深处的鱼，夜间爬上藤壶的螃蟹。我试着和我的朋友们和情人们说起过很多次，她们都明白我说的是什么，也都点头赞许说这真美好！但是我说的那些并不是美好！每当我环顾四周，看到那些水道、船只、面向大海的房屋，海水冲刷着陆地，无论是沙洲、岛屿、海湾还是城镇，每当我看到这一切，都会给我带来巨大的震撼，因为它看来如此陌生，如此不同，几乎是另一个世界的开端，一个水之世界。是啊，当我提着购物袋穿过广场，走下楼梯，走向停泊在市中心的那艘船，然后缓缓驶出海峡，驶向大海，就像置身于伊塔洛·卡尔维诺《看不见的城市》。

这种感觉从未消减。恰恰相反，我住在这里的每一年，它都比上一年更强烈。

维克托会以同样的方式与这一片风景产生联系，这也并非不可想象，我在驶入两个岛屿之间的狭窄海域时如是想道，尽管那几乎不太可能。那里的房屋排列紧密，它们漆成红色或白色，偶尔还有赭黄色，窗户在阳光下闪闪发光。他是个城市男孩，室内男孩。

但也许我们还是能在这里度过一些美好时光。

钓鱼，游泳，开船进城吃冰淇淋。

一个十岁的孩子还能希求些什么呢？

但整整一周也太久了。我一直很想坐下来好好读书，然后去散步，夜幕降临后继续读书，也许再写点什么。

我以缓慢的拖钓速度行驶在海峡里各种船只之间。人们一到船上就无所顾忌，躺在甲板上晒日光浴，大快朵颐，喝啤酒，听音乐，就像在自己家里一样，并不认为这是公共空间。

我内心希望这些人都不在这里。海峡里没有船只，岛屿上空无一人。这样所有风景都能展露自己真实的原貌。或者不完全如此。

我只是想要一种身在此地的感觉，就在不偏不倚的此处，在地球的一角。这风景安居在我内心，而我安居在这风景中。

这里的秋季、整个冬季和春季的早期基本都是如此。所以我没什么可抱怨的。

其他人当然也和我一样有权来到这里。

只是当他们来到这里，都是被封装在别的东西里。他们听音乐和广播，互相聊天，彼此玩笑。他们带着自己的世界而来，并没有接纳这里的世界。

我进入海峡宽阔处，加快了速度。现在是十一点一刻，我要关注的只有时间和路程这两件事。

在那两个岛屿上的葱茏绿树间，房屋和露出地表的山岩展现出丰富的色彩和细节。这座小镇安卧于海峡的尽头，它仿似在蓝天下颤动，陡峭的街道上矗立着白色的房屋，山顶竖着老式的无线电接收杆。

耶稣是个遗世独立的人，所有相应的性格特征他都有。远离他的母亲和兄弟，不想得知关于他们的讯息。他拢在身边的门徒并不能代替家庭——这种关系只往一个方向发展：耶稣说，门徒们听，耶稣下令，门徒们服从。荒野中的几个星期。对于死亡的明确渴望。

在他作为救主现世之前的三十年里他做了什么呢？

重塑自己，然后突然出现在众人眼中？

来自哪一种存在，来自哪一种人生？

那年夏天我思考最多的一件事，就是宗教——特别是基督教——主要是一种社会现象，还是恰恰相反，主张远离社会。耶稣的教导是社会性的，如果有人打了你的左脸，就递上自己的右脸，还有照顾弱者和病人。人人平等说起来很容易，也有很多人确实如此，但这种观点的完整含义几乎是不人道的。让·热内曾经在一篇

埃吉尔

关于伦勃朗的文章里偏离主题，描述了火车车厢里的一个场景，一个令人厌恶的男子坐在他的正对面，热内突然想到了一个问题：这样一个人，他和我是平等的吗？通过这个问题，他产生了一个突如其来却振聋发聩的洞察。

白痴，骗子，杀人犯，家暴者，恋童癖，他们和我是平等的吗？

是，且确实是。

尼采所反对并无情揭露的是基督教里社会性的那面。弱者通过基督教找到了制服强者的手段。弱的变成了强的，坏的变成了好的，病态的变成了健康的。道德限制，压迫，阻碍。在这弱者的暴政下，不会有真正的发展，真正的自由，和真正的伟大。但是读尼采的时候必须考虑到他本人就是一个失败者，软弱且孤独，而他就意志、权力和强人所写的一切的都是对自身不尽如人意处的补偿。这并不会削弱他的思想的价值，因为尼采是自古典时期以来最伟大的思想家之一，这是毫无疑问的，他思想中的自由和力量无与伦比——但它们止步于思想。耶稣的思想改变了世界。尼采的思想只会改变人们的想法。耶稣并不软弱，他空前绝后的力量在那些福音书中闪耀着光芒，即使那些书是在他死后很久才写成的。

但我的皈依并不是出于关于人性共通的信念。事实恰恰相反。我们这个时代的问题是人性吞噬了一切，在人性之外几乎不剩什么了。无论转向哪里，都会遇到众多眼睛，或那些眼睛所注视着的东西。在某种程度上，我与信仰的距离已经远到回不去了。自我十六岁正式脱离国家教会以来，我对基督教——以及所有其他宗教就只有蔑视，但我对作为一种现象的信仰依然感兴趣，简单来说，就是信奉某种东西这件事，它到底是什么？我想，它给人生赋予了意义，而我对意义感兴趣。但在我看来，信仰似乎是接受一种体系，一套出自他人之手的观念与价值观的组合，而人们获得这种意义的代价就是自由。虔信是为那些单纯的人，那些无私的人，那些顺从的人，那些乐于被引领的人而存在的。我读了克尔凯郭尔的《恐惧与颤栗》，意识到还有另一种信仰方式，一种不同于尼采所攻击的基督教——一种脱离社会的基督教。那本书里有一些奇怪的案例，比如让婴儿断奶，离开母亲的乳房，这是婴儿生命中的第一种关系，那共生，那温暖，那安全感，这些突然被夺走了，人们几乎可以看到这种对已不再存在之物的渴望，转向其他对婴儿来说几乎尚未存在的一切。他人的，众人的，社会的。信仰就是转身离开那社会的领域，再次转向那尚不存在的东西。这就是亚伯拉罕登上山向上帝献祭自己的儿子的经历。他满心父爱，信仰却把他引向深渊。也许在那里等待着他的只有空虚，那可畏的虚无。他的信仰超越了恐惧，这正是信仰的非人性之处，什么样的人才会蓄意杀死自己的儿子，抛弃人性，转向那可能是可畏的虚无？我觉得这个想法很迷人，但对我来说毫无意义，也没有任何后果，我无法以任何方式将其融入我的生活。

但肯定有什么发生了，一种内在的事功肯定在那隐秘处开展了，因为在去年冬天我整个状态逆转了。在一种无法描绘的幸福时刻里一切都各就各位。那种洞见，当时那感觉必须就是洞见，到现在已经淡去了不少，但我一直在努力重新接近它。即使日子变得黑暗，光明总是在某个地方闪耀，无论是在树林中还是在我灵魂的深海里，我要做的就是朝它走去。

那个冬天，我过得几乎像一株植物，每天睡很久，手机关机，不去管洗澡或换衣服这些事，每天试图出去走走，否则大部分时间就都瘫在沙发里度过。一旦夜幕降临就开始喝酒。之前几年里我经常想，独自住在这度假屋里有多美妙，然后，在和卡米拉分手后，我真的付诸实现了。而现在这情况并不那么美妙。我当然明白，不

埃吉尔

是小屋有问题，不是风景有问题，也不是独居有问题，而是我自己有问题。我不喜欢和自己相处。这很讽刺，在我经历各种感情关系的这些年里，我总是渴望独处，而当我终于将这渴望付诸实践时，我只是继续渴望着下一步。但是下一步又是什么？我这辈子都在逃避，要理解这点不需要成为心理分析师。我曾以为我逃离了那些他人——我的父亲和兄弟，托里尔，以及那所有全部，家乡和故国，正统教育，特蕾瑟、海伦妮、汉娜以及我在她们之间有过的所有女人，可以主宰自己的人生——但显然我想逃离的，是我自己。

这是一个令人尴尬的认知，因为它是如此明显。我周围的人一定早就心知肚明。

一个人的所有行为都是由其心智状态决定的吗？

我拒绝相信这一点，但是当我手里拿着那把钥匙躺在沙发上时，所有的门都打开了。

我懦弱，害怕冲突，不想工作，不想见人。我逃离所有需求，我走阻力最小的路，我沉迷酒精，我只考虑自己。

这些东西把我带到了这里。

新年的最初几天下起了雪，纷纷扬扬，寂静无声。气温差不多是零度，海面上和森林里都弥漫着浓雾。我每日例行散步，通常是在黄昏来临之前，总是沿着同一条路线，沿着那些羊背石，走过圆石滩，然后再穿过树林返回，寂静如此明显，以至于有种不祥的气息。雾掩盖了所有声音，把大地包裹在湿润之中，每年这个时候这里都没有其他人，最近的交通公路也在几公里之外。

只有我自己的脚步声，我自己的念头。

天越来越冷，羊背石上结了一层薄冰，雾消失了，但云没有，它们像一堵黑色的墙立在地平线上。起风了，雪又下起来了，空气中飞舞着细小而坚硬的颗粒。去棚屋取劈柴的短短几步路就像是一次冒险，围巾、帽子和手套都要戴上。回到屋里，我把三根木头塞进壁炉，剩下的扔进旁边的盒子里，脱掉外衣，躺在沙发上。还不到十一点，可外面天色已经黑了，窗户上隐约反射出火光。从海面传来低沉的隆隆声。

然后是教堂的钟声。

确切地说，一开始我无法在暴风雪中确定那声音的位置，它几乎完全消失在树林的风声、刮过羊背石的烈烈狂风以及海上传来的雷鸣般的隆隆声中。

叮、叮、叮，这声音听起来那么微弱，与外面其他那些声音又那么不同，就像是来自一片异乡之地。

我甚至都不知道今天是周日。

我要去那里，我想，然后站了起来。去听听除了我自己想法之外的其他声音，这对我来说是件好事。就算我听不下去，至少那里也有一些东西可以看。

我穿上厚毛衣和风衣，戴上帽子和手套，系上围巾，然后出去了。雪已经停了，但没人会信，因为空中满是雪粒，那是风从地上刮起来然后随意扬撒到空中的。

这座教堂位于海边的山脊上，如果坐船过来，从远处就可以看到，但如果像今时今日大多数人那样沿着另一边的公路过来，它就隐藏得比较深了。教堂有一面是砖墙，砌于十二世纪，它最初在此拔地而起的时候，其余的部分是木结构，建于十八世纪。

我有几次散步来到这个教堂，不用二十分钟就能走到，我很高兴从树林里出来，看看坐落在山脊上的它：在我们这个年代，一间坐落在人迹罕至的大自然中的上帝之家有一种令人着迷的古老气息。但我从来没有进去过。

当我在这个早上推开那扇门，礼拜仪式正进行到一半，我进去

埃吉尔

时，坐在里面的几个人——不会超过六七个人，最多八个，而且全是老人——全都转过身来。我摘下帽子和手套，小心地点点头，坐在后面的一张长凳上，摘下围巾，拉开夹克拉链。由于刚才走得很快，我的脸内侧很热，外侧则被寒风吹得冰凉。我边用手搓了几下脸颊，看着神父。他也上了年纪，脸上的皮肤耷拉着，那副眼镜的镜片那么厚，镜框那么突兀，几乎完全主宰了他的外表。相比之下那件白色的牧师袍几乎没有存在感。

他们已经到了悔罪宣告这个环节。他宣讲时低头看着地板。

> 神圣的上帝，我们的创造者
>
> 请怜悯地注视我们
>
> 我们得罪了您
>
> 违反了您的戒律。
>
> 因耶稣基督的缘故，请宽恕我们
>
> 释放我们以侍奉您
>
> 保有这造物
>
> 并以爱相待我们的邻人。

我想，假使我信教的话，也许还能从他的话中找到安慰。但我不信，这些话语就没有力量，也联结不到其他事物。没有什么需要怜悯，没有什么可供原谅，没有什么要被释放。

我抬头看向天花板。它在绿色的底色上画着白云。那绿色很美，却在意料之外：为什么不是天蓝色呢？这种色调让我想起夏日厚厚沙滩边的大海。云彩则是风格化的，每朵都一个样子。天上降下一艘巨大的帆船模型。这又是哪门子的基督教？十七世纪航海世界天空中的洛可可式云朵？

一排排长凳的尽头立着一个门廊，其两侧各有一只巨大的、风格化的狮子。到处都有以《圣经》为主题的绘画展示，在当年肯定比现在看起来更异样，在照片和电影出现之前的那个时代，坐在这儿的人也永远不可能去以色列亲眼看到加利利海或耶路撒冷，伯利恒或拿撒勒。

这对他们来说是一个童话世界。

就像十七世纪的航海时代，其港口里如林的桅杆对我们来说也是一个童话世界。

置身于一个意义如此拥挤的空间，感觉很奇怪，外面就是这海角天边的一处森林，但我想，更奇怪的是所有这些意义都不再适用了。着落在所有这些象征符号，这叠床架屋的意义里的那些洞见，都已经不再重要了。

只有几个睡眼蒙胧的老棺材瓢子才会不辞辛苦地来这里。教堂对他们来说是一种精神轮椅。他们与牧师一起唱起赞美诗，声音嘶哑而颤抖。有一个女人唱得确实铿锵有力，也许她再次听到了自己的少女时代，但她的歌声投射的是生命的过去，而不是前方。

到快结束时牧师宣读了信经，我竖起了耳朵。

　　我相信天父上帝、全能者，

　　天地的创造者。

　　我相信耶稣基督，

　　上帝的独生子，我们的主，

　　他是由圣灵感孕，

　　由童贞女玛利亚所生，

　　在本丢·彼拉多手下受尽折磨，

　　被钉上十字架，死去并下葬，

埃吉尔

坠入冥界，

第三天从死里复活，

升入天堂，

坐在上帝，那全能的父之右侧，

将从那里再来，

来审判生者和死者。

我信圣灵，

一个神圣的普世教会，

那诸圣礼，

罪孽必得赦免，

肉身之复活，

以及那永恒的生命。

阿门。

　　这也是一个童话故事。处女所生，王的儿子。还有"第三天"，为什么不是第二天或第四天？

　　然后，在仪式以祈祷结束之前，又进行了一次新的认罪，教堂的工友是一个六十多岁的斜眼男人，他有一头乱蓬蓬的白发，不停地舔着嘴唇，四处走动着收钱。我在裤兜里找出一张皱巴巴的五百元钞票，递给了他，主要是我为他们感到难过，他递过来的小稻草篮子底部只有一把硬币。

　　外面：风，广袤的大海，黑沉的天空。

　　一辆接一辆的汽车在停车场掉头，在大雪中驶向马路。

　　教堂工友从里面关上了大门，里面的灯光也熄灭了。

　　我沿着穿过树林的古老马车道前行，风刮过那些树干，吹起积雪。我走到一个几十年前被用作靶场的宽阔空地，在那之前，这里在战争期间曾是德国人的飞机场，现在只在夏天用作海滨游客的停车场，除此之外没有派上任何用场。它面向大海的边缘处有一些老旧的德国混凝土工事，风从海上吹来。当我埋头穿过这片空地时，我想到也许事情是这样的，他们的信仰方式是陈旧的，属于过去的时代，而他们所信的东西却是不变的，它一直存在并将永远存在，而且这信仰能够找到——也许已经找到了——从各种文化所处的不同位置通往其自身的新路径？

那么问题就在耶稣身上。他身上没有什么是永恒的，也没有什么是一成不变的。他曾经生活在一个特定的时代，特定的地点，许多历史名人和他都是同时代人，奥古斯都、希律王、本丢·彼拉多。而那些发生在他身上的事，只发生过一次，并且永不重复，就像我们所有人的生活一样，受限于我们所生活的时代和环境。

敬拜耶稣就像是把我们自己神圣化，不是吗？神成了我们中的一员？

这也许就是把我们当前生活其中的那个存在完全人性化的开始？

我行至这块空地的尽头，沿着小路走进森林。周围整片大地都在喧嚣。树木在风中咯吱作响，海浪拍打着、咆哮着，风在嚎叫。我感到精神抖擞，更多是因为教堂的内部装饰而不是那里举行的仪式，身处一个如此充满意义的空间感觉很好，即使那些意义与我没有什么关系。

那些虔信的人会怎么想？

我一直不太明白这一点。

远处汹涌的波浪像海中巨兽一样撞向陆地。海水泛着白沫向远处退去，其上是灰黑低矮的天空。小路转而向北，大海在视野里消失了，但那起伏激荡之声仍在，在树林间袅袅回荡，仿佛已然和它的来处隔绝。

我想要过一种有意义的生活。但我无法去信我不相信的东西。我不能把自己抛出去，期待着外面有什么能接住我，只是因为我不认为外面会有什么。

我停步凝望。高挑笔直的松树像船桅一样在风中摇曳。再里面，深处密密地生着一条冷杉带，它们的枝条在摇曳，可是它们自身却近乎静止地站着。它们有不同的沉重和不同的黑暗。

"上帝啊，给我一个征兆吧！"我对着空中说道。

我真的说出口了？下一刻我想道。

我，一个成年男子，真的跑到林中向上帝祈求一个征兆？

我尴尬又羞愧，赶紧往前走，半张脸埋在既宽且厚的围巾里，毛线帽拉到了眼睛上。突然间我渴望沙发，渴望床，渴望睡眠，渴望黑暗。

有什么东西在我的上方移动，我抬起头。

一只纯黑色的大鸟在暴风雪中飞来。它拍打着翅膀，在狂风中悬停了一会儿。然后它落在我上方的树枝上。

那是一只乌鸦，它斜眼俯视着我。

我不知道要怎么理解它。

它张开嘴，仰起头，尖叫了三声。

括哇！括哇！括哇！

然后它振翅飞过树梢，消失了。

我茫然地继续往前走。我刚才请求一个征兆，然后一只鸟飞来了。这当然纯属偶然！如果全能的上帝真的存在，祂当然不会关心我做了或说了什么！

可是：一只鸟飞来了。它直视着我。还叫了三声。不是两声，也不是四声。

412

就在我刚才还想到耶稣在冥界恰好待了三天，多少有些童话色彩之后。

这条小路绕过一座小丘，然后下行通向海边。那里有一个老的采沙场，裂着大口。人迹已绝。也看不到一只动物或是一只鸟。

我十六岁搬到挪威读高中时，第一年秋天我和班上一个女孩讨论过宗教，她叫卡特琳，是个基督徒，激烈地捍卫自己的信仰。我发表的那些意见对我来说并不那么重要，那主要是为了逗她，这样就能让她眼里有我。是啊，几个月里我除了她之外几乎什么都不想。有天她带了一张画到学校给我看。画上有一根光柱冲破了浓密的云层。你说上帝不存在，她说，你说祂只是人类的发明。但没人发明这个，她说着把画举到我面前。但这只是太阳，我当时说，你崇拜太阳？我打心眼里对她的天真感到吃惊。当然，她很沮丧。现在突然之间，我看到了上帝临在的迹象，不是在太阳中，而是在一只鸟身上，不是作为一个青涩的十六岁的孩子，而是作为一个人生路走了一半的成年人。

当我回到度假屋里时，我已经与这件事拉开了足够的距离，可以对自己的愚蠢微笑了。我在门框上蹭掉鞋底的雪，脱下外衣外裤挂在壁炉旁的两把椅子上，然后把三根木头放入余烬中，跪下吹气，直到火焰在它们周围跳动起来。然后我走进卧室，打开灯，站在书架前。我那次读过《恐惧与颤栗》后，对克尔凯郭尔的思想和风格产生了强烈的兴趣，立即就向那家丹麦出版社订购了他的全集。书有五十多卷，惭愧的是至今我一卷都没有打开过，因为我对信仰骑士、无限顺从之领域，还有克尔凯郭尔所写的所有其他东西的热情，在这些书寄达所需的两个月中已经消退了。

现在我的视线滑过这些蓝色的书脊。其中一本上有"鸟"字，

埃吉尔

我把它拿出来。《原野里的百合与天空中的飞鸟》[1]。我翻了一下，发现这是一篇布道，对《新约》里一段经文的解释。我把它拿到客厅的桌子上，坐下来开始阅读。

等我读完后，外面天已经黑了，风也止了。

我的内心充满了一种恢宏的感觉，我不知道该将其安放在哪儿。那些想法突然就什么都不是了，nada[2]，Nichts[3]。

我合上书，重新在壁炉前蹲下，揉皱了一小团报纸，在上面放了一些树皮、小树枝和木屑，把三根圆木像支帐篷那样在纸团上架起来，点着它，然后坐下来看着那火的金焰升上去，一圈黑色在纸上蔓延开去，同时蜷曲起来，迅速缩小。

神的国度就在此。

我转过身摸了一下挂在椅背上的衣服。现在它们已经完全干了。我穿上它们，在门边的小凳子上坐下，系好靴子的鞋带。之前带进来的雪现在已经融化，变成了地板上的小水洼，在涂过清漆的木板上形成一个微微的凸面。壁炉里的火苗几乎是笔直蹿起。房间里全然寂静，只有燃烧的木柴发出的嘶嘶声和噼啪声。

神的国度就在此。

我起身打开门走了出去。这冰雪覆盖的大地一路向下延展至海边的大地，全无动静。群星在清朗的黑色夜空中颤抖。气温降得厉害，现在肯定至少零下五度了，甚至可能是零下十度。放劈柴的棚子门外有一个雪堆。我想最好现在就把它铲掉，于是我绕过度假屋，走进父亲以前扩建出来停车的那个屋子，拿出铁锹，走回去开始铲雪。

---

[1] 克尔凯郭尔于1849年出版的三篇讲演的文本。

[2] 西班牙语：什么都没有。

[3] 德语：什么都没有。

* * *

每个人一生中都一次或多次地经历过对自由的渴望。对自由的渴望就像一根弹簧，它被压得越来越紧，直至达到某个点，积攒的压力被释放，弹簧崩开。这种情况第一次发生通常是在十七八岁，孩子们离开父母家时，第二次则是在四十多岁，新的家庭因此而解体。但在人的一生中，不仅对自由的需求不断变化，对其理解也不断变化。我喜欢以这样一种方式来思考社会，就是不同群体对自由这样的关键概念有许多迥异的理解，而正是这些断裂面浮现出的力量，正是这些差异之间的摩擦，推动了社会的前进——或者倒退，抑或原地打转，视其力量的方向而定。对自由的渴望一旦被实现，就会导致分离以及随之而来的新事物。决裂，挣脱。然而新事物往往与旧事物是同一回事，由此导致了矛盾见解，这些也很常见，它们与对自由的渴望、对挣脱的冲动以及对未来的信念同时存在，而且也可以分为不同的程度，从中庸到无底线的顺从，从温和的保留愿望到残酷的强制停滞。

犹太哲学家汉斯·约纳斯[1]撰写了有关诺斯替教义的经典著作，他是海德格尔的学生，而且与海德格尔其他杰出学生一样，与他的哲学保持了距离，并非主要通过谴责——尽管他也有此行为——而是通过拓展来达成这个目的。他在生命的最后阶段，草拟了一个关于生物哲学的倡议，在其中他将像自由这样颇具伦理分量的概念回溯到人类出现之前；他认为自由的根源可以追溯到生命最初的起源。那时候的现实是：物质任由物质力量的暴力摆布，没有意志，被锁定在机械的行动模式中。流动的熔岩冷却后变成岩石，海洋被

---

[1] Hans Jonas（1903—1993），犹太裔德国哲学家。

太阳蒸晒为云，大气压力下降导致了风，风让海洋掀起风暴，水侵蚀山脉，沙随风扬起。强大的电流在闪光中划破天空，直达大地。是的，这燃烧的太阳，这闪烁的星辰，月亮绕地球运行，地球绕太阳运行，都在一个盘状星系里，而这星系在宇宙中航行。生命，即使是最初的极原始的生命，就是将自身从这种物质性和物质机制中解放出来。生命本身就是物质，而这物质将其自身从物质中解放出来，按照自己意愿行事，多少独立于各种系统，这是一个奇迹。这种意志在最初的一亿年里很受局限，且行动的空间极小，这和生命所意味着的巨大的不可思议的脱离物质的那种飞跃比较起来并不重要。但自由并非无条件的，因为在物质被释放的同时，就会随之出现一种依赖性，这是全新的，史无前例的。生命需要源源不断的供养，无论是来自太阳、水、土壤还是其他生命，而一旦这供养停止，有生命的物质就会恢复为无生命的物质，自由也就停止了。换言之，自由与依赖之间的动态关系对于单细胞生物及细菌与我们来说基本是一样的。

十六岁时，我只看到了自由的一方面。我把它放在至高无上的位置，并自称无政府主义者。我当时的观念是一种绝对的自由：没有人能为我做决定，我要完全按照自己意愿行事，而这也适用于所有人。任何权威，任何主导性的社会结构，任何国界都不应该存在。在我那时参加的各种讨论中，我的这些观点当然激起了强烈反对，令人大摇其头。如果没有某种形式的等级制度，社会就会崩溃，犯罪就会肆虐。假使你有杀人的欲望，也可以自由行事吗？如果没人能决定另外一个人的行为，那就没有任何东西可以阻止你了？当然是的，我当时说，如果你想杀人，那就去吧，想做就做。但即使你可以，你也不会想杀人，对吗？有什么东西在阻止你吧？那是你自身的道德。应该由它而非别人的道德来设定界限。人们现在也会互相残杀——尽管我们有法律、监狱和警察，而且杀人是最大的禁忌——不是吗？总会有人杀死别人，在一个无政府主义社会里也没有什么不同。但我认为杀人者会少一些。因为不仅仅有强加于人们的法律和规则，人们还要面对巨大的压力，满足社会对他们的需求，要融入社会、要挣钱、要获得物质和地位，而那些出局者们，在犯罪中找到了自由。你明白吗？在一个没有这种压力的社会里，每个人都有自由，犯罪可能不会完全消失，但至少会减少很多。哦，你太天真了，他们当然这样说。你们才天真呢，我同样理直气壮地回应。人类在没有外界影响时是善良的，是社会使其邪恶。你何曾见过一个邪恶的婴儿呢？

不难理解为什么我会产生这些态度。我的父亲从他的父亲手中接管了航运公司，他对我这个长子的期许也是如此。父亲从来没有直接地说过这个，而当我朝另一个方向发展时，好听点的说法就是与商业生涯不甚兼容，他也没有任何失望的表示。我意识到他从很久以前就放弃我了。但我感受到了压力，我感到我让他失望了。

我成长过程中父亲总是在外工作，他回家时我一般已经上床睡了，尽管他从来没动过我一指头，也几乎没有对我提高过嗓门，但无论他表现得多么温和克制，他身上有些什么在告诉我他不喜欢我。我小时候很胖，这可能让他反感，而且我十分害羞，根本无法直视任何一位客人的眼睛，或是说出什么有条理的话，更不用说什么明智的发言了。只有家里人在的时候，他还可以容忍，但当我们有客人时，即使他开玩笑掩饰过去，我也能看出这让他很不快。我最喜欢一个人玩，如此直到十二岁，一屋子都是玩偶，我也不排斥玩布娃娃。我的弟弟们就完全不同，尤其是哈拉尔德，他只比我小一岁，我们还是孩子时他就尽可能地利用我的弱点。强者的力量乃是来自我们的赋予，尼采写道，但我当时当然没有意识到这一点，

埃吉尔

所以总是不胜其烦，一再妥协以求个清静。如果我向哈拉尔德妥协后还哭哭啼啼，那么被训斥的并不是哈拉尔德而是我，因为我年长，理当是那个欺负弟弟的人，而不是被他欺负。

长大后我们的关系很好，小时候那些事真的没什么值得说的；我们只是属于不同的世界而已。父亲六十岁时退休，哈拉尔德接替了他的位置。哈拉尔德毕业于伦敦经济学院，之后在同一城市的高盛干了几年且成就斐然。比我小三岁的居纳尔也走了差不多的路，他现在管理着一家他在初创阶段就加入的制药公司，目前这家公司在研发一种治疗抑郁症的新药，实际上是一种致幻剂。他们三人依然住在伦敦。父亲卖掉了汉普斯特德的房子，长期住在市中心一家酒店里。据我不多的了解他过得很好，培养了艺术品收藏的爱好，参加艺术圈里各种展览、开幕式和晚宴。他对构成主义格外感兴趣。这方面有很多话我也不忍心和他说。在商业世界中他总处于中心地位，一切尽在他掌控，比大多数人都更清楚事物如何运作。看起来他似乎认为在艺术的世界里也是如此，尤其他不管在哪儿都很受欢迎。他受欢迎是因为他的钱，当人们，也就是艺术家们、画廊主们和策展人们，坐听他讲述他所倾心的也收藏很多的俄罗斯构成主义艺术家或美国波普艺术家们时，那并非出于兴趣，而是忍耐，事实上他让他们感到相当无聊。父亲身材矮小，自信但不自我中心，衣冠楚楚，穿着考究，白衬衫，蓝西装，棕色皮鞋，领带和袖扣，他的眼神虽然温和，但每当他出现愤世嫉俗的情绪，就会变得冷酷，那种愤世嫉俗大概率不是与生俱来，而是积年练习有素的结果。他能够准确地评估一个人，但也不幸跟很多东西擦肩而过，因为他没有深度。

他在挪威侨民协会认识了当时在伦敦做互惠生的托里尔，她是一个斯堪的纳维亚美人，他们在一起后她过上了自己想都不敢想的生活。她相当神经质，而且她比谁都爱我。托里尔有深度，可是她不会反思，她的各种情绪总是杂乱无章，一切对她来说都很强烈。从我很小时候起她就带我去看电影，到十三四岁时我就已经是个小电影迷了。电影是她释放情绪的地方，让她的情绪得以外泄而不必淤积心中，这对她来说一定是种美妙体验。

我满十六岁那个夏天他们离婚了，我们几个男孩和她一起搬回了挪威。托里尔是让我感到内疚和惭愧的大师，她不断地抽紧那些钩住我的小绳子。她那时才四十岁，仍然是个大美人，但她身上有什么东西已经断裂了，也许是因为她从来没有真正建立过属于自己的东西，和她的家人住在同一个城市非但没有任何帮助，反而让她变得更加幼稚了。

我们搬家前一年我开始长个儿，到上高中的时候我已经算不上胖了。我外表不错，但这对我没有帮助，来自伦敦这一点也没有，我原以为伦敦会让我自动受欢迎。其他人觉得我是个怪人，我想这是因为我太内向，从来不主动和人打交道，总是靠边站，而且我对许多课程特别感兴趣。托里尔偶尔跟我问起学校里的那些女孩子，我尽可能坦诚作答，但我从未提起过卡特琳，虽然这让我觉得自己欺骗了她。我们之间没有任何关系，但卡特琳对我来说是神圣的，是我在心中圈起来的一个地方，是当我躺在卧室的床上读书、梦想着起身离开并且永不回来的时候，也要守护的一个地方。

我发现了比约内博的书，并对他产生了强烈的认同感。他也是船主的儿子，一位无政府主义者。我读过凯·斯卡根[1]的《巴扎罗夫的孩子》和埃尔林·耶尔斯维克[2]的《平局》，这些书把我引向了

---

[1] Kaj Skagen（1949— ），挪威作家。
[2] Erling Gjelsvik（1949— ），挪威作家。

海明威，从海明威到屠格涅夫只有一小步，再到陀思妥耶夫斯基就更近了。

我幻想着杀死一个人，不是托里尔，尽管这会让我的生活精彩起来，只是一个随机的什么人。我知道如果凶手和受害者之间没有任何关联，被抓住的机会就微乎其微。但我太容易有罪恶感——事实上我连杀死一只苍蝇都要受罪恶感折磨——我知道我会放弃。我也无法离开托里尔。而和父亲对峙？那也必然让我眼含泪水。

高中毕业那年夏天我离开了这一切，当我站在去丹麦的渡船的甲板上，看着挪威消失在视线之外，我心里充满了疯狂的喜悦。我要离开一年，在欧洲大陆上游荡，到处打点工挣些钱；包里有本书叫《流浪欧洲》，里面罗列了各种你能轻松找到的工作，例如在西班牙摘橙子，或者在法国港口做日结工。但我并非完全自由，托里尔坚持让我每天都要打电话，而我无力拒绝。旅途刚开始的时候，我试过几次不给她打电话，那是在南下慕尼黑的途中，我计划从那里前往阿尔卑斯山。但她是那么难受，她说为我担惊受怕，我就不忍心再这么做了。

我走遍了意大利，从布林迪西坐渡轮到雅典，去了几个岛屿，然后再往北走，在九月底到了苏黎世。在那里我经历了一次精神崩溃，有一个晚上我突然极度惊恐，对自己的生活和将要发生的一切充满恐惧，次日早上我没法起床。我在床上躺了一整天，试图用睡觉解决这个问题，但几乎没有用，夜幕降临时，我惊恐到全身都在抖。我很饿，但没有任何办法去弄点吃的给自己。而因为我害怕自己如此害怕，因为我孤身在一个陌生的城市，我感到双倍的恐惧。我不能给托里尔打电话，这是我在如此脆弱的状态下唯一清醒知道的。也不能给父亲打电话，那也太丢人了。但最终我还是打了。我坐在地板，全身颤抖，拿着电话，按提示音拨了他的号码。

"这是斯特雷，哪位？"他在另一端说道。

"我是埃吉尔。"我低声说。

"什么？"他说，"是谁？"

"埃吉尔。"我说。

"埃吉尔！"他说，"你到底在哪儿？"

我开始哭泣。

"出什么事了吗？"他说，"怎么了？出什么事了？"

我说不出话来，只是哭个不停，然后挂了电话。我甚至没力气上床，只是就地一躺。几分钟后电话响了。我拿起听筒放在耳边。

"埃吉尔？"父亲说，"我知道你在哪家酒店。如果你现在不明确表示反对的话，我会找一个好朋友来帮你。"

"好。"我低声说道。

"我不知道发生了什么，"他说，"但我们会解决的。没问题。"

我又开始哭了，我不想让他听到我抽泣的声音，就挂了电话。

一个小时后有人敲门。我躺在床上无法起来应门。一个四十多岁穿着西装的男人走了进来。他戴着一副方框细边眼镜，五官很不起眼，如果不是那丰满且有一丝歪斜的嘴唇，简直是掉进人海就再找不出来的长相。

"你好，年轻人，"他用德语说，"我听说，你目前情况不太好？"

我只能看着他。体内在战栗。

"我叫迪特尔。我是你父亲的朋友。我过来是为了帮助你。"

他微笑着。他稀疏的头发是沙色的，眼睛则是蓝色。

"首先我们必须让你离开这里，"他说，"你能穿好衣服吗？"

我什么都没说。

"放轻松，"他说，"我来帮你。"

他打开我的背包，拿出几件衣服，把那件蓝绿色佩斯利衬衫递到我面前。

"这件可以吗？"

我没回答，无法回答，他又笑了，拿出一条裤子然后在床边坐下，掀开被子，开始给我穿上裤子。然后他把手掌放在我的脊背上，推着我起身，又给我穿上衬衫，慢悠悠地仔细扣好所有的纽扣。然后是鞋子，外套。

他把我的包收拾好，甩到背上，牵着我的手把我拉了起来。他用胳膊搂住我，我们就这样离开了酒店房间。他已经给酒店付过钱了，他说。现在我们要去他家过一晚，然后我就乘飞机去伦敦，父亲会在那里接我。怎么样？这听起来是一个不错的计划吧？

我哭了起来。

开车出城时他告诉我，他有两个孩子。分别是六岁和八岁，野得很，但我不用理会他们。

"你饿了吗？"

我点点头。他把车停在一栋砖砌别墅前，绕过来给我打开车门，我坐在那里一动不动。他的妻子有张温柔的脸，鼻梁和双颊上有几颗稀疏的雀斑，眼睛狭长，眼角有笑纹。我们进门时她正站在厨房的水槽边洗菜。

"这是埃吉尔，"迪特尔说，"埃吉尔，这是我的妻子安妮卡。埃吉尔感觉不太好，我直接带他去客房。我们有什么吃的给他吗？"

"有。"安妮卡说。

我不记得我是怎样地熬过了这个晚上和深夜。大概是睡过去的。次日早上，一位护士来了，她将一路陪我去伦敦。迪特尔开车送我们去机场。他衷心地和我告别并拥抱了我，就像我们是老朋友一样。父亲在希思罗机场等着接我，他很热情，也很谨慎。他说，在他家里没人能帮我，所以他把我安排在附近一家小型私立医院，我可以在那儿一直住到康复。

他考虑的无疑是一周，也许两周。但我在那里待了六个月。那段时间的事我一点儿也记不起来了，一片模糊。我知道我没法读书，没法听广播，甚至没法听音乐。并不是因为我集中不了注意力，尽管我确实集中不了，而是因为我再也没有空间来容纳任何外来的东西，所有外来之物都让我疼痛。甚至看着一个花盆或一个窗帘我都会痛。这太糟糕了。最可怕的就是通向外界之路也许就以这种方式永久封闭。我只能一直待在黑暗的痛苦之中。那六个月里我没和任何人说过话，除了吃东西之外从不开口。

在春天我出院了。我能记得这件事。上午爸爸过来接我，我已经把东西都收拾好了。托里尔也想来，但我跟她说不要。她在一家酒店里等着见我。但这并不是我记得这么清楚的原因，至少不仅仅是如此。因为当我跟着父亲出了门朝汽车走去时，在一片洁白而温和的春日天空下，我有一种强烈的感觉，这个世界并不希望我过得好。我的人生不会有任何好事发生。

这整件事挺讽刺的。在一个希腊岛屿上我产生了一种祈愿。不是在帕特莫斯岛，我当时对那个岛还一无所知，也不是在伊兹拉岛，而是在一个完全不知名也不重要的小岛上，我在那儿住了一周。不是什么很大的祈愿，小到我都无法把其他人包括进来，但对我来说却很大。那些早上我涉水来到离海滩不远的一个沙洲上，把食物、毛巾、衣服和书籍装在包里，顶在头上带过去，在那里一个人待上一整天，读书、游泳、晒日光浴，晚上我就找家餐馆吃晚饭，喝上几杯啤酒，看着周围的人们。在那里我感到心神不定，甚至有些焦虑，好像我并不想待在那里，好像我在渴望某种东西而我并不清楚那是什么。不是渴望人群，因为晚上在小镇上，我身边到处都是人，让我很想离开——尤其有人和我搭话的时候——这对我没有太大的吸引力。有天晚上我决定去散步。我穿过那些狭窄的街道，一直走到小镇的尽头，山麓的起点之处，然后继续往上走，突然想要登上山顶。那里有一根高高的无线电接收杆，在黑暗中闪烁着红色的光。我坐下来点了一根烟，眺望大海，大海黑沉一片，间中有几点远处的船只发出的微光，天空也同样黑沉，和我看惯的家乡的夜空相比，是一种更光滑的黑。天空中不时也闪起亮光，来自那些飞向或离开雅典机场的飞机。

有没有可能成为一个没有名字的人呢？我突然想到。

没有身份？

有没有可能成为一个完全无拘无束的人呢？

没有任何过往和历史，家庭和社会的羁绊？

有没有可能只是单纯地做这地球上的一个人呢？想去哪儿就去哪儿，不对看到的任何东西做系统的理解，而是完全自由地思考，也就是说，见山是山，永远像是第一次见到一样？有没有可能当一个只是存在着的人？一个没有野心、没有计划、没有理论的人？我不是埃吉尔·斯特雷，而只是某个人，任何人，随便什么人。我只是一个所在，世界在我身上流过，毫无停滞，而我流过世间，也同样毫无停滞。

或者换句话说：彻底的自由有可能吗？

这就是那个愿景。做一个没有名字、没有过往的人。只是一个人。

这个愿景如此之小，对于我以外的任何人来说都没有意义。当然，后来我与之谈论此事的那些人，跟我的理解也并不相同。这是一个如此简单的想法，以至于很难称之为想法。是啊，当然。不要名字，嗯。不要身份。有意思。有点像动物，你说的是这个意思吗？

然而对我来说，这个想法有血有肉，还有震颤的神经。我很清楚它不可能实现，但我想我可以把它当作一种追求，一种人生理想。

但怎样才能无拘无束呢？

比如说我可以买一艘更大的帆船开始环游世界，只有我自己，去任何一个我想去的地方，在任何我想下船的地方靠岸；如果我向父亲提出要求，他很大可能会给我钱，即使他不同意，他也能看到我选择的方向，并且可能会为此取消我的继承资格。但我已经非常清楚地意识到羁绊是一种内在的事物，因此从外部切断联系并不会产生影响。

然而在接下来的几周里这个想法对我来说变得很珍贵，我想在我的余生中都会如此。但当我精神崩溃时，这一切都改变了，我的整个生活一下子就改变了，在那之后一切都是关于别让我再回到那个状态，回到我内心那个可怕的地方。医生们提及稳定的结构，固定的关系，对生活的全面掌握以及日常例行事务。而这些当然都与只作为一个人而存在这件事背道而驰。

所有这一切，事实上，是我整个一生的一切，都在那个冬日的度假屋里得到了催化，开始运转起来，突然地、毫无预兆地在我的皈依中找到了自己的位置。

我该如何解释呢？

我解释不了。

后来我重读《原野里的百合与天空中的飞鸟》时，很难确切地理解那一次给我留下了如此印象的东西到底是什么。我没法把那些宏大的感觉回溯到某一句话或一段话，尽管许多章句下都划了线，显然当时我的内心很感振奋。但我们一再犯的一个错误是，我们认为思想是孤立的实体，不仅与情绪分离，而且与它们被思考的环境分离。这可能就是为什么哲学家总是迫切需要建立体系，因为在体系中思想有其固定的位置，无论在它们之外发生什么，它们在某种程度上都被保护起来不受世界影响，并具备了以思想的形式呈现出来的资格，如此纯粹，如此非个人化，以至于任何人都可以在任意时间任意地点一再去思考它们。问题在于思想无法独自生存。当尼采构想永恒轮回的概念时，他的思考达到了巅峰，他仿佛被情感控制，以至于几乎无法着手处理那些思想。他写的那些信件里谈到他的这个重大发现，欢欣到躁狂的程度，与此同时，关于他所想到的这个会改变一切的东西到底是什么，他也无法透露一个字。将思想及其含义转化成文字付诸笔端，这应该是他的工作，因为思想本身是赤裸裸的、缺乏情感的，既不伟大也不奇妙，当它白纸黑字地写下来时，其实相当平凡。它的伟大之处在于它在他内心引发的风暴，而他想传达的正是这场风暴，而不是思想本身。这个思想必须在那些周边思想的支持和托举中建立起来，如此它才能引起他认为它应得的惊叹和敬畏。

尽管克尔凯郭尔与尼采在其他方面多有不同，但他们的共同点在于其个人化的写作方式，几乎不可能从作者那儿夺走他们的观点并据为己有，至少在不折损它们的前提下做不到。他写道：

> 在沉默中你必须忘记自己，忘记你叫什么，你自己的名字，那个著名的名字，那个可怜的名字，那个微不足道的名字，为了在沉默中祈祷上帝："愿祢的名被尊为圣！"在沉默中，你必须忘记自己的计划，那些宏伟且全面的计划，或者关于你的生活和未来的限制性计划，为了在沉默中祈祷上帝："愿祢的国降临！"在沉默中，你必须忘记你的意愿，你的固执，为了在沉默中祈祷上帝："愿祢的旨意成就！"

对我来说这些想法并不陌生，只是我从未将上帝纳入其中。臣服于神性，放弃自己，是所有宗教都为人熟知的特点，并为此建立了各种系统，比如祈祷、礼拜仪式和冥想等，但我从来不感兴趣，这些在我看来是一种简单的暗示，一种低级的技巧。但克尔凯郭尔的臣服是不同的。那种你应该在其中忘记自己的沉默，像百合花和飞鸟的沉默，它们应该是我们的导师，同时也是森林和海洋中的沉默。即使海洋怒吼咆哮，他写道，它依然是沉默的，此刻大海在外面怒吼，而我坐在屋里读这些文字。即使树林在呼啸，这呼啸中有沉默，他写道，而我听到了林中呼啸，以及其中的沉默，我感知到那沉默；正是在这沉默映照中我才清楚地听到了自己内心的喧嚣。这声音是我与他人在一起时听不到的，因为那种场合里处处都是噪音，那是所有的意志、所有的计划、所有的野心、所有对欢愉的贪图带来的噪音，但当我在这里散步，在这里的寂静中，我听到了它。

我读到的东西以一种奇怪的方式与我是谁达成了一致。我在大海的喧嚣中读到了关于大海的喧嚣，我在森林的呼啸中读到了关于森林的呼啸，当我读到祈祷不是诉说而是缄默，因为只有在沉默中，神的国才能来临，然后神的国就来临了。

神的国度就是此刻。

树木、森林、海洋、百合、飞鸟，它们总是活在此刻。对它们来说没有未来，没有过去。也没有恐惧或害怕。

这是第一个转折点。第二个转折点则是我接下来读到的这句话：那些发生在鸟身上的事，与鸟无关。

这是我所知的最激进的想法。它将使我摆脱所有的痛苦、所有的苦难。那些发生在我身上的事，与我无关。

它需要对上帝的绝对信任和绝对奉献，就像野地里的百合和天空下的飞鸟所证明的那样。即使面对最深重的悲伤和最可怕的明天，这只鸟也满怀着喜悦。悲伤和明天与它无关。一切全然交付给上帝。

要顺服，就像草顺服于把它吹弯的风，我想着，抬头看去：窗外的暴风雪已经平息，四下漆黑一片，寂静无声，雪地反射着微弱的月光，羊背石看起来像是飘浮在空中。

神的国就在这里。

而我则是为了上帝而存在。

在那个晚上之后的半年里，这些想法就像我的一个归处。就好像我所获得的洞见需要不断更新才能保持住，而我很容易堕落回老一套中。我读了《福音书》，在一种全新的光辉里看待万事万物。那是自由的无拘无束的光，是神国的光。当耶稣说"人到我这里来，若不爱我胜过爱自己的父母、妻子、儿女、弟兄、姐妹和自己的性命，就不能做我的门徒"，我理解他的话，他宣扬的是脱离一切关系的、完整的自由。当他说"狐狸有洞，天空的飞鸟有窝，只是人子没有枕头的地方"，他谈论的是从所有的地方解脱出来。耶稣活在这敞亮中，或者说他渴望活在这敞亮中。切断与其他人的所有纽带，与自己过往以及所有地方的联系，这听来可能是自私的，自我中心的，但实际上恰恰相反，只有通过这样，只有通过成为"只是一个人"，所有人才具有了同等价值，只有这样，所有人才能被视为他们所是，"只是一个人的人"。在《路加福音》随后的一小段中，"又对一个人说：跟从我来！那人说：主，容我先回去埋葬我的父亲。耶稣说：任凭死人埋葬他们的死人，你只管去传扬神国的道。又有一人说：主，我要跟从你，但容我先去辞别我家里的人。耶稣说：手扶着犁向后看的，不配进神的国。"这一段强调了耶稣信息的激进性，强化了自由对神国降临的重要性。没有过去，没有未来，只有一个广大的当下，上帝就在此光中有了形质。

这就是那天晚上我在度假屋里看到的光。

没有造物本身，没有那些悬挂着小针穗的虬曲松树，没有那燃烧着的清朗火焰和那些噼啪作响地变成灰烬的木柴，没有那些在夜晚黑色寂静天空中颤抖着的星星，没有结了冰的羊背石。没有那住在树林里有着浓密毛皮和狡猾面孔的狐狸们，也没有那些尖叫着飞过大海和陆地的，有灰白色羽毛、黄色的喙和黑色眼睛的大海鸥。没有那些一动不动地停留在沙洲浅滩上的鳕鱼们，黄褐色与白色相间，沉默得彻底。也没有生长在水下的海藻或者一簇簇在波浪推动下撞击岩石的蓝黑色贝壳。所有这些都不存在，存在的是它们带来的结果：在其中，上帝诞生了。

整个夏天我都在思考这些，并进行了相关阅读，当然，我并没有任何要找到终极答案的野心，因为上帝是一种发生，而不是一种任由自己被轻易抓住的静止之物。但是，当我站在船上操纵着船只驶入海峡，城市出现在我面前时，我想，我至少知道要去寻找什么，朝哪个方向寻找。在带有社会属性的事物中，只有社会是可见的，在那儿人就是一切，连动物和树木都消失了，这就是为什么真正的宗教远离社会。正如汉斯·约纳斯所写，人类不是按照上帝的形象创造的，而是为了上帝的形象而创造的。只有爱耶稣胜过爱自己的父母、妻子、孩子、兄弟姐妹和自己的性命的人才能看到这一点。

即使刮着大风，海峡里也像火炉一样热，难怪岸边到处都是游泳的人，他们小小的亮晶晶的脑袋像海豹一样潜到水里去，瘦弱的白色身体从海中不断升起或沉入。

海滩上铺满了色彩斑斓的毛巾。

城市的细节在我面前逐一浮现，我看见街道上和路边咖啡馆里的人们，他们在阳光下闪烁的购物袋，甚至还有他们手里那些针尖大小的白色冰淇淋。

埃吉尔

还有十分钟大巴就要到了。一切都刚刚好，我这样想着，放慢了速度，此时那艘小渡轮刚好嘎嘎地驶出码头，驶向一个更远的岛屿。等它过去后，我重新提速，几分钟后驶入那通向港口的宽阔航道时，又不得不再次减速。

我在最里面找了一个空位，停好船，然后进城。建筑物之间的空气完全是凝滞的。所有的旗帜和三角旗都耷拉着。

他吃冰淇淋的时候也许我可以喝杯啤酒？

一杯啤酒对谁都没坏处。

马路对面有一个教堂集市，我抬头看向教堂，它的红色砖墙、绿铜屋顶和铜尖顶，我突然意识到我之前一直忽视了它，总是将其作为司空见惯之物。我从来没有去过那里面。

但这肯定不是那小男孩会特别期待的事，所以再等等吧。

我看到塔上的时钟已经指向三十八分了，我穿过马路，到汽车站的最后一截路是匆匆跑过去的。就在这时一辆又大又气派的大巴开进来了，白色的，两侧用红蓝两色刷了字。应该是这辆吧？

大巴停稳后，车门打开，人们鱼贯而出，大多数站在行李舱门那一侧，有些没有行李的潇洒男女就直接进城了。

没看到维克托。

当司机打开那个阔大舱门往下卸行李，我走到那堆人那里。

"打扰了，"我说，"你是从奥斯陆来的吗？"

他没回答，上半身探入黑暗的行李舱里，正和一辆婴儿车较劲。后背的白衬衫顺脊梁一带已经被汗水完全打湿了。

"这是奥斯陆来的大巴，是的。"一个年轻男人说。

"谢谢你。"我说，然后走到门口，踏上阶梯，进大巴里面去找他。从外面的强光里乍一进来，我一开始什么也没看到。我嘴里充满了一种奇怪的味道，让我想起某个特定品种的苹果，它来得快去得也快，眼睛适应了半明半暗的光线之后，我沿着过道往里走去。

维克多坐在最后面，膝盖抬起抵着前面的椅背。我过来时他没有看我，只是盯着窗外。

"嗨，维克托，很高兴见到你！"我说。

他没有回答，也不看我。

"一路过来还好吗？"

没有反应。

他嘴角的轻微颤抖告诉我，他的内心并非毫无波澜。

"来吧，"我说，"我们走了。"

我把手放在他的肩膀上。

"你的行李在外面吧？我们得先拿行李。然后开船去度假屋。会很好玩的。然后我想你也可以吃个冰淇淋。"

"我不想吃冰淇淋。"他说，飞快地看了我一眼。

"没问题，"我说，"但你现在得下车了。"

"我不想走，"他说，"我想回家。"

"你在这里只要待几天，"我说，"然后就可以回家了。"

"我想现在回家。"

"不幸的是你不能，我的孩子。"

"我不是你的孩子。"

"不是就不是吧，"我说，"没关系。但你不能坐在这里，你知道吗，其他人现在都下车了。"

"我才他妈的不在乎呢。"他说。

"别说脏话，维克托，"我说，"别这样。这很丑陋。"

"我不在乎这个，"他说，"你这该死的屄人。"

"别这么叫我，"我说，"我是你爸爸。"

"你是个傻逼爸爸。"他说。

埃吉尔

"维克托，"我说，"别这么叫我。"

"傻逼爸爸，"他说，"你是贱屄爸爸。"

"够了。"我说。

他低头看着前方，脸上掠过一丝微笑。然后又向外望去，看向远方某处。

我简直不敢相信自己的眼睛。

他这么恶毒吗？

我之前还以为他因为母亲离开而那么难过。但假如真是那样他就不会笑。

"走吧。"我说。

"不。"他说。

外面司机已经直起身子。他面前只剩几个行李箱和背包了。

"我们必须走了，"我说，"你不明白吗？你不能在这里一直坐下去。"

他什么也没说，只是一动不动地坐着，看着窗外。

我轻轻握住他的手臂，稍稍一拉。

"走吧，维克托。"我说。

他低头看着我的双手。

"操蛋的傻逼。"他说。

我心里突然升起一股怒火。

"你够了！"我说，"现在就跟我走！"

我把他拉向我。他抓住前面的座位，紧紧地抱住不肯动。

"救命！"他喊道，"救命！"

与此同时，司机走上巴士前部的台阶。我松开手。

"怎么回事？"司机边说边朝我们走来。

"没什么，"我说，"只是我儿子不想跟我走。很快就好。"

"维克托，是这样吧？"他说，"你知道我答应过你妈妈要照顾你？听你爸爸的话。"

"他不是我爸爸。"维克托说。

"你听到我说的了吗？"司机说，"我答应过你妈妈照顾你。现在你跟你爸爸一起去拿行李，免得等下被人偷走。"

"好吧。"维克托说着站了起来，没有看我。

我跟着他出去，走到行李处。一个手提箱和一个小背包。

"你拿背包，我拿手提箱，可以吗？"我说。

"你可以两个都拿着。"他说。

"好吧。"我说着把背包背在背上，手提箱也拎在手里。

他怎么可以听司机的话而不听我的呢？我们走过去时我这么想，维克多走在我前方一两米的地方。也许他是拿我出气，因为我是父亲，是他熟悉的人，而司机是陌生人。再说黑裤子和白衬衫看起来有点像制服，天然带有某种权威性。

我应该牵着他的手，他才十岁，但我不能，免得他再次拒绝我。

"来个冰淇淋怎么样？"我说，"天气这么热！"

"我说了我什么都不想吃，"他说，"你听不到吗？"

"那我们直接上船吧。"我说。

他穿着一条绿色短裤，通常大人才会穿这种面料，黄色 T 恤的胸口印着冲浪者的图案。他皮肤苍白，他妈妈给他选的这身搭配并没有改善他的气色，我想。细细的胳膊和腿，脑袋有点小，抿紧的嘴唇。他从不直视任何人的眼睛，我和他妈妈还在一起的时候，我建议过也许我们该找医生给他检查一下，这是自闭症的迹象。

她当时暴怒了，所以这事也就作罢。

但他身上确实有点不对劲。

他边走边低头看着面前的地面，双手插在口袋里。到了路口，他飞快地抬头看了我一眼，看到他身上还有一丝不确定性，我松了口气。

"我们从这边过去。"我说。

我在他身后几米处过马路。为了让他不必再次向我透露他的不确定，我说："然后我们左转去码头，船就停在那儿，你看到它了吗？"

老邮局外的广场上有一个熟悉的身影走了过来。是托勒。他一看到我就举手打招呼。这样一个大热天里他穿着黑裤子和黑T恤，戴着特大号的黑色墨镜，肩上挎了一个包。

"是你这家伙吗。"他说。

"好久不见，"我说，"你好吗？"

我在他的墨镜里看到了自己的倒影，暗暗希望他能把它拿下来。

"挺好，"他说，"你呢？"

"还不错。"我说。

维克多停下来，站在一段距离开外，假装和我们没有任何关系。

"你还住在那栋度假屋里吗？"托勒说。

"是的，"我说，"进城来接我儿子。"

"你有儿子？"托勒说。他的声音听起来很惊讶，但因为看不到他的眼睛，我很难判断他是不是在开玩笑。

"有啊，你知道的，"我说，"他今年十岁了。"

"我必须得说，"他说，"你以前从没说过这事。"

"没有吗？"我说，"他大部分时间和他母亲住在一起。不怎么来这里。"

我看着维克托。

"嘿，维克托，过来跟我的朋友打个招呼！"

他站在原地，仿佛什么也没听到。

"他有点腼腆，"我说，"你怎么样？有什么新鲜事吗？"

"没什么。我还在折腾那部歌剧。"

"可不是！"我说，"快要完成了吧？"

他点点头。

"而且明年春天在文化中心上演的机会很大。"

"哇！"我说，"我很期待。不过我得走了。回头见！"

"再见，好的。"他说着继续往城里走而我则走向维克托。

"那是谁？"他说。

"他叫托勒，"我微笑着说，为他主动开口说话感到欣慰，"我的一个老朋友。"

"你为什么没有跟他提起过我？"他说。

他抬头看着我。

一股冰冷的感觉在我的胸口蔓延。

"我当然跟他说过，"我一边说，一边开始往前走，"他只是在开玩笑。他以前没见过你。"

"听起来他不像在开玩笑。"维克托说。

"但他真的是，"我说，"来吧，船就在那儿。"

我有什么办法可以分散他的注意力吗？

他不想吃冰淇淋。

汽水？

那我们就得找个地方坐下来，他就有足够的时间思考并推测，或许还会提更多问题。

不，上船就很好。

我内心的那双眼睛突然看到了沿着码头行走的自己，一手拎着一个购物袋，躬身把它们放在船上。

我完全忘了要去购物。度假屋里没有什么他能吃的。

埃吉尔

"我们说话的方式就是这样，"我说，"假装比真实的自己更蠢一些。这有点难以解释。这叫反讽。"

他甚至没有转身。

他没理由不相信我。从某种程度上来说，这也是事实。托勒可能忘了我说过的话，或者是在开玩笑。这很像他。

我们走下楼梯来到码头。维克多在那艘船前停了下来，没有转向我。

"现在你可震住我了，"我说，"没想到你还能认出是哪艘船。"

我立刻意识到这句话更加破坏了我和他之间已经岌岌可危的关系。他当然能认出我的船。

"这里太多船了，"我说，"长得也差不多。"

我把行李放在地上，把船拉过来，上了船。

"你能把手提箱递给我吗？"我说。

他拿起箱子递给我。

"还有背包？"

他把背包也递过来，然后自己也上了船。他的脸色很严肃，几乎是在咬牙切齿。但至少他不再拒绝跟我走。总算有点进展，我一边想着，一边解开系泊绳。

"我要穿救生衣。"维克托说。

"船上没有救生衣，"我说，"很抱歉。但我会小心驾驶。没事的。你会游泳，对吧？"

"不穿救生衣是违法的。"他说。

"不完全是，"我说，"这的确不是特别好，但我们放松一点，不会有事的，你知道的。明天我们可以给你买一件救生背心，好吗？"

他没回答，我发动引擎，退了几米，然后掉头开出去。炙热的太阳高悬在天空正中，没有一丝云彩。阳光在窗户、汽车、自行车、舷外发动机、栏杆、长凳和桌子上闪耀，海港中的海面处处澈滟璀璨，反射出细小的微微荡漾的光点，而在更远处，地平线的方向，它们就像是汇聚成了一条庞大而汹涌的光之河流。

维克多背对着船头坐着，眺望着城市，随着加速，船平平荡开去，城市慢慢地越来越小。

他可以赏脸给个微笑，不是吗？

带着咸味的海风吹乱了他的头发，炙热的空气和这湛蓝、湛蓝的世界向我们逼近。

我自己的童年也并不轻松。那时的我是个令人厌恶的胖子。但我不记得自己有过攻击性。我喜欢一个人待着，而且很害羞。我曾经如此。但我并没有愤怒，也不曾无礼。而就算我想，我也伤害不了任何人。

一定要对他友善些，耐心些。

他才十岁。

我抬头看着那颗新星。它在白日的光线里显得更加遥远，但依然清晰地闪烁着。

我指着它。

"你看到那颗新星了吗？"我喊道。

他抬头看着它，脸上没有一丝表情，然后他转过头，继续眺望我们身后的风景。

二十分钟后，我停靠在泊船码头。

"你要和我一起进去吗？"我说。

他摇摇头。

"那你一个人坐在这儿行吗？"

"可以。"他说。

埃吉尔

"好的。这里确实也没什么危险。"我一边说一边把船拉上岸，停好之后走进冰冷的超市。里面一个顾客也没有。平日我尽量以最小开支来维持生活，大多数时候只买土豆和蔬菜来配我钓到的鱼，然后是薄饼、奶酪和烟。这些他大概不会爱吃的。

不知道他喜欢什么。

我放下购物篮，出去找他。他的手臂搭在船舷上，脸颊搁在上面。看到我朝他走过来，他直起身子。

"有什么特别想买的东西吗？"我说。

"没有。"他说。

"你喜欢什么？"

"不知道。"

"薯片？巧克力？比萨？想要什么你自己决定。"

"我不知道。"他说。

"什么都行？"

"我不在乎。"

"好吧，"我说，"那我去找点好吃的。"

我回到超市里，努力回想我像他这么大时喜欢什么。把一袋红椒味的薯片放入购物篮中，再来一袋盐味的，然后是一袋花生和一袋爆米花。给他买几瓶汽水，给我自己买几瓶啤酒。每人一份牛排。蛋黄酱汁。一些巧克力。巧克力布丁、覆盆子果冻、香草酱。还有六个葡萄干面包。

当我站在收银台前开始把东西放上传送带时，我突然想到也许应该买些比萨。我放下购物筐，从冰箱里拿出四种不同的比萨。

"今天要买烟吗？"店员问。这是个十八岁的男孩，皮肤苍白，头发乌黑，脸颊上长了一个大红疙瘩，渗出黄色的脓液。我记得他的名字是西蒙。

"哦是的，"我说。"谢谢你提醒我。"

"没什么好谢的，"他说道，羞涩地笑了一下，"每吸一支烟就会缩短你两分钟的寿命，他们是不是这么说的？"

"是啊，"我说，然后开始把东西放进购物袋里，"但他们没说是哪两分钟。这可能是最可怕的部分。"

他又笑了，笑容里多了几分不确定，然后他打开身后放香烟的柜子。

"还是三包吗？"

"是的，"我说，"谢谢。"

身后的门开了，一个年近六十的瘦弱女人走进来，她摘下墨镜，放进手臂上挎着的包里。

"你好，我的孩子，"她说，"这里一切还好吗？"

她声音沙哑，皮肤灰黄，几近憔悴。她肯定抽了不少烟。

西蒙，如果我没记错他的名字的话，把读卡器推向我。

"挺好的，"他说，"没多少客人，你知道的。"

"是啊，这种天气没人出来买东西。"她说。

"至少中午不会。"他说。

我把卡插进去，输入密码。他们语气中的亲密令我感到惊讶，这该是他的母亲吧，如果真是这样的话，我以为他在公共场合会表现得腼腆起来，但他并没有。

"谢谢你。"交易完成，我抓起两个袋子。

"谢谢，"我说，"回头见。"

外面热度惊人。空荡荡的停车场上隐约能看到热气波动。延伸到陆地尽头的森林苍翠而干燥。这里的空气没有森林的味道，而是带着咸味。这气味随着我绕过拐角，一直抵达码头，变得越发浓重。码头下水面平静，波光粼粼。

维克多坐在码头边上，往水里扔着小石子。看到我走过来，他一言不发地站起来回到了船上。我从他身边走过，两手各拎着一只购物袋，因为这额外的重量，船摇晃得比我预想的更厉害。我蹲下来把购物袋放下。装满瓶子的袋子叮咣作响，维克托眯着狭长的眼睛看了一眼，然后又望向我。

"你买了多少啤酒？"他说。

"就两三瓶，"我说，"吃饭时喝的。我还给你买了汽水。"

"妈妈说你是个没救的酒鬼。"他说。

又一股冰冷的感觉袭来。

我用尽意志力克制自己，平静地把两个袋子分开放在船的两边，又晃了晃它们确认不会翻倒，然后在船尾的甲板上坐下来。

维克托盯着我。

"她是对你说的吗？"我说。

他摇摇头。

"她对米洛说的。她不知道我听到了。"

"米洛是谁？"我说。

"我想是妈妈的男朋友。"他说。

"她有男朋友了吗？"我说。

"是啊，"他说，"米洛。"

"她告诉他我是个酒精依赖者？"

"不。她说你是个没救的酒鬼。"

"我不是，维克托。这一点很重要。那不是真话。"

他什么也没说。他俯身靠在栏杆上，把手伸向水面。

"我有时会在吃饭时喝一瓶啤酒，"我说，"这还不足以让我成为一个酒鬼。"

没有任何迹象表明他在听。我启动马达开始滑行。船摇晃了一下，停了下来。

我忘记了船是系着的。

我把引擎调到空档，往前迈上船头，跪在维克托旁边把船往里拉，然后解开绳结，推一把让船动起来，再次坐回原处，换到前进挡，全力加速。港口的限速就去他妈的吧，我想尽快回家。

没过多久我们就到了。如果耶稣像《福音书》中所说的那样，没有一个可以把头放下的休憩之处，因为他想要彻底自由，只做单纯的一个人，不被任何人和事物束缚，这点我完全理解，但我不能割舍所有。我喜欢码头上那座小仓库的样子，它涂着厚厚的红色油漆，矗立在这个小海湾里，闻起来是焦油和盐的味道，我同样喜欢我赭黄色的度假屋，在山顶上低低地长长地伸展开。我当然还喜欢树林、羊背石和码头，喜欢露台、有壁炉的客厅和那间小厨房。

没有这个锚点，我就会迷失方向。我还没有足够的力量放任自己随波逐流，尽管那是我真正想要的。但世界已然向我敞开了，而它就是在这里敞开的。

我双手各拎一个购物袋，沿着小路朝度假屋走去，面前是维克托瘦弱的小小背影。他称不上十分敏捷，崎岖的地形对他来说似乎有点困难，他整个身体有点欠缺协调性，小腿有点外翻，手臂也似乎控制得不太好。

他这个样子让我心碎。

我把东西在厨房里放下，又走回下面去拿那个手提箱和背包，而维克托站在露台上，假装我不存在。

"你不想坐一下吗？"我回来时看到他还站在角落里。

他摇摇头。

他总有一天会融化的，我想，然后就让他自己待着，把他的东西放到那间最小的卧室里。我拎起被子闻了闻。那是干净的，只是

埃吉尔

已经换上有好几个月甚至半年的时间了，闻起来不太新鲜。

不过小孩不太管这些，重要的是干净。如果他抱怨的话，车库的阁楼上还有几个睡袋。

我把窗帘拉到一边，望向那片森林。阳光斜照下来，落在树木之间，从一根树枝流到另一根树枝，就像水从一块石头流向一块石头，倾泻下山腰。只有几束光线能够直达底部，在幽暗晦明的林间显得格外明亮。

关于我也许有很多可以说的，但我不是一个酒鬼。

她为什么这么说？

让自己在新男朋友眼里成为一个受害者吗？

米洛？那不是个洗衣粉牌子吗？

我直起身子。这和我无关。彻头彻尾地。

我就是我。

随它去吧，接受事实。不要反抗。

我走到露台上点了一根烟。维克多去了那些羊背石上，坐在那里用什么东西戳着面前的地面。

在他头顶的蓝天深处，飞着三只海鸥。它们是被送到此刻此地的。

除了自己的存在，它们不承载任何讯息。

这本身就很神秘。

我转身抬头看着星星。

它承载着什么讯息？

晨星在《圣经》中很重要。但是以两种矛盾的方式。

现在它在我们的世界里很重要。

等他睡下后得去查一下《圣经》上写了什么。

或者现在，如果他配合的话。

我走进厨房拿了一个甜面包，接近他时最好能给他点什么东西。也许再加一瓶汽水？

不，那就变成在山上开饭了。就好像我完全屈从于他，不管他在哪儿我都会送上他想要的任何东西。

一个甜面包就可以了。

我走到露台上时他抬头看着我。当我开始朝他走去时，他又低下了头。

"嗨，维克托！"我说着，在他身边蹲下来，"我给你拿了一个甜面包。你喜欢吃甜面包的，对吧？"

"不饿。"他说。

"得了吧，"我说，"你得吃点东西。你人已经在这里了，不如玩得开心点。闹别扭没有意义。不会有任何结果的。"

我把甜面包放在他旁边然后站了起来。

"这也许是今年迄今为止天气最好的一天，"我说。"你想游泳吗？或者钓螃蟹？如果你愿意，我们还可以开船出去兜风，开到某个小岛。到灯塔去！"

"我想回家。"他说。

"这里就是家，"我说，"但是好吧，如果你只想坐在这里生闷气，那也随你。"

他抬头看着我，眯起眼睛微笑。

他就是想让我生气吗？他是故意挑衅的吗？

那他会失望的，因为无论如何我都不会生他的气。

我回到露台上，想到一个主意。毕竟，阿尔内家的双胞胎和维克托同龄。我可以带他去他家。他们可以一起玩。他甚至可以在那儿过夜。阿尔内欠我不止一个人情。

我拨通了他的号码，靠在栏杆上远眺大海。

"嗨，埃吉尔，"他说，"我在车里，把你的声音外放了。托芙

埃吉尔

也在。"

"好的，"我说，"情况怎么样？"

"我们在去医院的路上。"

"好的。你大概什么时候能回来？"

"不知道。怎么了？"

"维克托来了，"我说，"很突然。"

"维克托，你的儿子吗？"

"是啊。所以我想也许他可以见见双胞胎？"

"尽管来好了，"阿尔内说，"就我所知，他们应该在家。我妈妈在照顾他们。"

"不错，"我说，"也许明天去更合适。"

"看你的情况，"他说，"我妈妈肯定很高兴有客人。"

"我想想，"我说，"但无论如何还是谢谢你。我们再聊。"

我考虑了几秒钟是否应该给自己调一杯饮料，现在喝一杯冰镇金汤力也不坏，但我还是拿了一瓶百事可乐，在玻璃杯里放了点冰块，切了一片柠檬楔在杯口，倒上可乐，然后把玻璃杯拿到露台上。

"嗨，维克托！"我喊道，"来喝点汽水吧！"

我没指望他有什么反应，但他真的有，他站起身，朝度假屋走来。

"你想喝什么？"当他走上露台时我说，"我们有维拉气泡水，柠檬汽水和可乐。"

"柠檬汽水。"他说。

"一瓶还是一杯？"

"一瓶。"他说。

我去厨房给他开了一瓶。他长长地抿了一口，然后拿着瓶子又出去在之前待的地方坐下。

他要在那儿坐上一整个星期吗？

我坐在露台的椅子上，腿上放着一本大大的《圣经》，开始浏览《以赛亚书》找那段引言。

这本《圣经》曾经属于我祖父，装帧极为精致，沉甸甸的，几乎是一个小孩的重量，但现在它是我的了，我在里面随心所欲地划线写评论。

原来我已经在晨星那段划过线了。

明亮之星，早晨之子啊，你何竟从天坠落？你这攻败列国的，何竟被砍倒在地上？

你心里曾说："我要升到天上，我要高举我的宝座在神众星以上，我要坐在聚会的山上，在北方的极处，我要升到高云之上，我要与至上者同等。"

然而你必坠落阴间，到坑中极深之处。

晨星在拉丁语中被称为"路西法"，意思是"光明使者"。在《以赛亚书》中，路西法是黎明之子，而黎明只能是上帝，即万物的创造者。路西法试图与他平起平坐，从天堂被放逐到了死者的国度，然后根据传统，他就成了这里的统治者。

在这段经文里路西法看起来是上帝的儿子。但在《圣经》最古老的部分，不同人物之间的关系往往不清楚，天使们的本质尤其令人费解。有一处写到天使与人类生下了孩子，这些孩子宛如巨人，一度在地球上游走战斗。在另外的章节里，上帝与天使之间的区别又是流动的、不确定的。另外，"儿子"当然也可以理解为"由……创造的"。但令人震惊的是，在其他的经文里，上帝的儿子耶稣，也同样被称为晨星，也即路西法。

天使路西法，晨星，已从天上坠落到地上。现在晨星再次在天空中闪耀。这是什么意思呢？

我不认为那颗星就是路西法或耶稣。那颗星就是那颗星。但我毫不怀疑这是某种征兆。

我喝了一口汽水。它被已经融化的冰块冲淡了。

看着它就够了，看着它，我想着，抬头看着度假屋后的天空。这颗星充满了意义，所有看到它的人都被它所影响。某种静默而强烈的东西从中流淌出来。它几乎就像是一种意志，一种灵魂可以容纳但无法改变或影响的不屈之物。

那感觉就像有人在看着我们。

下面羊背石那里传来什么东西碎掉的声音。我看过去。维克多正站直了身子往下看。我意识到他一定是把瓶子扔出去了，我把《圣经》放在地板上，把烟掐了，站起来几步赶到他身边。

"你把瓶子扔下去了？"我说。

他笑着点头。

"但是维克托，你不能这么做。碎玻璃会溅得到处都是，可能会有人受伤。还有动物。我们都不想这样，不是吗？"

"这里太无聊了。"他说。

"我理解你的想法，"我说，"但只要你动动脑筋，就有很多事情可以做。我们可以游泳，你想去吗？水里温度大概是二十五度，就像在南方一样。"

"我不想。"他说。

"好吧。"我说。

"那我们吃晚饭吧？你现在一定饿了。我买了比萨。"

他没说话。

"你饿了吗？"

他点了点头。

"好的！"我说，"但首先我们必须把那些碎玻璃捡起来。去吧！"

"你可以去捡。"他说。

有那么一会儿我不知道该怎么办。我应该坚持，甚至使用武力，因为破坏大自然在我看来是最糟糕的事情之一，他必须明白这一点。但同时我也能清楚地感觉到，他绝对会原地不动，我根本没有办法让他和我一起去。如果我勉强他，白天剩下的时光和这个晚上也就毁了。

我在他身边蹲下来。

"维克托，"我说，"可能会有人因为那些碎玻璃受伤。可能会有一只无辜的动物被割到，并因此无法觅食。我们不希望无辜的动物因为你所做的事情而死掉，对吗？"

"这没什么大不了的，"他说，"就是几块碎玻璃。如果你觉得很严重，你可以自己去捡。"

"好吧，"我说完就站了起来，"但如果你再这么做，我会生气的。"

我走进度假屋，拿了一个塑料袋来收集碎片。它们分散在相当大的一片区域，我没法全部清理干净，只能把大块的那些都捡走。

我不时抬头看看维克托，他独自一人坐在山上，瘦骨伶仃，脸色愤恨。很难相信他竟然是我的孩子。

我把塑料袋放进度假屋前的回收箱里，又看了看车库里有没有什么东西可以让维克托玩，然后找到了一个旧的飞镖靶和一套飞镖，我把它们拿出来放到露台的角落上。然后开始做饭。

我自己一人时当然对摆桌摆盘并不讲究，但现在我从那些最考究的餐具中拿出两个盘子，据父亲说这是十九世纪中叶的制品，还有两个酒杯，即使我们吃的只是半成品比萨和汽水。

埃吉尔

我一喊，维克托就过来了，还没坐下就抓起一块比萨塞进嘴里。我自从和托里尔住在一起之后就没吃过冷冻比萨，而她也会有那么几天躺在卧室里什么都不做。

这东西那时尝起来像纸，现在尝起来也像纸。

"我们有番茄酱吗？"维克多问，没有看我。

听到他说"我们"的喜悦立刻被可能会让他失望的念头浇灭了。

"对不起，"我说，"我忘记买了。"

他又抓起一块比萨填进嘴里，手指上沾满了奶酪和番茄酱汁。

"你真的不想去游泳吗？"我说，"毕竟天气这么好。"

他摇摇头。

"你不喜欢游泳吗？"我说，"这种天气水也不冷。"

他站起来走到椅子后面，我还没意识到要发生什么，在我反应过来之前，他把椅子举过头顶，用尽全身力气砸到桌子上，杯子和盘子全碎了。

他放下椅子，转身向外走去。

我的心在胸腔里狂跳。

我坐了一会儿才平静下来，看了一眼，他坐在外面，还是之前的地方。

他非常不对劲。

我走进厨房找出一个垃圾袋，拿了扫帚和簸箕开始清理。把比萨和杯碟碎片一起扔进外面的垃圾桶。把屋里的东西大致归置好之后，我走到露台上点了一根烟。我仍在浑身发抖。

他想引起注意。或是想让我惩罚他。

我不会惩罚他。我也不会对他这种肆意的破坏行为给予任何关注。

最好的做法是无视他。

这也能给他一些思考的机会。

我再次强烈地想喝一杯金汤力，在这种炎热的天气里，冰冷的玻璃杯抵着手掌，当杯子在手里微微晃动，透明液体缓缓旋转，圆润的冰块叮当作响。再配上一片闪亮透明的绿色青柠。

他为什么这么愤怒？

这里的情况不算糟糕，即使对于一个十岁孩子来说不算糟糕。

他不只是愤怒。那怒火好像已经融入了他的内心，深入到他的骨髓。

他现在在想什么？

为自己的所作所为感到满意吗？

又或许他根本没有想过这些？

我不记得我在他这个年纪的时候在想什么，根本想不起来。

喝咖啡太热了。

或者喝一杯浓缩咖啡？只有三口。

海上吹来一阵微风。水面上漾起波纹。度假屋一侧的三角旗只是微微动了一下，像一只刚从长长冬眠里醒来的动物。

我从很小的时候起就讨厌海边的落日微风。原本光鲜宁静的世界在这微风里开始变得不安。海面变得不安，花草和灌木变得不安，树木变得不安，旗杆开始吱嘎作响，这是我童年最可怕的声音。

为什么世界如此不安？什么在烦扰着它，它在想什么？

我走进厨房，在浓缩咖啡壶里倒上水，把咖啡粉倒进那个小金属圆筒，拧紧顶部，然后将咖啡壶放在炉盘上，炉子立即开始噼啪作响。

走上大巴时闻到的那股苹果味真是奇怪，我想道，同时想象着自己坐在维克托旁边，用手臂圈住他，把他紧紧搂到我身边。

他会挣扎，也许还会站起来走开。

但也许那才是他想要的？

埃吉尔

毕竟每个孩子可能都想被拥抱。

我决定喝完咖啡就去试一下。如果他不喜欢这样，他只要跑开就好。

咖啡壶开始发出嘶嘶声。

那苹果味如此清晰，仿佛附着一段记忆，但我想不起来是什么，就像一个试图捕捉却不断消散的梦。

我走进客厅向外望去。

维克托已经不在那里了。

露台上传来脚步声和窸窸窣窣的声音。

我出去时，他正试图将靶子靠着窗台立起来，但似乎意识到那不是一个好主意，所以就拿着它站了起来。

我看着他，意识到我没有生他的气，他瘦到简直风一吹就倒，脸上狭长的眼睛和突出的颧骨让他看起来常常像在微笑。但我在他身上感受不到任何温暖。

"我们可以把它钉在什么地方。"我说。

他点点头。

"也许可以钉在树上？"他说。

"不。树也是有生命的，不应该在它们身上钉钉子。但可以钉在墙上。钉在车库墙上，好吗？"

他又点点头。

"我要先去看一眼厨房，"我说，"你在这儿等一下好吗？或者你先去？"

他耸耸肩。

我走进厨房，但好像有点太早了。咖啡壶的嘶嘶声更大了，但水还没开。

我应该再等等，还是关掉火然后走开？

如果让他等，他的主动性也许会消失。

但咖啡一会儿就好了。现在关火也许这一壶就毁了？

我把咖啡壶用力按在炉盘上。嘶嘶声变得更大了。我从炉子上方的架子上拿了一个杯子，放在厨房的桌子上，从衬衫口袋里掏出手机，看看有没有未接来电。

三个未接来电。是约翰。

不像他啊，我想，咖啡开始冒泡，渗入壶的顶部，我决定稍后再给他打电话。我把咖啡壶从炉子上拿起，关了火，看着窗外，等待它平息下来。

一艘帆船停泊在船库旁边的海湾里，还没熄火。一个女人站在舵旁边，一个男人站在船尾，手里拿着锚。两个孩子低着头坐在船头，肯定在看手机。

那是我的产业。

我从来没有挂过任何标志，我不相信这样的财产权，如果只是几个小时也没关系，但我感觉他们正在考虑在这儿泊一夜。

我把咖啡倒进杯子里，然后拿着咖啡走到前面。维克托站在那里往车库的墙壁上扔飞镖，想把它们扎在墙上。

"这是个好地方，"我说，"等一下，我这就去拿锤子和钉子。"

我一口干掉了咖啡，把杯子放在自行车旁边的地面上，走进车库，走到父亲放工具箱的角落。工具箱里有很多钉子，我还发现了一把小锤子。

"这儿？"我边说边把靶盘举到一米半左右的高度。

维克多点点头，我把钉子钉进木头里。

"好，"我说，"现在你可以扔了。"

我拿起杯子准备进去，我想坐下来把《圣经》放在腿上，在这光线下眺望大海，但我突然意识到，这是一个接近他的机会，我又放下了杯子。

"你不进去吗？"他瞄准靶盘，手里捏着飞镖在空中来回晃动了几下，然后投掷出去。

它平平撞上靶盘，然后掉到了地上。

"没中。"我说。

一群蚊子在靠近墙壁的空中盘旋，不停换位，但是整团的形状不变。

外面树林里的苹果树。就是那个味道。我小时候吃过野苹果。一棵无主的树有种童话气息，与周围的树木完全不同，春天独自开花，夏末结出数公斤果实。

"你来试试，如果你觉得这么容易的话。"维克托说着递给我一支飞镖。

我想都没想就把它扔出去了，箭头在距离红色靶心仅一厘米处扎进去，颤抖着，我心里突然一阵后悔。

"这可能只是运气，"我说，"到你了。"

他拿着飞镖，做了和刚才同样的动作，然后投掷出去。飞镖在空中划过一条短短的弧线，撞在靶盘下的墙壁上掉下来。

"好吧。"我说。他把飞镖递给我，这次我做好了准备，把它扔到了靶盘上面的墙上，飞镖扎了进去，在那儿颤抖着。

"你看。"我说。

"看什么？"他说。

"第一次纯粹是运气。"

阳光从上方斜射下来，照耀在山坡的每一棵树上，在每一个微小的表面折射，尤其是白桦树，在这微风中轻轻抖动，闪闪发光。

碎石路边的泥土看起来像是一眼望去就能卷起灰尘。

维克托重新集中注意力。

也许我们现在可以去树林里看看有没有结苹果？

他把飞镖扔出去的时候一只脚离地向前猛冲了一下。这一次击中了靶盘，但没有扎住。

他转身离开。

"嘿，你要去哪儿？"我说。

"这很无聊。"他说。

"我可以教你怎么玩。"我说。

"你也好不了多少。"他说完就消失在拐角处。

我走过去捡起飞镖，一根根快速地扔出去。它们像一束花一样扎在靶心。我觉得自己像个骗子，转身去看维克托有没有突然折返，然后我抽出了飞镖，让它们靠在墙上，拿出手机，在回到度假屋时拨通了约翰的号码。

"哎不会是你吧，老家伙！"他说，就好像他之前没有打电话似的。

"你好，约翰，"我说，"你好吗？"

"我想说特别好。你呢？还待在你的'小屋'吗？哈哈哈！"

"我挺好。"我说，一只手撑在窗框上，低头看向海湾。"你打过电话？"

"是啊，我打的。今天的新闻你看了吗？"

"没，这里看不到新闻。"

他们在那下面搭了个帐篷。但没看见人。也许在船舱里。

"所以你也不知道白基督的事？"

"你说他们失踪的事？我想他们是躲起来了。"

"他们没有，你猜错了。他们被杀了，一锅端，用最野蛮的方式。这条新闻已经一路传到了瑞典。据说是一场杀戮仪式。整个卑尔根都在谈论这件事。"

埃吉尔

"你在说什么？"我说，"全都被杀了？"

"四个人里死了三个。他们现在怀疑第四个人。那个鼓手。"

"耶斯佩尔？绝对不可能。但是……事情发生在哪里？什么时候？"

"在黑沼湖那边。是的，你去过那里。"

我在靠墙的长凳上坐下。我有点反胃。

"你手头那些片子打算怎么办？全世界所有电视台都会想买它们。CNN、福克斯，只要你能想到的。请别说你要自己留着！"

"什么意思？"我说，"我为什么要卖？"

他在另一端叹了口气。

"但至少完成这部电影吧，伙计！如果你需要我可以把手头其他事都放下。"

"我得想想，"我说，"你说这是什么时候的事？"

"他们是昨天被发现的。"

"而且他们是被谋杀的？"

"他们中的三个人。谋杀，而且尸体残缺。"

"天哪，"我说，"他们还是孩子。"

"再也不是了，"他说，"但是你，如果你决定继续处理那些材料就给我打电话。我就在这儿。拜托了，现在去剪那个片子！"

挂断电话后，我点了一根烟，走到露台上。看到维克托坐在那里，我掐灭了烟，走到他身边。

"我们得找点事做，维克托，"我说，"我同意扔飞镖有点无聊。但我们不能坐在这里什么也不做。"

他没说话。

"你想给妈妈打电话说两句吗？"

他摇摇头。

"也许我们可以去车库看看能找到什么？那里堆满了老物件。

几辆自行车，还有些其他的。我们可以骑车去什么地方？还是开船？你来决定，如果你想的话。"

"你有 iPad 吗？"他说。

"没有。我这里没有网。甚至连电话也没有。但是我知道那个树林里有棵苹果树。我们现在去看看它有没有结苹果？"

"他们是谁？"他指着海湾里的小船和沿着远处岩石走来的四个人影说道。

"我不知道，"我说着站了起来，"只是几个游客。"

"你要做什么？"他说。

"没什么特别的，"我说，"读点书，也许。之后我有点想去游泳，没有什么比晚上在海里游泳更好的了。你试过吗？"

"我不会游泳。"他轻声说。

"你不会游泳？"话一出口我就意识到自己说错了话。"但在这里你一二三这样就学会了，"我赶紧说，"我可以教你。"

过去的一个小时里大海已经暗下来了，深蓝色的大海平静地躺在我们面前。羊背石在不断黯淡下来的光线里闪闪发光。没有风了。

令人难以置信的是他们全死了。一起？

怎么会发生这种事？

耶斯佩尔还活着。我必须给他打电话。但如果他们怀疑他是凶手那他可能已经被拘留了。

他会哭吗？

"嗨，维克托，怎么了？"我说着在他旁边坐下。

"我不想待在这里，"他说。"而且我恨你。"

"好吧，"我说，"恨是一个非常重的词。那么，我做了什么，让你那么恨我？"

他站起身走开了。

我没拦他，甚至没有扭头看他走向何方。

她到底对这孩子做了些什么？叫我酒鬼，让他对我产生敌意。等他长大就会明白我到底是什么样的人。跟他解释是没有用的。别信你妈妈说的。我不是酒鬼。我其实是个正派的人。

但他身上有更多不对劲的地方，是不能归咎于卡米拉的。

那家人从他们的船边走过，就在我眼皮子底下，离我只有二十米。露天里这样的距离已经算是我的私人空间了。我站起来走进度假屋。瞥了一眼客厅，维克托躺在那里的沙发上。我把一袋薯片倒进一个碟子，又打开一瓶汽水，把它们放在一个托盘上，再加上一个碗、一个勺子、一盒巧克力布丁和一盒香草酱，然后把它端到客厅。

"如果你想吃点甜的，我放桌上了。"我说。然后我走到阳台上点了一支烟坐下来，双腿搭在栏杆上。我拨通了耶斯佩尔的号码，这号码还在我的联系人列表中，但只听到一个声音说此号暂时无法接通。

到底发生了什么？

这肯定不是偶然事件，他们不可能是随机受害者。他们的生活充满了暴力和暴力符号。

会不会是另一支乐队呢？

我给他写了一条短信。

听说地狱已经敞开，而你陷入了麻烦。如果你需要帮助或想和局外人谈谈，请打电话给我。/ 硬骷髅

我坐在那里看了一会儿，把硬骷髅删掉，改成了埃吉尔，然后发了出去。硬骷髅是他们给我起的代号——当然是从埃吉尔·斯卡德拉格里姆松[1]这个名字来的——但如果我自己也用这个名字，就

---

[1] Egil Skallagrimson（904—995）是维京时代冰岛的游吟诗人、战士。所以乐队成员称和斯卡德拉格里姆松同名的埃吉尔为"斯卡拉格里姆"，谐音硬骷髅（Skallgrim）。

显得我在认同他们，而我绝对没有。我的确对他们很感兴趣，有段时间到了着迷的程度。但这着迷和兴趣正来自我无法认同他们，我不理解他们，我也无法想象如果我在二十岁时遇到像他们一样的人，我怎么可能变得像他们一样。他们很天真，他们用来包装自己的符号和事件只是一种姿态，简单来说，他们就是在摆酷——但不管怎样，不管是有意还是无意，这些东西确实引导着他们走向了另一种极端。魔鬼象征着对所有法律、所有规则、所有有关人道和团结的观念的践踏，一种如此巨大的自我中心，这很容易驱使他们，比如说，毫不在意地杀死另一个人。正如他们中的一位所说，每秒钟都有人死去，没有理由对一起简单的谋杀大惊小怪。那人现在进了监狱，他在公园里完全随机地杀了一个人，如果他事后没有就此吹嘘，本可以逍遥法外。

与他们在一起混了几周后我极惊惧地意识到，他们搞的这一切其实是关于自由。对于他们来说自由和暴力密不可分。他们肯定了死亡，他们崇拜它，并且，在我当时的思考中，只有当死亡不再是一件令人恐惧和回避的事情，你才能获得自由，无论是自己的死亡还是他人的死亡。到那时就不再需要顾忌它，而无所顾忌正是自由的基本条件。

尼采和巴塔耶是关于自由的哲学家，而且他们两个对无所顾忌都不陌生。但他们的思想止于思想，他们的话语止于话语。巴塔耶曾考虑过在秘密组织"无头社"[1] 中以一个人作为牺牲，用斩首的方式，他们甚至已经选定了一个人，但也就到此为止了。而这些年轻人将思想和语言付诸行动，并将它们变成了现实。当然，他们既

---

[1] Acéphale，法国哲学家乔治·巴塔耶参与组建的秘密社团以及杂志，这个名字来自希腊语 akephalos，意为"无头"。

埃吉尔

457

不知道尼采也不知道巴塔耶，尽管其中最有个人魅力的一个，夏尔格，也就是巫师，他自己说他读过《查拉图斯特拉如是说》。我也是为此去联系他们的。

我曾经采访和持续关注过的人里，有两个自杀了。一个是在我拍摄过程中的几个月内，另一个是大约一年后。这情况的传染性如此之大，以至于我最终还是决定停止拍摄并退出这一切，不再继续制作那部影片，它当时的标题是《达拉恶魔》。

等维克托上床睡觉，我要去看一遍我手头的素材。影片时长有好几个小时，都还未经剪辑。其中有些我还从来没看过。

还是不要了，转瞬之后我如是想，伸手去拿那包烟。也许就让它束之高阁好了。他们已经死了。对此任何人都无能为力。

远处东边的天空逐渐暗下来了，更接近黑色而非蓝色，像一堵墙悬于海上。考虑到之前的气温，这也不奇怪，我这样想着，拿起《圣经》放在膝头，翻找里面提到耶稣是晨星的段落。然而由于我对它可能在哪儿毫无头绪，这显然是徒劳的，于是我放下它，深吸了一口烟，朝大海望去。

那家人已经在我的地盘上安顿好了，大人们坐在岩石上，两个孩子在下面沉默地游泳。一只海鸥发出沙哑的叫声，冲向开阔之处，没了踪影。我感觉我们已处于这寂静的统治之下，这傍晚的寂静，我靠在椅子上闭上了眼。

当我醒来时，天已经黑了。

度假屋后面的树林里传来一阵奇怪的声音。一种嘶哑的咔吧声。

咔哩咔哩咔哩咔。

立刻就从远处传来了回答。

咔哩咔哩咔哩咔。

会是什么呢？

某种动物吧，但是是什么动物呢？我想着站了起来。这时我看到海湾那儿点起了一堆篝火。在那昏沉的黑暗里，火光显得明亮而清晰。

一只鸟？

苍鹭会发出那种来自远古时代的声音。但这不是苍鹭。

我走进屋里。维克多在沙发上睡着了。他仰面躺着，张着嘴，眼睛微微睁开，可以看到眼白。

可怜的小男孩。

我把他抱起送进卧室。他的头向后仰去，睁开了眼睛。它们几乎是完全空洞的，仿佛灵魂已经离开了他。

"只是把你放到床上去。"我说。

"嗯，"他说，"嗯嗯。"

当他躺在被子里，他蜷缩成胎儿的姿势。我没法判断他是不是睡着了。

"晚安，我的孩子。"我说完就出去了，把门开着，以防他醒来因为不认识房间而惊恐。

我打开一瓶德拉曼干邑，倒进一个玻璃杯，站在露台上喝了下去。我感觉没有比这更好的东西。那味道太霸道了，我只需在舌头上滴几滴，它就会在我的口腔里爆炸，同时它又很薄。几年前在父亲家品尝过之后，我每年都会在酒类专卖店订上两次，一次六瓶。

空气仍然温暖，但现在更潮湿，在这暮色中几乎是氤氲的。

不管刚才是什么动物，现在已经安静下来了。

在椅子上睡了那么久，我的身体已经僵硬了。尽管天气很热，我还是感到了一点凉意。

埃吉尔

我走进卧室，脱掉衬衫，拿毛巾擦了擦汗，换上新衬衫和一条轻薄的棉布裤子，穿上一双白袜子，坐在推拉门前的凳子上系好运动鞋。我探头看了一眼维克托，看看他是否睡着了。他在睡，看来睡得很沉。

然后我走到露台上，又往下走到岩石上，在那条小路上方隔了一段距离走着，这样可以避开海湾里那些游客。

一条玫瑰色的光带横亘在我身后的地平线上，足以让大地上还保有些许色彩，但也仅此而已：石竹是灰色的，不是紫色的，生长在小斜坡上的草是灰色的，不是焦黄的，但岩石还是黄棕色，下方的大海也依然是蓝色的。

走起来很舒服。大地上的光线慢慢地被轻纱般的黑暗吸入，八月的最后几天里，这黑暗迅速变得浓厚起来，这情景让人感到惬意。

如果我加快速度，就能在天完全黑下来之前找到那棵树。我穿过圆海滩，从另一边进入树林，往里一百米左右有一块小小的空地。好像那里还有一条小溪？

是的，那里有一条小溪。

一道闪电划破了地平线上的黑墙。随后响起的雷声听起来遥远而微弱。奇怪的是西边的天空完全晴朗，而东边的天空则被那些庞然的雷云遮蔽。

到雨落下来至少还有一个小时。

我疾步走过那些石头，沿着那条小路朝树林那边斜切上去，小路的两边生满黑刺李和野玫瑰丛，浓密如铁丝网一般。林中的树木一开始没比我高多少，但随着我继续往前走，它们一点点向空中伸展，直至瞭望塔一般的高树在四面八方拔地而起，都有十米二十米那么高。

树林的初始部分像条大约两百米进深的带子，再过去就是公路，路边是空旷的田野，再过去又是树林。那里有一个池塘，我小时候曾在那里游泳，但现在那里面的藻类生得过于茂盛，看起来简直可以走在上面。

我顺着一条碎石路穿过田野，然后踏上一条上山进入另一边树林的小路。天黑得比我想的要快，我也开始后悔走得太远。但我出去散步时喜欢找个目标。那片空地要不了几分钟就到了，而维克多睡得很沉，可能明天早上他才会醒来

就在身边的树林里，有什么东西在沙沙作响。

我的第一个想法是，这是一个未得安息的亡人。

但死人不会发出声音吧，不是吗？我想了想，对自己笑笑。

我刚就一个我亲眼所见的死人写了点东西，所以我才会有这样的念头。它一直萦绕在我的潜意识里。但我只见过一次，我不知道我所看到的到底是真是幻，是内在于我还是外在于我。我想我是永远不会真正知道了，就在这时，我看到有东西在我前方的地面移动。

我停下来，一动不动地站了一会儿，不管是什么，它已消失在灌木丛中了。

我想很有可能是一条极北蝰 [1]，我继续往前走，每一步都发力跺脚，好让它们知道我的存在。反正它已经走开了。如果是极北蝰的话，它们只有在受惊时才会发起攻击。也可能是游蛇 [2]。

从春天以来都没见过蛇了，那个时候有许多蛇躺在圆石滩上晒太阳，经过一个冬天，它们变得寒冷而迟钝。

前方又出现了新的动静。这次我看得清清楚楚，它爬过小路，钻进灌木丛，扁平的脑袋微微抬起。

---

[1] 极北蝰，学名 Vipera berus，也称龙纹蛇，欧洲常见毒蛇。有毒性但不致死，被咬的人里有 12% 需要就医。
[2] 游蛇科，学名 Colubridae，大部分游蛇科下的蛇种都是无毒的。

那是一条极北蝰。

但两条同时出现在一个地方？甚至可能有三条？

我的手指和脚趾末端抽动了一下。从理性上来说我不害怕它们，它们并不危险，只要小心一点就好，但这种生物本身的某些东西让我充满了恐惧。一种与这蛇存在于地球上的时间同样古老的恐惧。

是不是就在这附近的某个地方？

是的，在那个小山谷里面。

我沿着低矮贫瘠的岩石坡又走了一段路。大概五十米后，树林开阔起来，通向一片空地。

没错，另一边有条小溪流过。

那棵苹果树就在过去几米远的地方，与其他树都隔着一段距离。

我朝它走过去。树枝上沉甸甸地挂着果实。这是一个慷慨的夏天，我想，然后伸手去够了一个苹果，摘下来咬了一口。

唔唔唔。

这酸甜的味道和我记忆中的一模一样。一丝淡淡的苦调子，商店买的苹果可没这个味儿，带着一点点涩，非常独特。

那个旧世界。

第一次带我来这里的是我的叔叔。父亲的弟弟哈康。

冷漠，粗鲁，严厉。

但他对我一直很好。他跟我讲过一些爸爸的事，爸爸自己从没提到过的那种。可能这让他觉得好玩，我想，然后又摘了几个苹果塞进口袋里，准备带给维克托尝尝。我正要回去的时候，几米开外高高的草丛里又传来一丝动静。

又是一条极北蝰。

它停了下来，抬起头，吞吐着信子。

它看起来像在看我。但视力这东西对蛇没什么用。

我用力跺了几脚。

它的头向前探了一下，整个身体游动起来，向另一边的树林蜿蜒而去。

我环顾四周，看看附近还有没有其他的蛇。这么短的时间内出现这么多条蛇很不寻常。它们正在进行交配吗？还是说这里出现了什么它们爱吃的东西？

一切都宁静安详。暮色中的草地是灰色的，在林间颜色更深一些。那些最高的树在天空的映衬下呈黑色。

我朝那块岩石走去，它的坡度刚好可以让我不用双手就爬上去。

之前的那个声音在我身后响起。

咔哩咔哩咔哩咔。

我转身审视这片空地。这声音很近，听起来像是从另一边的树林里传来的。

如果那是一只鸟，它一定很大。

据我所知，这一带没有大型鸟类。

我爬到山坡的顶端，顺着另一边往下走，然后我看到离池塘不远的树木间有什么东西，看起来是一堆篝火。

那里有一片开阔的地形，也是沿着山坡向水边倾斜。我小时候去过很多次。有年夏天我在那儿发现了一头死牛，它躺在一条小溪里，我用一根棍子捅了捅它的肚子，结果在上面穿了个洞。那恶臭难以形容。

没想到还有人在那里露营，我想了想，决定过去看看。也不一定会被他们发现。

池塘边长满了芦苇丛，水面很平静。我记忆中的池岸是潮湿的黏土状，眼下它却是已经干燥开裂了。尽管如此，那些记忆还是回来了；我在看到那风景之前就记起了所有的细节，有点像我读到一本很久没有读过的书，并以为自己已经忘了它一样。

我在狭窄的斜坡底部驻足。火在那顶上接近树林边缘的地方燃烧。

那里一个人影也没有。

但他们肯定在附近。这种干燥的季节，谁会在树林里留下一堆篝火呢？

我慢慢走了上去。

哪儿都看不到人。

我停在火堆前，它在暮夏的黑暗中愉悦地燃烧。

"哈罗？"我说，"有人吗？"

全然寂静。

我环顾四周，凝视着树林间的黑暗。

那是什么东西？

另一边，在树林边缘和山坡之间的拐角处，立着一根类似桅杆的东西。

我以前从没见过。

"哈罗！"我又喊了一声。

没人回答，我朝那根桅杆走过去。

奇怪的玩意儿。

它大约十五米高，扎在那陡峭山坡的背风处。底部有两个木制坡道，桅杆从其中升起，窄而单薄，好像是用某种金属网制成的。

这不是什么无线电或者信号接收杆，看起来完全是自制的。

也许是什么学生项目？

肯定是它的制作者们生了那堆篝火。

可能是去车里拿东西了。公路离这里也不是很远。

事实上我也可以走那条路。那样更快一些。

我顺着小路走进树林，那里空无一人。路边的停车场也没有人。

生火的人一定是去池塘附近的什么地方散步了，并且确信火势不会蔓延。

那堆篝火架得挺好的。

我沿路一直走到田野边，踏上那条通向海滩的碎石路，很快就看到了远处度假屋的灯光，仿佛悬浮在黑暗中。

到达沿着海岸露出水面的岩石带后，我爬上右边的斜坡，沿着树林的边缘走了一会儿，然后再次向下，地势变得平缓起来。

那家人的篝火已经灭了。

海上有几艘船闪烁着灯光，除此之外一切都是漆黑一片。

八月的夜晚。

我停下来点了一根烟。在依旧温热的岩石上坐下来。现在云层密到连那颗新星都看不见了。

远处天空中雷声滚滚。

外面正乱着呢，我想，然后拿出手机看看耶斯佩尔有没有回短信。他没有。但卡米拉发来了一条消息。

你们还好吗？ /C

够好的，我回答道，你呢？

特别棒，回复马上就来了。

一点不差吗？我写。

她回了个笑脸。肯定是和那个什么米洛坐在罗马某家餐馆里。

谁在乎呢。

一道闪电照亮了天空。

十几秒后雷声传来。

这次声音高了一些。

我站起来，到度假屋还有最后一段路。我在海湾上方停下来俯视那艘帆船，它躺在黑暗中，白色的，一动不动。看不到那些游客

埃吉尔

们。他们现在肯定躺在船舱里。想到有人会睡在那薄薄的壳里，感觉十分异样，那其实是相当无助和脆弱的。谁都能上船。

又一道闪电照亮了天空。我数着秒数。雷声在七秒后传来。

突然传来一声尖叫。

我转身。

是从度假屋里传来的。是维克托。

我跑了起来。

又是一声尖叫，更长更持久。

我走上露台，打开门，冲进客厅。

维克托靠墙站着，盯着我。他的脸因恐惧而扭曲。

"什么事，维克托？"我说，"这里有人吗？发生了什么事？"

他指着卧室的门。它是关着的。

我跑过去打开它。房间里空无一人。

我转向维克托。

"里面什么都没有。"我说，走到他身边。

他哭了，我用双臂搂住他。

"怎么了？发生了什么？"我说。

"一个男人。"他抽泣着说。

"有个男人来过这里？"我说，想起帆船上的那个男人，难道是他吗？

维克托点点头。

"我……我……我……"他呜咽着，"在窗户里。"

"窗户里有一个人？外面？"

"是的……一个……一个。"他说。

我不喜欢这样，但我不会让他知道。

我蹲下身子。

"没什么好害怕的。可能只是有人路过，然后往屋里看了看。"

"不，不，不。"维克托说。

我揉了揉他的头发。

"我想应该就是那样，"我说，"你醒来看到窗外有人，然后你一个人在这里，难怪你会害怕！但这没什么好怕的，我保证。"

"害怕。"他紧紧搂着我。

"我们在度假屋里很安全。而且不会有人进来屋里的。那只是一个出来溜达的人，对屋里有点好奇。这是不对的，但有些人就是这样。我也遇到过这种情况，至少两次。"

"但是……他……看起来……不像……？"

"像什么？"

"一个人……呃类……"他抽泣着。

不是人类吗？

会是死人吗？

地狱之门打开了吗？

"你在这里等一下，维克托，我出去看看。"

"不！"他喊道。

可怜的孩子。

"那当然是一个人类，"我说，"但外面很黑，你知道。黑暗里各种东西看起来都会很奇怪。即使是最普通的东西。"

"不，爸爸，"他说，"那是……不是……人类……"

"那么你觉得会是一只动物吗？"

他摇摇头，泪水从脸颊滚落。

"好吧，"我说，"我准备去你的房间开窗往外看看。那里没有人，但我想让你肯定地知道这一点。好吗？"

"好。"他说。

埃吉尔

我走进房间，转身对他竖起大拇指，然后打开窗户。海风吹过陆地，树木在黑暗中摇摆。处处都在发出噼啪声和呼啸声。

"有人吗？"我喊道。

显然没有回答。我觉得自己很蠢。但我这么做是为了维克托，不是为了我自己。

我关上窗户，回到他身边。

"看，没有人，"我说，"会不会是你想象出来的呢？"

他咬着牙摇摇头。

"那么这应该只是一个好奇的夜行人，"我说，"来，我们来做点舒服的事好吗？"

他看着我，什么也没说。

什么会让他觉得舒服呢？

"你想吃巧克力布丁吗？"

他摇摇头。

"我们可以点根蜡烛，在外面坐一会儿？你觉得怎么样？"

他又摇了摇头。

他吓坏了。这不可能只是因为他醒来发现自己一个人然后害怕。他肯定是看到了什么。

他的内心肯定也有潜在的焦虑。

我用双臂搂住他。他硬得像根弹簧。

"没事的，维克托，"我说，"这里一点也不可怕。来，我们在外面坐一会儿。"

我小心翼翼地牵着他朝门口走去。他任由我领着，很快我们在露台上每人一把椅子坐了下来。海面上的天空时不时划过闪电。他面无表情地看着外面。

我很不安。显然有什么很不对劲。

那颗新星。那块很大的蜕皮。路上的螃蟹。

那个死去的女孩。

还有维克托看到了什么不似人类的东西。

但谁知道他看什么电影，玩什么游戏。

"我刚刚收到妈妈发来的短信，"我说，"她在罗马玩得很开心。"

"嗯。"他说。

"你和妈妈相处得好吗？"

他看着我，然后又转过头看向外面。

完全没法判断他在想什么。

"来点薯片怎么样？"过了一会儿我说。

"好。"他说。

我起身去客厅桌子上把那个托盘拿过来，还有一个带有四根蜡烛的烛台。

我点起蜡烛，他向前倾身抓起一把薯片。

"你现在还怕吗？"我说着坐下来。

"有一点。"他说。

"但你现在应该知道没有什么好害怕了吧？"

他耸耸肩。

我把汽水倒进他的玻璃杯里。他一口就喝完了。

"这简直就像在电影院一样！"我说。

因为眼前黑暗中的闪电实在是太壮观了。

维克多又抓了一把薯片，张开嘴全部塞了进去。碎屑撒在他的胸口。

显然没有人教过他礼仪。

但现在他似乎平静多了。

我拿起那包香烟，抖出一根点上。

度假屋后面某处突然又传来了那个声音。

咔哩咔哩咔哩咔。

那是什么东西？

我站起来。

"我去车库拿点东西，"我说，"两分钟就回来。"

"别去！"维克托说。

我不能带他一起去，也不能丢下他一个人。

我又坐下了。海上传来一种微弱的细密的声音。开始下雨了。过了一会儿，第一批雨点落在了我们脚下的岩石上，没过几秒钟，到处都飞溅着雨点，我们仿佛突然置身于一个沙沙作响的穹顶之下。

我们坐了很长时间，什么也没说。

"你还有什么害怕的事情吗？"过了一会儿我说道，"我知道你看到窗外的一张脸会很害怕，特别是屋子里只有你一个人。但除此之外呢？"

"没有。"他说。

他抓起瓶子，喝了一口。

"那很好，"我说，"没什么好害怕的，你明白的。"

"我知道。"他说。

"那么，"我说，"已经很晚了，你是不是应该去睡觉了呢？"

他摇摇头。

"你怕自己一个人在房间里吗？"

"不是。"

"如果你愿意的话，你可以睡我的床。"

"那你呢？"

"我可以睡地板上的床垫。"

"好吧。"他说。

470

我跟着他走进卧室。他脱掉短裤和 T 恤，瘦弱苍白的身体爬进了被子里。

我坐在床边想抚摸他的头发，但是他转过头去。

我站了起来。

"你要去哪儿？"他说。

"就在露台上，"我说，"对我来说现在睡觉有点早。"

他坐起来，从地板上抓起短裤穿起来。

"你该睡了，维克托，"我说，"你想让我留在这里陪着你吗？"

话音刚落，他又脱掉短裤躺了回去。

"我睡着后你不许走。"他说。

"我不走。"我说。

"你保证？"

"我保证。"

他闭上眼睛，我坐在地板上背靠着墙。他的呼吸均匀平静，我坐了良久，一动不动，但我能感觉他没睡着。

"爸爸？"他突然说道。

"我在。"

"我害怕。"

"害怕什么？"

他沉默了很长时间。我看着他。他一动不动地躺着，看着天花板。

"我害怕死。"他轻声说道。

我不知道该说什么。但他在等一个回答。

也许他从没告诉过任何人。

我想，如果有什么事是我不害怕的，那就是死亡。如果能被接引走，我会感到释然。放下所有这些磨难，所有这些痛苦，所有这些琐屑，所有这些有所图的人，所有这些想索取、索取、索取的人。

埃吉尔

"每个人都如此，"过了一会儿我说道。"即使大人也这样。"

他什么也没说。我仿佛能听到他在思考。

"你会活很久，"我说，"没什么好害怕的，好吗？"

他没有回答。

二十分钟后他睡熟了。

我蹑手蹑脚走出去，坐在露台上。黑暗中大雨如注。我在想雨水是不是热的，我是不是该去看看是什么东西发出了那个声音。但我放下了这些念头，把腿架在栏杆上，点了一根烟。

咔哩咔哩咔哩咔，这声音从度假屋后面的树林里传来。

咔哩咔哩咔哩咔，从另一边传来了回答。

佐尔法伊

　　第二天早上我出门走进花园里，到处都是鸟鸣声。啁啾鸣啭的声音织成一张起伏婉转的音网，有些充满渴望，有些充满愉悦，伴随着鸽子无孔不入的嘶哑短促的咕咕声，远处的树林里，数百只乌鸦正开始新的一天的鸣叫。

　　我把一碗酸奶和一杯咖啡放在靠墙的小桌上，面朝太阳一屁股坐下，此时它刚刚从东边山脊上的云杉树上升起。

　　我的身体因疲劳而感到疼痛。但只要吃点东西喝点咖啡就会好转。一直都是这样。疲劳并不危险，只要坚持一下就可以了，而且疲劳可以分成不同的阶段，有些阶段根本就感觉不出来。

　　我吞下一口酸奶，用手背擦了擦嘴边，伸手去拿咖啡。整个口腔都因为那酸性而微微刺痛。

　　一只鸽子从森林那边飞向房子，我转头去看，发现那颗新星依然在高高的天空中闪烁。

　　我拿出手机，看报纸上都在说什么。头顶那扇窗户打开了。我仰头往上看，却没有看见人。她肯定是马上又躺回去了。

　　许多专家都在实地考察。大部分认为它看起来像是一颗超新星。这种现象虽然罕见，但并非史无前例。让他们困惑的是，那颗星星无法识别。

英格的理论是，这是一颗新的星星，但似乎没人把这种观点纳入考虑。

我微笑着把手机放在桌子上。在我吃掉剩下的酸奶时，一头小牛沿着隔壁农场的栅栏走来。它的头来回转了几次，可能是被苍蝇或牛虻骚扰了，然后低下头开始吃草。在小丘后面又出现了两头牛，它们平静而悠然地走到小牛那里，也开始吃草。

发生一种全新的事并非不可想象，不是吗？以前从未发生过的事情？

我挠了挠小腿，迎着阳光闭上眼。当我再次睁开眼睛时，我看到一只小麻雀在空中从高高的白桦树上滑落到苹果树的一根树枝上。它在降落前又额外绕了一个小圈，好像很享受似的。

我本来想再多坐一会儿，但妈妈可能已经醒了，我不想让她无助地躺在床上，所以我飞快喝了几口，起身走进厨房，把碗和杯子冲洗干净放在水槽里，然后打开她房间的门。

她还在睡，姿势跟我上次过来看她时一模一样。

我把手放在她的肩膀上。

"妈妈，"我说，"你得起来了。我很快就要去上班了。"

她睁开眼睛看着我。

她睁开眼睛，目光立刻变得清澈明亮，无疑她很清楚她在哪儿，以及我是谁。

很高兴看到这情形。

"安妮塔随时都会来，"我说，"你想让我帮你坐起来，还是想再躺一会儿？"

她的嘴唇清晰地吐出了"起"字，我从枕头底下拿出遥控器，按下按钮，床的一端缓缓升起，嗡嗡作响。

"我去梳洗一下，"我说，"现在你想要点什么吗？一杯水？"

她摇摇头。

"收音机？"

她张开嘴，低声说了一声几不可闻的"不"。

我把窗帘拉到两边，对她笑了笑，然后出去进到门厅里，拿了几件衣服去了浴室。我快速洗了个澡，吹干头发，化了妆，穿好衣服，这时我听到外面有车驶来的声音，肯定是安妮塔。

车在外面停下，门打开又关上，碎石路上的脚步声，然后从门厅里传来一声开朗明亮的"早上好"！

我走进妈妈的房间，她站在妈妈旁边，妈妈坐着，脚放在地板上，慢慢伸出颤抖着双手去够她面前的助步椅。

"嗨，安妮塔。"我说。

"嗨，"她说，"昨天晚上情况不错，我理解得对吗？"

"是的，我想是的。"我说。

我喜欢安妮塔，她活泼的性格对妈妈有好处。唯一我觉得有点小问题的是，她经常越过妈妈的头顶和我说话，就好像她不在场一样。

妈妈慢慢地把头转向我，寻找我的视线。我们眼神相遇，她张开嘴想说什么。

我走过去低下头，把手放在她的手上，她的手很暖。

"利。"听起来她低声说的好像是这个。

"利内还在睡，"我说，"她可能要很晚才会起床。但她一整天都在这里。"

妈妈小声说了些什么。

"你说什么？"我说。

她又说了一遍。

发现我还是没听懂，她激动起来，两只胳膊剧烈颤抖。她的眼里充满愤怒。

我抚了抚她的上臂。

"你在想什么，妈妈？"我把耳朵凑到她嘴边。

但现在只有呼吸声，她一个字也没说。

那可能是她想到的随便什么东西。比如她希望晚餐有些利内爱吃的菜，或者她想让我告诉利内不用太管外婆，去做她想做的事就好。

现在她全身都在颤抖。

"你在想利内今天要做什么吗？"

她看着我，眼中带着一丝抗议。所以不是这个。

"那么你想的是什么呢？"我说。

她又低声说了些什么，但我还是抓不住她的意思。

这真让人发愁，因为我已经要迟到了。

"我来扶你起来。"我说，抓住她的手臂，和安妮塔同时发力往上托帮她站了起来。

"我已经把你的换洗衣服放在浴室里了，"我说，"我现在必须走了。我们下午见。到时候再聊。和利内一起过好这一天！"

当我关上门时，妈妈站在那儿看着我，嘴张着，双臂仍在颤抖。

我忐忑不安地走向车子，这感觉就像出了什么大事似的。我对自己说没事，只是我没能成功领会妈妈的意思。

但在这些情形下她变得那么幼稚，这些小事看得极重。我知道她的头脑和感受可能和以前是一样的，但能表达出来的却那么少。她再也谈论不了什么复杂的话题了。

她想说利内什么？

我在大门口停下来，抬头望向半隐藏在攀缘植物里的鸟巢。我往旁边退了一步才看到那些雏鸟，它们挤坐在一起，小小的橙黄色的喙伸向空中。

当我站在那里时，一只鸽子从屋顶上飞过来。它没理会我，落在巢边，向前俯下身子开始喂那些雏鸟。它动作极快，几乎是突然的，仿佛在不断地做出决定然后改变主意。

我绕过房子的一侧，坐进车里，不知为什么昨天晚上我忘记锁车了。大概是因为利内来了，我想，把包放在后座上，发动引擎掉头上路。不正常的感觉压倒了正常的感觉。

还有拉姆斯维克的事。

心头涌上一种诡异的感觉。

他之前已经死了。桌子上躺着的是一具尸体，然后它睁开了眼，发出一声低沉的喊叫。医生正在切开它的胸部。

我驱车驶下平缓的砾石山坡，转向那条沿着峡湾的公路。西边的天空还是朦胧的，而峡湾沿岸的群山也笼着一层薄雾。

一切都有一个自然的解释，包括这件事，我想。他根本就没有死。是机器出了问题。

我开车经过合作社，太早了，那里一个人都没有，除了一个坐在外面长凳上的男人。他总坐在那儿，他有点问题，虽然不大，但足以让他只能每天坐在长凳上打发时光，看着人们来来往往，偶尔跟人聊天。

海湾里的船只完全凝固般停在水面上，几乎就像是悬在空气中一样。

然后道路进入山谷，把那些金色的农田、白色的房子和闪闪发光的红色谷仓甩在身后。路两旁密密地生着树木，绿色的阴影中闪烁着光斑。一条小溪在其中流淌，树干之间不时闪烁着水光。它从别处流入开阔之地，像是被那轻浅的沙质河床托起一样。

我发现自己在唱歌。

佐尔法伊

我会骗你吗？

我会骗你吗亲爱的？

现在我会说一些不真实的话吗？

我在问你，甜心

我会骗你吗？

这是打哪儿来的？我边想边看着那道瀑布在不远处倾泻而下，道路在那里转弯，开始向山上攀升。

昨晚在车里放的舞韵乐队。

当然。

那张唱片叫什么名字来着？整个夏天我都在放这张碟，简直太爱它了。

《今晚做自己》[1]。

多么讽刺！

那时我跟特蕾莎、玛丽特和安娜一起从码头走向社区中心，斯韦勒注意到了我。我当时已经有点醉了，头发湿漉漉的，穿着白裙子走在夏日的雨中，一只胳膊下夹着雨衣，另一只手里拿着一瓶Liebfraumilch[2]。

今晚做自己：正是和他在一起，我迷失了自己，而且迷失了这么多年。

我会骗你吗：当我们在一起认真而亲密地交谈时，他说的第一件事就是他得了癌症，差点就死了。

我没有理由不相信他，谁会在这样的事上撒谎呢？

---

[1] *Be Yourself Tonight*，舞韵乐队（Eurythmics）1985 年发行的第四张专辑。
[2] 意为"圣母之乳"，德国白葡萄酒品牌，主要用于出口。

我曾经睁着眼睛走向一场灾难。

但一切都结束了！我自由了。而且我回到家乡了，我想，看着那沼泽地延伸开去，在漫长的夏季之后它变得金黄而干燥，看到那坡度柔缓的山丘上长满了越橘，而峡湾重新出现在眼帘内，倒映着绿色的山坡。

半小时后，我穿过医院外面的停车场，一架直升机出现在群山之间，小得像一只蜻蜓。

这么小的舱体发出的噪音居然能霸占整个天空，真是太奇怪了，我想。而且这声音听起来总是很不祥。

我下去更衣室换了衣服，而就当直升机雷鸣般地在外面着陆时，我给自己拿了杯咖啡，然后搭电梯去了病房区，正好赶上晨会。

之后的查房我先走进拉姆斯维克的病房。雷纳特说，他的情况没有变化。他的心脏在自行跳动，CT扫描显示大脑有活动，所以他确实还活着。但这不足以让他有尊严地活着：医生们已经决定放弃静脉注射，所以他余下的日子已经屈指可数。至于还有多久，这取决于他的力量和意志。他的妻子已经收到了这个决定的通知，而且也同意了。她现在就在那里面，我敲门时意识到了这一点。孩子们下午会过来告别。

她坐在床边的椅子上，握着他的一只手，抬头看着我微笑着。

她很娇小，脸颊圆圆的，眼睛温柔，眼角和嘴角有细细的皱纹。

"嗨。"我说，小心地关上了身后的门。

"嗨。"她说。

"我对此感到非常难过。"我说。

她露出一个绝望的表情，抬起眉毛，抿着嘴唇。她的表情似乎在说，我们对此无能为力。

佐尔法伊

"它会很快的，而且没有痛苦，"我说，"不知道这能不能安慰到你。"

"他现在还没死。"她说。

"是的。"我说。

"如果他得不到营养会不会感到很痛？他会饿死吗？"

"他现在没有意识，"我说，"我想他不会有痛苦的感觉。"

他躺在那里，闭着眼睛，看上去像是睡着了。拿掉眼镜之后他的脸显得赤裸。胡子依然修剪得很整齐。我知道他的病号服下整个胸部都打着厚厚的绷带，但也许她还不知道？

"昨天到底发生了什么？"她说。

"他晚上有两次严重的脑出血。"我说。

"我知道，"她说，"他们打电话给我也是这么说的，我必须马上过来。然后他们说他脑死亡了，器官要捐献出去。他肯定之前已经就此签过协议了。但我今天早上到这里时，他根本没有脑死亡。"

她的手微微伸向他，动作幅度很小。

"而且器官也没有捐献出去。这意味着什么？你知道吗？到底发生了什么？现在医生说他的大脑还有活动，但他永远不会再醒来了。"

"我想他们昨晚做了一次 CT 扫描，那次检查确实显示大脑已经停止了活动。他们肯定是那个时候给你打的电话。但那次扫描结果不对。我不知道怎么会这样，很不幸。但今天早上他们又做了一次，看到了大脑的活动。更多的情况我就不了解了。"

她转头看向他，把他的手握在自己手里，用另一只手抚摸他的手背。

我站了起来。

"如果你有什么需要或者还有更多问题，请尽管提出来。最好是和亨里克森医生聊聊。我会请他下来见你。"

"谢谢你。"她微笑着说道。

我回以微笑，朝门口走去。

"他真的没有醒来的机会了吗？一点点可能都没有？"

"很不幸，我认为不会有了，"我说，"那次出血实在太严重了。"

"其实我知道，"她说，"只是他看起来像是还活着。"

她抚摸着他的脸颊，我关上门，来到走廊里。

我太明白她的意思了。他看起来好像随时可能再次醒来。大脑没有生命迹象更像是一种说辞，医生所持的一种理论。

我想，她一定很晚才生孩子。她看起来至少五十岁了。他们将会有一个年迈的母亲而没有父亲。但她看上去是那种什么事都能应付得来的人。

埃伦迎面走来，我对她微笑。

"昨天那个小女孩怎么样了？"我说，"有人照顾她吗？她还好吗？"

"问题解决了，"埃伦说，"她在班上一个同学家过夜。今天她的姐姐会来照顾她。"

"太好了，埃伦！"我说，"那位母亲本人呢？"

"不太好。她出现了戒断症状。但无论如何她明天要出院了。"

"我们对此无能为力，"我说，"但至少儿童保护机构现在已经知道了情况。希望他们能提供帮助。"

"他们把孩子们从父母身边带走。"她说。

"并非总是如此，"我说，"有时这是最好的选择。"

"这次的情况不是。"她说。

"不幸的是你只能放手，祈祷一个好的结果。"我一边说一边走进办公室，浏览了一下昨晚入院的一名新病人的档案。他叫米卡埃尔·拉森,七十岁,轻微中风几小时后被妻子发现,不能说话,左侧瘫痪。今天要给他安排手术,排出滞留在脑膜和头骨之间的血块。

他和英格住同一间病房,英格是今天早上搬进去的。

我合上文件,用手掌按摩额头,同时看着利内和托马斯的照片,那时他们分别是三岁和两岁,站在外面的马路上,手牵着手看着镜头,利内咧着嘴笑,托马斯则一副严肃模样。那时他们还在蹒跚学步,两个我可以举到空中的小小人类。

他们在不知不觉中给出了那么多的爱。当他们把头靠在我的胸口,小脸蛋胖乎乎的,眼睛睁得大大的,那是多么美妙的感觉啊。

与他们在一起的时光已成往事,伤感和失落在我心中一闪而逝,像一道阴影。但有光才有影子,我想。毕竟他们还没死!

我站起身,走进员工卫生间用冷水洗了把脸,仔细地擦干,然后去看新病人。

英格的床被隔在一道帘子后面。我能听到他在听收音机,音量调得很低,我在房间里另一张床前停下来时就注意到了。病人醒着,看向我。我进去时一位六十多岁的女士正坐在旁边一张椅子上看书,她放下书本站起来。

"我叫汉娜,"她向我伸出手,"那是米卡埃尔。"

"我叫佐尔法伊,"我说,"我是这里的主管护士。请坐吧!"

她仍然站在那里。她有一张瘦削苍白的脸,五官锐利。红头发,绿眼睛。

"你感觉怎么样?"我看向米卡埃尔说道,他看上去比他七十多岁的年龄要年轻。他的头发半长不长,黑色的,向后梳着,几绺打着卷儿垂在前面。他看起来像一个老去的五十年代电影明星。

他的一侧嘴角耷拉着。

"和……好。"他说。

482

"他在组织语言上有些困难，"她说，"他知道自己想说什么，但不知道该怎么说。是不是，米卡埃尔？"

　　"是的。"他说。

　　"你们和马特森医生谈过吗？"

　　"谈过了。"她说。

　　"这很好。所以你们知道今天下午会做手术。"

　　"是的，他们是这么说的。"她说。

　　"这里有家自助餐厅，如果你愿意的话可以在那里等。"

　　她不耐烦地点点头。

　　她看不起我，我能看得出来。在她眼里我只是一名护士，所以她高我一等。也或许她只是在克服那恐惧感。

　　我把手轻轻放在她胳膊上。

　　"如果有什么事，随时联系我，"我说，"如果你有什么疑问或需要什么。"

　　"谢谢了，"她说完又坐下了，"眼下我们需要的东西都很齐全了。不是吗？"

　　她看着她的丈夫。

　　"是的。"他说。

　　"很好。"我说，然后走到英格那一边。因为没有门，我用食指指节敲了敲挂着帘子的架子。

　　"请进。"他在里面俏皮地说。

　　我把帘子拉开一点，走过去。

　　他坐在床上，头上缠着绷带，穿着蓝色的病号服，微笑着。

　　"听到你在查房了。"他说。

　　"你好吗？"我说。

　　"很好，谢谢你，"他说，"头很疼，但我想这应该是正常的疼痛。

他们在那里翻找了好一阵子。当然，还得先锯掉我的头盖骨，以前没人这么做过。"

"我也希望没有，"我说，"还有其他异常吗？"

"没有，"他说，"没有癫痫发作，没有幻觉。只有这郁闷的医院日常。"

"非常好，"我忍不住笑着说道。

"是啊，"他说，"只要能一直这样下去。"

一阵短暂的静默。

"你到底看到了什么？"我说。

"你是说，当我产生幻觉的时候？"

"是的。"

"有一次我看到路边飘着两棵树。当时我正要去上班，所以那应该是一大早，阳光明媚，那两棵树飘在田野上方，树根以及其他所有部分都悬在空中。但奇怪的是，"他抬头看着我，"奇怪的是我并不觉得那是幻觉。对我来说是真实的。我真的看到了！"

他摇了摇头。

"还有一次我看到一辆着了火的汽车。那天太阳也挺好，地面上有雪。汽车就在路中央，整个都烧着了。我急刹车，下车去看，那里什么都没有。我当时觉得我是疯了。因为我真的看到了！那不是想象，它就在我面前。到最后我已经不知道什么该信，什么不该信了。"

"这感觉一定糟透了。"我说。

"是的，是的。"他说。

又是一阵沉默。

"你明天就可以出院了，"我说，"你准备好了吗？"

"差不多，"他说，"回家总是好的。"

在小桌子上的收音机旁边放着一个相框，不是他的太太或孩子的照片，而是一只张开翅膀的猫头鹰，照片捕捉住了它降落前的瞬间。由于翅膀是要止住那飞行而不是要飞起来，这只鸟看上去就像是不自然地悬在空中。

这是一个强有力的画面。

"你喜欢它？"他说。

我点点头。

"是你拍的吗？"

"如果是就好了！不，是一个摄影师拍的。他在田野里竖起一根柱子，旁边放了一台自拍相机。他说他想把那些鸟从天上拉下来。他真的做到了。那是一只猫头鹰。是不是很棒？"

"是的。"我说。

我不知道他知不知道过去人们把猫头鹰与死亡联系在一起。如果听到猫头鹰在房子附近呼号，那意味着很快就会有人死去。猫头鹰总是栖息在边界上，在日与夜、生与死的交界处。

如果他不知道，我也不想当那个告诉他的人。

我走进值班室时，雷纳特、埃伦和米娅正在谈笑。雷纳特分好了药，埃伦坐在电脑前面，而米娅站在那里，一手端着一杯咖啡，另一只手摆弄着一支香烟。

"今天很平静。"我说着给自己倒了一杯咖啡。

"暴风雨前的宁静。"雷纳特说。

"我刚才去了米卡埃尔·拉森那儿，"我说，"他的妻子有点难搞。有谁知道她是干什么的吗？"

"完全不清楚，"雷纳特说，"但至少他们不住这里。他们在石头湾有一间度假屋，在峡湾里的一个岛上。我觉得那个岛应该也是他们的。所以他们一定很有钱。"

"这就解释得通了。"我说，喝了口咖啡，抬头看着门上方的屏幕，屏幕开始闪烁。二号。那是拉姆斯维克的房间。

我放下杯子就出去了。身后走廊里有人跑过来。我转身。是亨里克森。

"佐尔法伊，"他说，"发生了重大事故。一辆汽车和一辆巴士撞上了。还不知道死伤人数，但会有很多事要做。我需要你帮手。直升机正在路上，救护车也快到了。你能找人接手这边的事吗？"

"我想没问题，"我说，"给我两分钟。"

我进去向雷纳特说明了情况。她要打电话征调额外的人手，取消计划好的手术。我走楼梯去手术室，没有乘电梯，这样我就可以边走边给利内打电话，告诉她我今天会晚回家。她没接电话，我给她发了短信，然后关掉手机，走上最后几层楼。

我换好衣服、做好准备时，身边已经忙得不可开交。所有人都记得几年前发生的那起公共汽车事故，车上有四十名学童，其中十七人死亡。我当时不在场，但很多同事都在，直到今天对他们中的许多人仍然是一种创伤。他们永远摆脱不了那时留在脑海中的画面。

几分钟后第一批病人的床从电梯里推出来了。这是车上乘客位的孩子。一个五六岁的女孩。头部和胸部有危及生命的大型创口。她的脸被呼吸面罩盖住，头发上沾满了血，看起来半个头骨都敞开着。他们在直升机上给她注射了吗啡，所以她还有呼吸，心脏在跳动，失血量也得到了控制，但当我剪开她的衣服时，亨利克森只是俯身看了看，摇了摇头。

我们身后又来了一位新病人，然后又一位。

"她实际上已经死了，"亨里克森在口罩后说道，"我不明白为什么心脏还在跳动。"

"但确实如此，"我说，"她还在搏斗。"

"脑部出血、胸腔出血，可能是气胸。无疑还有其他内出血。"

她脖子上挂着一件首饰，像是她自己做的，上面串着各种颜色的塑料珠子，中间是方形的小字母块，上面写着"爱丽丝"。

他握住她的手，用拇指用力按住她的一个手指甲。她的眼睛仍然闭着。然后他用拇指和食指捏住她肩胛骨某处。她的手臂挣开了，同时张开了嘴，发出一个低沉平稳的声音，听上去完全不像她。

她被推进去做 CT，亨里克森俯身去看她十岁左右的姐姐，她也受了重伤，也处于昏迷状态。

"天啊，这一锅汤，"他说，"几乎什么都不是了，只是一堆血和骨头。"

他用手从她的脑壳上拣起了几块碎骨头。

* * *

我离开手术室时已经是晚上。开车的那家人都还活着，情况也稳定下来了。其中一名女孩的脑损伤非常严重，即使她能熬过接下来的几天，也永远没法再过上正常生活了。父亲的情况也是如此。母亲和两个大一点的孩子头部没受伤，但依然没有脱离危险。

没人能在他们这样的伤势下幸存下来。但他们做到了。至少目前如此。

我在淋浴间的花洒下站了很久，无法去感知周围的一切，就好像我还在手术室里，而这铺着白色地砖的隔间只是我的某种想象。

他们刚刚度完假回家。巴士司机在转弯处的几秒钟走神，让他们失去了一切。

所有那些他们认为理所当然的、甚至可能从未留意过的小小时

佐尔法伊

光，永远不会回来了。比如上学前的早餐，最小的女孩坐在椅子边上，一边吃玉米片一边晃着双腿，两个大一点的孩子在楼上为衣服起了争执，咖啡机咕噜咕噜地响，晨间广播的声音填满了整个房间。

我们的生活是多么的天真。

我关掉水，抓起挂在挂钩上的毛巾按在脸上，一动不动。疲倦感又一次袭来，这一次它势不可挡。

我把毛巾像斗篷一样披在肩上，然后走进更衣室，坐在长凳上。

光是想到穿衣服这个念头就让我筋疲力尽。

我可以再坐一小会儿。

然后我必须打起精神。妈妈和利内都需要我。

我几乎站不起来，就坐在那里穿好了衣服。

也不想打开手机。

但我必须动起来，我告诉自己。

走出大楼，周围的世界开阔起来，这让我感觉好了一点。天气已经变了，天空中乌云密布，空气中弥漫着细雨。甚至连那颗新星都看不见了。

停车场上有一辆白色的广播车，十分抢眼。我向入口处看过去，大约有十个人站在那里，有人手里还拿着相机。

当一场事故发生，每个人都必须要知道它，就连远方的人也是如此，我忽然意识到这是多么荒谬。

我从包里找出车钥匙，按了一下，车灯闪了一下，后视镜慢慢打开，就像一对突然警觉起来的兽耳。

我上了车，把包放在副驾驶座上，打开手机。

利内发来了四条消息。

是新闻里那场事故吗？

给外婆做华夫饼！

华夫饼模子在哪里？

找到了！

我回复她时，有一种强烈的喜悦在我心中蔓延。

太好了！现在正在回家的路上。待会儿见！

我把手机放回包里，发动汽车，挂挡，驶出了停车场。

这是我最意料不到的事。

她把这里当成家，尽管她并不是在那里长大的，尽管我今天没有在家里陪她。

是那所房子在照顾她。

以及妈妈也在这件事。

我打开窗户透气，以免在开车的时候睡着。路上没什么车，等我出城上了主干道，也没有什么有挑战的情况能让我保持清醒，我闭着眼睛都能开过去。

有次我下班后开车送托马斯和他球队的三个小伙伴去看一场足球比赛，我当时太累以至于睡着了，只有几秒钟，但足以让车子歪向路边的岩石。一个男孩大喊了一声"小心！"惊醒了我，刚好还来得及让车回到正道上。

幸运的是几个孩子都没意识到事情的严重性。但它给了我当头一棒。我没担好照顾三个孩子和我自己的儿子的责任，差点害死了他们。

几滴沉甸甸的雨点打在车窗上。我关上窗户，打开收音机，但立即又关上了。我的内心已经没有空间承载外来的东西了。

河水在林间流过，漆黑一片。连个鬼影都不见。

要能上床睡觉该多好啊。

我可以做些简餐。也许是鸡蛋和肉饼。给妈妈按摩并洗澡，然后上床睡觉。

佐尔法伊

高大的橡树像黑塔一样矗立在这平原上。奶牛们聚集在树下避雨。如果开始打雷,那里可不是最明智的藏身之处。

为什么他们没有死呢?当雨开始有瓢泼之势时我调高了雨刷器的挡速。有什么东西把他们留在这世间。就好像他们的心脏一直在自行运作,依照自己的自由意志跳动,独立于大脑的控制之外。

那个可怜的女孩。

爱丽丝。

巴士上有多名乘客受了重伤。但无人死亡,至少现在没有。这真是匪夷所思。

萨山谷[1]的奇迹。

该上各家报纸的头条了。

我盯紧路面,同时打开杂物箱,拿起一张旧 CD,插进播放器里。

这是贝多芬的第七交响曲。我按下按键快进跳过序曲,然后调高了音量。

梆叭叭,梆叭叭!我唱着,雨点如鼓点敲着车窗,四下的风景不断变幻,黑暗的天空笼罩在大地上。

英格听什么音乐呢。

我对他几乎一无所知。但我肯定他会喜欢贝多芬。

想象和他坐在一辆车里听着音乐的情景,我的心跳加快了。

我真傻。

明天他就会出院,然后他就会永远从我的生活中消失。

从我的心里消失。

打住,我告诉自己。

---

[1] Sædalen,卑尔根附近的一个居民区,是一座小山谷,总面积 2.78 平方公里土地,不到 3000 名居民。

我甚至和他都不熟。只是和他说过几句话而已。

而且我已经不再是十六岁了。

山的另一边，雾气如盖，覆于山谷上。当我开上这下坡路驶入山谷，能见范围只有两三米，我不得不放慢速度。在那块大石头下方，也就是我前一天见到那马鹿的地方，我跟随着心里的一点冲动，把车开到了路边。迟几分钟回家也没什么关系，我这样想着，熄了引擎，打开了车窗。

瀑布的轰鸣声从山坡上传来。我注意到今天河水比之前涨了，已经没过了河床上一多半的石头。雾气在车头灯的灯光下闪闪发亮。

我有点期待那头鹿再次出现。它当然没有来，但坐在那里还是很舒服的。这是个好地方，有瀑布，瀑布下面有一个水潭，河床上黄白色的岩石和沙子让这条狭窄的河流在有太阳的日子里看上去是金色的。传说中那块巨石是山那边的一个巨人扔出来的，落地时就裂开了。巨人被海湾那里教堂的钟声所恼，扔出了这块石头。

我望向长在河对岸的树木。因为有公路，很容易让人以为森林是从此处开始。其实并不是，这里实际上是森林的中央。

那是那只鹿吗？

当然！

它站在树干间看着我。

一定是车子引起了它的注意。或许是车头灯的灯光？它可能根本没看到我。

我没有动。

它抬起头细嗅，良久，然后又向前走了几步。在微弱的光线下那皮毛是黑色的，腿从后侧看上去则是白色。

它朝河那边走去。

是去饮水吗？

佐尔法伊

不是。它径直过了河。

它又停了下来，离车只有三米了。

现在毫无疑问了。它看着的正是我。

那又大又黑的眼睛。

我小心翼翼地向前倾身。

"嗨，你这美丽的造物，"我轻声说，"你在想什么？"

它又向前走了几步，在离车只有半米的地方停了下来。

我小心翼翼地伸出了手。它低下头嗅了嗅。我感到那温热的气息拂过我的手掌。

"你好啊。"我又一次轻声说道。

它看着我。目光温暖而坦荡，但也充满惊奇。

在它抬起头继续朝前走去的那几秒钟里，我突然意识到它刚才看我的方式和我看着它的方式一模一样。

当它消失后，我又坐了一会儿，让自己平静下来，然后继续开车。在邂逅了这只优雅纤细的动物之后，引擎的轰鸣声宛如一个小型炼狱。路上没有车辆，几分钟后，我在房子外面停车。

又一波疲倦吞没了我。我只能勉强开门下车，再多的什么也做不了了。我不记得曾经如此疲惫过。当然，我经常很累，但这完全是另一回事。我必须要动用意志力才能从车旁边走到房子里，这情况很恶劣。但明天一切又会不一样了，我想，走进门厅，把包放在椅子上。一夜安眠就是我需要的全部。

妈妈可能已经睡了，而利内肯定在自己房间里，因为屋里安静极了。

但所有房间的灯都开着。

她什么时候才能学会？

我打开妈妈的房门往里看去。

床上没有人。椅子也是空的。

"妈妈？"我说。

没有回答。

她会在哪儿？

我走进厨房。那里也没有人。但华夫饼模子在料理台上，还有一个装过面糊的空盆和两个盘子。

"利内？"我喊道。

一声不闻。

我走上楼梯，打开她房间的门。

里面是空的。

难道她们出去了？

但妈妈几乎站不住，除非利内想到用轮椅。

她们不会这个时候出去，而且是在这种天气里。她没有那么傻。

我又慢慢地走下楼梯。如果妈妈出了什么事，救护车来过，那利内至少会打电话给我。

我在门厅里停下来听着。

屋子里没有人。

"妈妈？"我又提高音量喊了一声。

然后我从包里拿出手机，给利内打电话。

她已经关机了。

她们会是去医院了吗？

没有其他解释了。

我强烈地需要睡眠。但我现在不能睡。除了等待，什么也做不了。

我把热水壶放到炉盘上。通常在夏天的时候，峡湾另一边的群山整个晚上都是可见的，它在深灰色天空下就像一堵黑色的、无法穿透的墙，但现在它完全被雾气遮住了。好像世界的尽头就在栅栏后的花楸树那里，我想，从橱柜里拿出一个杯子，从食品储藏间里拿出一个茶包，从冰箱里拿出牛奶，环顾四周寻找甜味剂，利内把它忘在了料理台上那袋燕麦片旁边。

等水烧开的时间里，我去地下室看她是否真的在我预料之外去拿轮椅了。但它还放在老地方，在墙壁和冻箱之间，蒙着灰尘，状甚不堪。

我又回到厨房时，水刚好烧开，开关自动弹起，水壶底部那微弱的蓝光熄灭了。我把水倒进放好茶包的杯子里，倒了一点牛奶，加了几个糖块，手里拿着杯子坐在椅子上。

我应该给医院打电话。

但我得先上一趟厕所。

那也是一件苦差事。

我喝了一口就把杯子放在桌上，起身去了洗手间。

妈妈的助步椅就在那外面。

天啊。

我打开门，看到她躺在地板上，一动不动，一只胳膊扭曲成一个可怕的角度。

我蹲下来，把手放在她的脖子上试她的脉搏。

但她的眼睛睁着，眼球朝我这边移过来。

"妈妈，妈妈。"我叫她。

她试图说点什么。

"嘘，"我说，"你的手臂骨折了。我现在就叫救护车。一切都会好的。"

我冲进厨房，抓起手机拨打了911。一边说话，一边跑进客厅拿了一条羊毛毯。

"我是佐尔法伊·克瓦姆，"我说，"我妈妈在浴室里摔倒，摔断了手臂。你能立即派救护车吗？她年纪大了，患有帕金森症，身体很虚弱。所以这非常紧急。"

我给了他们地址，然后拿着羊毛毯进了洗手间。小心翼翼地给她调整到一个舒服点的姿势，用毯子裹住她，去厨房拿了一杯水，把玻璃杯抵在她唇边让她喝了一点，同时一直和她说话。

她闭上眼睛睡了，或者说昏过去了。她在等待我到来时肯定一直在挣扎着保持清醒，我这样想着，感到每一次心跳都是一记绝望的重锤。她一定听到我回家了，她一定听到我在叫她。

我坐在她身边的地板上，试着再给利内打电话。就在这时前门被打开又关上了。

我走到门厅里。利内正把雨衣挂到衣帽架上，当我走过来时她望向我。

"你回来了！"她说，"其实我已经知道了。我看到你的车了。"

"外婆摔倒了，胳膊骨折，"我说，"我正在等救护车。"

"你说什么？"她说。"怎么发生的？她在睡觉！所以我才出去了。她在睡觉！"

"这不是你的错，利内，"我说，"她肯定是自己站起来想去厕所，然后在那儿摔倒了。"

"哦，太可怜了，"她说，"很严重吗？"

"她的身体本来就很虚弱，情况不太好，"我说，"希望她能尽快康复。她是个坚强的老太太。"

"有什么是我能做的吗？我什么都可以做，真的。"

我摇摇头，摸了摸她的脸颊。

"谢谢你，利内。但我现在去陪着她等救护车来。"

"好吧。"她说。

我朝洗手间走去。

佐尔法伊

"你也一起去医院吗？"她在我身后说道。

我转过身来。

"是的，我是这么打算的。"我说。

"你必须要去吗？"她说，"那里的护士和医生不是会照顾她吗？"

"那也是很可怕的，"我说，"独自被救护车送到一个大医院。"

"好吧。"她说着，垂着眼从我身边走过，上了楼梯，回到她的房间。

我回来时妈妈仍然闭着眼睛。我将手轻轻放在她额头上，触感又冷又湿。这可不好，我想，坐在地板上，背靠着墙。一点也不好。她的呼吸那么轻，我必须得盯着她的胸部很久才能看到它在动。

就好像她现在对任何东西的需求都减少了，包括空气在内。

只要她不死就好。

她的嘴张着，感觉上有点塌陷，颧骨则又重新凸起，像她还是个女孩时那样。

我肯定得陪她一起上救护车，不管我有多累。可以在那里睡一觉然后直接去上班，没问题。

但利内不想晚上独自一人待在家里。她一直怕黑，她从很小的时候起就这样。

但是现在她太要面子了，不敢承认。

而妈妈毫无知觉。或者明天一大早去看她也可以？

我必须得为我们俩攒着力气。

我听到车辆驶来的声音，我走出去打开门，看到救护人员下了车，抬着担架向我走来，他们制服上的反光带反射着窗户里透出的光。

维贝克

奥瑟黎明时分就醒了，一开始她开心站在她的小床上，双手抓着围栏，但因为我开始有意控制时间，四点钟就给她喂过一次奶，然后一直清醒地躺着，希望她能很快再次入睡，结果她很快就开始尖叫，最后哭了起来。

黑尔格在我旁边不安地扭着身子。

"现在几点了？"他嘀咕着，"看在上帝的份上，你不能去看看她吗？"

我把手放在他的胸口，脸紧贴着他长满胡茬的脸颊，亲吻他的颈窝。

"生日快乐，老伙计。"我低声说道。

他睁开眼睛，睡眼惺忪地把脸转向我。

"哦，我都忘了，"他说，伸出手来，揉了揉我的头发。"谢谢。你刚才说现在几点了？"

"我没说过。但现在是五点半。"

"天啊。"他说。

"你可以继续睡。我去管她。今天是你的好日子。"

他转过身，头抵在枕头上，尽力把脖子朝后仰，几秒钟后他的呼吸变得平稳绵长，嘴巴张开。

我站起来，抓起睡裙穿上，走向房间角落，奥瑟的床就放在那儿。

她向我伸出双臂，一只手抓着泰迪熊。

"你今天一大早就把我叫醒了。"我说着把她抱起来坐在我身上。她的头靠着我的肩膀，小手搭在我的背上。

"你真是个好女孩，奥瑟，"我说道，亲吻了她的额头，"我们下去吧？"

"嗯。"她说，这意味着是的。"嗯"也可以表示不，但语调不同，是升调不是降调。

手机。我得随身带着它。

我抱着奥瑟走到床边，拿起放在床头柜上的手机。

他睡觉的姿势看起来极不舒服，但是只有这样他才能睡得着，我已经了解了。头尽可能地后仰着。

或许他这样歪着脑袋是为了让那睡之浓云散得更快。因为他总是很快就能睡着，而且睡得很香，我怀疑他到底有没有见过我睡觉。

"爸爸在睡着呢。"我轻声对奥瑟说，她吮吸着奶嘴，盯着他。

"嗯。"她说，在我的怀里扭动，想继续往前走。

我走进浴室，把她放在地板上，然后我在马桶上坐下来撒尿。她跟跟跄跄地走到浴缸边上往里看，弯腰抓起地上的玩具，一个一个地扔进浴缸里。

"砰！"我说。

她看着我露出一个笑容。这让我的心温暖起来。

下楼后我打开露台的门，这样她就可以随意进出，然后我打开收音机，开始煮咖啡。太阳还没有升起来，但天空很明亮，外面的空气热得不可思议。

我拿着一杯咖啡，目光越过屋脊眺望下方的峡湾，以及峡湾后的群山。奥瑟推着她的大瓢虫手推车在石板地面上来回走着，尿布沉甸甸地挂在她的腿间。我走进浴室拿了一块新尿布，在烘干机里取出一条浅蓝色棉布连衣裙，这样我就不用去楼上打扰黑尔格了。我把奥瑟放在沙发上，给她换了尿布。

　　收音机里在聊前一天晚上骤然出现的新天象。大学里一位专家推出了一套关于超新星的说法。他的声音听起来热切而自豪，他知道自己在说什么，属于他的时刻终于来了。

　　"好了，我的小姑娘。"我说着把她抱到高脚椅上，从冰箱里拿出一盒酸奶，开始喂她。起初她静静坐着，勺子来了就张嘴，吞下去再张嘴，这个过程中她一直看着我的眼睛。我想，她的眼神里充满了难以言喻的温暖和信任，如此坦荡。

　　没有阴影，没有阴霾。

　　"嗨，你啊，"我说，"你现在在想什么？"

　　她突然叫了一声，一只胳膊挥舞起来。注意力已经转移到我身后什么东西上。

　　我转过身想看看是什么。

　　"啊哈！"我说，"你想要自己的勺子吗？"

　　"嗯。"她说。

　　我从抽屉里拿了一个勺子递给她，她紧紧地捏住，试图把它捅进那个酸奶盒里。她没有成功，于是发出一声沮丧的大叫。我抓住她的手腕想帮忙，但她不想要。

　　"啊啦啦啦！"她喊道。

　　意思是，妈妈，离我远点。

　　等她终于把勺子插进酸奶盒里，她又把它挥了上去，于是一大团酸奶飞到我胸口上。而在我来得及阻止之前，她就把整盒酸奶拿

维贝克

在手里，扔到了地板上。

然后她看着我。那眼神一半是询问，一半是戏弄。

"想要蓝莓吗？"我说。

"达啊！"她喊道。

我在碗里倒了几颗蓝莓，放在她面前。她用拇指和食指一个一个地拿起来送进嘴里，非常专注，一点声音都不出。

"好吃吗？"我说，舔了一下我刚才用来抹掉衣服上的酸奶的那根手指，然后拿起抹布，把椅子旁边的地板擦干净，冲洗了酸奶盒，扔进垃圾桶。之后我又给自己倒了些咖啡，站在天窗透下来的光里喝完，同时看着手机上的日程表。我今天本该在家工作，但那只是我的托词，真正的计划是准备黑尔格的生日。他不想要任何关注，不需要客人，不需要聚会——我们两个人本来打算在罗马单独庆祝周末——但这不合适，这是他的六十岁生日，而这次他绝对别想躲起来。

我和他的兄弟托勒携手合作，我们邀请了十四位客人晚上过来。在露台上喝一杯，晚餐吃他最爱的炖牛膝，下午，他至爱的"海的渴望"餐厅会来一位厨师，把这道菜做好。最后是一个特制的蛋糕——不是那种美轮美奂的蛋糕，而是他小时候妈妈在他生日时做的那种奶油蛋糕，等他去上班我就会开始动手。

大部分东西都已经准备好了。但我还要买鲜花、葡萄酒、烈酒、水果和矿泉水，去画框公司取礼物，熨烫桌布和餐巾，布置桌子和装饰，开车送奥瑟去我母亲家——为了准备一次聚会总是有一千件小事要做，今天一天里我有大半天会带着奥瑟，此外我还要回复几封重要邮件，打几个电话。

我还得来一个致辞。

我还要构思一下到时候该说什么。

所有这一切都给我快乐，而且这快乐已经持续很长时间了。很显然我喜欢密谋和秘密行事。也许是因为这和我本来的性格相距太远？

我迫不及待想看他回到家时突然得知他将迎来庆祝，而且是一场盛大的庆祝时的模样。

奥瑟看着我，所以我放下手机，把她从椅子上抱起来放在了地板上，我把碗放进洗碗机里，手里拿着咖啡杯，看着她跌跌撞撞走到露台上，跟在她后面。

东边山脉边缘闪烁着橙色的晖光。没过多久，最初的晨光如万矛齐发般射了出来。

约尔四十岁生日那天，他的妻子发表致辞，不知为何她决定说出他们之间的情况。客人们不知道该做何反应，不适感弥漫全场，人们低下头，偷偷交换眼神，晚餐在一片死寂中继续，只有刀叉相撞的声音。

我至今都不明白她为什么要这么做，以及她想借此达到什么目的。也许她认为这是真实的，而真实是所有价值里最重要的。四十岁，是一个人最后一次自我盘点的年纪，之后的人生方向就再难改变了。要在这里回归真实，无论真实多么不堪。但不能在一场庆祝里！庆祝是为了那些美好的事物，是为了人生中广阔的主线，它将所有不好的东西都排除在外。因为邪恶总是琐碎的。

并不是说我有什么关于黑尔格的坏话要说。

他完全沦陷于工作中，对他不感兴趣的事物，比如日常生活，漠不关心，也就是说在日常生活中，但他的用心总是好的。自我中心。精力充沛。在某些方面有坚强的意志，在另一些方面则意志薄弱。充满了不为人知的对年龄的恐惧。

但这些都没无法说明他是怎样的人。

那种当你们处于同一个空间里，无论还有多少人，你都不想从

维贝克

其身边走开的人，那种会说出你从未想过的话的人。那种你总想待在他们身边的人。

我看向奥瑟。她一动不动地坐着，盯着面前的什么东西。不管是什么，用手指戳戳。

我站起来。

"你发现了什么吗？"我说着，向她弯下腰。

五只瓢虫在她面前那块石板上爬着。

"哦，真好看！"我说，"瓢虫！"

"嗯。"她说。

"我们小时候叫它们玛丽亚飞一飞。"我说，让其中一只爬到了我的手指上。我站起来，把它放到栏杆上。它立即展开那对小翅膀，飞入了空气的海洋中。

"那里，它飞走了。"我说。

直到这时我才发现还有更多。至少有二三十只。有的落在栏杆上，有的落在石板上，有的只是来回地飞来飞去。

真奇怪。

"你看到了吗，奥瑟？"我说着把她抱起来。

意识到它们之后，我就会看到更多。所有在空中飞舞的那些小点都是瓢虫。一整团瓢虫涌动着飞过来。

它们开始降落在我们周围。

"哒！"奥瑟兴奋地挥舞着双手。

突然之间，石板上布满了瓢虫。有些落在她身上，落在她的裙子和头发上，有三只落在我的睡裙上。我把它们掸掉，然后试图走进去而不踩到它们，但这不可能，它们太多了，当我走向敞开的推拉门时它们在我的光脚下嘎吱作响。

我关上身后的门，小心地把奥瑟放在地板上。把瓢虫从她的头发里拣出来，从她的裙子上扫下来，它们一掉在地板上就四处爬开，之前进了屋的瓢虫也在爬行。

外面露台地板上，黑漆漆一片都是昆虫。它们也爬满了门玻璃和那些大窗户。

我感到恶心。

"它们多好看啊。"我说，而奥瑟则坐下来看着它们在复合木地板上爬来爬去。"但现在我们看会儿电视，好吗？之后妈妈会把这里收拾好的。"

我在沙发上找到遥控器，打开电视，把奥瑟抱起来，一路换到儿童节目，选了一集她很爱的天线宝宝，当那个娃娃脸太阳在墙上那个大屏幕上升起时，她所有的注意力就跟着它走了，我赶紧走进厨房，拿来了扫帚和簸箕。

把活物像面包屑一样扫走固然不舒服，但让它们在客厅的地板上爬来爬去更糟糕。奇怪的是，当我把它们从客厅拿到厨房窗户那儿时，它们并不抵抗，没有试图飞走或逃跑，而是一动不动地躺在簸箕里，我一只手打开窗户，另一只手伸出去把它们抖落。

在我身后，黑尔格走下楼梯。

"你不用为我特意打扫卫生，真的！"他说。

他没戴眼镜，那张脸看起来完全是赤裸的，眼神天真得就像它们仿佛还没有适应这个世界。

"生日快乐。"我说完就走到他身边。

他轻轻地吻了我的嘴。

"不需要一直提醒我这一点，"他说，"今天是可怕的一天！"

"你正值壮年，"我说，"没有什么比这更好了。"

他笑起来。

"这是我听过最差劲的委婉说辞了。"

维贝克

"你看过外面吗？"我说，"在露台上？那里有成千上万的瓢虫。"

他转身看向房间另一端的门。

"天哪，"他说，"太惊人了！"

"我几乎有一种世界末日的感觉。"我说。

"什么傻话，"他说着朝门口走去，"它们只是成群结队而已。"

"它们这是做什么呢？"

"我想它们正在找过冬的食物或地方。"

"那为什么我以前从来没见过这种景象？"我说。

他耸耸肩。

"你有吗？"我说。

"有没有见过这个？"他说。

我点点头。

他摇摇头。

"那你怎么知道这是自然现象呢？"

"昆虫会集结成群。瓢虫是一种昆虫。"

他转向奥瑟，奥瑟一动不动地坐在那里盯着电视，用力地吮吸着奶嘴，他走了几小步将她抱了起来。

"嗨，我的小妞妞！"他说着把她抛到了空中。

她哭了起来。

一道阴影划过他的脸。

"什么都不能让她离开天线宝宝，在她看这个节目时，"我连忙说，"每次我要让她挪动一下她都会抗议。"

"知道了。"他说。

他把她放下，她马上就安静下来了。

"你吃早餐了吗？"他看着我，漫不经心地摸着她的头发。

"我在等你。"我说。

"我可以先去跑步吗？"

"你六十岁生日这天？"

"尤其是在我六十岁生日这天。"

"是你的大日子，"我微笑着说道，"而且其实刚好。你出去的时候我可以做早餐。你想吃什么？蛋？煎蛋卷？"

"燕麦粥，"他说，"但你应该吃点好的。"

我第一次见到黑尔格是在出租车站。我刚去过伦敦，乘晚间航班回来。通常我会乘坐机场大巴，但这次不需要我自己付差旅费，所以我想我可以打车，因为已经很晚了。

当时下着雨，出租车站里空空荡荡，只有一个瘦削的高个子男人，一手撑着伞，另一手拎着公文包。

当我在他身边停下时，我认出了他。这是建筑师黑尔格·布罗滕。他经常出现在电视和报纸上，还有一部关于他的纪录片，而我刚好看过。

一辆孤零零的出租车驶了进来。他收起雨伞，抖了抖，出租车停在他面前，他打开车门坐了进去。直到这时他好像才注意到我。

"你要去哪里？"他说。

"市中心。"我说。

"如果你愿意的话，我们可以拼车？你就不用站在这儿等了。"

"谢谢。"我说着绕到车的另一边坐了进去。

他坐在那里盯着手机看了一会儿，我也查看了一下我有没有收到什么消息。我们几乎同时放下手机，朝各自那边的窗外看出去。

他似乎没注意到这种同步。

雨刷在挡风玻璃上催眠般来回平稳滑动。外面那些潮湿的表面在车灯和路灯的照射下闪闪发光。在光明止步之处，是完全无法穿透的黑暗。

"你对艺术感兴趣吗？"他说。

我惊讶地看着他。

然后我反应过来。泰特美术馆那个布袋就在座位上。

"可以这么说吧，"我微笑着说，"你呢？"

我认为没有理由给他的自负推波助澜，他应该已经够自负了，也没有暗示我知道他是谁。

"是的，你知道，"他一边说，一边透过黑框圆眼镜看着我，"可以这么说。我这么问是因为我昨天在伦敦那个布莱克展览上看到了你，"他继续说，"是你吧，对不对？你在那里吧？"

我点点头。

"你喜欢那个展览吗？"他说。

"是的，"我说，"我喜欢布莱克。但那个展览太满了，有点太过了，那些画的周围没有留出足够的空间。所以它们的生机被打消了一些。"

"这点我同意，"他说，"那么那些手稿呢？它们是独一无二的，不是吗？"

"是的。"我说。

又安静下来了。我对此很高兴，我不想聊天，尤其是和我不认识的人聊天。我肯定已经暗示出了这一点，因为他没有再说什么，直到我们快到市中心时他才问我要在哪里下车。

第二天上班时我提起我和黑尔格·布罗滕拼了一辆出租车，除此之外，我没有再去想这次偶遇。我绝不是在寻找什么新的亲密关系，几个月前我才和马库斯分手，尽管主要是我提出的，但我仍然为此情绪低落，我还爱着他。然后我做了一个展览。其实我太年轻，又缺乏经验，还不足以负责这个项目，这是个很大的投入，是博物馆很多年来最大的一次，但这个创意是我的，我做了很多基础工作，把它交给其他人来做会比我自己做更困难——如果审批那拨人真的认可这个创意的话。

然而真认可了，于是接下来的十八个月里我几乎抛下其他所有事情，专门致力于此。

展览开幕式邀请了全城的艺术家、政治家、赞助商和名人，黑尔格·布罗滕走过来，用食指点向我。

"伦敦布莱克展览！"他说，"对吗？"

我点点头。

"所以你不仅对艺术感兴趣，而且还从事艺术工作？不然你不会在这里。"

"可以这么说，"我说，"你呢？"

"不，我只是一名建筑师，"他说，"那么，你对这次展览怎么看？你对布莱克非常挑剔。我记得。"

他怎么记得这个？他不是每天都要见不同的人吗？

我微笑起来。

"我非常喜欢这个展览，"我说，"你呢？你怎么看？"

"有些我喜欢，"他说，"不过还有一些我不太喜欢。"

"你不喜欢什么？"

他边看着我，边用手摸了摸头上短短的发茬。

"二号厅的布光很恶劣，"他说，"太暗了。那是为了营造一种被误解的氛围。但是这氛围应该来自作品本身，而不是来自这地狱般的光线。墙壁的颜色也很糟糕。原因是一样的。"

"但整体来看呢？艺术作品本身呢？效果还是不错吧，或者怎么说？"

维贝克

现在他揉着下巴上的胡茬。

"某种程度上来说还不错，"他说，"但即使是同一个主题，将不同时代的作品这样混在一起也是很大的考验。那就会显得刻意了。你明白吗？那些画应该以某种方式交融发力，互相映照，而不只是代表它们所属的某个时代。"

我点点头。

"但是那些乌鸦非常好。还有凡妮莎·贝尔德的那些画。我爱凡妮莎·贝尔德。"

"我也是。"我说。

他困惑地看着我，就好像忘记了自己在和谁说话，然后对我点点头微笑了一下，环顾四周，大概是在寻找端着酒的侍应生。

我也回以颔首，转而向大厅里面走去。

第二天他打电话给我。

"我是黑尔格·布罗滕。伦敦布莱克展，如果你还记得。"

"哦，嗨。"我说。

"你昨天骗了我！真够可以的。如果我知道是策展人是你，我永远不会告诉你我对这个展览的真实意见！"

我笑起来。

"能听到你的真实意见非常重要，"我说，"灯光现在应该已经调整好了。感谢你让我注意到这一点！你说得完全正确。"

"不，不，"他说，"让我来扳平这一局。我可以请你吃饭吗？"

"当然。"我说。

"今晚？"

"这不行，"我说，并留意到自己在微笑，"今晚是正式开幕式。"

"肯定不会持续一整晚吧？"

"到十点。"

"那之后我们不能见面吗？"

"那时候厨房应该都关门了吧？"

"没问题。他们会给我们开着的。十点半可以吗？海之渴望餐馆？"

我们说好了十点半，然后没过几个月我就搬进了他的公寓。我知道他当时很高兴，但我也知道他在担心。

"你和我在一起到底想要什么？"那天晚上他说，"我快六十岁了，而你三十三岁。"

"我想和你生一个孩子。"我说。

他难以置信地看着我。

"你在开玩笑吗？"

"没有。"

"你到底为什么想要这个？"

"因为我爱你。"

"你说真的？"

"嗯。"

"这么深？"

"嗯。而且你的基因很好。"

他去洗澡时我把燕麦粥放在火上，然后在烤箱里热了一些小面包，又煮了咖啡，做了煎蛋卷，挤了三杯橙汁，他下楼时一切都准备好了。

"我必须要说。"他搓搓手坐下来。

"今天别只吃燕麦粥了。"我说，把奥瑟抱到了椅子上。把一杯橙汁递到她嘴边。喝下第一口时，她的脸扭成一个鬼脸，但随后她就想喝更多。

"为什么不呢？"他说。

"这是那些参加桦树腿越野赛[1]的律师和生意人的食物。我想不出还有什么比这更糟糕的了，真的。"

"还有比这更糟糕的，你再想想。"他说，在粥里放了一点黄油，然后撒上肉桂粉，"比如说，工业化的畜牧业、石油开采、物种灭绝，都比燕麦粥更糟糕吧。"

"你忘了捕鲸。"我说

"这个大可以归入物种灭绝。"

他开始吃了。

"你不能坐下吗？"他抬头看着我说道。

"马上，"我朝桌上的棕奶酪[2]点点头，"你能给她切一点吗？"

我坐下来，他把一块棕奶酪放在她面前，她接过去放进嘴里，就像她吃蓝莓时一样安静而专注。

"她是不是很可爱？"我说。

"这句话太委婉了，"他说，"她太美妙了。"

"你觉得她像谁？"

他看看我，又看看她。

"感谢上帝，你的眼睛。我的鼻子。你妈妈的脸型。你姐姐的肤色。但所有这些加在一起，她非常有自己的特色，拥有属于自己的灵魂。"

他说话时她专注地看着他。有时我感觉他们隔着一段距离仰慕着对方。他们现在彼此还不是太知心，但他们终究会的。

---

[1] Birken，Birkebeinerrittet 和 Birkebeinerrennet 的简称，这是挪威每年举办的长途山地自行车越野赛和长途越野滑雪比赛，有上万人参加，自行车赛全程 84 公里，滑雪比赛全程 54 公里，以纪念 1206 年忠实于皇室的桦树腿党人护送两岁的皇储哈康去特隆海姆的壮举，每个参赛者都要负重 3.5 公斤，和哈康王子同等分量。

[2] 用羊奶熬制成的焦糖色奶酪，带甜味。

那天晚上我们没再谈论孩子，接下来几天里也没有。但有一天，在下班后去超市的车上，他把手放在我的膝头。

"可以的，"他说，"要孩子这事我没有异议。但只能靠你照顾它了。我太老了，没法在工作的同时当一个摩登奶爸。而且你必须绝对确定你是真的想要一个孩子。你要知道，等孩子十岁时，我已经七十岁了。"

"我绝对确定。"我当时说，握紧了他的手。

现在他把那个空盘子推到一边，把一个小面包分成两半，每一半上各放一片奶酪。

"你也得吃一些煎蛋卷，"我说，"它味道不错的，就算是我自己做的我也要这么说。"

"嗯。"他说着咬了一口小面包，身体前倾到盘子上，免得面包屑脆皮掉到他的腿上。

"你知道公司那边今天有什么安排吗？"我说。

他摇摇头咽下口中的食物，喝了口橙汁。

"肯定是个新邮局大楼造型的蛋糕或者其他什么白痴玩意儿，"他说，"反正我说过这一次我不想庆祝。但他们可能认为我就是说说而已。"

"不是这样吗？"

他哼了一声。

"五十岁还差不多。我那时还不明白其严重性。六十岁就是另一回事了。"

我们三个人沉默了几分钟。收音机里又在重播我早上听过的节目，那个激动的天文学家反复出现。

"真是个白痴。"黑尔格说，往后靠在椅子上。"这些人喋喋不休地谈论现在所发生的一切之前必然也发生过，而且会以完全相同

维贝克

的方式再次发生。整个科学都建立在这个基础上。一切事物都遵循既定法则，且这些法则永不改变。我一直认为不可能真的是这样。好吧，不是一直，但至少从二十几岁开始我就这么认为。人类出现至今还不到三十万年。那完全是一种新事物，以前从来没有过的。"

这是黑尔格的宏大之思。主宰世界的不是法则，而是习惯。这是他从哲学家皮尔斯那里得来的想法，他在学生时代和一些朋友一起读过他的书，甚至他的毕业论文题目就是"建筑与习惯"。在我们共度第一晚后的次日，我去大学图书馆借阅了他的论文，它让我大为激赏。但自那以后他就放下了这个理论，再也没有再继续去发展那些观点，尽管他依然由此出发去理解世界。

"可这是两件不同的事情，"我说，"这是生物学和进化论。这和自然法则不矛盾吧？"

"但我们所有的经验都与改变有关！"他说，"比如说，原子第一次被分裂到现在也没有很久。而就在几代人之前，还没有汽车、缝纫机、飞机、计算机、太空火箭之类的东西。"

"这只是人类利用自然法则为自己谋福祉，"我说，"并不是废除自然法则，不是吗？"

"但假如你想象一个没有自然法则的世界。没有永恒递归模式，没有行得通和行不通的界限。但一切都在进化，一切都有历史。"

"所以重力，举个例子，也在进化吗？"我故意和他唱反调，但他显然没有明白我的意图。

"对，就是这样！它从来就不是既定的！它曾经是物质发挥作用的一种方式，然后它就变成了一种习惯，数十亿年后这种习惯已经难以扭转，以至于我们认为这是个永恒的法则。但一开始它就是即兴的。自然界的一切都是即兴而为。然后某些解决方案优于其他解决方案，于是它就日益固定下来。"

"那么物质如何知道它该如何发挥作用呢？习惯是否以某种意识为前提？"

我微笑着看着他。

"你不会是说物质会思考吧？"

"这个想法听起来是正确的，但这种表述不太对，"他也微笑起来，"不过就当成思想实验吧，我们姑且假设物质能思考。或者不是思考，而是它具有某种形式的意识。想想原子开启有效运行模式的方式，而一切新事物都会如此效仿，开启有效运行的模式。"

"我不太明白其中的区别，"我说，"结果是一样的，引力依然存在。"

"但是这个差异是巨大的！"他说，"如果进化适用于一切，那么全新的事物随时可能出现。例如那颗超新星。"他指了指天花板。"如果那是全新的东西怎么办？科学无法接受它，因为他们已经排除了新事物发生的可能性，因此永远无法看到它。"

"你在想什么，奥瑟？"我一边说，一边用手梳过她的头发。她静静地坐着，看着黑尔格打手势，把我放在她碗里的干玉米片在面前的桌子上排成长长一排。

"你知道这可能是世界上第一个形而上的思想吗？"我说。

"什么？"

"一切事物都是有生命的，甚至物质也有。"

"没有理由认为它们的思想会比我们的思想低劣，"他说，并站了起来，"你今天有什么安排？"

"等奥瑟睡觉的时候我干点活，我想。也许带她去市中心逛逛。"

"听起来不错。"他说，喝掉了最后一点咖啡，用手背擦了擦嘴。"我好像有点晚了。我们回头见。"

他一出门，我就把奥瑟放到床上，她睡着后我开始做蛋糕坯。

维贝克

幸运的是露台上的瓢虫们已经消失了，等蛋糕放进烤箱里后，我坐下来处理了一些电子邮件。

外面已经有三十度了，待会儿肯定会更热。

我给黑尔格的大儿子阿特勒发了短信，他答应帮我来搬东西。

你还会来帮忙吗？我写道。

是啊，他回答道。你几点到那儿？

十点。到时候见。谢谢你！

我走进厨房，透过烤箱玻璃看着蛋糕坯。它们依然是浅白色的，所以我上楼去卧室，快速冲了个澡，换了衣服。奥瑟还在睡，胳膊和腿伸展开，像一颗小海星，然后我下楼把蛋糕从烤箱里拿出来，它们闻起来好极了，呈美妙的金棕色，我把它们放在架子上冷却。其中一个中间有点凹陷，但是影响不大。

我把早餐的餐具收拾好，正要打开洗碗机，奥瑟在楼上哭叫起来。

"我在这儿，奥瑟。"我边上楼边喊道。她站在小床上，全身热乎乎的，出了一身汗，脸上全是泪水。

"你睡得真好，"我说着把她抱了起来，"我们换好尿布然后进城去。很好玩的！"

她哭了一会儿，我把她放下，递给她一把发刷，她就拿着发刷玩了。

我往包里装了一些纸尿布和湿巾，一些水果泥和几盒牛奶，一边侧袋里放了一个空的婴儿奶瓶，另一边侧袋里放了一瓶水，检查了钱包、车钥匙和太阳镜都在手袋里，然后我就背上背包，抱起她，胳膊上挎着手袋，走进门厅，乘电梯到地下室。

我很少开车，一般选择骑自行车或步行，但现在我要去城外的大型购物中心，所以没有别的选择。

黑尔格跟往常一样开走了那辆宝马迷你，所以我把那辆奥迪慢慢地从车位里倒出来，开到灿烂的阳光下，奥瑟则牢牢绑在我身后的儿童座椅上。

上到主路之后，我给妈妈打电话。

"嗨，"我说，"你能过来这里接她吗？我这里事情太多，可能没法送她过去。"

"没问题，"她说，"你想让我几点来？跟之前一样吗？"

"是。五点之前都行。"

"越早越好？"她说。

我笑了。

"是的。"我说。

"那我就在三点左右到。"

"太棒了，"我说，"再见！"

妈妈和黑尔格年龄相仿，他们只相差一岁，而且我知道这让她觉得很为难，尽管她从未对此表示过什么。

可以想象他们俩成为一对，但很难想象一个和她同龄的男人跟她的小女儿睡在一起——在她眼里我还很小——在她看来这无异于恋童癖，尽管她从来没有明确表达出这个意思。就算不完全是这样，那至少也有某种东西违反了自然秩序。

这个老男人要对这个年轻女孩子干吗？而且不是随便哪个女孩，是她自己的女儿。

我们从来没有谈论过这件事。她想让我过我自己的生活，我对此很感激。但她不可能不鄙视他，一个与她同龄的男人却追求年龄只有自己一半的女孩。

我应该找个时间和她谈谈这件事。

但她永远不会承认这一点，也许对她自己都不会承认。

维贝克

我该说什么？我能想到的也只有那些陈词滥调。

年龄只是一个数字。

但真的是这样的！

黑尔格的个性，或者说他这个人本身，完全没有年龄感。六十年的经验和经历包裹着他，对许多人来说，这会使得通往他们内核的道路变得如此漫长，如此复杂，以至于他们的内心只能留给自己，其他人无法体会他们的感情与思想。但在黑尔格身上，这条通往内核的路很短。比如当他因为某件事欢欣鼓舞的时候，或者当他为某件事难过的时候，或者当他发现什么东西有趣得难以形容，笑得不可开交的时候。

这让他脆弱，而我爱他的脆弱。

"我在想你爸爸！"我一边说，一边把手伸到座位后面，找到了她的手。

她把它推开了。

"待会儿你想吃冰淇淋吗？"我刚说完就后悔了，待会儿这个词她听不懂。

"嗯！"她说。

然后呢，并没有冰淇淋。

"呜哇！呜哇！呜哇哇嗷！"

"再等一小会儿，奥瑟，"我说，"我们马上就到了。然后我就给你买冰淇淋。"

但已经晚了，她已经开始嚎叫了。

前面出现了一个加油站。我想都不想就打灯拐了进去。

"来吧，你要有冰淇淋了。"我说，解开儿童椅子的安全带，把她抱了出来。

炎热的空气在柏油路上颤动。车辆挟着冷酷的呼啸声飞驰而过。空气里弥漫着废气和汽油味。奥瑟还没明白过来我们停下来是为了买冰淇淋，她尖叫着踢蹬双脚，我几乎要抱不住她。

但等我推开加油站里冷冻柜的滑门拿出冰淇淋时，她立刻安静了下来。我帮她打开，她把冰淇淋放进嘴里，我把包装纸递给店员让他扫码。付完钱，我们回到车里，几分钟后就回到了进城的路上。

我把车停在购物中心顶层的屋顶上。时间还早，奥瑟还在沉迷于她的冰淇淋，所以我打开收音机，坐着等她吃完。

我想到了黑尔格所说的，世上一切都是即兴的结果，自然法则实际上只是习惯。

让他为之振奋的观点不一定要为真，甚至也不需要是高度可能的。只要是新的就够了。

但如果观点也遵循同样的路径呢？

一个想法被构想出来，在它第一次被构想出来后，就会一遍又一遍地反复出现，传遍整个社会，几代人之后这些想法就变得根深蒂固，成为一种习惯，它们所蕴含的也就成了某种自然法则。

妈妈告诉我，外公快到生命终点的时候，在电视新闻里看到约·本科 [1] 时曾说："那个该死的犹太人怎么会上电视？"这让她震惊，她父亲以前从来没有表现出反犹思想或任何其他形式的种族主义。是否他一直都有此类想法，但从不对人说，因为他知道它们已经被钉上了耻辱柱，所以只在他开始失去对方向的把控能力时，它们才首次暴露出来？

这些想法及其包含的所有形式的偏见是否已经存在了很长时间，以至于已经构成了我们的一部分，即使并不是我们自己构想出来的？这就是它们如此难以被打破的原因吗？这就是新的思想总是

---

[1] Jo Benkow，挪威政客。

如此罕见且最初总会遇到众多阻力的原因吗？但只要它们被构想出来，就会一次又一次地反复出现，直到习惯也给它们镀上了同样的保护层，就算它们还未成法则，也会成为潜在的真理。

这就是希望所在，不是吗？

改变世界的进程如同飞蛾扑火，所谓的不可能只是表面上的。我思考着拯救雨林，我思考着禁用化石燃料，我思考着我们对待动物是多么残忍。而当我开始思考这些，其他人也会思考这些，就会形成一种模式，越来越多的人会分享同样的思考，直到它最终成为真理，而我们只能依照真理行事。

正是因为思想的本质，当它们聚集成簇，就会越发壮大，直到无可忽视。

又或许这只是一种理想主义的胡言乱语？

手机响了。是阿特勒。

到了。他写道。你还在路上吗？

五分钟！我回复他，然后下车打开后备厢，拿出婴儿车打开，把奥瑟放进去。

"看看你啥样了！"我说。

她的脸上沾满了冰淇淋，裙子从胸前往下全湿透了。

我拿了几张湿纸巾给她擦脸，然后我把她抱起来，坐在后座上，让她坐在我腿上，把裙子从她头上脱下来，从包里找出一条干净的给她换上，再把她放回婴儿车里。

"我们到了！"我说着，把包背在背上，手袋则放在婴儿车底下的置物架上，推着她往电梯那边走去。

这个购物中心里能买到大部分我需要的东西。我唯一要做的另一件事是去裱画师那里取给黑尔格的礼物。待会妈妈带奥瑟时我就可以去了，我想着，转动了一下婴儿车，让奥瑟可以在镜子中看到自己。

我按下一楼的按钮，电梯门关上了，我在她身边蹲下来。

"看到了吗？"我指着镜子，"那是我们俩！奥瑟和妈妈。你能挥挥手吗？"

她把一只手的手指卷在一起然后张开，可爱得不得了。

我笑了，在她的脸颊上亲了一下，然后站起来，推着婴儿车进到一楼的购物区，走到酒类专卖店，阿特勒正等在那里。

他穿着卡其色短裤、白鞋和蓝色衬衫。太阳镜挂在胸袋上。他的头发向后梳得十分光滑，胡须修得很短。

黑尔格怎么会有这样一个虚荣的儿子，真让人想不通。

"你好，维贝克。"他一边说，一边飞快地扫视了我一遍，从脚到头，目光在我的胸部停留了几分之一秒，他大概以为我不会注意到，然后他走过来给了我一个拥抱。"真是个好主意，给他办一场派对！"

"是啊，不是吗？"我说。

奥瑟抬头看着他。

"你真可爱。"他对她笑着说道。

我们进了酒类专卖店，他推着一辆购物车，我推着奥瑟。

"厨师让我们买巴罗洛[1] 或巴巴莱斯科，"我说，"那么我们每样拿七瓶吧，如何？"

"有多少客人？"他说。

"十四个。"

"哦，那应该很充裕了，"他说，"你想要哪一款巴罗洛？"

---

[1] Barolo，意大利皮埃蒙特地区最著名的葡萄酒，和后文的 Barbaresco 都是高级产区葡萄酒。

维贝克

"也许那个？"我指着说。

"最贵的？"他微笑着说道，"为什么不买最好的？"

"我喜欢那款。"我说。

"那就这么定了。"他说着，拿了七瓶下来。

我为什么会请他来帮忙呢？我想，开始畏惧下一个要做的选择。

还是交给他吧。

"我成长的环境里不常见到葡萄酒，"我说，"所以我没有多少头绪，你应该理解吧？"

"至少你没有去拿第二贵的，"他说，"人们有钱而不确定的时候就会这么做。他们认为拿最贵的显得粗俗。次贵的肯定也很好，他们这么想。"

"你选吧，如果你愿意的话。"我说。

"我懂的也不是太多，"他说，"但当然，我可以来选。"

"我们还得有些配甜点的酒，"我说，"还有给那些能喝的人的烈酒。杜松子酒、伏特加和威士忌。这些应该够了？"

"或者干邑白兰地？他非常喜欢这个。"

"对。"

阿特勒把酒瓶放在传送带上，我从手袋里的钱包里拿出银行卡。

"他不会从网银记录上看到你来过这儿吗？"他说，"我理解的是你打算给他一个惊喜？"

他这么说是为了贬低我吗？还是他真的有这样的疑问？

我将卡插入读卡器并输入密码。

"现在不是六十年代，"我说，"我自己有工作，我也有自己的银行账户。"

我把卡放回去，然后开始把酒瓶装进袋子里。

"就算我用的是你父亲的账户，我也不觉得他会查这些。这不太符合他的做派，不是吗？"

"是的，你是对的，"他说，"他不太会管自己的钱。"

奥瑟把泰迪熊扔到了地板上，然后是她的奶嘴。

"闷坏你了吧？"我说着，又把它们捡起来，放在她面前。她用力地摇头，我就把它们放在了婴儿车下面。

"我们马上就走。"我说。

"我好了。"阿特勒说，两只手上拎着几只购物袋。

"也许应该先把它们放进车里再去下一个地方，"我说，"这些东西太沉了。"

"你把车停哪儿了？我可以把东西拿上去，那样你就不用推着婴儿车赶来赶去了。"

"在屋顶的停车场，"我说，把车钥匙递给他，"就在电梯旁边。"

我忽然意识到任何看到我们的人都会以为我们是带着女儿出来购物。

"那我就先去花店，"我说，"我们在那儿见！"

当他从视线中消失后，我给黑尔格打了电话。

"我最喜欢的女孩们怎么样了？"他说。

"都很好，"我说，"我们来购物中心买点东西。"

"买些什么呢？"

"比如鲜花。毕竟是你的生日。给奥瑟买了一个她特别喜欢的冰淇淋，然后我们可能会去咖啡馆什么的。你在忙什么？"

"没多少工作，"他说，"太热了，也干不了活。所以我只是在这里混一会儿，真的。"

"你们没有空调吗？"我说着，在花店外面停了下来。

"有的。主要是炎热带来的这种气氛。太过分的夏天让人感到焦躁。你们具体在什么位置？我可以过来一趟。你吃过午饭了吗？"

维贝克

"谁会十点钟吃午饭？"

他笑了。

"好吧。一个小时后见面怎么样？你能在这炼狱里忍那么久吗？"

"我可以。但是奥瑟可能受不了。"

"但我们见面也不需要吃午饭啊，"他说，"你们在哪儿？我干脆现在就出来。我可以买几件新衬衫，也许还需要一条短裤。"

"你，先生，"我说，"我现在不是很方便。"

他沉默了。

"好吧，"我说，"那我不妨这么说。我正在做些秘密的事。"

"哦，这样。"他说。

现在他会猜到了，我想，然后看到阿特勒从远处的电梯里出来。

"只是一些小东西，"我说，"但我可以透露的是有些很特别的东西，我觉得你会喜欢。至少我希望是如此。"

"只要不是马尔默教堂造型的蛋糕就行。"他说。

"这就是他们给你的惊喜吗？"

"是的。"

我大笑起来，阿特勒过来了。

"那么，它好吃吗？"我边说边竖起一根食指。

"说实话，还不错。"

"他们爱你，"我说，"我也是！"

我们走进花店，一切都感觉好多了。店里摆满了剑兰，我买了一大束全白色，一束从淡粉渐变至深红的，还有一束黄色、橙色、粉色和红色搭配的。为了平衡色彩，我还买了两束银莲花，红、白、紫、蓝的色调。

"你真的很用心。"阿特勒说，怀里满是鲜花，站在那里等我付钱。

"你父亲最喜欢的花是向日葵，"我说，"我们也该买一点的，即使它们与这些花不太搭。"

"你呢？"他说。

"我什么？"

"最喜欢的花。"

"你猜？"我说，"当然是剑兰。"

店员又给我包了几支向日葵，付完钱，我们走进超市买了水果和矿泉水。奥瑟开始感到无聊，她在婴儿车里扭来扭去，越来越大声地表达不满，但她很喜欢开车，当我终于把她扣到儿童座椅上时，她又变得温和安静，发出快乐的咕噜咕噜的声音。

"我想后面我都可以自己搞定了。"当阿特勒把花放在后座上时我对他说。

"还是我来帮你吧，"他说着坐进车里。"你带着奥瑟，肯定还是有些不太方便，不是吗？"

"有一点，"我微笑着说道，"谢谢你！"

他戴上墨镜，看向窗外，没再说什么，车子在巨大的方形购物中心之间穿行。

关于他的事情我知道不少，但我知道的那些都是黑尔格告诉我的。我不知道从他自己的角度，世界是什么样子。

到了高速公路上，他拿出手机。

"好像有个连环杀手在城里逃窜。"他说。

"哦？"我说。

"他们找到了那个乐队失踪的那几个男孩。有三个被杀了。第四个失踪了。"

"天啊。"我一边说，一边在变道前看了看后视镜。

"他们在玩火。"他说。

维贝克

"字面意义上的，"我说，"他们不是放火烧教堂的那伙人吗？"

"不是同一伙人，我想，但他们属于同一个圈子。"

他摇下他那边的车窗，将手肘支在窗框上。

"来点音乐怎么样？"

"你想听什么？"我说。

"你播放列表里的东西就行。"

"好吧。"我说着打开上次播放的唱片。

他用手打着节拍。

"海滨房子 [1]，"他说，"你喜欢他们吗？"

"是的。"

我们进入隧道，他关上了车窗。

"你在后面还好吗？"我说，伸手往后摸索着她。摸到了。

"我真的很喜欢你的展览。"阿特勒说。

"灵魂与森林？"

"你还有其他展览吗？"

我笑了。

"只有我自己的话，没了。"

"不管怎么说，那个展览真的很聪明。我印象深刻。那个时候我还根本不知道你是谁。"

"谢谢你，阿特勒。"我说。

车里安静下来。我离开高速公路，放慢速度，驶入市中心的街道上，街上挤满了人，幸运的是没有交通堵塞。拐进我们住的那条街时，我伸手去摸索手刹下方的车库门遥控器，突然间他的手碰到了我的。我感觉好似内心一震。

---

[1]　Beach House，2004 年成立的美国独立乐队。

"在这儿。"他说，把遥控器递给我。

我接过来，同时瞥了他一眼。他目视前方，仿佛什么都没有发生。也许是无意的。

"谢谢你。"我说，按下按钮，看着前方二十米处的大门升起来。

"嫁给我爸爸到底是什么感觉？"他说。

我看了他一眼，然后放慢速度，降到一档，好安全穿过狭窄的入口，进入狭小的停车区域。

他想干什么？和我建立某种亲密关系？

"严格来说这是我和你父亲之间的事情。"我说着，转头看向我们的车位。奥瑟看着我。

"妈妈！"她说。

"你是在说妈妈吗？"我说，"是吗？"

"妈妈！"她又说了一遍，这一次她的声音里充满了得意。

"我只是想知道，"他说，"多从一些角度了解某个人总是很有意思的。尤其因为他是我父亲。"

"你说得对，"我说，"对不起，我得先发个短信。"

奥瑟说了妈妈！我写道，发给黑尔格。

太棒了！他回道，这个姑娘！

我把手机放回包里，解开安全带下车，把奥瑟抱起来，抱得紧紧的，阿特勒则打开后备厢拿出所有购物袋。

"我待会再跑一趟，把花拿上去。"他说。

"太好了。"我说。

上楼到了公寓里，我给奥瑟换了尿布，阿特勒把酒放在厨房岛上，然后又回到楼下。我只想让他赶紧走，但出于礼貌，我至少得问问他要不要喝点咖啡或者别的，毕竟他一上午都在帮我。

"你想把它们放哪儿？"他站在门口说，鲜花抱了满怀。

维贝克

"把它们放在酒旁边就好。"我说。

"不用放到水里吗？"

"我马上会放的，"我说，"你已经帮我很多了。"

"没事，没事，"他说，"我乐意的。"

"真的不用，"我说，"你想来杯咖啡吗？或者喝点冰的，健怡可乐？啤酒？"

"却之不恭，"他说，"就啤酒吧。"

奥瑟坐在她的音乐盒旁边，把上面的抽屉一一打开再关上。然后她四顾寻找可以放进去的东西，抓起一匹塑料马想把它放进去，但它太大了，她疑惑地看着我。

我拧动音乐盒背后的钥匙，那个芭蕾舞者开始随着音乐旋转。她关上盖子，音乐停止了。

阿特勒在看墙上的那些画。

"你不想要这个，是吗？"我说，"你想找点东西放在抽屉里！"

我捡起几个动物小玩具、几个人物模型和几块积木放在她旁边。

"我从小伴着这些画长大，"阿特勒说，"但现在我才第一次认真看它们。"

"嗯。"奥瑟说，拉开了一个抽屉。

我走进厨房。

"那你喜欢他们吗？"我从他身边走过去。

"是的，"他说，"尤其是古斯塔夫·阿斯。"

"那张鸟的画？"

"是的，说来你可能不信。我小时候很害怕那只鸟。"

"也不奇怪。"我说，从冰箱里拿出一罐嘉士伯啤酒。

这幅画描绘了一只巨大的黑鸟，头伸向天空，喙张开，高悬于画中那些渺小的人物之上。

"给。"我说着把啤酒递给他。

他一手接住它，另一只手轻触我的上臂。

"谢谢。"他看着我的眼睛说。

我后退了一步，朝奥瑟那边瞟了一眼，她正跪坐在地上看着我们。

他笑了笑，喝了一口啤酒，然后又去看那幅画。

我没法说什么，他什么也没做。如果我说他什么，他会说我疯了。他只是表达友善而已。

"我去哄奥瑟睡觉，"我说，"她累坏了。"

"去吧，"他说，"我在露台上坐一会儿。"

我把她抱起来，她把头沉甸甸地靠在我肩膀上。

"现在你可以好好睡一觉了。"我抱着她朝楼梯走去。声音放低，这样阿特勒就听不到了。我说：

"你能叫一声妈妈吗？"

"妈——妈！"她说。

"哦，你这个小星星！"我说着，把她紧紧搂在怀里。

她实在太累了，我把她塞到被子里的时候，她完全没有抗议。我打开空调，拉下百叶窗，然后走进浴室，用冷水洗了把脸。

阿特勒坐在露台上抽烟，手里拿着绿色的啤酒罐。

"她睡着了吗？"他说。

"在睡了。"我说，在门口另一边的椅子上坐下。

"你不来点吗？"他说。

我摇摇头。

"今晚有的是酒要喝呢，我估计。"

"他还是什么都不知道？"

"我想他应该还没猜到。"

一阵沉默。

我很想喝点什么，但如果我给自己拿一瓶可乐，只会延长现在这种状况。

　　他把啤酒罐放在地板上。已经空了，我听出来了。

　　我站了起来。

　　"我还有很多东西要准备。"我说。

　　"我可以帮忙。"他说。

　　"你真是太好了，"我说，"但在一切开始之前我也需要一些自己的时间。"

　　"我明白了。"他微笑着说，然后他掐灭了烟，站了起来。

　　我跟着他走到门厅里。

　　"谢谢你的帮助，阿特勒。"我说。

　　他走过来抱住了我。

　　他用手抚摸着我的背。

　　把我拉向他的怀里。

　　"阿特勒。"我叫道，试图挣扎出来。

　　"是。"他吻我的嘴。

　　"你在干什么？"我挣脱开，"你疯了吗？你这个该死的白痴！"

　　"我以为你喜欢我呢，"他说，"我似乎理解错了。"

　　"我是你的继母！"我说。

　　"理论上是的，"他说。"但我其实比你还大。"

　　"你走，现在就走。"我说。

　　"好的，我这就走。"他转身打开门，进到走廊里，又停下来。

　　"别对爸爸说什么，"他说，"拜托了。"

　　我什么也没说就关上了门，然后锁上。

　　我不想哭，但我还是哭了。

　　我哭着回到公寓里上楼洗澡。我要把一切都冲干净。

我做了什么让他觉得可以得到我？

我关上了通往卧室的门，奥瑟在里面睡觉，脱了衣服，打开淋浴，让水冲在身上。

他为什么这么做？

我身上有什么东西让他产生了这样的想法？

我不能告诉黑尔格。这会让他心碎。

我给全身打上肥皂，洗了头，冲掉泡沫，擦干身体，把毛巾挂在栏杆上，小心翼翼地走进卧室。

她睡得很沉，小胸脯升起又降下，像个小风箱。

他是她的哥哥啊。

让他见鬼去吧。

我找出一件白色棉质连衣裙。

但它的下摆太短了，刚到大腿，领口又开得太低，我突然不想穿它了，又找出了一条短裤和一件衬衫。

我下楼开始修剪花枝，打薄叶子，然后把它们插在花瓶里。

至少它们还是美好的。

准备熨烫桌布时我想起了蛋糕。填入馅料裱上奶油以后，放置时间越久，就越美味，他妈妈这么说过。

我把酒瓶拿到料理台上贴墙放着，抽出那个最大的砧板，把它放在厨房岛台上，小心地把蛋糕坯一分为三，并排放在砧板上，这样我就知道哪片是哪片了。

然后我就着手打发奶油。

每隔一会儿就停下来听听奥瑟有没有醒。

奶油打好后，我要去地下室拿果酱和浆果。

应该现在就去。奥瑟很有可能在我下去的时候醒过来。

但那只要几分钟，最多五分钟。

我站着听了一会儿。

上面一点动静都没有。

很好。

我从大门旁边柜子上的碗里拿出储藏室的钥匙，看着窗外等了几秒钟的电梯。通往庭院的草坪空空荡荡，洒满阳光。我按下地下室那层的按钮。就算她醒了也没事，自己在房间里待几分钟不会伤害到她的。

地下室里每间公寓都有自己的储藏室，我走出电梯，天花板上的灯自动亮起。

但那是什么？

我们那间储藏室的门是开着的。

有人闯进来了吗？

我把头探进去看看。

地板上躺着一个人。

一个流浪汉或吸毒者。

只要不是死人就好。

我打开天花板上的灯，小心翼翼地走进去。

那是一个年轻男孩。

我蹲在他旁边。

他有呼吸。

大概是醉得睡着了。

但他不能躺在这里。

我站了起来。

我应该怎么办？

手机在上面。我也不能让奥瑟一个人待太久。

关上门然后报警？

他大概二十岁。看起来不像吸毒的。

肯定是一个喝多了的学生。

我再次弯下腰，把手放在他的肩膀上摇晃着他。

他睁开了眼睛。他一看到我，就往身后的墙上靠去，像一只被困在墙角的野兽。

"你不能睡在这里。"我说。

"帮帮我，"他低声说，"请你帮帮我。"

阿尔内

半夜我被尿憋醒了。我试着抵抗了一阵子，想继续睡过去，但膀胱的压力越来越大，最后我还是起身下楼了。我没去浴室，而是走进花园，在草坪中央的玫瑰花床上撒尿。当大家都睡了的时候我偶尔会这样做，这给了我一种自由的感觉，或者更确切地说是所有权的感觉：我拥有这房子，我拥有这花园，在这里我可以想干什么就干什么。

天气太热了以至于室内室外都没有什么区别。尽管我只穿着内裤，皮肤还是汗津津的。那颗新星在黑色夜空中闪闪发光，比其他星星明亮得多，它的光芒在这下方的植被上映着微光。

从现在起我必须要打起精神了，小便打在我面前那些花朵上噼啪作响，我一边想着，一边让液柱摆动起来，这样声音就没那么响了。这天晚上我所做的一切，根本没有达到我平时的水准。

我已经没有一丝醉意了，但一动起来头痛就会加剧。

完事后我打开了她工作室的门，看看她是不是还在睡。

她的姿势和之前一模一样。她的嘴张着，极轻微地打着鼾。这很好，非常好。睡眠将她拉回了人间，我现在需要她。我们后天就回家了。不仅孩子们要开学，我的学期也要开始了。

我急切渴望着重新投入工作。我本想在今年夏天写这本书，但计划不如变化。

永远都是如此。

并非能力所限。我缺乏的是意志，这最后的意志。

但讲课我还是可以的。就文学写些什么对我来说也很容易。这两件事我闭着眼都能做。

我溜进了隔壁的房间。

那个被扯下来的猫头还在那里。

真他妈的见鬼了，这看起来太瘆人了。

空洞的眼睛，咧开的嘴，这些血。

她以前从来没做过这样的事。

也许最好现在就把它扔掉，赶在孩子们起床看到这一幕之前？

我拿起一个黑色的垃圾袋、一双黄色的厨房手套、一个装有清洁剂的喷壶和一块抹布，装满一桶热水，然后走回去。她还在熟睡中，迷失在这个世界里，但我还是关上门，再戴上手套，两手轻而稳地拿着猫头，同时试图把所有思绪都拨到一边。尽管如此，当我把它放进垃圾袋里时，那一圈毛皮也被压平在头骨上，它比看上去要小得多，我忍不住这样想到。那金黄色的已死的双眼，黑色皮毛上沾满鲜血的恶性创口，还有它掉进袋子里，撞到地板上时发出的很低的"咚"的一声。

我飞快地洗掉血迹，把水倒在外面草坪上，拿起铁锹，拎着袋子走到醋栗丛里。屋子里依然很安静。

我垃圾袋放在地上，把铁锹插进我之前埋小猫的地方。毕竟是母子，我想它们可以埋在同一个坟墓里。这是一个多愁善感又傻气的想法，但没有理由不这么做。

阿尔内

毕竟这里只有我一个人。

但就在这时，我忽然感觉我不是一个人。

这种感觉很强烈，我直起身子。

这感觉不像有人站在黑暗中看着我。这感觉像是有人在我体内。

就是有人在我的内部看着我。

"你现在彻底变成白痴了吧？"我轻声对自己说，踩着铁锹穿过地上的树皮碎片，深入到更坚硬的土壤里。铲出来的土在旁边堆成一堆。几分钟后挖出一个大概半米深的洞。

那只小猫不在那里。我肯定是没挖到昨天那个洞，它可能在再过去一点的地方，我想，拿起垃圾袋，正要把那个头抖出来，又改了主意，小心翼翼地用手把它拿了出来。没有理由不尊重它。

会不会是小猫还活着，并且成功爬出来了呢？

即使它还活着，它也做不到这一点吧，我想，弯下腰，把猫头放进坑里。然后我把那截残躯从房子靠墙的灌木丛里拿出来，放在头旁边，尽我所能摆得自然一些，又把那个坑填上。

我把一切都收拾好，在浴室的水槽里彻底把手洗干净。然后我走进厨房，从冰箱里拿出几片萨拉米香肠，把它们卷起来放进嘴里。

那种有人在看着我所做的一切并知道我所想的一切的感觉依然存在。

如果这是一次考验，我就考砸了，我想，微笑着。

我们没有巧克力一类的东西吗？

我打开旁边的柜子。最里面放着一碗孩子们吃的糖果，那是我放在面粉袋后面的，这样他们就不会那么容易找到它，里面有半条杏仁焦糖碎巧克力，我把它塞进嘴里，回房间时一路嚼着。

这时我才想到那只剩下的小猫。

还好我关了门，它还在那里。

我弯下腰看向床底下。它蜷缩在角落里，没有睡着，闪亮的小眼睛从黑色的毛绒球里回望着我。

"啪嘶，啪嘶，啪嘶。"我说。

它一动不动。

"你该有个名字，"我说，"现在你是这里最大的猫了。你觉得呢？"

我站起来，在床上躺下，双手交叉抱在胸前。

"你在想你叫什么名字吗？"我说，"就叫梅菲斯特吧，因为你全身都是黑的。"

我闭上眼睛，应该立刻就睡着了，因为接下来我记得的就是房间里非常亮堂，楼下客厅里传来响亮的说话声。

那是双胞胎在吵架。

我站起来把窗帘拉到一边。阳光从蔚蓝的天空倾泻而下，没有一丝风，树上的叶子纹丝不动。

我从衣柜里拿出一条短裤和一件短袖衬衫，穿好衣服走到了楼下。

海明闷闷不乐地坐在藤椅上，阿斯勒坐在沙发上，在玩腿上的iPad。

"怎么样，伙计们？"我说。

"挺好的！"阿斯勒说，挑衅地看着海明。

"你呢？"我说着，揉乱了他的头发。

"阿斯勒拿走了充电器，但我还在用。"他说。

"那么你还有多少电？"我说。

"百分之三。"

"你呢，阿斯勒？"

他耸耸肩。

"不知道。"

"你看看？"我说。

"可以，"他说，"十四。"

"那么你把充电器给海明。他到百分之十四时，就还给你。"

"但这是我的充电器，爸爸，"他说，"是他的充电器坏了。为什么要让我受罪？"

"你真的在受罪吗？"我说，"但无论如何，家里我说了算，所以你要按我说的做，可以吗？"

"行，行。"他说，然后用力一拽导线，充电器从插座上飞了出来。

"你在干什么！"我说，"别摔摔打打的！"

他示威性地站了起来，手里拿着 iPad 冲出房间。充电器则留在地板上。

"你吃早餐了吗？"我对坐在那儿的海明说，他在哥哥刚坐过的位置上坐下了。

他摇摇头。

"阿斯勒也没有吗？"

"没有。"他说。

"那我现在就做点东西吃。"我说。

"好吧。"他说，眼睛没离开过屏幕。

有人沿着马路走过来，我探身向前看去那是谁。

除了克里斯滕也没有别人了。他穿着那件几乎不离身的蓝色连体工作服。夏天是件薄的，冬天是厚的有夹层的。他两只手上各拎着一个购物袋。我想，他身体好得令人难以置信，他现在得有八十岁了吧？

我再次转向海明。

"海明？"我说。

"嗯？"他说。

"昨天我出去的时候家里怎么样？"

"很糟。"他说，那机器里不停冒出噼里啪啦的响声。

"为什么呢？"我说。

"你知道的。"他说。

"我不知道啊？"我说，"我当时也不在啊，对不对？"

"妈妈很奇怪，"他说，"她老在说同样的话。"

"妈妈那时不太舒服，"我说，"当她一直睡不着的时候就会这样。这就好像她在梦游一样，你不觉得吗？"

"是的。"他说。

"没什么好害怕的。"我说。

"我知道。"他说。

"而且英韦尔在家，"我说，"还是有帮助的，不是吗？"

"有一点。"他说。

"好吧，"我说，"十五分钟后吃早餐！"

我应该去和阿斯勒谈谈他的行为，但是那可以等等，更重要的是要搞清楚托芙的状况。

我在厨房喝了一杯水，把那两扇窗户大大敞开，让夏天进到房间里，然后向客房那边走去，那里已经没人了。

她一定是去散步了，我想，然后在花园里的桌子旁边坐下来，让这夏日也充满我的身体，将前一天晚上发生过的一切驱走。

如果我们明天回家，我就得马上开始收拾行李、打扫卫生了。

我低头看向海湾另一边的那些度假屋，一辆汽车沿着道路驶向远处湛蓝的、波光粼粼的大海，车身亮晶晶的反着光。

等一下：那只小猫！

我完全忘记了这件事。

希望楼上的门还关着。

我该如何告诉孩子们这个消息，不仅那只小猫死了，而且它的

阿尔内

妈妈索菲也死了？

我不想再撒谎了。

被一只獾杀死或许太残酷了。尤其就发生在房子旁边。

我看到托芙沿着羊背石走过来。在她走进花园之前的五分钟里，我对她产生了一连串复杂的情绪。

她径直走过那张桌子进了工作室，并未留意到我。她穿着白色衬衫、米色短裤和木屐。我起身跟上她。她信步游走，完全沉浸在自己的世界里，木屐敲打着地板。

"托芙，"我说，"我们得谈谈。"

她看着我，目光似是一扫而过。

"你确定吗？"她说完就走出去了。

我跟着她，走到草坪上。

"我们明天就回家。"我说。

"你确定吗？"她说。

"我当然确定。"我说。

她穿过家里的车道走上了马路。

"对不起。"她说。

"你没有什么需要道歉的。"我说。

"你确定吗？"她说。

"托芙，"我说，"你不能跟我进屋吗？"

"我不知道。"她说。

"我想我们最好去趟医院。"

"你确定吗？"

我把手搭在她的肩膀上想让她停下来。她只是继续走着。

"你要去哪里？"我说。

"我不知道。"她说。

我停下脚步。我也不想使用武力，至少在孩子们在家时不能。

她已经在数米外了。

"托芙，"我大声说，"现在跟我进去！"

"你确定吗。"她又说了一遍。

我不想让她这么走下去，她已经什么都不在意了，只是不停地走。但我没有别的办法。

也许现在该开车送她去医院。

问题在于她的情况是否足够恶劣。我该说什么？说她一直在花园里走来走去？说一直无法和她交流？

她什么也没做。

我回到房间，从卧室拿出手机，站在花园里，拨通了妈妈的号码。

"嘿，你怎么样？"她接通电话时我说。

"你好，阿尔内，"她说，"这边一切都好。英韦尔来看我真是太好了。她是一个很棒的女孩。"

"确实，她很棒。"我说。

"那么你那儿怎么样？你的事情比我有趣多了。"

"所以我才打电话过来，"我说，"托芙现在在情绪低落期，非常糟糕。我想我得送她去医院。但我有点犹豫要不要这么做，那样的话阵仗太大了。说不定她睡一觉起来就好了。"

"她具体是什么情况？"

"我没法和她交流。她一个人在这里走来走去。"

"孩子们都在吗？"

"是啊，当然。"

"阿尔内，你必须把她送走。为了她，也为了孩子们。"

"是的，你可能是对的，"我说，"但我不能把他们自己留在这里。你觉得你能过来照顾他们吗？

阿尔内

"理解。我马上就过来。需要我带点什么东西吗？"

"没什么。也许给孩子们带些李子？"

"我会的。那么一会儿见。希望一切顺利。"

我挂断电话，朝房子的方向看去。厨房那两扇敞开的窗户看起来就像一双翅膀，我忽然这么想。就仿佛这房子刚刚降落在这里，很快就会起飞，继续飞翔。

英韦尔。

我进去敲了敲她的房间门。

"进来吧，"她说。

她趴在地板上，小腿跷起，双脚冲天，对着一面镜子化妆。

"嗨。"我说。

"嗨。"她说。

"妈妈情况不太好，"我说，"我要送她去医院。"

"我想到了，"她说，我在镜子里看到她把嘴巴撅成一个小小的 O 形，并扫着脸颊。

"祖母会来照顾双胞胎。"

"很好。"她说。

"你没生我的气吧？"当我们的目光在镜子里相遇时我微笑着说。

"只是一时生气。"她说，低头看着她面前的化妆匣。

"我知道。"我说。

"但现在我们必须先为妈妈考虑，不是吗？"她说。

"你说得对，"我说，"我只是觉得我应该为昨天的事道歉。因为我把你一个人留在这里。"

她没有回答，把嘴撅成稍大一些的圆，然后抹上口红。

"我会尽快回来。"我说。

"我们明天还是回家，而妈妈在这里住院？"

"我还没有完全决定，"我说，"但我们必须回家。"

她跪坐起来，把口红转回去，放进匣子里，起身走到床边。

"你还好吗？"我说。

"是的，"她说，"很好。"

她给了我一个假笑，抓起窗台上的一本书，开始阅读。

我看了她几秒钟，但她一直保持着同样的姿势坐在那里，于是我走出去，关上了身后的门。我一动不动地站在走廊里，完全不知道该怎么办。

我可以跟着托芙，把她带回家里。但她只会再出去，我也不能把她锁在屋里。

我还必须告诉孩子们那只猫已经死了。它本来应该也坐在车里跟我们一起翻山越岭回的，所以我必须在出发前找一个合适的时机告诉他们这件事。

但我们眼下不能再制造不安的情绪了。

也许最好的办法就是开始收拾行李，等妈妈过来。然后我就可以去找到托芙，送她去医院，然后回来收拾剩下的东西。

我很不喜欢英韦尔生我的气，但和她再说什么也没用，现在话语没有任何帮助。这事只是需要一点时间，它自己会过去的。我能理解她的反应，我做得很不好，但她只看到了表面，根本不知道内里的原因。我有什么样的理由，其中有多少只是因为运气不佳和时机不对，我这样想着，走进厨房，在杯子里倒上一些雀巢咖啡，然后从水龙头里接满热水，拿着它走进花园，走到那张立在柳树荫下的桌子旁。

假如这是正常的一天，我会带他们去游泳，一整天都在海边度过。

这样的天气，只是坐在屋子里真是太可惜了。现在至少得有三十度了。

也许我可以把那个羽毛球网架起来？他们打顺手之后会喜欢羽毛球的。而且今天一丝风也没有。我可以在他们玩的时候收拾行李。

托芙出现在两栋房子之间。她没有看我，也没有注意周围的任何东西，直接走进了屋里。过了一会儿她又出来了，沿着客房走过去，出了那边的大门。

她的内心到底发生了什么呢？

我看了看时间。如果母亲照她自己说的立即动身，四十分钟后就会到这里。

一阵刮擦声让我转过头去。又是那只松鼠，它轻盈地沿着墙壁跑过去，但这次还有一只松鼠跟在它身后。它们上了防水槽，然后跑过屋顶，毛茸茸的尾巴随着敏捷的身体摆动。

我突然想起那天晚上做过的一个梦。梦里的情景清晰而生动：我躺在床上，楼下某处传来歌声，我走下去，打开厨房的门，看到那只猫坐在地板上唱歌。

看着那日出，它唱着。

太阳，它照耀着我们所有人。[1]

我微笑着站了起来。它不仅用英文唱歌，它的头也回来了，看起来很满足，是的，甚至可以说是快乐。

我打开储藏间的门，站了一会儿让眼睛适应黑暗，把球网和细杆从架子上拿下来，它紧紧地缠在一起，几乎像一张渔网，我把它们搬到草坪上解开，把一根杆子牢牢插在草地上，展开网，拉紧，再把另一根杆子也插下去，然后去找球拍和羽毛球。

"阿斯勒！海明！"我朝屋子里喊了一声。

"啊？"阿斯勒在楼上说道。"什么？"海明的声音从客厅里

---

[1]　此处歌词为英文。

传出来。

"你们在屋里坐太久了！"我喊道，"出来打羽毛球吧！"

我仿佛能听到他们放下手里的设备时的叹气声。但我知道只要几分钟他们就会全身心都投入进去，其他什么事都不想做了。

"祖母很快就到，"他们走到门厅时我说，"但你们至少还能玩半个小时。"

"祖母要来吗？"海明说。

我点点头。

"为什么？"阿斯勒说。

"为什么你之前不告诉我们？"海明说。

"她来照顾你们，"我说，"我开车送妈妈去医院。她需要休息恢复。"

"她在这儿不能睡吗？"阿斯勒说道，在台阶上坐下来穿鞋子。

"不能，"我说，"但在那儿她就能睡着。不是很严重。"

"我们可以喝点汽水吗？"海明说，他从来不系鞋带，只会把脚塞进去然后扭几下到合适的位置。我一直跟他说别这么做，看起来很邋遢，有一段时间他听话照做了，但现在又变回去了。

他如此行事时飞快地瞥了我一眼，所以他并不是记性不好。

"爸爸，我们可以喝汽水吗？"阿斯勒说着站了起来，"天气太热了！"

"等祖母到了就可以。"我说。

"好的。"他说完就走进花园，海明紧随其后。

等他们认真玩起来，我就上楼动手收拾行李。当我看到卧室的门时，我第三次想起小猫还在那儿。我居然能一直忘记它，这简直匪夷所思。它现在一定饿坏了。我从厨房拿了水和一些肝酱，小心地打开门，蹲下身子，把两个碗尽量推到床底下。小猫动了动，头贴在地板上，当两个碗滑向它时，它伸出了爪子。

"来，梅菲斯特，"我轻声说道，"这里有一些食物。我现在要去收拾行李，不过没什么好害怕的。"

我把架子上的衣服一摞摞堆进两个大手提箱里，直到装满为止，然后把它们搬到走廊上，把双胞胎的衣服装进大旅行包，放在旁边。没有时间打扫房子了，但我可以找一家保洁公司，然后把钥匙给埃吉尔，这样他就可以给他们开门。

"嘿，妈妈！"我听到男孩之一在敞开的门外叫道。

我走出去。她正在穿过草坪，可能是要去通往海边的小路。男孩们停了下来，站在那里看着她。

"你刚才去哪儿了？"阿斯勒说。

"我不知道。"她说。

"那你现在要去哪里？"海明说。

"我不知道。"她说，然后转身朝房子走去。

当她经过我身边时，我向她伸出手臂，搭在她的肩膀上。她只是径自往前走，穿过门厅，又进客厅，然后又走出来，沿着屋子向马路走去。

男孩们看起来不知所措，两人都拿着球拍站着，有点不情愿的样子。

我朝他们走过去。

"妈妈怎么了？"阿斯勒说。

"她只是有点不舒服，"我说，"不是什么大事。她很快就会好起来的。"

"但她一直走啊走啊，"阿斯勒说，"你不能让她停下来吗？"

"真不幸，我不能。"我说。

"你不能把她抱住吗？"海明说，"也许她就能停下来了。"

"我一会儿就送她去医院，"我说，"等祖母来了就去。你们现在先玩吧。谁领先？"

"没有人。我们打球不是为了比分。"阿斯勒说。

"我希望她能在医院待久一些，"海明说，"这样等她回家时就完全康复了。"

我点点头。

"会的，"我说，"等她回家时就已经完全康复了。"

她走回来了，穿过两栋房子之间的通道。

男孩们看着她。

她向左转，又消失了。

"你们现在想喝汽水吗？"我说，"你们看上去出了不少汗，应该渴了。"

他们说想，我让他们在荫凉下的桌边喝汽水。离妈妈到这里的时间还有不到半小时，在此之前还有很多事情要做。

清空洗碗机时，我突然意识到英韦尔可能想和妈妈说都发生了什么事。说我酒后驾车把车撞坏了。虽然事情并不完全是这样，但可能在她看来就是如此。

我重新装满洗碗机，按下开关，敲响了她房间的门。

她坐在椅子上刷手机。

"你在干什么？"我说。

"看手机。"她说。

"这个我知道，"我说，"但你在看什么？"

"Insta[1]。"

"能给我看看吗？"

---

[1] 分享照片的社交应用 Instagram。

阿尔内

我往前走了几步，她看着我，嗤了一声，把手机屏幕翻过去放在大腿上。

"你没有对我藏着什么秘密吧？"我说。

"哈哈。"她说。

"祖母马上就到，"我说，"我在想昨天发生的事。最好不要把所有事情都告诉她。她年纪大了，你知道的，她会担心的。"

英韦尔看着我。

"你真虚伪，真的。"她说着站了起来，从我身边走出了房间。

"什么？"我说，"怎么了？"

她把浴室的门砰地关上。

她的眼神和声音里都充满了轻蔑。

她总是那么理想主义。一切都必须以正确的方式发生。但生活并非如此。她迟早会明白这一点的。

尽管如此，我心里还是有些东西沉下去了。她是我的亲生女儿，而她鄙视我，或者说鄙视我做过的事。

就好像她根本不想跟我继续生活在一起。

我走进厨房，清理料理台，飞快地用一块抹布擦过所有平面，然后去擦餐厅和客厅。

另一方面，我想，她是个十几岁的孩子，而青春期的孩子总会仇恨他们的父母。

我自己也如此。说不上仇恨，但我有段时间极其不喜欢他们，并为他们感到羞耻。

就在我把从屋里各处收来的杯子和碗放下时，她走进了厨房。

"难道这时候你不该去照看妈妈吗？"她说，"她需要帮助。她完全迷失了，你都看到了。"

"是的，"我一边说一边打开洗碗机的门。蒸汽翻涌出来，里面还在滴水，"祖母一到我就开车送她去医院。"

"你不能现在就去吗？我可以照顾双胞胎。"

我把杯子和碗都放进去，关上洗碗机的门。

"我在做点现在我能做的，英韦尔，"我说，"我们明天就要回家了，所以我们去医院之前，我必须收拾行李，把这里打扫干净。而且像她现在这个样子，我也做不了任何其他的事。"

"妈妈怎么办？"她说。

"什么意思？"

"我们回去不带上她吗？"

"我们只能如此，"我说，"你们要开学了，我也得备下学期的课。"

"她不能在这里住院。"她说，"那样的话我们怎么来看她呢？"

我叹了口气。

"不能，这不是最理想的办法，"我说，"但没有其他办法。也许可以给她安排转院，转移到家里那边的医院。我会咨询他们的。"

"你就是想把她留在这里摆脱她吧？"她说，转身大步走进自己房间。

我很生气，但还是按捺住了跟上她的冲动，转而关上窗户，天花板下面和长凳上都是苍蝇，我从最下面的抽屉里拿出苍蝇拍。第一下同时打中了三个，一个被拍碎在横梁上，另外两个掉在地上一动不动。我抓住它们的翅膀，把它们拿起来放进水槽里。第二下打中了两个，然后它们就谨慎起来了，要么飞起来在空中转圈，好像他们知道这样我就打不到它们似的，要么就落在厨房黑色的平面上，很难看到，或者飞去那些平时它们不去所以我也不会去查看的地方。

确实有一种智慧在它们身上运作，这是肯定的，我想。但这样一来，当我用苍蝇拍偶尔打中一只，看到它瞬间失去生命，就更有成就感了。

但并不是所有的都死了，有些只是被打昏了，一动不动地躺了几秒钟，然后站起来跟跄着爬开。我抓着它们的翅膀放进水槽，攒起一小堆后，我打开水龙头，把它们冲进下水道。

我看着外面的男孩们。这个夏天他们的羽毛球已经打得很好了，羽毛球在他们之间画出又高又稳的弧线。

忘记早餐的事了。

见鬼了。

就在这时一辆汽车从公路上驶了过来，当它经过窗子时，我看到那是妈妈的蓝色菲亚特。

她可以给他们做个早午餐，我想，走出去迎接她。她慢慢地把车倒进车道，停在我的车旁边。我看到她摘下墨镜放进副驾驶座上的包里，然后打开车门下车。海明和阿斯勒在我身后跑来。

她的背有点驼，动作比我印象中还要迟缓。

"天哪，阿斯勒和海明！"她说，给了他们每人一个拥抱。他们有点扭捏，但我看得出来他们很喜欢。

"你给我们带了什么东西来吗？"海明说。

"让我想想，也许带了。"她说，看着我点点头。

"嗨。"我说。

"你出什么事故了吗？"她说。

"不是什么大事。"我说。

她转身看向车子。

"那么，什么时候的事？"

"昨天。但我觉得男孩们对你带了什么东西更有兴趣。"

"哦，没什么，"她说，"只是一些糖果。"

她打开包，拿出一袋特维斯杂拌糖。

我看到他们的心沉了下去。

"你们自己去分吧，"她说，"你们可以的！"

"谢谢你，祖母。"海明说。

"非常感谢。"阿斯勒说。

"你们可以坐在那边桌子旁先吃，"我说，"我得先和祖母聊一会儿。"

他们照我说的做了。

"很抱歉我不得不叫你过来，"我说，"但这里有一点小危机，就像我说过的。我想她可能思觉失调了。根本没法和她交流。"

"那么她现在在哪里？"妈妈说，在强烈的逆光中又戴上了墨镜。

"四处乱走。我不知道她现在的准确位置。但我很快就能找到她。我能借你的车吗？还是别拿我那辆车去碰运气了。"

"可以的，"她说，"英韦尔在吗？"

我点点头。

"而且他们还没有吃早餐。你能给他们做点吃的吗？我会尽快回来。过去要大约一个小时，但我不知道在那儿要待多久，希望最多一个小时。你今晚应该能回得去。但我现在差不多得走了。你的车钥匙？"

她点点头，递给我。

"那我走了，"我说，"再见！"

"你什么都不带吗？"她说。

"带什么？"

"带一个包，装上她一定会用到的东西，衣服之类的？"

"哦是的，我忘了这个。"我走进门厅，打开最大的手提箱，在一摞摞衣服里翻找可能要用上的。内衣，一条运动裤，几件 T 恤，

阿尔内

一条牛仔裤，两件衬衫，袜子。我腾空一个装泳衣的袋子，把这些东西都放进去，又去浴室拿了止汗剂，这些应该差不多了，不知道她还需要什么。

是的，身份证件。

我打开她挂在走廊挂钩上的手袋。里面装满了药，得有上百片。她为什么把它们放在那儿？我一边想着，一边打开最外面的隔层，她的证件和信用卡一起放在那里。

我不喜欢翻她的东西，但她现在这样，我也没有别的选择。我把证件放在我自己的钱包里，然后走进花园，妈妈和孩子们坐在那儿。

"好了，"我说，"我走了。"

她看上去很疲惫，而且有点憔悴。但她的眼睛依然明亮锐利，充满意志力。

她笑了笑。就在这时，托芙出现在大门口。

这真见鬼了。如果她不愿意跟我走，我就得强迫她，但我不能在男孩们面前这样做。

我朝她走去。

"托芙，"我说，"我想我们最好现在就去医院。"

"你确定吗？"她说。

"是的，我说。"

"我不知道。"她说。

我轻轻握住她的手。她没有躲开，跟着我朝汽车走去。

"你不和男孩们说再见吗？"我低声说道。

"你确定吗？"她说。

我举起那只手向他们挥了挥，好像是来自我俩的告别。

"我们现在就走了，"我大声说，"和祖母玩得开心！"

"再见。"他们说。

我们在车前停下。我打开车门，但没有松开她的手。她正要坐进去，身子突然僵住了。

"进去吧，拜托了，"我说，"然后我们开车去医院。

她看着我。

"你确定吗？"她说。

她的声音很冷静，但眼中充满了惊恐。

"上车吧，托芙，"我说，"别害怕。"

她想要走，我用手按住她的肩膀，用力把她按在座位上，把她的脚抬起来放进去，关上车门，若无其事地走到另一边，打开门坐进去，看也不看坐在桌边的他们。

我探身把她那边的安全带拉出来，给她系好，启动车子，系好我自己的安全带，然后倒车，向他们挥手，还好他们已经没有看着我们了。

进城的路上她什么也没说，只是直盯着前方。我仍然不确定去医院是否正确。他们可能会拒绝收治，说这些症状还不足以入院。除了在一个地方徘徊并且对所有问题都给予同样回答之外，她还做了什么吗？

我不知道。你确定吗？对不起。

如果我问她什么，她在车里也会这么说。

这就像她找到的一个工具，她可以紧紧握住，并且深知不管别人问起什么，她都有一个答案。

阳光倾泻而下，洒满整片大地。蓝色的大海，绿色的草地，甚至柏油路，都在闪闪发光。

我在湖边一个红绿灯前停下，公园里到处都是晒日光浴的人。绿灯亮了，我加速准备驶入另一侧的高速公路。托芙用一只手紧紧抓住门把手，另一只手伸向杂物箱，仿佛假如我们撞车她就有东西

阿尔内

可抓似的。

开到辅路上，我减速，然后打灯并道。

"停车！"托芙喊，"我要下车！我们要撞车了！"

"你确定吗？"我飞快地看了她一眼。如果她能听出来这话里的嘲讽，那么一切就都是她玩的一个游戏。

"停车！"她又喊起来，用右手摸索着门把手。

"放松，托芙，"我说，"我们不会撞车的。我们已经到了高速公路上，所以我们才开快了。它就是为了高速驾驶而设计的。"

她好像突然间崩塌下来。

"对不起。"她说。

"没事的。"我说，拿出手机，打开蓝牙，连上车里的音响，按下我最近播放的一张专辑。

鲍伊，《黑星》[1]。

"不，不。"音乐响起时托芙说。

"还以为你喜欢鲍伊。"我说。

"这是邪恶的。"她说。我看着她。

"什么意思？"我说。

"死亡。"她说。

"是啊，"我说，"但这是一首很棒的歌。"

"关掉！！！"她喊道。

"好的，好的。"我说，再次抓起手机往下翻，不时看一眼前方的路，路上空荡荡的。

换成了《房客》[2]。

---

[1] *Blackstar*，大卫·鲍伊的最后一张专辑，2016 年发行。

[2] *Lodger*，大卫·鲍伊的第十三张专辑，1979 年发行。

"那天我刚把双胞胎送到学校，就得知鲍伊死了，"我说，"奇怪的是，他有那么多张唱片，我当时听的刚好是《房客》。我觉得我不是很喜欢它。"

她没说话，只是直视着前方。

"托芙？"我说。

"你确定吗？"她说。

好吧，我打灯拐进最外面的车道，准备超过一辆拖车。那辆车里满载着原木，当我们经过它时，我看到她又紧紧地抓住了门。

她以前从来不会害怕坐车。

我又打灯拐进中间的车道。道路两边是茂密的森林，树木随着山势起伏，偶尔地势沉下去，向大海敞开。

如果她还没有严重到入院的程度，他们也许会认为我想摆脱她。我时常会有这样的想法，人们会怀疑我是一个施虐者，想把她塞进疯人院。

但我母亲从来没有怀疑过。

音乐突然停了，被电话铃声取代。

我看到是埃吉尔，轻触屏幕接了电话。

"嗨，埃吉尔，"我说，"我在车里，把你的声音外放了。托芙也在。"

"好的，"他说，"情况怎么样？"

我看着托芙，她像之前那样坐着，没有留意他的声音。

"我们在去医院的路上。"我说。

刚才路标显示还有三十二公里。如果我平均时速九十公里，那么大概三分之一小时就到了，我想，但那是多久呢？

"好的，"埃吉尔说，"你大概什么时候能回来？"

"不知道，"我说，"怎么了？"

"维克托来了，很突然。"

维克托？起初我不知道他在说谁。

然后想起来了。肯定是那个他从来不去看的儿子。他的名字好像是这个？

"维克托，你的儿子吗？"我说

"是啊。所以我想也许他可以见见双胞胎？"

"尽管来好了，"我说，"就我所知，他们应该在家。我妈妈在照顾他们。"

"不错，"他说，"也许明天去更合适。"

"看你的情况，"我说，"我妈妈肯定很高兴有客人。"

"我想想，"他说，"但无论如何还是谢谢你。我们再聊。"

二十分钟，我算出来了。

"你知道埃吉尔有个儿子吗？"我说。

她没有回答。我也没指望她会回答。

英韦尔是对的。我很高兴能把她送走。这个程度的诚实我必须得有。但并不是她想的那个原因。这只是因为一切都变得如此困难，混乱在她周围滋生，然后就变成只要想到她不在就如释重负。然后一切都变得容易起来。早餐，没问题。送他们去上学，没问题。工作，没问题。晚餐，没问题。晚上做作业、看电视，没问题。

所以我才会感到良心不安，觉得我想把她弄走，因为她不在的时候一切都很顺利，但事情不应该是这样。

我们驶过的这片空旷的森林渐渐稀疏起来，变成了工业区、购物中心、汽车经销店。只有几棵树零星散落各处，就像森林的遗迹。

真奇怪，埃吉尔居然有个儿子。我想象不出来他当父亲是什么样子。他那么和善那么容易受人摆布，一阵风就能把他吹走，在一个家庭里有这样一个人会是什么样子？

我想操埃吉尔。

他有什么是我没有的？

他甚至自己都养不活。而我照顾着每一个人。他没工作，从爸爸那儿拿钱，我是个大学教授，负责几百个学生。

难道她觉得他有我不具备的深度？

如果是这样那她肯定错了。

也许看上去是这样。他害羞、谦虚、内敛，人们很容易以为他的内涵比表面看上去要丰富得多。她曾经说过他有种艺术家的天性，而她自己也是艺术家，所以他们之间有种亲切感。

但他做过什么吗？

据我所知没有什么艺术工作。他的电影是纪录片，新闻。

我至少还写过超过一百五十页的小说。

也许我应该让她去读一下。

是的，等她康复出院，我就给她看。那样她就再也不会低估我了。至少不是以这种方式。

这是个好主意，我微笑着看向她。

她直视前方，好像根本不知道我在这儿。

我抓起手机，滚动鲍伊的音乐列表，挑出那张《敦实多莉》[1]，这是我的最爱。

还有一公里，前方是一座跨越海峡的大桥。过了桥之后，到医院就只有几分钟路程了。

但这毕竟不是埃吉尔的错，我想，跳过了《改变》，这首歌我听过太多次了。是她而不是他写下了那句话。再说，我也很喜欢他。

---

[1] *Hunky Dory*，大卫·鲍伊的第四张专辑，1971 年发行。

阿尔内

醒来吧，你这瞌睡脑袋，

穿上衣服，把你的床抖一抖，

再给我往火里添一根木头

我做了早餐还有咖啡

看看窗外，我看到了什么

天空出现一道裂缝而一只手向我伸来

所有的噩梦都在今天降临

看上去要一直留在这里

"你还记得我第一次给你放这首歌是什么时候吗？"我说，"那时你甚至还没听说过这张专辑？"

我不期待她会回答，但我也不知道她能听见多少。

"我根本不是你这个档次的人。你知道我那时的感受，不是吗？艺术学院的学生，将会成为艺术家，美得像个梦。然后你以为鲍伊第一张专辑是《让我们跳舞》[1]，你没听说过尼克·凯夫[2]，还以为《爱让我们分离》[3]是保罗·杨[4]写的！"

我笑了一下。

她依然沉默而自闭。

"那是我第一次感觉真的可能有戏。我还有机会。听上去是不是很傻？就因为你对音乐了解不多？但事情就是那样。"

我们已经进入城郊。路边的平原上密布着住宅楼，学校，间或有超市。不久后指向医院的第一个路标出现了。在河的另一边，穿

---

[1] *Let's Dance*，大卫·鲍伊的第十五张专辑，1983 年发行。

[2] Nick Cave（1957—），澳大利亚男歌手、创作人。

[3] *Love Will Tear Us Apart*，英国摇滚乐队 Joy Division 的创作歌曲。

[4] Paul Young（1956—），英国歌手，创作人。

过隧道之后，我向右下了高速，又开了几百米，直到我们面前出现了一个新建的大型复合建筑群，里面有很多房子。

我停好车，看着她。

"你准备好了吗？"我说。

"我不知道。"她说。

我绕过去帮她打开车门。她允许我握住她的手，眼神空洞。我领着她走向我认为是主楼的那栋建筑，那里有一个大标牌，上面有张全区域地图。

精神科的接待处在后面。我们走在两栋楼之间，这两栋楼上方由一条空中桥梁般的走廊衔接。托芙走得很慢，她仍然穿着那双木屐。但她身上有些什么在变化，因为当我间中看向她时，她露出一丝苦笑。

后面的门是锁着的。我按了门铃。托芙站在那儿俯视着河流，对我在做什么丝毫不感兴趣。门锁"嗡"地开了，我把门推开，帮她扶着门，但我必须把手放在她肩上，小心翼翼地推着她，她才会进去。

那里有一间小候诊室，几张椅子和桌子，玻璃隔断后面有一个接待处。一个黑头发、蓄着连鬓胡子的年轻男子坐在那里自言自语，身边坐着另一个男子，留着同样的胡子，年龄大一些，看上去是一家子。我走到接待处，一位女士正忙着处理她面前屏幕上的东西。托芙站在我身后。

"嗨。"我说，冲着底部那个小窗口俯下身去。

那位女士大概五十多岁，戴着眼镜，头发束起，嘴唇很薄，眼神疲惫，她抬头看着我，没有说话。

"我和我妻子一起过来的，"我说，"她好几天都处于狂躁状态，我已经没法和她沟通了。她无法自理。"

我声音很低，不想让托芙听到我这样地说到她。

"看起来她好像有点思觉失调。我想这边有没有谁能给她看一下？"

"你之前打过电话吗？"她说。

"没有，"我说，"我们直接过来了。"

"你应该先打电话的。"她说。

"对此我很抱歉。"我说完然后转过身来。托芙一动不动地站着，垂头看着地板，嘴角挂着浅浅微笑。这微笑与刚才发生的对话无关，似乎来自她内心深处某处。

那女人点了几下鼠标。

"姓名？"她说。

"我的还是她的？"

她叹了口气。

"她的，"她说，"你妻子的。她叫什么名字？"

"托芙·霍文·拉森。"我说。

"她有身份证件吗？"

"有。"

那个包在哪儿？

我低头一看。身边没有。

我根本没有任何拿着它的印象。

肯定在车里。

真是见鬼了。

"她的证件在车里，"我说，"要我去拿过来吗？"

"可以等会儿去拿，"她说，"出生日期？"

等我向她提供完所有需要的信息后，她请我们坐下来等着。我看着托芙。她迎上了我的目光，微笑着，甚至还咯咯笑了一下。我想知道她在想什么。她微笑的样子就好像我们正在一起做着什么非同寻常的、激动人心的事。一件意义深远的美好的事。

那个留胡子的年轻人正在用英语自言自语，我现在听出来了。他的哥哥——假如他是的话——也没管他。

外面有人在喊叫。门打开了，进来了一位老妇人，两边各跟着一个男人。她大概有七十岁了，非常激动，她扭动身体，挥舞双臂，一遍又一遍地喊着"他撒谎，我不是安妮！他撒谎，我不是安妮！"她被领着穿过房间，走过开在另一头的一扇门。

托芙不受影响地沉湎于自己的世界里。

"你想喝咖啡吗？"我说，"那边有一台咖啡机。"

"你确定吗？"她说。

我走过去付了钱。机器嗡嗡地响了一阵，推出一个装满咖啡的白色杯子。杯壁很薄，透出深色的液体，也很烫，我只能捏着顶端的边缘，但这也没好多少，这样一来热气就喷到了我的手掌上。我把它放在桌上，正要坐下，一个护士走进来。他要接的不是我们而是那兄弟俩，那两人跟着他穿过了那扇门，年轻的还在不停地自言自语，同时愤怒地轻轻摇着头。

"学校还有两天就开学了，"我说着坐下，"所以我们明天要开车回家。"

"你确定吗？"她说。

"我希望你能被转移到家里那边的医院。但这并不确定。"

"对不起。"她说。

"这不是你的错。"我说。

我的手机响了，是英韦尔。

妈妈怎么样？

情况还好，我回复道。我们现在在医院等着。你们那边还好吗？

阿尔内

好。

祖母给你们烤小甜面包了吗？

苹果蛋糕。

真不错！回头见。

帮我给妈妈一个拥抱，告诉她我爱她

我发了一颗心回去，然后把手机揣回口袋。玻璃隔断后又来了一位女士，她们坐下来说话，新来的那个打着手势，另一个笑起来。我很恼火，正想过去问我们还要等多久，这时门开了，又一个护士走进了房间。她很年轻，二十多岁，皮肤苍白，长着雀斑，嘴唇上还有兔唇手术留下的凹凸不平的痕迹。

她很吸引人，当她停在我们面前时，我努力迫使自己看着托芙，而不是她。

"嗨，"她说，"我叫本尼迪克特。你一定是托芙吧？"

"你确定吗？"托芙说。

"请跟我来。"她说。

我们跟着她穿过那道门，进入走廊。尽头可能是另一个候诊区。

"请在这里坐一会儿，医生马上就能见你们了。"她说。

"谢谢你。"我说。

附近某处响起一声高亢的撕心裂肺的尖叫声。是出于绝望，我想，而不是痛苦。

托芙温柔地微笑着，看向门口。

"英韦尔发短信说她很爱你。"我说。

"你确定吗？"她说。

然后门开了，另一位护士进来接我们。她五十多岁了，有一点口音，我觉得像东欧的。她引着我们来到一个没有窗户的房间，托芙和我各在一把椅子上坐下。她自己在桌子后面坐下，面前放着几张纸。

"你好，托芙。"她说。

托芙没有回答，她盯着对面的墙。

"除了托芙之外你还用过其他名字吗？"

"我不知道。"

"托芙·霍文·拉森，是这里写的这个？"

"你确定吗？"托芙说。

"你什么时候出生的？"

"我不知道。"

"你今天为什么来这里？"护士说。

"我不知道。"托芙说着，把什么看不见的东西从大腿上擦掉。

"除了托芙之外你还叫什么名字？"

"我不知道。"

"今天星期几？"

有那么一会儿，她看起来像是在试图思考，但随后就放弃了，低头看着她放在桌面上的手。

"我不知道。"她说。

"你感觉怎么样？"

"我不知道。"

"今天你有看到或者听到什么不寻常的事情吗？"

"我不知道。"

护士看着我。

"也许你可以帮帮忙？你们今天过来是因为什么？"

"托芙已经好几天都处于躁狂状态，"我说，"昨天就没法和她沟通了。今天她围着房子里不停地走。我们有三个孩子，这对他们来说非常可怕，所以我认为最好带她来医院，也许她需要在这里待几天。"

"是这样吗？"护士看着托芙说道。

托芙点点头。

"好的，"护士说，"你可以在这里稍等一下，医生很快就来。"

她走了，小房间里只剩下我们俩。这让我记起我们期待孩子到来、去做各种检查的那些时候，那时我们也坐在这样的房间里，只有我们俩。但那时我们充满了对即将发生事情的期待，无论如何那曾经是我们共有的。

现在我不再知道有什么是我们共有的。

是的，孩子们，他们一直是我们共有的，但除此之外呢？

门再次打开，进来一个五十多岁的男人。他眼睛很小，脸颊松垮，自我介绍说他叫尼加德。他并没有立刻让我产生信赖。但当他手里拿着笔，透过方框眼镜看着托芙时，我觉得他是能胜任的。他起码该有六年专业训练以及至少二十多年的经验。

他问的问题大抵与护士相同，除了少数几个例外。其中一个是他问托芙她有没有孩子。

"我不知道。"托芙说。

"他是谁？"然后医生问，冲我点点头。

托芙看着我。

"我不知道。"她说。

医生放下笔，肘部支在桌子上，身体向前倾。

"我认为最好还是住院，直到你好起来，托芙。"

"你确定吗？"托芙说。

一个小时后我终于离开了医院。我在外面停下来点了一根烟，穿过停车场，在车前抽掉最后几口，然后坐进了车里。车里热得犹如炙烤，所以我打开所有窗户，慢慢地开向出口的车道。

医生离开后，我们又被带进另一个空房间，这次是在一个封闭病区里，几扇窗户都对着走廊，病人和护理人员来来往往，其中许多人在大喊大闹，但这些看起来都没有惊动托芙。她还是那样沉默地坐在我旁边，仿佛这一切，甚至我的存在，都与她无关。

登记工作完成后，那个红头发护士带着我们进了病区，另一个护士接手并引领托芙进入她的房间。白色的石膏墙，灰色的地板革，一张床，一把椅子，一个床头柜。

"今天你吃过东西吗？"她问。

托芙摇摇头。

"那我给你拿点吃的来。你随身带了什么东西过来吗？"

"我不知道。"托芙说。

"她有个包在车里，"我说，"我现在就去拿。"

我回来时，托芙坐在床上，双手放在膝盖中间。床头柜上放着一个托盘，里面有两片面包、一个苹果和一杯果汁。

"那我就走了，"我说，"我想这里应该对你有好处。我会每天打电话的。"

"你确定吗？"她说着站了起来，伸出了手。

她想和我握手道别，就好像我是个陌生人一样。我握住它，突然意识到我们还从来没有握过手。

"每个人都死了。"她说道，严肃地看着我。

"什么？"我说。

"你说什么？"

"我们都死了。"

我叹了口气。

"我们还活着，而且活得很好，"我说，"所有人。晚上我会打电话。好吗？"

"对不起。"她说。

我还没有走出房间她就坐下了，继续盯着地板。

现在，就在这辆驶出院区的车里，我认为一切都具有某些意味。她说她不知道我是谁，这里有某种意味。她和我握手而不是拥抱我，也有某种意味。不管她是不是患有思觉失调。

还有，我们都死了：这意味着我们对彼此来说已经死了。

我知道，思觉失调就像梦一样，它们让人用符号和图像进行思考，在所有那些本无意义的地方看到意义。

这确实也没错。我们对彼此来说已经死了。

我在十字路口停下，看看后视镜，确认后面没有车，然后拿出手机，准备给妈妈发短信说我正在回家的路上，这时我忽然意识到她并不知道事情要多久才能办完，而我现在有机会找个地方独自待一个小时。

我把手机放在手刹下的凹槽里，挂挡开上公路，先穿过一个住宅区，然后驶上主干道。很快我就呼啸着过了大桥，远处开阔的海面波光粼粼，太阳正在落下，而在东方，那条笔直穿过森林的道路上，时不时地能看到乌云密布，如一堵矗立的墙。

那颗星星。我已经把它全然忘在脑后了。

看到它如此清晰地闪亮在那上方与大海同色的蓝天中，简直让人震撼。

那些螃蟹，那次撞车。

这些事我都忘光了。

还有该死的：那些地窖里的鱼！

它们肯定已经散发出恶臭。我们回家前一定要把它们处理掉。

我又抓起手机，边开车边看了一眼我保存的那些专辑。不能放鲍伊，因为那会让我想起她和刚才去医院的路程。或者彼得·加布里埃尔[1]怎么样？他的第一张个人专辑，有《洪水来临》的那张？自从我十二岁第一次听到它以来到现在，我都常放起它，但现在有一年没怎么听过了。

自己待着真是一种解脱。

没有更多问题了。至少没有什么不能解决的问题。

音乐响起，我把音量调大。

我小时候这条路沿着海岸线，一路蜿蜒穿过那些盘踞在此的小镇，沿着海湾，经过那些小农场。现在他们把它往内陆挪了几公里，而且拉直了，像一根绳子那样。这样会快一些，但我并不赶时间，所以我在下一个出口下了高速，朝海边开去，过了一会儿我就找到了那条老路，然后沿着它走。这感觉好似它已经在我的大脑中就绪，因为我知道每一个拐角都有什么。记忆与现实交汇，过去与现在共鸣。这感觉一半像我在自己脑里开着车，一半像我的大脑操纵着汽车驶在这世间。

一条小河从河坝上倾泻而下，河坝的阶梯在那些大橡树的阴影下黝黑地泛着光。一道耀眼的锻铁栅门隔开道路和一个曾经的大农场。红色的谷仓，红色的马厩，白色主楼，一面挪威国旗颜色的三角旗一动不动地悬在旗杆上。

我突然想起那个带沙滩的小海湾里的酒店。每个月有一个礼拜天，爸爸妈妈会带我们去那里吃正餐，也就是发薪日后的那个周日。它肯定还开着吧？我可以坐下来在荫凉处喝杯啤酒，然后再回家。

---

[1] Peter Gabriel（1950—），英国乐手，曾是创世纪乐队（Genesis）主唱。《洪水来临》（*Here Comes the Flood*）是他单飞后发行的第一张个人同名专辑 *Peter Gabriel* 里的歌曲。

也许甚至吃一顿正餐？孩子们和妈妈在一起挺好的，而我现在才想起来，今天一整天我都没吃东西。

当我快到那家酒店时，正播到《洪水来临》那首歌。我也跟着唱了起来。

> 当夜幕降临
> 收音机里的信号增强
> 所有那些奇怪的事情
> 它们往复不止，提前发来警告

我从来没有想过这些歌词的含义，尽管都已烂熟于心。它们只是文字而已。对我来说所有歌曲都是如此。系里的同事约翰，他是迪伦的忠实粉丝，还写了一本关于迪伦歌词的书，他经常就这事挤兑我。谁会听迪伦的歌而不听他的歌词？他会说。这就是这些歌的全部意义所在！

但现在我听到了。

> 搁浅的海星无处可藏
> 仍在等待复活节潮水的疯涨
> 没有方向我们甚至
> 无法选择立场

埃吉尔相信征兆。但那么他到底相信的是什么？从什么东西，从谁，从哪儿来的征兆？如果螃蟹离开它们习惯的环境登上陆地，如果一颗新星在天空中亮起，那就是背后有谁仿佛是在通过它们"说话"？而且是冲着我们？

我不懂他怎么会信这些东西。

当然这些信号不一定是随机的，无意义的。当动物开始表现异常，或者突然以奇怪的方式死亡时，这是自然界的平衡被撼动的征兆，表明生态系统正在崩溃。而这炎热的天气是曾经保护着我们的气候正在崩溃的征兆。

它们是来自我们所属于的这个大系统的一种理性信号。而不是什么神秘的、超自然的信号，并没有什么上帝在对我们"说话"。

而这颗恒星是一颗超新星。显然是一种自然现象。

那家酒店就在我面前，在下方的林间。我打灯拐了进去，减速。停车场已经满了，显然我不是唯一想到这个主意的人，但我在停车场正中间找到了一个地方，甚至还有树荫。

我还在露台上找到了座位，我过来的时候正好一对带着孩子的夫妇离开了。

今天一定是我的幸运日，我想，在椅子上转过身来以求和某位侍应生对上眼神。

但我刚开车送托芙去了医院，我凭什么认为今天是我的幸运日呢？

但这并没有让我感到沉重，相反我松了口气。

以及开心？

的确是的。

侍应生迎上我的目光，走了过来。她的年龄和我相仿，身材矮胖，黑发看起来像是染过。

"你想要点什么？需要来一杯吗？[1]"

"为什么你说英语？"我说，"毕竟这是一家挪威餐厅！"

"不好意思，我的挪威语说得不太好。"她说。

---

[1] 女招待在此处及此后都说英语。

"我明白了，"我说，"你从哪儿来？请别说是瑞典！"

"不，我不是瑞典人，"她说，但没听懂这个梗，"我来自立陶宛。"

"很好。"我说，点了半升啤酒和一份夏多布里昂。

是啊，我本该情绪低落，我想，我的目光追随着她穿过那沉沉的两扇门进入餐厅。这显得我缺乏同理心，这有时让我担心，毕竟人还是应该有同理心。关心他人的倾向。爸爸妈妈都是如此。所以这和家庭教育没有关系。也许这是某种基因倒退。

我确实关心她，不是因为这个。只是不是始终如此。

她独自坐在疯人院的一个房间里，甚至不知道自己是谁。

这真糟糕。但她的举止同样糟糕。她任由孩子们自己照顾自己，根本不关心他们。就在一个小时前，她还否认自己有孩子。

她思觉失调，但道理还是一样的。这是她内心真实人格的表露。

不管怎么样我对孩子们是很上心的。

这一整个夏天我都在照顾他们。

但为了更好地感受他们的困境，我得提醒自己她是他们的母亲。这并不好。

一点也不。

侍应生端着托盘走出来。我抓起她放在我面前桌子上的冰镇啤酒，喝了一大口，眺望着波光粼粼的海面。

罪恶之洪水将会来临。洪水就是海平面上升，罪恶就是消费。

我给妈妈发短信说我正在路上。

我的确是。

很好！她写道。这里一切都好。托芙怎么样了？

托芙被送进了封闭病房。我写道。不知道她什么时候能出院，但可能要几个星期。

可怜的女孩。她写道。

我不知道该怎么回答,把手机放在桌子上,又喝了一口。我想,她会认为我正在开车,所以如果我不回复也不奇怪。

我又拿起手机,给洛萨打了电话。

他立即接了。

"嗨,洛萨,你好吗?"我说。

"阿尔内?"他说,"我很好,你呢?"

"还不错,"我说,"你在忙什么?"

"现在,你是说?"

"是的,比如说。"

"我给自行车链条上油,孩子们在戏水池里玩。你呢?"

"坐在餐厅里眺望大海。"

"听起来太棒了。"

"不是最糟糕,"我说,"我们明天回家,然后我还有几天时间备课。但你整个夏天都在工作吧,如果我够了解你的话?"

"没有,在度假。好吧,或许还有一点工作。"

"你写东西了吗?"

"是的,一点点。"

"是什么?"

"关于海德格尔那些黑色笔记本。你读过它们吗?"

"算没有吧,"我说,"稍微看了一眼其中的一本。其实就是我们在你家的时候,可能是五月。那么关于它们你写了些什么呢?"

"没什么有趣的,"他说,"但我尝试去找纳粹主义和反犹主义,看它们在这些笔记中得到了何种表达,以及与他同时期更常规的哲学家之间的关系。"

"这听起来很有趣。"我说。

"没有,没有,"他说,"现在大家都在这么搞。但我主要是为

阿尔内

了自己。我一直很喜欢海德格尔。"

"你想拯救他吗？"

"不！这是我最不想的！但我试着睁大眼睛看它。"

"俯视深渊？"

"直视魔鬼的眼睛。"

"我明白，"我说，"我今天也曾俯视过深渊，真的。托芙住院了。她有思觉失调。我现在正从医院回来。"

"哦真糟！"他说，"这是个坏消息。可怜的她，还有你和孩子们。他们现在怎么样？"

"都还好，"我说，"我尽力把他们屏蔽在外。这种事以前也发生过。"

"那么她要在南边住院吗？"

"可能只能如此了，"我说，"但也许她很快就会好起来，就能回家了。思觉失调也可能很快消失。"

"听到这个我很难过，阿尔内，"他说，"你回来后如果需要任何帮助，只管出声。"

"谢谢你，"我说，"但都会好起来的。不管怎么说，能跟你聊聊很好。"

"我也是。平安回家！"

我挂了电话，把手机塞进裤兜里。就算你一个人坐着，把它放在桌子上也有违餐桌礼仪，而且我看到现在厨房那边已经出菜了。

牛排不是特别嫩，但也不算勉强。配的是炸薯条，放在一个单独的小篮子里，又脆又好吃。

我身后那张桌子上是德国人，右边是英国人，其他我能听出来的都是东欧人了。下方海滩上人满为患，从那里传来的声音像箭矢一样穿过空气，笑声、说话声、叫喊声。

应该带孩子们来的。等明年夏天吧。

我喝掉了剩下的啤酒，拍遍短裤所有口袋寻找香烟，然后意识到我把它们留在了车里。

主啊，洪水来临，我在心里唱，我们将告别血肉之躯。

不知为何我不太相信气候危机，不完全相信，也不相信它会在我有生之年发生。我知道这会发生，理性上我相信它，但情感上却不相信。我并不害怕，只是单纯因为感觉没什么好害怕的。

人们是否也能或多或少地对自然产生同理心呢？

现在你必须振作起来，伙计。这种自我批评不会有任何结果。

就算我没有同理心，谁会知道呢。我并没有向任何人展示这一面。

我再次转向侍应生。即使她不擅长挪威语，她也立刻就明白了，因为她马上就过来了。

“可以给我账单吗？”我说。

她明白了，点点头。

洛萨陷入了中年危机，有天早上他穿着全套骑行装备出现在系里，背上沾着缕缕泥痕，一手拿头盔，另一只手拿着装着书本和论文的背包。他甚至还在午餐时问我想不想看看那辆自行车，事后我用谷歌搜索这个牌子，发现他花了三万克朗买了这辆自行车。

三万！

买一辆自行车！

我微笑着从后裤兜里掏出银行卡，放在桌子上放账单的小托盘上。

我刚认识他时，他身上最抢眼的是胡须和头发，身体不过是他灵魂的一种附庸。而现在他把自己打理得整整齐齐，身材瘦高，皮肤晒成棕色，看上去更像是一个金融分析师而不是个教授。

为什么他们不能把读卡器和账单一起送过来呢？先拿账单过来，然后是看账单拿卡，然后送读卡器过来，也太麻烦了。

阿尔内

这会是什么原因呢？他们是希望客户有时间先看账单？如果出于这个原因，那么顾客在等读卡器时也可以看账单啊？

不，海德格尔不是我的菜。我曾经读过他对荷尔德林的分析，认为他犯了一个初学者的错误，将自己的观点注入到诗中，而不是从诗中萃取出元素，轻轻吹气，让它们燃烧起来。从诗本身的视角来读诗，这是唯一可靠的方法。他写的东西内容当然是好的，但与荷尔德林没有什么关系。

侍应生终于把读卡器拿过来了。我给了她百分之十的小费，服务很好，食物也不错。

五分钟后我就驶上了高速公路，再没有磨蹭的理由了，我想，而且我内心有什么在渴望着速度。

妈妈这台车的引擎不会比一台缝纫机更可靠，但它还是可以加速到一百三以上才会开始震颤和抖动。

接下来的路程上我一直在听毒品战争[1]。他们的忧郁非常契合我此刻的心情，也很适合外面的风景，天际那浓黑的风暴墙在阳光下缓缓推进。

海峡里停着数只白色小船，超市外的停车场里停满了汽车，两个骑自行车的人摇摇晃晃地骑上山，冲着大桥那边去，满载着包包袋袋，像驴子一样。

如果她说的是真的呢？我突然闪过这个念头。想象一下如果我们已死而此地就是冥界？

我微笑着，往挡风玻璃上喷了清洗液，挡风玻璃在阳光照射下才显露出它肮脏的真实面目。

古典时期死者和生者的国度之间的分野并不像今天这么清晰，

---

[1] The War on Drugs，美国摇滚乐队，成立于 2005 年。

这是我下周准备讲的内容。但此在也可能是冥界，这点我以前从未想过。也许我可以从这里开始？但也许那只会变得一团糟？他们可能根本不知道我在说什么。他们的大脑循规蹈矩到匪夷所思的程度，无法离开他们所熟悉的世界哪怕一指之遥，我就姑且避免他们对我当头浇下批评和怀疑的局面吧。

如果真能申请到一次客座讲师的话，我得尽快邀请一位牧师。或者这也许并不是个好主意？

挪威教会对死后生命的看法？

不，这显然很有趣。现在有太多的含糊其词，太多的顾左右而言他，以至于几乎不可能知道他们到底在想什么。一切都消散在良好意愿的迷雾中。

过了桥沿着路向左走，经过有浮动码头的海湾，然后进入森林，林中偶尔出现空地，然后在路口左转，再开几公里，那条碎石路就出现在右侧，两座粉刷成白色的房子交叉成一个角度，草坪在其面前铺展开来。

妈妈正在那张桌边看书，我停车时看到了她。英韦尔躺在她旁边的毯子上晒太阳。

"嗨，"我说，朝他们走去，"这边情况如何？"

"一切顺利。"妈妈说，摘下了墨镜。

英韦尔坐了起来。

"妈妈在医院要住多久？"她说。

"他们不知道，"我说，"但希望不会太久。"

"可以将她转移到家附近的医院吗？"

"现在还不行，我想。但也许过几天，等她好一点以后。"

"你问过他们吗？"

"还有很多事要决定，"我说，"但是我每天都会和他们联系。

所以等时机成熟的时候。"

她没有再说什么，只是抓起毛巾走了进去。

"那么，双胞胎在哪里？"我说。

"他们进去了，"妈妈说，"他们抱怨天气太热了。"

"他们说得也对。"我说完就坐下了。

桌子上放着一个装水的玻璃罐，旁边放着一摞三个小玻璃杯。我拿起一个杯子倒了水。

"也许我不该多管闲事，"她看着我说道，"但你身上有啤酒味。"

我盯着她。

"你说得对，"我说，"这跟你没关系。"

"是啊，没有。"她说，然后又拿起了书。

"我在我们周日常去吃饭的酒店休息了一会儿，"我说。"我吃了晚饭，配了一杯啤酒。我已经四十三岁了，你知道，我能自己决定我要做什么。我一整天没吃东西，刚刚把妻子送去精神病院。"

她抬头看着我，点点头。

"所以这就是我身上有啤酒味的原因。"我说。

她又把书放下了。

"我和英韦尔谈了很长时间。"她说。

"然后？"我平静地说，做好了最坏的打算。

"她讲述了昨天发生的事情。"

"那么她说了什么？"

"她说你喝得酩酊大醉，撞坏了车，让他们自己跟托芙待在一起。而她有思觉失调。"

"首先，"我说，"我没有酩酊大醉。我只喝了两瓶啤酒。其次，我只是去买烟。是的，我知道，这不好，但我又开始抽烟了。第三，托芙当时睡着了。还有第四：我撞车是因为路上到处爬满了螃蟹，我在试图避开它们。"

妈妈凝视着空中，看起来像是在努力消化我说的话。

"我想重点在于当他们需要你时你不在他们身边，"她慢慢地说，"英韦尔当时特别害怕。现在她还是害怕。他们需要稳定，尤其当托芙不稳定的时候。而只有你能给他们这个。"

"我知道，"我说，"这只是很多不幸的情况同时发生了。"

我站起身。

"我去看看双胞胎，"我说，"你什么时候回去？"

"这取决于你需要我在这里待多久。"她说。

"是的，我还得准备明天回家的事情，"我说，"所以如果你能留到那时候，对孩子们来说是最好的。我是说，留到我们离开。"

"可以。"她说。

当我收拾行李和打扫卫生时，雨悄悄地下起来了，随着暮色降临，蓝黑色的云幕越发阴沉，慢慢地将世界关在外面。当第一滴雨落下，世上仿佛只剩下这栋房子和这座花园。此外一切都淹没在黑暗里。

最后一件事是把行李箱和背包搬到车上放进后备厢。开车的好处是你不必像坐飞机一样把要带的每一件东西都掂量一遍，所以我用袋子和各种零散物件填满了剩下的空间，这些东西要么是放不进手提箱，要么是我忘记打包，但在检查房间时发现了它们。

并没有做到最好，但如果保洁公司这周之内能来，这房子到明年夏天就没问题。

我还没有和埃吉尔说需要他过来给保洁公司开门，或者在秋天到来时偶尔看看房子并打开暖气，但问他也只是走个形式。冬天这半年他在这儿也没别的事可做，而且他的天性就是乐于助人的。

阿尔内

我关上后备厢，到车头再次检查车损情况。其中一盏前灯坏了，转向灯也坏了，但除了抱着侥幸心理开着它翻山越岭，也没有更好的办法了。如果我们意外被警察拦下来检查，最坏的情况就是这辆车不能再上路，这当然很糟糕，但很可能只是罚款而已。

这条路我开了这么多年，从来没有被拦下来过。

一滴雨点落在我的额头，然后下一滴落在我手背上，我抬头望向那黑暗，雨开始敲击着车身，起初迟缓，逐渐迅疾起来。

我走进厨房，打电话给埃吉尔，同时我向花园望去，雨在灯光下清晰可见。

他没有接，我挂了电话。

妈妈和双胞胎坐在客厅里看电影。英韦尔在她自己房间里。我们已经吃过晚饭，所以今晚上已经无事了。

我必须告诉他们关于那只猫的事情。不能等到要走的时候，让他们自己明白过来猫不会跟着我们回去了。

我要说它可能已经被车压死了吗？

"可能"，这会给他们带来希望，所以这个说法不行。

如果我说它已经被压死了，他们就会询问细节，我是怎么知道的，我把它埋在哪儿了。

我又给埃吉尔打了一个电话，转身走向厨房，看着那空荡荡的料理台和窗户里映出的我的模糊轮廓。三只苍蝇缓缓朝各自的方向爬走。一只苍蝇看到另一只苍蝇的时候会想什么呢？我想。它们知道在自己之外还存在更多苍蝇吗？

他还是没接电话。这也不稀奇，他出海或者去其他什么地方的时候经常把手机留在家里。

可以开车去找他。

在露台上抽根烟，喝上一杯，也不错。

当然，前提是天能放晴。现在这种天气还是有点麻烦。

我走到男孩们身边，他们各自坐在祖母的一侧，紧盯着屏幕。她则在打毛衣，时不时看上一眼。

"你们在看《哈尔的移动城堡》吗？"我说。

他们点点头。

"它很不错，"我说，"这是我最喜欢的日本片。"

"嗯。"阿斯勒说。

"我们能吃点什么吗？"海明说。

"可以的。"我说。

"我们明天早上就要出发，想吃什么就去拿吧。"

"一个冰淇淋？"

"去看看冰箱里还有没有。"我说。

阿斯勒按下暂停键，两人消失在厨房里。

妈妈在打毛衣。

一道闪电勉强照亮了外面的黑暗。我不假思索地开始数数，在雷声袭来之前数到了七。

"也许你能去医院探视托芙,如果她要住很久的话？"我说,"我会试着给她转院，但这可能需要一些时间。"

"我会的，"她说，"但我不确定她会不会高兴。"

"她当然会的。"我说。

"这倒不一定。"

我叹了口气，朝门口转过身去，孩子们此刻正朝客厅走来。

"你们能跟我来一下吗？"我说。

"去哪儿？"

"上面。我给你们看一个东西。"

在卧室里，我关上身后的门，蹲下身子。

"小猫在床底下，"我说，"明天我们会带上它。"

他们跪下来，弯腰向里看，手里还拿着冰淇淋。

"它现在有名字了，"我说，"它叫梅菲斯特。"

"它在害怕吗？"阿斯勒说。

"苏菲在哪里？"海明说，"本来不是应该由它来照顾它吗？"

"是的，"我说，"但发生了一件可怕的事，你们得明白。苏菲死了。一只獾杀死了它。但幸运的是我们有梅菲斯特。现在它就是我们的猫了。"

"獾？"艾斯勒说。

"苏菲死了吗？"海明说。

我起身，一个接一个地揉了揉他们的头发。

"是的，"我说，"动物的世界是会发生这样的事。但它和我们一起度过了美好的一生。而且梅菲斯特是它的孩子。我们会好好照顾它的，对吗？"

"但是……"海明说，"是在哪儿……"

"在森林里，"我说。

"你找到它了吗？"

"是的。"

"什么时候？"

"昨晚，你睡觉的时候，"我说，"我把她埋在花园里了。她有一个体面的葬礼。"

几滴泪水从阿斯勒的脸颊上流了下来。

"别哭，"我说，"她有过美好的一生，你明白的。"

"我没有和她说再见。"他说。

"你们对她一直都特别好，"我说，"但现在来吧。明天你们要帮我把梅菲斯特关进笼子里。也许我们可以额外给它一些好吃的。

它肯定会咿咿地叫一会儿，但那只是因为它不知道到底发生了什么。你知道，它以前从来没坐过汽车。"

他们跟着我下楼，又在沙发上坐下。

这一切如此顺利让我松了口气，我去工作室抽了根烟。我不知道该带走她的什么东西；衣服还好，但她的画呢？我不知道她在家里会需要什么，所以就把所有东西都留下了。

手里的烟还燃着，我看着靠墙放着的那些画，画面冲里，她总是那样放画。

我良久地看着她画的一张风景画，画中是几个松林里的女孩的小小身影，她们穿着牛仔裤和T恤，弯腰采摘半藏于树干后面的浆果，看上去有点格格不入。她是用油画颜料画的，色彩浓郁而清澈，森林的感觉扑面而来，隐约还有一种惊悚感。

这张画背后还有一张更惊悚的画。画上是一个裸体男人，他也在森林里，不过是暮色中一片如墙的云杉林。他低着头走过去，一只手里端着一个类似碗的东西。

我把桌子上的台灯转向那张画，这样我就能看得更清楚了，长长的烟灰掉到地板上时，我才意识到手里还有烟，我深吸了一口，过滤嘴都变烫了。

我现在看出来了，那不是一个人，而是一个类人的生物。身体像一个人，却强健得不像话，头顶是秃的，只有一缕头发从脑后垂至脊背，而那张脸……那张脸极其粗糙，像尼安德特人一样。耳朵看起来像兽耳，眼睛……

但最最奇怪的是，森林上空有一颗星在闪烁。

我按了下画布的一角，看了看手指。颜料已经干了。她一定是在那颗新星出现之前画的。

或者她是把它画在了一张旧画上？

阿尔内

我轻轻地用手指按了下星星。

也是一样干燥。

她什么时候画的这个？我绝对没见过她画这张画。

还有那颗星星！

这肯定是个巧合，但还是太奇异了，我想，把它放了回去，关了灯，走进雨中，同时又拨通了埃吉尔的号码。

他还是没有接。

肯定是手机没电了，我想，走进了客厅。

"我要到埃吉尔那儿去一趟，"我说，"他不接电话，而且我必须要和他就房子的事做一些交待。你自己行吗？你可以在双胞胎上床前给他们读书，如果你愿意的话。或者他们自己也能睡。你们可以的吧？"

两人都点点头。

"好吧，别去太久。"妈妈说。

"不会的，"我说，"就是在他的露台上喝点咖啡。"

她跟着我走到门厅。

"必须得去吗？"她说，"在这种天气里？"

"我不会待太久的。"我说，然后穿上雨衣。

"今晚家里气氛很不安，"她说，"你没注意到吗？"

"不，绝对不是，"我说，"恰恰相反。因为托芙不在这，那不安已经结束了。你只是有点太敏感了。"

"也许是吧，"她说，"你开我的车吗？"

"对。"我说完就打开门，瓢泼大雨的哗哗声冲进走廊。"没问题吧？"

她点点头。

"无论如何，要小心。"她说完就走进了客厅。

我把挡风玻璃的雨刷开到最高档，然后把车倒到路上。借着车前灯我看到外面那儿到处都蓄起了大水洼。我对那些被释放出来的力量总感到一种孩子般的喜悦，所有的水，闪电和雷声，而外面没有汽车，所以我上到马路之后就可以开得很快了，呼啸着穿过这大雨和黑暗，两侧都是树木，好像隧道的墙壁。

我想，她一定是后来才画上那颗星星的。她可能在思觉失调时看到了各种各样的东西，但我对她拥有预言能力这点持怀疑态度。

只要孩子们没遗传她那些东西就好，我想，同时减速，此时我已开上了最后一段路，那条沿着海湾、看不清路况的小路。整个海湾都在呼啸，海浪拍打着海岸，船只在停泊处摇晃、漂流、挣扎。

他的车在那儿，当我的车灯照射到山坡顶端的车库时我看到了。还有那辆自行车。但他也不会疯狂到在这种天气里骑车。尤其他的儿子也在。

我把车停在他的车旁边，关掉引擎下了车。雨水噼里啪啦敲在屋顶上，森林在咆哮，岸边海浪拍打陆地的声音如雷鸣一般。

我敲了敲门。

我站在那里等了大约两分钟，按下门把手。门锁着，我绕着度假屋走去敲露台的门。也许能看到他坐在那儿，腿上放着一本书，沐浴在那盏他一般用来阅读的台灯灯光下。

一道闪电照亮了黑暗。

这么近！

几秒钟后滚滚而来的雷鸣声有如一场爆炸。

我走到山坡，上到了露台那儿。

那扇门开着。这意味着他们肯定在家。但里面黑灯瞎火，那么他们很可能是睡了。

我该叫醒他吗？

阿尔内

我毕竟来了一趟，我这么想着，敲了敲门玻璃。

"嗨？"我说，"埃吉尔？"

里面没有一点儿声音。

在他们睡觉时进入室内不太好。但我可以说我只是很担心他们，在暴风雨中敞着门，诸如此类的。

我走进去，在房间里停下脚步。

"埃吉尔？"我说，"你在吗？"

入耳的只有暴风雨的声音。

我走进他的卧室。里面没人。床没整理好，好像有人在这躺过，然后又起来了。但不能用常人的行为习惯来猜测埃吉尔，我这样想着笑了笑。我很难想象他会铺床。

我突然想到，也许他们睡在另一间卧室。

那儿也没人。

他们根本不在这儿。

我打开顶灯，环顾四周。

一本巨大的《圣经》放在地板中央，这是我能看到的唯一不寻常的东西。厨房里还有没收起来的食物。

我走到桌上的打字机旁，小心地翻动旁边的一叠纸，看了一下标题。

论死亡和亡者

埃吉尔·斯特雷

这就是他一直在写的东西吗？

我四处看去，期待着听到他的声音说你在这儿干什么呢，伙计？但并没有。我开始翻阅这几页纸，随机跳着读了读。

"正如我们所知，死亡并非必需。这是乔治·巴塔耶在 1949 年写下的一句话，自从我第一次读到这句话以来，就一直牢记在心。"某处这么写着。

"死亡所发生的变化，是它越来越少了，这种发展是如此触目，以至于某天死亡数量会归零并从此消失也并非不可想象的。"另一处这么写着。

看到这些东西这么装腔作势简直让我松了一口气。一个富二代独自坐在他的度假屋里，并自以为是个哲学家！

我把那堆东西翻过来，按原样放回去。我再次转过身来看看他是否站在某处看着我。

"埃吉尔？"我大声说道。

车库里不是有个阁楼吗？我想。他们也可能在那儿过夜，让他的儿子当成一次冒险。

我打开手机上的手电筒，又绕着度假屋走了一圈，走进那辆旧萨博停着的车库，用手电筒照向阁楼。

"埃吉尔？"我说，尽管我知道这里没人，可还是想说点什么。

我关上了身后的门。

他们可能在哪里？

保险起见得去看一下船那边，我想，我系好雨帽的带子绕着度假屋走了一圈，走进怒吼咆哮的暴风雨中。用手电筒照亮那条通往船库的小径。

他的船停在那里上下颠动着。

跟我预想的一样，这种天气他根本不会出海。

如果他们在暴风雨来临之前开船出去然后被打个措手不及呢？如果他们被困在一个岛上呢？

但那样的话，船现在就不可能在这里了，我想，为自己的犯傻笑了出来。

船猛烈撕扯着那紧紧的系泊绳，像一只企图摆脱束缚的野兽。

泛着泡沫的海浪高高卷起，像瀑布一样拍向岸边的岩石。

我又回到那间度假屋，关了灯，关上推拉门，走向车子。既然车、船、自行车都在这里，那么唯一的解释就是他们出去散步看暴风雨了。

如果是这样，他们很快就会回来。但我不愿坐在那里等待，明天我们还要早起，所以我启动了汽车，挂上挡，朝森林边缘倒车，开车下山。车灯的光束就像黑暗中两条被雨水点染的隧道。

蒂丽德

我害怕得闭上了眼睛想逃离这一切。但这也同样可怕，我会无法察觉他靠近我，所以我又睁开了眼。

他已经转过去了，背对着我站着。

他那硕大的脑袋朝后仰去，抬头看着天空，磨着牙齿。然后他朝森林边缘走去，消失在树木间。

一切突然静下来了。森林里一点儿声音也没有。

我站了很长时间，一动不动。视线来回移动。没有任何动静。躺在那里的肯内特也没有。

我整个人都在抖。双腿绵软无力，靠着一棵树才能站住。

他真的走了吗？

我在那儿站了大概十分钟，才慢慢地朝那个洞走去。我停下来，环顾四周，走了几步，停了下来。

一切都悄无声息。

这里没人了。

这已经结束了，我想。那个怪物已经离开了。

我在肯内特面前躬下身子。他仰面躺着，双臂向两侧伸开，就像被枪杀了似的。

脉搏还在，我把拇指和食指按在他脖子上时能感觉到。

我不敢高声叫他的名字，怕我的声音会把那个家伙引回来。

我用手抚过他的脸颊。

"肯内特，"我低声叫道，"肯内特。"

他睁开了眼睛。

他先是茫然地看着我们头顶的天空。

"我们在森林里，"我低声说道，"我们现在要回家了。"

他坐起来的整个过程中一直盯着我。

他的视线吓到我了。那里面还有别的内容。一些以前没有的东西。

他看我的这种方式。

"来吧，"我轻声说，"我们现在回家。"

他站了起来。

我环顾四周。看不到任何动作，听不到任何声音。

我握住他的手，他让我握着。当我走起来时他也走。沿着溪流走过去，在两个树根之间，慢慢地爬上长满了石南的斜坡。

肯内特肯定不知道自己赤身裸体，或者他不知道这有什么关系，因为他走路的模样一如往常。

我突然想到，那人一定是从监狱里出来的。他肯定是个逃犯。那些人有的看起来就是特别可怕。靠类固醇药物保持精力充沛。壮硕如公牛。残酷的、野人般的面孔。

这就解释得通了。

他是越狱出来的，现在他就躲在这里等他们停止搜寻。

那些大鸟就只是大鸟而已。

在黑暗中以及我的焦虑里，所有的东西都变得可怕起来。

而肯内特的眼神里也没有什么新东西，我想，飞快看了他一眼。

他严肃地盯着前方，脸上没有一丝表情。肯内特一直都这样，只有一种表情，只有一种眼神。确切地说，并不是全然空洞，而是毫无表情。好像什么事都与他无关。

当我们走到半路时，我的呼吸开始变得困难，于是我停了下来。我呼吸不到足够的空气。感觉好像那些毛细血管都收缩起来，在体内纠结拧转。我的心脏剧烈地跳动，我向前弯着腰，尽管我知道我必须直起身子，舒展肺部才能呼吸。

空气通过一根那么小的管道进来，肺却那么大，这没用的。

西西西霍霍霍西西西霍霍霍。

我隐约感觉到肯内特在看我。

西西西霍霍霍西西西霍霍霍。

然后就好像那栓塞溶化了一样。空气突然涌入肺部，涌入血液，痛楚消失了。

我直起身来，发现我们一直手拉着手。

"我们继续走吧，肯内特，"我说，"我们马上就到家了。"

我从山脊上俯视着医院建筑。它们躺在平原上，就像睡着了一样。监狱看起来有些不一样，是黑暗森林中一个灯火通明的四方形，亮得清醒而愤怒。

那罐子和血液是怎么回事？

他肯定是杀了一只动物，把它大卸八块了。肯内特出现的时候他正玩得开心。也可能是喝醉了或者服用了什么，反正是在一种迷离状态中。

我们沿着小路慢慢走，走上了最后一段林子里的路。

当前最重要的是把他带进去而不引起任何人注意。

如果瑟尔韦在睡觉就好了。可以当作什么都没发生过。

那些建筑里的灯光微弱地洒落在我们面前森林的地面上。不一会儿我就看到了散发出这些灯光的窗户和灯，很快我们就走到草坪上了。

不管怎么说阳台上没有人。楼和楼之间也看不到人。假使他们发现我们不见了，那里面肯定会有些人影动作的。

一个人影都没有。

我打开门锁，肯内特端端正正地站那儿等着。

在走廊里我打开厕所门，打湿一些卫生纸，擦干他额头上的红色印记。黏黏的，肯定是血。

现在既然我们已经进来了，那这就是刚才出了什么事的唯一痕迹。至于他光着身子，可以解释说是他偷偷跑出去了，但我成功拦住了他。反正他不能说话，所以他无法去讲这件事。我当然不会告诉任何人，甚至对约斯泰因也不会说。

反正他也不会信我。

我走上楼梯，肯内特紧跟在我身后，脸上不带任何表情地迈着机械的步伐。

走廊上没人。我小心地走到值班室，朝里面看了一眼。瑟尔韦坐在沙发上，头向后仰，张着嘴。

感谢上帝。

"来吧，肯内特，现在你要直接上床睡觉。"我说着给他打开了门。站在门口，看着他在床上坐下掀开了被子。

"睡个好觉。"我说。

他转过头，直愣愣盯着我。他张开了嘴，好像要说什么。

他眨了几次眼睛。

"啊，啊，啊。"他说。

"什么？你想要什么吗？"我说。

他咳嗽了一声。

"你……"他说。

"你想喝水吗？"

他仍然盯着我。

"你……被……"他说。

那声音细弱而刺耳，仿佛来自他体内深处某个地方。

你被？

他在说话吗？

不，天哪，那只是几个音而已。

"那么就晚安了。"我说。

"你……呃……"他又说道。

他要说什么吗？

他把手举到空中。

"你……被……诅咒了……"

然后他躺了下来，闭上眼睛，转身背对着我。

"你说什么了？你说了什么吗？肯内特，你刚才说了什么吗？你说了什么？肯内特？"

我把手放在他肩上试图和他沟通。

"肯内特，"我说，"你说了什么？你刚才说了什么吗？"

他一动不动地躺着。身子沉甸甸，均匀地呼吸着。

我回到走廊里。他说不了话，他说不了话，我对自己这么说。那只是几个无意义的音。蒂丽德，那只是几个音而已。

是不是我出现戒断反应了，那也是有可能的吧？

看到和听到了本来不存在的东西？

如果今晚我弄不到一片奥沙西泮，那无论如何我该抽根烟，我想着走进了办公室，打开瑟尔韦的包，也不管他是不是醒着，在包的侧袋里翻出一包王子温和型香烟和一个打火机，然后走到阳台上，在椅子上坐下，点着了烟。

"我肯定是睡过去了，"瑟尔韦在里面说道，"出什么事了吗？"

"没有，"我说，"如果我举报你，你要怎么办？"

"你不会是说真的吧。"他说。

"也许吧。"我边说边把烟吸进肺里，然后咳了起来。

"我都不知道你还会抽烟。"他说。

我没回答。咳嗽、吞咽，然后继续咳嗽、吞咽，如是好几次。我呼吸这个鬼样子时根本抽不了烟。我早该知道的。

真他妈烦人。

我向前倾身，将它摁熄在水泥地面上。

"你有没有奥沙西泮？"我说。

"奥沙西泮？没有。但我有赞安诺。你要吗？"

"你有这个？你真的有吗？"

"是啊，别那么紧张。这么说你不会举报我了，我可以这么认为吗？"

他笑了。

"你有两片吗？"我说。

没过一会儿，他递给我两片药和一杯水。

"好蒂丽德。"他说。

我叹了口气，把它们咽了下去。

问他要任何东西的代价都会很高。现在我们关系不一般了。

他在另一张椅子上坐下。

"我可以一个人待会儿吗？"我说。

"你不会是说真的吧，"他说，"我刚帮了你一个忙！"

"拜托。就一会儿。我有些事要想清楚。"

他站起身来没有再说什么，出去了。我把头向后仰去，抬头看着天空。我知道这些药片要再过半小时才会开始见效，但感觉上它们已经开始起作用了。

哩呗切喳。

那只是些无意义的音节。

哩呗切喳。

在森林里经历过那些事后，想象力不需要什么刺激就会开始疯跑。其实它在那儿就开始疯跑了。

长着鳞片的鸟类和野人。

那也算是歇斯底里。

肯内特光着身子跑进森林这事本身就很疯狂了，还有我不得不跟在后面追他。

这是一个以后我可以讲起的故事。

要是欧勒能给我生个孙子就好了。

欧勒小宝贝。

我进去拿手机。听到瑟尔韦已经开始清洗走廊那边的地板了。我们之间说好的是他管厨房和卫生间，我管所有大片地面。但现在他不高兴，想让我感到内疚，所以就把所有的都干了。

没人接电话。

这次它没有让我不安。他的手机没电了，或者他设置静音后睡了。

给约斯泰因打电话没有意义。他喝醉之后睡着是没法叫醒的。

一股温和的烟雾从药片中散发出来，以缓慢的螺旋形贯穿了我的身体，在我大脑回路上拉上一层薄纱，轻柔降落在神经上，让它们平静下来，回到它们原本的位置上。它如此安详，以至于那些愤怒的念头也平息下来。

我在那山脊上时想的是什么？

那儿有一道光。

真的。

我实际上可以不在这儿干的。

就是这样。

我老了，但还不是太老，而且我有经验，我肯定能再找到一份工作。

也许还可以是完全不同的工作？

也许是和鲜花有关的。再找一家托儿所？或者更好的是在花店。做花环，做插花和花束。

各种颜色，各种形状，活力和喜悦。

如果我的人生可以重来一次，我会这么做的。做花艺师，开一家自己的花店。

我会在高中选修艺术，坚持学习绘画。

1986 年的那个春日不要去上班。

但那样的话我就没有欧勒了。

删掉这点。

即使我和约斯泰因结婚，我也可以开一家花店的。

那天他出现在托儿所时并没有完全欺骗我。他就是他自己，他一直都是。所以我所得的，就是我想要的。

那天天很蓝，阳光明媚，但是刮着冷风，下午把那些球茎种完之后，我的手指已经冻得麻木通红了。

如果那天不是我第一次见到他，我永远不会记得这一点。

一辆汽车开过来，车后回旋着灰尘，透过那肮脏的玻璃墙，我看到它停在温室外，一个手里拿着相机的年轻人下了车。他先在办公室内与埃伦德交谈，然后他出来给我们拍了一些照片，还聊了几句话。

他不算特别高，但很健壮，他的衣服有点小。裤子在大腿上绷得有点过紧，西装外套有点太短。他的嘴很阔，下巴棱角分明，有一头金发。但我注意到的，每个人都注意到的，是他的眼睛。它那种明亮的浅蓝色，我从没在其他人身上见到过。

他在地方报纸工作，并在周末杂志上发表了一系列关于各种职业的报道，这是他告诉我们的。他请我们带他四处走走，一路上他问了很多问题。他经常笑，笑起来充满自信，好像不在乎世上任何人对他的任何看法。

他上车离开后我们也聊了一会儿他，但在那之后我没有再想到过他。

一周后文章付印了——埃伦德把它张贴在办公室的墙上，另一份挂在温室里的墙上——安妮过来找我，有电话找。就是他，约斯泰因·林德兰。他说他一直在想我，并且想知道我是否愿意和他一起吃晚饭。

"我觉得还是算了吧，"我说，"我也不了解你。"

他笑了。

"所以要一起吃饭啊！"他说，"我们应该彼此了解一下！"

"好吧，反正也没什么损失。"我最后说。这个段子他后来用了很多年。每次我们必须做一些特别的事情时，他都会说，反正也没什么损失！

那时的他充满生机和快活，他经常笑，什么都会让他发笑。现在不是这样了。

我不再给他带来快乐，他也与欧勒保持着距离。

即使是这样一个小家庭我也没办法维系住。

我又拿了一支瑟尔韦的烟。假如我小心一点，应该不会咳嗽。

没错。

我听见瑟尔韦走进了办公室。他叹了口气坐下来。

"我就休息一会儿，"我说，"两分钟后我会去查一圈房。还有我那部分的清洁。"

"我都做完了，"他说，"既然你那么想一个人待着，那这样也行。"

他怎么还气不顺呢？我想着，同时把那根几乎没有抽的烟摁熄在烟灰缸里。

"谢谢你，"我说，"不过这没有必要。外面没什么事吧？"

"安静得就像在坟墓里一样。"他说。

当我走过他身边时他正在看手机，也没有抬头。我走进过道。一部分地板还湿漉漉亮闪闪的，其他的部分已经干了。它闻起来有洗涤剂的味道，但不足以盖过那些厕所里传来的刺鼻气味。那味道总是盘桓在此，五十年的积淀了，所以这也不奇怪。

我打开肯内特的房间门往里看。他仰面睡着，打着呼噜。就在几个小时前，他还像死了一般躺在森林里，这真让人难以相信。

那个巨人在他身边晃动。

那是什么东西？

我依次走进每个人的房间。大家都睡得很沉。

当天空慢慢变亮，窗外第一批鸟儿开始鸣叫，我在为来上早班的同事准备早餐。煮鸡蛋，溏心的和全熟的，烤几片面包，把奶酪、火腿和萨拉米香肠放在一个木砧板上，其他面包配菜放在桌子上，摆好餐具。

他们到达之前我做的最后一件事，是把洗干净烘干的衣服折好，然后再开机洗下一筒。

瑟尔韦还在置气，没说再见就走了，我打开记录本看他写了什么，发现他什么也没写。

我坐下来，把本子放在腿上，写了几行内容，说肯内特和图尔盖尔在入睡前有点焦躁不安，但除此之外，夜晚一切如常。

如果我写下实际发生的事，肯内特赤身裸体在森林里跑丢了，不会有人相信的。至少如果我写下了我在那里都经历了什么，肯定不会有人相信。

但那是焦虑和幻想的产物，没有其他原因。

贝丽特走进门厅时，我才发觉我忘了给他们煮咖啡。这是个严重的罪过，这和同事亲善大有关系。其实两班交叉几分钟也是很常见的，但我现在不想单独和她在一起。

"当班顺利。"她进来的时候我只说了这一声就出去了。

我还半心半意以为她会在我身后喊什么呢，但她没有。她肯定很乐意避开我，就像我乐意避开她一样。

下楼梯时我碰到了温妮，她穿着一身白，全身弥漫着淡淡的香水味。

"一晚上平安无事？"她问，没有停下脚步。

"是啊，"我说，"一切如常。"

"那就回家好好睡吧。"她说完就消失在门口，而我则继续穿过走廊，出去到了停车场里。太阳还未升高，但空气已经炎热凝滞。上完这样一个夜班后早上出来总有种奇怪的感觉，尤其是在夏天这样的一个好天气里，太阳已经照耀了几个小时，一切都已开始。我一直觉得这里头有什么不对，因为在我脑袋里，夜晚依然在继续。

我摇下车窗，慢慢开出院区，太早了，这里几乎是空的。上了主干道后我加快了车速，把车窗摇上去一点，因为车内空气鼓动得越来越厉害。

欧勒没回电话，他一定是早早就睡了。那很好，或许我们可以一起吃早餐。约斯泰因可能已经去上班了，不管前一天晚上喝了多少酒，他都会去上班。

蒂丽德

三个人一起吃早餐也是很愉快的。

也许我们可以在室外吃？我想。

我咳嗽了几下。我想，不能再抽烟了。无论如何这滋味总没有我想象的那么好。一定要记住这一点。

我拐上那条穿过住宅区的路。干燥枯黄的草坪铺在绿色的树篱和树木之间。一扇门打开了，一个男人走了出来，一辆汽车从车道上倒了出来，除此之外再没有什么动静。

那些树木纹丝不动地伫立着，如同睡着了。

这感觉就像在明亮的晨光背后，藏着一种看不见的黑暗。当然我能看到它，因为白天就是我的夜晚，但它同样真实。

我把车停在外面的碎石路上，拉起手刹，抓起包下了车。

现在肯定至少二十五度了。

今天不是浇水日吗？

是的，肯定是。我昨天没浇水。

我走到屋后，把挂在墙上的那捆水管滚出来展开，把洒水器卡在喷嘴上，放到草坪的斜坡中间，然后打开水龙头。

水柱升起，又缓缓向前落下，水滴洒落在干燥的草坪上，像一声轻轻的叹息。

我站着看了几分钟。这感觉真好。这些湿的水汇入干燥的地面，有一种赋予生机的感觉。

我进到屋里，把包放在门厅的桌上，然后走进厨房。一切都还和我离开时一样。不管欧勒还是约斯泰因似乎都没有吃过任何东西。

烤千层面在烤箱里没有动过，我看到。

我不饿，但自病房里的夜餐以来我就没有吃过任何东西，所以我打开冰箱门，看看有没有什么可以勾动食欲。

没有什么特别的。

但我们有鸡蛋和牛奶。我可以给他做煎饼，像他小时候那样？他多么喜欢这个啊！

现在他也完全可能走进来说他什么都不想吃。那就不值得这么折腾了吧？但煮鸡蛋他总是想吃的。而且这个做起来也很简单。

我拿出三个鸡蛋和一包火腿。在鸡蛋的钝端戳一个小孔，将水倒入水壶中，按下开关，西红柿切片放在盘子上，又切了一些黄瓜片，从面包盒里拿出面包，从抽屉里拿出刀。

外面的树影还很长。天空蔚蓝晴朗。

我站在客厅的窗前想看看外面怎么样了。水在空中闪闪发光，无声地落到地上。

必须让欧勒在我睡觉时把它移动一下。至少要移三次。

我回到厨房，把开水倒进一个煮锅里，把鸡蛋放进去，切几片面包放进烤面包机里，摆上两个人的餐具。从冰箱里拿出果汁，还有肝酱，预备着万一他想吃。如果他要吃这个，他可能会在肝酱上放酸黄瓜，我想，然后也把它拿了出来。

鸡蛋煮到刚好四分半钟时，我把锅从炉子上拿开，倒掉水，把它放在水槽里，装满冷水，然后取出鸡蛋，把两个放在他的盘子里，一个放在我的盘子里。

然后我出去敲了敲他的门。

"欧勒？"我说，"你醒了吗？"

见他没有回答，我就打开了门。

他的床是空的。

他也没有坐在电脑前。

"欧勒？"我说着就走了进去。偶尔他会坐在那片靠墙的地板上摆弄手机。但现在他没有。

房间里空无一人。

蒂丽德

恐惧给了我重重一击。

"欧勒！"我大喊一声，走到门厅，"欧勒！欧勒！"

也许，也许他出去碰到了一个老同学。然后在他家过夜了。

我赶紧下楼，从包里拿出手机，给他打电话。

我隐隐约约听到他的电话在房子里某个地方响了。

他绝对不会不带手机就出门。

我给约斯泰因打电话。他没有接。我一次又一次拨通他的号码，同时一边喊一边去察看所有的房间。我的心跳得越来越激烈，喉咙收紧了，我喘到无法呼吸，于是我弯下腰靠在墙上。一点空气都进不来，这感觉就像胸口要爆炸，眼睛后面变得一片漆黑，然后一个小通道打开了，一点点空气流入那硕大的两肺，然后那个通道宽起来了，我深深吸了几口气。

他已经结束了自己的生命。

我知道。

我尖叫起来。

那尖叫声充满了我，当它停下来时，就好像我已经被它抛弃了。

这还不一定，在这新的寂静里我疯狂地想。这还不一定，可能是别的什么，他可能一夜没睡，然后出去走走。

他为什么不是出去散步了呢？

欧勒就是出去走走。床是铺好的，因为他没在上面睡过。

我又给约斯泰因打电话。

欧勒是出去走走了，我想，然后把手机插进口袋里。只要我等一下，他就会回来。

但我没办法等待。

他结束了自己的生命。

他是出去走走。

他用约斯泰因的猎枪开枪自杀了。

我慢慢走下楼梯，在门厅里停下脚步。

如果那支猎枪在工具间，他就不会是自杀。

我朝那扇门看了一眼。

走进去看一眼就行。

但我做不到。只要我不知道那支猎枪是不是还在那儿，他就还活着。他去散步了。在森林里，在那陡峭的岩壁脚下，他小时候在那里建造了一间小屋。那是他的地方。他现在就在那里。

我穿上凉鞋去找他。

我的小宝贝儿。

小欧勒，小马驹。

你没做什么傻事吧，没有吧？

我穿过花园，越过栅栏，走上那条小路，飞虫在空中嗡嗡盘旋。我穿过那个杂草丛生的足球场，又走上球场后面的斜坡，那里的岩壁耸立着。

"欧勒！"我喊道。

他的地方是山前的一小片草地，藏在一些橡树后面。其中一棵被他简单地称为巨树。

他的夹克在那儿。

那么他到过这儿。

这是一个好兆头，不是吗？

除非他已经跟这里告别了。

我又给约斯泰因打电话。现在只有他能帮我了。

回家路上不停地打电话。

欧勒不在屋里。也不在他自己的地方。

他出去散步时没带手机。

蒂丽德

可为什么前一天晚上他突然变得那么开心，那么无忧无虑呢？

他已经找到了出路。

不！我停在栅栏边喊道。不，不！

我把脸埋在手里。

所有的力量，所有的情感都从我身上消失了。只有那尖叫的底色回来了，又白又冷。我慢慢地穿过草坪，绕着房子，来到车库。我打开门走了进去。那里面黑暗幽凉。我打开了灯。欧勒靠墙坐在血泊中。那支猎枪横在他的腿上。他向自己的胸膛开了一枪。头歪在一侧肩膀上。眼睛睁着。它们是空洞的，毫无生气。

我向前弯下腰，摸了他的脉搏。心脏不跳了。

我站在他的血里。

我蹲下来，把脸颊贴在他脸上，紧紧抱着他。

"你真冷，我的孩子，"我低声说道，"我去拿条毯子给你。"

我拿出电话拨通急救号码。进屋去拿了条毯子，同时把电话贴在耳边。电话上有血，我的手上，胸前，脸颊上，都有血。

"我儿子死了，"我说，"他在车库里开枪自杀了。我们住荣纳路 11 号。我叫蒂丽德·林德兰。"

我用羊毛毯紧紧裹住他，坐在他旁边抚摸他的头发，然后我听到外面救护车驶来的声音。我站起来打开门，此时救护车刚在我的车后停好。两个男人走了出来。

"他在这里面。"我说。

他们跟着我进来。其中一个蹲下来，摸他的脉搏。

他抬头看着我们。

"有脉搏，"他说，"很弱，但有脉搏。"

我大喘了一口气。那两人跑了出去。我靠在墙上。

那两人抬着担架和两个大包跑了回来。我没法去看他们对他做了什么，就走出去，一次又一次地给约斯泰因打电话。

几分钟后他们把欧勒放在担架上抬出来，脸上戴着氧气面罩，手臂上插好了留置针头，然后把担架推上了救护车。一个和他一起进去，另一个看着我。

"你可以和我一起坐在前面。"他说。

约斯泰因

　　我没对任何人说我在写哪篇报道，无论是对我们部门的人还是对报社的人都没说。我在工位上坐下来就开始写，甚至连那件满是树叶碎渣的外套都没脱，这足以引起注意了，我那副模样坐在那里，周身散发着隔夜的酒臭和性事味儿，像着了魔似的连连敲击键盘，埃林森来了没几分钟就出现在我办公桌前。

　　我头也不抬。

　　"你在写什么？"他说。

　　"一篇特别重要的东西。"我说。

　　"关于什么的？"

　　"等会儿你就看到了。"我说。

　　"我不记得你在选题会上提出过什么？或者你和我说过吗？"

　　"没有，"我说，"你现在能走了吗？我得把它写完。这很急。"

　　"我不喜欢你的做派。"他说，然后一屁股坐在我桌边，双臂架在胸前，一脸的装腔作势。"你是刚从什么狂欢派对直接过来的吗？"

　　我摇摇头。我满手同花顺，他可以给我死一边去。

"这样不行，"他说着站了起来，"这不是八十或者九十年代了。我们得聊一下这里应该按什么规矩来做事。就我们俩。那么就一点钟在我办公室？"

"你说什么就是什么。"我说，抬头看着他，露出了我最灿烂的笑容。

下午一点我就再也不是文化记者了，无论如何，这件事是确定的。

半小时后我写完了，去找新闻编辑。他坐在一间会议室里，我把它们叫作玻璃笼子——现在什么都要开放透明——我用力敲着玻璃，吓了他一跳。

"现在不行，林德兰，"他说，"你没见我正忙着吗？"

他最多三十岁出头，所以他那居高临下的语气让我很火大。但我保持了镇定。

"我有个报道要给你，"我说，"你应该现在就读它。"

他叹了口气。

"把它给伊弗，他是你老板。"

"这是篇新闻稿，"我说，"你必须现在读。否则你要后悔的。"

他盯着我。

"你疯了吗？你浑身酒臭，看上去像个鬼一样，还在威胁我？"

"真是去他妈的，伙计，"我说，"这家报纸到底怎么了？我有一个了不起的独家新闻，而你要坚持你的形式主义，连是什么都不想知道？"

"我会读的，"他说，"看在老交情的份上。"

对你来说，能记住上周的事就不错了，我想，你根本不知道我是谁。

"但现在我在开会。把稿子发过来，我今天下午给你回复。"

我摇摇头。

约斯泰因

"你必须现在读。你听不懂吗？当我说这是一个独家，那就是一个他妈的独家。"

他又看了我一眼。

"我不喜欢你的做派，林德兰。"他说。

他们是上过同一节课学会了说同样的话吗？

这真他妈的难以置信。

我二话不说，转身离开，敲响了主编的门。她就是个小姑娘，我对她的信心为零，但她是这个报社里最后拍板的人。

她从她那张巨大的办公桌上抬头看着我。

"我有篇稿子，"我抢在她开口前说，"警方找到了白基督的那几个男孩，其中三个已经被杀死了。用最惨无人道的方式。尸体就在黑沼湖。昨晚我在那儿。已经和警察聊过了。没有别人知道。卡夫利不想读这篇稿子，因为我是跑文化线的。"

她仍然没有说什么，就那么坐着看着我。

"发给我。"她说。

"行。"我说，关上身后的门，回到我的桌前把稿子发了过去。

五分钟后，她带着卡夫利进来了。

"我们会发稿，"她说，"但必须先核实。现在卡斯滕和汉斯负责这个。"

"好，"我说，"但这是我的报道。我要跟。"

"这个我们再说吧。"她说。

我摇摇头。

"不行，"我说，"我有熟人，我了解这个圈子，而且我是第一个接触这桩案件的。我不会让哪个该死的青瓜蛋子接手。这是我的。"

我看到他们是怎样交换眼神的。我在卡夫利眼里看到的是一个"不"。

操蛋的白痴。面子，面子，面子。

"好吧，"她说，"但你得和汉斯和卡斯滕以及卡夫利合作。而且仅限这一个报道。"

"那行，"我说着站了起来，"那我先回家睡会儿。"

走在街上，整个城市都沐浴在阳光里，我点了根烟并决定去给那个女艺术家来个家访。严格来说我现在还在上班，而蒂丽德上完夜班后会去睡觉，她不会惦记我，也不会怀疑什么。所以我可以去冲个澡，和她亲热一下，之后我再回家。

我不想去惊动前台，就直接乘电梯上去，敲了敲她的门。

没人在。也可能是她不想见人。

她情绪不稳定，这点可不能忘了。

我又走出去，点了根烟，在手机上查看新闻。还没有上线。可能他们还没联系上盖尔或其他能确认这个的人。

来自蒂丽德的未接来电已经积累了五十三个。但最后一个已经是一个多小时前的了。

最好的说法是手机没电了，我到家后才知道她打了这么多电话。我关掉手机，然后上坡向剧院走去，在那里上了一辆出租车。

"你能在那个壳牌加油站停一下吗？"我们朝桑德维肯那边开去时，我说。

"没问题。"司机说，他胖得几乎要从座位里溢出来，他的一双小眼睛在后视镜里看着我，像深埋在那些肥肉褶子里的两道光。

多么美妙的一天。

峡湾蔚蓝寂静。浅绿色的岛屿上点缀着橙色和红色的房子。一艘双头船正向北行驶，一条细细的白水像尾巴一样拖在它身后。

司机把车停在加油站的油泵后，我进去买了包口香糖，以防在有机会刷牙之前就撞见蒂丽德，然后又买了包烟，但当我站在收银台前付钱时，我突然感到饿得不行，就好像体内裂开了一条沟壑，于是又买了三根热狗肠面包和一瓶可乐。当我坐进车里时司机疑惑地看着那些食物，也许也有点惊讶，毕竟对他来说分量可能太少。

在我们到达小区前我刚好来得及把这些食物咽下去。我舔掉手指上的虾沙拉和番茄酱，在裤子上擦干净，找出银行卡。

"你可以在那个十字路口停下。"我说。不想让她看到我从一辆出租车里出来，这可能会引发一连串问题。

不过在不是周末的早上，在马路上溜达感觉有点怪。当然，附近一个人都没有。

我小心翼翼地打开门，走进门厅，驻足细听。一切都很安静，她睡得像个孩子。我走进那个小套间——我们曾经把它租给一个疯女孩，后来我自己用了，这里放着我的书桌、沙发和电视，还有一个浴室和一个我在很久很久以前用作暗房的小储藏间——脱掉衣服，把那件现在已经散发出各种恶臭的西装外套放到柜子底部，准备等方便时再送去干洗，然后走进浴室，打开淋浴，站在热水下面幸福地叹了口气。

我刮了胡子，刷了牙，换上干净的新内衣。有那么几秒钟我在想是在这里睡还是去楼上的卧室睡。出于实际考虑该在这楼下睡，因为睡上几小时我就要回去工作了，但这样会招致疑问，所以我在腋下涂好除汗剂，上了二楼。

蒂丽德不在床上，她根本没在上面睡过觉，床还铺得好好的。

难道她就这样离开了我？

这就是她打了这么多次电话的原因？

有人看见我了吗？她的一个同事？还给她打电话了？

见鬼了，真的。

我把被子扯到一边，揉了揉床单，万一她因为什么事情晚回，可以让它看起来像是有人睡过，然后我穿上短裤和衬衫，走进厨房给自己做了杯咖啡。假使要好好谈一谈的话，我需要咖啡和烟。

也许是她母亲去世了？

这是可能的。

那样的话她会从单位直接开车过去，然后给我打一百万个电话。

不会有人看到我的。毕竟一切都发生在酒店房间里！

也许我根本就不需要睡觉，我现在想。洗完澡换过衣服之后，我感到自己清新敏捷又轻盈。

我拿着热气腾腾的杯子来到花园里，在露台荫凉处的桌子旁边坐下。盯着洒水器在阳光下喷洒出来的水柱看了一会儿。软管某处发出嘶嘶声，那儿肯定有一个洞，但不是一个大洞，因为水压看起来还算正常。

不如直接抓住牛角也罢，我想，打开手机，拨通了她的号码。

"约斯泰因。"她说。

"这一切我都可以解释，"我说，"昨天和同事们出去时我拿到了一个不得了的爆料。这是百年一遇的。这是我的。我一晚上都在外面工作，然后我直接回报社把它写了出来。这是大事。它会出现在 CNN、福克斯、BBC 等所有你能想到的地方。我刚回家洗了澡换了衣服，现在还得再出去一次。看起来我现在也能回去原来的岗位了。一切都很顺利。"

我喝了一口咖啡，伸手去拿那包香烟。

"约斯泰因。"她又说了一遍。

我做了最坏的打算。她的语气有问题。

"怎么了？"我说。

"欧勒现在很危险。"

"欧勒？你在说什么？发生了什么事？"

约斯泰因

"哦，约斯泰因。他对自己开枪了。"

"欧勒？他试图自杀？"

"是的。是的。是的。"

"该死的。真是个该死的白痴，"我说。

"约斯泰因，"她说，"你现在得过来。"

"真是见鬼了，"我说，"但他没成功，你刚才是这么说的吗？他还活着吧？"

"我想是这样。我不知道。他们现在正在抢救他。"

"天哪，"我说，"他为什么要这么做？你怎么想？"

她开始哭泣。

"快点。我们现在需要你。"

"我马上就来。"我说。差点再加一句说让我先把咖啡喝完，但幸运的是没说出口。她不会明白的。

我需要时间消化这件事。

真是个白痴。他怎么可以这样对他的母亲？

我们家从来没有自杀的人。

我们不会做这样的事。

我们会把烦恼放在一边。而且他是他母亲唯一的快乐。

他就没有想过这一点吗？

他只想到自己和他的小问题吗？

因为没有同伴而自杀。

多么可悲？

大错特错！

为什么他不能坦然面对生活呢？

坐在家里自怨自艾。

难怪。

我站起来，抽着烟在露台上走来走去。

该死的。

真是个白痴。

蠢得让人想哭。

啊啊啊！

我把烟头扔在地上踩熄，然后回到屋里。我只能开她的车，但天知道她的钥匙在哪儿。

幸运的是它就在门厅的桌子上。

我需要带什么东西吗？

信用卡和证件在后裤兜里。

就是这些了。

我锁上门，走到车边坐了进去。车里热得像要沸腾。座位灼痛了我的小腿，我转身看看后座上是不是有条毯子可以让我垫在座位上。然后我眼前一黑。那黑暗的浪潮再次袭来,起初只是一丝了然，就好像我在它发生之前就知道它要发生那样。那一瞬间我感到了恐惧，意识到这浪潮马上就要用它的黑暗吞噬我，出于某种疯狂的原因，我将钥匙插入点火装置，发动了汽车，好像我可以开车摆脱它的吞噬一样。

然后黑暗在我心中升起，就像水龙头给瓶子灌满水一样，一切都黑下来了。

不，一切都化为虚无。

我不知道这持续了多久，完全没有时间概念。

但我突然就到了某个地方。

我认出了它。

四下一片漆黑。但在我前方深处有一丝光亮。我坐在已经发动起来的车里。

约斯泰因

但这次我不打算回去了。我不想回去。

我环顾四周。

身后是黑暗的深渊。

我能到达那里吗？

我已经在那里了，然后我跌倒了，一切又暗下来了。

我并非坠落穿过了黑暗，而是好似与黑暗合而为一。我就是黑暗。但直到后来我才意识到这一点，当我离开它、睁开眼睛的时候，开始我还不知道我是谁，也不知道我在哪儿，只知道我在此处。

我躺在地上。头顶的天空是灰色的，空气生冷。我能听到附近某处传来流水声，除此之外一片寂静。

我有点期待着会有人在那一边试着让我活过来，就像前两次一样。但这次只有我一个人。

这是因为我选择了不同的道路，我想，然后坐了起来。

我发现自己在森林里一堵岩壁旁边。周围的树木没有叶子，树干因为潮湿而闪亮。我刚才坐在其上那又软又湿的是苔藓。

不知道为什么，我口渴得要命。

我站起来靠在最近的树干上支撑着自己，抬头看着这灰色天空下黑色树枝交织而成的图案。

这是我想象出来的吗？会不会我实际上躺在车里，而我在这里看到的一切，其实都发生在我脑海中？

这是一棵橡树，巨大而粗茂，要说它树龄有一千年也不无可能。树皮可以说既粗糙又光滑，既坚实又皲裂。

不，毫无疑问我就在此地，在这片森林的这一棵树旁。

我看向那水声传来的地方。几株纤细的白色树干在远处的绿色和灰色中闪着微光。白桦树通常生长在水边或湿地边，我从童子军年代起就记得这一点。

所以那里有条小溪。

但我到底在哪里？

我在这里做什么？

我的天啊。

我是不是已经死了？

我在车里心脏病发作了吗？

也许还有一种解释，就是我的灵魂进入这片黑暗，然后经过另一条路，来到了这里。

我低头看着自己的身体。

如果是这样，为什么还会有这个身体？

小肚子以及所有这些？

该死的，同时冒出来这么多问题。

我得喝点酒，然后才能思考。

我从森林中这片柔软的地面上出发，离开高大的橡树，进入一片年轻些的树林，它们的树干没比我的胳膊粗多少，密密地站在一起，纤细如鞭的枝条在我的身体挤过去的时候随之弯曲，而后又弹回原位，树冠在我头顶上方摇曳挥舞。

我讨厌森林。

我到了那片白桦林中，又湿又冷，渴得要命。哗哗的流水声很大，仿佛就在附近，但我目力所及之处没有任何河流，也没有小溪。

水声还在潺潺作响。

我闭上眼睛。那声音听起来是从下面传来的。难道有什么地下河流经这里？

我又睁开了眼睛，躺下，把耳朵贴在地面上。

那声音变得空洞一些了，就仿佛有水在我正下方一片更大的洞穴里流过。

我跟着水声走下去，看看这水有没有可能流出来，注入附近某处的湖泊，或者渗入某个泉眼或水坑。

我冻僵了，于是加快了速度，试图让自己暖和一点。

四下寂然一片，没有任何动物的动静，也没有鸟儿。只有一棵又一棵树，一丛又一丛灌木，一丛又一丛荆棘，一个又一个沼泽，静立在雾气之中，雾气偶尔不紧不慢地在空中飘过，如同盲瞽，在摸索着前行。

到处都看不到人类活动的痕迹，连一个小塑料瓶盖或一块干瘪了的橙皮，或者一个脚跟在土壤或苔藓上留下的最微小的压痕都没有。

我也不懂野外探索，老实说，而且我在童子军里只待了几个星期，当时是秋天，我受够了他们那虚头巴脑的虔信就退出了，所以也有可能我身边到处都是各种踪迹，只是我看不出来而已。

另一方面，我边想边用手飞快地摩擦了几下上臂，因为穿着短裤和夏天的衬衫，我冷得要命，一个地方到底是不是荒无人烟，总是能感觉出来的吧？

我弯下腰从地上揪起一把苔藓，按在嘴上，试图吮出一点水分，同时避免吃进嘴里去。确实有水分渗入口腔，勉强能湿润，但我也尝到了泥土的味道，舌头上也沾上了几丝苔藓。

我吐了口口水然后继续往前。

我的面前矗立着一棵大橡树。

见鬼，还是之前那一棵。

我在原地打转。

我停下来，把手放在硕大的树干上，环顾四周。

我刚才是朝着那片疏林走的。那这次试下往另一边。

我刚要迈开脚步，突然有种似曾相识的感觉。这片岩壁和这棵大橡树。我以前见过它们。

但是是在哪儿呢？

我转过身来。

这就像一场梦。我越是努力地想要去记起，它就离我越远。

我继续走下一个斜坡，几分钟后来到一片小小的空地。在那儿我看到一片山麓。我认出了那片山麓。

我每天都能从厨房窗户看到的那片山麓。

我环顾四周，这片风景的所有特征突然都对上了。

我们的房子在那个位置。那里是邻居家。路朝那边走。

但到处都是森林，除了树木什么都没有。

那些房子去哪儿了？

我是不是到了另一个年代？在所有那一切建成之前？

别傻了。

但这会是什么情况呢？

我不偏不倚地站在那辆汽车原本的位置上。这点毫无疑问。

或者还有其他可能？

我的喉咙以一种前所未有的方式灼烧着。想要喝点什么的冲动在我内心撕扯着，我赶紧穿过这片曾经的住宅区，现在它是一片森林。我快要冻僵了。在这个温度下穿着这些衣服过夜肯定不行。这里一定有人。有人的地方就能取暖。我可以找一间小木屋进去，或者敲开一个偏远农场的门，或者就这么走下去，直到抵达某个村庄或城镇。

流水的声音又出现了。这里那里潺潺作响，到别的地方则是低沉的轰鸣声，我想象着它在那里形成了巨大的地下激流。

我抬头看着灰白色的天空。那是我平时看到的同一片天空。光线表明现在是中午时分，如果考虑到气温的话，现在很可能是深秋。

该死，这到底是怎么回事？

只愿那黑暗再次回来，我想。这样我就可以从这一切中醒来，回到自己的身体里，回到车里。

没有其他办法，只能继续往前走，希望黑暗降临。

森林又变得茂密起来。这边看起来是较老的林子，许多树的树干和低处的树枝都颜色暗沉，长满了青苔。在它们旁边是年轻的树木，笔直而高耸，往空中伸展出大约二十米的高度，再旁边是密密生在一起的松树，树枝虬结在一起，看上去像是只有一棵树，一个该死的巨人。

我在一棵桦树前停下来，低下头舔了舔那光滑的树皮。这只会激发出想继续舔的欲望。喉咙像砂纸一样干燥，但这还不是最糟的，最糟的是那冲动，整个身体因强烈渴望着某种我无法给它的东西而紧缩起来。

还以为是在烈日下的沙漠里漫步呢，我想。这真是讽刺，我周围到处是湿气，在空气中，在树木中，在脚下的枝叶里。

我绕着那棵松树走出一条悠长弧线，再也听不到地下河的声音了。但在这丛浓密植物的另一边，森林后方，森林开阔起来，中间出现了一条草木不生的沟壑，那里有一条棕色的、静止的小溪。

水大概有一米深，透过那泥土色的水能看到河床上的沙子在微弱地闪烁着。我在岸边跪了下来，双膝深深陷进泥土里，但谁在乎呢，下一刻我双手掬成碗状，冰冷的水顺着我的喉头流下。

我像条狗一样舔舐吞咽。

然后我背靠着河边一棵孤零零的白桦树，在地上坐了下来。这棵树完全是黑色的，从五米高的地方开始树皮才变淡成了白色。

这水那么冷，仿佛水里的寒意不仅从喉头蔓延到胸口，还从口腔蔓延到头部。但它的寒冷和空气里的寒冷不一样。这种寒冷是令人愉快的，它抚平了一切，包容着一切，让我的身体内部也变得益加清晰。跳动着的心脏如此单纯美丽，血液流淌到全身各处。是啊，这流淌的血液，这跳动的心脏，还有那些同样纯然美好的情绪，以与血液不同的方式蔓延开去，它们移动的方式更像是当太阳溜进云层时投在地面上的影子，悠然往前然后瞬间覆盖了一切，开始是一种方式，那是喜悦，然后又换了一种方式，那是悲伤。这一切都发生在心脏跳啊跳的当下。以及这生长的树木，这流动之水，这朗照的月亮，这燃烧的太阳。这心脏和血液。这欢乐与悲伤。这树木和水。单纯又美丽。美丽又单纯。

"你跳得真好。"我说。

我自己的声音在安静的森林里响起，我吓了一跳，站了起来。

我到底在哪儿？

膝盖湿漉漉的，泥土粘在上面。

河岸边的泥泞里有印迹。先是脚印，然后是膝盖留下的印子。

这些都是我弄出来的吗？

肯定是。这里没有其他人。

我住在这里吗？

在这个森林里？

或者我只是来这里散步？

而我又是谁呢？

我连这个都不知道吗？

"嗨，我的名字是……"我说，并希望一个名字会自行冒出来。但并没有。

假使我连自己是谁都不知道，那么我又是什么人？

一个无名之辈？一个某某人？

我注意到，只需要熟悉之物的蛛丝马迹，一切就会各就各位。

约斯泰因

我开始走动，去找一些熟悉的东西来解开这个谜团。我从那棵巨大的松树旁边走过，进入一片古老森林，暗沉而半腐的断木倒伏四处，蕨类植物拂过我的小腿。

从什么地方再次传来一条河的声音。它并不像我刚刚离开那条河那样静止不动，它咆哮着嘶吼着。肯定就在那边的山麓后面。

但当我站在山顶时，却看不到什么河。

只有声音。

会不会是某种幽灵河？

真是胡扯，我想，然后走到了它本应流经的地方，把耳朵贴在地上，声音变大了，我明白了，那是一条地下河。

我想象着地下那片洞穴，墙壁发出隐隐磷光。眼睛已经闭合在一起的鱼，失明的蟾蜍，还有能在黑暗中视物并设法大快朵颐的白鼬。

所以我知道什么是鱼，什么是蟾蜍，什么是白鼬。

我还知道些什么其他的吗？

我知道什么是寒冷，什么是雨。我也知道树木和苔藓，以及荒野、山麓和天空。

但除此之外就什么都不知道了？

那里有什么东西，但它好像藏在一堵光滑的墙后。墙。我知道它在那儿，但过不去。

一个宝贵思想的宝库。

所以我知道什么是思想，什么是宝库。

有什么告诉我要往前走，我继续穿过森林，地势稍微向上倾斜。这里的树木如此高大，吸收了所有光线，所以林中的地面是贫瘠的。我边走边抬头看着树枝间灰白色的天空。像暮色中的牛奶一样，不知为何我这样想到，想象着厨房里的一杯牛奶，这厨房里所有的光都来自外面。它放在一张树脂简易桌上，桌面是大理石图案，桌腿是金属的，还有四个有浅蓝色凳面和金属腿的凳子。桌子上还有两个棕色盘子，盘子是空的，只剩一些面包片的残渣，还有一个玻璃杯，也是空的，顶端有一圈牛奶残痕。

这算是一点蛛丝马迹，但还不够，因为它就到此为止了。

谁从这杯中饮过，谁曾从这盘中取食？

什么时候？

以及在哪儿？

这里静默得这么奇怪，我想。没有鸟鸣，甚至也没有乌鸦发出的嘶哑噪鸣。而且也没有风。

在我面前，树林深处，矗立着一堵岩壁，在雾中隐约闪烁着。

有人坐在那儿！

背靠岩壁，双手垂在身侧。

"嗨，你！"我喊道，以我力所能及的最快速度朝他走去。

因为那是一个男人。我走近后看到了一个年轻人。

我以前见过他。

他跟我有某种形式的联系。

剪得短短的头发，圆圆的稚气未脱的脸，苍白的皮肤，格外明亮的眼睛。

当我在他面前停下时，他抬头看着我。

"你在这里做什么，爸爸？"他说。

他是我儿子。

我有一个儿子。

"我不知道。"我说。

"你死了吗？"他说。

"死？"我说，"当然没有。我只是……"

他低头看着地面，就好像突然对我失去了兴趣。

约斯泰因

"我只是什么都不记得了，"我说，"什么都记不住。你能帮我吗？"

我发现他手里拿着什么东西。看起来像一只毛绒兔子。

那是一只毛绒兔子。

他把它抱在胸前，再次抬头看着我。面部五官似乎是模糊的。不，变化的。他的五官就在我眼前变化着。但一直是他。

"不行，"他说，"我不能帮你。"

"我能帮你吗？"我说。

他摇摇头。

"现在不行了。"他说，然后起身走开。

"你要去哪里？"我说。

"别跟着我。"他说。

他在森林里速度快得惊人，几乎像是在地面上滑行。

"等等！"我喊了一声追上去。但尽管我已经跑起来了，我们之间的距离还是越拉越大，很快他就消失在我视线里。我继续往同一个方向走，不知道他是不是真的走了这条路，但那就是我必须紧紧抓住的一切。

这野地走起来越来越容易，树木之间的距离也逐渐增大，不一会儿我就走出了森林，面前是一大片开满石南的荒原。

这荒原满目皆红，其间点缀着黄色，看上去绵延数公里。这是石南花的红棕色。黄色的一定是沼泽。到处都是荆棘丛和灌木丛。

我看到远方有一个人影。一定是他。我朝他跑过去。

荒原之外矗立着几座山，在正在昏暗下来的天空下呈现出深灰色。

他是要去那儿吗？

他停下来，转身看着我追上去，有那么一刻他看起来像是想等我。

"儿子！"我喊道，"等等！"

但他继续往前，仿似一闪就过去了。

又停了下来。

我面前出现了一片荆棘丛。我停下脚步，即使我不愿停下。

我不能在这里充硬汉。

我很确定这一点，就像我同样确定我必须找到他。

我的儿子。

我有一个儿子。

我记得有个厨房。

我到过那儿。

这就是全部。

我甚至不知道他叫什么。

但他看着我。

"来吧！"我喊道。

他犹豫着开始朝我走过来。

他的眼睛亮得像两盏灯。

"我什么都不记得了。"我说，此刻他停在荆棘丛的另一边，距离我不超过两米，"我甚至不记得你叫什么了！"

他的脸现在比我刚才见到他时老成了一些。但当我凝视它时，它不知不觉间变成了一种新的形态，他看起来像个十六岁的孩子，虽然五官都没变。

我对他充满了温暖的感情，渴望伸手抚摸他的脸颊，抚摸他，拥抱他，去感受他的身体贴着我的身体。

"我只是想帮你。"我说。

"我不需要帮助。"他说。

"但我必须要知道我们为什么会在这里，"我说，"以及我是谁。你知道吗？还是你也什么都忘了？"

约斯泰因

"我不知道你为什么会在这里，"他说，"但我必须往前走。"

"我想我是来接你回去的。"我说。

"也许你是，"他说，"但我不想回去。"

然后他转身开始往回走。

"那我跟你一起去。"我在他身后喊道。

他没回答，身形也越来越小。很快就完全消失了。

我现在该怎么做？

我该去哪里？

他要前往的群山有什么让我感到熟悉。它们的形状。

也许我住在那儿，每天都见到它们。

那么，我和儿子住在一起？

也许还有他的母亲？我有个妻子吗？

我闭上眼睛，试着回想妻子。并没有什么脸庞出现，甚至当我试图观想儿子以唤起妻子的形象时，也没有出现什么脸庞。

我累到骨子里了。而且又冷又饿。天黑得很快，比我习惯的还要快，我得找个地方过夜。我唯一知道的地方就是我找到他的地方。也许他会回那儿去。我想，那概率至少高于我在任何其他地方偶然找到他的可能，于是我开始往回走。

儿子岩壁的尽头有一个相当深的裂缝，它陡峭地向下倾斜，然后又在另一侧升起，是有人在上面放置了几根木棍，覆上松针，所以它形成了某种屋顶状。就在那屋顶外面，有人做了个火塘，有一圈石头，里面有一些烧焦的木屑和灰烬。我定睛细看时，发现了许多小骨头，应该是来自一只鸡或兔子，白色且光滑，完全没有附着的筋肉。靠着岩壁有一些细细的劈柴和干枯的树枝。所以肯定有人经常用这个地方。

我背对着山坐下来。

有什么告诉我不是儿子，而是其他什么人建造了这些。

我拿了三根木柴，把它们架在一起，从其中一根上扒下一些树皮，把那些多节的树枝折成更小的枝节，放在下面，不假思索地拍过短裤的六个口袋，然后是胸前的口袋，那里有个打火机和一包香烟。

也就是说，我抽烟。

王子牌淡烟。

我看到一片干燥的田野被阳光照耀着，我看到自己向前低着头，用手护着打火机，因为风很大，然后我看到两个女孩并排站着，她们都穿着胶靴和工装，里面穿着肥大的针织毛衣，其中一个头发扎成两条辫子，两手沾满了泥土。

就是这些。

这条线索我也无法解开。

画面就到此结束。

但那个手上沾满泥土的女孩，莫非是妻子？

我点燃了那些树皮和细树枝，它们立即烧了起来。当火苗蹿升起来，吞噬着黑暗，我才突然想到被看见可能会很危险。

这里还有其他人。有人造了这小屋和火塘。

但我必须取暖。

到天亮前我可以不吃东西，但不能不取暖。

明天我必须去找儿子。我知道他情况很紧急，我也知道我会帮助他。只是我不知道用什么来帮，或者怎么帮。但他可能知道这一点。而且他也知道我是谁。

我是因为儿子才来这里的。

我无须知道更多，我想，凝视着那火，火焰起起伏伏，颜色从橙色滑向黄色，焰心则是不变的幽灵般的蓝色。

约斯泰因

木柴发出噼啪声和爆裂声，偶尔会发出更响亮、更具爆炸感的声音。

我开始打瞌睡。我突然想到，在我即将入睡的时刻，也许会涌来更多画面，因为之前那些画面也是这样出现的。

附近某处有什么东西窸窣作响。我吓了一跳，猛地睁开了眼睛。很可能是林间地面上一只路过的动物，我想，然后伸手又去拿了一根木头，小心翼翼地放在火上。

我感觉有人在看我。

也许是因为我在光亮中太显眼，又无法看进黑暗中。

最好假装什么都发生。

几分钟后，当我的视线在火焰中变得迷离，我已经忘记了那种感觉时，一个声音突然响起。

"你是谁？"

我猛地站起来，望向那黑暗中。

"放松，"那个声音说道，还笑了一声，"我并不危险！"

那是一个女人。她肯定已经研究了我很长时间。

"你是谁？"我说，"过来这儿，让我看见你。"

她无声无息出现在火光里。她个头相当小，看起来已经七十多岁了，背有些驼，脸上布满皱纹，皮肤粗糙，就像老照片里老年妇女的样子。她笑了，但只限于嘴角，她淡蓝色的眼睛里没有笑意，冷冰冰的。

"我以前没在这里见过你，"她说，"你是什么时候来的？"

"我不知道。"我说。

"那你是谁？"

我摇摇头，举起双手，耸了耸肩。

"你喝过觅川[1]里的水吗？"她说。

"觅川是什么？"我说。

"一条河。"她说。

"今天早些时候我从一条河里饮水了，是的。"我说完就坐下了。"但我不知道它叫什么。"

"那就是觅川，"她说，"所以你就什么都不记得了。"

"那么，你是谁？"我说。

"你为什么想知道这个呢？"她说，同时用一只手把头发拨到一边去，这肯定是她年轻时惯用的一种姿势。

"可能你自己也不知道，是吗？"我说。

她哼了一声，坐在一块石板上。

"是的，"她说，"但不过这也没什么关系。"

"是你问的我，对吧？"

"以前没见过你，所以才问的。"

"我以前也没见过你。"我说。

"你说得对，"她微笑着说道，"但我想知道的不是你的名字。更多是关于你在这里干什么。以及你为什么生了一堆火。"

"因为我很冷，当然。"我说。

"挨冻并不危险，"她说，"你必须记住，你已经死了。没有人会死两次。"

我看着她。她的表情很严肃。毫无嘲讽的迹象。

"你是什么意思？"我说。

"你是一个否认者吗？"她说。

---

[1] 原文为 Leite，即找到什么东西的地方，觅处。此处转译为觅川，平行于中文世界里的忘川。

"你在说什么？"

"你否认自己已经死了。"

"这太荒谬了，"我说，"我冷，我饿，我很累，而且我有一个身体，我身上还有一包香烟。我想，没有多少死人能这么说吧。"

"对我来说都一样，"她说，"没有人能和否认者进行一场理智的对话。这根本办不到。"

她起身准备离开。

"好吧，"我说，"就当我已经死了。那你也死了吗？"

"是的。"她说完就消失在黑暗中。

"等等！"我喊。

没有回答。

我起身跟了上去。黑暗如此浓重，简直伸手不见五指。

"等等！"我又喊，停下来听她的脚步声。

但周围却完全安静了。

她肯定也和我一样什么都看不清。我想这意味着她应该也待在附近。我想，最好等天亮了去找她，于是又回到了篝火边上。

我已经死了吗？

这完全解释不通。

但如果我还活着，我在哪儿？我怎么会到这里来的？难道是我出了什么意外失去了记忆？只是四处游荡着走进了森林？

那场事故里儿子也在吗？

明天我必须去找那个老女人，我想着然后侧躺下来，尽可能贴着篝火，闭上了眼睛。

我在晨光里醒来。下雨了，尽管那层屋顶没有漏雨，我还是冻得瑟瑟发抖。我坐起来，双手搓着胳膊，望向那无情的湿漉漉而雾气弥漫的森林，试图把刚才做的那个梦再留住一会儿。我和一个朋友骑车出门，他十二岁，我也是。在我们前方，在树林间的阳光下，出现了一艘巨船。那是一艘油轮，停泊在岸边。有两个人在甲板上打网球，此外甲板上再没有其他人了。系住船的绳索几乎和我们的身体一样粗。

这就是全部。但它给了我希望，因为现在我已经有了来自过去的三个事件：厨房、田野里的女孩、和朋友骑自行车，再这样持续几天，我很快就能就拼出一幅关于我有过什么样的过去以及我是谁的图景。

而且我还有儿子在这里。以及我认出了平原另一边的那些山脉。

但儿子是关键。

我必须找到他并帮助他。

我开始朝森林边缘走去。我的计划是顺着它，沿着荒原一路走下去，希望我走到尽头时，前方的路会自然显现出来。也有可能路上我会记起更多的东西，这样我就知道或至少能感觉到该往哪里走。

雨淅淅沥沥地下着。低垂的雾气如此浓重，有些地方我都看不到树顶。

在我脚下这个缓坡的底部，下方大约三十米处，有一条河道，前一天我没有注意到它。河道两岸是高耸的阔大的云杉树，灰色的树干下方长着光秃秃的细枝，上方则是沉甸甸的绿色粗枝。

我停下脚步。

树下的灌木丛里是坐着一个人吗？

肯定是的。

我瞥见一张苍白而扁平的脸，还有身体黑色的轮廓。

我心跳加速，想也没想就从口袋里拿出那包烟，点了一根。

那个人影没有动。

约斯泰因

会不会是个死人？

我喷出的烟雾在我面前的空气中悬浮了一会儿才消散。

我吸了一口，力道太大，以至于滤嘴都烫了。

没有死人会抽烟。

那个老女人只是试图骗我。

我松手把烟头扔到地上，踩了一脚，开始朝那棵云杉树走去，缓慢而小心，以免吓到那里的人。但直到我在那丛灌木前停下，已经能把那张脸看得清楚了，那个人影依然纹丝不动。

但眼睛是睁着的，里面有生命，它们以一种奇怪的方式闪烁着，有点像儿子。仿佛有一簇小火苗在它们内部燃烧。

"哈罗？"我轻声说，然后蹲了下来。

那身影把头转向我。它看着我的方式像一个瞎子在看人。嘴巴张着。目光并没有停留在我身上。稀疏的头发从它的头皮上垂下来，就好像有人把它的头发扯掉了似的。这是一个男人，或者说是一个男人的残余部分。

"哈罗。"他用颤抖的苍老声音说。

我的胸口发凉，猛地站起身来，后退了几步。我环顾四周，周围一个人也没有。

"你是谁？"我说。

"我……不……知道……"他说，同时缓缓向我伸出手来，好像他想要摸我，却不知道我站在两米开外。

"这是什么地方？"我说。

他同样缓慢地放下手臂，把头从我这个方向转开。我无法确定他真实的模样，他的五官不知怎么的几乎看不清，只有那双眼睛在树下的晦暗里闪着盲目而清晰的光。

"我……不……知道。"他又说。

"你在跟亡灵说话吗？"我身后有一个声音说道，"那你比你看起来更蠢。"

是那个老妇人，她迈着优雅的步伐从斜坡上走下来。

看到她，我的心沉了下去。

所以我并不喜欢她，我想。

应该直接去荒原，而不是在这里停留。

她在离我几米远的地方停了下来。

"他们什么都不记得。他们什么都不知道。他们只是在这儿四处游荡。"

"我也什么都不记得。"我说。

"但你在思考。你是个否认者，但不是亡灵。"

"你昨天不是说我死了吗？"

"是的，那么。你是死人。但不是亡灵。你对他说什么了？"

"我问他是谁。还有这里是什么地方。"

那个亡灵把头转向我们，或者转向我们的声音发出之处。他张着嘴，看起来像是在听。

"他能听到我们的声音，不是吗？"我说。

"他可以，是的。但他能听懂的也不多，可怜的东西。"

她走到他面前，把树枝拨拉到一边，抓住他头上一绺头发然后拉了拉。

"站起来，"她说，"起来，你起来！"

那个亡灵在她手中困惑地扭动着头，同时慢慢站起来。当他完全起身后，她推了推他。他跌跌撞撞地走了几步才找到平衡，然后继续前行，消失在树林里。

她笑了笑。

"他们是无害的。"她说。

约斯泰因

"他们是谁？他是谁？"我说。

"不知道。"她说着，像前一天晚上一样轻佻地把头发拨到一边。

就在那一刻，就在她低下头，侧面对着我的时候，我认出了她。

我以前见过她。很多次。

但她是谁？

在她身后的斜坡顶上，出现了三个男人。他们不是亡灵，他们和她是同类。他们停在山顶，俯视着我们。

她感觉到我在看着什么，转过身来。

他们下来了。

我从她的反应里看出来他们并不危险，但我开始往荒原那边走。

"你要去哪里？"她说。

"去找儿子。"我说。

"你有儿子在这儿？"她说。

我没回答。她走到我旁边。

"你怎么记得的？"她说。

"我昨天见过他，"我说，"而我还会再找到他。再会。"

她仍然站着。我继续前行。几分钟后，当我走出森林时，我回头看了一眼。

没人跟着我。

我沿着森林边缘行走，同时不断往外看，关注着荒野上的动静，荒原空旷广袤地向外延展。上面只有一两只奇怪的鸟，高高盘旋在灰色的天空上，又小又黑。

独自一人是一种解脱，上路也是一种解脱。我仍然挨着冻，饥饿啃噬着我的胃，但肯定有什么事情发生了，因为很奇怪地，饥饿和寒冷似乎影响不到我了。而且我似乎也没有因为缺少食物而变得虚弱，在我大步往前走时，感觉自己充满力量。

过了一会儿我开始频频停下来回望，好像我无法控制似的。我发现自己越来越频繁地回头。尽管我告诉自己要继续前进，但下一秒我就发现自己转身回头看。

几乎每迈出一步，那出了什么问题的感觉都在增强。我不该离开这里，这就是我应该待着的地方，我确信这一点，而这种确信撕扯着我。与此同时，我也确信儿子走的也是这条路，想要找到他的冲动也同样强烈。

这就好像两块磁铁从不同的方向拉扯着我。或者不，就像我在奋力往前，而一块磁铁在体内把我往后拉。如果是这样的话，我想，事情会变得更容易，因为离"家"越远，那拉力就会越弱，直到完全放手。

过了一会儿荒原变样了，不再长满石南和荆棘丛，而是沼泽遍野，满地金黄，到处都是星星点点的小水洼和池塘。当小丘和低矮的山麓开始出现，地面变得青草丛生的时候，我离开了森林边缘，往那片平原上走去。很快我就发现了远处几个看起来像塔的东西。有三个，我朝它们走去。

当我走近时，我看到空中有一条带状的烟雾，从荒原的一端延伸到另一端。这让我感到不安，想要回家的冲动变得如此强烈，以至于我停下了脚步。

在我身后，齐膝高的草丛中，卧着一些红色的东西。

我朝那儿走去。那里有一小堆衣服，最上面是条红裙子。一些T恤，几条内裤，几件衬衫，裤子。在它们旁边，几乎完全被草丛遮住的，是几双鞋子和凉鞋。

我蹲下身子，找到了一个棕色钱包，它敞开着，翻盖打开了，当我把它翻过来时，我看到了一长条在那种自动照相亭里拍的两个女孩的照片，她们大概十四五岁。后面是一张同龄男孩的照片，显然是从一张更大的照片上剪下来的。钱包里放着两张五十克朗的纸币、一些硬币和一张公交卡。

我再次直起身子向外看去。

朝着那几座塔的方向，这一路的草地上都堆满了衣物，越靠近，衣服就越多，还有鞋子、眼镜、钱包、手袋。

我很快意识到那些不是烟，而是蒸汽。它似乎来自一条横跨荒原的河流。

来到河堤前，我看到那些塔矗立在对岸。它们形成了一个三角形，彼此之间大约隔着三十米的距离。每座塔底部都有两条宽阔的坡道，看起来似乎是木制的，塔从坡道顶端向空中升起大约二十米，细窄伶仃，用某种金属网制成，这就是我依稀能看到的。

周围的草丛有很大一片区域被踩倒，方圆至少有一百米。上面到处都是一人多高的衣服堆。

这里可能发生了什么？

看起来像是一个集会地点，聚集过上千人。

这些塔，它们会不会是某种教堂呢？是什么东西的象征？

我抬起视线。太阳在灰色天空中，呈现出一个苍白的、淡黄色的光斑。

天空更高的地方，有一只大鸟在缓慢盘旋。

我不喜欢它，它隐隐约约给我一种威胁感，我在这里也太显眼了，在它目力所及处只有我一个人。

我走上堤坝，下到河的另一边，弯下腰，小心翼翼地把手伸进水里。它是滚烫的。

没有人能走过这条河而不被烫伤。

我看了看那些塔。

是谁建造了它们？

它们是用来做什么的？

我的目光在天空搜寻那只鸟。但天空是白色而空旷的。

一个新的画面被从记忆的宝库里释放出来：我爬在一根杆子上，它是灰色的，金属质地，空气冰冷，天空湛蓝，阳光灿烂。脚下是零星的积雪。那年我十三岁，那是我十三岁那年的春天。那是复活节！漫长而无精打采的日子。高特在下面站着，一头卷发，脸上挂着淘气的笑容。

那一定是一根无线电信号杆，我想，抬头看向塔顶，那里竖着一根长长的金属杆。

自从我失去记忆以来，还没有哪次能一次想起这么多信息。

为什么儿子不愿意说出他的名字，或者说出我是谁？

当我想到这件事时，悲伤行遍我全身。

他不想和我有任何关系。

我对他做了什么吗？

那会是什么呢？

他毕竟是儿子。

他说过他必须回去。

回去哪里？

什么地方都有可能。

下午我回到了"家"。这感觉很好，尽管我想念着儿子。我背靠着山坐下来，眺望森林，其实什么也没看到，这感觉也不错。夜幕降临时，我生起了篝火。

感觉好像身体吸收了饥饿，有点像一艘在水里泡发的船，我想，身体把饥饿吸进自己体内，就像木板因吸收水分而膨胀，让接缝处密闭起来。

约斯泰因

和前一天晚上一样，我在火堆前打瞌睡，和前一天晚上一样，附近某处突然传来窸窸窣窣的声音。

"是你吗，老太太？"我说。

她无声无息地出现在火光里，坐下。

我没去看她，伸手向后抓起一根木头加在了火上。

"你找到你儿子了吗？"她说

我摇摇头。

"你走了多远？"

"荒原上那条河那里。"我说。

"你没过河吗？"

"没有。"

"那里有一艘缆线渡船，你没看到吗？"

"没有。"

"不是在荒原上，而是在森林里。"

我感觉到她在看着我。

"另一边是什么？"我说，没去对上她的视线。

"和这里一样，"她说，"森林和湖水。"

"那他为什么想去那里？"

"那里有一座桥。"

"然后？"

"他想要过桥去另一边。这就是他想要的全部。"

"那边是什么地方？"我说。

"死者之国。"

"你不是说这里是死者之国吗？"

她摇摇头。

"此处为非者之国。"

安静了下来。

然后，森林上空不知从哪里传来低沉而响亮的嗡鸣。它像雷声一样划过天空，但不是雷声，而是一种持续的音调，回荡在我们周围。

我起身想要走去荒原那里，因为这就是那个音调中的命令，但是老妇人抓住了我的胳膊，把我拉了回来。

"别听，"她急切地说，"待在这儿。"

我挣开她，走进了那片黑暗。就好像那音调把其余一切都推至一边。我的心里只容得下它。它是如此美丽，我只想让它持续下去。而且我愿意臣服于它。成为它的一部分。

所以我按照那音调的指示，朝荒原走去。

当我来到小溪边时，声音停止了。

这终止让我的胸口疼痛。

我停下来。

我周围充满了窸窸窣窣声和窃窃私语声。

是亡灵。但不止一两个，它们在树木之间穿行，就像在梦游的人一样。它们穿着深色的衣服，脸和手在黑暗中泛着白光。还有眼睛，它们的眼睛闪烁着。

其中一只从我身边经过。它低声说了些什么，但并不是对我说的，因为它似乎并没有注意到我的存在。它是在自言自语。

那恢宏的音调又开始了。

它完全充盈着我。

多么美丽。

我继续前行。

如果我能成为它，成为它的一部分，我就再无所求。

"约斯泰因！"有人在我身后喊道。

约斯泰因？

约斯泰因

那说的是我。

我是约斯泰因。

我转身。

老妇人正在我身后走下斜坡。

"别去那儿，约斯泰因！"她喊道，"回来！"

她在我面前停下来，抓住我的手臂。

"来吧。我们回去吧。"

"但它是如此美丽，"我说，"你听不到吗？"

她摇摇头。

"你怎么知道我的名字？"我说，"我认识你，对吗？"

我是约斯泰因。

就好像这个名字朝着那音调绷紧了，好像它跻身于我和那音调之间，那音调已不再充盈着我直至将要满溢。

她拉着我的胳膊，我和她一起回了"家"。

在很长一段时间里那音调以一种强烈而悲伤的音色充满我们周围的山川大地。我什么都没说，就好像我已经沉溺其中，尽管它不再具有能左右我的力量。她也什么都没说。

然后那声音戛然而止，跟它来时一样突然。

"我是你父亲的母亲。"她说。

我看着她。她盯着地面，心不在焉地用一根枯枝戳着泥土。

"祖母？"我说着，泪水涌出来。

"你还记得我吗？"

我摇摇头。

"你父亲在你十五岁那年去世了。我承受不了那悲伤，所以也放弃了。那年你十六岁。现在你想起来了吗？"

"没有，"我说，"但我认出了你。"

我们之间一片沉默。

"父亲现在在哪里？"我说，"母亲还活着吗？"

"哈拉尔在死者之国。埃伦在生者之国。"

她看着我。

"你现在知道得够多了吗？"

我哭了。我什么都不记得了。

她用粗糙的手抚摸着我的脸颊。

"儿子呢？"我说。

"我不知道，"她说，"据说，再没有人能再过那座桥。我想他很可能就等在那里。"

天一亮，我就向那座桥走去。我在森林边缘沿着荒原走了好几个小时，才来到了那热气腾腾的河边。我沿着它走进森林。下雨了，雨很冷，但我再也不觉得冻得慌了。她说儿子还不甘心，因此他依旧困惑。他对某种东西充满渴望，但并不知道那是什么。那个音调是和谐之音吗？我当时就问。是的，她说过。但如果你屈服于它，你就没法再去帮你儿子了。

在我面前，在河道拐弯处的一片沙洲上有一只木筏。它的上方悬着两根缆绳。我小心翼翼将它推入水中，站了上去，抓住一根缆绳，慢慢地把自己拉向对岸。

这里有人吗？

这一整天到目前为止我还没有看到过人。那片野地里一个人都没有。

但我知道这里有人。

我四下张望着。

只有树木和灌木，水和蒸汽，沙子和石头。

约斯泰因

我一动不动地站了很长时间，想要捕捉附近的动静。

但没有。

我沿着河尽快走着，又来到了荒原上。这里感觉上更安全一点，因为我在这里的视野更开阔。

荒原上的那些塔在雾中几乎看不见。假使我不知道它们在那儿，几乎看不到它们，我想，然后继续朝它们的方向前行，同时不断回头瞥向森林。转身回"家"的念头出现的次数越来越少，当我抵达荒原尽头，最后一公里左右的地形像漏斗一样变窄，通向一个山谷，那念头已经完全消失了。相反，现在我内心有某种东西正奋力向前疾追，奔向那座桥和儿子。

一条姑且可以算路的，或者说更接近一条踩出来的小径，通向山谷。我看到柔软的泥泞之处有马蹄和人脚留下的踪迹，还有一些窄窄的轮辙，像老式的牛车或马车。

但一个人我都没有看到。

为什么这里没有人？

我突然意识到这条路可能是危险的，站在这里会被看到，所以这里一个人都没有。

但儿子肯定沿着它走过去了。而且儿子需要我，尽管他自己并不知道这点。

我继续穿过山谷。过了一会儿，路分成两半，我走了右边。但这条路的尽头是一座陡峭的山坡，我往回走了一段，试图找到一条可以通行的路翻过山脊。虽然很艰难，但我还是成功爬到了山顶。

大海。

它在我下方大约一百米处。那一片灰色沉重的水体向远处延伸，上面点缀着无数岛屿，大部分岛屿覆盖着森林，笼罩在薄雾中。

极远处的尽头就是那座桥。它缓缓从陆地升起，消失在雾气中。

我脊背生寒。

不仅仅因为我现在离儿子很近了，也因为我对这片风景了如指掌。

这里就是我的来处。

我在这里住过。

山的名字已经在我舌尖呼之欲出。

但我叫不出来。

一切都很熟悉，一切也都陌生。因为我熟悉的只是那些轮廓。

我的来处看起来并不是这样？

那么它是什么样子呢？

我在一块岩石上坐下，拿出那包烟。只剩下八根了，这里几乎不可能再搞到更多的烟了，但我想，节制也不会有什么意义，于是点了一根。

我闭上眼试图想象这里以前是什么样子。

什么也没有显现出来。

当我再次睁开眼睛时，一艘船沿着下面的海岸线滑行而来。它很大，我数了数，有十二对桨在整齐划一地动作。它还有一根桅杆，但帆已经落下了。

两只大鸟高高地盘旋在船的上方。它们显然与它有所关联，因为它们跟随它驶入群山间的海湾，就像在保驾护航。

在下山进入山谷的路上，我在另一边瞥见一个人影，或者说我认为是一个人影的东西，那是我瞥见的一抹蓝色。头上的天空已经暗下来，所以有一段时间我以为那只是我想象出来的。但当我到了下面，走上那通向山谷内部的小径时，我看到了更多的身影，而这次毫无疑问，有几个人就站在几米开外。

他们中没有任何人在看我，他们也没有看向彼此。

约斯泰因

然后随处都能看到他们，在树林里，在山坡上。

其中一位，一个老男人，他面颊瘦削，肉肉的大鼻子，耳朵支棱着，眼睛湿漉漉的，在我经过时，他的目光追随着我，我感觉到了，转过身来，他举起手指向我。他张着嘴，但唇间没有发出任何声音。紧接着我又碰上一个女人的目光，她也上了年纪，头在微微震颤，但是那双眼睛，她的眼睛，却睁得大大的。

他们身上没有任何东西让人害怕，他们行动沉重迟缓，仿佛他们所经受的重力更大一些。尽管如此，我还是尽可能快地走着，尽量避免与任何人的目光对视。

过了一会儿，山谷在我面前变宽了，在那儿，在那尽头，桥拔地而起，在暮色中几乎看不见。

几堆篝火正在不远处燃烧。

桥头前的平地上到处都是人。大多数人都一动不动地站着，好似在等着什么。但他们的脸上没有任何期待，眼神和身体的表现也只有冷漠。他们中有寥寥几人在走动，引起了周围的人的恼怒。我尽可能地与他们保持距离，不想吸引任何人的注意，但我是在走，而不是站着或绕着小圈徘徊，这让我格外显眼。再加上我为了寻找儿子还盯着他们看，这让他们很不喜。一些眼睛里闪过恨意，另一些眼睛里闪过惊奇。昏暗越来越浓，很快他们就会变成影子中的影子了，我想，对他们来说我也只是一个影子。

"儿子！"我轻声喊道。

叹息声和呻吟声响起。

"儿子！"我喊道

"住口！"有人咬牙低声说。

这是没有指望的。这样永远找不到他，特别是在这样的黑暗里。

他可能已经过了桥。

祖母说桥已经被封上了。但它并没有。至少在我走近时没有这样的迹象。它在陆地上伸展出一段距离然后升起，融入黑暗中。桥上空无一人，没有人站在上面，也没有人在上面走。

也许是再过去一点的地方被封上了？或者另一头？

我身边的人站得太紧，必须用点力气才能从他们身边挤过去。

"儿子！"我又喊了一声。

"啊啊啊！"有什么东西在尖叫。

很多人缓缓举起双手然后捂住了耳朵。

眼下，寻找儿子的冲动如此强烈，我根本不关心周围发生了什么。我奋力往前，挤进那些身体之间，把那些叹息、呻吟和细微的尖叫留在身后，还有一些想抓住我的有气无力的手。

就这样我出了这人群，站在离桥只有几米远的地方。

他已经过去了吗？

我朝那座桥走去。假如他还没过桥，至少可以清楚地看到我站在上面。

不！我想，猝然停了下来。

我在干什么？

不能上去。

必须留在这里。

我如释重负，转身往回走了几步。但我没进入人群中，而是绕着人群边缘，就好像一名军官在检阅他的士兵一样。

"儿子！"我边走边喊，审视着每一张脸。

我一次又一次地重复这举动。

但看不见儿子。

人群变得稀疏之处，人们之间互相隔着几米远，我停了下来。

我现在该干什么呢？

我四下打量。直到此刻我才注意到那艘船停泊在海湾的另一边，大约一百米开外。

那里好像发生了什么事情。

海岸上点着三堆篝火，几道人影在摇曳的火光里来回徘徊。

儿子在那儿吗？

我绕过人群，从另一边走近。那里也站着一些人，但没有人对岸边发生的事感兴趣。

海岸上的人影很异样。他们的面容粗犷而凶残，头颅硕大如公牛，头发差不多都剃光了，一根长长的发辫从脑后顺着那宽阔的脊背垂下去。他们的步态一顿一挫，既柔软又僵硬。有些人手里拿着一个水槽状的木制器皿，偶尔从中啜饮。他们的左边，在半明半晦的光线里，有几个帐篷，有人在那里进进出出。

他们好像在等待着什么。

我冒险靠近。我一度不小心撞到一个人，是个女人，她眼神愤怒，张大了嘴像是要说什么，却没有发出任何声音，下一刻她脸上的惊慌就平息下去，再度变得面无表情。

篝火的后方，那巨大的火焰后面勉强能看见一个类似梯架的东西。四根长杆撑起来的一个担架，上面躺着一个身影。

过了一会儿，两个牛头人从一个帐篷里走出来，中间夹着一个人。那是一个女人。她赤身裸体，双臂伸过头顶，手腕被绑在一起，双腿的脚踝也被绑在一起。另一个帐篷里也有一个女人被抬了出来，以同样的方式捆绑着。她们没有发出任何声音，但她们还活着，我看到她们的嘴张开又合上。

她们被放在一张台子上。

两匹马从帐篷之间被牵到船前的空地上。

牵着它们过来的那个牛头人，把双手放在它们的脖子上，在它们耳边低声说着什么，像是在安抚。

但它们依然焦躁不安，喷着鼻息，重重踏着地面。

另外两个牛头人上前，每人手中都握着一把斧头。其他人聚集在他们周围。

他们举起斧头，砍向马脖子。两匹马跪倒在地，腿蹬动了几下，仿佛要寻找支撑，一匹马发出一声惨叫，斧头再次落下，将它们的头与躯体分开，身躯颤抖了几秒，沉重地倒在地上，安静下来。流到地上的鲜血蒸腾着热气。

他们把马的尸体拖到船边，抬上了船。一个牛头人拿着镰刀走近两名妇女，割断了捆绑她们的绳子。另一个人把一个木槽放到她们嘴边，她们喝了。

她们被带进其中一个帐篷里，牛头人一个接一个地进去。

当她们再次被带出来时，牛头人把她们举到空中，三次。每次都用一种我听不懂的语言说着什么，声音尖锐而狂野。

周围没有一个注意这一切，即使偶尔把视线投向这边，那眼神也是漠然的。

女人们再次被绑起来，又给她们喝了一些东西。牛头人在她们身边聚成一个半圆形时，所有人都拿着剑和盾牌，一位老女人从其中一个帐篷里走了出来。牛头人们开始用剑击打盾牌，老女人走向那两个年轻女子，宛如宣布凯旋般高高举起一把刀，割开了她们的喉咙，好像她们是鱼似的。一名牛头人用木槽接住涌出的血，并将其涂抹在她们毫无生气的尸体上。

之后她们被放在那高高的担架上，在担架上的身影两侧一边一个，然后被搬上了船。

一个牛头人手里拿着火把走到船上。他用一种奇怪的语言大声说了些什么。

约斯泰因

因为两个姑娘

跟随着他

因为两匹骏马

跟随着他[1]

　　然后他上了甲板，点燃了那艘船。当他再下来时，系船的缆绳已经被解开，燃烧着的船驶入黑暗。火焰渐渐升起，随着船离开岸边，照亮了周围的黑暗。我看着这一幕，然后又看向那些牛头人，他们不断在那些帐篷里进进出出，从那木槽里喝着什么。

　　我死了。

　　儿子死了。

　　我到这里是来帮助他的。

　　但他不想被帮助。

　　为什么儿子不愿意呢？

　　船上传来了爆裂声。那船慢慢地倾覆然后沉没，火焰嘶嘶作响，逐渐消失。黑暗仿佛越来越浓重，像是一股黑浪涌来吞噬了那火光，而我也在那黑暗中。而我就是那黑暗。我谁都不是。我无处可去。

　　然而突然，我不知从哪儿冒出来，出现在某个地方。

　　而我是某人。

　　我在此地。

　　在我的下面有个空间。

　　我向那里坠落。

　　有人捏我的手，连续捏了几次。

　　我睁开眼睛。

---

[1] 原文为冰岛语。

光线涌进来。

我眨了眨眼。

"他醒了。"一个声音说。

她的脸模糊而颤抖，仿佛空气有些不稳定似的。这是妻子吗？
我试着询问。

"妻子？"我说，却没能发出任何声音。

"你能听到我说话吗？"一个男人的声音说道，"如果你能听
到我说话，就握一下我的手，"

一只粗糙的手，更强壮的手，握住了我的手。

我所知道的一切，我所是的一切，都从大脑中对它们的束缚中
解脱出来。

"可以了，不用他妈的捏你的手了。"我说。我的声音很微弱，
但它是我的声音。

然后我又能看见了。

一位医生俯身在我身边，一位护士站在他身后。

房间虽小，但是单人间，至少这一点他们处理得不错。

我咳嗽了一声，用手肘撑起身子。

"我是心脏病发作了吗？"我说。

医生微笑着站直。他看起来真的很高兴我醒了。

"不是，"他说，"你一直处于昏迷状态。我们不知道为什么。
不是脑溢血，不是心脏病。就是昏迷。"

"多久？"我说。

"准确地说，十三天。"

"蒂丽德在哪儿？"我说。

他飞快地看了护士一眼。

胆小鬼。

约斯泰因

"蒂丽德在哪儿？"我又说了一遍。

"她……"他说，"和你儿子一起。"

"欧勒？"

哦，该死的。他开枪自杀了，那个白痴。

"他还活着吗？"

"他还活着，是的。但情况还不稳定。我们还不能确切判断。"

"你们能把她找过来吗？"

"当然。"护士说完就消失了。

"你感觉如何？"医生说。

"绝对没问题，"我说，"我得回去上班。这样下去不行。"

"为了安全起见，我们希望你在这儿多留一天。要做一些检查。"

"我是一名记者，"我说，"我写了关于在黑沼湖被谋杀的那三个人的报道。你知道后来发生什么了吗？他们抓到凶手了吗？"

"我不知道，"他说，"我记得看过一些相关的东西。撒旦摇滚乐队之一？"

"是的。"

他摇摇头。

"这两周发生了太多事情，可能没人再关心了。你可以放轻松。在这里多待一天对你有好处。"

"你到底在说什么？"我说，"发生了什么比这更大的事？"

论死亡和亡者

埃吉尔·斯特雷

很奇怪的是我从不害怕死亡。不是因为我特别勇敢，而是因为我不理解这事真的会在我身上发生。

用头脑思考的话，是的。理智地说，我完全理解某天将是我在地球上的最后一天。

但我不相信，不完全相信。

归根结底也许这也不那么奇怪——存在具有前所未有的实质，而这实质，也就是我在地球上的此在，体验起来并非一种物质性的现实，并非实在体量里诸多化学—电子信号的结果，而是具有一种异样的特质，可能最重要的是，具有完全不同的持续时间。

是的，我知道死亡有一天总会来到我身上（不是从外部，而是从内部；因为无论以什么形式死，结果总是相同的：身体得不到足够的氧气然后崩溃。）对所有人来说都如此。不是瞬间同时发生，而是一个接一个地，就像国际象棋棋盘上的棋子一样。我的同学欧内斯特很早就被死亡带走了，他十二岁在法国度假时溺水身亡。另一位同学奥斯瓦尔德，一天早上开车上班途中送了命，他的车撞到一堵砖墙上，头骨碎了。我母亲有先天性心脏缺陷，发现时已经太晚，一个冬日下午她量好咖啡粉，正在往咖啡壶里放，突然对自己的动作失去了控制，咖啡粉撒到空中，她倒在了地板上，两天后她在医院去世。我看到她摔倒，我叫的救护车，我在死亡降临后一小时又一次看到了她。那时的她看上去是一个陌生人，也就是说，那曾经是她的东西已经不在那里了；留下的，只是那曾容纳着她的东西。

这些就是我生命中的亡者。当我经历这些时，我周围有成千上万的人死去，而我并未看到也未思及他们。所以，是的，我确切地知道什么在等待着我——只是不知道它将以何种形式出现。

但其实都差不多。

我真的会死去吗？

我的身体会。这皮囊，这宅邸，这茧，是的。

那在我内部的那个本体呢？

与死亡的关系有点像与上帝之间的关系，只不过是反过来：从理智上我知道上帝和神性并不存在，但我还是信它们存在。换句话说：我信我不会死，我信上帝存在，但同时我知道事实恰恰相反。

知道是什么？

信是什么？

有次我向上帝祈求一个征兆，一只乌鸦飞来了，它看了我一眼，叫了三声，然后飞走了。

那是在冬天，我正在暴风雪中穿过森林。那里一只别的鸟都没有。

这证明不了什么，这只是一次巧合。

有天晚上我梦见了我哥哥，他走进了我睡觉的那个房间，在我上方弯腰俯身。第二天我父亲打电话说我哥哥在越南遭遇了一场摩托车事故，他差一点就死了，但他应该能扛过来。

除了这一次，我从没有梦见过我的哥哥，我和他并不亲近。

这证明不了什么，这只是一次巧合。

我十三岁那年夏天，在外婆家住了一个星期，她的房子坐落在河边的一块高地上。有一天我帮她用纸箱生起一堆篝火。天下起了小雨，我们就进屋了。当我又出来时，我看到火堆前站着一个人影。那是我的外公。他已经死了三年了。

那一天我在思念他，想到过他，所以我才见到了他；他是从我的渴望里创造出来的。

有任何其他想法都是不可以的。不可以认为死人会继续活着。不可以认为灵魂穿行于梦里。

那聪明的、睿智的、理性的读者可能已经料到了这篇文章的套路，随手撂下了它。鬼魂。亡灵。天堂与地狱。噢，它勾连出这些概念里某些让人反胃之物，一种愚蠢而盲目的绝望。我们知道它们是愚蠢的。因为理性与非理性之间的界限几乎就像生与死之间的界限一样绝对。理性的观照方式排斥一切非理性的东西，无法把它们吸纳进去，对于理性的人来说，理性之外的东西根本不存在。死亡是生命的终止，而生命是生物性的物质，所以当物质性的心脏结束了跳动，物质性的大脑熄火，一切就结束了，剩下只有尸体在坟墓中的生物分解或在火葬场炉子中的销毁。

一种理性的观念无法向其他事物敞开，这是不可能的，因为那样它就不再是理性的，或者说是真实的，而是非理性的，或者是说虚假的。

但既然有这么多人非理性地看待世界，例如信上帝这种无法观察和测量的力量，或者相信耶稣基督从死人堆里复活，从所有已知维度来说这都是不可能的，所有这些非理性都被转移到了一个单独的区域——有点像家庭聚会中单辟出来的儿童桌——在这里由信仰，而不是知识，来决定"真理"，而所有人都知道这种真理并不"真"：这就是宗教。孩子们坐在那里吃儿童餐，聊着孩子的事，就在大人们统治着世界的时候。

曾几何时情况是反过来的。那时，现在被视为非理性的，如信上帝，信耶稣基督的复活和其他奇迹，才是真实的，而当下被视为理性的东西在那时是不真的。

我说这些并不是要表达真理是相对的，而是说现实是一种复杂的现象，它永远不会单独地、孤立地出现，而是总是在感知和体验的过程中显现，而这是科学尚不擅长考虑的问题。我们从来不是看到什么然后知道它，而是相反：我们看到的是我们所知道的。这就解释了为什么中世纪可以看到大量的奇迹，而在当下却没有什么人观察到。我记得曾经读过一本当时描述此类奇迹和异象的书。其中一例尤其引人注目：一个骑着驴的女人出现在教堂里，悬在空中，不是出现在一个人面前，而是出现在整个会众面前，不是短暂的一刻，而是持续了好几分钟。当时的人们知道奇迹是现实的一部分，于是他们看到了奇迹，而当下的我们知道奇迹不是现实的一部分，于是我们也看不到它们。

很自然地，关于奇迹到底在多大程度上发生与否也还没谁说过什么，只是我们永远无法确定我们所看到的东西，是确实存在于我们之外，还是在我们看见它时它才存在。

雅各布·冯·克斯屈尔[1]对动物行为的经典研究堪称生物学上的哥白尼转向，他将动物视为主体而不是客体，不同物种对于同一现实，所感知的方面不同，因此它们感知到的现实也各有不同。所有超出感官范围的东西对它来说都不存在，因此也就不存在于这个世界上。我们只需稍加思考就能明白，我们和我们的世界之间也是如此。有某种现实存在于在我们的感知范围之外，看不见、摸不

---

[1]　Jakob von Uexküll（1864—1944），德国生物学家，从事动物行为研究。

着，这仍然是一个无法证实的论点，因为如果有某种东西存在于我们的感知之外，那么它当然就不可能以任何方式被触及。

我会永远记得我母亲在世上最后的举动，那个冬日，她在厨房里把咖啡粉撒到身边，然后慢慢地倒下，先是跪下，然后向前倒在地板上。我也永远不会忘记奥斯瓦尔德下葬那天教堂里的激烈氛围。他那么年轻，才十八岁，于是悲伤，尤其是来自我们班上女生们的，是如此歇斯底里，以至于它甚至偶尔会转成笑声。但尽管这两次死亡都离我很近，压得我喘不过气来，第一次是它的冷酷，第二次是它令人反胃的过剩感，但我不会死这种感觉却没有丝毫动摇。我知道我的身体会死，虽然这也很难相信——但我同样知道，作为"我"的这一部分永远不会死去。

死后的生命无法被证实——但也无法被反驳。没有科学家能够肯定地说死后没有生命。他可以说有很多迹象表明这一点，并指出其在物理逻辑上的破绽。这些逻辑范式显然只能捕获那些合逻辑的事；任何不合逻辑的事都会被漏掉。

而不合逻辑的事物存在吗？

当你到达逻辑的边界，在边界外还有什么吗？可以瞥见或感受到的？

让我们一步一步来。

死亡是什么？

身体是什么？

梦是什么？

正如我们所知，死亡并非必需。这是乔治·巴塔耶在1949年写下的一句话，自从我第一次读到这句话以来，就一直牢记在心。我们经由社会化进入了一个充满前提条件的世界，并学会接受它们：踢到空中的球会掉到地上；水达到一定温度就会开始冒泡；事情发生了就会成为过去，永远不会再发生；一切活物终将死去。这些前提条件是无法克服的，是不允许挑战的，它们就像我们撞上的无形之墙，而我们学到的是与它们共存：这就是生活。我们永远不会知道为什么踢到空中的球必须落地，为什么水有它的沸点，为什么发生过的事情不会再发生，或者为什么会有死亡，这些前提条件是在一个我们不知道的地方，以我们永远不会得知的方式被定死了。我们唯一有可能和它建立的关联，是和它们的行为规则以及它们产生的后果建立关联。我们不知道重力为什么存在，但我们知道它是什么以及它如何产生影响。

这同样适用于死亡。

探索死亡的本质以及它如何运作的最佳方式，也许是想象如果没有死亡，生命会是什么样子。它只能从水和阳光这些非有机来源获取能量，既然它不会死，它就会继续衍生蔓延，直到在它起源的海洋里没有更多空间为止。这一扩张要么停止，要么转向陆地。很快陆地上也将不再有空间，它必须向空中发展——我们可以想象庞然堆积的原始生命排列成奇异的扇形，一步步攀向天空——但最终那里的空间也告阙如。所有水域和陆地都将只是一种黏稠的、或许是绿色的物质，无法向任何方向发展，它以前什么样就永远什么样，也无法繁殖出下一代。

然而死亡是有的，它所做的就是撕开空间，清理出位置，让新的生命不断填充进来，在让繁衍过程延续下去的同时，死亡还让那些变成无生命形态的生命被消耗掉，这自然就增加了生命的可能性，再加上各种气候、地质条件，造成了生命的不断失衡，生命不能停滞，只能在进化那缓慢的狂野的慢舞中被推动着向前。

死亡显然为更多的生命腾出了空间，但本推理就到此停步，因为关于为什么会发生这种情况，而不是发生相反的情况——即生命堆积并停滞，我们无法知晓。就像我们也无法知晓生命何以会萌生一样。如果它是偶然的，只是因为一切条件俱足恰巧就发生了，那么为什么它不会再次发生呢？为什么没有新生物时时刻刻在我们周围涌现，从头开始朝着自己的方向发展，多多少少远离开我们所属的这棵生命之树？难道生命起源的这些特定条件只开放了很短的一段时间，随后就关闭了？又或者说是新生命实际上从一开始就在不断产生，但由于现有生命的存在而没有空间继续发展？这也是有可能的，生命的起源和发展是随机的，在无计划状态下发生的，除了远在美国的少数宗教狂热分子，没有人质疑这一真理，这当然并不难以置信。但我更难以相信的是，死亡，也同样随机，也是在同一时间偶然出现的。我可以姑且接受一个影响如此之巨的随机事件，但两个？而且是同时？这未免太有计划性了。这种怀疑蚀入了进化论本身，如果没有死亡，进化论是不可想象的。

在我看来，关于死亡的那些想法，问题在于总把死认为是天经地义的。死亡对我们来说是一个绝对的前提条件，因此我们很难像巴塔耶那样思考，认为不是非得有死亡不可。但真是这样，问题就变成了死赋予了生命什么，它有什么用，它做了什么。假使这个答案是死亡为更多的生命清理出了空间，那么接下来的问题就是，这又有什么用。有用呀，更多的生命就让新的生命成为可能，而新的生命则改变了现有的平衡，创造了它必须适应的挑战，也即再次的改变。死亡使进化成为可能。进化使我们成为可能。我们就像死亡一样，并非必需之存在，不管这听起来多么奇怪，但我们在此地的存在与死的联系在亲密程度上更胜于和生的联系。

是死亡创造了我们。

当死亡赋予了我们存在，这也在《圣经》中的原罪启示中得到了论证，尽管方式大为不同。这个叙事以蛇询问女人开始，它问上帝是否真的说过他们不能吃园中任何树上的果子。女人回答说，他们可以吃园中所有树上的果子，除了一棵。上帝曾说过关于那果子："你们不可吃，也不可摸，免得你们死。"蛇说他们绝不会死，而只是上帝知道，当他们吃了那果子的那天，他们的眼睛将会明亮起来，他们将变得如同上帝一般，能洞悉善恶。女人吃了果子，男人也如此。最先发生的是，他们发现了自己是赤裸着的。于是他们为了躲避上帝而隐藏起来，当袘找到他们并知晓发生的事情之后，把他们逐出了乐园。

这自然不是关于将死亡引入世界，而是将对死亡的认知引入了世界。正是在意识到死为何物的时刻，我们成为人类。它将我们与动物区分开来，也将我们与当下区分开来。对上帝而言这是诅咒。但对于蛇——通常被理解为魔鬼——对死亡的意识是一种值得追求的东西，而知识则是一种福祉。至少它就是如此表达的。而奇妙的是蛇说的没错：他们没有像上帝说的那样死去。相反，他们意识到了自己是谁，在这个世界中处于怎样的位置。这是一种觉醒，而非死亡。想必也没有多少人会把知识视为一种恶。那么上帝撒了谎吗？如果是这样的话，那是怎样的一位上帝呢？

想象一个没有死亡意识的存在与想象一个没有死亡的存在一样困难。动物们可能不知道它们会死亡，因为即使它们可能会被死亡之焦虑攫住，如将被屠宰的公牛，它们闻到兄弟们的血的气味，或被豹子追赶的羚羊，心在狂跳，足下狂奔如擂鼓，很难相信它们知道它们的生命即将结束，以及这意味着什么。死亡属于未来——也许甚至创造了未来——它只能在未来中被想象着，因为当死亡来临，意识也随之终结。对于我们来说，死亡是时间的某种地平线，这是动物们看不到的。与它们更紧密地联结在一起的是当下,在《圣经》关于创世的描述中,这种状态是乐园般的。知识,乃至对死亡的认知,被视为一种堕落。

上帝说吃了知识树上的果子就会死,说的就是这个意思吗?是说他们将失去这乐园吗?而这死是一种惩罚,因此他们堕落的世界,也即我们迄今居住的世间,几乎必被视为地狱?

这样说也未尝不可。在上帝驱逐他们之前,他对女人说:"我必多多加增你怀胎的苦楚,你生产儿女必多受苦楚。你必恋慕你丈夫,你丈夫必管辖你。"对于男人,他说:"你既听从妻子的话,吃了我所吩咐你不可吃的那树上的果子,地必为你的缘故受咒诅,你必终身劳苦,才能从地里得吃的。地必给你长出荆棘和蒺藜来,你也要吃田间的菜蔬。你必汗流满面才得糊口,直到你归了土,因为你是从土而出的。你本是尘土,仍要归于尘土。"

这是一个奇异的神话,因为如果人类被流放而至、且至今仍然生活在其中的存在是一种惩罚,那么我们被迫离开乐园的原因,也就是获取知识的罪恶,却同时拯救了我们。至少在与惩罚相关的物质层面是如此。我们有能力制造工具和器具、犁和车、药物和炉子、房屋和城市,从而减轻自己与大地的羁绊,直到至少在表面上将自己解脱出来。正如彼得·斯洛特戴克[1]曾经表述过的那样,我们创造了一个抵御自然压力的缓冲区。至于非物质的层面,也就是对于死的认知,知识的获取创造出了庞大的哲学和宗教体系,科学也是其中之一,它仿佛在死亡的深渊上纺织着一张网,使我们看不见死亡,只能看到我们专心追随的那些线索。当死亡降临,我们亲近的某个人坠入那黑暗时,这张网就破了,它只是由思想织成的,我们

---

[1] Peter Sloterdijk(1947—),德国哲学家,文化理论家。

会感到无尽绝望，被痛苦和悲伤所折磨，直到这一切终于过去，这深渊也再次被遮住。

不真实就是这样进入世界的。随着堕落而来的关于死亡的真相是如此骇人，以至于我们要像它不存在那样生活。

但上帝不仅宣告了惩罚，他还用兽皮制作了衣服给他们穿上。然后他说："看哪，那人已经与我们相似，能知道善恶。现在恐怕他伸手又摘生命树的果子吃，就永远活着。"

于是上帝将人类从伊甸园中逐出，派他们去耕种他们所取自的土地。他在伊甸园前安放了基路伯，和四面转动发出火焰的剑，以守护通往生命树的道路。

永生之路的守护是针对我们而设的吗？或者说，我们受到的惩罚就是永远无法触及永生这一福祉？

为什么衣服是用兽皮做的？这几乎像是在讽刺地提醒我们自己的本源——动物们和它们无忧无虑的生活，但我们已经不再属于那一境界——最多是几近而已。这又是一种不真实。

创世神话是古老的，其中的各种角色，包括上帝在内，其所处现实迥异于我们所生活的现实。然而，渴望与自然融为一体，与之相连，不是高高在上，也不是超然其外，正如乐园神话所表达的，这种愿望仍然在我们心中盛放。索伦·克尔凯郭尔，这位才思敏捷、具有不可思议之原创性的丹麦作家，寻求在当下找到上帝和神圣之道，对他而言，当下是通往上帝国度的门户。他在一篇讲道中从耶稣关于天空下的飞鸟和田野里的百合花的话说起，将它们的生存状态，即全然实在地展开于当下，无过去也无未来，提升为一种理想状态。他的论述当然不无讽刺之意，但仍然能够清楚地感受到他对乐园的追寻，他认为人只有放下对自身和自身处境的关注——这需要对过去和未来的意识才能构造出来——全身心地投入当下，才能找到那片乐土。所有的担忧、所有的烦扰、所有的焦虑，到那时都将消逝不见——他写道，那些发生在鸟儿身上的事情，与它无关。将所有的重担移交给上帝。这种仍存于动物和幼儿身上的纯真，被死亡的意识从我们身上夺走，从而造就了我们和我们这个无神论的世界。

《圣经》中的创世故事是一个神话，但它所讲述的事情也发生在现实世界中，因为人类确实是以动物的形态出现的，尽管这个过程无比缓慢，但终究发生了：我们曾是动物，我们生活在乐园里，当我们看到了这个世界，看到自己在其中的位置，我们就迈出乐园，成了人类。《创世记》大约成文于三千多年前，但在此之前，它可能以口头传承的形式存在了很久很久。其中的见解之一就是，我们源自动物，或者曾以某种方式像动物一样活着，死亡的启示让我们从动物的状态，堕落成如今的人类。十八世纪中期，以达尔文为首的自然科学开疆辟土，但并未捐弃《圣经》，反而重新拾起了它。他们找到了生物学上具体的依据，印证了人类在历史黎明时期的一些猜想。直到今天我们所知也没有更多。我们大致知道这发生在什么时候——大约三十万年前，我们还知道当时的人类数量应该很少，也许只有几百人。

哦，一个新物种出现在地球上，这是一个灰色地带，那些变化发生得如此缓慢，以至于无法清楚地区分它的来处和它的本质。而且我们现在知道，同一时期还存在大量其他类似的生物，而且同样难以确定。但尽管如此，第一批人类的出现也只是一个区域性事件，即使不像创世神话所讲述的，刚好是两个人，数量也应该极少。他们可能互相认识，所有人都如此。

他们眼里的世界是什么样的？它陌生吗？与周围的生命分离开来，他们是否觉得自己很异样？

德国哲学家汉斯·约纳斯认为，对于初民们来说，生是理所当然的，死则是一个谜。对于他们来说，万物皆有生命——风、水、森林、山脉——因此死者也必然有生命，只是以一种不同的方式，又或者是在另一个地方。约纳斯写道，对我们来说情况恰恰相反，在如今死亡是既定的，它无处不在，而生命才是神秘的。所谓死亡，就是无生命的，是死的物质，如石头、沙子、水、空气、行星、恒星，以及虚空的宇宙。正如初民们将死者视为另一种形式的生者一样，我们将生者视为另一种形式的死者：身体不过是躯体、物质，心脏是一个机械装置，大脑是一种电子化学反应，死亡则是一个开关，生命应手而熄。

* * *

　　人类最早来到北欧是在大概四万年前。尽管从时间上看我们与他们相距极远，至少从我们有生的匆匆几旬来看是如此，但从文化上来说，这种距离即使不能忽略不计，至少也没有大到彼此之间无法互相理解的程度。我曾看到过一些他们制作的物品，几乎并不比当代艺术看起来更陌生。

　　它们对我"说话"。

　　我相当偶然地在图宾根的一个博物馆里看到了它们。我原本是想去看看荷尔德林在他生命最后四十年里居住的那个塔，当时他已经疯了，不仅在自己的诗上署"斯卡达内利"或其他虚构的名字，还将其中一些诗的日期署为遥远的未来。我当时住在一家古老而狭小的旅馆里，旅馆坐落在陡峭的山顶上，紧挨着城堡背后的城墙。这家旅馆大约建于十六世纪，我猜，和这个小镇上许多其他建筑一样。离开的那天早晨，离火车出发还有一两个小时，我走进城堡消磨时间。那里有个小博物馆，陈列着许多来自远古时代的文物，是在不远处的一个洞穴里发现的。其中最引人注目的是"狮人像"。它表现了一个狮面人身的形象，以猛犸象的象牙雕刻而成，是在第二次世界大战爆发前一周被发现的。在同一个洞穴中还发现了一个丰满女性的雕像，可以看作多产的象征或生育之神；一匹雕工精细的小马；一只水鸟和各种哨子。

前面我写道，它们在对我说话——但它们在说什么？

联结。

狮人将动物与人联系起来，水鸟将水、土和空气三种元素联系起来，而创作这些的人，将自己与它们联系到一起，还有那些哨子，除了把人聚集到一起之外，它们还有什么用处呢？

没有动物能够制作雕塑或乐器。为什么这些初民们要做这些？在离开那动物的乐园之后，是什么促使他们做了这些？

亚当和夏娃尝了知识之树的果实后，发生的第一件事就是他们意识到了彼此的存在。当然，所有的动物都有思考的能力，人类之新在于他们能思考"思考"本身。就像在他们的思维面前放了一面镜子。正是这面镜子使意识成为可能，甚至它就是意识本身。在此镜出现之前，联结也不成型，动物的存在也只是一种存在，在其生存环境的约束下行动。无论变形虫还是羚羊都是如此。但对存在和所是的意识，只有在与他人的关系中才有意义；单独存在时是没有意义的。这面镜子，或者说人类的意识，即他人。问题在于我们无法在孤独中去思考人类之思，因为思考人类之思只是我们的一种潜力，只有在文化中才能实现。我们在文化中思考，我们通过文化来思考。因此，这意识拉近了我们彼此之间的距离，同时也把我们从自然中移出。

联结作为一种现象，只有在它不是既定的时候才会出现，它发生在思考不仅仅是思考，同时也被映照出来的时候。当然，在此之前，基本的联结也是存在的——一只从母亲身边走丢了的小象，会寻找曾经存在的东西，那些它当时没有认知，但如今以渴望的形式清晰而显著地呈现出来的东西：联结。在人类出现之前，猿类已经有了相当多的社交技能，它们会建立联盟，并在彼此之间形成纽带，到今天为止依然是这样。但与其他动物的联结？与自然元素的联结？与世界本身的联结？这些只有人类才会产生，因为对于这些初民来说，由于镜像的出现，联结不再是既定的。

这就是图宾根城堡博物馆里的狮面人、生育女神、马、水鸟和笛子告诉我的。不是立刻，不是我站在玻璃柜前看着它们的时候，当时我只是充满强烈的兴奋：某种无限遥远和模糊的东西已经向我靠近。

当我回到城堡的广场上时，我决定推迟一两天回家，去这些文物出土的那个洞穴看看，四万年前的人们居住的那个地方。

当时已值深秋，寒潮来袭，十一月的夕阳堪堪擦过那些砖砌建筑的顶部，街道上的鹅卵石结满了冰霜，被阴影笼罩着。我坐在城里一家咖啡馆的露天座位上，离那座教堂不远，腿上盖着毯子，喝着一杯热气腾腾的热可可，一边抽烟，一边看着狭窄的街道上来来往往的行人，仍然因内心的激荡而颤抖着。

我来这里是因为荷尔德林，他先是在图宾根与黑格尔和谢林 [1] 一起学习神学——我旁边的酒馆墙上挂着一块铭牌，上面写着黑格尔曾经在这里喝酒——中年发疯后，一个木匠收留了他，让他寄住在河边的一座塔里，在那儿住了四十年。很多迹象表明他是装疯，只为逃避生活与人群，至少我有很长一段时间都这么认为，而这想

---

[1] Friedrich Schelling（1775—1854），德国哲学家。

法在我看到这座塔和周边的环境时，也在某种程度上得到了证实。在这儿他有了他需要的一切。背后是这座有着他学生时代所有美好回忆的小城，面前是河流——荷尔德林热爱河流——远处是长满高大落叶树的平原，然后是耸立在地平线上的施瓦本阿尔卑斯山。荷尔德林写下了有史以来最美的诗篇，当我站在塔楼里，从他所望过的同一扇窗户向外眺望，我在想，他在诗里描述的过去，以及那些神话中的诸神与英雄，难道不就像远处的群山一样遥远、壮丽和不可逾越吗？

但我现在想，古希腊的历史最多只能追溯到三千年前。而我在博物馆看到的那些文物已有三万七千年的历史。它们让历史上遥远而朦胧的蓝色山脉栩栩如生地展现在我眼前，就像舞台上拉开的幕布一样。

它们就在那里。

我进去付了热可可的钱，然后沿着一条狭窄的小巷往前走，直至找到前一天晚上见过的那家书店。在那里我买了一本荷尔德林的诗集，放进包里，然后回酒店看明天还有没有房间。不幸的是，前台说，城里正在举办巧克力节，所有的房间早就都被订光了。

最后我在河对岸的一家酒店订到了房间，那是这座小城更现代也更破败的区域，有停车场、购物中心、办公楼和超市。寒气已经入骨，所以我洗了个澡，然后就上床睡觉了。

我大错特错了。

那些诗中没有过去，恰恰相反，一切都是当下。是过去充满了当下，使它变得充实。

你难道不熟悉许多活生生的人吗？

你的脚不是踏在真实之地如地毯上吗？

因此，我的天才！

只需勇敢地踏入生活，不要担忧！[1]

　　这些关于勇敢步入生活的话语在意识中悠悠摇着，我在酒店的床上睡着了。次日早上我租了一辆车穿过平原，朝着森林的方向驶去，田野上空笼罩着霜雾。太阳只有那么一点微微的意思，灰白色天空中略明亮的一个区域。我把车停在一个地面被踩压得坚实、覆着冰霜的停车场里，沿着一条小径向内走去。这片森林与我以前见到的森林不太一样，更稀疏更开阔些。那个洞穴位于一个山脚，洞口很低，若不是有栅栏围着很难找到。但周围没有人，翻过去也很容易，没过一会儿我就低头进洞了。走了一小段路后，豁然开朗，一个大厅出现在我眼前。

　　所以他们以前就是在这儿待着。

　　如果当时像现在一样冷，冬天他们必须整日生着火。但也许那时没有这么冷？

　　他们身边整个大陆都空旷而少有人烟。德国、法国、波兰、俄罗斯、斯堪的纳维亚半岛，只有森林和动物。河流和湖泊。平原和山脉。

　　这里只有他们，其他地方也只有寥寥几个跟他们一样的群落。

　　那时候会是怎么样呢？

　　他们有关于过去的故事，关于各种艰难险阻和英雄事迹的故事吗？

　　有，他们肯定有。没有延续性，没有历史，也就无法想象人何以为人。

　　而且他们对死亡很熟悉。他们杀死动物，而他们自己有时候也被动物杀死。

---

[1] 原文为德语。

他们是怎么理解这个的呢？

如果一切都有生命，都有灵魂，包括湖水和树林，山峦和天空，那么死者也是生灵，不过是在彼处。

生命无处不在。生命无边无际。生命之间想必也没有界限。

也许那狮人并不是关于联结，不是关于他们建立的纽带，而是对曾经真实存在过的事物的一种表达？狮子和人是不是一回事？此间的人们还没有完全搞清楚他们和动物之间存在的区别吗？

死去的灵魂可能无处不在，甚至附着在动物身上。

我把手掌抵着冰冷的洞壁上，想要触摸他们曾经触摸过的。

这里全然寂静，但这寂静和空旷森林里的寂静不同，那是开阔的，而这里的寂静是被封住的，被安放于此的。

他们在这里就像在一个肚子里，我想。被保护着，和外面的世界隔开，而他们也会不时在一些小小冒险中踏入外部。

孩子在这里出生，呻吟，叫喊，哭号。当一个孩子出来的时候，会有片刻突然的寂静，几秒后它吸入第一口空气，开始嚎啕大哭。那是新生命开始的喜悦。他们也在这里死去，一个接一个，一代又一代。呼出的那口气，突然失去生机的眼睛，不再动弹的身躯，离开了身躯的灵魂。

灵魂是从哪儿来的呢，当婴儿第一次睁开眼睛，看着举起自己的人时，它的灵魂就显现出来了，那视线温柔、安详而古老，并不是人们对一个刚诞生几分钟的灵魂设想的那样，新奇、惊恐和狂野。而当它不再出现在那双眼睛里时，它又去了哪儿呢？

* * *

死者继续存在，这个想法贯穿了整个人类的历史；从最古老的时代一直到今天，它与我们所知的所有文化和宗教肩并肩共存。没有人知道这些初民对此持有何种想法，但他们留下的物品让人们相信，他们会举行一些仪式，我们今天称之为萨满教，这些仪式至今仍然存在于一些族群中。宗教历史学家米尔恰·伊利亚德[1]在关于这一现象的奠基之作中指出，在所有对这一活动有记载的民族中，无论是北美、亚马逊地区和澳大利亚土著，还是北亚各个民族，萨满教的实践本质上都是相同的。这表明这一现象非常古老，而狮人或水鸟这样的形象与萨满教的实践非常契合，很难想象这种实践那时没有发生过。萨满是一个被指定或自荐的个体，他从前一代的萨满那里学习技能，以确保知识代代相传。除了充当医师外，萨满还在不同的生命层面之间建立联系，当他或她在药物的影响下沉入地下世界或升上天堂时，通常处于睡眠或昏迷状态。

根据伊利亚德的说法，萨满的传承仪式几乎总是在冥界进行，在那儿，已故萨满剖开继任萨满的身体，取出每根骨头和每个器官，换上新的；有时，继任萨满的头会被放在一根木桩上，来观察整个过程。罗伯托·卡拉索[2]指出，对萨满身体的处理方式与动物被宰杀的处理方式多有相似。萨满也是与它们联结的纽带，不仅只与死者和灵魂联结。

现在大多数人倾向于认为萨满出入不同层面的世界的"旅程"仅在内心发生，就像一种梦境或狂热的幻想，而萨满所经历的只发生在萨满自己的头脑中。所以没有冥界，没有天国，没有亡灵，只有人为引发的幻觉。

这意味着人们假设在内在和外在之间存在着一道明确而清晰

---

[1] Mircea Eliade（1907—1986），罗马尼亚宗教史学家、哲学家。
[2] Roberto Calasso（1941—2021），意大利作家、出版商，精通包括梵语在内的多种语言，作品多探讨神学与现代意识的关联。

的界限，在人内部的一切，也即人之所是，都存在于这内在之中。这个内在可以也终将被来自外在的印象、形象、思绪和想象所填充，个人也可以通过将内在的元素引入到外在来充实外界，但只能将自己与它们剥离，而不能离开内在。

我想起一棵大橡树，在我写下这些文字时，它就矗立我身处的度假屋后面的森林里。树上生活着数量惊人的鸟类，我写下这个念头。这个念头就离开了我的内在，出现在我面前打字机的纸上，而我自己仍在这里：这个念头里并没有我。我被封闭在，而且将一直被封闭在我自己的头脑和身体里。当我做梦的时候，感觉就像我身处他方，但并没有，我就躺在这张床上，梦只是我的大脑释放出来的随机图景，而意识，或者说那面镜子，并不在场，所以无法宣告这些图景是被释放出来的念头的画面，而非现实。

但是，假使"人"并非一种既定的实体，假使内在和外在并没有明晰的分野，假使这两者的区域在不断变化，会怎么样？假使熊、狼和狐狸，山猫和猫头鹰都像我们一样，会怎么样？假使灵魂可以在梦中、狂喜中、死亡中进出身体，又会怎么样？Hamgjenga、hamhleypa、hamrammr 在北欧语言里指的是能够变幻出动物形态的人，像夜狼或奥丁那样，可以变成鸟或鱼去到其他的地方，同时身体留在原地不动。

对于我们来说，"人类"是一个明确的范畴，每个个体的界限都由自己身体来界定，身体是个人存在的容器，因此只能把这种流动性的现实的体验与理解拒之门外。所有超越人的内在与外在界限的现象——如先声，就是在一个人真正到达之前就听到了他的声音，或是鬼魂，也即那些已经不在生的而依然存在于世的东西——都被称为迷信。你看到或听到一些只在自己内部感知中的存在之物，然后像萨满一样，将其与外部的真实现象相混淆。

人们一直都能看见鬼魂，即使在不承认鬼魂的文化和宗教里，这当然并不意味着鬼魂真的存在，只是存在这样一种信仰，至少是民间信仰，而且似乎是不可动摇的。

如果我们看到我们所知，我们所知的就会浸染甚至支配着那实然，于是这认知就会成为阻碍，也就正如原罪叙事所说的一样，知识与死亡意识同时进入这世界。假如为了看到死亡，必须摈弃知识，那么死亡意识也就会同时被摈弃，这样一来死亡也就消失了，再没有什么需要看到的了。

这个悖论让人想起神话里的俄耳甫斯，他下到地府，要接回欧律狄刻，哈迪斯允许他这样做，但有一个条件，在他们回到地面世界之前，他不能转身看她。但他想看一看她，所以他转身，于是她就消失了。只有当他不看她时，她才存在。一旦他去看她，她就不在了。

正是这种洞见让萨满去梦境和异象中寻觅，而迷幻一直是宗教生活的重要组成部分，因为梦境、异象和迷幻都是自我意识的消解，正是自我意识将知识和洞察结合在一起。

在古希腊，死和睡是两种相近的现象，在神话中它们是手足，在《伊利亚特》中甚至是双胞胎——塔纳托斯和许普诺斯，负责将死者送往冥界。从理性上讲，它们之间当然壁垒分明：睡眠是我们滑入又滑出的一种状态，而死亡是绝对的。希腊神话提出的问题是，死与生之间的界限是否也是滑动的，一种状态之间的转变，就像睡眠与清醒之间的界限一样，或者，它是否如我们所理解的那样是一个绝对的，非此即彼的问题？换句话说：生与死的分界是我们感官局限性的结果，还是真实存在的？

在我们的生活中，另一个明确引发同样问题的是时间。时间的界限是绝对吗？我们生活在当下，我们所谓的过去和未来只存在于我们的意识中，一方面以记忆的形式存在，另一方面以期望的形式存在。此刻消逝又更新，看似永恒不变；我们可以静静地坐在房间里，但依然在时间中移动，从这个意义上来说，一个瞬间消失了，又被下一个瞬间取代。在爱因斯坦之后，我们知道时间是相对的，时间走得快一点还是慢一点取决于我们所处的位置和状态，同时性这种东西并不存在。

一位英国士兵、重要发明家、杰出飞行工程师 J·W·邓恩 [1] 在1927 年出版了一本书，名为《时间的实验》，他在书中提出了一个理论，认为过去、现在和未来是平行存在的，但由于我们感官和意识的限制，我们只能接触到现在。线性时间是一种幻觉。邓恩之所以开始对此产生兴趣，是因为在他年轻时，也就是十九世纪末期，他认为自己就是所谓的预知梦者。他无数次梦见过后来真实发生的事。那些未来展开的梦与在过去展开的梦具有相同的特征，它们同样扭曲，同样清晰，也同样神秘。邓恩的理论是，梦之意识并不像我们清醒时的意识那样，与当下绑定在一起，后者将时间过滤成线性，而梦之意识则向着真实的时间敞开。他的书和其中的理论一问世就引起了人们的关注，就连一向清醒的弗拉基米尔·纳博科夫也做了同样的实验，记录了他所有的梦，并将其与随后发生的事情进行比较。

梦属于非理性的范畴，任何声称它能让我们接近现实的说法，对于理性思维来说当然是不可接受的。

但奇怪的是，即使在理性这一边，时间的界限也已经瓦解了。科学对神秘事物的了解越深入，这种区别就越不明显，像卡洛·罗

---

[1]　John William Dunne（1875—1949），英国发明家、哲学家，曾参加第二次布尔战争。《时间的实验》（*An Experiment with Time*）是他论述预知梦和时间理论的作品，1927 年出版，在当时广为传阅。

论死亡和亡者

665

韦利[1]这样的物理学家最终得出了和邓恩一样的结论——尽管前提截然不同——时间并不存在，我们对于时间的体验只是出于我们感官的局限，仅此而已。

现在时间和死亡已经不是一回事了。但它们是关系亲近的现象——一个瞬间消失又更新的那一刻，在很大程度上如同生命消逝又继续，而时间一去不复返，正如生命已逝不可追：两者的边界都是绝对的。当邓恩相信时间在梦中被废黜时，他只是在重复亚里士多德在现已失传的青年时期的著作《论哲学》中所写的内容，即"当灵魂在睡眠中时，它获得了它的真实本质，它看到并能够预测未来"——但在邓恩止步之处，亚里士多德继续朝着死亡走去："灵魂在死亡时与身体分离时也处于这种状态。"

亚里士多德在这里说了三件事：睡眠取消了时间，睡眠和死亡是相类的状态，灵魂在身体死亡后继续存在。

但是如何存在？在哪儿存在？因为如果死者继续存在，即使只是作为脱离肉体的灵魂，它们肯定得在某个地方吧？

在一个人类的本质尚未确立、灵魂也没有封存边界的社会里，死亡只是暂时的定义，它的本质与生命及其所有的蜕变一样，转瞬即逝，变化无常。同样，当人类确定了自己的存在，这可能是随着人类定居下来，建立了社会，发展出书面语言而发生的，死亡和死者也有了固定的概念。所有伟大的古代文明，例如巴比伦或埃及，都有关于死之国度的特性和地貌的丰富描述。

毫无疑问，关于死之国度最丰富的叙事无疑是在埃及文化里，他们对死亡的思考以及对死者的关怀都是空前绝后的，因为对他们

---

[1] Carlo Rovelli（1956—），意大利理论物理学家。著有《七堂极简物理课》《时间的秩序》等。

来说,生者和死者之间只有程度之差异。死亡不意味着存在的终结,而只是警示着存在的另一部分。第五王朝的墓志铭上写着:

ba ár pet sat ár ta

其中 ba 是灵魂,pet 是天,sat 是身体,ta 是土地,也就是说:灵魂升天,肉体入地。相当直白的说法。但在埃及文化中,灵魂与身体和生与死之间的关系极其复杂,他们理解人类的方式,与我们基于生物—心理学的理解方式相去甚远。是的,他们看起来就像在谈论一个完全不同的物种。肉身被称为卡塔(khat),但当它被制成木乃伊并不再腐烂后,就可以达到另一种死后状态,那就是一种灵—肉状态,被称为萨胡(sahu)。它和灵魂不是一回事,灵魂叫作巴(ba),萨胡可以和巴沟通。萨胡和巴在死后都可以升天。而在灵肉之躯与灵魂之外,每一个个体还有一种抽象人格,它是一种完全独立、自由的存在,可以按自己的意愿随意与身体分离或结合。这种人格——似乎是一种内在的分身——被称为 ka,而灵魂被称为 ba。ba 的象形文字是一只鹳,它是非物质的,是精神的。除此之外,人的影子叫凯比特(Khaibit),它也是独立存在的,但始终与灵魂保持着密切的关系。然后还有 khu,即人之精神。还有 sekhem,可以翻译为人形或力量,最后,ren,这是生活在天堂的人的统称。

这些加起来就构成了一个古代的埃及人,所有这些独立的维度:肉身、灵体、心、分身、灵魂、影子、精神、形式、名字。

除了身体以外,所有这些组成部分在死后仍然存在。生者、死者和诸神是紧密相连的,死之国度就在东方的星空中,或者说,取决于在这个跨越几千年的文化里的哪个朝代,死者逐步下降至西方,正如太阳在西天落下——阴间被称为“西方”,死者被称为“西方人”。

古埃及人并不惧怕死亡，但灵魂不一定是不死的，因为在他们生存的死之国度，有一种现象叫"第二次死亡"，如果在阴间的人死去，就会发生这种情况。而这种死亡才是可惧的，因为它彻底终结了存在。

尽管我们可以接触到大量来自埃及高层文化的文本，以及许多文物和建筑，但它们所表达的内容却如此陌生，遥远到很难以除了智性之外的任何其他方式与它们产生联系，所谓智性就是非亲密的、抽象的、无情感的。就好像他们思考的维度与我们的完全不同，它们那么庞大，它们所表达的东西那么庞大，同时它又置身于一个极其巨大的尺度里，以至于它几乎看起来有些非人类。他们当然是人类——他们当然彼此相爱，他们当然会拥抱自己的孩子，他们当然会在喝到变质牛奶时把它吐出来，他们当然享受炎热的天气里太阳落山后阴影笼罩着身边街道的那几个钟点。一声喊叫，一个微笑，眼中闪烁着温暖的光芒：熟人们停下脚步开始交谈。

但他们留下的文字中却没有任何这样的内容，里面只有太阳、诸神和一种死后机制，详细得就像一个对某种复杂、奇怪且不再存在的机器的使用说明。至少对我来说，它的意味并不清晰，它曾经对那些古代人的生活产生了什么样的影响也并不清楚。

在这种迷雾重重的背景下，古希腊人在公元前八世纪写下了现存最早的文学作品——《伊利亚特》《奥德赛》《神谱》《工作与时日》——作为人类生活的启示。它们就像是从黑暗中航行而来，与数十万年前第一批走出动物性黑暗的人类没有什么不同，你可以如是想，只不过他们的身影在其中清晰地浮现出来的这片黑暗，属于文化，而不是自然。

他们带着感受而来。《伊利亚特》以阿喀琉斯的愤怒开始，随后是阿喀琉斯和阿伽门农之间的一次争执。他们是英雄、神之子或国王，但他们也会被冒犯，被激怒，暴烈又任性。他们的情感尺度是在死亡的阴影下展开的——不是埃及式的太阳之死，那只是生命向其他地方的延伸——而是肉身的死亡，战争屠杀和瘟疫带来的死亡。《伊利亚特》是关于身体和流经身体的情感，它结束于其开始的地方：阿喀琉斯的狂怒。特洛伊人最伟大的战士赫克托尔杀死了阿喀琉斯的朋友帕特罗克洛斯，阿喀琉斯杀死了赫克托尔作为报复，但这对他来说还不够：他因悲伤和愤怒而疯狂，他将赫克托尔的尸体绑在战车上，拖着它穿过田野，绕帕特罗克洛斯的坟墓三周，当他回到帐篷睡觉时，就把尸体随意扔在地上。他连续十二天天天如此。在阿喀琉斯的军队包围下的特洛伊城，因失去赫克托尔而充满了哀号和痛哭。书里说，赫克托尔的父亲普里阿摩斯国王躺在地上绝望翻滚，一身污糟，蓬头垢面。对赫克托尔尸体的亵渎也许与他的死亡本身一样可怕，甚至更可怕。在盛大的终场一幕里，老国王在众神的帮助下出发去亚该亚船边抢回儿子的尸体。阿喀琉斯和普里阿摩斯都哭了，普里阿摩斯把儿子的尸体带回特洛伊。在为赫克托尔哀悼九天后，在休战的承诺下，普里阿摩斯在第十天烧掉了他的尸身。然后他们用葡萄酒扑灭了火，将他的骨头收拢在一起，置于一个金匣中，埋入地下，上覆一堆大石，随后举办了一场纵情饮宴的葬礼，史诗就此结束。

人们很容易认为希腊人仿佛把一切都拉得更近了，神性和人性之间，生与死之间，但这是因为，正是他们奠定了我们今天生活的现实的基础。如果说初民离开了动物，转身把它们抛在身后，那么希腊人就为新人类创造了一个空间。科学和社会体系被建立起来，物质世界被加以探索，人与人之间的关系被绘制出来。我们今天依然可以认同阿喀琉斯或普里阿摩斯，依然可以追随奥德修斯的冒险，在独眼巨人或海妖的那几幕里代入我们的时代，我们能在观赏那些依然在世界各地上演的希腊悲剧时看进我们自己思想的深处，而假使我们想去思考世界是什么以及我们在其中的局限性时，我们会从柏拉图和亚里士多德开始，甚至可能更早，从苏格拉底学派开始。甚至基督教也起源于这古希腊世界，当时古老的一神论犹太教刚开始和耶稣创建的革命性极端教派融合在一起，这混合体又被新柏拉图主义和随后的新亚里士多德主义扩张成一个体系，世界大部分地区都被其容纳在内。

但是我们如此熟悉的这个古希腊空间还有另一面，它仿佛休憩在阴影里，与那个时代紧密关联，却与我们的时代无关，除了好奇心作祟，不再有人提及，那就是古典时代的世界与死亡的关系。对于古希腊人来说，死后的生命不仅是个抽象的事实，也是物理现实的一部分。古典时期的文学作品里充满了生者与死者的相遇，不仅存在于史诗、诗歌、戏剧中，也存在于历史著作、传记和游记中。几乎所有情节的共同点都是死者被唤醒或被召唤，最常见的是在埋葬着他们尸体的坟墓里。

与死者接触最常见的方式是在坟墓上向死者献上一些祭品，如蜂蜜、酒、油、牛奶或血（后者有专有名称，haimakouria，意即浸血）。在迈锡尼发现的一座坟墓上有一个祭坛，祭坛上有一根管子，这样血就可以直接被倒进尸体的嘴里。祭祀结束后，人们在坟墓上睡去，死者就会出现在梦中。希腊人向死者问询，因为他们能知未来，因为他们已经不在时间之内。

还有许多关于那些因为未被妥当埋葬而无法安息的死者们的记叙——尤其在战事之后，如在特洛伊，晚至公元二世纪，还有人见到阵亡将士夜间出没在城外平原上，穿戴着全副盔甲，根据菲洛斯特拉图斯（Philostratus）的记载。那时荷马关于那场战争的史诗《伊利亚特》，以及希腊勇士之一返乡之旅的《奥德赛》，都已问世一千多年了。

在坟墓和战场上，死者与生者相遇。但在古典时期文学里也充满了与这情形相逆的描述，即所谓的下降（katabases），即生者下降到死者之地。下降属于神话，例如《奥德赛》第十一卷，奥德修斯前往冥界请教先知忒伊西亚斯。他们向南航行很远，到达了海另一边的一块土地，那里寸草不生，没有阳光，天空总是隐藏在云与雾后面。到了海滩上，奥德修斯在地上挖了一个小洞，先倒入蜂蜜、酒和水，撒上大麦，然后宰杀了一只黑绵羊，让血流进洞里。立刻死人就涌出来围住了他。他们想要喝血。他让他们远离；血是给忒瑞西阿斯的。他们看不到他，也不关心他，他们眼里只有那血。他们完全封闭在自身之中。他们的穿着与他们去世时的穿着一模一样。奥德修斯看到了青少年、男孩和女孩、死于难产的妇女、阵亡的战士，他还看到了他的母亲安提卡利亚，他知道她在他离开期间已经去世了。她看不出这是他。只有当死者喝了他的血时，他们才能看到他并与他交谈。忒瑞西阿斯就是如此，接着就是安提卡利亚，还有一长串的妇女，著名战士的女儿或妻子，最后是阿伽门农和阿喀琉斯。

在与《奥德赛》同时期的赫西俄德（Hesiod）的著作里，死者的国度位于地下，被称为塔耳塔洛斯。赫西俄德写道：

> 一块从天上掉下来的青铜砧，会掉个九天九夜，在第十天掉到地上。如果它从地上坠落，它会再掉个九天九夜，在第十天到达塔耳塔洛斯。

塔耳塔洛斯当然不是一个真实存在的地方，而是一个神话里的所在：在那下面，在那虚空某处的一个无底深渊地牢里，在一堵巨大青铜墙后，关押着第一批神，被宙斯打败并俘虏的混沌之神们，黑夜和白天在那里交班——一个人进去时另一个人就出去，两者永远不会同时在家，书上如是写道——在那儿住着夜之子，他们是睡眠和死亡兄弟俩。

当然《奥德赛》里并没有写到过任何真实存在的地方，但奥德修斯所进行的仪式是真实的，就是这样来召唤亡灵们，以及对通往地狱之路那些模糊不清的描述——就好像他们航行驶入了一个永恒的夜晚似的——从另一个方面来看确是清晰而明确的：死者与生者之间的相遇发生在一种边境地带，不在这边也不在那边，而在存在边界上的一种非地。

但这种神话般的通往冥界之旅倒是可追溯到现实地理中的特定地点。俄耳甫斯，根据传统希腊说法是确有其人的，据说他是通过泰纳隆（Tainaron）附近的一个山洞下降到冥界的，泰纳隆就是如今的马塔潘角（Cape Matapan），是希腊陆地的最南端。如果你有兴趣，尽可以去那儿亲眼看看那个洞穴。我去了，却无法将这阳光灿烂的大海和洞内晶莹剔透、在载着游客进入洞内的小船下闪烁的蓝绿色海水，与我想到冥界就联想到的黑暗和永夜联系起来。

有许多这样与地下世界相连的地方，通常是山洞和洞穴，其中一些还会散发出有毒的烟雾，但其中四个是经常被提及的，除了马塔潘角之外，还有塞斯普罗蒂亚的阿刻戎河，坎帕尼亚的阿尔韦努斯湖，和黑海南部海岸的本都。这些都是真实存在的地方，不是神话性质的，通常都有神谕者，亡者们也是在这里被召唤出来。因为这些洞穴实际上并非通向冥界，没有理由相信古希腊人认为下降至冥界是一场物理意义上的旅行：这些洞穴就是冥界。死者也会在类似地窖的房间里被召唤出来，神谕者在那里进入入神状态。

问题不在于死者住在哪儿，哈迪斯和塔耳塔洛斯的地点在哪儿，那里又是什么样子，以及为什么那些亡灵看上去与自己的肉体死亡时的装束一样，而尸体实际上躺在战场上或坟墓里——问题在于，我们，已经接受了这么多古希腊人的思想，并继续展望着它们，却不相信死后仍有生命。

两千多年后的今天，阿波罗的太阳依然照耀着古希腊世界，其中似乎蕴藏着一些非常古老的东西的残余，始终未能完全剥离。他们为理性建造了一个空间，但他们无法把死亡合理化，它仍然像森林一样古老而神秘，这从不终止的转化之所，在那里生者变死，死者回生，动物变成人类，人类变成动物。潘神就是这样的形象，人类的躯体生着羊蹄羊角，半兽半人，狂野而难以捉摸，但希腊神话中也充满其他半人半兽的形象，比如马身人头的半人马，蛇发的美杜莎，生着翅膀的复仇女神们（厄里倪厄斯），牛头人身的弥诺陶洛斯，而在他们之上，则是罪欲之神狄俄尼索斯。荷马称狄俄尼索斯为疯子，沃尔特·奥托[1]称他为"狂喜与恐怖"之神，认为疯狂是狄俄尼索斯的本质，而尼采则这样描述他："狄俄尼索斯是围着受孕和诞生之地盘旋的愤怒，在狂野中他随时准备投入毁灭和死亡。这就是生命。"

在众多酒神仪式中，有一种最接近邪教的狂欢，酒从动物的头骨中倒出，所有的界限都被颠覆，传说中女祭司们袭击了俄耳甫斯，把他当成一只动物一样撕碎、肢解，将他的头扔进河里。这头还活着，它一边唱歌一边被冲到了海里，最后漂到一个岛上，有人发现并埋葬了它，但它并没有死，因为正如菲洛斯特拉图斯所写，这头颅"住在了莱斯博斯岛的一个峡谷里，通过地上的一个洞给出

---

[1] Walter Otto（1874—1958），德国古典文献学家。

神谕"。这头颅为那里的人们提供神谕，直到阿波罗结束了这一切。

米尔恰·伊利亚德把这个关于俄耳甫斯的神话归于一种萨满教的传统，因为他曾降入冥界，也因为他被砍掉四肢，还有那歌唱的头颅（如前所述，萨满的头经常在冥界的过关仪式中被放在木桩上，以观看他自己的身体如何被剥皮并被切碎）。但在古希腊，俄耳甫斯的头并不是唯一能说出神谕的——特罗丰尼乌斯的头颅埋在洞中，传达自己的语言；拜访者通过一架梯子爬下去，询问自己想要知道的事情，而斯巴达的克里昂米尼一世砍下了他的朋友阿科尼德斯的头，存在在一个蜂蜜罐里，定期向它寻求建议。亚里士多德写过，阿卡迪亚的一位宙斯祭司被一个身份不明的人斩首，头颅唱着"塞尔西达斯杀死了一个又一个的人"，随后一个叫这个名字的男人被逮捕并受审。在神奇的希腊纸莎草书中，记载有几种让死去头颅说话的办法。

与自然科学和哲学的奠基并存的是被砍下的能预测未来的头颅，死去的身躯接受了新血然后复活，无法安息的亡灵，飘入阴间的亡灵，其中有一些——柏拉图在《理想国》里也曾提到一个——讲述了他们在那里的所见所闻，洞穴中的神谕，人兽，兽人，变化，变形，跨界。这是一些古老而深奥的东西，无法被新事物所安抚。至少最开始的时候不行，因为它们是并存的，在洞穴内的黑暗中和洞穴外的光明中，而是后来，无比缓慢地——尽管不像人类离开动物的行列那么缓慢——它被束之高阁，失去活力，是的，这些古老的事物现在已经变成了化石。

动物们被移出了森林，在赋予其定义的生物系统中各就各位，我们在屏幕上看到它们的形象，锐利而清晰，比如狮子或涉禽。还有一些进入工业化的肉类和奶制品制造环节，变成我们消费的商品，当然，它们仍然存在于日益萎缩的森林里——但它们对我们来说只是图像，最终与人类完全脱节。

同样，死亡也被移出洞穴，进入森林，移出黑暗，进入光明，在那里显现出它的本来面目：大脑血管中的一道轻微的裂缝，血液中的一些微小的细菌，胰腺中开始自行繁殖的一个微小的细胞。

死亡所发生的变化，是它越来越少了，这种变化如此触目，以至于某天死亡数量会归零并从此消失，也不再是不可想象的了。

在这个愿景中，科学和宗教以一种奇异的方式相遇。不仅因为医学现在可以打开身体，取出心脏、肺、肾这些内脏，并植入新的器官，正如萨满从不可考的年代起就有所描述的传承仪式一样，而正因为这一点，连同所有基因方面的努力——培育身体部件和操纵细胞已不再是一种乌托邦式的想象，而是一种现实，它延长了生命，而且，人们可以想象，如果衰老和衰老过程是一种从受孕时起就决定好了的遗传限制，那么总有一天我们不仅可以将它推迟，甚至还可以将它终止，而在那个时候出现的永生，因其一直以来都与神秘主义、超越、变形和非理性（或者换句话说，洞穴）联系在一起，因此它是而且一直是一种宗教概念。

基督出现在古典时代，他的故事包含了许多萨满式元素，不管是驱逐恶魔还是使死者复活，但最主要的是他下降到死之国度，就像萨满和赫克托尔、俄耳甫斯、奥德修斯、埃涅阿斯一样，然后返回并升至天国。但奇怪的是，耶稣死后复活的故事中那种非理性的感觉，并没有古典时代无数的同类事件那么强烈。围绕着狄俄尼索斯的狂热和疯狂，在耶稣周围并不存在。约翰的身上也没有这样的狂热，他来自古代洞穴异象现实的深处，写下了《新约》最重要的书卷之一，《启示录》。他躺在希腊拔摩岛的一个山洞里，在一种深度幻觉或入神状态中凝视着未来，也许是人为诱导的，也许是内心自发的。

约翰是当时众多神谕者中的一位，但在同时代其他人的异教异象已经湮灭时，他的基督教异象依然存在：他看到了天启四骑士，看到了被血染红的大海，他看到了来自天国的燃烧的火焰——他看到死亡消失。他写道：在那些日子，人要求死，决不得死；愿意死，死却远避他们。

基督教的永生概念与柏拉图的灵魂学说有关，但约翰所表述的是别的东西，它是一个预言，不是应许的天堂，而是现实。他们渴望死亡，他写道，死却远避他们。

我相信"那一天"终会到来。我相信"他们"就是我们。但如果真是这样，有一天死亡会完全消失，那么已经死去的人会怎样呢？

* * *

就在几周前，我从奥斯陆乘坐夜间火车穿越这个国家。怀着对即将到来的旅程的高昂兴致，我提早到了车站。很少有什么比旅行更让我欢喜的了，尤其是坐火车。夜班火车出发前车站的气氛，童年时代那种犯禁冒险的感觉，我总会在深夜出发时感受到。迟到的人拖着行李箱小步跑下站台，经过那些适时抵达、已经找到自己包厢的人们，那些正在告别的人们，还有那些没精打采地站着低头盯着自己手机的人们。老人和年轻人，男人和女人。好看的人和不那么好看的人，衣冠楚楚的人和不修边幅的人。沾满尘土的粗糙的手，只敲击过键盘的白皙的手。头发和大衣拂过空中：一位母亲弯下腰亲吻孩子的面颊，旁边有一个穿着西装的男人，双手笨拙地垂在身侧，看着这一切。三个年轻男子和两个年轻女子站成一圈；其中一人背着背包，脚下放着一个旅行袋。一个身材高大的男人快步走过，长头发、长鼻子、长大衣；一位音乐家，我暗自想到，搞爵士乐的，也许，要么是搞独立音乐的。

我在一个双人包厢里订了位置，是上铺。进去的时候里面是空的，我打开灯，把行李箱放在地板上，脱下外套挂在门边的挂钩上。尽管我不喜欢在有人进来的时候躺在那里，尤其是我不认识的人，但我还是爬上铺位，躺下来看书，临近发车时间，外面的声音似乎逐渐弱下来了。

火车出发前两分钟，我的同伴进了车厢。他一手拿着车票，一手提着行李箱，看了一眼车票，又看了看卧铺号，确定它们对上了，然后抬起头来看着我。

"你好。"他说。

"你好。"我说。

他有一张肉乎乎的脸，在天花板的灯光下泛着棕褐色的光泽，身材瘦小。我觉得他的穿着对于旅行来说过于正式了。深色西装，白色衬衫。

"你是到终点站下吗？"他说。

"是的，"我说，"你呢？"

他点点头，在床上坐下，弯下腰打开了行李箱。

"你想来瓶啤酒吗？"他说。

"不用了，谢谢，"我说，"但你有心了。"

他从行李箱里拿出一个瓶子。我确实很愿意来一瓶，但我不想和他处得太友好，以免被迫聊上几个小时。我想读会儿书，然后就睡觉。

"你怕坐飞机吗？"他说。

"不。"我说，他正在用钥匙圈上的开瓶器打开瓶盖，"怎么了？"

"我们这个年纪的人乘坐夜班火车的可不多。"他说。

我侧身躺下，脸冲着墙，这样他就会明白也许我对闲聊没那么感兴趣。

外面响起了汽笛声，火车开始滑行，驶入城市下方的隧道。

他沉默下来，在腿上摊开一本杂志，时不时喝一口手里的啤酒。

火车离开奥斯陆很远了，我读着那本书开始走神时，他又开口了。

"你是学者吗？"他说。

"我，不算吧？"我说，"不是。"

"那种所谓的永久学生？"他说。

"我不太确定。"我说。

"你看的那本书，"他说，"不是给大众读者看的，是给专业领域的人看的，你觉得呢？"

"也许吧。"我说。

"得了吧！"他说，"我正在努力和你聊天呢！"

我为什么不加一百块订个单人车厢呢？

其实我更想干脆利落地拒绝他，但我内心的某种东西阻止了我，于是我合上书坐了起来。不管怎么样我得赶紧下去刷牙了。

"你不必为此打断阅读的，"他，"对不起，我打扰你了。你继续吧。现在还早。"

"你怎么知道卢修斯的？"我说。

他嘴角含笑，扫了我一眼。

"你真的不想来瓶啤酒吗？"

"也不坏。"我说。

他把空瓶子放在地板上，又拿出两瓶打开，递给我一瓶。

"我读过他的书，"他说，"但不是像你这样的翻译本。"

"所以你懂拉丁语？"我顺着他的话说道，然后喝了一大口这美味的，金棕色的，微微泛苦的啤酒。

他点点头，显然对自己很满意。

有那么一段时间，外面所有光线都来自灰白色的夏日夜空，大地上时而出现一条宽阔、安静的河流，房屋和建筑物的灯光闪烁着掠过。

"为什么会学拉丁语呢？"我说。

"专业里要用的拉丁语太多，所以我决定扎扎实实学一下。于是我就兼修了这门课。我后来用上了吗？没有。它给我带来很大的乐趣吗？是的。"

"所以你是医生。"我说。

他慢慢地点了几次头，看着我，就像一个老师从学生那里得到了一个难题的答案。

"那你是……"

"我拍纪录片。"我说。

"既然你这么说，"他说，"有没有我可能看过的？"

"没有，我觉得不会有。"我说。

"别那么谦虚，"他说，"告诉我几个片名？"

我决定尽量满足他，我想，然后我要说失陪，去刷牙、熄灯，然后一路睡着翻越群山。

"一部叫《一辈子的朋友》。"我说。

"哦？"他说，"是关于什么的？"

"你听说过史密斯之友吗？"

"那个挪威秘密教派？当然。"他说。

他拿起手机，它刚才肯定一直放在铺位上我看不见的地方。我知道他在搜索这部电影。过了一会儿，他抬头看着我。

"干杯，埃吉尔，"他说，将瓶子举起来，"我叫弗兰克。"

火车减速驶进了一个车站。外面寥寥几个人影朝我们这节车厢的门走去。火车旅途中的声音——过道里的脚步声，车门开关的咣当声，火车头的隆隆声，低沉的说话声——让笼罩着整个城市和城外远山的夜色更加寂静。

"你是基督徒吗？"他说。

我没有回答。我不想回答。

"我的意思是，既然你制作了一部关于他们的纪录片，他们相信耶稣生下来时是人，然后他又通过自己的行为变成了神，是不是这样？"

"是的。"我说。

"你怎么看？"他说。

"关于什么？"

"他生来是人还是神。"

"我不知道。"我说。

他笑了。

"你当然不知道！但你觉得呢？"

我没有回答。火车又开始行驶了。灯光越来越快地闪过。一辆车在空荡荡的十字路口等待绿灯。一个灯火通明的空房间在一栋办公楼里十分醒目，家具在灯光里显得格外刺眼。几乎是突然间，外面只剩下树木，苍白地立在阴暗的夜空下。

"我是一个麻醉医生，"他说，"我在救护直升机上工作好几年了。这是最艰难的工作之一，因为需要我们出动都是最严重的事件。车祸，溺水，中风，心脏病。而且我们去救护车到不了的地方。偏僻的村庄和农场，茫茫大海里的岛屿。但是我喜欢这个，在深夜或凌晨降落在一个峡湾旁，然后立刻进入一场生死攸关的戏剧，是一种非常特别的感觉。因为我们几乎每次都是这样。"

他沉默了。

过了一会儿，他抬头看着我。

"你还想来一瓶吗？"

"好的，谢谢。但最后一瓶了，"我说，"我们到站前我得睡一会儿。"

"睡觉没那么重要。"他说。

火车正在上坡，但非常缓慢，直到发现可以俯瞰下方山谷的时候我才注意到。

"千万别以为我疯了，"他说，"我没有，今年春天发生了点事情。"

"你在救护直升机上工作的时候？"

"是的。"

"我没有疯，真的，"他说，"但是从冬天开始，我能看见不在那儿的人。你懂我的意思吗？"

"不是很懂。"我说。

"比起在现场跟我一起工作的同事，我能看到更多人，"他说，"我花了一段时间才意识到这一点。但当我们事后谈论那些事件时，我偶尔会提起一些人，比如说，那个坐在客厅沙发上盯着我们看的老人，或者我们着陆时一直站在那儿看着直升机的女人，而我的同事们根本不知道我在说什么。他们没留意到那些人。当我意识到这一点时，我发现他们不是没注意到，而是根本就看不到他们，就像他们不在场一样。"

"你看见的是什么呢？"我问，尽管我已经知道答案了。

"他们已经死了，"他说，"当我们坐直升机到那儿的时候，我看到了那里的死者。"

安静了一会儿。

"我和谁都没说过，"他说，"我不想成为那个相信有鬼的人。但反正我们两个不太可能再见面了。"

论死亡和亡者

681

"照你看来，他们想要什么？"我说。

"他们看起来什么都不想要，"他说，"他们只是在那里而已。有点像动物，只是看着周围发生的事情。而且他们都是在不久前去世的。至少我的感觉是这样。"

"没有其他人看到他们吗？"我说。

"据我所知没有，"他说，"这就是我不喜欢的点。为什么能看到他们的人是我？为什么是现在突然能看到？"

他又沉默了。

我背靠着墙，看着外面苍白的岩坡，白桦树的树干闪着微光，天空显得异常明亮。

"还有，"他说，"他们中还有一个跟我说过话。我们在一个农场的客厅里，那个家的男主人，一个大块头的老家伙，心脏病发作了，我们对面的沙发上坐着一个小伙子，只有我看到了他。我们的目光相遇了。之前没有发生过这样的事，他们总是徘徊在自己的世界里。但这一个，他看着我，然后他站起来指着我，说，你完蛋了。"

"你完蛋了？"

"是的，就是这一句。当时我们正要出去，我注意到墙上挂着一张他的照片。一张花了大价钱的坚信礼照片。你知道的，在摄影棚里拍的那种。"

一时之间，只听到火车的声音。车轮碾在我们脚下的轨道上咔咔作响，车厢之间的联轴器发出叮当声和摩擦声，风吹在车厢上发出微弱的呼啸声。

"你不信我说的。"他说。

"我当然不信，"我说，"或者说，我相信你看到了。但我不认为它指涉着现实。"

"指涉着现实？"他嘲讽地说，"你不当学者真是可惜了。但你的意思是，我所看到的只存在于我自己的头脑里。"

"差不多。我也见过一次死人，我祖父，跟你现在一样清晰。但他不在那儿。他在我的脑海里。"

"那么他在那儿干什么呢？"弗兰克笑着说道。

我微笑着仰面躺下，关掉了那盏小夜灯。

"你介意关掉天花板上的灯吗？"我说。

他一言不发地站起来，关了灯，和我一样仰面在被子上躺下。

"如果我说那个小伙子说的是对的，你会信吗？就是，我已经完蛋了。"

我没回答。

"我女儿死了，"他说，"她才六岁。她在屋外的路上被一辆货车撞了。她刚学会骑自行车，想去车道上骑一会儿。她没戴头盔。"

我的眼睛充满了泪水。

这个他是编不出来的。

"你现在明白了吗？"他说，"这不只是在我脑子里。我看到的真的是死人。"

"我很难过你失去了你的女儿。"我说。

他笑了。

"我相信你是真的如此！"

我不能现在去睡，不能现在丢下他。他在一个深渊里。

但我能说什么？

什么都帮不了他。

假如我问他关于女儿的事，这样他就可以谈到她，但他肯定会崩溃的。假如我不提到她，谈话就会变得虚假，变得丑陋。

有人打开了车厢之间的门，火车的声音陡然升高，就好像那扇门通往一个忙碌的厂房。当它关上后，可以听到过道里传来说话声。

弗兰克从床上站起来，朝窗户走了几步。

"可以开条缝吗？"他说。

"当然。"我说。

"据说这是有史以来最热的夏天。"

"我也听过这个说法。"我说。

他把窗户顶部拉低了一点，一阵风扑面而来。

"你结婚了吗？"他说，把额头靠在窗户上。

"离婚了。"我说。

"为什么？"

我想，这不关你的事。但我现在无法拒绝他。

我在床上半坐起来。

"我受不了了。"

"这么简单！"他笑起来，然后转向我，"那么，她是什么样的人呢？"

"很多不同的侧面。"

"所以你吃不消了吗？"

"不，不是。我不这么觉得。但她什么都想吵。"

"你不想吗？"

"不想。"

"你更愿意坐在一把椅子里读卢修斯？"

他在嘲弄我，一层阴影罩下来。他一定看出来了，因为他的语气又是一变。

"我也离婚了，"他说，"而且是两次。正式的说法是因为我花在工作上的时间太多。非正式的说法是我管不住自己的手。"

他又坐到了床上。

"当然，还有更深层次的原因。"

"是的。"我说。

他沉默了很久。我又躺了下来,闭上了眼睛。我听到他也躺下了。

"我不是一个特别好的人,"他说,"并不是说我做人失败,是因为我从来没努力去做个那样的人。为什么要做个好人呢?我们在这里待上一阵子,然后我们死去,随后一切就被遗忘。连同那些好事一起。你明白吗?活着就可以了。按照自己的心意活着。我就是这么想的。确切地说,也许我也没有想过,但这确实是我活着的方式。"

"现在你不这么想了吗?"我说。

他没有立即回答,我想他大概在下方的黑暗中摇了摇头。

"我不知道我在想什么,"过了一会儿他说,"我再也不能说我知道什么了。"

新一轮寂静。

"你呢?"他说,"你是个好人吗?"

"我不知道,"我说,"这取决于你所说的好是什么意思,我想。"

"你妻子叫什么名字?"

"卡米拉。"

"《小豆蔻镇》[1] 里那个女孩吗?"

"我想她的名字是卡莫米拉。"我说。

"你说得对,"他笑起来,"但你对卡米拉好吗?你真的关心她吗?你有没有试着想过她的感受是怎样?她想要什么?她想让你做什么?你全心全意地对待过她吗?至少某些时候?"

"我不知道。"我说。

---

[1] *Folk og røvere i Kardemomme by*,挪威剧作家、作曲家托比约恩·埃格纳(Thorbjørn Egner,1912—1990)的儿童文学作品。

"你不知道？让我说的话，你没有，对吗？"

"也许吧，"我说，"但一个巴掌拍不响。"

"你错了！如果你是一个好人，你就该无私地给予而不预设会得到什么回报。你应该无私。"

"但这样的话你自己就消失了。"我说。

"对你来说，是的。对她就不一定。不过我也只是说说而已，我从来没这样做过，我不是真的在乎。而这也算过得去。但现在令我心痛的是我也没有真正在意过艾玛。不完全是。我觉得她很可爱，诸如此类，我爱她。但我没有真的在意过她。"

"艾玛，那是你的女儿？"

"是的。曾经是。"

沉默。

"你怎么看？"他说。

"关于你和她的关系？"

"是的。"

"我认为你爱她并且她知道这一点就足够了。"

"你他妈的根本不是这么想的，"他说，"你这么说只是因为你觉得这话我听起来会顺耳。但我们并不认识，而且也不会再见面了。我们不妨诚实一点。"

"但我就是这么想的。"我说

"你有小孩吗？"

"有。一个十一岁的男孩。他和他的母亲一起住。"

"所以你说的可能是你自己。我还带了一瓶白兰地，你要来一杯吗？"

火车穿过群山之中闪着微光的荒凉草甸，然后下到另一边的山谷，沿着一条在绿色山坡下的晨曦中闪闪发光的湍急的河流前行，我们坐着喝了一整夜，聊我们的人生。我慢慢地完全放开了自己，说了些我从来没有对任何人说过的话，而他也一样，尽管我一直怀疑他说的是否属实，或者他对真实情况有所修饰，主要是为了摆脱自己的各种思绪，有那么一会儿我甚至怀疑他女儿是不是真的死了。同时，我发现这样与人交谈真是太好了，完全自由，以至于我一度以为他是被派到我身边来的，有什么讯息要带给我。

火车在终点站停下时我已经醉了，但我还能控制住自己，更重要的是我感觉烈酒在我体内灼灼燃烧，烧掉了所有问题。好像突然之间，一切都变得皆有可能。

我在车厢外的站台上停下来等弗兰克。

"那么我们就在这里说再见了？"他出来时我说。

"酒意正好，就这么浪费掉太可惜了，"他说着拉出了行李箱的拉杆，"你早上有什么计划吗？有人要见吗？"

我摇摇头，我们开始朝出口走去。阳光洒满了敝旧的车站大楼，在金属和玻璃上炫人眼目。

"葬礼十一点开始，"他说，没有看我，"你能陪我到那时候吗？"

"葬礼？"我说，"你女儿的？"

他点了点头。

一股寒气穿身而过。

她还没有下葬吗？

哦不，不，不。

"当然可以，"我说，"我们现在去哪儿？"

"我在挪威宾馆订了间房。我们可以在那里喝一杯。你不用坐太久。我只是不想一个人待着。"

"我非常理解，"我说，"没问题。"

"你住在哪儿？"

"托加曼尼根广场那里的一家酒店。我不记得名字了。"

"挪威酒店可能更上档次，"他说，"你这样有钱人家的儿子怎么不住最好的酒店？"

"对我来说都一样。"我说。

他怀疑地看了我一眼。我在纳维森便利店买了烟，经过市中心那个小湖时抽了一根，到酒店前刚好来得及再抽一根。当他办理入住时，我在酒店大堂坐下。

"我们也可以就坐在这儿，"他说，"在房间里坐着喝有点傻，我们都过了那个年纪了，你觉得呢？"

"听起来不错。"我说。一股倦意袭来，如果我想保持清醒，还需要喝点东西。

"我们需要吃个早餐，"他回来时说，"你也一起吗？"

环境的变化改变了一切，我们不再有什么可聊的，毕竟我们根本不认识对方，而且我们是两个完全不同的人，我默默地吃着早餐如是想。

之后我们喝了几杯啤酒。我开始思考如何如何抽身离开而不让他感到冒犯，这时他问我是否愿意和他一起去参加葬礼。

"合适吗？"我说，"我也不认识艾玛。"

"你认识我。"

"某种程度上吧。"我说。

"你比任何人都了解我，我可以保证这一点。快答应吧，别让我求你。"

"我当然可以一起去，"我说，"但我没有合适的衣服。"

"天哪，伙计，"他说，"这是场葬礼。一切都结束了。一切都黑暗如地狱。谁管你穿什么衣服？"

　　差几分钟到十点半的时候，我们在剧院坡那儿上了一辆出租车。弗兰克醉了，他的脸板着，不泄露一丝情绪，动作也不太协调。我也醉了，但没有他那么明显，只有特别了解我的人才能看出来。

　　教堂外面人很多，穿黑裙子的女人，穿深色西装的男人，很多人都戴着墨镜，大部分都相对年轻，三十来岁。整个氛围有一种仪式开始前特有的焦躁不安和不确定感。紧张的笑容，尴尬的眼神。有人在哭。

　　"给我根烟吧。"弗兰克在门外停了下来。

　　我把烟盒和打火机递给他。

　　他点燃了一根，深深地吸了一口。

　　"我看起来像喝醉了吗？"他说。

　　"有一点。"我说。

　　"我是因为她醉的，"他说，"她死了以后，一切都不再重要了。"

　　"我懂的。"我说。

　　"我珍藏着她的记忆。"他说道，微微晃动着，眯着眼睛看我。

　　教堂的钟声响了。

　　"到时候了，就像瑞典人说的。"他一边说，一边把烟扔到地上踩熄。我把手放在他肩上。

　　"我为这悲伤感到难过。"我说。

　　他看着我笑了。

　　"是啊，这让人难过。来吧，我们走！"

　　我们走过教堂前的广场，每个人都盯着我们看。弗兰克没有回应他们的目光，直视前方，以醉汉那种僵硬而谨慎的姿势往前走。人们不仅看着我们，他们也互相对视，我听到有人在窃窃私语。

论死亡和亡者

"我会坐在后面，"当我们进去时我说，我看到前面有一个白色的棺材，那么小。棺材和周围的地板上堆满了鲜花和花圈。

"别，过来陪我吧。"他说。

"不行，"我说，"那里是专门留给家属的。"

我拐入那些长凳中的一排。他点点头，穿过中间的过道，来到最前面几排座位。坐在那儿的人没有一个跟他打招呼，也没人看他一眼。他们只是一言不发地让出了位置。

他都干了什么？

他的罪孽是什么？

教堂的空间充满了葬礼特有的寂静，你能透过裙子的沙沙声、小心翼翼的低语声、精美皮鞋的鞋跟敲击地板的声音听到这寂静。

牧师从里屋走了出来，我彻底惊呆了。我认识她，她是我高中的同班同学。

我甚至爱过她。

卡特琳，我对自己说，是你吗？

她在棺材前停下来，低下头，风琴师奏响了一首赞美诗的前奏。我拿起前面椅子靠背上的赞美诗本，打开它，视线跟随着歌词，但没有唱。听着她的声音在前面引领着，充满自信和安抚，有一种质朴的美妙。

> 我在森林里看到一朵美丽的小花
> 在高大而茂密的云杉林中
> 等待在苔藓和石南间我见到了它
> 它立在那儿如此腼腆玲珑
>
> 你怕不怕自己被森林掩藏

690

在那阴影沉沉压着你的所在？
——不，因为我从未被主遗忘
最渺小的花也会得到祂的关爱

你不想在名园里盛开
在那儿让人们将你观赏？
——哦不，我在这微不足道中最自在
我这花儿本就在林中生林中长

即使我很渺小，主仍然爱护我
在祂那里我满怀喜悦甘甜
每个清晨我的祈祷升向天国
每个夜晚我在祈祷中入眠

正如冬天的花朵我将凋零
但此事固我所愿，因为那时我将成新娘
让我的身躯在坟墓里得到安宁
我的灵魂，她在上帝那里已归家还乡

　　随着音乐淡去，教堂各处不时爆发出抽泣声。就连我，与这个将被埋葬的女孩素不相识的人，也眼含泪水。教堂里的痛苦如此之多，几乎让人无法承受。

　　"愿恩惠与你们同在，从神我们的父和主耶稣基督来的安宁与你们同在，"卡特琳说，她的声音温暖而平静。她看向前几排长凳，似乎在寻找那里谁的目光。我喜欢她的镇静，还有这张脸，和我记忆中一样美丽。但现在它也有了一些锋利的东西，甚至可能是坚硬的，就好像她被生活磨砺过一样。

"我们聚集在此地是为了向艾玛·约翰森道别，"她说，"我们将一起把她交在上帝手中，并跟随她到她最后的安息之地。因为神爱世人，甚至将祂的独生子赐给他们，叫一切信他的，不至灭亡，反得永生。让我们祈祷。"

她低下了头。我也低下了头，双手合十。

"我的上帝，我的上帝，你为什么抛弃我？"她说，"为什么当我需要帮助并叫喊着我的痛苦时你却离我那么远？我的上帝，我白天哭，你不回答，我夜里哭，得不到安慰。但主啊，你不要远离我，我的力量，快来帮我！"

我抬起头，看到卡特琳走到讲坛前，两手各按在台子的一侧，向外看去。空气仿佛都在颤抖，抽泣声不绝于耳，时不时还传来微弱的呜咽声。

"艾玛死了，"她说，"被这么多人深深爱着的艾玛去世了。艾玛才六岁。没有比这更沉痛的悲伤。没有比这更深的绝望。一个死去的孩子，这是生命之夜。今天我们将告别艾玛，我们将分享关于她的记忆——而回忆是明媚的。艾玛是个小星星。她出生于十月六日，比预产期晚了两周，她的两个小哥哥，埃米尔和诺亚，一直在耐心地等待她的到来。她出生十天后绽放出第一个微笑，十一个月时学会走路，一岁时说出第一句话。艾玛是一个快乐活泼的女孩，她喜欢动物，尤其是狗，最喜欢和她的母亲英格比约格以及金毛寻回犬卡斯帕一起散步。艾玛善良又有爱心，对他人非常宽容，她让家里充满了欢乐。她的笑声充满感染力，能让每个人都跟着她笑起来。艾玛是拼图高手，她喜欢画画，喜欢有独角兽图案的衣服。"

我有点不忍心听下去。但也无法起身走开，在哀悼时不行，哀悼之后也不行。

我看向棺材，牧师继续讲述棺中那个女孩。

大堆鲜花雪崩般在它周围倾泻下来。

这就是上帝。生命的雪崩。死亡的雪崩。白色的花朵，绿色的叶子。不是个体的命运，而是把万物和众生都包括在内的一种运动。

这个女孩的死无法归咎给任何人，所有的愤怒和哀伤无人可以发泄。

谁也不是上帝。

"艾玛曾是森林里的一朵小花，"卡特琳说，"现在艾玛是黑暗中的一盏灯。那些曾和她亲近的人，会永远记得她、怀念她。"

谁也不是上帝。

第一排长凳上突然有人站了起来。是弗兰克。他辟开一条路摇摇晃晃地走入过道，视线硬邦邦地投向地板。

这偌大的空间里传来微弱的喘息声。他的表情难以捉摸，当他在过道上突兀地抬起头时，我看到了他愤怒的双眼。

卡特琳停下不说话了。

弗兰克在我坐的那排前停了下来。

"你跟我来吗？"他微笑着说道。

这是可怕的一昼夜。他现在这种状态，我不能丢下他不管，除了陪伴我也给不了他什么，但这陪伴也没有什么价值，这点我和他都知道，我不是他真正的朋友，只是他在火车上邂逅的一个人。

"你为什么离场？"半小时后，我们坐在码头区附近的一家露天餐厅里喝啤酒时，我说。

"我无法忍受与所有这些人分享她。"他说，眺望着沃根港，深蓝色的海水沉静地卧在码头旁边。

"神父说得好像她多了解她似的。她不了解。那里面几乎所有其他人也都差不多。"

他看着我。

"我现在该怎么办，埃吉尔？我可能还有四十年好活。但是没有任何活下去的理由了。"

我喝了一口啤酒，擦掉嘴唇上的泡沫。

我可以说他必须接受这种失去，带着回忆活下去，而有一天它们可能会变得美好起来。但这些只是没有体验的空话，一文不值。

"我不知道。"我说。

"我想你也不会知道，"他说，"但至少，你相信我在火车上告诉你的话吗？"

"关于你看到的那些死者？"

"是的。尤其是那个说我已经完了的男孩。"

"是你内心的什么东西在这么说。我觉得是这样。"

他凝视着我良久。他的目光就像你会在深夜酒吧遇到的那些决心要大闹一场的人。然后他收敛了这目光，靠在椅子上，再次看着港口。

空中极高处有几只海鸥在盘旋。时而能听到它们的尖叫声，很遥远。

"很抱歉我没法给你更多的帮助。"我说。

"你已经帮了我大忙了，"他说，看也不看我，"我只需要熬过这一天。然后是下一天。我的问题是我不知道这样做是为了什么。请别说我得去必须寻求帮助，谢谢！"

他凄凉地笑起来。

一大帮游客从旁边经过，穿着短裤的导游走在前面，举着一根杆子，上面挂着一面红色的小三角旗。他有二十多岁了，游客们都是退休年龄，但这一队人看上去仿佛幼儿园郊游一样。

"你还想再来一杯吗？"我说。

"这是你今天说过的最聪明的话。"他说。

我们在码头区又喝了几杯啤酒，然后回到城里，找了一家餐馆进去吃晚饭。我点了一份夏多布里昂牛排配炸薯条，我饿得像头狼，每次葬礼之后都是这样，真奇怪——第一次是我祖父去世的时候，教堂当时供应汤。那咸肉和蔬菜的味道太妙了，三份都填不平我那深深的饥饿感。为了体面我控制住了自己。同样的经历我有过很多次，现在也是如此，我和一个刚刚埋葬了自己女儿的陌生人在一家法国餐厅里靠墙坐着。

我知道我应该克制一些，但那天他自己已经打破了所有界限，所以我想，有机会的话，饱餐一顿也是可以的

我们几乎一言不发，在餐桌上沉浸于各自的思绪中——换句话说，我感觉弗兰克没有太多思绪，他正沉浸于内心的情绪风暴中，黑暗把他困住了。他时不时地看向我，嘴角挂着浅浅微笑。

"你真的是饿了，看得出来。"他最后说道。

我嘴里塞满了食物，只能点头。

"葬礼会让人如此，"他说，"让他们对生活、对活着这件事有了好胃口。"

"对不起，"我说，"对你来说我这样一定极其麻木不仁。但喝了太多酒，我饿极了。"

"今天还有更糟糕的事会发生，"他说，"胃里有点食物会让烈酒的味道更好。"

饭后我们喝了几杯干邑，一九七三年的，味道粗犷不羁，这是当然的，它一辈子都被封在酒桶里与世隔绝，直到现在才在我们身上释放出来。

"我知道你想走了，"当我们等账单时他说，"我非常理解。但

你不能留下来陪我过完这一天吗？明天我就没事了。但现在我无法一个人待着。我知道我要求的已经太多了。你能不能就当成做件善事呢？"

"你是我的邻人，"我说，"我会送你到门口。"

"你果然是基督徒！"他说，"我就知道！"

我什么都没说。"基督徒"这个词很僵化。我不是。

我们来到广场上时，太阳还高悬天际，广场上处处都是人，生机勃勃。我又一次想到了雪崩。如雪崩的人群，如雪崩的事件，如雪崩的大大小小的运动。低着头，转向这里或那里；空中挥动的手，提着购物袋，拿着杯子，系鞋带；这里一眼，那里一眼；高声，低声；低沉的笑声，或分贝极高的尖叫。

眼前呈现的一切，下一刻又全部消失。

这也是一种死亡，不是吗？

但命运又是什么呢？是它将此与彼连接起来，就此存在下去吗？

卡特琳并没有消失，她回来了。

这就是弗兰克被派来找我的原因吗？

或者是为了教我一些关于死亡和亡者的事？

"我们该去哪里？"弗兰克说，"你知道哪儿有什么好的露天餐馆吗？"

"我不知道，"我说，"我很多年没来这座城市了。但我上次来这里的时候，沿着水边过去有个类似文化中心的地方，在那儿坐着很舒服。"

"我知道在哪里，"他说，"散散步也不错。"

我们在剧院下面的一家餐厅喝了一杯啤酒，里面挤满了人，我们又喝了一杯啤酒，再加上一杯菲奈特·布兰卡，尽管我们一致认为它不太适合这炎热的天气。弗兰克看上去平静了一些，但他仍然很少说话，所以很难知道他内心在想什么。

在越过岬角的路上，穿过一条栗树林荫道，那边所有的商店和餐馆都不营业了，他开始说话。

"莫妮卡让孩子们和我对着干。我们分手时她气极了，你不知道。就是因为这样，你才会跟我一起在这里散步，她完全把我拒之门外。她不让我见到孩子们，我也进不去我们的老房子。她他妈的把我的悲伤夺走了。"

他带着醉意的眼睛瞟了我一眼。

"我就知道会是这样。我并没有太在意。他们过得好就够了，对不对。我也过得挺好。这笔买卖还不错。但现在艾玛在地底下躺着。这太可怕了。这实在太可怕了。"

他对自己摇摇头。我把手放在他的肩膀上。他看我的眼神就像我疯了似的。我把手收了回来。

"在地底下，"他说，"她说不了话。你明白吗？她不能动，也不能思考！她静静地躺在那里，孤零零的。太可怕了。然后那个该死的傻逼牧师唱起了森林里那朵花的赞美诗，还有那说的是什么话啊，艾玛是天空中的一颗星？她现在什么都不是！什么都不是！什么都不是！"

每说一个"不是"，他的手就在空中挥动一下。

然后他看着我微笑。

"很抱歉把你拖进来。但是你也许会记住这一天。而这总还算是有些什么。"

"是啊。"我说，不知道还能说什么。

他长出一口气。

"让我们找到那个地方然后喝到烂醉吧。"他说。

"听起来是个好计划。"我说。

我们沿着路继续走，但肯定是在哪里走错路了，因为我们最后到了水族馆。那里的停车场上停满了大巴，还有很多人在排队等着进场。

"那里的餐厅里肯定有啤酒。"弗兰克说。

"那我们就得排队了。"我说。

"这是真的，"他说，"还有，我怀疑他们只卖瓶装啤酒。那喝的时间也太长了。不如我们过去那边吧？"

他朝岬角另一边的一条街点了点头。过去的路上我点了一支烟。醉意开始降下去了，一种汹涌的倦意填满了它留下的空虚。

我们一路走过去的那条街通向峡湾。过了一会儿，就看见一个浴场在下面延伸开去。那里有一个带跳台和跳水板的白色泳池，旁边有一个儿童泳池，朝着马路那边是一片绿色草坪，挤满了人。他们坐在毯子和毛巾上，旁边放着篮子和袋子。孩子们穿着泳裤和泳衣跑来跑去。

"我们以前经常来这儿。"弗兰克说。

"你和……"我说。

"我和孩子们，是的，"他说，"顺便说一句，你不必这么该死地怕提到他们。"

他把手放在扶栏上，站在那里看着人群。在这极蓝的天空、平静的蓝色峡湾和绿色的群山的映衬下，浴场里的人们和他们的随身用具一起，构成了一张色彩缤纷的织毯。

他突然抬起胳膊指向某处。他张了张嘴，一句话也没说出来。

"什么？"我说。

"在那儿，"他说，"你看到她了吗？那边树下？那辆黄色越野自行车再过去一点？"

我看向那边。一个小女孩坐在那里，双臂抱着膝盖。

"我看到一个女孩。"我说，想在发生什么事情之前离开，因为我明白他在想什么。他在想那是艾玛。

"那是艾玛，"他说，"那是小艾玛。"

他开始冲着入口小跑过去。

"弗兰克，"我说，"那不是她。只是一个像她的孩子。"

他不听我的。我赶紧追了上去。不能让他在那边搞出什么事来。

我在草坪边追上了他。他在地上散落着的毛巾之间奋步疾行。

"弗兰克，"我轻声说道，"你已经不知道自己在干什么了。跟我走吧，别去打扰她。"

他停下来看着我。他的眼睛在燃烧。

"你闭嘴。"他嘶嘶地说。

"好吧，好吧。"我说。

最后一段路他是走过去的。那女孩没有看我们，一动不动地坐在树荫里，俯视着浴场。弗兰克在她面前蹲下。我在他身后几米处停下来。

"艾玛，"他说，"我很难过。我非常难过。你是世界上最珍贵的小女孩。你知道吗？"

她甚至没有注意到他。她一直直视着前方。

一丝淡淡的疑虑潜入我心底。她的 T 恤上有一些大块的污渍，看起来像是血。

"跟我说句话，艾玛。说什么都行。我真的很爱你。我非常爱你，我的女孩。"

她站了起来，我全身都化作了冰块。她头部右侧被撞了进去。

"别走，"弗兰克说，"别在我终于找到你的时候离开。"

她沿着斜坡朝上面的栅栏走去，那里生着很多灌木，然后她就不见了。

弗兰克双手抱着头。我转过身去。人们在被人发现自己盯着什么东西的时候，通常都会移开视线。

这不可能是真的。

这一定是一个幻觉。

但我们都看到了。

难道我和弗兰克太同频了，所以才会跟他一样看到类似的东西吗？

弗兰克直起身子开始往回走，看也不看我。我跟在后面。当我们在毯子和毛巾之间穿行时，人们多多少少用异样的眼光看着我们。

为什么没人看到这个女孩？

为什么我会看到她？

我们从浴场出来，弗兰克快步沿着街道往下走。

"现在你相信我了吗？"当我追上他时他说。他的脸上满是泪水。

我点点头。

"我不愿意相信你，但我相信你。"我说。

"现在我们去喝个大醉，然后就把这一切都忘了。"他说，看着我，脸上的表情我能理解是一种微笑，但那其实是一种上唇扭曲着颤抖着的鬼脸。

"听起来不错。"我说。

那天晚上九点我离开了，那时弗兰克已经在酒店房间的床上睡着了，而我自那以后再也没有见过他。我经常想起他，有几次我走进我居住的那个小镇的图书馆，在网上搜索他的名字，但他从没说过他姓什么，所以我只能通过他女儿的姓来找，但那可能不是他的姓。不过他知道我的名字，所以如果他想联系我，他完全可以打电话过来。

我每天都能看到那个女孩在树荫下的画面。

我看见她了，而她已死。

这事没法解释。

但情况就是如此。

回到度假屋后我做的第一件事，就是找出了我大学时代就有但从未读过的三卷本《冥界世界史》[1]。它是一个叫奥拉夫·乌·艾于克吕斯特的人写的，我当时买它是因为我以为它是大诗人奥拉夫·艾于克吕斯特写的，当然不是——我怎么会以为他写了一本关于死亡的巨著而我居然对此一无所知呢？但现在它派上了用场。我读到了巴比伦的冥界、埃及和希腊的冥界、关于死者的各种诺斯替教观念、维京时代和中世纪的冥界，印度和中国的冥界，以及更现代的概念，如超心理学和心灵主义。我意识到那个女孩没看到我们——大概她谁也没看到——但如果她身上还有点血的话也许会看到。然而，我不明白的是，她还在这人间做什么。在那些文献中只有当死者没有被妥善安葬，没有入土为安，才会发生这种情况。但是那些她都已经有了。

我去伦敦探望我父亲，但不是因为斯威登堡在书里说伦敦下面还有一个伦敦，我觉得他说的都是病态的扭曲想象和宏伟的疯狂的结合，不，我在那些二手书店和书店里溜达，找关于死者的书。关于这个主题的文献从不匮乏，因为所有文化都关心死后的生活。人们一直关心死后发生的事情，这可以追溯到书面语言的起源。书面语言是文化的地平线，死亡是生命的地平线，而人们使用书面语言的第一件事就是探讨死亡的问题，令人费解，却又可以理解。然而，尽管可见的、有形的、具体的世界几个世纪以来一直在被探索，被

---

[1] *Dødsrikets verdenshistorie*，1985 年出版，作者 Olav O. Aukrust 是挪威诗人 Olav Aukrust 的儿子。

整理，表面上已经没有明显的谜团了，各种事实持续融入我们不断修订的关于现实的理论中，但我们对死亡的洞察并没有改变。爱因斯坦对死亡的了解并不比那些住在洞穴里的初民更多。几个世纪以来，自然科学一直在探索最小的实体，也就是原子中的各种粒子，由此出发来解释世界，极大地压缩了真理的尺度，死亡没有存身之处。早期的阐释体系中，如古典时代或欧洲中世纪的阐释体系，则是从粒子的反面来探索真理，也就是在现实的复杂性中，从整体的角度来探索，无论这个方向在我们看来多么不正确，死亡在其中都占有重要位置。

我们对那些我们能感觉到但无法了解的东西要怎么办？

我们对此闭上双眼。

我们就像深夜站在路灯下的醉汉，当路人停下来问他是不是在找什么，他点点头，他在找他的钥匙。路人帮他找，但到处都找不到。他确定钥匙是丢在这里的吗？不是，醉汉说，我把它丢在那里了——他指向那黑暗处——但我永远不会在那里找到它，所以我宁可在这亮处中找。

我带着装满书籍的行李箱从伦敦回来，还有更多书在邮寄的路上。我无法忘掉我看到过一个已死的女孩坐在泳池边，穿着她去世那一刻穿的衣服，沉默地被封闭在自己的世界里，我也不能假装未曾看见她。所以我开始写下这件事，写其中可能的意义。在写作过程中，我的内心好像有什么敞开了，我开始明白语言在多大程度上限制了世界，它把这个世界中各种各样的元素整理好，填入逻辑系统，我们看不到这些系统，也看不到逻辑本身，只能看到它呈现出来的那个世界。我看到海鸥在碧空高处翱翔，我听到它们的尖叫，我明白它们是和我们一样的造物，无名的，未经定义的，自由的。它们的灵魂在世间自在地升起，辽阔地打开，成为一种存在，而这一存在终会消失，这对它们来说是不可想象之事。我看到度假屋后面树林里的那些橡树，那么迟缓宁静，它们也是和我们一样的造物，无名的，未经定义的，自由的。我曾在惊鸿一瞥间看到语言背后的那个世界，充满了变化和谜团，一天晚上我在梦里见到了我的母亲托里尔。也就是说，我睡着了，脑海里充满了画面，但那些画面并不像大多数梦里那样是随机的，至少我的大多数梦是的。不，那就好像托里尔一直在那个梦里等我，我来之前她就已经在那儿了。我朝突堤走去，大海灰蒙蒙的，风吹起白色的浪花，我看到有人站在那里，穿着一件黄色雨衣，当我走到突堤上时，那个身影转过身来，是她。

"埃吉尔，"她说，"我的孩子。"

我什么都没说。

"我从来没有了解你是什么样的人。假如这给你带来了困扰，那么我很抱歉。"

"没有。"我说。

"我对你来说根本不是个好母亲。对于你的兄弟们来说可能还不错，但对你来说并不是。"

"你当然好母亲，各方面都很好。"我说。

她走上前来，像往常一样，给我拉上风衣的拉链。

接下来发生的，就是我躺在卧室里看着天花板。我起身拉开窗帘。大海灰蒙蒙的，风吹起白色的浪花。突堤被雨打得湿滑。

但没有穿黄色雨衣的女人。

狐狸们出现了，路边田野里有鹿。天气越来越热。一天早上，一大团黑鸟落在羊背石上，我从未见过类似的景象，绝对有上千只。它们挤成一堆在那儿待了好几个小时，然后同时起飞，一团巨大的黑云在空中升起，化作一个血肉之躯的漩涡，它们飞起来，如同一体，消失在海湾另一边的森林上空。

昨晚天空中出现了一颗新星。

它在我头顶闪闪发光。

晨星。

我知道它昭示着什么。

它昭示着已经开始。

铭文引自《启示录》9：6。

所有赞美诗和圣经话语均引自挪威教会对教堂或火葬场葬礼的安排：https://
kirken.no/globalassets/kirken.no/gravferd/liturgi_ gravferd_2003_bokmaal.pdf

致 谢

感谢亨利·马什、坡—达格·利内、塞西莉·约尔根森·斯特隆姆、娜奥米和亚隆·沙威特夫妇为那些我一无所知之事提供的宝贵帮助，感谢比约恩·阿里尔和卡里·阿尔斯兰、英韦·克瑠斯高、莫妮卡·法格霍尔姆、比伊特·比耶克和克里斯廷·纳斯在写作过程中的试读。

理想国 | 克瑙斯高作品

已出版

《我的奋斗 1：父亲的葬礼》

《我的奋斗 2：恋爱中的男人》

《我的奋斗 3：童年岛屿》

《我的奋斗 4：在黑暗中舞蹈》

《我的奋斗 5：雨必将落下》

《我的奋斗 6：终曲》

《在秋天》

《在冬天》

《在春天》

《在夏天》

《晨星》

即将出版

《小画面，大渴望》